LE MÉDECIN D'ISPAHAN

NOAH GORDON

Le Médecin d'Ispahan

TRADUIT DE L'AMÉRICAIN
PAR DOMINIQUE RIST ET SIMONE LAMBLIN

STOCK

Titre original :

THE PHYSICIAN
(Simon and Schuster, New York)

A Nina,
qui m'a donné Lorraine,
avec mon amour.

PREMIÈRE PARTIE

Le Barbier

1

LE DIABLE À LONDRES

Rob J. vivait ses derniers jours d'insouciance et de sécurité, mais il n'en savait rien et trouvait insupportable d'être obligé de garder la maison·avec ses frères et sa sœur. En ce début de printemps, le soleil était encore assez bas pour glisser des rayons sous le bord du toit de chaume et Rob, allongé sur la pierre du seuil, savourait son bien-être. Une femme s'aventurait sur le sol défoncé; la rue des Charpentiers aurait exigé des travaux, comme la plupart des petites maisons ouvrières que les artisans habiles laissaient à l'abandon : ils gagnaient leur vie à bâtir de solides demeures pour des clients plus riches et plus chanceux.

Rob écossait un panier de petits pois, en tâchant de garder l'œil sur les plus jeunes comme il devait le faire quand Mam sortait. William Stewart, six ans, et Anne Mary, quatre, tripotaient la boue près de la maison, en riant de leurs petits secrets. Jonathan Carter, dix-huit mois, couché sur une peau de mouton, était repu, rotait et commençait à gazouiller. Samuel Edward, qui avait sept ans, s'était échappé; il se débrouillait toujours pour disparaître quand il y avait des corvées à partager. Son aîné, furieux, le cherchait en vain.

Rob fendait les cosses vertes puis éjectait les pois

de leur gousse jaunâtre avec son pouce comme le faisait Mam. Sans s'interrompre, il vit la femme venir à lui.

Les baleines de son corselet sale lui remontaient tellement les seins qu'au moindre mouvement on apercevait un mamelon fardé de rouge, et son visage charnu était outrageusement maquillé. Rob n'avait que neuf ans, mais un enfant de Londres savait reconnaître une prostituée.

« Ah! J'y suis! C'est bien là qu'habite Nathanael Cole? »

Rob la dévisagea avec irritation car ce n'était pas la première putain qui venait relancer son père.

« Qui ça regarde? » fit-il durement, soulagé qu'elle ait manqué Pa, sorti chercher du travail, et que Mam, en livraison de broderie, ait évité cette humiliation.

« Sa femme a besoin de lui. C'est elle qui m'envoie.

– Besoin pour quoi? »

La fille l'observait froidement, consciente de son mépris.

« C'est ta mère? »

Rob hocha la tête.

« Son accouchement est mal parti. Elle est aux écuries d'Egglestan, près du dock de Puddle. Tu ferais bien de chercher ton père pour l'avertir. »

Et elle s'en alla.

Rob regarda autour de lui, désespéré.

« Samuel! » cria-t-il. Mais ce sacré Samuel était Dieu sait où comme d'habitude et l'aîné alla tirer William et Mary de leurs jeux.

« Occupe-toi des petits, Willum », dit-il, puis il quitta la maison au pas de course.

Cette année 1021, celle de la huitième grossesse d'Agnes Cole, semblait vouée à Satan. Elle avait été marquée par des calamités pour le peuple et la nature avait produit des monstres. L'automne précédent, tout avait gelé; les rivières aussi. Puis il avait plu à torrents et, avec le dégel, la Tamise en crue avait emporté les ponts et les maisons. Les étoiles tombaient, en traînées lumineuses, du haut en bas du ciel d'hiver; une comète était passée. En février, la terre trembla, la foudre décapita un crucifix et les gens murmuraient que le Christ et les saints s'étaient endormis. On racontait qu'une source avait charrié du sang trois jours durant, et des voyageurs affirmaient que le diable leur était apparu dans les bois et dans tel ou tel lieu secret.

Agnes avait interdit à son fils aîné d'écouter les commérages, mais, si Rob voyait ou entendait une chose insolite, il fallait faire un signe de croix. Les hommes en voulaient à Dieu, cette année-là, de la mauvaise récolte et des temps difficiles. Nathanael, sans travail depuis plus de quatre mois, ne survivait que grâce au talent de sa femme pour les broderies de qualité. Jeunes mariés, ils s'étaient follement aimés, pleins de confiance en l'avenir. Son idée à lui, c'était de faire fortune comme entrepreneur de bâtiment. Mais la promotion était lente dans la corporation des charpentiers et les commissions examinaient les projets comme si chaque détail devait être digne du roi.

Nathanael était resté six ans apprenti charpentier et douze ans compagnon menuisier. Il aurait dû postuler maintenant la maîtrise, niveau professionnel requis pour devenir entrepreneur, mais c'était trop de temps encore et d'énergie. Il avait perdu courage. Leurs vies dépendaient toujours de la guilde, bien qu'elle semblât les avoir abandonnés car il allait, chaque matin, au siège de la corporation pour apprendre qu'il n'y avait pas de travail. Avec d'autres malheureux, il cherchait l'évasion

dans la boisson, une sorte d'hydromel : l'un four-
nissait le miel, un autre les épices et l'on trouvait
toujours un pichet de vin.

Agnes avait appris par des épouses de charpentiers que, souvent, l'un des chômeurs ramenait une
femme sur laquelle les autres, plus ou moins ivres,
prenaient leur tour. Mais elle ne pouvait pas se
passer de son mari, malgré ses faiblesses : elle
aimait trop le plaisir. A peine était-elle accouchée
qu'il lui faisait un nouvel enfant et, chaque fois
qu'elle approchait du terme, il évitait la maison. La
vie d'Agnes confirmait à peu de chose près les
sinistres prédictions de son père. Quand, déjà
enceinte de Rob, elle avait épousé le jeune charpentier, venu de Wartford pour aider à construire
la grange des voisins, il lui avait reproché ses
années d'école : « L'instruction, disait-il, rend les
filles folles de leur corps. »

Son père avait eu une petite ferme, octroyée par
Ethelred de Wessex pour payer ses années de
service. C'était le premier de la famille à devenir
propriétaire, et il avait envoyé sa fille à l'école dans
l'espoir de lui trouver un riche parti. Les gros
exploitants ont besoin d'une personne de confiance
qui sache lire et compter : alors, pourquoi pas une
épouse ? Déçu de la voir gâcher ses chances, il
n'avait même pas pu la déshériter car, à sa mort,
son peu de bien était allé à la Couronne pour payer
des impôts en retard.

Mais l'ambition du père avait marqué la fille
pour la vie. C'est à l'école des nonnes qu'elle avait
vécu ses cinq années les plus heureuses : chaussées
d'écarlate, vêtues de violet et de blanc, avec leurs
voiles plus légers que nuages, elles lui avaient
enseigné à lire et à écrire, un peu de latin de
catéchisme, la coupe et la couture à points invisibles, enfin la broderie la plus raffinée, cette brode-

rie anglaise si recherchée des Français. Ainsi les « bêtises » apprises chez les nonnes évitaient-elles aux siens de mourir de faim.

Ce matin-là, elle avait hésité à partir livrer ses broderies. Son accouchement semblait proche, elle se sentait énorme, lourde... Mais les réserves étaient presque épuisées, il fallait acheter de la farine au marché de Billingsgate et elle avait besoin pour cela de l'argent que lui verserait l'exportateur à Southwark, de l'autre côté de la Tamise. Portant son petit ballot, elle se dirigea donc, sans hâte, vers le pont de Londres.

La rue de la Tamise était comme toujours encombrée de bêtes de somme et de dockers qui transportaient les marchandises entre les entrepôts souterrains et la forêt de mâts le long des quais. Le bruit fondit sur elle comme la pluie sur une terre sèche. Malgré ses ennuis, elle savait gré à Nathanael de l'avoir emmenée loin de Wartford et de la ferme paternelle.

Elle aimait tant cette ville !

Des commères se traitaient de garces et de voleuses, des cascades de rires fleurissaient de mots étrangers, d'insultes et de bénédictions. Elle dépassa des esclaves en guenilles qui tiraient des barres de fonte vers les bateaux amarrés aux quais. Les chiens aboyaient après ces misérables aux crânes rasés ruisselants de sueur, et Agnes sentit l'odeur d'ail qui s'exhalait de leurs corps mal lavés. Un arôme plus plaisant l'arrêta près d'un colporteur qui vendait des pâtés à la viande. L'eau lui en vint à la bouche, mais elle n'avait qu'une pièce de monnaie dans sa poche et, à la maison, des enfants affamés.

« Qui veut mes pâtés ? criait l'homme. Bons et chauds comme un doux péché ! »

Les docks embaumaient la résine et les cordages

goudronnés. Elle posa la main sur son ventre et sentit bouger son enfant dans la mer fermée de ses hanches. Au coin de la rue, des marins, la fleur au bonnet, chantaient des airs gaillards, accompagnés de trois musiciens qui jouaient du fifre, du tambour et de la harpe. Les dépassant, elle remarqua un homme adossé à une étrange charrette décorée des signes du zodiaque. Il paraissait la quarantaine et commençait à perdre ses cheveux, d'un brun roux comme sa barbe. Moins gros, il aurait été plus beau que Nathanael : des traits agréables, un visage coloré et un ventre imposant; mais sa corpulence, loin d'être repoussante, était désarmante et lui donnait du charme : un homme chaleureux sans doute, qui aimait trop les plaisirs de la vie? Ses yeux bleus pétillèrent et il sourit.

« Jolie mam'zelle, tu veux être ma chérie? »

Agnes surprise chercha à qui il s'adressait, mais elle était seule. En temps habituel, elle aurait foudroyé le minable d'un regard glacial avant de l'oublier; mais elle avait le sens de l'humour et s'amusa de cette liberté.

« On est faits l'un pour l'autre! Pour toi, je mourrais sans regret, ma belle, reprit-il avec conviction.

– Inutile, m'sieur, le Christ s'en est déjà chargé », répondit-elle. Puis elle leva la tête, redressa les épaules, et, précédée de l'incroyable volume de son ventre, s'éloigna en riant, d'une démarche provocante. Depuis bien longtemps, personne n'avait rendu hommage à sa féminité, même en plaisantant, et cet échange absurde lui rendit courage. Toujours souriante, elle approchait du dock de Puddle quand la douleur la poignarda.

« Sainte Mère, ayez pitié! » soupira-t-elle.

Ça partait du ventre pour envahir son esprit et tout son corps, au point qu'elle en perdit l'équilibre. En s'affaissant sur les pavés, elle sentit qu'elle perdait les eaux.

« Au secours ! cria-t-elle. Quelqu'un ! »

Une foule s'empressait déjà, des jambes l'entouraient, elle se vit cernée de regards curieux. Elle gémit.

« Alors, sauvages ! Vous allez l'étouffer ! grogna un charretier de brasserie. Laissez les gens travailler, dégagez la rue, on ne peut pas passer. »

On la transporta dans un lieu sombre et froid qui sentait le fumier, et quelqu'un en profita pour subtiliser le ballot de broderies. Au plus profond de l'obscurité, elle entrevoyait de hautes silhouettes. Un sabot de cheval heurta une planche avec bruit et il se fit un brouhaha.

« Qu'est-ce qu'il y a ? Vous ne pouvez pas la laisser là ! » dit une voix irritée. C'était un petit homme remuant, édenté et ventru. A ses bottes et à son chapeau, Agnes reconnut Geoff Egglestan. Elle était donc dans les écuries où son mari avait travaillé un an plus tôt.

« Maître Egglestan, murmura-t-elle, reprenant un peu d'espoir, je suis Agnes Cole, la femme du charpentier. »

Devinant qu'il la reconnaissait, elle sut qu'il ne la chasserait pas. Les gens continuaient à s'agglutiner derrière lui. Agnes haletait.

« S'il vous plaît, quelqu'un serait-il assez bon pour chercher mon mari ?

– Je ne peux pas quitter mon travail, grommela Egglestan. Qu'un autre y aille. »

Personne ne broncha. Elle mit la main à sa poche, trouva la pièce et la tendit.

« S'il vous plaît, répéta-t-elle.

– Je ferai mon devoir de chrétienne », dit aussitôt une femme, une traînée manifestement, et sa main se referma sur l'argent comme une griffe.

La douleur devenait intolérable, différente des contractions qu'elle connaissait. Ses accouchements avaient été un peu pénibles après les deux premiers, elle avait fait des fausses couches avant et après la naissance d'Anne Mary; mais Jonathan et la petite avaient glissé de son ventre, après la perte des eaux, comme ces menues graines qu'on éjecte entre deux doigts. En cinq naissances, elle n'avait jamais autant souffert.

« Douce Agnes, pria-t-elle, toi qui secours les agneaux, viens à mon aide! »

Enfin, ses cris déchirants attirèrent l'attention d'une sage-femme qui passait; une vieille ratatinée et passablement ivre, qui chassa les badauds de l'écurie avec force jurons. Elle observa Agnes d'un air dégoûté : « Ces salauds t'ont mise dans la merde », maugréa-t-elle. Mais comment la transporter ailleurs?

Elle releva les jupes d'Agnes sur sa poitrine, déchira ses dessous et là, sur le sol de l'écurie, devant le vagin largement ouvert, elle repoussa le fumier avec ses mains, qu'elle essuya sur un tablier crasseux. Puis elle tira de sa poche un pot de saindoux que le sang et les sécrétions d'autres femmes avaient déjà noirci. Elle enduisit ses mains de graisse pour les lubrifier, et introduisit progressivement deux doigts, trois, enfin toute la main dans l'orifice dilaté de la femme qui hurlait comme une bête.

« Tu n'as pas fini de souffrir, dit la sage-femme en se graissant les bras jusqu'au coude, le petit gredin pourrait se mordre les orteils, s'il le voulait : il se présente par le siège. »

2

UNE FAMILLE DE LA GUILDE

Rob courait en direction du dock de Puddle, puis se rappelant qu'il fallait trouver son père, il rebroussa chemin vers la guilde – ce qu'aurait fait tout enfant de charpentier en cas de difficulté. La guilde des charpentiers se trouvait au bout de la rue du même nom dans un vieux bâtiment de colombage et de torchis. Autour de la grande table, Rob reconnut des voisins de son père mais Nathanael n'était pas avec eux.

La guilde, c'était tout pour les travailleurs du bois : bureau d'entraide et de placement, dispensaire, pompes funèbres, service social, influence politique et soutien moral... C'était une société étroitement organisée et hiérarchisée. Les décisions du procureur des charpentiers avaient le poids des sentences royales, et c'est à ce grand personnage que Rob s'adressa immédiatement. Richard Bukerel semblait voûté sous le poids des responsabilités. Tout en lui était sombre : les cheveux et les yeux, le pantalon étroit, la tunique, le pourpoint de laine grossière teinte au brou de noix. Sa peau avait la couleur du cuir tanné par mille jours de soleil; mesuré dans ses gestes, sa pensée, ses propos, il prêta à l'enfant une oreille attentive.

« Nathanael n'est pas là, mon garçon.

– Savez-vous où le trouver, maître Bukerel?

– Un instant, s'il te plaît », dit Bukerel après un temps de réflexion, et il s'approcha d'un groupe voisin. Rob ne saisit que quelques mots chuchotés.

« Il est avec cette putain-là? »

Puis il revint.

« Nous savons où est ton père et nous allons le chercher. Va vite rejoindre ta mère; nous serons bientôt là. »

Rob remercia et partit en courant. Sans s'arrêter pour reprendre haleine, esquivant les charrettes, évitant les ivrognes, il naviguait à travers la foule. A mi-chemin, il aperçut son ennemi, Antony Tite, avec lequel il s'était tant battu l'année précédente; suivi de deux de ses acolytes, Tony se moquait des esclaves des docks. « Petit salaud, pensa Rob, ne t'avise pas de me retarder, mais tu ne perds rien pour attendre. » Un jour aussi, il réglerait son compte à son père, cette ordure! Un des jeunes voyous l'avait repéré et le désignait à Tony mais il était déjà hors d'atteinte. A bout de souffle, avec un point de côté, il arriva aux écuries juste à temps pour voir une drôle de vieille emmailloter un nouveau-né. L'odeur lourde du crottin de cheval se mêlait à celle du sang. Mam était couchée par terre, les yeux fermés, très pâle. Pour la première fois, elle lui parut toute petite.

« Mam?

– T'es le fils?

– Oui », fit-il d'un signe de tête en tâchant de reprendre son souffle. La vieille se racla la gorge et cracha.

« Laisse-la tranquille », dit-elle.

En arrivant aux écuries, Nathanael regarda à peine son fils. Dans la charrette remplie de paille que Bukerel avait empruntée à un entrepreneur de la guilde, ils ramenèrent Mam à la maison, avec le bébé qui fut baptisé Roger Kemp Cole. Chaque fois qu'elle en mettait un au monde, Agnes le montrait aux autres enfants, toute fière et rieuse. A présent, elle restait allongée, immobile, les yeux fixés sur le chaume du plafond.

Nathanael se décida à aller chercher la voisine, la veuve Hargreaves.

« Elle ne peut même pas nourrir l'enfant, lui dit-il.

– Cela s'arrangera peut-être », répondit Della Hargreaves.

Elle connaissait une nourrice à qui elle porta le bébé, au grand soulagement de Rob : il avait assez à faire avec les autres; Jonathan, qui était propre avant, ne l'était déjà plus, sans la surveillance de sa mère. Pa restait à la maison, mais Rob lui parlait peu et se débrouillait sans lui. Les leçons du matin lui manquaient car Mam savait en faire un jeu. Personne n'avait sa chaleur, sa malice tendre, sa patience avec les mémoires paresseuses.

Rob chargea Samuel d'occuper dehors William et Anne Mary. Ce soir-là, la petite pleura, réclamant une berceuse, et l'aîné s'exécuta, soulagé que Tony Tite ne soit pas là pour l'entendre.

Mam semblait mieux le lendemain mais c'était la fièvre, dit Pa, qui lui colorait les joues. Elle frissonnait, bien qu'ils aient ajouté des couvertures. Le troisième matin, en lui donnant à boire, Rob s'effraya de son visage brûlant. Elle lui tapota la main.

« Mon Rob, soupira-t-elle, déjà si grand garçon. »

Elle respirait vite et son haleine était fétide. Quand il lui prit la main, quelque chose passa dans son esprit, de son corps à elle. Une prémonition. Il sut avec une certitude absolue ce qui allait arriver. Il ne put ni pleurer ni crier, ses cheveux se dressèrent sur sa nuque. La terreur pure. Adulte, il n'aurait pu le supporter, et il n'était qu'un enfant. Pris de panique, il tordit involontairement la main de sa mère jusqu'à lui faire mal. Nathanael s'en aperçut et le gifla.

Le lendemain matin, quand il se leva, elle était morte.

Nathanael Cole s'assit et se mit à pleurer, ce qui effraya les enfants car ils n'avaient pas vraiment compris que Mam était partie pour de bon. Ils n'avaient jamais vu pleurer leur père et restaient blottis les uns contre les autres, pâles et attentifs.

La guilde s'occupa de tout. Les femmes arrivèrent. Aucune n'avait jamais été l'amie d'Agnes, que son instruction rendait suspecte, mais tout cela était oublié, et Rob, longtemps après, se rappelait encore avec écœurement leur odeur de romarin.

Hugh, le père de Tony, se chargea du cercueil qu'il fabriqua avec du sapin restant d'une commande de l'année précédente.

On avait bien fait les choses : du cidre, de la petite bière et une boisson fermentée à base d'eau, de miel et d'épices. Des cailles et des perdrix rôties, du gibier, des harengs fumés, des truites, des carrelets et des miches de pain d'orge. On paya des prières, des porteurs et des fossoyeurs; on chanta des psaumes pour le repos de l'âme et Agnes fut enterrée au cimetière, près d'un jeune if.

Au retour, les femmes avaient préparé le repas; on mangea et on but pendant des heures. La veuve

Hargreaves bourra les enfants en les étouffant contre sa forte poitrine, au point de les rendre malades.

Rob savait ce que signifiait la mort. Il se surprenait pourtant à attendre le retour de Mam; il aurait trouvé naturel de la voir ouvrir la porte, rapportant des provisions ou l'argent de ses broderies.

A sa grande surprise, son père resta à la maison. Il semblait vouloir parler aux enfants mais n'y parvenait pas. Il passait le plus clair de son temps à réparer le toit de chaume. Quelques semaines après l'enterrement, alors que Rob, encore sous le choc, commençait à comprendre combien la vie serait différente, Nathanael trouva enfin du travail.

L'argile des quais de Londres est une boue brune, molle et dense, terrain d'élection d'une sorte de mollusque, qui, comme des vers de bois, avait fait de tels dégâts en rongeant et taraudant pendant des siècles l'infrastructure des quais qu'il devenait urgent de la remplacer. Un travail très dur – rien de commun avec la menuiserie de luxe –, mais, poussé par la nécessité, le père l'accepta.

La responsabilité de la maison retomba sur Rob, qui n'était pas fort en cuisine. Della Hargreaves apportait à manger ou préparait des repas, surtout quand Nathanael était là. Forte mais non sans charme, elle avait le teint coloré, les pommettes hautes, un menton pointu et de petites mains potelées qu'elle ménageait le plus possible. Rob s'était toujours occupé de ses frères et de sa sœur mais il était désormais leur seul recours et cela ne plaisait ni à lui ni à eux. Les petits pleuraient sans cesse. William maigrissait et Samuel, plus effronté que jamais, rapportait à la maison de telles grossièretés que l'aîné n'avait plus d'autre ressource que les coups.

Il s'efforçait de faire tout ce qu'*elle* aurait fait. Le matin, après avoir donné au bébé la bouillie, aux autres le pain d'orge, il nettoyait le sol sous le trou de fumée, par où, les jours de pluie, les gouttes tombaient en sifflant sur le feu. Il balayait, frottait, faisait les courses. Au début les commerçants lui offraient, avec leurs condoléances, quelques menus cadeaux pour la famille : des pommes, un peu de fromage ou de morue salée. Puis il apprit à marchander, craignant de se faire avoir comme un enfant. Mam avait pensé mettre Samuel à l'école cette année et envoyer Rob étudier chez les moines de Saint-Botolph. À présent, il n'y aurait de classe pour personne : le père ne savait ni lire ni écrire et n'avait que faire de l'instruction.

La veuve aurait pu se charger des enfants; les sous-entendus et les plaisanteries des voisins avaient appris à Rob qu'elle était prête à jouer la belle-mère; elle était seule, son mari ayant été tué quinze mois plus tôt par la chute d'une poutre. Et c'était l'usage qu'un veuf chargé de famille se remarie au plus vite. Nathanael passait en effet de plus en plus de temps chez Della mais il était souvent trop fatigué, même pour cela. Les longs pieux et les entretoises que réclamait le travail des quais devaient être équarris dans des rondins de chêne noir, puis profondément enfoncés sous le lit du fleuve pendant la marée basse. Il travaillait dans le froid et l'humidité. Comme le reste de l'équipe, il y contracta une toux sèche, caverneuse, et rentrait toujours épuisé.

On trouva dans la boue de la Tamise une sandale romaine aux longues lanières de cuir, une lance brisée, des tessons de poteries. Nathanael rapporta un silex taillé en pointe de flèche aussi coupant qu'un rasoir, découvert à six mètres de fond.

« C'est romain? demanda Rob, passionné.

– Peut-être saxon », répondit son père en haussant les épaules.

Pas de doute en revanche sur la monnaie trouvée un peu plus tard. En frottant la pièce avec des cendres mouillées, Rob fit apparaître sur l'une des faces noircies les mots : *Prima Cohors Britaniae Londonii*. Son latin d'église ne l'aida guère.

« C'était peut-être la première cohorte qui était venue à Londres? »

Sur l'autre face, il y avait un Romain à cheval et trois lettres : IOX.

« Qu'est-ce que ça veut dire? » demanda le père.

Rob n'en savait rien. Mam aurait su, elle. Mais à qui demander maintenant?

Les enfants étaient tellement habitués à la toux de Nathanael qu'ils ne l'entendaient plus. Mais, un matin que Rob nettoyait la cheminée, on frappa doucement à la porte. C'était Harmon Whitelock, un compagnon de son père, accompagné de deux esclaves qui ramenaient Pa.

Les esclaves terrifiaient Rob. Il y a plusieurs façons pour un homme de perdre sa liberté : prisonnier de guerre, condamné comme criminel ou insolvable; sa femme et ses enfants deviennent esclaves avec lui, et pour plusieurs générations. Ces esclaves-là étaient grands et musclés, avec le crâne rasé, marque de leur condition, et leurs guenilles puaient abominablement. On n'aurait su dire s'ils étaient anglais ou étrangers : c'étaient des muets au regard fixe. Ils effrayèrent Rob plus encore que le visage exsangue du père, dont la tête ballottait tandis qu'ils le posaient sur le lit.

« Qu'est-ce qui est arrivé ? » demanda-t-il.

Whitelock haussa les épaules.

« Quelle misère ! La moitié de l'équipe est comme ça, à tousser et cracher sans cesse. Ton père était si faible qu'il n'a pas résisté quand on a commencé le gros œuvre. J'espère qu'après un peu de repos il pourra retourner aux quais. »

Le lendemain matin, Nathanael fut incapable de se lever, sa voix était rauque. Mme Hargreaves lui apporta une infusion chaude adoucie de miel et s'installa près de lui ; ils parlaient à voix basse et elle rit une ou deux fois. Mais, quand elle revint le jour suivant, il avait une forte fièvre et n'était plus d'humeur à badiner. Elle fut vite partie.

La langue et la gorge devinrent rouge vif ; il demandait sans cesse à boire. La nuit, il fit un cauchemar : ces salauds de Vikings remontaient la Tamise sur leurs drakkars à la proue recourbée. Sa poitrine s'étouffait de crachats dont il ne pouvait se débarrasser. Sa respiration devenait difficile. Rob alla chercher la voisine, qui refusa de venir.

« Ça m'a tout l'air d'un muguet, et c'est très contagieux ! » dit-elle en refermant la porte.

Ne sachant que faire, Rob retourna à la guilde. Richard Bukerel l'écouta, l'air grave, l'accompagna chez lui, s'assit au chevet de Nathanael et nota le visage congestionné, le râle... Le plus simple aurait été d'appeler un prêtre pour allumer les cierges et réciter les prières. Personne ne lui en aurait fait reproche. Mais, sachant ce qui attendait les orphelins, il envoya chercher un médecin, qu'on paierait sur les fonds de la guilde.

Sa femme le tança vertement :

« Un médecin ? Nathanael est-il noble ? Si un simple chirurgien suffit aux pauvres de Londres, pourquoi faudrait-il à Cole un médecin qui nous coûte si cher ? »

Le Barbier

Thomas Ferraton, médecin au teint fleuri, arriva chez les Cole comme l'image vivante de la prospérité : un pantalon coupé avec élégance, des manchettes ornées de dentelle – Rob en eut le cœur serré, pensant à sa mère –, la tunique de laine fine tachée de sang et de vomissures arborée fièrement comme l'emblème de sa profession. Fils d'un riche marchand, il avait étudié chez un médecin, issu lui-même d'une famille prospère d'armuriers, qui soignait les gens fortunés; après son apprentissage, Ferraton avait conservé la même clientèle. Un fils de commerçant ne pouvait espérer s'introduire chez les nobles, mais il se sentait bien avec les patients aisés dont il partageait les manières et les intérêts. Il refusait les classes laborieuses et fut déçu de découvrir pour qui on l'avait dérangé. Voulant éviter une scène, il préféra en finir au plus vite.

Il toucha légèrement le front de Nathanael, le regarda dans les yeux et flaira son haleine.

« Bien, dit-il, ça va passer.

– Qu'est-ce qu'il a ? » demanda Bukerel.

Ferraton ne répondit pas et Rob devina que le docteur n'en savait rien.

« Amygdalite purulente, dit-il enfin en désignant les taches blanches de la gorge en feu. Inflammation temporaire, rien de plus. »

Il posa un garrot sur le bras du malade, incisa adroitement une veine et lui tira une bonne pinte de sang.

« Et si la saignée n'a pas d'effet ? » dit encore Bukerel.

Le médecin fronça les sourcils : il ne remettrait pas les pieds chez ces gens-là.

« Je ferais mieux de le saigner encore pour plus de sûreté », dit-il, et il s'occupa de l'autre bras.

Il laissa une petite fiole de calomel mêlé de

roseau carbonisé, et se fit payer visite, saignées et médicament.

« Sacré charlatan! Boucher! » grommela Bukerel en le regardant partir, et il promit à Rob de lui envoyer une femme pour s'occuper de son père.

Blême, épuisé, Nathanael ne bougeait plus. Il prit plusieurs fois son fils pour Agnes et chercha sa main. Mais, se rappelant ce qui était arrivé pendant l'agonie de sa mère, Rob la lui refusa. Plus tard, honteux, il retourna à son chevet et saisit cette main durcie par le travail; il regarda les ongles écornés, la peau incrustée de crasse avec ses poils noirs et frisés.

Et tout recommença : il saisit l'évidence du déclin irréversible, de la flamme qui vacille et s'éteint. Son père allait mourir, c'était imminent. Il fut pris d'une terreur muette, celle-là même qui l'avait étreint quand Mam avait disparu.

De l'autre côté du lit, il vit ses frères et sa sœur. Alors la nécessité immédiate l'emporta sur son angoisse et son chagrin. Il secoua le bras de son père.

« Et maintenant, qu'est-ce que *nous* allons devenir? » dit-il d'une voix forte. Mais personne ne répondit.

3

LA SÉPARATION

Cette fois, comme c'était un homme de la guilde qui était mort et pas seulement un parent, la corporation fit les frais de cinquante psaumes. Deux jours après les funérailles, Della Hargreaves partit pour Ramsey vivre chez son frère. Richard Bukerel prit Rob à part.

« Quand il n'y a plus de famille, on répartit les enfants et les biens, dit-il vivement. La guilde s'occupera de tout. »

Rob en resta pétrifié. Le soir, il essaya de l'expliquer à ses frères et à sa sœur. Samuel fut le seul à comprendre.

« Alors, on va nous séparer ?

– Oui.

– Chacun ira vivre dans une autre famille ?

– Oui. »

Cette nuit-là, quelqu'un se glissa dans son lit. Ni Willum ni Anne Mary comme il s'y serait attendu, mais Samuel, qui jeta ses bras autour de lui, à croire qu'il avait peur de tomber.

« Je voudrais qu'ils reviennent, Rob !

– Moi aussi. »

Il tapota l'épaule osseuse qu'il avait si souvent frappée et, pour une fois, ils pleurèrent ensemble.

« On ne se reverra plus jamais ? »

Rob se sentit glacé.

« Oh ! Samuel, ne sois pas stupide. Nous habiterons sans doute dans le même coin et nous nous verrons tout le temps. On est frères pour toujours. »

Samuel, consolé, dormit un peu mais avant l'aube il mouilla le lit : pire que Jonathan ! Il eut honte et craignit de rencontrer le regard de Rob, mais ses craintes étaient vaines car il partit le premier. Les marteaux et les scies de Nathanael échurent avec lui à un maître charpentier qui demeurait six maisons plus loin.

Deux jours plus tard, un prêtre nommé Ranald Lovell vint avec le père Kempton, qui avait chanté les messes pour Mam et Pa. Il était muté au nord de l'Angleterre et voulait emmener un enfant. Il les regarda tous et choisit Willum. C'était un homme grand, cordial, aux cheveux blonds et aux yeux gris, où Rob voulut lire de la bonté.

Il se demanda s'il ne pourrait pas garder les deux petits, mais comment les nourrir ? Il fallait déjà ménager les restes du repas des funérailles et Rob était réaliste. Jonathan, le gilet de cuir de son père et sa ceinture à outils allèrent à Allwyn, un compagnon menuisier.

La nourrice garda le petit Roger et reçut le matériel de broderie. Rob ne connaissait pas cette femme ; c'est Bukerel qui lui apprit ce qui avait été décidé.

Enfin, le boulanger Haverhill et sa femme vinrent chercher ce qu'il y avait de mobilier en bon état, et Anne Mary s'en fut vivre chez eux, au-dessus de la boutique.

« Au revoir, petite fille, murmura Rob en la serrant fort contre lui. Je t'aime, ma demoiselle, mon Anne Mary. »

Mais elle semblait lui en vouloir de tout ce qui s'était passé et ne lui dit pas au revoir.

Il restait seul et n'avait plus rien. Il vécut en ermite dans les pièces à moitié vides. Personne ne l'invita, même pour un repas. Ses voisins, qui ne pouvaient ignorer son existence, l'entretenaient chichement : un pain rassis, un bout de fromage. Couché près de la fenêtre ouverte, derrière le rideau de Mam, il épiait les secrets de ce monde hostile; il entendait passer les charrettes, aboyer les chiens; il y avait des jeux d'enfants et des chants d'oiseaux. Parfois, il entendait les gens parler de lui, comme s'il était question de quelqu'un d'autre.

« Que va-t-il devenir ? soupirait Mme Haverhill. J'ai conseillé à maître Bukerel de le vendre comme indigent. Même dans ces temps difficiles, le prix d'un jeune esclave peut dédommager la guilde et nous tous de ce qu'a coûté la famille Cole. »

Mme Bukerel renchérissait :

« Le procureur ne veut pas en entendre parler, mais je finirai bien par le convaincre. »

Quand les deux femmes furent parties, Rob se sentit pris de fièvre : le sang lui monta à la tête, il frissonna. Toute sa vie il avait vu des esclaves, pensant n'avoir rien de commun avec eux puisqu'il était né anglais et libre.

Il était bien trop jeune pour travailler aux docks, mais il savait qu'on employait des enfants dans les mines, où les tunnels étaient trop étroits pour un corps d'homme. Il savait aussi qu'un esclave est mal vêtu, mal nourri, cruellement fouetté à la moindre faute. Et que c'est pour la vie.

Il attendait, dans la maison abandonnée et silencieuse, tremblant au plus léger bruit.

Le cinquième jour après l'enterrement de son père, un inconnu vint frapper à la porte.

« Tu es le jeune Cole ? »

Rob hocha prudemment la tête, le cœur battant.

« Je m'appelle Croft. Je suis envoyé par un nommé Richard Bukerel avec qui j'ai bu à la taverne Bardwell. »

Il paraissait d'un certain âge, corpulent, le visage tanné entre de longs cheveux d'homme libre et une barbe ronde et frisée de la même couleur rousse.

« Quel est ton nom exactement ?

— Robert Jeremy Cole, monsieur.

— Et ton âge ?

— Neuf ans.

— Je suis barbier-chirurgien et je cherche un apprenti. Sais-tu ce que fait un barbier-chirurgien, jeune Cole ?

— Vous êtes une sorte de médecin ? »

Le gros homme sourit.

« Pour l'instant, c'est un peu ça. Bukerel m'a mis au courant de ta situation. Est-ce que mon métier t'intéresse ? »

Non. Rob n'avait pas envie de devenir un médecin comme celui qui avait saigné son père à mort. Mais il voulait encore moins être vendu comme esclave, aussi répondit-il « oui » sans hésiter.

« Le travail ne te fait pas peur ?

— Oh non, monsieur !

— Heureusement, car tu vas en baver ! Bukerel m'a dit que tu savais lire, écrire et que tu connaissais le latin ?

— Très peu de latin, à vrai dire...

— Je te prends à l'essai pendant quelque temps, mon petit gars. Tu as des affaires ? »

Son balluchon était prêt depuis longtemps. « Suis-je sauvé ? » se demanda-t-il.

Ils grimpèrent dans une charrette étrange comme il n'en avait jamais vu ; elle avait un mât blanc de chaque côté du siège avant, noué d'un large ruban comme un serpent écarlate. C'était une voiture couverte, barbouillée de rouge, avec des peintures jaune soleil qui représentaient un bélier, un lion, une balance, une chèvre, un archer, un crabe... Le cheval gris pommelé se mit en route et ils descendirent la rue des Charpentiers, dépassèrent la maison de la guilde et se faufilèrent dans la foule de la rue de la Tamise.

Rob, figé sur son siège, jetait de brefs coups d'œil à son voisin : un beau visage, malgré son nez gras, rouge et proéminent, une loupe sur la paupière gauche et de fines rides au coin des yeux bleus et perçants.

Ils atteignirent les écuries d'Egglestan, traversèrent la Tamise vers la rive sud, longèrent les entrepôts et les demeures des riches commerçants. Rob reconnut celle du négociant en broderies pour qui Mam avait travaillé. Il n'avait jamais été plus loin.

« Maître Croft ? »

Son compagnon fronça les sourcils.

« Non, non. On ne m'appelle jamais Croft, on dit : Barbier, à cause de ma profession.

– Oui, Barbier », répondit Rob. Ils avaient dépassé Southwark, et il s'affolait en entrant dans ce monde inconnu et déroutant.

« Barbier, où allons-nous ? » demanda-t-il sans pouvoir retenir ses larmes. L'homme sourit et, reprenant les rênes, mit son cheval au trot.

« Partout », répondit-il.

4

LE BARBIER-CHIRURGIEN

Ils campèrent à la nuit, sur une colline près d'un ruisseau. Le brave cheval gris s'appelait Tatus.

« L'abréviation d'Incitatus, à cause du coursier de l'empereur Caligula, qui l'aimait au point de l'avoir fait prêtre et consul. Le nôtre est un assez bel animal pour un pauvre diable à qui on a coupé les couilles », dit le Barbier, et il expliqua comment soigner le hongre, le bouchonner avec des poignées d'herbe sèche et douce, le mener boire et paître avant de s'occuper d'eux-mêmes.

Ils étaient dans une clairière, assez loin de la forêt, mais le Barbier expédia Rob chercher du bois pour le feu et il dut faire plusieurs voyages. Bientôt les flammes crépitèrent; il se sentit défaillir à la bonne odeur de cuisine. Dans un pot de fer, le Barbier avait mis d'épaisses tranches de lard fumé et faisait revenir dans la graisse un gros navet, des poireaux, avec une poignée de mûres sèches et des herbes. Rob n'avait jamais rien mangé d'aussi bon; il en avala une grosse portion et son compagnon, qui avait lui-même un solide appétit, le resservit. Ils essuyèrent leurs écuelles avec des quignons de pain d'orge et, de lui-même, Rob alla nettoyer le pot et les bols dans le ruisseau en les frottant avec du sable. Quand il eut rapporté les ustensiles, il se soulagea derrière un buisson.

« Seigneur ! Quel remarquable zizi ! » s'écria le Barbier surgissant près de lui. Rob resta en suspens et cacha son sexe.

« Quand j'étais petit, j'ai eu quelque chose là. On m'a dit qu'un chirurgien avait enlevé, au bout, le capuchon de peau...

– Il a ôté le prépuce, dit le Barbier. Et te voilà circoncis comme un païen. »

Rob s'écarta légèrement, troublé et sur ses gardes. L'humidité de la forêt les gagnait. Il ouvrit son sac, prit sa chemise de rechange et l'enfila par-dessus celle qu'il portait. Le Barbier sortit deux fourrures de la carriole et les lui jeta.

« Nous coucherons dehors, le chariot est déjà bourré. »

Dans le sac ouvert, il aperçut la monnaie romaine et la chipa d'un geste vif. Il ne demanda pas d'où elle venait.

« Avec mon père... on a pensé qu'il s'agissait de la première cohorte romaine arrivée à Londres.

– En effet », dit l'homme en examinant la pièce. Manifestement, il connaissait les Romains et les estimait, à en juger par le nom du cheval. Rob craignait qu'il ne lui vole son bien.

« Sur l'autre face il y a des lettres », dit-il d'une voix rauque. Le Barbier lut, à la lumière du feu :

« IOX. *IO* signifie " hourra ", X, c'est le nombre dix. Un cri de victoire romain : " Dix fois hourra ! " »

Rob reprit la pièce avec soulagement et installa son lit près du feu. Les fourrures, une peau de mouton et une peau d'ours, étaient vieilles et sentaient fort mais elles lui tiendraient chaud. Le Barbier se coucha de l'autre côté du feu, son épée et son couteau à portée de la main contre un éventuel agresseur – ou contre un jeune fugitif, songea Rob avec appréhension. Il avait retiré de son cou la corne saxonne qu'il portait attachée à une lanière, en ferma le fond avec un bouchon en os, la remplit d'un liquide sombre et l'offrit à Rob.

« C'est l'alcool que je fabrique. Bois tout. »

Rob n'en voulait pas, mais n'osait refuser. Un fils d'ouvrier, à Londres, savait très tôt ce qu'on devait attendre des marins et des dockers qui offraient des sucreries près des entrepôts déserts. Il savait aussi que l'ivresse en est le prélude ordinaire.

« Bois, répéta le Barbier, fronçant les sourcils en le voyant s'arrêter. Cela te fera du bien. »

Il ne se montra satisfait qu'en l'entendant tousser violemment après deux grandes gorgées. Reprenant la corne, il finit sa bouteille, puis une autre, lâcha un pet prodigieux et se mit au lit.

« Repose-toi bien, petit gars, dit-il. Dors tranquille, tu n'as rien à craindre de moi. »

Croyant à une ruse, Rob attendait, sous la peau d'ours puante, les cuisses serrées, sa pièce dans la main droite et, dans la gauche, une pierre. Mais il savait qu'il ne pourrait résister aux armes de l'homme et qu'il était à sa merci.

Pourtant, pas d'erreur, le Barbier dormait; c'était même un redoutable ronfleur!

Sa liqueur avait laissé à Rob un goût de médicament. L'alcool lui courait dans le corps tandis qu'il se pelotonnait dans les fourrures, et la pierre lui échappa. Serrant toujours la pièce, il voyait les Romains en rangs, acclamant dix fois les héros qui refusaient la défaite. Au-dessus de sa tête, les blanches étoiles roulaient à travers le ciel, si lentes qu'il aurait pu les cueillir et en faire un collier pour Mam. Il pensa à chacun des membres de sa famille. Samuel surtout lui manquait. Et si Jonathan mouille ses couches, pourvu que Mme Alwyn soit patiente. Il espérait que le Barbier retournerait bientôt à Londres, tant il lui tardait de revoir les enfants.

Le Barbier savait ce que ressentait son nouvel assistant : il s'était retrouvé seul au même âge après le pillage du village de pêcheurs où il était né, et qui brûlait encore dans sa mémoire.

Son père maudissait le roi Ethelred, ses impôts, le luxe de la belle reine Emma qu'il avait ramenée de Normandie, l'armée coûteuse qui servait sa sécurité personnelle plus que la défense du peuple, sa cruauté... Beaucoup crachaient rien qu'à entendre son nom. Au printemps de 991, il avait scandalisé ses sujets en détournant à prix d'or les pirates danois; par la suite, naturellement, les expéditions sanglantes se multiplièrent contre le pays, désarmé par la lâcheté de son roi.

Cette semaine-là, Henry Croft avait accompagné son père dans une grande pêche au hareng; quand ils rentrèrent un matin, une demi-douzaine de bateaux norvégiens à la proue recourbée étaient cachés dans une crique. L'enfant s'enfuit en apercevant à la fenêtre de sa propre maison un étranger vêtu de peaux de bêtes. Sa mère gisait sur le sol, violée et assassinée; un peu plus tard, son père fut pris et on lui trancha la gorge.

Fou de peur et de chagrin, Henry courut se cacher dans les bois comme un animal traqué. Quand il sortit, hébété et mort de faim, les Norvégiens étaient partis, ne laissant que des cadavres et des cendres. On envoya l'enfant avec les autres orphelins à l'abbaye de Crowland. Comme il ne restait généralement derrière les pirates que peu de moines et beaucoup d'orphelins, les bénédictins faisaient d'une pierre deux coups en tonsurant ces jeunes sans famille.

A neuf ans, Henry dut promettre à Dieu de vivre à jamais pauvre et chaste. Il y gagna du savoir : quatre heures d'étude, six heures de dur travail, le reste en contemplation et en prières. Offices du matin, offices de l'après-midi, offices du soir, offices perpétuels. Ni récréations ni exercice du corps. Une élite de mystiques et de pénitents, des nobles aussi réfugiés là pour sauver leur vie, vivaient en cellules individuelles; les autres couchaient au dortoir, qui résonnait la nuit de toux, ronflements, échos de cauchemars ou de masturbations, chuchotements et récriminations de mal nourris.

La ville de Peterborough était à trois lieues de là. Quand Henry eut quatorze ans, il demanda à son confesseur la permission d'aller prier au bord de la rivière et réussit, par un beau soir d'été, à prendre le large dans un petit bateau resté sur la berge. Il erra dans les villages, dormant où il pouvait, vivant de dons et de petits larcins. Dans le port de Grimsby, un pêcheur l'engagea comme aide et le fit travailler dur pendant deux ans. Le pêcheur mort, il connut à nouveau la faim avant de rencontrer des baladins dont il apprit les tours, les jongleries et les histoires. La sœur du conteur fut la première fille qui lui ouvrit ses bras.

La troupe s'était dispersée depuis quelques semaines quand, à Matlock, sa vie prit un nouveau tournant : il entra pour six ans au service d'un barbier-chirurgien nommé James Farrow. L'homme avait la réputation, dangereuse à l'époque, de s'y connaître en sorcellerie; Henry acquit bientôt la certitude qu'il n'en était rien. Son maître était intraitable, le battait pour la moindre erreur, mais il lui enseigna parfaitement tout ce qu'il savait.

Le Barbier

En l'an 1002, la quatrième année de Henry à Matlock, le roi Ethelred commit une horrible traîtrise : à la suite d'un raid de Vikings sur Southampton, qu'il détourna une fois de plus en leur payant tribut, il fit massacrer en un seul jour tous les Danois qu'il avait laissés s'établir sur les terres du royaume. Alors la violence se déchaîna, on traqua les sorcières qui furent pendues ou brûlées; un délire sanguinaire s'empara du pays.

Un nommé Bailey Aelerton étant mort subitement tandis qu'il binait son champ, on accusa Farrow de l'avoir tué par envoûtement et magie noire. Menée par un voisin, Simon Beck, une foule excitée débarqua chez lui, le dépouilla de ses vêtements et crut trouver sur son corps des marques sataniques; puis, lié sur une croix de bois, on le plongea à plusieurs reprises dans la rivière, pour lui faire avouer les crimes qu'il n'avait pas commis, tant et si bien qu'il fut noyé.

Terrifié, impuissant devant cette haine aveugle, et risquant d'ailleurs d'être à son tour pris à partie, Henry ne put, lorsque tout fut fini, que repêcher son maître, lui fermer les yeux et l'enterrer au plus vite. Farrow était veuf et sans famille. Dans sa maison déjà pillée, Henry ne trouva plus qu'un habit meilleur que le sien, un peu de nourriture et sa trousse d'instruments de chirurgie. Il réussit aussi à rattraper son cheval et quitta Matlock au galop avant qu'on ait eu l'idée de le poursuivre.

Il redevint vagabond mais, cette fois, il avait un métier et cela faisait toute la différence. Partout, des gens dolents étaient prêts à payer un ou deux sous pour qu'on les soigne. Il se faisait aussi de l'argent en vendant des médicaments, et, pour attirer les badauds, il connaissait tous les trucs appris en voyageant avec les bateleurs. Se croyant recherché, il ne restait jamais longtemps au même endroit; il renonça à son vrai nom et se fit appeler « le Barbier ». Ainsi s'organisa peu à peu une vie qui lui convenait. Il s'habillait chaudement et bien, ne manquait jamais de femmes, buvait à son gré et mangeait prodigieusement, s'étant juré de ne plus connaître la faim.

Quand il rencontra sa future épouse, il pesait au moins deux cent vingt livres. Lucinda Eames était veuve et propriétaire d'une belle ferme à Canterbury. Pendant six mois, il s'occupa des bêtes, des champs et joua au mari. Il appréciait son petit cul blanc en forme de cœur renversé et, quand ils faisaient l'amour, elle pointait un bout de langue rose au coin de sa bouche, comme un écolier qui peine sur sa leçon. Elle lui reprochait de ne pas lui donner d'enfant; peut-être avait-elle raison, bien qu'elle n'en ait pas fait davantage avec son premier mari. Sa voix devint criarde, son ton amer, sa cuisine négligée. Avant la fin de la première année, Henry se rappela des femmes plus chaudes, des nourritures plus savoureuses; vouant au diable Lucinda et sa langue, il partit et se remit à voyager.

Il acheta à Bath sa première carriole et engagea dans le Northumberland son premier apprenti. Depuis, il avait formé plus d'un gamin; quelques petits futés lui avaient fait gagner de l'argent, il avait appris des autres ce qu'il faut exiger d'un apprenti. Il savait aussi ce qui attendait les incapables qu'on renvoyait : la plupart allaient au désastre. Avec un peu de chance, ils devenaient jouets sexuels ou esclaves; les malchanceux crevaient de faim ou se faisaient tuer. Cela le contrariait plus qu'il ne voulait l'avouer, mais il ne pouvait se permettre de garder un poids mort. Rescapé lui-

même, il savait endurcir son cœur pour sa propre
sauvegarde.

Le dernier, celui qu'il avait trouvé à Londres,
semblait désireux de lui plaire, mais le Barbier
savait que les apparences sont trompeuses quand il
s'agit d'un apprenti. Inutile de s'exciter là-dessus
comme un chien sur un os. Le temps serait seul
juge et l'on saurait bien assez tôt si le petit Cole
tiendrait le coup.

5

LA BÊTE DE CHELMSFORD

Rob se réveilla dès l'aube et trouva son nouveau maître déjà actif et impatient : le Barbier n'était pas de bonne humeur. Il prit une lance dans la carriole pour expliquer comment il fallait s'en servir.

« Elle ne sera pas trop lourde si tu la prends à deux mains. Pas besoin d'être adroit : tu pousses de toutes tes forces. En visant au milieu du corps, tu arriveras bien à toucher quelque chose et, si l'adversaire est blessé, j'ai des chances de le tuer. C'est clair ? »

Rob, intimidé, hocha la tête.

« Mon petit gars, il faut être vigilant et avoir ses armes sous la main si l'on tient à la vie. Les routes romaines restent les meilleures d'Angleterre mais elles ne sont pas entretenues. C'est à la Couronne de les dégager de chaque côté pour empêcher les brigands de piéger les voyageurs. Or, la plupart du temps, les broussailles ne sont pas taillées. »

Il expliqua comment atteler le cheval et, quand ils repartirent, Rob s'assit près de lui, sur le siège du conducteur, en plein soleil, tourmenté de toutes sortes de craintes. Le Barbier quitta la route romaine pour un chemin à peine praticable à travers les ombres d'une forêt sauvage. Il saisit la corne saxonne – qui avait orné le front d'un grand bœuf – et en tira un son harmonieux et puissant, entre la menace et la plainte.

« Ceux qui l'entendent savent ainsi que nous ne sommes ni des assassins ni des voleurs, mais des gens de bien, capables de se défendre. »

Il proposa à Rob d'essayer à son tour mais le gamin eut beau gonfler ses joues, l'instrument resta muet.

« Il faut un souffle plus mûr que le tien et un tour de main. Tu apprendras, n'aie crainte. Et d'autres choses plus difficiles encore. »

Dans un tournant du sentier boueux, la charrette s'embourba. Le Barbier ramassa des branches mortes qu'il disposa devant chaque roue et, reprenant les rênes en criant « Hue, Tatus! », il finit par les sortir de là. Plus loin, il s'arrêta près d'un ruisseau et Rob, qui n'avait jamais pêché que dans la Tamise, apprit l'art de prendre les truites en amorçant les lignes avec des sauterelles vivantes qui grouillaient dans une boîte. Ce serait une de ses tâches de la garder toujours pleine.

« On mange deux fois par jour, dit le Barbier en apportant des champignons et des oignons sauvages : le matin et l'après-midi. *Lever à six, dîner à dix, souper à cinq, coucher à dix, font vivre un homme dix fois dix!* »

C'était un fin cuisinier et le repas le mit de bonne humeur. Rob se rassurait : il n'avait jamais mangé comme cela chez lui et le travail, jusqu'à présent, ne lui semblait pas insurmontable. Ils arrivèrent à Farnham : quelques fermes, une pauvre auberge, une taverne qui sentait la bière, une forge, un tanneur et un scieur de bois. Pas vraiment de place, mais au milieu du village, la rue s'élargissait comme un serpent qui a avalé un œuf.

Le Barbier sortit un tambour; Incitatus se mit à

hennir et Rob à tambouriner de toute la force de ses baguettes.

« Spectacle cet après-midi, annonça le Barbier, suivi du traitement de tous les maux, grands et petits ! »

Le forgeron lâcha son soufflet, les ouvriers la scierie et ils se précipitèrent pour avertir les autres. Les femmes appelaient leurs voisines et les enfants suivaient la charrette, qui parcourut le village avant de s'arrêter sur la petite place. Le Barbier disposa quatre bancs pliants les uns au bout des autres.

« C'est l'estrade, dit-il à Rob, tu devras faire ça partout où nous irons. » Puis il y posa deux paniers pleins de petites fioles qui contenaient chacune un médicament. Enfin, il disparut dans la carriole et tira le rideau.

Rob, assis sur l'estrade, regardait arriver les gens, reconnaissant le meunier à sa farine, les menuisiers aux copeaux dans leurs cheveux. On s'installait par terre, les femmes avec un ouvrage, un tricot ; les gosses se chamaillaient, certains enviaient le jeune assistant. Puis le Barbier fit une entrée fracassante.

« Bon jour et bon lendemain ! Très heureux d'être parmi vous ! »

Il se mit à jongler, d'abord avec deux balles, une rouge et une jaune, qu'il semblait à peine toucher de ses doigts épais. Il ajouta une verte, une bleue encore, une brune enfin. Elles volaient en cercles sans fin, lentement, plus vite, de plus en plus vite... les gens applaudissaient. Rob était émerveillé.

Le Barbier, sans s'interrompre, jouait avec des assiettes de bois et des anneaux de corde, chantait, racontait des histoires et faisait rire les spectateurs. Il escamota un œuf, cueillit une pièce de monnaie sur la tête d'un enfant, proposa de faire disparaître une chope de bière et, prenant celle que se hâtait d'apporter la servante de l'auberge, il la porta lentement à ses lèvres et la vida d'un trait. Les gens applaudirent plus fort.

Alors il demanda si les demoiselles avaient besoin de ruban.

« Oh oui! oui! s'écria aussitôt la servante, avec un élan qui fit glousser tout le monde.

– Comment vous appelez-vous? dit-il avec un regard et un sourire pour ses solides appas.

– Amelia Simpson, monsieur.

– Madame Simpson?

– Je ne suis pas mariée.

– Quel dommage! fit-il galamment. Quelle couleur aimeriez-vous, mademoiselle Amelia?

– Rouge.

– Et combien vous en faut-il?

– Trois aunes, ce serait parfait.

– Espérons que ça suffira », murmura-t-il, malicieux.

On entendit quelques rires paillards. Le Barbier, passant apparemment à autre chose, coupa un bout de corde en quatre morceaux puis le reconstitua dans son entier en faisant au-dessus quelques gestes magiques; couvrant un anneau d'un fichu, il le changea en noix et, portant brusquement les doigts à ses lèvres, il tira quelque chose de sa bouche : l'extrémité d'un ruban rouge. Sous les regards fascinés, il le sortit peu à peu, en louchant et en feignant l'évanouissement. Enfin, avec son poignard, il trancha le ruban au ras de ses lèvres et le tendit à la servante en s'inclinant très bas. Le scieur de bois, qui était près d'elle, le mesura. Le compte y était exactement et l'assistance applaudit.

Quand le bruit se fut apaisé, le Barbier présenta une fiole de son remède miraculeux.

« Seul, mon Spécifique Universel a la vertu d'allonger votre vie, de régénérer votre corps fatigué. Il assouplit les muscles raides et raffermit ceux qui sont mous, rend leur éclat aux yeux éteints, change les malades en gaillards bien portants, arrête la chute des cheveux et regarnit les crânes luisants. Il fait la vue plus nette et l'esprit plus aiguisé. C'est le cordial le plus stimulant et le plus doux des purgatifs. Il vient à bout des ballonnements et des pertes de sang, des misères des femmes, du scorbut des marins, de la surdité, de la toux et de la consomption, des maux d'estomac, de la jaunisse et des fièvres. Bon pour les bêtes comme pour les humains, il guérit tout et chasse tous les soucis ! »

Le Barbier vendit beaucoup de fioles, puis avec Rob il installa un paravent derrière lequel il examina les patients. Malades et égrotants attendirent à la queue leu leu d'être soulagés pour un sou ou deux.

Le soir, ils dînèrent à la taverne ; le Barbier trouva l'oie mal rôtie et les navets filandreux. Puis il étala sur la table une carte des îles Britanniques ; Rob, qui n'en avait jamais vu, suivit, les yeux ronds, le chemin capricieux de son doigt qui traçait leur itinéraire pour les mois suivants.

Tombant de sommeil, il retourna dormir à leur campement, mais il avait trop de choses en tête pour trouver le repos. Il entendit des rires et des propos plaisants pleins d'allusions grivoises ; son maître avait ramené une fille.

« Ah ! Douce Amelia ! » soufflait-il entre deux baisers mouillés et tout un remue-ménage. Elle gémissait. Enfin, ils s'endormirent.

Au petit matin, elle était partie. Ils reprirent la route, s'arrêtèrent pour cueillir un panier de mûres et firent un excellent déjeuner. L'après-midi, ils avaient dépassé un grand domaine fortifié et le Barbier pressait le pas quand trois cavaliers les arrêtèrent; il fallut les suivre, franchir les enceintes et les grilles jusqu'à une salle souterraine aux murs couverts d'armes et de tapisseries.

« Une chienne est blessée. Elle s'est pris la patte dans un piège il y a une quinzaine et cela s'est infecté. »

Le Barbier vida deux de ses fioles dans le bol d'argent de la chienne qui grogna, mais finit par boire. Quand il la vit assoupie, il lui lia les mâchoires, puis les pattes, et l'opéra. La bête tremblait, sa blessure grouillait de vers et sentait mauvais.

Quand il demanda, discrètement, son salaire, on le pria d'attendre le retour du comte, qui était à la chasse. Ils délièrent la chienne, reprirent leurs instruments et s'en furent. Hors de vue du château, le Barbier s'éclaircit la voix et cracha.

« Qui sait quand il reviendra? Si la chienne guérissait, il nous paierait peut-être, ce sacré comte, mais si elle crève, ou qu'il soit de méchante humeur, il peut nous faire écorcher. J'évite les seigneurs, je préfère chercher mon bien chez les villageois. »

Le lendemain, ils arrivèrent à Chelmsford, où un marchand d'onguent les avait précédés – un homme affable avec une crinière blanche et une tunique orange.

« Content de te voir, Barbier!

– Salut, Wat, tu as toujours ta bête?

– Non, elle est tombée malade, je l'ai sacrifiée dans un combat de chiens.

– Dommage que tu n'aies pas eu du Spécifique, ça l'aurait guérie. »

Ils rirent tous deux.

« J'ai un nouvel animal, tu veux le voir?

– Pourquoi pas? » dit le Barbier. Il rangea la charrette sous un arbre et fit paître le cheval tandis que la foule arrivait. Chelmsford était un gros village, avec un public important.

« Sais-tu lutter? » demanda le Barbier à son apprenti.

Rob hocha la tête. Il aimait se battre, comme tous les gamins de Londres.

Wat commençait comme le Barbier, en jonglant. Il était habile, mais ses histoires amusaient moins les gens. Ce qu'ils aimaient, c'était l'ours. La cage était à l'ombre, couverte d'un drap. Il y eut un murmure quand Wat la découvrit. Rob avait vu un ours dressé quand il avait six ans; celui-ci, muselé, au bout d'une longue chaîne, lui parut plus petit, à peine plus grand qu'un gros chien, mais il était très beau.

« Voici l'ours Bartram », annonça Wat.

L'animal se coucha, fit le mort, rattrapa une balle, monta sur une échelle et en redescendit, dansa au son de la flûte avec maladresse, et les spectateurs ravis applaudissaient chacun de ses mouvements.

« Maintenant, dit Wat, qui veut lutter avec Bartram? Le vainqueur aura un pot gratuit du fameux Onguent de Wat, qui guérit tous les maux de l'humanité. »

Il se fit un mouvement dans la foule mais personne ne se proposa.

« Allons, les lutteurs! » insista Wat, provocant.

Une lueur s'alluma dans le regard du Barbier.

« Voici un garçon qui n'a pas froid aux yeux », dit-il à voix haute, et Rob, stupéfait et affolé, se trouva poussé vers l'estrade où on l'aida à grimper.

« Mon garçon contre ta bête, l'ami! » cria le Barbier, Wat approuva et ils se mirent à rire.

Le Barbier

« Oh! Mam! » pensa Rob, figé de peur. C'était un vrai ours, aux épaules massives, aux membres épais. Que faire, sinon sauter de l'estrade et fuir? Mais ce serait un défi à son maître et la fin de tous ses espoirs. Choisissant le moindre mal, Rob affronta Bartram. Le cœur battant, il tournait autour, les mains ouvertes comme il avait vu faire aux lutteurs. Il tenta même de le déséquilibrer, comme il aurait fait avec un autre enfant, mais c'était vouloir déraciner un gros arbre. L'ours leva une patte et frappa nonchalamment. Ses griffes étaient rognées mais le coup renversa le garçon qui se vit perdu sans ressource. Dès qu'il se releva, Bartram, avec une agilité surprenante, le saisit et Rob se sentit étouffé contre cette fourrure aussi puante que celle où il dormait la nuit; tout en luttant, il regarda les petits yeux rouges et inquiets. L'ours n'était pas plus adulte que lui et il avait peur, lui aussi; sans sa muselière de cuir, il aurait mordu.

Wat tendit la main vers le collier de sa bête, qui recula aussitôt, lâcha sa victime et tomba sur le dos.

« Plaque-le, bêta! » souffla l'homme.

Rob se précipita et toucha le pelage sombre des épaules, ce qui n'impressionna personne, mais les gens s'étaient amusés et ils étaient de bonne humeur. Wat enferma Bartram et donna, comme promis, un petit pot d'onguent au jeune lutteur, avant d'aller vanter aux spectateurs les mérites de son produit.

« Tu ne t'es pas mal débrouillé, dit le Barbier à son apprenti qui revenait à la charrette, les jambes en coton. T'as foncé!

– Il m'aurait fait du mal », dit Rob en reniflant, mais conscient de sa chance. Son maître secoua la tête en souriant.

« Tu n'as pas vu la petite poignée sur son collier ? Elle permet, en le serrant, de couper la respiration de l'animal s'il désobéit. C'est comme cela qu'on dresse les ours. »

Il lui tendit la main pour l'aider à monter, puis il prit un peu d'onguent et le frotta entre le pouce et l'index.

« Du suif, du lard et un soupçon de parfum... Et il en vend beaucoup, dit-il, songeur, en regardant la file des clients de Wat qui lui tendaient leurs sous. Un animal est une garantie de succès. On peut bâtir un spectacle avec des marmottes, des chèvres, des blaireaux, des chiens, même des lézards. Et on gagne comme cela plus d'argent que moi quand je suis seul. »

Le cheval s'engagea sur le chemin des bois, laissant derrière eux Chelmsford et l'ours lutteur. Rob était encore sous le choc. Immobile il songeait.

« Alors, pourquoi vous ne faites pas un spectacle avec un animal ? » dit-il lentement.

Le Barbier se tourna légèrement sur son siège. Le regard chaleureux de ses yeux bleus semblait en dire plus que sa bouche souriante.

« Parce que je t'ai, mon garçon. »

6

LES BALLES DE COULEUR

Ils commencèrent à jongler et, dès le début, Rob se sentit incapable d'un tel miracle.

— Tiens-toi droit, mais détendu, les mains aux côtés. Elève les avant-bras parallèlement au sol, les mains ouvertes vers le haut. Imagine que je pose sur tes paumes un plateau d'œufs : il ne doit pas pencher du tout sinon les œufs glissent. Quand on jongle, c'est la même chose : si tes bras ne restent pas à la même hauteur, les balles tomberont. Tu as compris ?

— Oui, Barbier, dit Rob, qui en avait mal au ventre.

— Forme une coupe avec chaque main comme si tu voulais y boire. »

Il posa la balle rouge dans la main droite et la bleue dans la gauche.

« Lance-les en l'air, comme le ferait un jongleur, mais les deux en même temps. »

Les balles s'élevèrent au-dessus de la tête de Rob puis retombèrent par terre.

« Fais attention. La balle rouge monte plus haut parce que tu as plus de force dans le bras droit. Il faut donc apprendre à compenser cela en diminuant l'effort de ta main droite au profit de la gauche. Et puis les balles montaient trop haut; un

jongleur ne peut pas s'amuser à renverser la tête
en arrière pour essayer de voir en plein soleil où est
partie sa balle. Elles ne doivent pas aller plus loin
que là, dit-il en lui tapotant le front. Alors, tu les
suis sans bouger la tête. »

Il fronça les sourcils.

« Autre chose : un jongleur ne *lance* pas sa
balle, il la fait sauter. La paume se redresse un
instant, projetant la balle, tandis que le poignet
donne un coup bref et que l'avant-bras oblique
légèrement vers le haut. Du coude à l'épaule, les
bras ne bougent pas. »

Il ramassa les balles et les tendit à Rob.

A Hertford, quand il eut dressé l'estrade, le
garçon prit deux balles en bois et s'entraîna à les
faire sauter; c'était moins difficile qu'il ne l'avait
imaginé. Il s'aperçut qu'en donnant au départ un
mouvement tournant, il modifiait la direction; s'il
attendait trop, la balle lui retombait sur la tête ou
l'épaule; si la main était trop souple, la balle lui
échappait. Mais il s'appliqua et acquit bientôt le
tour de main. Le Barbier parut satisfait de sa
démonstration, le soir, avant le dîner.

Le lendemain, il arrêta la carriole à l'entrée du
village de Luton et montra à Rob comment faire
croiser deux balles.

« Tu évites les collisions en l'air en faisant partir
une balle avant l'autre ou en la faisant sauter plus
haut. »

Dès le début de la représentation, Rob alla
s'exercer dans une clairière. La balle bleue heurtait
très souvent la rouge avec un bruit sec comme un
rire moqueur; elles tombaient, roulaient par terre,
il fallait les ramasser. C'était à désespérer. Heureusement, personne ne le voyait, sauf peut-être un
oiseau ou une souris des champs.

Au bout de deux jours de travail, il avait fait de

nouveaux progrès. Le Barbier lui expliqua comment s'y prendre pour que les balles décrivent un cercle.

« C'est plus facile que tu ne crois : tu envoies la première balle et, pendant qu'elle est en l'air, tu fais passer la seconde dans ta main droite. La main gauche rattrape la première, la droite envoie la seconde et ainsi de suite. Hop! hop! hop! Elles montent vite, mais elles descendent plus lentement. C'est ça le secret du jongleur : tu as tout ton temps. »

A la fin de la semaine, Rob apprit à jongler d'une seule main avec deux balles; il fallait en tenir une sur la paume et l'autre au bout des doigts. C'était une chance d'avoir une grande main. Il améliora peu à peu sa vitesse et sa dextérité.

Trois jours après la Saint-Swithin, il eut dix ans, mais n'en dit rien. Il grandissait; les manches que Mam avait pourtant taillées longues lui arrivaient bien au-dessus des poignets. Le Barbier le faisait travailler dur : les corvées quotidiennes, le bois, l'eau, le déchargement et le rechargement de la carriole à chaque étape... Il se faisait une charpente et des muscles avec les repas généreux qui entretenaient les rondeurs du Barbier.

Ils s'accoutumaient l'un à l'autre. Rob ne s'étonnait plus de voir son maître ramener une fille au campement ou aller passer la nuit chez elle; c'était un besoin de séduire toutes les femmes aussi bien que son public. Il expliquait que son Spécifique Universel était une médecine orientale, qu'on préparait en faisant infuser la fleur séchée de la Vitalia, une plante introuvable ailleurs qu'au fond des déserts d'Assyrie. En fait, quand la réserve de Spécifique s'épuisa, Rob s'aperçut, en aidant à en fabriquer d'autre, que c'était surtout de l'alcool. On achetait à quelque fermier un tonnelet d'hydromel et, quant à la Vitalia, l'Herbe de Vie d'Assyrie, on ajoutait une pincée de salpêtre qui donnait un goût pharmaceutique, atténué par le miel fermenté. Les flacons étaient petits.

« Il faut acheter bon marché le tonnelet et vendre cher la fiole, disait le Barbier. Nous sommes avec les pauvres et le menu peuple. Au-dessus : les chirurgiens, qui font payer plus cher et qui laissent volontiers aux gens de notre espèce les besognes qui leur saliraient les mains. Enfin, loin de tous ces misérables, les médecins arrogants, gonflés de leur importance, ne soignent que la noblesse parce qu'ils sont hors de prix. Tu ne t'es jamais demandé pourquoi ce barbier ne taille ni barbes ni cheveux ? C'est que je choisis mon travail. Ecoute bien ce que je te dis : s'il prépare bien le médicament et s'il sait le vendre, un barbier-chirurgien peut gagner autant qu'un médecin. N'oublie jamais ça, quoi qu'il arrive. »

Quand le Spécifique fut prêt, le Barbier en versa une partie dans un petit récipient, et Rob médusé le vit uriner dedans.

« C'est ma cuvée spéciale, dit-il d'une voix suave. Après-demain, nous serons à Oxford où le maire, John Fitts, me fait payer pour me tolérer dans son comté. Dans une quinzaine, ce sera Bristol : le tavernier Potter m'abreuve d'insultes pendant mon spectacle. J'ai toujours sous la main quelques petits cadeaux pour ce genre d'individus. »

A Oxford, en effet, le maire, un échalas au rictus méprisant, reçut son pot-de-vin puis le flacon qu'il déboucha et vida instantanément. Rob s'attendait à le voir saisi d'un haut-le-cœur, crachant et hurlant qu'on arrête le criminel... Mais, ayant tout bu jusqu'à la dernière goutte, il se passa la langue sur les lèvres.

« Un bon remontant, fit-il.

— Merci, sir John, répondit le Barbier.

— Tu m'en mettras plusieurs bouteilles pour ma maison.

— Certainement, monseigneur », dit encore le Barbier en soupirant.

Les flacons de la cuvée spéciale, marqués d'un trait pour les distinguer des autres, étaient rangés dans un coin de la charrette, mais Rob n'osa plus boire de Spécifique, craignant de se tromper. La cuvée spéciale du Barbier lui évita peut-être de sombrer dans un alcoolisme précoce.

Il eut beaucoup de peine à jongler avec trois balles; il en rêvait la nuit, et s'obstina pendant des semaines malgré les échecs. Ils étaient à Stratford quand il réussit enfin : rien de changé dans la manière de lancer les balles et de les rattraper, mais il avait trouvé son rythme. Les balles montaient et descendaient naturellement, comme un prolongement de son corps.

Le Barbier était ravi.

« Tu me fais un beau cadeau pour mon anniversaire. »

Pour fêter les deux événements, ils achetèrent au marché un gigot de chevrotin qui fut lardé, dûment assaisonné et cuit à la bière avec des petites carottes.

« Quand est-ce, ton anniversaire? demanda le maître.

— Trois jours après la Saint-Swithin.

— Mais il est passé? Tu ne m'as rien dit. »

Rob se tut et le Barbier, l'observant en hochant la tête, lui remplit de nouveau son assiette. Le soir, à la taverne, il chanta et fit danser les femmes avec une agilité surprenante pour un si gros homme. Les gens criaient bravo! en frappant dans leurs mains.

7

LA MAISON SUR LA BAIE DE LYME

Un matin, Rob réussit à tirer de la corne saxonne un son superbe et, désormais, il eut l'honneur d'annoncer leur passage à tous les échos. Les jours raccourcissant avec la fin de l'été, ils partirent vers le sud-ouest.

« J'ai une petite maison à Exmouth, dit le Barbier, et j'essaie de passer chaque hiver sur cette côte où le climat est doux, car je n'aime pas le froid. »

Il donna une balle brune à Rob, la quatrième, qui ne lui causa pas de grandes difficultés : il suffisait de jongler avec deux balles dans chaque main. Mais il n'eut pas le droit de s'exercer en route; il aurait fallu s'arrêter trop souvent pour récupérer les balles perdues. Ils rencontraient parfois des enfants de son âge qui chahutaient ou s'éclaboussaient dans la rivière, et il lui venait comme une nostalgie de son enfance. Mais il était déjà différent d'eux. D'ailleurs il se fit sèchement rappeler à l'ordre par son maître un jour qu'il s'était donné en spectacle pour éblouir une bande de gamins.

Ils arrivèrent à Exmouth un soir, à la fin d'octobre. La maison, à quelques minutes de la mer, était isolée et morne. Une ancienne ferme, à peine plus grande que la maison de la rue des Charpentiers, couverte aussi de chaume mais où une cheminée remplaçait le trou de fumée. Il y avait un immense lit, une table, un banc, des pots, des paniers... Ils firent un feu et mangèrent un reste de jambon.

« Il faut dès demain s'occuper des provisions », dit le Barbier d'un air maussade, puis il tira de son sac une balle jaune, qu'il envoya rejoindre les autres sur le plancher.

Rouge, bleu, brun, vert. Plus jaune, maintenant. Rob se rappela les couleurs de l'arc-en-ciel et sombra dans le désespoir. Il restait là, conscient que son maître pouvait lire dans ses yeux une résistance qu'il ne lui avait jamais connue, mais il était incapable de la contrôler.

« Combien encore ?

– Aucune, dit le Barbier, voyant son désespoir. C'est la dernière. »

Il fallait préparer l'hiver, couper le bois, ranger les réserves dans la seconde pièce : navets, oignons, jambon et porc salé, un tonneau de pommes jaunes à chair blanche.

Rob haïssait la balle jaune. Ce serait sa perte. Trois balles dans la main droite, deux dans la main gauche : elles tenaient à peine entre ses doigts. Le Barbier essaya de l'aider.

« Pour jongler à cinq, la plupart des règles que tu as apprises ne te servent plus à rien. Il ne faut plus faire sauter les balles, mais les envoyer du bout des doigts, et pour te donner plus de temps entre les changements de main, il faut les lancer beaucoup plus haut. La main droite, la gauche, la droite, la gauche, envoie ! envoie ! Vite ! »

Rob essaya, mais il se retrouva sous une avalanche de balles, ses mains s'y heurtaient durement, elles lui échappaient et s'en allaient rouler aux quatre coins de la pièce.

« Ce sera ton travail de cet hiver », dit le Barbier en souriant.

Cette année-là, à Exmouth, il plut la moitié du temps; un vent froid venait de la mer et Rob, qui prenait la jonglerie en horreur, se trouva sans cesse d'autres tâches pour y échapper; il bichonnait le cheval, triait les pommes, et tenait la maison mieux que sa mère ne l'avait jamais fait à Londres.

Au bord de la baie, il allait regarder les vagues battre le rivage et le Barbier, l'ayant vu frissonner, lui fit faire par une couturière, Editha Lipton, une veste et une culotte taillés dans ses vieux habits. Cette femme avait perdu son mari et ses deux fils, surpris par la tempête dans leur bateau de pêche. Elle était forte, avec un bon visage et des yeux tristes. Le Barbier prit vite l'habitude de passer des nuits chez elle; quand elle venait, au contraire, Rob lui cédait la place et dormait par terre.

« Tu ne progresses pas, lui dit un jour son maître. Prends garde. Le rôle de mon apprenti est d'amuser la foule; il doit savoir jongler.

— Je pourrais le faire avec quatre balles?

— Les meilleurs en gardent sept en l'air à la fois, j'en connais plusieurs qui le font avec six. Un jongleur moyen me suffit mais, si tu ne vas pas jusqu'à cinq, je serai obligé de te renvoyer bientôt, conclut-il avec un soupir. J'ai eu beaucoup d'apprentis et je n'en ai retenu que trois : le premier s'est fait tuer dans une bagarre d'ivrognes, le second s'est marié et a fini voleur, le troisième a pris les fièvres et en est mort. Celui que j'avais avant toi était un imbécile; comme toi, il a échoué devant la cinquième balle et j'ai dû m'en défaire à Londres, juste avant de te rencontrer. »

Ils se regardèrent avec tristesse.

« Toi, tu n'es pas bête, tu es travailleur et facile à vivre. Mais ce n'est pas en enseignant mon métier à des incapables que j'ai pu acheter mon cheval et ma charrette, la maison et les jambons qui pendent aux poutres. Tu seras jongleur au printemps ou je t'abandonne. Tu saisis?

– Oui, Barbier. »

Noël arriva sans qu'ils l'aient vu venir. Editha emmena Rob à la petite église où se pressaient les gens; il ne comprit pas grand-chose au prêche car le curé avait l'accent de Dartmoor, et il finit par adresser ses prières à l'âme la plus pure qu'il put imaginer : « Je t'en prie, Mam, veille sur les petits. Pour moi, ça va, mais aide-moi à jongler avec les cinq balles. » Puis ils revinrent manger chez le Barbier une oie farcie de raisins secs et d'oignons. Editha ne resta pas cette nuit-là et, si Rob avait quelquefois espéré une aide de sa part, il comprit qu'elle ne ferait rien pour lui, pas plus qu'elle ne comptait dans la vie de son maître.

Le soleil ne se montrait jamais dans le ciel gris. Malgré ses efforts, Rob n'arrivait à rien.

« Quel idiot! s'écria le Barbier en le voyant manquer ses balles une fois de plus. Sers-toi seulement de trois balles mais lance-les assez haut, comme tu ferais avec les cinq, et, quand la troisième sera en l'air, tape dans tes mains. »

Rob obéit et réussit en effet à rattraper les trois balles après avoir claqué des mains.

« Tu comprends? Au lieu de taper dans tes mains, tu avais le temps de lancer deux autres balles. »

Mais il eut beau essayer, tout s'éparpilla, le Barbier jura et Rob se mit à pleurer.

Un matin, le maître prit un fouet dans la carriole.

« Tu ne penses pas à ce que tu fais », dit-il.

Rob ne l'avait jamais vu frapper même le cheval, mais, quand il laissa échapper les balles, le fouet lui cingla les jambes en sifflant. Il eut mal, hurla et éclata en sanglots.

« Ramasse les balles », ordonna le Barbier.

Il obéit, recommença en vain et la lanière du fouet lui mordit les mollets. Son père l'avait battu plus d'une fois, mais jamais avec un fouet. Celui-ci, à chaque nouvelle faute, lui arrachait un cri. Eperdu, tremblant, il avait perdu tout contrôle de ses muscles. « Je suis un Romain, se dit-il. Quand je serai grand, je retrouverai cet homme et je le tuerai. »

Le Barbier le frappa jusqu'à ce que le sang apparaisse sur la culotte neuve. Alors il jeta le fouet et sortit à grands pas.

Il revint tard cette nuit-là et se coucha ivre. Le matin, au réveil, son regard était calme mais il se mordit les lèvres en voyant les jambes de Rob. Il fit chauffer de l'eau, les lava, puis apporta un pot de graisse d'ours.

« Frictionne-toi bien », dit-il.

Rob souffrait de la perte de tous ses espoirs, plus encore que des balafres et des coups. Le Barbier consultait ses cartes.

« Je partirai le Jeudi saint et je t'emmènerai à Bristol. C'est un port très actif, tu y trouveras peut-être du travail.

– Oui, Barbier », répondit Rob à voix basse.

Son maître passa beaucoup de temps à préparer le petit déjeuner : gruau, fromage, œufs et bacon.

« Mange, mange, disait-il d'un ton bourru. Je

suis désolé, mais j'ai été moi-même un enfant perdu. Je sais que la vie est dure. »

Les balles furent laissées de côté et Rob ne s'entraîna plus. Mais, quinze jours avant le départ, on le faisait encore travailler dur; il fallut nettoyer à fond le sol des deux pièces.

Un après-midi, le soleil reparut comme par magie, la mer devint bleue, scintillante, et l'air plus doux. Rob comprit pour la première fois qu'on pouvait choisir de vivre là. Dans les bois, derrière la maison, il cueillit un plein pot de pousses de fougères qui furent cuites au lard. Avec un peu de morue et quelques têtes de poisson achetées à un pêcheur, des cubes de porc sautés dans la graisse, un navet, du lait, un brin de thym, le Barbier mijota une soupe savoureuse, et chacun se dit à part soi que le temps était proche où Rob n'en aurait plus de pareille.

En triant les pommes du tonneau, dont beaucoup étaient pourries, il en choisit trois, fermes et rondes et se mit à jongler. Hop! hop! hop! Il les rattrapa, puis les relança et frappa dans ses mains comme il avait appris à le faire. Alors il en prit deux autres et les lança toutes les cinq, mais elles se dispersèrent et retombèrent non sans se taler au contact du sol. Il allait sûrement être battu pour avoir gâché des fruits. Mais rien ne se passa.

Il reprit cinq pommes, les lança, échoua, recommença et parcourut toute la pièce, manquant de souplesse sans doute, mais cette fois les fruits montaient, revenaient dans ses mains, repartaient comme s'il n'y en avait eu que trois. Hop et hop! et hop! et hop! « Oh! Mam! »

« Barbier! » cria-t-il, effrayé de sa propre voix.

La porte s'ouvrit. Un instant plus tard, tout

s'effondrait. Le maître se précipitait sur lui, la main levée...

« Je t'ai vu! » dit-il, et Rob se retrouva dans des bras chaleureux qui valaient mille fois ceux de l'ours.

8

LE BATELEUR

Le jeudi saint passa, mais ils restèrent à Exmouth car Rob devait s'initier à tous les aspects du spectacle. Ils jonglèrent à deux, ce qu'il aima tout de suite et réussit parfaitement. Après cela, les tours de prestidigitation ne lui parurent pas plus difficiles que de jongler à quatre balles.

« Ce n'est pas le diable qui fait les magiciens, lui dit le Barbier. La magie est un art d'homme, qu'il s'agit de maîtriser, comme la jonglerie, mais c'est beaucoup plus facile, rassure-toi. »

Il lui expliqua les secrets élémentaires de la magie blanche.

« Tu dois être audacieux, sûr de toi, travailler avec rigueur, avoir les mains agiles et te dissimuler derrière un baratin en utilisant des mots rares pour enjoliver les choses. Le tout, c'est d'avoir des trucs, des gestes et des attitudes pour détourner l'attention des spectateurs : *il faut qu'ils regardent autre chose que ce que tu es en train de faire réellement.*

« Pour le tour du ruban, par exemple, il m'en faut de plusieurs couleurs : bleu, rouge, noir, jaune, vert et brun. J'y fais des nœuds régulièrement espacés puis, en rouleaux bien serrés, je les répartis dans mes poches et je demande : " Qui veut du ruban? – Moi! m'sieur, du bleu, deux aunes." Ils demandent rarement davantage : on ne se sert pas de ruban pour attacher une vache. Je fais semblant d'avoir oublié ce qu'on m'a demandé et je passe à autre chose. Alors, toi, tu détournes leur attention, en jonglant peut-être. Pendant qu'ils te regardent, je prends le ruban dans ma poche de gauche, je simule une toux en cachant ma bouche et le rouleau se retrouve dedans. Dès qu'ils me regardent à nouveau, je découvre le bout du ruban entre mes lèvres, et je le tire peu à peu. Quand le premier nœud arrive aux dents, il passe et, quand je sens le second, je sais que j'ai deux aunes : je coupe le ruban et je le donne. »

Rob était content d'avoir appris le tour, mais déçu de le trouver si simple. Il n'y avait plus de magie. Il perdit ainsi d'autres illusions et fut bientôt sinon un magicien expérimenté, du moins un assistant qualifié. Il apprit à danser, à chanter, à raconter des plaisanteries et des histoires qu'il ne comprenait pas toujours, et à débiter avec aplomb le boniment qui vantait les vertus du Spécifique Universel. Le Barbier trouva son élève doué et le jugea prêt, bien plus tôt que Rob ne s'y attendait.

Ils se mirent en route en avril, par un matin brumeux, et traversèrent les collines de Blackdown sous une petite pluie de printemps. Le ciel s'éclaircit le troisième jour quand ils arrivèrent à Bridgeton. Rob y fit ses premières armes.

« Bon jour et bon lendemain, dit le Barbier comme d'habitude. Très heureux d'être parmi vous. »

Ils commencèrent ensemble avec deux balles puis, en même temps, chacun en sortit de sa poche une troisième, une quatrième, enfin une cinquième. Celles de Rob étaient rouges et celles du Barbier bleues; elles volaient de leurs mains entre eux puis descendaient de chaque côté comme l'eau de deux fontaines jumelles. Leurs doigts, qui bougeaient à peine, faisaient danser les balles de bois.

Les applaudissements furent les plus enthousiastes que Rob eût jamais entendus. Le lendemain, il manqua trois balles à Yeoville mais le Barbier le consola :

« Cela peut arriver au début, de moins en moins ensuite, et puis plus du tout. »

Il y eut encore cette semaine-là Taunton, ville de commerçants, et Bridgwater, où on évita les gaudrioles à cause des fermiers pudibonds. Ils arrivèrent à Glastonbury le lundi de la Pentecôte; la pieuse cité avait édifié ses demeures autour de la belle église Saint-Michel.

« Ici, il faut être discrets, le pays est aux mains des prêtres, qui se méfient de tout ce qui est médecine parce qu'ils se croient chargés des corps des humains comme de leurs âmes. »

Rob repéra parmi les spectateurs au moins cinq de ces sombres personnages, que les « joyeuses Pâques » se semblaient pas avoir déridés. Le Barbier choisit pour jongler les balles rouges, car, dit-il d'un ton solennel, elles figurent les langues de feu qui représentent le Saint-Esprit dans les Actes des Apôtres. Puis Rob le remplaça sur l'estrade où, seul, et les yeux au ciel comme il convenait, il entonna un hymne au Créateur qui émut toute l'assistance. On soupirait encore quand le Barbier revint, brandissant une fiole de Spécifique Universel.

« Amis, dit-il, de même que le Seigneur vous a envoyé un remède pour guérir vos âmes, je vous en apporte un pour vos corps. »

Il leur raconta l'histoire de la Vitalia, l'Herbe de Vie, qui guérit également les dévots et les pêcheurs, si bien qu'ils se jetèrent avidement sur le Spécifique et se mirent à la queue leu leu pour la consultation. Les prêtres soupçonneux restaient attentifs, mais ils avaient été amadoués par des cadeaux et rassurés par le ton religieux du spectacle. Seul un vieil ecclésiastique présenta une objection.

« Vous ne pratiquerez pas de saignée, dit-il sévèrement. Car l'archevêque Théodore a écrit qu'il est dangereux d'opérer une saignée lorsque la lune est en phase croissante et qu'on est dans le temps de la marée montante. »

Le Barbier se rangea aussitôt à son avis.

Ils campèrent cet après-midi-là dans la jubilation. Après un de ses généreux dîners, le Barbier s'assit près du feu pour compter la recette. Rob crut le moment bien choisi pour aborder un sujet qui lui tenait à cœur.

« Barbier, commença-t-il.

– Hum?

– Barbier, quand irons-nous à Londres? »

Occupé à empiler ses pièces, le maître ne voulait pas perdre le fil de son compte. Il murmura, avec un geste vague :

« Un de ces jours, un de ces jours. »

9

LE DON

Rob manqua quatre balles à Kingswood, une à Mangotsfield, et ce fut la dernière. Vers la mi-juin, il cessa de s'exercer, les représentations suffisant à entretenir sa souplesse et son rythme. Bien qu'il se sentît capable de passer à six balles, le Barbier préféra le voir progresser dans son travail d'assistant soignant.

Ils traversèrent le Nord comme des oiseaux migrateurs, mais, au lieu de voler, ils cheminèrent par les montagnes entre l'Angleterre et le pays de Galles. C'est à Abergavenny, petite ville à flanc de colline, que Rob intervint pour la première fois dans la consultation. Son appréhension était plus grande encore que pour la jonglerie. Quel mystère que la maladie! Comment un homme pourrait-il le comprendre et promettre des cures miraculeuses? Pourtant, le Barbier, lui, en était capable.

Les gens faisaient la queue devant le paravent et Rob venait les chercher l'un après l'autre pour les mener à son maître. Le premier était grand, voûté, avec des traces noires sur le cou, aux articulations des doigts et sous les ongles.

— Il faudrait vous laver, suggéra le Barbier.

— C'est le charbon, dit l'homme, la poussière colle quand on creuse.

– Vous êtes mineur? On dit que le charbon est un poison quand il brûle; je l'ai vu moi-même produire une fumée épaisse et malodorante, qui s'évacue mal par le trou de fumée. Comment peut-on vivre avec ça?

– Justement, monsieur, nous sommes pauvres. Et maintenant, j'ai mal aux jointures, elles gonflent et je peine à travailler. »

Le Barbier palpa les doigts et les poignets crasseux, pressa du bout de l'index le coude enflé.

« Cela vient des humeurs de la terre que vous respirez. Asseyez-vous au soleil quand vous le pouvez. Baignez-vous souvent, pas dans l'eau trop chaude, car les bains très chauds affaiblissent le cœur et les membres. Frottez vos articulations gonflées et douloureuses avec mon Spécifique Universel, que vous boirez aussi avec profit. »

Il lui prit six pence pour trois petits flacons, et deux pour la consultation en évitant de regarder Rob.

Une grosse femme aux lèvres pincées vint avec sa fille de treize ans qui était promise en mariage.

« Le flux mensuel lui reste au corps et ne vient pas », dit-elle. Le Barbier demanda si elle avait déjà eu ses règles.

« Elle les a eues pendant plus d'un an, mais depuis cinq mois, plus rien.

– Tu as couché avec un homme? demanda-t-il à la jeune fille.

– Non », dit la mère.

Le Barbier regarda la fille. Elle était mince et mignonne, avec de longs cheveux blonds et un regard éveillé.

« Tu vomis?

– Non. »

Le Barbier

Il l'examina et, écartant les plis de la robe, il posa la main de la mère sur le petit ventre rond.

« Non », répéta la fille en secouant la tête, puis elle rougit et se mit à pleurer. Sa mère la poussa dehors avec une gifle, en oubliant de payer, mais le Barbier les laissa aller.

Il soigna ensuite un patient qui boitait du pied gauche, une femme qui souffrait de migraines, un homme qui avait le cuir chevelu couvert de croûtes, et une gamine au sourire idiot avec un terrible mal de poitrine; elle avait prié Dieu, dit-elle, de lui envoyer un barbier-chirurgien. Ils achetèrent tous le Spécifique Universel, sauf l'homme aux croûtes, bien qu'on le lui ait vivement recommandé, mais peut-être n'avait-il pas les deux pence.

Ils passèrent dans les Midlands aux douces collines. A Hereford, un village prospère, le premier malade avait l'âge de Rob mais il était beaucoup plus petit.

« Il est tombé d'un toit y a pas six jours, dit le père, un tonnelier, et regardez-le! »

Les éclats d'un tonneau brisé avaient traversé la paume gauche et la main était soufflée comme un poisson-lanterne. Le Barbier montra à Rob comment tenir les mains du garçon et au père comment lui empoigner les jambes, puis il choisit dans sa trousse un couteau court et aiguisé.

« Tenez-le ferme », dit-il.

Rob sentait les mains trembler et le gamin hurla quand sa chair creva sous la lame; il en jaillit un pus verdâtre et fétide, puis du sang. Le Barbier acheva d'assainir la plaie, puis entreprit de la sonder avec délicatesse à l'aide de pinces pour en retirer les plus infimes éclats. Le blessé gémissait.

« Ce sont ces débris, expliqua-t-il au père, qui l'ont rendu malade; il faut les enlever tous car ils

contiennent des humeurs peccantes qui gangrène-
raient la main de nouveau. »

Une fois la plaie nette, il y versa du Spécifique,
posa un bandage puis but lui-même le reste du
flacon. Le garçon en pleurs se hâta de filer tandis
que son père payait.

Le suivant était un vieux tout courbé à la voix
caverneuse.

« Des crachats le matin... qui m'étouffent »,
dit-il en suffoquant.

Le Barbier passa la main sur la poitrine maigre.
Il réfléchit.

« Je vais vous opérer. Aide-le à se déshabiller un
peu », ajouta-t-il en s'adressant à Rob.

L'assistant écarta la chemise avec précaution
tant l'homme paraissait fragile et, prenant ses
mains pour le tourner vers son maître, il crut
serrer deux oiseaux tremblants. Un message passa
de ces doigts décharnés dans ses propres mains.

– Allons, dit impatiemment le Barbier, en le
voyant figé, on ne va pas rester là toute la jour-
néé ! »

Rob ne semblait pas l'entendre. Deux fois déjà, il
avait ressenti l'étrange avertissement émanant
d'un autre corps. Saisi de la même terreur, il lâcha
la main du vieillard et s'enfuit.

Le Barbier se lança à sa poursuite en jurant et le
découvrit caché sous un arbre.

« J'exige une explication, et tout de suite !

– Le vieux... Il va mourir.

– Quelle histoire es-tu en train d'inventer ? »

Rob se mit à pleurer.

« Arrête ! Comment le sais-tu ? »

Le garçon ne pouvait pas parler. Il suffoqua sous
la gifle et, soudain, les mots s'échappèrent comme
un torrent car ils n'avaient fait que tourner dans sa
tête depuis leur départ de Londres. Il avait senti

venir la mort de sa mère, puis celle du père, et il ne s'était pas trompé.

« Mon Dieu, dit le Barbier avec horreur sans le quitter des yeux. Tu as vraiment *senti* la présence de la mort chez ce vieux?

– Oui, dit Rob, tout en pensant qu'on ne le croirait pas.

– Quand? »

Il haussa les épaules.

« Bientôt? »

Il hocha la tête. Il disait la vérité, simplement, et vit dans les yeux de son maître qu'il le savait. Le Barbier hésita puis, se décidant :

« Pendant que je me débarrasse des clients, prépare le chariot. »

Ils quittèrent le village sans se presser mais, dès qu'ils furent hors de vue, filèrent aussi vite que le permettait la piste accidentée. Rob vit pour la première fois le Barbier fouetter son cheval pour lui faire passer la rivière à gué.

« Pourquoi fuyons-nous si vite?

– Tu sais ce qu'on fait des sorciers? hurla son maître pour couvrir le bruit de la charrette et des sabots au galop. On les pend à un arbre ou à une croix. Quelquefois on plonge les suspects dans la Tamise et, s'ils se noient, on les déclare innocents. Si ce vieux meurt, on nous accusera de magie », cria-t-il en abattant son fouet sur le dos du cheval terrorisé.

Ils ne s'arrêtèrent ni pour manger ni pour se reposer. Quand ils laissèrent Tatus ralentir un peu, Hereford était déjà loin, mais ils firent trotter la pauvre bête jusqu'à la nuit tombée. Epuisés, ils campèrent et prirent en silence un maigre repas.

« Raconte-moi tout encore une fois. N'oublie rien », dit enfin le Barbier. Il écouta attentivement jusqu'au bout, puis hocha la tête.

« Quand j'étais en apprentissage, j'ai vu tuer mon maître accusé à tort de sorcellerie. »

Rob le dévisagea, trop effrayé pour poser des questions.

« Plusieurs fois, des patients sont morts pendant que je les examinais : à Durham, c'était une vieille femme. J'étais persuadé qu'une cour ecclésiastique ordonnerait un jugement par immersion ou l'épreuve de la barre de fer chauffée à blanc. On m'a laissé quitter la ville après un interrogatoire serré, un jeûne et des aumônes. Une autre fois, à Eddisbury, un homme est mort derrière mon rideau; un jeune, apparemment bien portant. On aurait pu m'accuser mais j'ai eu de la chance : personne ne m'a poursuivi.

– Vous croyez que je suis possédé du diable? » demanda Rob qui avait retrouvé la voix. Ça l'avait torturé tout l'après-midi.

« Ne dis pas de bêtises, je sais que tu ne l'es pas. Les parents meurent, les vieux aussi, c'est naturel, dit-il en finissant l'hydromel dont il avait rempli la corne saxonne. Tu es sûr d'avoir senti quelque chose?

– Oui, Barbier.

– C'est pas une erreur, une imagination de gamin? »

Rob secoua la tête, obstinément.

« Moi je dis que tout ça c'est des idées! Assez sur ce sujet, allons nous reposer. »

Ils ne dormirent ni l'un ni l'autre. Le Barbier finit par se lever, ouvrit un nouveau flacon et vint s'asseoir sur ses talons à côté de Rob.

« Supposons, dit-il avant de boire une gorgée, *supposons* que tous les habitants de la terre soient nés sans yeux et que, toi, tu en aies.

– Alors, je pourrais voir ce que personne ne verrait.

– Oui. Ou supposons que nous n'ayons pas d'oreilles, mais que tu en aies? En somme, que Dieu, la nature, ou ce que tu voudras, t'ait fait un don spécial. *Suppose* que tu puisses dire quand quelqu'un va mourir? »

Rob restait silencieux. De nouveau il avait peur.

« Ce sont des bêtises, nous le savons tous les deux, dit le Barbier, ce n'est que ton imagination, d'accord. Mais supposons seulement... »

Il se remit à boire d'un air pensif et les dernières lueurs du feu firent briller ses yeux pleins d'espoir.

« Ce serait un péché de ne pas exercer un tel don », dit-il enfin.

A Chipping Norton, ils préparèrent une nouvelle cuvée de Spécifique.

« Après ma mort, quand saint Pierre me demandera : " Comment as-tu gagné ton pain? " je ne dirai pas, comme d'autres : " J'ai été fermier ou cordonnier. " Moi, je dirai, fit gaiement l'ancien moine, " *Fumum vendidi*, J'ai vendu de la fumée. " »

Pourtant, le gros homme était bien plus qu'un marchand de douteux remèdes. Derrière son paravent, il était efficace, souvent délicat. Ce qu'il savait faire, il le faisait parfaitement et transmettait à Rob une technique sûre et une main sensible.

A Buckingham, il lui montra comment arracher une dent. Le client, un obèse qui criait comme une femmelette, prétendait avoir changé d'avis et répétait : « Arrêtez! Arrêtez! » Mais la dent devait partir et ils tinrent bon. Ce fut une excellente leçon.

A Clavering, le Barbier loua pour une journée l'atelier d'un forgeron et Rob apprit à fabriquer des instruments en fer. Il lui faudrait une demi-douzaine de séances chez d'autres forgerons à

travers l'Angleterre pour obtenir un résultat satis-
faisant, mais son maître l'autorisa à garder une
petite lancette à deux faces qui fut la première de
sa trousse personnelle. Il lui montra aussi quelles
veines il faut inciser pour la saignée, ce qui lui
rappela douloureusement les derniers jours de son
père.

Sa voix devenait grave comme avait été celle du
père et il avait des poils sur la poitrine. Les femmes
restaient un mystère. Il en avait pourtant vu plus
d'une toute nue, en vivant auprès du Barbier! Il
aidait de mieux en mieux son maître et s'habituait
à interroger les malades sur leurs fonctions physi-
ques, bien qu'il n'aimât guère s'introduire dans
leur intimité.

« Quand avez-vous été à la selle? » ou « Quand
attendez-vous vos règles? »

A la demande du Barbier, il prenait leurs mains
dans les siennes dès qu'ils passaient derrière le
paravent.

« Qu'est-ce que tu sens dans leurs doigts?

— Quelquefois je ne sens rien.

— Mais quand il y a quelque chose, qu'est-ce que
tu ressens? »

Rob ne trouvait pas les mots pour le dire. Il avait
l'intuition d'une vitalité en face de lui, comme si,
scrutant l'obscurité d'un puits, il avait pu deviner
ce qu'il contenait de vie. Le Barbier conclut de son
silence que ce n'était qu'illusion.

« On devrait retourner à Hereford pour voir si le
vieux est toujours vivant », proposa-t-il insidieusement. Rob accepta.

« C'est impossible, bêta! Et s'il était vraiment
mort, on aurait la corde au cou. »

Il continua à ironiser sur le « don », mais, quand
Rob négligea de prendre les mains des patients, il
le pria de continuer :

« Pourquoi pas ? Ne suis-je pas un bon homme d'affaires ? C'est une fantaisie qui ne coûte rien. »

Un soir de pluie, à Peterborough, il se soûla, seul, à la taverne.

Rob alla le chercher vers minuit, le soutint jusqu'au camp et l'installa près du feu.

– Je t'en prie, murmura le Barbier d'un air angoissé, et tendant ses mains. Au nom du Christ ! »

Comprenant enfin, Rob lui prit les mains et, le regardant dans les yeux, il hocha la tête. Alors le Barbier se fourra au lit, rota, se retourna et s'endormit d'un sommeil serein.

10

LE NORD

CETTE année-là, le Barbier ne passa pas l'hiver à Exmouth. Ils étaient partis trop tard et la chute des feuilles les trouva dans un village des York Wolds. L'air embaumait des senteurs toniques de la lande. Ils suivirent l'étoile du Nord, faisant dans les villages, tout le long du chemin, de fructueuses étapes et menant la charrette sur un tapis de bruyère jusqu'à la ville de Carlisle.

« Je ne suis jamais allé plus loin au nord, dit le Barbier. A quelques heures d'ici, la Northumbrie s'arrête à la frontière. Au-delà, c'est l'Ecosse, terre d'enculeurs de moutons, périlleuse pour d'honnêtes Anglais. »

Ils campèrent une semaine à Carlisle puis y louèrent une maison. Le Barbier avait pensé acheter un quartier de chevreuil, mais on risquait la corde à prétendre au gibier réservé pour la chasse du roi et il se décida pour une quinzaine de poules.

« Tu t'en occuperas, dit-il à Rob. A toi de les nourrir, de les tuer quand je te le dirai, de les plumer, les vider, qu'elles soient prêtes à cuire. »

C'étaient des bêtes impressionnantes, grandes, au plumage jaune clair, qui se laissèrent voler quatre ou cinq œufs chaque matin.

« Elles te prennent pour un sacré coq! dit le Barbier.

– Pourquoi ne pas en acheter un? »

Mais le gros homme, qui aimait les grasses matinées d'hiver et détestait les cocoricos, se contenta de grogner.

Rob, se voyant quelques poils au menton, emprunta à son maître le rasoir de sa trousse chirurgicale; il se coupa ici et là, mais se sentit un peu plus adulte.

Devant le premier poulet condamné, il se retrouva presque enfant. Il finit par lui tordre le cou de ses fortes mains, en fermant les yeux. L'animal se vengea car il fallut un temps infini pour le plumer, si mal que le Barbier eut un regard de mépris pour son cadavre grisâtre. Mais le maître fit la démonstration d'une véritable magie : en tenant ouvert le bec d'une poule, il lui enfonça la pointe d'un couteau à travers le palais jusqu'à la cervelle. Elle mourut instantanément, en lâchant ses plumes, qu'on pouvait tirer par poignées sans le moindre effort.

« C'est aussi facile de tuer un homme et je l'ai déjà fait. Ce qui est difficile, c'est de retenir la vie, et plus encore de garder la santé. Nous devons toujours avoir cela à l'esprit. »

Le temps était bon pour la récolte des plantes dans les bois et la lande. Le Barbier cherchait surtout le pourpier, qui fait tomber la fièvre; il fut déçu de n'en pas trouver. Ils prirent des pétales de rose rouge pour les cataplasmes, du thym et des glands à réduire en poudre et à mêler à de la graisse pour enduire les pustules du cou. D'autres exigeaient plus d'efforts, comme arracher la racine d'if qui aide la femme à expulser son fœtus. Ils récoltèrent la verveine et l'aneth pour les maladies urinaires, le lis des marais qui combat les pertes de mémoire dues aux humeurs froides et aqueuses, des baies de genièvre à faire bouillir pour libérer les voies respiratoires, le lupin pour les compresses chaudes qui vident les abcès, le myrte et la mauve qui calment les démangeaisons.

« Tu grandis comme la mauvaise herbe », observa le Barbier, et c'était vrai : Rob était presque aussi grand que lui; il avait besoin de nouveaux habits.

On fit du neuf avec du vieux. Le tailleur, qui lui donna quinze ou seize ans, avait vu grand et le fou rire les prit d'abord devant le résultat. Rob avait marché pieds nus tout l'été; il eut aussi des souliers en peau de vache.

A l'église Saint-Marc, il alla un jour demander le père Ranald Lovell, qui avait emmené son frère William. Finalement, personne ne semblait le connaître et ses questions furent inutiles. Le seul conseil qu'on lui donna fut de chercher dans quelque abbaye : les prêtres leur confiaient les orphelins, qui devenaient acolytes après avoir reçu un nouveau nom.

Sur l'étang gelé, Rob essaya de glisser, avec une brunette, fille de fermier, qui lui raconta les potins de la ville; il fut surpris de tout ce que les gens savaient sur eux. Mais, quand il se présenta à la ferme et demanda à la voir, un homme brun, le père sans doute, lui déclara qu'il n'avait pas de chance, car elle était partie, « la petite garce », et le pria grossièrement de quitter les lieux.

Le Barbier, lui, passait son temps au lit, à siroter de l'hydromel. Un soir qu'une fois de plus il avait ramené une fille de la taverne, Rob essaya de les observer, dans l'espoir de démêler certains détails qui lui restaient obscurs dans les rapports entre les sexes. Mais la lueur du feu n'éclairait que les visages. Au matin, quand la femme fut partie, il ramassa un charbon devant le foyer et se mit à dessiner sur le sol une figure féminine.

« Je connais ça... Mais c'est Hélène », s'écria le Barbier, qui le regardait faire.

Il encouragea son élève à continuer : ce talent pourrait être utile. Et le gamin en fut ravi.

11

LE JUIF DE TETTENHALL

Il ne restait plus qu'à attendre le printemps. La nouvelle réserve de Spécifique prête, ils étaient las des exercices de jonglerie ou de magie et le Barbier, qui ne supportait pas le Nord, s'épuisait à boire et à dormir.

« Ce foutu hiver a trop duré, dit-il un matin de mars, ne traînons pas davantage. »

Ils quittèrent donc Carlisle un peu trop tôt et leur progression vers le sud fut lente car les chemins étaient encore en mauvais état. Ils trouvèrent à Beverley un temps plus doux et un public accueillant. Tout se passa bien jusqu'au moment où Rob, introduisant le sixième patient, prit les douces mains d'une femme élégante.

« Venez, madame », dit-il, sentant son pouls s'accélérer.

Les mains moites, il se retourna et croisa le regard du Barbier, qui pâlit et le prit à part, presque brutalement.

« Tu es sûr ? Pas de doute ?

– Elle va mourir très vite. »

Le Barbier revint vers la dame, qui paraissait jeune et saine. Elle ne se plaignait pas de sa santé mais voulait acheter un philtre.

« Mon mari vieillit, son ardeur faiblit et pourtant il m'adore. »

Calme, réservée, elle portait des vêtements de voyage de belle qualité. Une femme riche.

« Je ne vends pas de philtres, madame. C'est de la magie, non de la médecine. »

Elle était déçue et, comme elle insistait, il eut peur d'être compromis dans la mort d'une personne de la noblesse. Ce serait sa perte.

– Un peu d'alcool produit souvent l'effet désiré, dit-il. Fort et pris chaud avant le coucher. »

Il n'accepta pas de paiement et s'excusa dès qu'elle fut partie auprès de ceux qui attendaient encore. Rob chargeait déjà le chariot et ils s'enfuirent une fois de plus. Ils roulèrent sans dire un mot jusqu'à l'étape du soir.

« Dans les cas de mort subite, dit enfin le Barbier, rompant le silence, le regard se vide, le visage perd toute expression, ou parfois s'empourpre; le coin des lèvres s'affaisse, une paupière se ferme, les membres se pétrifient. On n'en réchappe pas. »

Il soupira et Rob ne répondit pas. Ils essayèrent de dormir. Le Barbier se releva pour boire. « Non, je ne suis pas sorcier », se disait Rob et, ne sachant d'où lui venait ce don inexplicable, il se mit à prier : « Retirez-moi ce terrible don, d'où qu'il vienne. » Il sentait monter sa révolte sans pouvoir la calmer. Ce ne pouvait être qu'un cadeau de Satan et il le refusait.

Sa prière semblait exaucée : le printemps se passa sans incidents. Le Barbier, se rappelant la Saint-Swithin, offrit à Rob de la poudre d'encre et une pierre ponce « pour griffonner des portraits mieux qu'avec un charbon », dit-il. En retour, son élève lui apporta le pourpier tant recherché, qu'il avait enfin découvert dans un champ.

A Leicester, il aida à percer un furoncle, à éclisser un doigt cassé, administra le fameux pourpier à une matrone fiévreuse et de la camomille à un enfant affligé de colique. Puis il accompagna derrière le paravent un homme trapu, chauve, au regard laiteux.

« Depuis quand êtes-vous aveugle ? demanda le Barbier.

— Depuis deux ans. Ma vue a peu à peu baissé jusqu'à ce que je distingue à peine la lumière. Je suis clerc et je ne peux plus travailler.

— Je ne saurais vous rendre la vue, pas plus que la jeunesse, hélas !

— Ne plus jamais voir, c'est dur ! » dit le clerc à Rob qui le reconduisait.

Un homme les écoutait : mince, un visage de faucon avec un nez romain, la barbe et les cheveux blancs, bien qu'il ne parût pas plus de trente ans.

« Comment vous appelez-vous ? » demanda-t-il en prenant le bras de l'aveugle, et Rob reconnut cet accent français qu'il avait entendu si souvent sur les quais de Londres.

« Edgar Thorpe, répondit le clerc.

— Je suis Benjamin Merlin, Médecin à Tettenhall, tout près d'ici. Puis-je examiner vos yeux ? »

Le malade acquiesça et s'assit. L'homme souleva les paupières avec ses pouces et considéra l'opacité blanche.

« Je peux vous opérer de votre cataracte en coupant le cristallin obscurci, dit-il enfin. Je l'ai déjà fait, mais il faut pouvoir supporter la douleur.

— Peu m'importe la douleur, murmura le clerc.

— Alors faites-vous conduire chez moi, à Tettenhall, mardi prochain de bonne heure. »

Rob était abasourdi : cet homme était plus fort

que le Barbier! Il courut après le médecin qui s'éloignait.

« Maître! Où avez-vous appris cette opération?

– Dans une école de médecine.

– Et où se trouve-t-elle? »

Merlin regarda le grand garçon mal vêtu, le chariot bariolé et l'estrade avec ses balles de jongleur et ses fioles au contenu douteux.

« A l'autre bout du monde », dit-il doucement, en enfourchant sa jument noire. Puis il partit sans se retourner.

Rob en parla un peu plus tard, quand ils quittèrent Leicester.

« C'est un Juif, de Normandie, dit le Barbier.

– Qu'est-ce qu'un Juif?

– Juif est l'autre nom des Hébreux, le peuple de la Bible qui fit mourir Jésus et que les Romains chassèrent de Terre sainte.

– Il a parlé d'une école de médecine.

– Ils donnent quelquefois des cours au collège de Westminster. Un enseignement d'ânes qui fait des médecins minables. La plupart ne sont bons qu'à finir aides-médecins comme toi tu es apprenti.

– Il disait que c'était très loin.

– Peut-être en Normandie ou en Bretagne, fit le Barbier en haussant les épaules. Il y a beaucoup de Juifs en France et quelques-uns font leur chemin. A Malmesbury, il y en a un qui s'appelle Isaac Adolescentoli. Un médecin célèbre. Tu l'apercevras peut-être quand nous serons à Salisbury.

– Mais c'est dans l'ouest? Alors, nous n'irons pas à Londres? »

Le Barbier avait saisi quelque chose dans le ton de Rob; il savait quelle était sa nostalgie.

« Non, dit-il fermement, nous allons directement à Salisbury pour profiter de la foire, et ensuite à

Exmouth car ce sera déjà l'automne. Compris ?
Mais au printemps, en repartant vers l'est, nous
passerons par Londres.

– Merci, Barbier », dit Rob, comblé de joie. Il
reprenait courage en rêvant aux petits. Puis, repensant au médecin :

« Croyez-vous qu'il rendra ses yeux au clerc ? »

Le Barbier haussa les épaules.

« J'ai entendu parler de cette opération. Rares
sont ceux qui la réussissent et je doute qu'il en soit
capable. Mais des gens qui ont tué le Christ peuvent bien mentir à un aveugle ! »

Puis il pressa un peu le cheval car l'heure du
dîner approchait.

12

L'ARRANGEMENT

QUAND ils arrivèrent à Exmouth, Rob se sentit moins dépaysé que deux années aupavavant. La petite maison lui sembla accueillante et familière. Le Barbier passa la main sur le foyer et soupira. Ils firent d'amples provisions, comme toujours, mais cette fois les poules resteraient dehors, elles salissaient trop.

« Tu vas me ruiner à grandir comme ça ! s'écria le maître en donnant à Rob une coupe de laine brune qu'il avait achetée à la foire de Salisbury. Je prends Tatus et la charrette pour aller à Athelny choisir des fromages et des jambons ; je dormirai à l'auberge. Pendant ce temps-là, débarrasse la source des feuilles mortes et prépare le bois pour l'hiver. Mais prends le temps de porter l'étoffe à Editha Lipton et demande-lui de travailler pour toi. Tu retrouveras la maison ? »

Rob prit le lainage et remercia.

« Et dis-lui de laisser de bons ourlets ! »

Il connaissait le chemin. Il frappa à la porte, qu'elle ouvrit aussitôt, et faillit lâcher son paquet quand elle lui prit les mains pour l'attirer dans la maison.

« Rob ! Laisse-moi te regarder. Comme tu as changé en deux ans ! »

Il aurait voulu lui dire qu'elle était toujours la même mais il resta muet : elle gardait ses cheveux noirs et son beau regard lumineux. Avec l'infusion de menthe, il retrouva sa voix et se mit à raconter de long en large tout ce qu'il avait vu et fait.

« Quant à moi, dit-elle, cela va mieux. La vie est moins difficile et les gens dépensent plus volontiers pour s'habiller. »

Alors il se rappela pourquoi il était venu et montra l'étoffe.

« Espérons qu'il y en aura assez, car tu es plus grand que le Barbier. Je vais te faire une culotte, une veste large et un manteau. Tu seras mis comme un prince. »

Quand elle eut pris ses mesures il resta encore un moment, hésitant à partir.

« Ton maître t'attend ? Non ? Il est l'heure de manger. Tu partageras mon souper de campagnarde. »

Elle sortit un pain de la huche et l'envoya sous la pluie chercher dans la réserve du fromage et un pichet de cidre doux. Ils mangèrent, burent et parlèrent en bonne amitié.

« Le temps se gâte, ça sent la neige. Tu ne vas pas partir comme ça ? »

Il sortit reporter à la réserve ce qui restait de fromage et de cidre, et la trouva au retour en train de retirer sa robe.

« Il ne faut pas garder tes vêtements mouillés », dit-elle en se mettant au lit.

Nu, il la rejoignit en frissonnant.

« Tu avais plus froid que ça quand tu me cédais ta place dans le lit du Barbier. Pauvre enfant sans mère, je t'aurais bien pris avec moi.

– Je me souviens de votre main dans mes cheveux... »

Il la sentait de nouveau, maintenant, qui explorait son corps.

« Voilà ce que tu dois faire... légèrement... patiemment. »

Malgré le froid, il repoussa les couvertures et découvrit les larges cuisses.

« Vite... », commença-t-elle, mais il avait trouvé sa bouche, qui n'avait rien de maternel. Il n'eut pas besoin d'autres instructions. « Dieu, se dit-il, est un bon charpentier. » Elle avait une chaude et active mortaise et lui un solide tenon.

Après avoir, pendant tant d'années entendu d'autres faire l'amour – ses parents dans leur petite maison, puis le Barbier et ses drôlesses –, il découvrait enfin, dans un bouleversement de joie, quel abîme il y avait entre l'observation et la pratique.

Le lendemain matin, on frappa à la porte. Editha courut ouvrir, pieds nus.

« Il est parti ? demanda le Barbier.

– Depuis longtemps ! Il a bafouillé quelque chose... la source à nettoyer... je ne sais quoi. Il s'était endormi homme et s'est réveillé enfant ! »

Le Barbier sourit.

« Tout s'est bien passé ? »

Elle acquiesça, avec une surprenante réserve, et bâilla.

« Bien, dit-il, en tirant de sa bourse quelques pièces qu'il posa sur la table. C'est pour cette fois seulement. S'il revient... »

Elle secoua la tête.

« J'ai rencontré ces derniers jours le compagnon d'un fabricant de charrettes. Un brave homme, qui a une maison à Exeter et trois fils. Je crois qu'il veut m'épouser.

– Et as-tu dit à Rob de ne pas suivre mon exemple ?

– Je lui ai dit qu'après boire vous n'étiez qu'une brute. Moins qu'un homme.

– Je ne t'avais pas demandé de lui dire cela.

– C'est mon expérience. J'ai dit aussi que son maître se détruisait avec la boisson et les putains. »

Il écoutait avec gravité.

« Il n'aurait pas supporté que je vous critique, ajouta-t-elle sèchement. Il m'a dit qu'à jeun vous étiez un homme sage et un maître excellent qui savait se montrer généreux. »

Alors il s'en alla et, comme elle se recouchait, elle l'entendit siffler.

« Les hommes sont quelquefois un soutien, plus souvent des sauvages, mais toujours des énigmes », se dit-elle avant de se rendormir.

13

LONDRES

CHARLES BOSTOCK avait l'air d'un dandy plus que d'un marchand, avec ses longs cheveux blonds noués d'un ruban, son habit de velours rouge, couvert de poussière à cause du voyage, et ses souliers pointus en cuir souple, apparemment peu faits pour un dur labeur. Mais dans son regard, une lueur froide trahissait le marchand âpre au gain. Il montait un grand cheval blanc, au milieu d'une troupe de serviteurs solidement armés contre les brigands. Il se divertissait en bavardant avec le barbier-chirurgien, qu'il avait autorisé à accompagner sa caravane de chevaux, chargés de sel des salines d'Arundel.

« Je possède trois entrepôts sur la Tamise et j'en loue d'autres. C'est nous, les itinérants, qui bâtissons un nouveau Londres, servant ainsi le roi et toute l'Angleterre. »

Le Barbier approuvait poliment, agacé par ce vantard mais content de se rendre à Londres sous la protection de ses armes, car la route devenait plus dangereuse à mesure qu'on s'en rapprochait.

« Quelles sortes d'affaires traitez-vous ?

– Ici, j'achète et je vends surtout des objets de fer et du sel, mais je me procure aussi à l'étranger des marchandises précieuses : des peaux, de la soie, des pierreries et de l'or, des parures, des pigments, de l'huile et du vin, de l'ivoire, du cuivre, de l'argent, de l'étain, du verre...

– Vous avez donc beaucoup voyagé ?

– Non, répondit Bostock en souriant, mais c'est dans mes projets. J'ai rapporté de Gênes des tentures qui ont été acquises pour leurs châteaux par des comtes de l'entourage du roi Canute. Je veux faire encore deux voyages et devenir baron, comme l'a promis notre souverain aux marchands qui se rendraient trois fois outre-mer dans l'intérêt du commerce anglais. »

Le roi, d'origine danoise, s'était rendu populaire en octroyant à tout Anglais libre le droit de chasse sur ses terres. Régnant aussi sur le Danemark après son frère, il contrôlait la mer du Nord et faisait construire une flotte qui débarrasserait l'Atlantique de ses pirates. L'Angleterre, assurait le marchand, jouirait grâce à lui d'une sécurité qu'elle n'avait pas connue depuis un siècle.

Rob écoutait à peine. A Alton, où l'on s'arrêta pour souper, ils donnèrent devant Bostock une représentation qui payait leur place dans la caravane. Puis ils campèrent dans un champ, à une journée de Londres. Si près de sa ville natale, Rob ne put fermer l'œil : lequel des enfants allait-il chercher le premier ?

Southwark s'était agrandi depuis leur dernier passage. On construisait de nouveaux entrepôts et une foule de bateaux étrangers étaient à quai. Il y avait sur le pont de Londres un tel embouteillage qu'il fallut faire un détour par Newgate. C'était justement la rue du boulanger qui avait emmené Anne Mary. Sautant de la charrette, Rob se précipita vers la petite maison, mais au rez-de-chaussée, une boutique de cordages et autre matériel de marine avait remplacé la pâtisserie. Un petit homme aux cheveux roux l'avait achetée deux ans plus tôt à un nommé Durman Monk, qui habitait, dit-il, un peu plus haut dans la rue. Ce Monk, un vieux garçon entouré de chats, sembla ravi de bavarder.

« Ainsi, tu es le frère de la petite Anne Mary ? Un bout de fille mignonne et bien polie. Les Haverhill étaient d'excellents voisins; ils sont partis s'installer à Salisbury », dit le vieillard en caressant un matou tigré au regard farouche.

Rob, l'estomac serré, entra dans la maison de la guilde. Elle était restée la même que dans son souvenir, jusqu'au gros morceau de mortier qui manquait au-dessus de la porte. Quelques charpentiers buvaient autour d'une table, mais il ne reconnut personne.

« Bukerel est là ?

– Qui ça ? Richard Bukerel ? Il est mort depuis deux ans. »

Rob en eut de la peine car cet homme-là lui avait témoigné une certaine bonté.

« Qui est maintenant le procureur ? demanda-t-il.

– Luard, lui répondit-on. Hé ! Toi, là-bas ! Va chercher Luard, on le demande. »

Un homme trapu au visage couturé, un peu jeune pour ses fonctions, surgit du fond de la salle. Il accepta sans surprise de chercher le compagnon Alwyn dans les registres de la corporation : mais celui-ci n'avait pas renouvelé son adhésion depuis des années et personne ne le connaissait.

« Les membres déménagent souvent et s'inscrivent dans une autre guilde, expliqua Luard.

– Et Turner Horne ? demanda Rob.

– Le maître charpentier ? Il est toujours là, dans la même maison. »

Enfin ! Il allait au moins voir Samuel.

« Il dirige une équipe sur un chantier à Edred's Hithe. Allez le trouver là-bas et parlez-lui directement. »

C'était un nouveau quartier, que Rob ne connaissait pas, au-delà de Queen's Hithe, le vieux port romain. Il dut demander son chemin avant de trouver le charpentier qui construisait une maison sur un bout de pré marécageux. Horne, visiblement contrarié d'interrompre son travail, descendit du toit; son visage était devenu rubicond et ses cheveux avaient blanchi.

« Je suis le frère de Samuel, maître Horne. Rob J. Cole.

– Ainsi c'est toi ? Mais comme tu as grandi ! »

Son regard se chargea de tristesse.

« Il n'a vécu avec nous qu'une année à peine, dit-il. C'était un gentil garçon. Mme Horne l'aimait beaucoup. On leur avait dit et répété : " Ne jouez pas sur les quais. " Pour qu'un conducteur regarde derrière son chargement avant de faire reculer ses quatre chevaux, il faut qu'une vie d'homme au moins soit en péril, pas celle d'un enfant de neuf ans.

– De huit ans. »

Horne le regarda, surpris.

« Si c'est arrivé un an après que vous l'avez pris chez vous, il avait huit ans, dit Rob qui parlait avec difficulté. Il avait deux ans de moins que moi, vous voyez ?

– Tu le sais mieux que moi, fit l'homme doucement. Il est au cimetière de Saint-Botolph, au fond à droite. On nous avait dit que ton père était enterré là. »

Il hésita un instant.

« Les outils de ton père sont toujours en bon
état, sauf une scie, reprit-il, embarrassé. Tu peux
les reprendre.

– Non, gardez-les, je vous en prie, en souvenir
de Samuel. »

Comme il traînait à travers la ville, près de
Saint-Paul, quelqu'un lui frappa sur l'épaule.

« Je te connais. Tu es Cole ? »

Retrouvant brusquement ses neuf ans, Rob se
demanda un instant s'il allait sauter sur le gars ou
tourner les talons. Mais il remarqua qu'Anthony
Tite avait maintenant deux têtes de moins que lui,
qu'il était seul et souriait. Du coup, il lui rendit sa
bourrade amicale, aussi heureux de le voir que s'ils
avaient toujours été copains.

« Viens bavarder, j' te paie à boire ; j'ai touché
mon salaire de l'an passé. »

Il était apprenti charpentier ; il avait la voix
rauque et le teint jaunâtre de ces malheureux qui
sont toujours du mauvais côté de la scie, là où l'on
respire toute la sciure.

Rob se redressa.

« J'ai fini mon apprentissage », dit-il et il raconta
ses voyages avec le Barbier, savourant l'envie qu'il
lisait dans les yeux de l'autre. Puis ils parlèrent de
la mort de Samuel.

« J'ai perdu ma mère et mes deux frères de la
variole ces années-ci, dit Tite, et mon père est mort
des fièvres.

– Il faut retrouver ceux qui sont vivants. Personne ne peut me dire ce qu'est devenu le dernier
enfant que ma mère a mis au monde avant de
mourir. C'est Richard Bukerel qui l'avait placé.

– Sa veuve saurait peut-être quelque chose ? Elle
est remariée à un marchand de légumes nommé

Buffington. Sa maison n'est pas loin d'ici : juste
après Ludgate. »

C'était une pauvre maison, entourée de champs
de laitues et de choux. Mme Buffington lui fit bon
accueil.

« Je me souviens bien de vous et de votre
famille », dit-elle en l'examinant comme un légume
exceptionnel. Mais elle ne se rappelait pas que son
premier mari ait jamais nommé la nourrice du
petit Roger.

« Personne n'avait écrit son nom ? » demanda
Rob.

Elle tiqua.

« Je ne sais pas écrire. Vous ne pouviez pas le
faire, vous son frère… ? Mais ne nous fâchons pas,
reprit-elle en souriant, car nous avons partagé de
durs moments autrefois. »

Alors il s'aperçut à sa grande surprise qu'elle le
regardait avec coquetterie, l'œil brillant. Le travail
l'avait amincie, elle avait dû être belle et n'était
guère plus âgée qu'Editha. Mais il n'oublierait
jamais que cette femme-là avait voulu le vendre
comme esclave. Il la quitta froidement et s'en
alla.

A Saint-Botolph, le sacristain, un vieux aux
cheveux sales, marqué de petite vérole, lui apprit
que le père Kempton, qui avait enterré ses parents,
était parti pour l'Ecosse, dix mois plus tôt. L'épidémie, dit-il, avait rempli le cimetière; depuis, les
gens se pressaient à Londres, venant de partout, et
l'on a vite fait, n'est-ce pas, d'arriver au bout de
ses quarante ans de vie !

« Mais vous avez vous-même plus de quarante
ans ? observa Rob.

— Je suis protégé par le caractère sacré de mon
travail et par toute une vie innocente et pure. »

Il empestait l'alcool.

On ne retrouva ni la tombe du père ni celle de Samuel, mais le jeune if avait grandi au-dessus de Mam. Avant de quitter Londres, le Barbier fit graver pour Rob une grosse pierre portant leurs trois noms, avec les dates, et ils allèrent la déposer au pied de l'arbre.

« Tu me rendras ça sur tes premiers gains », lui dit-il. Puis il lui montra sur sa carte de l'Angleterre tous les endroits où ils pourraient encore chercher la trace des autres enfants.

14

LEÇONS

Un jour de juin, ils étaient couchés au bord d'un ruisseau à regarder les nuages, en attendant que les truites mordent à leurs hameçons; mais les cannes de saule, posées sur deux branches en Y plantées en terre, ne bougeaient pas.

« La saison est trop avancée pour que les truites se laissent abuser par nos mouches en plumes, dit le Barbier. Dans une quinzaine, quand les champs seront pleins de sauterelles, le poisson sera vite pris.

— Comment les mouches mâles font-elles la différence?

— Les mouches doivent se rassembler dans le noir, comme les femmes, grogna le maître ensommeillé.

— Mais les femmes ne sont pas pareilles! Chacune a son odeur, sa saveur, son toucher, sa sensibilité.

— C'est bien le vrai prodige qui séduit les hommes. »

Rob se leva et alla chercher dans la charrette un carré de pin sur lequel il avait dessiné à l'encre un visage de femme.

« Vous la reconnaissez?

— C'est la fille de la semaine dernière, à Saint-

Ives. Pourquoi as-tu mis cette vilaine tache sur sa joue?

– Elle y était.

– Avec ta plume et ton encre, tu pouvais la faire plus jolie qu'en réalité. Elle l'aurait sans doute préféré. »

Rob fronça les sourcils, troublé sans savoir pourquoi.

« En fait je l'ai dessinée après son départ.

– Mais tu l'aurais aussi bien fait devant elle? »

Rob haussa les épaules et le Barbier s'assit, tout à coup réveillé.

« Il est temps que nous tirions parti de ton talent », dit-il.

Le lendemain, chez un scieur de bois, ils firent couper des disques minces dans le tronc d'un jeune hêtre et, pendant la représentation de l'après-midi, le Barbier annonça que son assistant ferait le portrait d'une demi-douzaine de personnes du pays. Ce fut la ruée. La foule se pressait autour de Rob pour le voir mélanger son encre. Il possédait son métier et savait observer; il dessina une vieille sans dents, deux jeunes aux joues rondes... Mais seul le dernier portrait lui sembla réussi : il avait saisi la tristesse de ce visage d'homme vieillissant. Sans hésiter, il ajouta la verrue sur le nez, et le Barbier ne protesta pas car les modèles étaient ravis.

« Pour six flacons de Spécifique, un portrait gratuit! » annonça-t-il, et une longue file se forma devant l'estrade, où Rob s'absorbait dans son travail.

Deux jours plus tard, à la taverne de Ramsey, le Barbier se fit remarquer en avalant coup sur coup deux pichets de bière sans reprendre haleine, avant de roter comme le dieu du tonnerre. Puis il demanda si l'on connaissait une certaine Della

Hargreaves. Le patron haussa les épaules et secoua la tête.

« C'était le nom de son mari; après sa mort, elle est venue ici voilà quatre ans vivre avec son frère », précisa le Barbier.

Le patron semblait déconcerté.

« Oswald Sweeter, lui souffla sa femme qui apportait une nouvelle bière.

– Ah oui! C'est la sœur de Sweeter », dit le mari, prenant l'argent de son gros client.

Ce Sweeter était le forgeron du pays, massif et tout en muscles.

« Della? Je l'ai traitée comme ma propre fille, mais elle ne faisait rien de ses dix doigts. Ça ne pouvait pas durer : elle nous a quittés au bout de six mois.

– Pour aller où?

– A Bath.

– Qu'est-ce qu'elle fait à Bath?

– La même chose qu'ici quand on l'a mise dehors. Elle est partie avec un homme, comme un rat.

– A Londres, où elle était notre voisine, elle avait bonne réputation, dit Rob, qui pourtant ne l'avait jamais aimée.

– Eh bien, mon jeune monsieur, ma sœur, aujourd'hui, c'est une rien du tout, qui se vendrait plutôt que de gagner son pain. Vous la trouverez chez les putains. »

Un matin, après une semaine de pluie, ils s'éveillèrent par un jour si doux et si lumineux que les tristes souvenirs furent oubliés.

« Un monde neuf où se promener! » dit le Barbier.

Entre deux éclats de corne saxonne, ils chantèrent à pleine voix dans les chemins forestiers où alternaient le chaud soleil et l'ombre fraîche des feuillages.

« Qu'est-ce que tu désires plus que tout? demanda tout à coup le Barbier.

– Des armes, répondit Rob sans hésitation.

– Je ne t'achèterai pas d'armes, dit le maître, qui avait perdu son sourire.

– Pas une épée, mais une dague, car nous pouvons être attaqués.

– Les voleurs de grand chemin y regarderont à deux fois avant de s'en prendre à des gaillards comme nous. »

Après des siècles d'invasions sanglantes, chaque Anglais pensait en soldat. Le port des armes était interdit aux esclaves et les appentis n'avaient pas les moyens d'en acheter; les autres mâles, outre les cheveux longs, affichaient leurs armes comme une preuve de liberté. Et il est vrai, songeait le Barbier soudain las, qu'un petit homme avec une lame tuera plus sûrement qu'un costaud désarmé.

« Tu dois savoir te servir d'une arme quand sera venu pour toi le temps d'en porter. C'est une partie de ton éducation qui a été négligée. Je vais t'enseigner l'art de la dague et de l'épée.

– Merci, Barbier », dit Rob, rayonnant.

Dans une clairière, le maître, comme il l'avait fait pour la jonglerie, expliqua la manière de tenir chaque arme, les gestes précis pour la manier efficacement, les attitudes du corps. Et, surpris de l'aisance avec laquelle son élève faisait tournoyer la lourde épée, il le vit non sans appréhension se lancer à travers la clairière et pourfendre en hurlant un ennemi imaginaire.

La leçon suivante eut lieu quelques nuits plus tard, dans une taverne de Fulford, pleine d'une foule bruyante. Les meneurs de troupeaux de deux caravanes, les uns anglais, les autres danois, buvaient en se regardant comme deux bandes de chiens de combat. L'un des Danois avait un cochon, attaché par le cou au bout d'une corde dont il fixa l'autre extrémité à un poteau au milieu de la salle. Il défia alors l'homme assez courageux pour mener avec lui une chasse à la dague, après s'être fait bander les yeux. Un Anglais, Dustin, ayant accepté, on acclama les adversaires et l'on prit des paris, tandis que d'autres, prudents, vidaient leurs verres avant de s'éclipser. Le Barbier retint son élève qui semblait prêt à les suivre.

On banda les yeux des concurrents et chacun fut relié au même poteau par une longue corde nouée à l'une de ses chevilles. Ils burent encore et tirèrent leurs dagues.

Le cochon tournait en rond et, dès qu'il cria, les deux hommes, le repérant au son, s'en approchèrent sans se voir : Vitus, le Danois, leva son arme sur l'animal, et Dustin, avec un soupir, sentit la lame déchirer son bras. Ils s'insultèrent. Enfin, le porc blessé criant sans cesse devint une excellente cible, mais la main de Dustin manqua son but, et sa dague s'enfonça jusqu'à la garde dans le ventre de Vitus, qui s'affaissa avec un sourd grognement.

On n'entendait plus dans la taverne que les braillements du cochon. Les Danois, sans un mot, emportèrent leur camarade; aussitôt le Barbier et Rob se frayèrent un chemin pour tenter de lui porter secours, mais il n'y avait plus rien à faire. L'homme perdait ses entrailles, mêlées d'excréments et de sang.

« Pourquoi le ventre ouvert d'un homme sent-il plus mauvais que celui d'un animal? » dit le Barbier en retenant Rob près du mourant comme on met dans son urine le nez d'un jeune chien.

Ils continuèrent à pratiquer les armes, mais

l'élève, plus réfléchi, avait quelque peu apaisé sa fougue.

A Salisbury, il chercha en vain des traces d'Anne Mary et du boulanger Haverhill, comme, dans les abbayes rencontrées en chemin, il s'était enquis sans succès du père Lovell et de William, son protégé. Alors il sentit que sa famille était perdue pour toujours, et comprit avec un frisson que, quoi qu'il arrive désormais, c'est tout seul qu'il faudrait l'affronter.

15

LE COMPAGNON

QUELQUES mois avant la fin de l'apprentissage, ils s'installèrent devant des pichets de bière brune, dans la taverne d'Exeter, pour discuter des conditions d'emploi. Le Barbier buvait en silence, perdu dans ses pensées, et finit par proposer un maigre salaire.

« Avec un costume neuf en plus », ajouta-t-il, comme dans un élan de générosité.

Rob le connaissait bien, depuis six ans qu'il vivait avec lui.

« Je ferais mieux de retourner à Londres », dit-il en haussant les épaules, puis il remplit leurs gobelets.

Le Barbier l'observait en hochant la tête.

« Un costume tous les deux ans, que tu en aies besoin ou non! »

Ils commandèrent une tourte au lapin que Rob mangea avec appétit. Le gros homme s'en prit violemment au tavernier :

« Cette viande est dure et mal assaisonnée! » grogna-t-il, et il poursuivit : « On pourrait augmenter un peu le salaire... Un petit peu.

— Elle est *maigrement* assaisonnée, dit Rob, c'est une chose que vous ne faites jamais. Vous m'avez toujours battu à ce jeu-là.

– Qu'est-ce que tu trouverais bien comme salaire ? Pour un gamin de seize ans ?

– Je ne voudrais pas de salaire.

– Pas de salaire ? fit l'autre, soupçonneux.

– Non. Vous gagnez sur le Spécifique et sur les traitements. Eh bien, je veux l'argent de chaque douzième flacon et chaque douzième client.

– Le vingtième. »

Rob hésita un instant avant d'accepter.

« Cet accord est valable un an, puis renouvelable par mutuel agrément. Marché conclu !

– Marché conclu ! »

Et ils sourirent en levant leurs gobelets.

Le Barbier prit les choses au sérieux. Chez un menuisier de Northampton, il fit faire un second paravent et, à l'étape suivante, l'installa non loin du sien.

« Il est temps que tu voles de tes propres ailes », dit-il à Rob.

Après le spectacle et les portraits, celui-ci alla s'asseoir derrière le paravent et attendit. Les gens se moqueraient-ils de lui ? Retourneraient-ils dans la file du Barbier ?

Le premier patient frémit quand il lui prit les mains car sa vieille vache, « la sale bête ! », lui avait piétiné le poignet. Rob le palpa avec délicatesse et oublia tout le reste. C'était une contusion douloureuse, une fracture d'un os important du pouce. Il passa beaucoup de temps à redresser le poignet et fixer une attelle.

La malade suivante semblait l'incarnation de ses craintes : une femme anguleuse aux yeux durs, qui avait perdu l'ouïe. A l'examen, ne trouvant pas de bouchon de cérumen, il ne sut que faire.

« Je ne peux rien pour vous », dit-il à regret.

Elle secoua la tête.

« Je ne peux rien pour vous! répéta-t-il plus fort.

— Alors, demande à l'aut' barbier!

— Il n'y pourra rien non plus!

— Que l' diable t'emporte! J'y demanderai moi-même », cria-t-elle, rouge de colère.

Il entendit le rire du Barbier et des autres patients quand elle partit en trépignant. Puis arriva un jeune homme, à peine plus âgé que lui, avec une gangrène avancée de l'index gauche.

« Ce n'est pas beau, dit Rob réprimant un soupir.

— Je l'ai écrasé en coupant du bois il y a une quinzaine. Ça m'a fait très mal mais j'ai cru qu'il guérirait. Et puis... »

La première phalange était noire; plus haut, la chair gonflée était couverte d'ampoules d'où coulait un sang putride.

« Comment l'avez-vous soigné?

— Un voisin m'a conseillé de l'envelopper de cendres humides mêlées de crotte d'oie pour calmer la douleur. »

C'était un remède courant.

« Bon. Maintenant c'est une gangrène qui va gagner la main et tout le bras si l'on ne fait rien. Et vous mourrez. Il faut couper le doigt. »

Le jeune homme hocha la tête, courageusement.

Rob, pour plus de sûreté, alla consulter le Barbier, qui approuva sa décision.

« Tu veux de l'aide, mon garçon? »

Rob secoua la tête. Il fit boire au patient trois flacons de Spécifique, puis réunit, pour les avoir à sa portée, tous les objets nécessaires : deux couteaux aiguisés, une aiguille et du fil ciré, une planchette, des bandes de chiffons et une petite scie à dents fines. Il lia le bras sur la planchette, la paume tournée vers le haut.

« Fermez le poing, sans le doigt blessé », dit-il au jeune homme, dont il banda la main pour protéger les doigts sains. Enfin, il enrôla trois gaillards parmi les badauds : deux tiendraient le malade, et le troisième la planchette.

Il avait vu dix fois cette opération, l'avait faite à deux reprises sous le contrôle du Barbier. Il allait l'entreprendre seul. L'important était de couper assez loin de la gangrène pour en arrêter la progression tout en gardant le plus possible du doigt. Il choisit un couteau et entama la chair saine. Le patient hurla, tenta de se lever.

« Tenez-le ferme », dit Rob.

Il continua à découper, s'arrêtant un instant pour éponger le sang, avant de détacher soigneusement deux lambeaux de peau saine qu'il rabattit vers l'articulation. L'homme qui tenait la planchette s'en alla pour vomir.

« Prenez la planche! » dit Rob à celui qui tenait les épaules, et le transfert se fit sans dommage car l'opéré s'était évanoui.

L'os céda aisément sous la scie; le jeune chirurgien retira le doigt et, replaçant les lambeaux de peau, il fabriqua un joli moignon comme on le lui avait appris, ni trop serré pour éviter la douleur, ni trop lâche pour ne pas risquer de complications. Avec l'aiguille et le fil, il recousit le mieux qu'il put, à petits points, versa du Spécifique sur le tout pour arrêter le sang, puis fit transporter son malade gémissant à l'ombre d'un arbre.

Coup sur coup, il fallut ensuite bander une cheville foulée, panser un enfant blessé d'un coup de faux, vendre trois flacons à une migraineuse et six à un goutteux. Il était assez content de lui lorsque arriva une femme décharnée, au visage cireux et couvert de sueur : une incurable, il le sentit à travers ses mains.

« Pas d'appétit, dit-elle, je ne garde rien. Ce que je ne vomis pas, je le rejette en selles sanglantes. »

Palpant le ventre, il y sentit une grosseur dure et la lui fit toucher.

« C'est une tumeur... Une masse qui grossit aux dépens de la chair saine.

– Je souffre terriblement. Il n'y a pas de remède ? »

Il l'aima pour son courage et, ne voulant pas lui mentir, il secoua la tête. Que n'était-il devenu charpentier !

Ramassant sur le sol le doigt coupé, il le porta dans un chiffon au jeune homme qui avait repris ses sens.

« Que voulez-vous que j'en fasse ? fit celui-ci, surpris.

– Les prêtres disent qu'il faut tout garder pour ressusciter entier au jour du Jugement. »

L'autre réfléchit un moment et remercia.

A Rockingham, ils retrouvèrent Wat, le marchand d'onguent, qui les invita à un combat de chiens. L'ours Bartram étant mort depuis quatre ans, il avait maintenant une femelle appelée Godiva mais elle était malade : mieux valait en tirer, dans ce combat, un dernier profit.

La nuit tombait et la foule s'excitait déjà autour de l'arène éclairée par une douzaine de torches de poix. Les dresseurs retenaient trois chiens muselés qui tiraient sur leurs laisses : un mastiff aux os saillants, un chien roux plus petit et un grand danois. On enchaîna l'ourse à un lourd poteau au centre de l'arène, l'attachant au bas par une forte courroie de cuir, mais négligeant de fixer celle du haut. Les spectateurs protestèrent.

« Attache le cou, imbécile !

– Boucle-lui le museau avec l'anneau de son nez ! »

Le maître d'arène ne broncha pas sous les insultes, il avait l'habitude.

« Cette ourse n'a plus de griffes. Le spectacle n'aura aucun intérêt si on ne lui laisse pas ses crocs. »

Wat retira le capuchon qui coiffait Godiva. Dressée sur ses pattes de derrière, le dos contre le poteau, elle clignait les yeux et paraissait déconcertée devant les lumières, la foule et les chiens démuselés que les dresseurs avaient lâchés. Les parieurs, peu enthousiastes car l'ourse était vieille, comptaient sur la férocité du dogue et du danois, mais surtout sur le petit chien roux ; il était, disait-on, d'une race spéciale, entraînée pour lutter contre les taureaux. Pourtant, aucun n'attaquait.

Alors le maître d'arène saisit une longue lance et en frappa Godiva à l'une de ses mamelles ridées. Elle hurla de douleur. Aussitôt le mastiff se jeta sur elle pour lui déchirer le ventre, mais l'ourse se retournant, les crocs redoutables lui labourèrent la hanche. Le petit chien rouge lui sauta à la gorge et resta suspendu à sa victime comme un gros fruit mûr à un arbre. Quant au danois, grimpant sur le mastiff pour être plus vite au but, il arracha l'oreille et l'œil gauche d'un seul coup de mâchoires.

« Un combat manqué ! Ils ont déjà gagné », cria Wat déçu.

Mais Godiva, secouant sa tête sanglante, abattit sa patte droite sur l'échine du mastiff ; le craquement des vertèbres passa inaperçu dans le vacarme, et l'on vit le chien mourant atterrir sur le sable.

Les gens hurlèrent de plaisir. S'attaquant au danois, l'ourse le projeta à l'extrême bord de l'arène, la gorge ouverte. Puis elle frappa le petit chien roux, plus rouge encore de tout le sang qu'il avait reçu. Il tenta de l'égorger mais elle l'étouffa entre ses pattes croisées et ne le lâcha que lorsqu'il fut mort. Puis retombant près des chiens inanimés, elle se mit à gémir et trembler, en léchant ses plaies.

Dans le brouhaha, les spectateurs payaient et encaissaient leurs paris.

« Trop court! trop court! grognait quelqu'un près de Rob.

– Cette sale bête n'est pas morte, on peut encore s'amuser. »

Un gars ivre, armé de la lance, se mit à harceler l'ourse en la piquant à l'anus; on applaudit en la voyant tourner sur elle-même avec un grognement, mais elle fut vite bloquée par la courroie qui retenait sa patte.

« L'autre œil! cria-t-on dans la foule. Crève-lui l'autre œil! »

L'ivrogne visait l'énorme tête quand Rob lui arracha la lance des mains.

« Brave Godiva », dit-il, puis il brandit l'arme et l'enfonça profondément dans la poitrine de la bête, qui rejeta presque aussitôt un flot de sang.

Les gens hurlèrent comme des chiens. Rob se laissa pousser dehors par le Barbier furieux et Wat qui le traitait de « petit barbier merdeux ».

Le maître d'arène annonça d'un ton apaisant qu'un nouveau combat opposerait bientôt un blaireau à des chiens, et les protestations se changèrent en acclamations. Le Barbier s'excusa auprès de Wat. Quand il revint au camp, d'un pas lourd, il but la moitié d'un flacon puis s'affala sur son lit, le regard fixe.

« Tu es un pauvre con, dit-il. Si les paris n'avaient pas déjà été payés, ils t'auraient étripé et je n'aurais rien fait pour te défendre. »

Rob passa la main sur la peau d'ours qui lui servait de lit : elle était de plus en plus râpée, il faudrait bientôt la jeter.

« Allons, bonne nuit, Barbier », dit-il.

16

LES ARMES

Le Barbier n'avait pas prévu que les choses se
gâteraient entre Rob et lui; à dix-sept ans, l'ancien
apprenti restait ce qu'il avait été enfant : travailleur
et facile à vivre. Mais, en affaires, il discutait
comme une marchande de poisson. A la fin de la
première année, il réclama le douzième des gains
au lieu du vingtième. Le Barbier grogna, puis
céda : c'était mérité.

Il avait remarqué que Rob dépensait peu; il
mettait presque tous ses gains de côté pour acheter
des armes. Un soir d'hiver, dans la taverne d'Exmouth, un jardinier lui proposa une dague.

« Votre avis? demanda-t-il en tendant l'arme au
Barbier.

– La lame en bronze ne tiendra pas; le manche
paraît bon, mais cette peinture criarde peut cacher
des défauts. »

Rob rendit le médiocre couteau. Au printemps,
le long des côtes, il chercha des Espagnols dans les
ports, sachant que les meilleures armes venaient de
chez eux, mais il n'acheta rien avant d'avoir gagné
l'intérieur des terres.

Un matin de juillet, à Blyth, ils découvrirent en
s'éveillant Incitatus couché par terre, froid et déjà
raide. Rob regarda tristement le cheval mort; le

Barbier au contraire s'extériorisa en jurant. Tandis que l'un creusait une large fosse pour ne pas laisser ce vieux Tatus aux chiens et aux corbeaux, l'autre lui trouvait un remplaçant; il y mit du temps et de l'argent car l'affaire était capitale. Enfin il acheta une jument baie de trois ans.

« On l'appelle aussi Incitatus? » demanda-t-il, mais Rob secoua la tête et la bête n'eut jamais d'autre nom que « Cheval ». Elle avait le pas aisé, mais elle perdit un fer le premier matin, et il fallut retourner à Blyth pour le remplacer.

Ils trouvèrent le forgeron, Durman Moulton, occupé à finir une épée qui leur fit écarquiller les yeux.

« Combien? demanda Rob avec une fougue qui choqua le Barbier, plutôt porté aux longs marchandages.

– Elle est vendue », dit l'homme, mais il les laissa la prendre en main pour en éprouver l'équilibre. C'était une arme anglaise faite pour frapper de taille, sans ornement, fine, loyale et admirablement forgée. Plus jeune et moins mûri, le Barbier se serait laissé tenter.

« Combien pour la même, plus une dague assortie? »

C'était plus que Rob ne gagnait en un an.

« Et vous devez payer la moitié maintenant pour confirmer la commande », dit Moulton.

Le jeune homme alla chercher une bourse dans la charrette et lui compta vivement l'argent.

« Nous reviendrons dans un an prendre les armes et verser le reste. »

La saison n'était pas finie que Rob réclamait un sixième des bénéfices. Le Barbier s'indigna puis réfléchit. Il avait entendu une femme dire à son amie : « Choisis plutôt le jeune barbier, on dit qu'il a une bonne main. » Il finit par proposer le huitième et, à son grand soulagement, Rob accepta.

Toujours soucieux d'améliorer son spectacle, il avait inventé un nouveau personnage : un vieux débauché qui buvait du Spécifique et se mettait aussitôt à lutiner les femmes de l'assistance. Rob refusa d'abord de jouer le Vieux mais il dut céder devant l'entêtement du Barbier. Grimé, avec une perruque et de fausses moustaches grises, vêtu de hardes, il marchait tout courbé en traînant une jambe, et jouait toute une comédie plaisante en déguisant sa voix. Il se trouvait même sans bourse délier des commères dans le public pour lui donner la réplique. Un soir, à Lichfield, il poursuivit le jeu jusqu'à la taverne, et les gens écoutèrent le Vieux raconter ses prétendus souvenirs amoureux en lui payant à boire, si bien que, pour la première fois, ce fut le Barbier qui dut soutenir son assistant jusqu'au campement.

Le gros homme se réfugiait dans la bonne chère; il mettait les chapons à la broche, bardait les canards, bouillait les langues de bœuf à l'oignon et aux herbes..., voyant avec inquiétude Rob courir les tavernes et boire n'importe quoi.

« J'ai observé que tu ne prends plus les mains des patients.

— Vous non plus.

— Ce n'est pas moi qui ai le don.

— Quel don ? Vous avez toujours dit que ça n'existait pas !

— Maintenant, si. Et je crois qu'il peut se perdre avec la boisson. Ecoute-moi : don ou pas, il faut prendre les mains des malades quand tu les fais passer derrière le paravent. Ils aiment cela. Comprends-tu ? »

Rob acquiesça d'un air maussade.

Un soir, ils allèrent ensemble à la taverne pour faire la paix. Mais, ivre de vin de mûres, le jeune homme s'en prit à un gaillard de son format et, à coups de poing, de pied et de genou, la bagarre tourna au délire. Quand enfin on sépara les combattants épuisés, le Barbier ramena son compagnon en le traitant d'ivrogne.

« Vous pouvez parler !

– C'est vrai que je peux aussi me soûler, mais j'ai toujours su éviter les histoires. Je n'ai jamais vendu de poisons et je ne me mêle pas de mauvaises magies. Tout dépend du contrôle qu'on garde sur soi-même. Arrête tes bêtises et desserre les poings. »

Mais Rob tournait à l'ours et ne cherchait que plaies et bosses; la violence gagnait en lui comme une mauvaise herbe, et le Barbier se demandait si son apparent oubli des siens était un bien ou un mal. L'hiver à Exmouth fut le pire de tous.

Ils partirent en mars et suivirent la frontière du pays de Galles jusqu'à Shrewsbury, puis le cours de la Trent vers le nord-est, en s'arrêtant partout. Cheval n'avait pas le talent de Tatus pour se cabrer à la parade, mais elle était belle, avec sa crinière ornée de rubans. Les affaires furent excellentes.

A Blyth, ils allèrent aussitôt chez Durman Moulton; le forgeron leur fit bon accueil et, d'une réserve obscure au fond de la boutique, il rapporta deux paquets enveloppés de peau souple, qu'il leur présenta. Rob retenait son souffle : l'épée était, s'il est possible, plus belle encore que celle de l'année passée, et le Barbier, soupesant la dague, la trouva merveilleusement proportionnée.

« Beau travail », dit-il à Moulton, qui apprécia le compliment comme il convenait.

Rob glissa les armes à sa ceinture dans les fourreaux qu'il avait achetés en chemin, en éprouva le poids inhabituel et posa ses mains sur les gardes. Son maître ne pouvait s'empêcher de le regarder : il avait de la présence. A dix-huit ans, pleinement développé, il était plus grand que le Barbier de deux mains, mince et large d'épaules, avec une crinière brune et bouclée, de grands yeux bleus plus changeants que la mer, un visage large aux mâchoires solides, qu'il tenait soigneusement rasé. Le voyant tirer à demi puis remettre au fourreau cette épée, signe de sa liberté, le Barbier frémit d'un orgueil qui n'était pas exempt d'une indéfinissable appréhension. Peut-être de la peur.

17

LE NOUVEAU CONTRAT

La première fois que Rob entra dans une taverne avec ses armes, il sentit la différence : les hommes ne se montraient pas plus respectueux, mais plus attentifs et plus prudents. Le Barbier ne cessait de le mettre en garde; la colère, disait-il, est un des péchés capitaux. Il lui décrivait sans fin les jugements par ordalie où l'accusé doit prouver son innocence en saisissant un fer rouge ou en avalant de l'eau bouillante.

« Pour qui est convaincu de meurtre, c'est la corde ou le billot. Souvent on passe des lanières sous les tendons des chevilles pour attacher l'assassin à la queue de bœufs sauvages sur qui on lâche des chiens »

« Seigneur, pensait Rob, le Barbier n'est plus qu'une vieille femme geignarde. Croit-il que j'irais massacrer les gens? »

A Fulford il s'aperçut qu'il avait perdu la monnaie romaine que son père lui avait donnée, et devint d'une humeur farouche. Il se fit casser le nez dans une querelle d'ivrognes avec un Ecossais; le Barbier le lui redressa tant bien que mal et l'accabla de reproches. On se tenait à distance, désormais, de ses poings, de ses armes et de son visage cousu de cicatrices.

Après le spectacle, un jour à Newcastle, comme

il revenait à la charrette encore grimé et déguisé en Vieux, il trouva son maître en discussion avec un grand maigre.

« Je vous suis depuis Durham, disait l'homme. Vous rassemblez les foules, c'est ce qui m'intéresse. Voyageons ensemble et partageons les gains.

– Je ne travaille pas avec les voleurs, répondit le Barbier.

– Tu n'as pas le choix, fit l'autre.

– C'est lui qui choisit! coupa Rob, à qui l'inconnu ne jeta qu'un coup d'œil.

– Tais-toi, Vieux, ou gare à toi... »

Mais voyant le faux vieillard redressé et marchant sur lui, le voyou sortit un couteau. Aussitôt jaillie de son fourreau, la dague lui traversa le bras, et Rob, en la retirant, s'étonna de voir couler tant de sang de cet échassier décharné. Sans écouter le Barbier qui voulait le panser, le voleur s'échappa.

« A saigner comme ça, il va se faire remarquer et, s'il est pris, il nous dénoncera. Filons. »

Hors d'atteinte, ils s'arrêtèrent pour allumer un feu et dîner de navets froids qui restaient de la veille.

« A deux, on pouvait en venir à bout sans couteau, dit le Barbier.

– Il avait besoin d'une leçon.

– Ecoute, tu deviens dangereux. »

Rob se rebiffa : il avait voulu défendre le gros homme, et de vieux griefs nourrissaient sa colère.

« Vous n'avez jamais pris aucun risque pour moi. Notre argent, c'est moi, maintenant, qui le gagne! Et bien plus que ce filou n'en a jamais trouvé sous ses doigts crochus.

– Tu deviens un danger et un boulet », dit le Barbier d'un ton las.

La dernière étape du voyage les mena à l'extrême frontière du Nord, où l'on ne savait plus qui était Anglais ou Ecossais. Devant leur public, Rob et le Barbier faisaient toujours équipe mais hors de l'estrade gardaient un silence glacial, rompu seulement par des querelles. Le temps était passé où le maître levait la main sur son élève, mais, quand il avait bu, il l'abreuvait d'insultes ordurières.

« … Un fumier, un orphelin merdeux… Qu'est-ce que tu serais devenu sans moi ? »

Un soir, à Lancaster, près d'un étang d'où montait une brume couleur de lune avec des tourbillons d'éphémères, Rob excédé allait remplir son gobelet dans la charrette quand la terrible voix l'interpella :

« Rapporte-moi un flacon, bon Dieu ! »

Il allait grogner : « Va le chercher toi-même ! », quand il avisa dans un coin les fioles de la cuvée spéciale. Il en prit une qu'il tendit au Barbier. Il le vit l'ouvrir, la porter à sa bouche… Il était encore temps de l'arrêter d'un mot. Mais il laissa faire l'homme ivre, qui but jusqu'au bout, jeta le flacon et s'endormit comme une masse.

« Pourquoi ça ne me fait-il aucun plaisir ? » se dit le jeune homme, sans pouvoir trouver le sommeil, jusqu'au matin. Oui, il y avait deux hommes dans le Barbier : l'un cordial et bon, l'autre vil ; quand il était soûl, seul émergeait le second. Avec une lucidité soudaine, comme un éclair dans une nuit noire, Rob comprit qu'il vivait lui aussi cette même dégradation. Il frémit et se rapprocha du feu, en proie à une profonde détresse.

Dès l'aube, il retrouva le flacon vide et le cacha dans le bois ; puis il ranima les flammes pour préparer un copieux petit déjeuner.

« Je me suis mal conduit, dit-il au Barbier, et… je vous demande pardon. »

L'autre, stupéfait, acquiesça en silence. Ils attelèrent Cheval et roulèrent sans rien dire une partie de la matinée. De temps à autre, Rob sentait sur lui le regard pensif de son compagnon.

« J'ai bien réfléchi, dit enfin le Barbier. La saison prochaine, tu continueras sans moi. »

Se sentant coupable d'avoir eu la même pensée la veille, le garçon protesta : « C'est cette sacrée boisson qui nous rend fous. Il faut y renoncer et tout ira bien comme avant. »

Le maître parut touché mais il secoua la tête.

« L'alcool ne fait pas tout. Tu es un jeune cerf qui a besoin d'essayer ses bois, et moi je suis trop vieux. Trop gros aussi et je manque de souffle. Rien que grimper sur l'estrade me prend toute mon énergie; il m'est chaque jour plus difficile d'assurer jusqu'au bout le spectacle. J'aimerais demeurer à Exmouth désormais, profiter de l'été, m'occuper du potager, sans parler des plaisirs de la cuisine. Pendant ton absence, je peux préparer une grosse réserve de Spécifique. Je te paierai aussi l'entretien de Cheval et de la carriole. Tu garderas ce que tu gagneras avec les traitements ainsi que le prix d'un flacon sur cinq la première année et d'un sur quatre les années suivantes.

– Un sur trois la première année et un sur deux ensuite, répliqua Rob sans même réfléchir.

– C'est trop pour un gars de dix-neuf ans, dit sèchement le Barbier. Mais on verra ça ensemble car nous sommes des gens raisonnables. »

Ils finirent par tomber d'accord : un flacon sur quatre, puis un sur trois, contrat révisable au bout de cinq ans. Le vieux était ravi et Rob n'en revenait pas de sa chance. Ils traversèrent la Northumbrie dans l'allégresse et, à Leeds, le Barbier fit des dépenses prodigieuses : il fallait, dit-il, célébrer le nouveau contrat par un mémorable dîner.

Le Barbier

Ils quittèrent Leeds en suivant la rivière sous les arbres, entre les bruyères et les buissons verdoyants, puis campèrent à l'endroit où l'Aire s'élargit, parmi les aulnes et les saules. Là, ils préparèrent ensemble un énorme pâté avec un cuissot de daim, une longe de veau, un gros chapon, une paire de colombes, six œufs durs et une demi-livre de graisse, le tout émincé et harmonieusement mêlé sous une croûte luisante et dorée.

Ils en mangèrent largement et le Barbier altéré se remit à l'hydromel. Rob, qui ne voulut boire que de l'eau, le vit bientôt rougir et changer d'humeur : il fallut mettre à sa portée deux caisses de flacons et l'entendre maugréer contre les termes du contrat, mais, avant que les choses ne se gâtent, il sombra dans un lourd sommeil.

Le lendemain, par un matin ensoleillé, plein de chants d'oiseaux, il s'éveilla, pâle et maussade, ayant apparemment oublié l'incident de la veille.

« Allons pêcher la truite, dit-il, j'en mangerais bien une au petit déjeuner. » Mais en se levant, il se plaignit d'une douleur à l'épaule gauche. « Je vais charger la charrette : rien de tel que le travail pour dérouiller les articulations. »

Il emporta l'une des caisses, puis revint chercher l'autre. A mi-chemin, il la laissa échapper à grand fracas. Les yeux hagards, il porta une main à sa poitrine en grimaçant et la douleur lui courba les épaules.

« Robert... », dit-il doucement, et c'était la première fois de Rob l'entendait user de son prénom. Il fit un pas vers lui, les mains tendues. Mais avant qu'ils aient pu se rejoindre, le Barbier avait cessé de respirer. Comme un grand arbre, ou comme une avalanche, la mort d'une montagne, le Barbier chancela et s'abattit sur la terre.

18

REQUIESCAT

« Je ne le connaissais pas.

– C'était mon ami.

– Je ne vous ai jamais vu non plus, dit le prêtre, avec dureté.

– Vous me voyez, maintenant. »

Rob avait déchargé la charrette de leurs affaires, qu'il avait cachées dans un bouquet de saules, pour faire place au cadavre du Barbier. Il avait mis six heures à rejoindre le petit village de La Croix-d'Aire avec sa vieille église. Et voilà qu'un curé borné lui posait des questions insidieuses et stupides comme si le gros homme n'avait voulu mourir que pour l'importuner.

Le prêtre montra sa désapprobation en apprenant comment le défunt avait vécu.

« Médecins, chirurgiens ou barbiers, tous méprisent l'évidente vérité : seuls la Trinité et les saints ont le vrai pouvoir de guérir. »

Rob, qui n'était pas d'humeur à écouter de pareils discours, enrageait en silence. Il sentait peser ses armes à sa ceinture mais il lui semblait que le Barbier conseillait la patience. Il fut donc aimable, conciliant et fit un don généreux à l'église.

Le Barbier

« L'archevêque Wulfstan interdit à un prêtre de rien recevoir des fidèles d'une autre paroisse.

– Il n'était le fidèle d'aucune paroisse », dit Rob, et finalement on accepta d'inhumer le Barbier en terre sacrée.

L'enterrement ne pouvait attendre, car l'odeur de la mort était déjà là. Le menuisier du village eut un choc en voyant quel grand cercueil il lui fallait assembler, et Rob creusa la fosse en proportion dans un coin du cimetière. Dans l'église, au pied de l'immense crucifix de chêne qui donnait son nom au pays, on déposa le Barbier dans sa bière jonchée de romarin. C'était justement la Saint-Calliste et, après le *Kyrie eleison*, le petit sanctuaire se trouva presque plein. Rob avait payé une messe de requiem que les gens suivirent avec un recueillement touchant. Le Barbier n'aurait pas été mieux traité s'il avait été de la guilde.

« C'était ton père ? » chuchota une vieille femme.

Il hésita puis trouva plus simple d'acquiescer en silence ; elle soupira et lui toucha le bras.

Après la messe, il s'approcha de l'autel, s'agenouilla et fit un signe de croix comme Mam le lui avait appris autrefois. Le prêtre traversa l'église, éteignit les cierges et le laissa seul. Il resta là, sans faim ni soif, inconscient du temps qui passait. Enfin, surpris d'entendre sonner matines, il se leva en titubant, fit quelques pas dehors, se soulagea sous un arbre, puis revint se laver les mains et le visage dans le seau près de la porte de l'église, tandis que s'achevait l'office de minuit.

Alors, seul de nouveau dans l'obscurité, il se rappela comment le Barbier lui avait sauvé la vie, à Londres, quand il était enfant ; sa gentillesse et son égoïsme, sa patience et sa cruauté ; le plaisir qu'il prenait à préparer les repas ; ses colères et ses bons conseils, son rire et sa cordialité; son ivrognerie. Entre eux, ce n'était pas de l'amour, mais quelque chose qui en tenait lieu et, comme l'aube jetait sur le visage de cire une lueur grise, Rob pleura amèrement, et pas seulement sur Henry Croft.

On enterra le Barbier après laudes. Le prêtre ne s'attarda guère devant la tombe.

– Vous pouvez la recouvrir », dit-il à Rob et, tandis que le sable et les graviers résonnaient sur le bois du cercueil, on l'entendit marmonner en latin à propos de la Résurrection promise.

Comme il l'aurait fait pour les siens, et se rappelant ses tombes perdues, Rob paya le prêtre pour faire graver une pierre, en précisant ce qu'il y fallait mettre :

Henry Croft
Barbier-chirurgien
Mort le 11 juillet 1030

« Peut-être : *Requiescat in pace?* » demanda le prêtre.

La seule épitaphe qui venait à l'esprit de Rob, c'était *Carpe diem*, « Jouis de chaque jour ». Pourtant... Rob sourit, et le prêtre fut bien surpris. Mais le terrible jeune homme avait payé la pierre. Devant son insistance, il dut écrire soigneusement : « *Fumum vendidi*, J'ai vendu de la fumée ».

Le Barbier aurait-il sa pierre? Qui s'en souciait à La Croix-d'Aire?

« Je reviendrai voir si tout a été fait comme il faut », dit-il.

Le regard du prêtre se voila un instant.

« Dieu vous protège », dit-il sèchement avant de rentrer dans l'église.

Las et affamé, Rob revint au bosquet de saules où il avait laissé ses biens. Tout était là, intact.

Quand il eut rechargé la charrette, il s'assit sur l'herbe pour manger; le reste du pâté s'était gâté mais il restait un pain rassis que le Barbier avait cuit quatre jours plus tôt.

« Je suis l'héritier, se dit-il. C'est mon cheval et ma charrette. »

Le Barbier lui avait laissé les instruments et les méthodes, les fourrures râpées, les balles à jongler et les tours de magie, la poudre aux yeux et la fumée, le choix des itinéraires pour tous les jours à venir.

La première chose qu'il entreprit fut de sortir les flacons de la cuvée spéciale et de les briser un par un en les jetant contre un rocher. Il vendrait les armes du Barbier : les siennes étaient meilleures. Mais il suspendit à son cou la corne saxonne. Puis il grimpa sur la charrette et s'assit à la place du conducteur, droit et solennel, comme sur un trône, songeant qu'il allait peut-être, à son tour, se chercher un apprenti.

19

UNE FEMME SUR LA ROUTE

Il alla, ainsi qu'ils l'avaient toujours fait, « se promenant dans un monde neuf », comme disait le Barbier. Les premiers jours, il ne put se décider à décharger le chariot ni à donner un spectacle. A Lincoln, il prit un repas chaud à la taverne et se nourrit du pain et du fromage que d'autres avaient préparés. Il ne buvait pas. Le soir, il s'asseyait près de son feu et se sentait terriblement seul. Il attendait quelque chose mais rien ne venait; puis il finit par comprendre qu'il lui fallait vivre sa vie.

A Stafford, il décida de se remettre au travail. Cheval dressa les oreilles en piaffant dès qu'il battit le tambour sur la place. Ce fut comme s'il avait toujours été seul. Les gens ignoraient qu'un vieil homme aurait dû donner le signal des jongleries et raconter de bonnes histoires. Ils l'écoutaient, riaient, admiraient ses portraits, achetaient son médicament et faisaient la queue pour être soignés.

En prenant les mains des patients, il s'aperçut que son don revenait : un solide forgeron, qu'on aurait cru capable de soulever le monde, était rongé d'un mal qui consumait sa vie; il n'en avait pas pour longtemps. Une enfant souffreteuse, au contraire, révéla une réserve d'énergie qui le rendit heureux. Peut-être le don, étouffé par l'alcool, était-il libéré par la sobriété ?

En quittant Stafford, l'après-midi, il s'arrêta dans une ferme pour acheter du lard. La chatte de la maison venait d'avoir une portée de chatons.

« Prenez celui que vous voudrez, dit le fermier. Je vais être obligé de les noyer presque tous, car ils coûteraient trop à nourrir. »

Rob s'amusa à balancer un bout de corde devant leurs museaux et tous répondirent au jeu, sauf une petite chatte blanche qui faisait la dédaigneuse.

« Tu ne veux pas de moi, hein ? »

C'était la plus belle, mais quand il voulut la prendre, elle le griffa. Ce qui le décida à la choisir. Il lui parla doucement à l'oreille et fut heureux qu'elle se laisse enfin caresser.

Le lendemain matin, il la nourrit de pain trempé dans du lait et, au fond de ses yeux verts, il reconnut une féline impertinence qui le fit sourire.

« Je t'appellerai Mme Buffington, en souvenir... »

Arrivé à Tettenhall dans la matinée, il aperçut un homme debout près d'une femme allongée sur la route.

« Qu'est-ce qu'elle a ? » demanda-t-il en retenant Cheval.

La femme respirait, rougissant sous l'effort ; elle avait un ventre énorme.

« C'est son heure dit l'homme. On était à cueillir les pommes quand les douleurs l'ont prise ; elle n'a pas pu rentrer à la maison. Il n'y a pas de sage-femme ici, elle est morte ce printemps. J'ai envoyé chercher le mire quand j'ai vu qu'elle allait si mal.

– Bon », dit Rob, reprenant les rênes. C'était le genre de situation que le Barbier lui avait appris à éviter : s'il réussissait, il serait mal payé, sinon, on le tiendrait pour responsable.

« Ça fait déjà longtemps et il est toujours pas là, reprit l'homme avec amertume. C'est un docteur juif. »

Les yeux de la femme roulaient dans leurs orbites : elle était saisie de convulsions. Peut-être le médecin ne viendrait-il jamais ? Vaincu par toute cette misère, et par des souvenirs qu'il aurait préféré oublier, Rob descendit de la charrette en soupirant. Il s'agenouilla et prit les mains de la paysanne, qui était sale et semblait épuisée.

« Quand a-t-elle senti bouger l'enfant pour la dernière fois ?

– Il y a des semaines... Depuis quinze jours, elle se plaignait, comme si on l'avait empoisonnée. C'est sa quatrième grossesse : on a deux garçons, mais les deux autres étaient morts-nés. »

Celui-ci aussi, sans doute. Posant doucement sa main sur le ventre gonflé, Rob regretta de n'être pas parti, mais il revit le pâle visage de Mam, couchée dans le fumier de l'écurie, et comprit, non sans malaise, que la femme mourrait s'il n'agissait pas. Dans le fouillis du Barbier, il retrouva le spéculum de métal poli et, les convulsions apaisées, il dilata l'utérus comme son maître lui avait appris à le faire. La masse qui se trouvait à l'intérieur glissa dehors : c'était une forme en putréfaction.

Ses mains commandant sa tête, Rob retira le placenta, nettoya et lava la femme, sans même avoir conscience que le mari s'était éclipsé. En relevant la tête, il fut surpris de voir le médecin.

« Je vous laisse la place, dit-il, soulagé, car la malade saignait encore.

– Rien ne presse », répondit le docteur; mais il entreprit un examen si long et si minutieux qu'à

124

l'évidence, il ne lui faisait pas confiance. Enfin, il parut satisfait.

« Posez votre paume sur l'abdomen et frottez ainsi, fermement. »

Rob surpris massa le ventre vide et s'aperçut que, peu à peu, le col de l'utérus large et spongieux redevenait une petite boule dure, tandis que le saignement s'arrêtait.

« Magie digne de Merlin et dont je me souviendrai, dit-il.

– Il n'y a pas de magie dans ce que nous faisons. Vous connaissez mon nom?

– Nous nous sommes rencontrés, il y a des années, à Leicester.

– Ah! fit le médecin en regardant avec un sourire la charrette bariolée. Vous étiez apprenti, et le Barbier était ce gros homme qui crachait des rubans. »

Rob ne lui dit pas que le Barbier était mort et l'autre n'en demanda pas davantage. Ils s'observaient. Le visage de faucon, entre la chevelure et la barbe blanches, avait perdu sa maigreur d'autrefois.

« Le clerc à qui vous avez parlé ce jour-là, l'avez-vous opéré? »

Merlin sembla perplexe puis son regard s'éclaira.

« Bien sûr! Edgar Thorpe, du village de Lucteburne, dans le comté de Leicester. »

Rob avait oublié ce nom; il se rendit compte que, à la différence de Merlin, il ne se souciait guère de ceux de ses patients.

– Oui, je l'ai guéri de sa cataracte.

– Et comment va-t-il?

– Il vieillit, avec les petits ennuis et les maux de l'âge; mais il voit clair de ses deux yeux. »

Le médecin examina le fœtus, enveloppé d'un chiffon, puis l'aspergea de l'eau d'une fiole.

« Je te baptise au nom du Père, du Fils et du Saint-Esprit », dit-il vivement; puis il referma le petit paquet qu'il donna au paysan. « L'enfant a été baptisé et peut être admis dans le royaume des cieux. Vous pouvez le dire au père Stigand ou à l'autre prêtre de la paroisse. »

L'homme sortit une bourse crasseuse.

« Combien je vous dois, maître médecin? dit-il avec inquiétude.

– Ce que vous pouvez. »

L'autre tendit un penny.

« C'était un garçon?

– Impossible de le savoir », répondit le médecin avec douceur. » Il laissa tomber la pièce dans sa large poche et y chercha un demi-penny qu'il remit à Rob. Puis ils aidèrent le paysan à porter sa femme chez lui, ce qui valait bien le demi-penny! Enfin libres, ils allèrent se laver du sang dans le ruisseau proche.

« Vous aviez déjà vu de ces accouchements?

– Non.

– Comment saviez-vous ce qu'il fallait faire?

– On me l'avait expliqué, dit Rob, haussant les épaules.

– Il y a des médecins nés. Des élus, fit Merlin en souriant. D'autres ont simplement de la chance.

– Si la mère était morte et le bébé vivant..., commença le jeune homme, que les questions du médecin mettaient mal à l'aise.

– La césarienne... Vous ne savez pas de quoi je parle?

– Non.

– Il faut couper dans le ventre et l'utérus pour y prendre l'enfant.

– Ouvrir la mère?

– Oui.

– Vous l'avez déjà fait ?

– Plusieurs fois. Quand j'étais étudiant en médecine, j'ai vu un de mes professeurs ouvrir une femme vivante pour délivrer l'enfant. »

« Menteur ! » se dit Rob, honteux de l'avoir écouté avec tant d'intérêt. Il se rappelait ce que le Barbier lui avait raconté sur cet homme et sa race.

« Et la femme ?

– Elle est morte, c'était inévitable. Mais on m'a parlé de cas où l'on avait réussi à sauver la mère et l'enfant. »

Rob voulait partir avant que le médecin à l'accent français ne le prenne pour un imbécile, mais il ne put s'empêcher de demander :

« Où faut-il inciser ? »

Dans la poussière du chemin, Merlin dessina un torse, et y marqua deux incisions, l'une, longue et rectiligne sur la gauche, l'autre plus haut, au milieu du ventre.

« L'une ou l'autre », dit-il en jetant son bâton.

Rob acquiesça en silence, incapable de le remercier.

20

CHEZ MERLIN

Rob quitta immédiatement Tettenhall, mais quelque chose lui était arrivé et, tout en préparant une nouvelle cuvée de Spécifique, qu'il vendit à Ludlow avec autant de succès que d'habitude, il restait préoccupé, presque angoissé.

Tenir une âme humaine dans la paume de votre main, comme un galet. Sentir un être s'échapper et, par votre seule action, le ramener à la vie! Un roi même n'a pas ce pouvoir.

Des *élus*, avait dit Merlin.

Pourrait-il apprendre davantage? Jusqu'où? Que serait-ce, se demandait-il, d'apprendre tout ce qui peut s'enseigner? Pour la première fois de sa vie, il était sûr de son désir : devenir médecin. Pouvoir vaincre la mort! Des idées nouvelles et bouleversantes qui tantôt l'enthousiasmaient, tantôt le mettaient au désespoir.

Le lendemain, il partit pour Worcester, ville voisine sur la rive gauche de la Severn. Il ne se rappela ensuite ni la rivière, ni la route avec Cheval, ni aucun détail du voyage. A Worcester, les gens regardèrent, bouche bée, la charrette rouge arriver sur la place, faire un tour complet et repartir en sens inverse sans s'être arrêtée.

On faisait les foins à Lucteburne, dans le comté

de Leicester. Quand Rob arrêta son attelage devant un champ où quatre hommes fauchaient, le plus proche s'interrompit un instant pour lui indiquer la maison d'Edgar Thorpe.

A quatre pattes dans son petit jardin, le vieil homme arrachait des poireaux; il y voyait, manifestement, mais souffrait de rhumatismes. Lorsque, avec l'aide de son visiteur, il se fut relevé, non sans exclamations et plaintes, il lui fallut quelques instants pour reprendre son calme. Rob avait apporté plusieurs flacons de Spécifique; il en ouvrit un, qui fit grand plaisir à son hôte.

« Je viens pour m'informer sur l'opération qui vous a rendu la vue.

– Vraiment? Et pourquoi cela?

– C'est pour un parent qui aurait besoin du même traitement.

– J'espère qu'il est fort et courageux. J'étais attaché à une chaise, pieds et poings liés. On m'a fait boire, au point d'être presque inconscient; et puis on m'a mis sous les paupières des petits crochets que des assistants tenaient relevés, si bien que je ne pouvais plus les baisser. »

Thorpe ferma les yeux et frissonna. Il avait raconté cela tant de fois que les détails étaient gravés dans sa mémoire, et qu'il n'eut pas une hésitation. Rob écoutait avec passion.

« J'avais la vue si basse que je ne percevais plus – confusément – que les objets tout proches. Ainsi m'apparut la main de maître Merlin, tenant une lame, de plus en plus près jusqu'à ce qu'elle me fende l'œil. La douleur me dégrisa d'un seul coup! Persuadé qu'il m'avait arraché l'œil au lieu d'en retirer le voile, je me suis mis à hurler, le suppliant d'arrêter. Comme il persistait, je l'ai couvert d'insultes, disant qu'enfin je comprenais comment sa détestable race avait pu tuer Notre-Seigneur...

Lorsqu'il incisa l'autre œil, la douleur fut telle que je perdis connaissance. Je me réveillai dans le noir, les yeux bandés, et je souffris encore cruellement pendant presque une quinzaine. Mais enfin je retrouvai une vision que j'avais perdue depuis longtemps. Si bien que j'ai pu exercer deux ans de plus mon métier de clerc, jusqu'à ce que les rhumatismes m'obligent à réduire mes activités. »

Ainsi, c'était vrai, se dit Rob, médusé, donc tout ce qu'avait dit Benjamin Merlin l'était peut-être aussi.

« Maître Merlin est le meilleur médecin que je connaisse, dit Thorpe. Pourtant, malgré tout son savoir, il ne parvient pas à guérir mes os et mes articulations douloureuses. »

De retour à Tettenhall, Rob campa trois jours près de la ville, comme un amoureux timide qui n'ose aborder sa belle mais n'a pas le courage de la quitter. Un fermier lui avait indiqué où vivait Merlin et, plusieurs fois, il mena Cheval, au pas, devant la ferme basse avec ses dépendances bien tenues, son champ, son verger, sa vigne : rien n'y signalait la présence d'un médecin. L'après-midi du troisième jour, il le rencontra loin de chez lui.

« Comment va la santé, jeune barbier ? »

Après les politesses, ils parlèrent du temps, puis le médecin prit congé.

« Je ne peux pas m'attarder, car j'ai encore trois malades à visiter avant d'avoir fini ma journée.

– Pourrais-je vous accompagner et vous voir faire ? »

Merlin hésita : cela ne lui plaisait guère. Il finit par accepter non sans réticence.

« Vous serez aimable de ne pas intervenir. »

Le premier patient était un vieillard à la toux

caverneuse et Rob vit tout de suite qu'il n'en avait pas pour longtemps.

« Comment va la santé, maître Griffith? demanda le médecin.

– Comme d'habitude, soupira l'homme en suffoquant, sauf que, aujourd'hui, je n'ai même pas pu nourrir mes oies.

– Mon jeune ami pourrait peut-être le faire? » suggéra Merlin en souriant.

Obligé d'accepter, Rob prit les consignes de Griffith. Il était contrarié de cette perte de temps; le médecin ne s'attarderait sans doute pas près d'un mourant. Il s'approcha prudemment des oies, dont il redoutait la malignité, mais elles étaient affamées et il put s'échapper très vite. Rentré dans la petite maison, il fut surpris d'y trouver Merlin s'entretenant longuement avec son malade, l'interrogeant sur ses habitudes, son régime, son enfance et les causes des décès dans sa famille. Il lui prit le pouls au poignet, puis au cou, enfin écouta, l'oreille contre sa poitrine

La journée semblait vouée aux cas désespérés car, en ville, près de la place, la femme du maire se mourait dans les douleurs.

« Comment va la santé? » demanda une fois de plus le médecin.

La femme ne dit rien mais son regard était une réponse suffisante. Merlin s'assit, lui prit la main en lui parlant doucement; comme avec le vieillard, il passa un long moment près d'elle.

« Pouvez-vous m'aider à retourner Mme Sweyn? dit-il à Rob. Doucement, doucement. Voilà. »

Quand il souleva la robe de nuit pour laver le corps squelettique, ils virent à son flanc gauche un furoncle enflammé. Le médecin l'incisa aussitôt pour la soulager et Rob observa avec satisfaction qu'il s'y était pris comme il aurait voulu le faire lui-même. Merlin laissa en partant un flacon rempli d'une préparation apaisante.

Attachant son propre cheval à la charrette, Merlin vint s'asseoir près de Rob pour lui tenir compagnie.

« Comment se porte votre parent ? » demanda-t-il avec malice.

« J'aurais dû me douter, se dit Rob en rougissant, que Thorpe lui rapporterait mes questions. »

« Je ne voulais pas lui mentir, mais ayant grande envie de voir par moi-même le résultat de votre opération, ce moyen m'a paru le plus simple pour justifier mon intérêt. »

Le médecin sourit, puis il expliqua sa méthode pour opérer la cataracte, tandis qu'ils se dirigeaient vers une ferme de belle apparence.

Ils y trouvèrent un fermier lourd et musclé qui gémissait sur sa paillasse.

« Alors, Tancred, que vous arrive-t-il encore ?

– C'est cette maudite jambe. »

Merlin repoussa la couverture et fronça les sourcils. La cuisse droite était tordue et enflée.

« Vous devez beaucoup souffrir. Il fallait m'appeler immédiatement. Quand et comment cela vous est-il arrivé ?

– Hier à midi. Je suis tombé du toit en réparant le chaume.

– Le chaume attendra ! » s'écria Merlin, puis il se tourna vers Rob : « J'ai besoin d'aide. Trouvez-nous une attelle, un peu plus longue que sa jambe.

– Touchez pas aux bâtiments ni aux clôtures », grogna le blessé.

Rob finit par trouver dans la grange une planche en pin qu'il eut vite fait de retailler avec les outils du fermier. L'homme lui jeta un regard noir en reconnaissant son bien mais ne dit rien.

« Il a des cuisses de taureau... Ce sera dur », observa le médecin. Saisissant la jambe par la cheville et le mollet, il exerça une forte traction avec un léger mouvement tournant pour essayer de redresser la cuisse; on entendit un craquement, comme de feuilles mortes qu'on écrase, et le patient hurla.

« Rien à faire. Il a des muscles énormes qui protègent la jambe en se contractant; je n'ai pas assez de force pour les vaincre et réduire la fracture.

– Laissez-moi essayer », dit Rob à Merlin, qui accepta mais fit d'abord absorber une pleine chope d'alcool au fermier tremblant et sanglotant. La tentative manquée avait aggravé sa souffrance.

Le jeune barbier saisit la jambe à son tour et se mit à tirer, évitant toute secousse, tandis que le blessé poussait un cri aigu et prolongé. Merlin avait empoigné le gaillard sous les aisselles et tirait en sens inverse, le visage crispé et les yeux exorbités sous l'effort.

« Je crois que ça vient... Ça y est! » hurla Rob, au moment même où les deux extrémités de l'os brisé grinçaient l'une contre l'autre et reprenaient leur place.

L'homme, sur le lit, était soudain silencieux. Etait-il évanoui? Non, mais son visage ruisselait de larmes.

« Maintenez l'extension de la jambe », dit vivement Merlin. Il fit une écharpe de chiffon qu'il noua autour du pied et de la cheville, puis la relia par une corde à la poignée de la porte. La planche fut alors fixée à la jambe en extension et, pour plus de sûreté, on attacha ensemble les deux jambes.

Après avoir réconforté le fermier épuisé, laissé

des instructions à l'épouse toute pâle et pris congé
du frère qui allait s'occuper de la ferme, ils s'arrêtèrent un instant dans la cour et se regardèrent,
trempés de sueur. Le médecin sourit.

« Venez donc à la maison partager notre souper », dit-il à Rob en lui tapant sur l'épaule.

Deborah, l'épouse de Merlin, était une femme
plantureuse, qui ressemblait à un pigeon, avec un
nez pointu et des joues rouges. Elle accueillit
froidement le visiteur. Le médecin apporta dans la
cour un bassin d'eau fraîche et, en s'y lavant, Rob
entendit, venant de la maison, des récriminations
dans une langue inconnue.

« Il faut lui pardonner, dit le mari en le rejoignant. Elle a peur. La loi nous interdit de recevoir
des chrétiens pendant les fêtes religieuses. Ce sera
à peine une fête; un simple souper. Mais je peux
vous servir dehors, si vous préférez.

– Je vous remercie de m'inviter à votre table,
maître », dit Rob.

Ce fut un étrange repas. Outre les parents, il y
avait quatre enfants; les trois garçons et le père
portaient des calottes qu'ils gardèrent à table. La
mère apporta un pain chaud dont le jeune Zacha-
rie rompit un morceau en disant quelques mots
d'une langue gutturale.

« Attends. Ce soir nous dirons le *brochot* en
anglais, par courtoisie pour notre hôte.

– Sois béni, Seigneur notre Dieu, roi de l'univers, reprit l'enfant, Toi qui fais venir notre pain de
la terre. » Puis il donna le pain à Rob, qui le trouva
bon et le fit passer aux autres.

Merlin versa du vin rouge d'une carafe et Rob,
l'imitant, leva son gobelet.

« Béni sois-tu, Seigneur notre Dieu, roi de l'univers, qui as créé le fruit de la vigne. »

134

Le repas consistait en une soupe de poisson au lait, chaude et épicée. Puis on mangea des pommes du verger. Jonathan, le petit dernier, se plaignit avec indignation des lapins qui dévoraient leurs choux.

« Prends-les au piège, dit Rob, et ta maman en fera un bon ragoût. »

Il y eut un froid et Merlin sourit.

« Nous ne mangeons ni lapins ni lièvres, car ils ne sont pas kascher. Ce sont des lois alimentaires vieilles comme le monde. Les Juifs ne doivent consommer que les ruminants, à l'exclusion de ceux qui n'ont pas le sabot fourchu. Ils ne doivent pas mêler le lait et la viande car il est écrit dans la Bible : " Tu ne feras point cuire un chevreau dans le lait de sa mère. " Il n'est pas permis de boire le sang, ni de manger une viande qui n'a pas été rituellement saignée et salée. »

Rob se figea. Mme Merlin avait raison : il ne comprendrait jamais les Juifs. C'étaient des païens, voilà tout !

Il demanda pourtant à camper cette nuit-là au verger, mais Merlin insista pour qu'il dorme à l'abri dans la grange, et il était couché sur la paille odorante quand la voix de l'épouse, passant du grave à l'aigu, lui parvint à travers le mur. Ses propos étaient aisés à deviner, malgré la langue inintelligible.

« Tu ne sais rien de cette jeune brute et tu l'amènes ici ! Ne vois-tu pas son nez cassé, ses cicatrices et ses armes coûteuses d'assassin ! Il nous tuera dans notre lit ! »

Le médecin vint peu après retrouver Rob avec un grand flacon et deux gobelets de bois. Il soupira.

« C'est une excellente femme, à part cela. Mais

c'est dur pour elle de vivre ici, coupée de ceux qui lui sont chers. »

La boisson était bonne et revigorante.

« De quelle région de France venez-vous? demanda Rob.

— Comme ce vin, nous sommes originaires de Falaise, ma femme et moi; ma famille y vit sous la protection de Robert de Normandie. Mon père et deux de mes frères sont négociants en vin et ils exportent en Angleterre. »

Sept ans auparavant, ajouta-t-il, il était revenu à Falaise après avoir étudié en Perse dans une école de médecine.

« Où est-ce, la Perse?

— En Orient, très loin d'ici, dit Merlin en souriant.

— Et pourquoi êtes-vous venu en Angleterre? »

De retour en Normandie, le jeune médecin l'avait trouvée bien pourvue de praticiens et, par ailleurs, exposée aux guerres incessantes des nobles et des rois. Il s'était rappelé la beauté de la campagne anglaise, qu'il avait vue deux fois avec son père. Et puis la réputation de stabilité du roi Canute l'avait décidé à choisir ce pays calme et verdoyant.

« Nous avons aussi des difficultés : pour pratiquer notre culte et nos usages loin de ceux qui partagent notre foi; nos enfants, à qui nous parlons notre langue, pensent en anglais et, malgré nos efforts, ignorent en grande partie nos traditions. »

Il voulut resservir Rob, qui refusa, tenant à garder la tête froide.

— Parlez-moi de cette école en Perse. Pourquoi être allé si loin?

— Elle est à Ispahan, dans l'ouest du pays. Je ne pouvais aller nulle part ailleurs. Mes parents ne voulaient pas que je sois médecin – il est vrai que la profession est pleine de charlatans et de fripons. A l'Hôtel-Dieu de Paris, les malades ne sont que misérables et pestiférés sans autre perpective que la mort. L'école de Salerne est sinistre. Mon père avait appris par d'autres marchands que les Arabes avaient fait de la médecine un art. En Perse, à Ispahan, les musulmans ont un hôpital qui est un véritable centre de soins. C'est là qu'Avicenne forme ses élèves. C'est le plus grand médecin du monde. On l'appelle en arabe : Abu Ali al-Husayn ibn Abdullah ibn Sina. »

Rob se fit répéter ce nom étrange et mélodieux pour le garder dans sa mémoire. Merlin lui jeta un regard pénétrant.

« Chasse de ton esprit ces écoles persanes. Ce sont des années de voyages dangereux, sur la mer, à travers les continents, de terribles montagnes et un vaste désert... Que sais-tu de ta propre foi, jeune barbier ? De ton pape ? »

Rob haussa les épaules. Alors Merlin lui parla de ce Jean XIX qui prétendait régner sur deux Eglises comme un homme qui voudrait monter deux chevaux à la fois. L'Eglise d'Occident lui était fidèle, mais celle d'Orient en perpétuelle rébellion.

« De même que les prêtres anglais détestent tous ceux qui s'occupent de médecine, les prêtres de l'Eglise d'Orient maudissent les écoles de médecine arabes et les autres académies musulmanes. Elles sont à leurs yeux une menace et une incitation au paganisme. Tout chrétien qui fréquente une école musulmane risque maintenant l'excommunication, plus les condamnations terribles de la justice séculière. Certains ont été emprisonnés, brûlés, pendus ou réduits à errer, couverts de chaînes, jusqu'à ce que leurs fers rouillent et tombent. »

Rob l'écoutait en pâlissant.

« De leur côté, les musulmans ne souhaitent pas d'étudiants d'une religion hostile et les chrétiens ne sont plus admis depuis longtemps dans les académies du califat oriental. Mais pourquoi ne pas aller en Espagne ? Les deux religions y coexistent, et les musulmans ont fondé de grandes universités à Cordoue, à Tolède, à Séville...

– Pourquoi n'y êtes-vous pas allé ?

– Parce que les Juifs sont autorisés à étudier en Perse, répondit Merlin avec un sourire. Et je voulais toucher l'ourlet du vêtement d'Ibn Sina.

– Je ne veux pas traverser le monde pour devenir savant. Je veux être un bon médecin.

– Tu m'étonnes.... Te voilà jeune et fringant, avec des habits et des armes que je ne pourrais pas m'offrir. La vie de barbier a des avantages. Pourquoi veux-tu devenir médecin, pour travailler plus en gagnant moins ?

– J'ai appris plusieurs traitements, je sais couper un doigt en laissant un joli moignon ; mais combien de patients me paient sans que je puisse rien pour eux ? Je suis ignorant. Je pourrais les sauver si j'avais appris davantage.

– Même si tu étudiais pendant plusieurs vies, certaines maladies te resteraient un mystère, car l'angoisse que tu exprimes est inséparable de notre profession ; il faut vivre avec elle. Mais il est vrai que plus la formation est complète, meilleur est le médecin. Tu as donné la raison la plus valable de ton ambition. »

Il réfléchissait en vidant son gobelet.

« Cherche le moins médiocre des médecins d'Angleterre et persuade-le de te prendre comme apprenti.

– En connaissez-vous un ? »

Merlin feignit de ne pas saisir l'allusion et se leva.

« Nous avons gagné notre journée, l'un et l'autre. On verra cela demain. Bonne nuit, jeune barbier.

– Bonne nuit, maître médecin. »

Le matin, il y eut du porridge aux pois et beaucoup de bénédictions en hébreu. On s'observait. Mme Merlin semblait encore contrariée et le petit jour soulignait cruellement le duvet brun de sa lèvre supérieure. Rob regardait, surpris, les franges qui dépassaient sous les tuniques du père et de son fils aîné.

« J'ai réfléchi à notre discussion, et malheureusement, je ne vois pas qui vous recommander », dit Merlin.

Sa femme posa sur la table un panier de grosses mûres et le visage du médecin s'éclaira.

« Prenez-en avec votre gruau, elles sont délicieuses.

– Je voudrais que vous m'acceptiez comme apprenti », dit Rob.

A son vif désappointement, Merlin secoua la tête.

« Mais je vous ai aidé, hier. Je pourrais vous remplacer dans vos visites quand viendra la mauvaise saison.

– Non.

– Vous avez trouvé que j'avais le sens de la médecine. Je suis solide, je peux travailler dur : un apprentissage de sept ans, plus si vous le voulez. »

Dans son agitation, il heurta la table, bousculant le porridge.

« C'est impossible. »

Rob se sentit dupé : il avait cru à l'estime de Merlin.

« Je n'ai pas les qualités nécessaires ?

– Vous avez de grandes qualités et, d'après ce que j'ai vu, vous seriez un excellent médecin.

– Alors, pourquoi ?

– Dans cette nation très chrétienne, on n'admettra pas que je sois votre maître... Les prêtres me surveillent déjà : un Juif, né en France et formé dans une école islamique, autant d'éléments de paganisme. Un jour ils m'accuseront de sorcellerie ou j'oublierai de baptiser un nouveau-né.

– Si vous ne voulez pas de moi, dites-moi au moins à qui m'adresser ?

– Je le répète, je n'ai personne à recommander. Mais l'Angleterre est grande, je ne connais pas tout le monde. »

Rob serra les lèvres et mit la main au pommeau de son épée.

« Quel est le meilleur médecin que vous connaissiez ? fit-il avec brutalité.

– Arthur Giles de Saint-Ives », répondit Merlin, froidement, en reprenant son déjeuner.

Rob n'avait jamais eu l'intention de dégainer, mais Mme Merlin, fascinée par son arme, laissa échapper un gémissement de terreur comme si elle voyait se réaliser ses craintes. Les enfants le regardaient d'un air sombre et le plus jeune se mit à pleurer. Malade de honte d'avoir si mal reconnu leur hospitalité, et sans même réussir à marmonner une excuse, il tourna le dos et quitta la maison.

21

LE VIEUX CHEVALIER

Quelques semaines plus tôt, Rob aurait noyé sa honte et sa colère au fond d'une chope, mais il avait appris à se méfier : moins il buvait, plus il ressentait intensément l'influx des gens dont il prenait les mains entre les siennes. Son don lui paraissait sans prix et, renonçant à l'alcool, il passa la journée avec une femme dans une clairière au bord de la Severn, non loin de Worcester. Le soleil avait échauffé l'herbe presque autant que leur sang. C'était une apprentie couturière aux pauvres doigts criblés de piqûres, un petit corps dur qui lui échappait dans le courant.

« Myra, cria-t-il, tu glisses comme une anguille ! » et il se sentit mieux.

Telle une truite, elle était vive et lui gauche comme un monstre marin quand ils nageaient ensemble dans l'eau verte. Elle jouait à passer entre ses jambes, qui venaient battre ses flancs étroits. La rivière était froide. Ils firent l'amour au soleil sur la berge, tandis qu'un peu plus loin, Cheval broutait et que Mme Buffington les regardait, impassible. Myra avait de petits seins aigus et un buisson soyeux de fourrure brune. Plus enfant que femme, bien qu'elle ait à coup sûr l'expérience des hommes.

« Quel âge as-tu, poupée ? demanda-t-il nonchalamment.

– Quinze ans, je crois. »

Juste l'âge de sa sœur Anne Mary, se dit-il, et
c'était triste de penser que, quelque part, elle avait
grandi loin de lui. Une idée lui vint brusquement, si
monstrueuse qu'il en défaillit et que le soleil en
perdit son éclat.

« Tu t'es toujours appelée Myra ?

– Bien sûr, c'est mon nom : Myra Felker. Que
veux-tu que ce soit ?

– Où es-tu née ?

– Larguée par ma mère à Worcester, et c'est là
que j'ai vécu », répondit-elle gaiement.

Il hocha la tête en lui caressant la main, et se
jura d'éviter à l'avenir toutes les gamines qui
pourraient avoir l'âge d'Anne Mary. Mais c'en était
fini de son humeur légère. Il commença à ramasser ses vêtements.

« Alors, il faut partir ? dit-elle d'un ton de
regret.

– Oui, car j'ai une longue route à faire jusqu'à
Saint-Ives. »

Arthur de Saint-Ives le déçut cruellement : un
vieux bonhomme, gros et sale, un peu fou, dont la
maison empestait la chèvre.

« C'est la saignée qui guérit, jeune étranger.
Retiens bien cela. Quand tout à échoué, un bon
drainage du sang pour purifier, puis un autre, et
encore un. Voilà comment il faut soigner ces
brutes ! » criait-il.

Il répondit volontiers aux questions, mais, quant
aux traitements autres que la saignée, le jeune
barbier comprit vite qu'il aurait pu lui-même lui
donner des leçons. Giles n'avait rien à transmettre
à un disciple. Il lui proposa de le prendre en

apprentissage et se mit en colère devant son refus poli.

Rob le quitta sans regret : plutôt rester barbier que de finir comme cet homme-là.

Pendant plusieurs semaines, il crut avoir renoncé à son rêve impossible. Il travaillait dur à ses spectacles, vendait beaucoup de Spécifique Universel et se réjouissait de voir grossir sa bourse. Mme Buffington aussi prospérait et devenait une grosse chatte blanche à l'insolent regard vert. Se prenant pour une lionne, elle cherchait à se battre; à Rochester, elle disparut pendant le spectacle et revint à la nuit, mordue, l'oreille gauche déchirée et la fourrure tachée de sang. Il lava ses blessures et la pansa avec amour.

« Eh! Jeune miss, il va falloir apprendre, comme moi, à éviter la bagarre; ça ne te vaut rien. »

Il lui donna du lait et la prit sur ses genoux devant le feu. Elle lui lécha la main. Etait-ce une goutte de lait sur ses doigts, ou l'odeur du souper? Il choisit d'y voir une caresse.

« Si jamais je trouve le chemin de cette école de païens, je te mets dans la carriole, je tourne Cheval en direction de la Perse, et rien ne m'arrêtera!

Abu Ali al-Husayn ibn Abdullah ibn Sina, se répéta-t-il, songeur. Puis il se leva.

« Au diable l'Arabe! » Et il alla se coucher.

Mais les syllabes tournaient dans sa tête, obsédante litanie : Abu Ali al-Husayn ibn Abbullah ibn Sina... jusqu'à ce que la mystérieuse répétition vînt à bout de l'agitation de son sang, et qu'il sombrât dans le sommeil.

Il rêva cette nuit-là d'un corps à corps à la dague avec un horrible vieux chevalier dont l'armure noire était mangée de rouille et de lichens. Le vieux pétait en se moquant de lui. Leurs têtes étaient si proches qu'il voyait son nez sale et osseux, ses yeux terrifiants, et respirait son haleine fétide. C'était un combat sans merci. Malgré sa jeunesse et sa vigueur, Rob savait que la lame du sombre spectre serait impitoyable et sa cuirasse invincible. Derrière eux, les victimes du Chevalier : Mam, Pa, le petit Samuel, le Barbier, Tatus même et Bartram l'ours. La rage décupla ses forces, mais il sentait déjà le fer inexorable pénétrer dans sa chair.

Il s'éveilla au soleil, ses vêtements trempés de rosée et le corps mouillé des sueurs de la nuit. Après ce rêve de défaite, il n'était pas vaincu pour autant; il n'abandonnait pas le combat. Les disparus ne reviennent pas, c'est la vie; mais quelle meilleure raison de vivre que la lutte contre le Chevalier noir? La médecine, à sa manière, pouvait remplacer une famille perdue.

Le problème semblait insoluble. Partout où il donnait son spectacle, il cherchait des médecins, s'entretenait avec eux et comprenait vite que tout leur savoir ne valait pas celui du Barbier. Après Northampton, Bedford, Hertford, il s'arrêta à Maldon : le médecin de la ville avait une telle réputation de boucher que les gens se signaient quand il demandait son adresse.

Alors il lui vint à l'esprit qu'un autre praticien juif accepterait peut-être ce que Merlin avait refusé. Il s'approcha d'un groupe d'ouvriers qui construisaient un mur sur la place.

« Connaissez-vous des Juifs ici? » demanda-t-il au maître maçon.

Celui-ci le dévisagea, cracha et tourna les talons. Rob interrogea en vain plusieurs passants. Enfin, l'un d'eux l'examina avec curiosité.

« Pourquoi des Juifs?

— Je cherche un médecin juif.

Le Barbier

– Que le Christ soit avec vous, dit l'homme avec une bienveillante compréhension. Il y a des Juifs à Malmesbury et leur médecin s'appelle Adolescentoli. »

Il lui fallut cinq jours pour arriver, en faisant halte à Oxford et Alveston, où il donna des spectacles et vendit du Spécifique. Il croyait se rappeler que le Barbier lui avait parlé d'Adolescentoli comme d'un médecin célèbre, et c'est plein d'espoir qu'il entra dans le petit village sur lequel tombait la nuit. On lui servit à l'auberge un souper simple et réconfortant; le Barbier aurait trouvé le mouton mal assaisonné mais il était largement servi. Après quoi, Rob put dormir sur un lit de paille fraîche dans un coin de la salle commune.

Le lendemain, il s'informa des Juifs de Malmesbury. L'aubergiste haussa les épaules comme s'il n'y avait rien à en dire.

« Cela m'intéresse, insista Rob, car jusqu'à ces temps derniers, je n'en connaissais aucun.

– C'est qu'ils sont rares dans notre pays; le mari de ma sœur, qui est capitaine de navire et a beaucoup voyagé, dit qu'ils sont nombreux en France et qu'on en trouve partout dans le monde, surtout en allant vers l'est.

– Isaac Adolescentoli vit-il parmi eux, ici?

– Ce sont eux, plutôt, qui vivent autour de lui et profitent de sa renommée.

– Il est donc célèbre?

– C'est un grand médecin. Les gens viennent de loin pour le consulter, dit l'homme fièrement, et ils logent dans mon auberge. Les prêtres le dénigrent, naturellement mais » – il mit un doigt devant sa bouche – « je sais que, deux fois au moins, on est allé le chercher en pleine nuit pour l'archevêque de Canterbury, qui a failli mourir l'an dernier. »

Ayant demandé le chemin de la colonie juive,

Rob longea les murs gris de l'abbaye à travers les bois, les champs et une vigne où les moines récoltaient du raisin. Un taillis séparait le domaine abbatial d'une douzaine de maisons groupées; des hommes, juifs sans doute, vêtus comme des corbeaux de caftans noirs et de chapeaux de cuir en forme de cloches, s'affairaient à construire une étable. Rob mena sa charrette dans une vaste cour pleine de chevaux et de voitures.

« Isaac Adolescentoli? demanda-t-il à un des garçons qui s'occupaient des bêtes.

– Il est au dispensaire », répondit le gars en attrapant prestement la pièce que lui jetait le barbier pour être sûr que Cheval serait bien traitée.

Sur les bancs de la grande salle d'attente, toutes les misères humaines semblaient représentées. De temps en temps, par une petite porte qui donnait sur d'autres pièces, un homme venait chercher le premier patient et tout le monde avançait d'une place. Il y avait cinq médecins : quatre jeunes et un petit homme vif, d'âge moyen, qui devait être Adolescentoli. Rob attendit longtemps, en observant les malades pour s'exercer au diagnostic.

Son tour vint enfin.

« Je veux voir Isaac Adolescentoli, dit-il au jeune médecin qui s'adressait à lui avec l'accent français.

– Je suis un de ses élèves et je peux vous soigner.

– C'est pour une autre affaire que je dois rencontrer votre maître. »

Un peu plus tard, Adolescentoli vint le chercher. Dans un couloir, une porte était entrouverte sur une salle d'opération avec un lit, des seaux, des instruments. Ils entrèrent dans une petite pièce meublée d'une table et de deux chaises.

– Quel est votre problème ? » demanda le maître.

Il parut surpris d'entendre Rob parler non de symptômes, mais de son désir d'étudier; son beau visage sombre n'eut pas un sourire. Peut-être l'entretien aurait-il tourné autrement si le jeune barbier l'avait mené avec plus de prudence. Mais il ne put s'empêcher de demander :

« Vivez-vous depuis longtemps en Angleterre ? Vous parlez si bien notre langue.

– Je suis né dans cette maison. En 70 avant J.-C., Titus ramena de Jérusalem, après la destruction du Temple, cinq jeunes prisonniers juifs, qu'on appela les *adolescentoli*, ce qui veut dire " jeunes " en latin. Je suis le descendant de l'un d'eux; engagé dans la deuxième légion, il débarqua dans cette île où vivaient de petits hommes noirs qui étaient les premiers Bretons. »

Rob parla de sa rencontre avec Merlin, ne mentionnant que ce qui touchait l'enseignement médical.

« Avez-vous aussi étudié avec le grand médecin d'Ispahan ?

– J'ai fréquenté l'université de Bagdad, qui est plus importante. Sauf que nous n'avions pas Avicenne, qu'ils appellent Ibn Sina. Mes élèves – trois de France et un de Salerne – m'ont préféré à Avicenne ou quelque autre Arabe. A défaut de la grande bibliothèque de Bagdad, je possède un ouvrage, *Le Livre du médecin*, où ils peuvent étudier tous les remèdes selon la méthode d'Alexandre de Tralles, et des écrits latins de Paul d'Egine et de Pline. Avant la fin de leur formation, tous sauront inciser une veine, une artère, poser un cautère et opérer une cataracte. »

Rob fut saisi d'un désir irrésistible, comme celui qu'on peut avoir d'une femme.

« Je suis venu vous demander, dit-il, de me prendre comme apprenti.

– Je m'en doute bien, mais c'est impossible.

– Et je ne peux pas vous convaincre?

– Non. Il faut trouver vous-même un médecin chrétien, ou rester barbier », répondit Adolescentoli sans rudesse mais avec fermeté.

Peut-être ses raisons étaient-elles les mêmes que celles de Merlin mais Rob n'en sut rien car ils en restèrent là. Le médecin se leva, le reconduisit à la porte et le regarda partir sans un mot.

Deux étapes plus loin, à Devizes, un jeune pêcheur de Bristol vint le consulter : il urinait du sang et avait beaucoup maigri.

– Je pense que vous avez une tumeur dans le corps, mais je n'en suis pas sûr, et je ne sais pas comment vous soigner ni soulager vos souffrances. »

Le Barbier lui aurait vendu bon nombre de flacons.

« Ce n'est que de l'alcool bon marché », ajouta-t-il sans savoir pourquoi. Il n'avait dit cela à aucun patient.

Le jeune homme le remercia et s'en fut. Adolescentoli ou Merlin auraient su quoi faire, eux! songea Rob avec amertume. Les lâches! Ils refusaient de l'instruire. Et le Chevalier noir ricanait.

Ce soir-là, le 2 septembre, surpris par un violent orage, il entra se réfugier à l'auberge et attacha Cheval dans la cour, à l'abri d'un grand chêne. La salle était si pleine qu'il ne restait même plus de place sur le sol. Assis dans un coin sombre, un homme épuisé serrait contre lui un gros ballot comme ceux des marchands. Si Rob n'était pas allé à Malmesbury, il ne l'aurait pas remarqué, mais au caftan noir et au chapeau de cuir, il reconnut un Juif.

« C'est par une nuit pareille que Notre-Seigneur fut mis à mort », dit-il d'une voix forte.

Les conversations baissèrent quand il commença à raconter la Passion car les voyageurs aiment les histoires. On lui apporta à boire. Au moment où la populace avait nié que Jésus fût le roi des Juifs, l'homme las sembla se tasser davantage. Lorsqu'on en arriva au calvaire, il avait déjà repris son ballot pour s'enfoncer dans la nuit et la tempête. Alors, Rob se tut et alla s'asseoir à sa place, au chaud. Mais il n'éprouva pas plus de plaisir à chasser le marchand qu'il n'en avait eu à faire boire au Barbier la cuvée spéciale. La salle puait la laine humide et les corps crasseux; il en eut bientôt la nausée. Sans attendre l'accalmie, il quitta l'auberge et rejoignit ses bêtes.

Il détela Cheval dans une clairière et prit dans la charrette du petit bois sec pour allumer le feu. Un matou miaula, peut-être attiré par Mme Buffington, et Rob lui jeta un bâton tandis que la chatte blanche venait se frotter contre lui.

« On fait un beau couple de solitaires », lui dit-il.

Assis devant le feu, il poursuivait un soliloque, s'en prenant à la chatte, à lui-même et à Dieu : dût-il y passer sa vie entière, il trouverait un médecin pour l'instruire. Peut-être l'admettrait-on s'il se faisait passer pour Juif? Mais comment être assez convaincant pour affronter quotidiennement un maître juif? Ou ne pourrait-il se faire assez juif pour convaincre les musulmans? Pour étudier avec le plus grand médecin du monde?

Étourdi par cette idée, il laissa tomber la chatte, qui sauta dans la carriole puis revint en traînant une sorte de fourrure : la barbe fausse qu'il portait pour jouer le Vieux.

« Je serai un faux Juif ! hurla-t-il. Je crache sur les prêtres voleurs d'enfants ! »

Il suffirait de se laisser pousser la barbe. Il était déjà circoncis. Il prétendrait avoir grandi loin des siens, comme les enfants de Merlin, ignorant tout de leur langue et de leurs traditions. Il irait jusqu'en Perse ! Il fréquenterait les Juifs en chemin, apprendrait leurs manières. Et, à Ispahan, il toucherait l'ourlet de la robe d'Ibn Sina, qui lui ferait partager les secrets de la médecine arabe...

DEUXIÈME PARTIE

Le long voyage

22

LA PREMIÈRE ÉTAPE

La plupart des bateaux à destination de la France partant de Londres, Rob rejoignit sa ville natale, en s'arrêtant tout le long du chemin pour travailler : il se lancerait dans cette aventure avec le plus d'or possible. Quand il arriva, le temps de la navigation était passé et sur la Tamise hérissée de mâts toute une flotte restait à l'ancre : drakkars du roi Canute, bateaux de pêche, luxueuses galères des riches, bâtiments de transport et de commerce, voiles latines et caraques italiennes, longs vaisseaux des marchands du Nord... Pendant six mois de gel et de tempêtes, aucun marin ne risquerait sa vie dans les eaux tourbillonnantes où se rejoignent l'Atlantique et la mer du Nord.

Au Hareng, un cabaret du port, Rob se leva et cogna sur la table avec sa chope de cidre.

« J'ai besoin d'un logement propre et confortable en attendant de prendre la mer au printemps, dit-il. Qui en connaît un ? »

Un homme trapu, bâti comme un bouledogue, l'observait en hochant la tête.

« Mon frère Tom est mort au dernier voyage, et sa veuve, Binnie Ross, reste avec deux enfants. Si vous la payez bien, elle peut vous loger. »

Rob lui offrit à boire, puis le suivit jusqu'à une

petite maison près du marché d'East Chepe. Binnie
était un bout de femme avec des yeux bleus au
regard inquiet dans un visage pâle et menu. L'endroit était assez propre mais exigu.

« J'ai une chatte et une jument, dit Rob.

– La chatte sera la bienvenue, répondit la
femme qui, manifestement, avait besoin d'argent.

– Vous pouvez faire garder le cheval pendant
l'hiver, il y a les écuries d'Egglestan rue de la
Tamise, dit le beau-frère.

– Je les connais. »

« Elle va avoir des petits », remarqua Binnie
Ross en prenant la chatte pour la caresser. Rob,
qui ne s'était aperçu de rien, pensa qu'elle se
trompait.

« Comment le savez-vous ? Elle est trop jeune :
elle est née l'été passé. »

La fille haussa les épaules. Elle avait raison :
Mme Buffington s'arrondit en quelques semaines.
Rob la nourrissait de fins morceaux et s'amusait à
choisir, en se promenant au marché, de quoi
améliorer les repas de Binnie et de son fils de deux
ans; quant à la petite Aldyth, elle prenait encore le
sein. Il se rappelait le bonheur de manger à sa faim
après avoir eu longtemps le ventre vide.

Il entendait Binnie pleurer toutes les nuits. Il
n'était pas là depuis une quinzaine qu'elle vint
dans le noir se glisser dans son lit et le prit dans ses
bras minces, gardant le silence jusqu'au bout.
Curieux, il goûta son lait, qu'il trouva sucré. Puis
elle retourna se coucher et ne fit le lendemain
aucune allusion à ce qui s'était passé.

« Comment est mort ton mari ? demanda-t-il
tandis qu'elle servait le gruau matinal.

– Une tempête. Wulf, mon frère, dit que mon

Paul a été emporté par une lame. Il ne savait pas nager. »

Elle revint une autre nuit, se serrant contre lui désespérément. Puis le beau-frère, ayant sans doute trouvé le courage de parler, passa un après-midi; ensuite, chaque jour, il apportait des petits cadeaux et jouait avec les enfants : c'était évidemment pour faire sa cour à la mère. Enfin, Binnie annonça qu'ils se mariaient et l'atmosphère de la maison se détendit.

Par un jour de blizzard, Rob accoucha Mme Buffington de quatre chatons que Binnie s'offrit à noyer, mais, dès qu'ils furent sevrés, il les emporta dans un panier et trouva moyen de les caser en offrant à boire dans les tavernes.

En mars, les esclaves reprirent leur dur travail dans le port, où l'on recommença à charger les bateaux. Rob posa aux marins une foule de questions, d'où il conclut qu'il passerait par Calais.

– C'est justement là que va mon bateau », dit Wulf et il l'emmena sur les docks voir le *Reine Emma*, un vieux rafiot doté d'un seul mât, que les dockers chargeaient de blocs d'étain provenant de Cornouailles. Le maître d'équipage, un Gallois taciturne, accepta de transporter Rob pour un prix qui semblait honnête.

« J'ai un cheval et une charrette.

– Ça va coûter cher, dit le capitaine en fronçant les sourcils. Les voyageurs préfèrent quelquefois vendre ici leurs bêtes et leurs voitures et en racheter de l'autre côté. »

Ayant pesé le pour et le contre, Rob décida d'y mettre le prix; il pensait travailler tout en voyageant : la carriole rouge et Cheval faisaient un bon attelage et il n'était pas sûr d'en retrouver un qui lui plairait autant.

En avril, le temps s'adoucit. Le 11, sous les yeux

de Binnie en larmes, le *Reine Emma* leva l'ancre par vent frais et modéré. Wulf et les autres marins hissèrent la grande voile carrée et, suivant la marée descendante, le bateau lourdement chargé quitta la Tamise puis longea la côte du Kent pour s'engager dans la Manche, vent debout. Le rivage verdoyant s'assombrit en s'éloignant, l'Angleterre ne fut plus qu'une brume bleutée, bientôt absorbée par la mer.

Rob était malade comme un chien.

« Bon Dieu! s'écria Wulf en crachant par-dessus bord avec mépris. On est trop chargés pour avoir ni tangage ni roulis, le temps est idéal, la mer calme... Qu'est-ce qui va pas? »

Penché au-dessus de l'eau pour ne pas souiller le pont, Rob ne pouvait rien répondre : il était terrorisé. N'étant jamais allé en mer, il était hanté par toutes les histoires de noyés, le mari d'Editha Lipton, ses fils, celui de Binnie... Ces flots huileux, insondables et sans fond, lui semblaient le repaire de tous les monstres et il regrettait de s'être imprudemment risqué dans un monde si déroutant. Pour aggraver les choses, le vent forcit, creusant les vagues. Il attendait la mort, qui le délivrerait enfin, quand Wulf vint lui proposer du pain et du porc salé. Binnie avait dû lui avouer ses visites nocturnes et le futur mari se vengeait!

Au bout de sept heures interminables, une autre brume se leva sur l'horizon et, peu à peu, on distingua Calais. Occupé à carguer les voiles, Wulf dit un rapide adieu à Rob qui conduisit Cheval et la charrette sur la terre ferme. Elle lui parut mouvante comme la mer. Il était peu probable que cette bizarrerie fût propre au sol français, et en effet, après quelques pas, le voyageur retrouva son aplomb. Mais où aller et que faire? Les gens autour de lui parlaient une langue incompréhensible. Alors il s'arrêta et, debout sur la charrette, frappa dans ses mains.

« Je veux embaucher quelqu'un qui parle ma langue! » cria-t-il.

Un vieil homme s'approcha : visage usé, jambes maigres, silhouette squelettique – une médiocre recrue pour les travaux de force.

« Allons discuter devant une boisson remontante, dit-il en observant la pâleur de Rob. L'alcool de pommes fait merveille pour vous remettre l'estomac. »

Ils s'arrêtèrent à la première taverne et s'assirent dehors devant une table en bois de pin.

« Je m'appelle Charbonneau, dit le Français dans le vacarme des quais. Louis Charbonneau.

– Rob J. Cole. »

Quand on apporta l'alcool, ils trinquèrent et Rob se sentit revivre.

« Je crois que j'ai faim », dit-il émerveillé.

Charbonneau ravi donna un ordre à la servante qui apporta un pain croustillant, un plat de petites olives vertes et un fromage de chèvre que le Barbier lui-même aurait trouvé savoureux.

« Vous voyez que j'ai besoin d'aide, je ne sais même pas commander un repas.

– J'ai été marin toute ma vie, dit Charbonneau. Quand mon premier bateau a fait relâche à Londres, j'étais encore enfant et je me rappelle quelle nostalgie j'avais de ma langue natale.

– Moi, je suis barbier-chirurgien et je vais en Perse acheter des médicaments rares et des herbes médicinales. »

C'est ce qu'il avait décidé de dire, le vrai but de son voyage risquant de le rendre suspect aux gens d'Eglise.

« Une longue route », dit Charbonneau en haussant les sourcils.

Il posa une olive sur la table chaude de soleil :
« Voilà la France... et les cinq duchés de Germanie
gouvernés par les Saxons, dit-il en prenant une
seconde olive. Et la Bohême où vivent les Slaves et
les Tchèques. Ensuite, la terre des Magyars, un
pays chrétien mais plein de cavaliers barbares. Puis
les Balkans : montagnes redoutables et redoutables
habitants. La Thrace, dont je sais seulement qu'elle
marque l'extrême limite de l'Europe, et qu'il s'y
trouve Constantinople. Enfin, la Perse, où vous
voulez vous rendre. Ma ville natale est à la frontière de la France et des pays germains, dont je
parle les langues depuis mon enfance. Si vous
m'engagez, je vous accompagnerai jusque-là, dit-il
en mangeant les deux premières olives. Mais je
devrai vous quitter pour être de retour à Metz
l'hiver prochain.

– D'accord », répondit Rob avec soulagement.
Puis il croqua solennellement les cinq dernières
olives, l'une après l'autre, suivant son itinéraire de
l'un à l'autre des cinq pays qui restaient.

23

ÉTRANGER EN PAYS ÉTRANGE

La France était moins verdoyante que l'Angleterre mais plus ensoleillée, le ciel semblait plus haut, d'un bleu plus profond. Beaucoup de forêts, des fermes coquettes, parfois des châteaux de pierre ou de grands manoirs en bois. Du bétail paissait dans les prés et les paysans semaient du blé. Voyant des bâtiments sans toit, Rob s'en étonna.

« Il pleut moins ici que chez vous : on peut battre le blé dans des granges à l'air libre. »

Charbonneau avait un grand cheval placide d'un gris clair presque blanc; chaque soir il le bouchonnait et polissait ses armes. C'était un bon compagnon. Tous les vergers étaient en fleurs; Rob s'arrêtait dans les fermes et, à défaut d'hydromel, il achetait de l'eau-de-vie de pomme. Le Spécifique n'en fut que meilleur.

Les meilleures routes, ici comme ailleurs, avaient été construites par les Romains pour leurs troupes : rectilignes, elles communiquaient entre elles. « Un réseau qui couvre le monde, disait Charbonneau avec admiration. De partout, il vous mène à Rome. » Rob quitta pourtant la route romaine à la hauteur du village de Caudry.

« Ces pistes forestières sont dangereuses, dit son compagnon.

– Elles seules me mènent aux petits villages où je travaille. Je souffle dans ma corne, comme je l'ai toujours fait. »

A Caudry, les toits pointus étaient couverts de chaume ou de branchages; les femmes cuisinaient dehors et presque toutes les maisons avaient une table et des bancs près du feu, sous un abri posé sur quatre troncs de jeunes arbres. C'était bien différent d'un village anglais, mais Rob ne changea rien à ses habitudes. Il tendit le tambour à Charbonneau, qui s'amusa beaucoup de voir Cheval caracoler en mesure.

« Aujourd'hui, grand spectacle! »

Le compère traduisait immédiatement tout ce que disait Rob, et les spectateurs riaient des mêmes histoires mais à des moments différents, sans doute à cause du léger décalage d'une langue à l'autre. Charbonneau, médusé devant l'habileté du jongleur, communiqua son enthousiasme au public, qui applaudit. Ils vendirent beaucoup de Spécifique. Aux étapes suivantes, le Français apprit lui-même les anecdotes et les chansons gaillardes. Avec les portraits et les soins, Rob remplissait sa bourse, sachant que l'argent est une sauvegarde à l'étranger.

Un soir, près du feu, ils parlèrent du Barbier.

« Tu as eu de la chance, dit Charbonneau. Moi, à douze ans, j'ai perdu mon père et, avec mon frère Etienne, nous avons été pris par des pirates. Pour sauver ma vie, j'ai dû naviguer avec eux pendant cinq terribles années.

– Et ton frère?

– Plus tard, il a pu s'enfuir et retourner au pays, à Strasbourg, où il est devenu un excellent boulanger. »

Le long voyage

Juin fut chaud et sec. Après avoir traversé le nord et l'est de la France, ils arrivèrent non loin de la frontière germanique.

« Nous approchons de Strasbourg, dit Charbonneau un matin.

– Allons-y, tu verras ta famille.

– Nous perdons deux jours de voyage », objecta le Français, scrupuleux, mais Rob insista car il l'aimait bien.

Strasbourg semblait une belle ville aux maisons élégantes; une cathédrale neuve y était en chantier. Etienne le boulanger serra son frère sur sa poitrine enfarinée et, le soir même, toute la famille se réunit pour faire honneur aux voyageurs : deux fils, trois filles aux yeux noirs, les conjoints et les enfants. Charlotte, la cadette, qui vivait encore avec son père, avait préparé un plantureux souper et Rob, qu'elle dévorait des yeux, dut goûter plusieurs sortes de pains.

On chanta, on dansa, Rob jongla : ce fut une joyeuse soirée. Puis ils se séparèrent et le jeune barbier, rêvant un peu aux regards aguichants de Charlotte, se dit qu'une telle vie de famille était peut-être le bonheur. Mais, quand il se leva dans la nuit, il tomba sur Etienne qui, manifestement, montait la garde non loin du lit de sa fille; le boulanger tint à l'accompagner dehors et retourna s'asseoir dans le noir dès que Rob fut retourné à sa paillasse.

Le matin, il conduisit les voyageurs au Rhin, qu'ils longèrent jusqu'à un gué. Alors Etienne se pencha sur sa selle pour embrasser son frère.

« Dieu vous garde! » dit-il à Rob, puis il tourna bride tandis que les autres s'engageaient dans l'eau froide et agitée de remous. La pente était raide sur l'autre rive et Cheval eut peine à tirer la charrette jusque sur la terre des Teutons. Ils furent vite dans la montagne, entre les hautes forêts de sapins et d'épicéas. Charbonneau gardait le silence – était-ce le regret d'avoir quitté les siens? – puis brusquement il cracha.

« Je n'aime pas ces gens-là, dit-il, ni leur pays.

– Tu es pourtant leur proche voisin depuis ta naissance.

– On peut vivre au bord de la mer sans pour autant aimer les requins. »

Rob, au contraire, trouvait belle cette région; l'air était frais et tonique; en bas dans une vallée, on faisait les foins. Plus loin, dans les hauts pâturages, des enfants gardaient des vaches et des chèvres montées des fermes pour l'été. D'un chemin escarpé, ils aperçurent un grand château de pierre grise. Deux cavaliers s'y exerçaient à la lance mouchetée.

« C'est le repaire du terrible comte Sigdorff. Quand il était jeune, ayant capturé deux cents prisonniers dans une expédition contre Bamberg, il fit couper la main droite à cent d'entre eux et la main gauche aux cent autres. »

Ils s'éloignèrent au petit galop. Vers midi, ils quittèrent la route romaine pour aller donner un spectacle au prochain village, mais au détour d'un chemin un homme gras et chauve, monté sur un cheval décharné, leur barra le passage en marmonnant quelque chose.

« Il demande si on a de l'alcool, traduisit Charbonneau.

– Dis-lui que non.

– C'est qu'il n'est pas seul, ce fils de pute », reprit le Français sans baisser la voix.

Deux individus émergeaient des bois : un jeune sur une mule, qui avait tout l'air d'être le fils du gros, et un petit homme aux yeux cruels, à qui manquait l'oreille gauche : avec sa lourde monture, un vrai cheval de labour, ce troisième personnage prit position derrière la charrette pour couper la retraite aux voyageurs. Le chauve se mit à brailler.

« Il dit que tu dois descendre et te déshabiller, expliqua Charbonneau, parce qu'ils vont te tuer. Comme les vêtements ça vaut cher, ils ne veulent pas les salir avec le sang. »

Puis sortant brusquement un couteau, le Français le lança d'une main sûre et rapide : le jeune bandit le reçut en pleine poitrine. Le gros avait à peine eu le temps d'accuser le coup que Rob sautait sur le large dos de Cheval, prenait son élan et jetait le bandit à bas de sa selle. Ils roulèrent à terre, chacun cherchant désespérément une prise. Enfin, le barbier, qui cette fois se battait à jeun, réussit à coincer le menton de l'adversaire et s'efforça de l'étrangler pendant que l'autre le bourrait de coups de poing.

« Tue-le », se dit Rob en poussant de toutes ses forces pour lui renverser la tête en arrière et briser la colonne vertébrale. Mais c'était un cou épais et musclé. L'homme lui griffait le visage de ses ongles noirs, cherchait ses yeux...

Soudain, surgi au-dessus d'eux, Charbonneau lui piqua son épée entre deux côtes et l'enfonça jusqu'à la garde. Le chauve soupira avant de retomber sans vie. Rob se dégagea pour se relever et soigner son visage écorché. Le Français alla récupérer son couteau dans le corps du jeune mort, toujours accroché par les pieds aux étriers de la mule, et le coucha par terre. Le troisième s'était enfui, ayant compris sans doute à qui il avait affaire.

« Il a peut-être demandé du renfort à Sigdorff ?

— Non, dit Charbonneau. Ces fumiers sont des

coupeurs de gorges, pas des hommes du land-grave. »

Inspectant les cadavres, il trouva au cou du gros un petit sac rempli de pièces. Le jeune n'avait qu'un crucifix terni. Leurs armes étaient médiocres mais il les jeta dans la charrette, attacha la mule derrière et prit avec lui le cheval maigre.

Enfin, ils abandonnèrent les brigands dans la poussière, baignant dans leur propre sang, et rebroussèrent chemin jusqu'à la route romaine.

24

LANGUES INCONNUES

Quand Rob lui demanda où il avait appris à lancer le couteau, Charbonneau répondit que c'était dans sa jeunesse, avec les pirates.

« Il fallait être adroit pour attaquer ces sacrés Danois et prendre leurs bateaux... ou ceux de ces sacrés Anglais, ajouta-t-il avec un sourire.

– Tu m'apprendras ?

– Oui, si tu m'apprends à jongler. »

Le marché était inégal : le Français était trop âgé pour assimiler une technique aussi difficile, et il leur restait trop peu de temps. Il s'amusa seulement à jouer avec deux balles. Rob, lui, avait l'avantage de la jeunesse, la souplesse et la sûreté de main, le coup d'œil et le sens de l'équilibre que lui avait donnés la jonglerie. Il s'entraînait à viser une marque sur les troncs d'arbre, avec le couteau de son compagnon.

« Il te faut un couteau spécial, dont le poids soit dans la lame. Tu y abîmerais inutilement ta dague. »

Ils restèrent sur les routes romaines, que sillonnait une foule polyglotte. Il fallut faire place à un cardinal français, avec sa suite de deux cents cavaliers armés et cent cinquante domestiques; il portait souliers et chapeau d'écarlate, cape grise sur une chasuble jadis blanche, devenue couleur de poussière. Des pèlerins seuls ou en groupes se rendaient à Jérusalem, harangués par des religieux qui arboraient les palmes en croix, l'emblème rapporté de Terre sainte. Des chevaliers, plus ou moins ivres, galopaient en vociférant. Quelques fanatiques vêtus d'un cilice, les mains et les genoux en sang, rampaient vers la Palestine pour accomplir un vœu; épuisés, sans défense, c'était une proie facile pour les bandits de grands chemins qui infestaient les routes, encouragés par la négligence de l'administration. Pris sur le fait, voleurs et brigands étaient exécutés sans jugement par les voyageurs.

A Augsbourg, centre actif de transactions entre l'Allemagne et l'Italie, fondé par l'empereur Auguste, ils achetèrent des provisions. Les marchands italiens se faisaient remarquer par leurs chaussures de luxe à la pointe relevée. Rob reconnaissait les Juifs, de plus en plus nombreux, à leurs caftans noirs et à leurs chapeaux de cuir en forme de cloche, à bord étroit.

Après le spectacle, ils vendirent moins de Spécifique que d'habitude; il est vrai que Charbonneau mettait aussi moins d'entrain à traduire dans la langue gutturale du pays. Il annonça plus tard, à Salzbourg, que c'était sa dernière étape.

« Nous serons au Danube dans trois jours et là, je te quitterai pour retourner en France. Je ne pourrais plus t'aider car on parle en Bohême une langue que j'ignore. »

Le soir, à l'auberge, ils commandèrent un repas d'adieu, mais les plats du pays, viande fumée au lard, choux en marinade, ne furent pas de leur goût et ils se rattrapèrent sur le vin rouge. Rob paya largement le vieil homme, qui lui donna, sagement, un dernier conseil.

« Tu vas aborder une région dangereuse. On dit qu'en Bohême la différence est difficile à voir entre les bandits et les gens des seigneurs. Tâche de te trouver des compagnons. »

Le Danube était plus puissant et plus rapide que Rob ne s'y attendait, avec ce calme de surface qui indique une eau profonde. Charbonneau retarda d'un jour son départ pour l'accompagner jusqu'à Linz, un coin sauvage où un grand radeau passait voyageurs et marchandises dans la partie la plus navigable du fleuve.

« Allons! Peut-être nous reverrons-nous? dit le jeune homme.

– Je ne crois pas », répondit le Français. Puis ils s'embrassèrent et Rob s'en alla discuter le prix de la traversée.

Le passeur était un gros homme revêche, qu'un mauvais rhume obligeait sans cesse à renifler la morve qui lui coulait du nez. Dans son ignorance du bohémien, le barbier dut s'expliquer par gestes et garda l'impression d'avoir été roulé. Quand il revint à la charrette, Louis Charbonneau avait disparu.

Le troisième jour, il rencontra cinq Allemands gras et rougeauds, à qui il tenta d'expliquer qu'il voulait faire route avec eux; il fut poli, offrit de l'or, se montra disposé à cuisiner et partager les corvées du camp, mais ils n'eurent pas un sourire et ne lâchèrent pas les gardes de leurs cinq épées.

« Merdeux! » fit-il en tournant les talons. Mais comment les blâmer? Pour leur groupe déjà solide, l'inconnu était un danger.

Cheval le mena des montagnes vers un plateau entouré de vertes collines : des champs de terre grise, mais surtout la forêt. La nuit, il entendit hurler les loups et entretint le feu, puis il finit par s'endormir, Mme Buffington blottie contre lui.

Charbonneau lui avait apporté beaucoup, mais il comprit que l'essentiel avait été sa compagnie. Il allait seul, maintenant, sur la route romaine car il ne pouvait adresser la parole à aucun de ceux qu'il rencontrait.

Une semaine plus tard, un matin, il vit pendu à un arbre au bord de la route le corps nu d'un homme mutilé. Un petit homme au museau de furet et à qui manquait l'oreille gauche.

Dommage! Le Français ne saurait pas que d'autres avaient rattrapé leur troisième bandit!

25

LA CARAVANE

Rob traversa le large plateau et retrouva les montagnes; elles n'étaient pas aussi hautes que les précédentes mais assez accidentées pour ralentir sa marche. Il rencontra deux fois encore des groupes auxquels il tenta vainement de se joindre. Un matin, des cavaliers en haillons le dépassèrent en criant quelque chose dans une langue incompréhensible; il salua sans répondre, devinant à leur mine farouche qu'en leur compagnie il ne ferait pas de vieux os.

Parvenu dans une grande cité, il eut la joie d'y trouver une taverne dont le patron savait un peu d'anglais : la ville s'appelait Brünn et la région était surtout peuplée de Tchèques. Il n'en apprit pas davantage – pas même d'où l'aubergiste tenait son petit bagage d'anglais. En le quittant, il tomba sur un voleur qui fouillait au fond de la carriole.

« Va-t'en », dit-il doucement, en tirant son épée.

Mais l'homme avait déjà sauté de la voiture avant qu'il ne puisse l'attraper. La bourse restait bien cachée sous le plancher; il ne manquait qu'un sac plein de son attirail d'illusionniste. Rob se consola en imaginant quelle tête ferait l'autre en l'ouvrant. Il décida d'entretenir ses armes chaque jour et graissa les lames pour qu'elles glissent plus aisément du fourreau. La nuit, il dormait à peine, toujours aux aguets, se sachant impuissant contre une bande malintentionnée. Neuf longs jours passèrent dans cette solitude inquiète. Un matin, la route émergeant des bois, il découvrit, surpris et plein d'espoir, un village qu'avait envahi une immense caravane. Les seize maisons du hameau étaient prises au milieu de centaines de bêtes : chevaux, mules de toute espèce, sellés ou attelés à toutes les formes de voitures. Il attacha Cheval à un arbre et se mêla à la foule dans une rumeur de langues incompréhensibles.

« Pardon, où est le chef de la caravane ? » demanda-t-il à un homme qui s'affairait à changer une roue.

Rob l'aida à hisser la roue jusqu'au moyeu, mais n'en obtint qu'un sourire et un geste évasif. Un autre voyageur, qui nourrissait une paire de bœufs aux longues cornes, lui répondit :

– *Der Meister ?* Kerl Fritta », dit-il en indiquant une direction.

Dès lors, tout fut simple : il suffisait de prononcer ce nom pour obtenir de chacun un signe de tête et un geste du doigt. Près d'une grande voiture attelée de six alezans gigantesques, un personnage aux longs cheveux bruns, nattés en deux grosses tresses, était assis derrière une table où reposait une épée nue. Il s'entretenait avec le premier d'une file de voyageurs désireux de lui parler. Rob prit son tour.

« C'est Kerl Fritta ? demanda-t-il.

– C'est bien lui, répondit quelqu'un.

– Vous êtes anglais ?

– Ecossais, fit l'autre un peu déçu en serrant les mains du barbier. Salut ! Soyez le bienvenu ! »

Il était grand et maigre, rasé à la mode des Bretons, avec de longs cheveux gris.

« James Geikie Cullen, dit-il. Eleveur de moutons et producteur de laine. Je vais avec ma fille en Anatolie chercher les meilleures espèces de béliers et de brebis.

– Robert J. Cole, barbier-chirurgien. Je me rends en Perse pour y acheter de précieuses médecines. »

Cullen avait un compagnon nommé Seredy, en pantalon sale et tunique déchirée, qu'il avait engagé comme domestique et interprète. Rob apprit avec surprise qu'on n'était plus en Bohême : depuis deux jours, il était passé en Hongrie sans s'en apercevoir. Le village s'appelait Vac; à part le pain et le fromage qu'on pouvait se procurer chez l'habitant, tout était cher. La caravane venait d'Ulm, dans le duché de Souabe.

« Fritta est allemand, dit encore Cullen. Il ne semble pas d'un abord facile mais mieux vaut s'entendre avec lui car les bandits magyars, dit-on, rançonnent les voyageurs isolés, et il n'y a pas dans la région de caravane de cette importance. »

Entre-temps, trois Juifs avaient rejoint la file d'attente.

« Dans ces caravanes, s'écria Cullen, on est obligé de côtoyer les gens de bien et la vermine ! »

Les hommes en caftans noirs et chapeaux de cuir s'entretenaient dans leur langue, mais Rob, en les observant, eut l'impression que l'un d'eux avait compris ce que disait l'Ecossais. Arrivé devant Fritta, Cullen s'occupa de ses affaires, puis proposa au barbier l'aide de son traducteur. Le maître de la caravane, homme efficace et d'expérience, enregistra le nom, le métier et la destination.

« Il vous prévient, traduisit Seredy, que la caravane ne va pas en Perse. Au-delà de Constantino-ple, il faudra trouver un autre arrangement. »

Rob acquiesça et l'Allemand parla plus longue-ment.

« Maître Fritta demande l'équivalent de vingt-deux pennies d'argent, mais comme maître Cullen paie déjà en monnaie anglaise, il préférerait que vous le régliez en deniers. Vingt-sept deniers. »

Le jeune barbier hésita : il en avait gagné en France et en Allemagne, mais ignorait le taux de change.

« Vingt-trois, chuchota une voix derrière lui.

– Vingt-trois », dit-il avec assurance.

Le maître de caravane accepta d'un air glacial, en le regardant dans les yeux.

« Vous vous chargez de votre entretien, dit le traducteur. Si vous ne pouvez suivre, on vous laisse en chemin. Il dit que la caravane partira en quatre-vingt-dix groupes, au total plus de cent vingt hommes : une sentinelle pour dix. Et vous serez de garde une nuit tous les douze jours.

– D'accord.

– Si vous exercez votre métier de barbier-chirur-gien dans la caravane, vous partagez tous vos gains par moitié avec maître Fritta.

– Non », dit Rob, car c'était injuste, mais il entendit Cullen toussoter pour le rappeler à la prudence.

« Offre dix et accepte trente, chuchota de nou-veau la voix.

– J'accepte de laisser dix pour cent de mes gains. »

Fritta lâcha un juron énergique, sans doute un équivalent teuton de « fils de pute ».

« Il propose quarante pour cent.

– Dis-lui vingt. »

On se mit d'accord sur trente. En remerciant

Cullen pour son interprète, Rob observait les Juifs au teint basané : celui qui venait après lui avait le nez charnu, de grosses lèvres, une barbe brune mêlée de gris. Il avança vers la table, l'air concentré comme un joueur qui a jaugé l'adversaire.

Les nouveaux arrivants se virent attribuer leur position dans l'ordre de marche et campèrent sur place cette nuit-là, la caravane partant à l'aube. Rob se trouva entre Cullen et les Juifs; il détela Cheval et la mena paître un peu plus loin. Les villageois cherchant à vendre jusqu'au dernier moment, un fermier lui proposa du fromage et des œufs pour un prix prohibitif; il eut finalement son dîner pour trois flacons de Spécifique. Tout en mangeant, on s'observait : Seredy allait chercher de l'eau, la fille de Cullen faisait la cuisine. Elle était très grande et rousse.

Sa vaisselle faite, le barbier alla trouver les Juifs, qui bouchonnaient leurs montures : de bons chevaux et deux mules de bât.

« Je m'appelle Rob J. Cole, dit-il au chuchoteur, et je voulais vous remercier.

– De rien, de rien, fit l'autre. Je suis Meir ben Asher. » Et il présenta ses compagnons.

Gershom ben Shemuel, court et tassé comme un morceau de bois, avait une verrue sur le nez; Judah ha-Cohen, nez fin et lèvres minces, était barbu et chevelu comme un ours noir. Les deux autres étaient plus jeunes : Simon ben ha-Levi, une grande perche à l'air grave avec trois poils au menton, et Tuveh ben Meir, grand pour ses douze ans comme Rob l'avait été.

« Mon fils », dit Meir. Puis ils se turent, se regardant.

« Vous êtes marchands?

– Oui. Notre famille vivait à Hameln. Nous avons quitté l'Allemagne il y a dix ans pour nous établir à Angora, dans l'empire byzantin. Nous voyageons entre l'Est et l'Ouest, vendant et achetant.

– Vendant quoi ?

– Un peu de ci, un peu de ça », répondit Meir avec un haussement d'épaules.

Rob fut enchanté de cette réponse. Il s'était inutilement inquiété de justifier son voyage : un homme d'affaires ne dit rien de trop.

« Et vous, où allez-vous ? demanda le jeune Simon, qui, à la surprise de Rob, parlait aussi sa langue.

– En Perse.

– Très bien ! Vous y avez de la famille ?

– Non, j'y vais pour acheter quelques herbes, peut-être des médicaments. »

Les autres approuvèrent, et il les quitta en leur souhaitant bonne nuit.

Cullen, qui l'avait vu s'entretenir avec eux, sembla lui battre foid et lui présenta sèchement sa fille. Elle lui rendit aimablement son salut. Ses cheveux roux, vus de près, donnaient envie de les toucher, ses yeux étaient tristes et distants, ses hautes pommettes larges, ses traits agréables, sans délicatesse. Elle avait le visage et les bras couverts de taches de rousseur. Rob n'avait jamais vu de femme aussi grande. Il se demandait encore si elle était belle quand Fritta survint. Il voulait que maître Cole prenne la garde cette nuit même.

Rob arpentait son territoire : huit campements, y compris celui de Cullen. Près d'un chariot couvert, une femme aux cheveux jaunes nourrissait un bébé tandis que son mari, accroupi près du feu, graissait un harnais ; deux hommes polissaient leurs armes ; un enfant jetait du grain à trois grosses poules dans une cage, non loin d'une épaisse matrone et d'un individu blême qui s'invectivaient, apparemment en français. Les Juifs psalmodiaient, en se balançant au rythme de leur prière du soir.

Une grosse lune blanche se leva sur la forêt, au-delà du village. Rob se sentit dispos et confiant : membre d'une armée de plus de cent vingt hommes, il n'était plus le voyageur solitaire en terre inconnue et hostile.

Quatre fois, il voulut poursuivre des gens qui n'étaient sortis que pour un besoin naturel. Vers le matin, il dut lutter pour ne pas céder au sommeil. Mary Cullen passa près de lui sans le voir, dans la clarté de la lune, avec sa robe noire et ses longs pieds blancs sans doute trempés de rosée.

A la première lueur de l'aube, il prit un rapide petit déjeuner de pain et de fromage, pendant que les Juifs se livraient aux rites minutieux des dévotions matinales. La tête de la caravane était déjà loin quand il partit à son tour, derrière Cullen et Seredy, avec leurs montures plus trois chevaux de charge. La fille montait un fier cheval noir, et Rob, songeant que la bête et la femme avaient toutes deux des hanches superbes, les suivit allègrement.

26

LE PERSAN

Ils s'installèrent immédiatement dans la routine du voyage. Les trois premiers jours, les Ecossais et les Juifs tenaient Rob plutôt à l'écart, peut-être à cause de ses cicatrices et des bizarres peintures de la charrette; mais il n'avait jamais craint la solitude et se trouvait bien d'être laissé à ses pensées.

La fille, qu'il voyait constamment devant lui, avait apparemment deux robes noires qu'elle lavait à tour de rôle. Elle semblait trop habituée aux déplacements saisonniers pour se soucier de l'inconfort, mais il régnait autour d'elle et de Cullen un air de mélancolie. Il en conclut qu'ils étaient en deuil. Parfois, elle chantait doucement. Le matin du quatrième jour, alors que la caravane avançait lentement, elle sauta à terre pour se dégourdir les jambes et se mit à marcher près de la charrette en tenant son cheval par la bride. Rob la regarda et lui sourit. Elle avait des yeux immenses, d'un bleu profond comme certains iris; son visage aux pommettes hautes était allongé, sensible; sa bouche, grande et charnue comme toute sa personne, se révélait étonnamment expressive.

« Dans quelle langue chantez-vous?
– En gaélique. Ce que nous appelons l'erse.
– C'est ce que je pensais.

– Comment un Sassenach peut-il reconnaître l'erse?

– Qu'est-ce qu'un Sassenach?

– Nous appelons ainsi ceux qui vivent au sud de l'Ecosse.

– Et ce n'est pas un compliment, je suppose?

– Exact », admit-elle. Cette fois elle sourit.

« Mary Margaret! » cria son père.

En fille obéissante, elle le rejoignit aussitôt.

Mary Margaret? Elle devait avoir le même âge qu'Anne Mary. Sa sœur, enfant, avait les cheveux châtains avec des reflets roux... Mais ce n'était pas Anne Mary : il fallait cesser de la voir partout, sinon il deviendrait fou. La fille de Cullen ne l'intéressait pas; il y avait assez de mignonnes dans le monde. Gardons nos distances.

Le père, lui, cherchait à lier conversation. Il vint un soir avec un pichet de cervoise.

« Vous connaissez-vous en moutons, maître Cole? »

Ravi d'apprendre que non, il entreprit son éducation.

« Il y a moutons et moutons. Chez moi, à Kilmarnock, les brebis ne pèsent souvent pas plus de cent cinquante livres; on m'a dit qu'en Orient, nous en trouverions de deux fois plus grosses, avec une toison longue, plus épaisse que celle des nôtres et si grasse que la laine, une fois filée, protège de la pluie. »

Il comptait acheter des bêtes pour la reproduction, qu'il ramènerait en Ecosse. Un voyage coûteux, qui expliquait la présence des chevaux de charge. Cullen ferait bien d'engager des gardes du corps!

« Vous allez rester longtemps loin de votre élevage.

– Je l'ai laissé en bonnes mains, à des gens de

confiance. C'était dur mais... Je viens d'enterrer ma femme, après vingt-deux ans de mariage. »

Il fit une grimace et but une longue gorgée. Cela explique leur chagrin, se dit Rob, et le médecin en lui voulut savoir de quoi elle était morte. Cullen toussa.

« Elle avait deux grosseurs dans les seins, très dures. Elle pâlissait, perdait l'appétit, n'avait plus ni volonté ni force. A la fin, elle a terriblement souffert. Ça a été très long, et pourtant je ne pouvais pas croire à sa mort. Elle s'appelait Jura... Je n'ai pas dessoûlé pendant six semaines mais ça n'a servi à rien. Depuis des années, je pensais acheter un beau troupeau en Anatolie. Et voilà, je me suis décidé. »

Il offrit encore à boire au barbier, sans s'offenser de son refus, puis se leva et il fallut le soutenir.

« Bonne nuit, maître Cole, à bientôt. »

Suivant des yeux sa démarche chancelante, Rob se dit que pas une fois il n'avait parlé de sa fille.

L'après-midi suivant, un certain Félix Roux, français, trente-huitième dans l'ordre de marche, fut désarçonné par son cheval, qu'un blaireau avait effrayé; tout le poids du corps ayant porté sur l'épaule, le bras cassa. Kerl Fritta fit appeler Rob, qui remit l'os en place et tâcha de faire comprendre au blessé qu'il souffrirait beaucoup, mais pourrait néanmoins continuer son voyage; il chargea Seredy de lui expliquer comment tenir le bras en écharpe.

Pensif, il revint à sa voiture : il avait accepté de soigner plusieurs voyageurs par semaine, mais ne pouvait indéfiniment employer Seredy comme interprète, bien qu'il le payât largement. Apercevant Simon ben ha-Levi occupé à réparer une sangle, il s'approcha.

« Tu sais le français et l'allemand ? »

Le jeune homme hocha la tête tout en coupant avec ses dents un bout de son fil ciré. Il écouta ce que Rob avait à lui dire et, comme le travail, bien rétribué, demandait peu de temps, il accepta de lui servir de traducteur. Le barbier en fut très content.

« Comment as-tu appris tant de langues ?

– Nous faisons commerce avec tous les pays et nous avons de la famille un peu partout sur les marchés. Les langues font partie du métier. Tuveh, par exemple, apprend celle des mandarins car, d'ici trois ans, il va travailler sur la route de la soie, pour l'entreprise de mon oncle. »

Son oncle dirigeait en Chine toute une branche de la famille ; il envoyait tous les trois ans en Perse une caravane de soie, de poivre et autres produits exotiques. Tous les garçons de la parenté assuraient ainsi d'Angora à Meshed le transport de marchandises précieuses vers le royaume franc d'Orient. Rob en eut un choc.

– Tu sais le persan ?

– Bien sûr.

– Veux-tu me l'apprendre ? Je te paierai bien. » Simon hésitait : cela prendrait du temps.

– Pourquoi veux-tu le savoir ? Tu veux travailler avec la Perse ?

– Peut-être.

– Tu veux y retourner souvent pour acheter des herbes et des plantes médicinales, comme nous le faisons pour la soie et les épices ?

– Un peu de ci, un peu de ça », fit Rob en haussant les épaules comme l'aurait fait Meir ben Asher, et Simon se mit à rire.

Il commença sa première leçon en écrivant dans la poussière avec un bâton mais ça n'allait pas et le Barbier alla chercher dans la charrette son maté-

riel de dessin avec un rondin de hêtre. Comme
Mam l'avait fait autrefois pour lui apprendre à lire,
Simon montra d'abord l'alphabet. Bon sang!
L'écriture persane n'était que points et lignes,
crottes de pigeon et traces d'oiseaux, copeaux de
bois et vers de terre en folie...

« Je ne saurai jamais!

– Si fait », dit l'autre tranquillement.

Rob dîna en prenant son temps pour calmer son
excitation, puis il s'assit sur le siège de la charrette
et se mit au travail.

27

MORT D'UNE SENTINELLE

Ils quittèrent les montagnes pour un pays plat, que
la route romaine coupait en ligne droite à perte de
vue. De chaque côté, des champs de terre noire où
les paysans récoltaient les céréales et les derniers
légumes. L'été était fini. Ils longèrent trois jours un
lac immense et firent halte pour acheter des provisions à Siofok : quelques maisons branlantes habitées par des croquants rusés et voleurs. Le lac
Balaton semblait un monde irréel. De son eau
sombre, polie comme une gemme, montait une
brume blanche, dans ce petit matin où Rob observait les Juifs tout occupés à leurs dévotions.

Plus tard il leur proposa de se baigner avec lui;
ils firent d'abord la grimace à cause du froid, puis
Simon s'en alla – il était de garde – et les autres
coururent vers la plage, se déshabillèrent et sautè-
rent dans l'eau à grand bruit comme des gamins.
Tuveh nageait mal, Judah pataugeait, et Gershom,
dont le petit ventre blanc contrastait avec son
visage hâlé, se laissait flotter en braillant des chansons incompréhensibles.

« C'est mieux que la *mikva!* cria Meir.

– Qu'est-ce que la mikva? » demanda Rob, mais
l'autre plongea et s'éloigna sans répondre, d'un
mouvement puissant et régulier.

En le suivant, le jeune barbier regrettait toutes les filles avec qui il avait nagé, et fait l'amour, avant ou après, ou même pendant; son corps s'émut de désir. Pas une femme depuis cinq mois : son record d'abstinence!

Dépassant Meir, il l'éclaboussa. Le Juif cracha et toussa.

« Espèce de chrétien! »

Rob l'éclaboussa de nouveau et Meir s'approcha. Rob était plus grand, mais Meir plus fort. Ils s'étreignirent, cherchant à s'entraîner mutuellement vers le fond; le chrétien saisit l'autre par la barbe et s'enfonça sous l'eau. Ils s'affolèrent au même instant : sombrant au plus profond, saisis par le froid, ils allaient se noyer par jeu! Fonçant chacun de son côté pour remonter, ils émergèrent en suffoquant. Ni vainqueurs ni vaincus, ils regagnèrent ensemble la plage et remirent à grand-peine dans leurs vêtements leurs corps mouillés que la fraîcheur déjà automnale faisait frissonner.

Meir avait remarqué le pénis circoncis de Rob.

— C'est un cheval qui m'a mordu.

— Une jument, plutôt », dit le Juif d'un ton solennel, puis il chuchota quelque chose aux autres, qui regardèrent Rob en riant. Ils portaient à même la peau de bizarres tuniques à franges. Nus, c'étaient des hommes comme tout le monde; vêtus, ils redevenaient des étrangers.

Après le lac, le paysage était monotone : champs et forêts se succédaient sans fin et Rob imaginait les troupes romaines, avec leurs captifs et leurs machines de guerre, qui avaient disparu, laissant ces routes rectilignes, indestructibles...

La fille de Cullen marchait encore près de la charrette.

« Voulez-vous monter, mam'selle? Cela vous changera. »

Elle hésita, puis tendit la main pour qu'il l'aide.

« Votre joue va mieux. Bientôt vous n'aurez plus de cicatrice. »

Il rougit, gêné de se sentir observé.

« Comment ça vous est-il arrivé?

– Je me suis battu avec des brigands.

– Dieu nous protège! dit-elle avec un soupir. On prétend que Kerl Fritta fait courir des bruits alarmants pour attirer les voyageurs dans sa caravane.

– C'est possible. Les Magyars n'ont pas l'air bien terribles. »

De chaque côté de la route, des paysans récoltaient les choux. Les jeunes gens se turent; les cahots de la charrette les rapprochaient par instants et il respirait l'odeur de sa peau, comme l'arôme épicé des baies sauvages au soleil.

« Vous n'avez jamais eu d'autre prénom? demanda-t-il à mi-voix.

– Jamais, fit-elle, surprise. Quand j'étais petite, mon père m'appelait Tortue parce que je battais des paupières, comme ça. »

Il mourait d'envie de toucher ses cheveux. Elle avait une cicatrice sous la pommette gauche.

Cullen, devant, se retourna sur sa selle et, voyant sa fille près du barbier, la rappela d'une voix sèche. Elle se leva pour partir.

« Quel est votre second prénom, maître Cole?

– Jeremy.

– Vous n'en avez jamais eu d'autre? » insista-t-elle avec un regard moqueur.

Elle rassembla ses jupes pour sauter sur le sol avec une souplesse animale. Il aperçut la blancheur de ses jambes et fit claquer les rênes sur le dos de Cheval, furieux qu'elle se soit moquée de lui.

Après le souper, il chercha Simon pour sa seconde leçon et découvrit que les Juifs possédaient des livres. Quand il était enfant, il savait que l'école Saint-Botolph en avait trois : en latin, Bible et Nouveau Testament; en anglais, liste des fêtes religieuses dont le roi prescrivait l'observance. Ecrits à la main sur du parchemin, les livres étaient rares et chers.

Les Juifs en avaient sept, dans un petit coffre de cuir ouvragé. Simon en choisit un en caractères persans et demanda à Rob d'y reconnaître certaines lettres. Il le félicita d'avoir si vite appris l'alphabet et lut un passage en lui faisant répéter chaque mot de cette langue mélodieuse.

« Quel est ce livre ?

– Le Coran, dit Simon, c'est leur Bible. » Et il traduisit :

Gloire au Très-Haut, le Miséricordieux,
Créateur de toutes choses.
Il a choisi l'homme entre ses créatures
Comme l'agent de sa Parole
Et, pour cela, lui a donné l'intelligence,
A purifié son cœur et illuminé son esprit.

« Je te donnerai chaque jour une liste de dix mots ou expressions persanes que tu devras apprendre pour la leçon suivante.

– Donne-m'en vingt-cinq chaque fois », dit Rob, sachant qu'il n'aurait son professeur que jusqu'à Constantinople.

Il les apprit sans difficulté, laissant Cheval marcher la bride sur le cou. Mais, dans l'espoir de progresser plus vite, il demanda à Meir de lui prêter le livre persan.

« Non. Nous ne devons jamais le perdre de vue. Tu ne peux le lire qu'avec nous.

– Simon pourrait monter avec moi?

– Et j'en profiterais pour vérifier les livres de comptes », suggéra le jeune homme.

Meir réfléchissait.

« Ce sera un vrai savant. Il y a en lui un profond désir de s'instruire », insista Simon.

Rob avait gagné et il se rendit compte qu'ils le regardaient désormais avec d'autres yeux.

Il attendit le lendemain avec impatience, puis maudit les rites interminables qui accompagnaient pour les Juifs la toilette et le petit déjeuner. Simon arriva enfin avec le livre persan, un gros registre et un cadre de bois portant des colonnes de perles enfilées sur des baguettes.

« Qu'est-ce que c'est?

– Un abaque, un appareil qui simplifie les calculs. »

En chemin, les cahots rendaient l'écriture impossible, mais on pouvait lire; Rob s'exerçait à reconnaître les mots, tandis que les petites boules de l'abaque cliquetaient sous les doigts de Simon. L'entendant grogner, dans l'après-midi, il comprit qu'une erreur s'était glissée dans les comptes. Le registre comportait sans doute un état de toutes les transactions et les marchands rapportaient à leur famille les profits de leur dernier voyage. Cullen aussi transportait de l'argent, puisqu'il voulait acheter des moutons en Anatolie. Quelle proie tentante pour une bande importante et bien armée! Mais la solitude était plus dangereuse encore que la caravane et Rob, chassant ses craintes, s'absorbait chaque jour dans l'étude du livre sacré.

Le beau temps persistait et le bleu profond du ciel automnal lui rappelait en vain les yeux de Mary : elle gardait ses distances, son père désapprouvant la familiarité du barbier avec les Juifs. Simon finissait de vérifier le livre de comptes. Il remontait chaque jour dans la charrette et s'efforçait de faire de son élève un excellent marchand.

« Quelle est l'unité de poids persane?

– C'est le *man*, qui vaut environ six livres et demie d'Europe », dit Rob.

Il savait aussi les autres mesures, ce qui lui valut des félicitations. Mais, voulant toujours apprendre davantage, il posait sans cesse de nouvelles questions et importunait Simon, qui finissait par maugréer.

Deux fois par semaine, le barbier donnait des consultations; c'était son tour d'être le spécialiste compétent. Simon, qui lui servait alors d'interprète, écoutait, regardait et demandait des explications. Un Franc conducteur de bestiaux, au visage figé dans un sourire benêt, se plaignait de douleurs aux genoux, où il sentait des bosses dures. Rob lui donna un baume à base d'herbes calmantes et de graisse de mouton, en lui disant de revenir quinze jours plus tard; mais dès la semaine suivante, l'homme souffrait du même mal aux deux aisselles. Il repartit avec des fioles de Spécifique, et Simon s'étonna :

« Qu'est-ce qu'il a?

– Ces grosseurs disparaîtront peut-être, mais j'en doute; elles se multiplieront plutôt, car je pense qu'il a une tumeur. Alors il va bientôt mourir.

– Et tu ne peux rien faire?

– Non. Je ne suis qu'un barbier-chirurgien ignorant. Peut-être qu'un grand médecin saurait le soulager.

– A ta place, je ne ferais pas ce métier, dit lentement Simon, si je n'avais pas appris tout ce qu'on peut en connaître. »

Rob le regarda sans rien dire. Le jeune Juif saisissait d'un coup, comme une évidence, ce que lui-même avait mis tant de temps à comprendre.

Cette nuit-là, il fut brutalement réveillé par Cullen.

« Vite, venez vite, pour l'amour du Ciel!

– Mary? demanda Rob, en entendant crier une femme.

– Non, non, dépêchez-vous! »

Dans la nuit noire, sans lune, on avait allumé des torches juste derrière le campement des Juifs, et la lueur des flammes éclairait un homme couché par terre, mourant. C'était Raybeau, le Français au teint blême qui se disputait si souvent avec son épouse; de sa gorge ouverte, la vie s'échappait en un flot de sang.

« Il était de garde cette nuit », chuchota Simon.

Mary s'occupait de la grosse femme qui hurlait; à son appel angoissé, Rob vit le Français se raidir, avec un gargouillement, puis mourir dans une dernière convulsion. Un bruit de galopade dispersa les assistants.

« Ce n'est que le détachement envoyé par Fritta », dit tranquillement Meir, resté dans l'ombre.

Toute la caravane était debout et armée. Mais les cavaliers de Fritta revinrent bientôt : il ne s'agissait pas d'une bande importante, dirent-ils. Un voleur isolé ou un bandit venu en éclaireur? De toute façon, l'assassin avait disparu. On dormit peu le reste de la nuit. Gaspar Raybeau fut enterré le matin au bord de la route romaine, Kerl Fritta récita rapidement la prière des morts en allemand, et l'on abandonna la tombe pour se remettre en chemin.

Le lendemain, à Novi Sad, une ville active sur le Danube, les voyageurs apprirent que trois jours plus tôt sept moines francs partis pour la Terre sainte avaient été attaqués par des brigands, dépouillés, sodomisés et mis à mort.

Après cela, ils s'attendaient à une attaque imminente, mais ils longèrent sans incident le large fleuve jusqu'à Belgrade. Au marché, ils firent leurs achats – notamment des prunes aigres très parfumées et de petites olives vertes que Rob apprécia. Beaucoup de gens avaient quitté la caravane à Novi Sad, d'autres, encore plus nombreux, s'en séparèrent à Belgrade. Si bien que les Cullen, Rob et les Juifs avancèrent dans l'ordre de marche et ne firent plus partie de l'arrière-garde, la plus exposée.

Peu après ils abordèrent des collines puis des montagnes aux pentes abruptes hérissées de blocs rocheux; en altitude, un air piquant annonçait l'hiver. Il fallait encourager Cheval à gravir les pentes et le retenir dans les descentes. Simon ne montait plus dans la carriole. Le soir, parfois, Rob épuisé allait prendre une leçon à son campement mais il ne réussissait pas toujours à apprendre même dix mots de vocabulaire persan.

28

LES BALKANS

Kerl Fritta donna enfin toute sa mesure et, pour la première fois, Rob le regarda avec admiration : il était partout, aidait à remettre en route les charrettes en difficulté, pressait et stimulait les gens comme un bon conducteur encourage ses bêtes. Le chemin était rocailleux; le 1er octobre, on perdit une demi-journée à ramasser les pierres qui encombraient la piste. Les accidents étaient fréquents et le barbier, en une semaine, dut remettre deux bras cassés. Un marchand normand, qui avait eu la jambe écrasée par sa propre voiture, fut laissé chez des paysans qui acceptèrent de s'en occuper. Il fallait espérer qu'ils ne l'assassineraient pas pour le voler dès que la caravane serait partie.

« Nous avons quitté la terre des Magyars pour la Bulgarie », annonça Meir un matin.

Cela ne changeait pas grand-chose à la nature hostile et au vent, cinglant en altitude. On se couvrait de vêtements plus chauds qu'élégants, ce qui faisait un étonnant cortège de créatures loqueteuses et matelassées. Par un matin gris, la mule de Gershom trébucha et se brisa les membres de devant, en hurlant de douleur comme un être à l'agonie.

« De l'aide! » cria Rob.

Meir sortit un long couteau et trancha la gorge frémissante. On se mit aussitôt à décharger la bête morte, mais une discussion s'éleva au sujet d'un sac de cuir : ce serait, disait Gershom, un poids excessif pour l'autre mule, déjà lourdement chargée. On entendit, derrière eux, les protestations du reste de la caravane qui n'admettait pas d'être retardée.

« Mettez le sac dans ma charrette », proposa Rob.

Meir hésita puis secoua la tête.

« Alors, allez au diable ! » cria le barbier furieux de ce manque de confiance.

Simon courut après lui.

« Ils vont attacher le sac sur mon cheval. Puis-je monter avec toi jusqu'à ce qu'on achète une nouvelle mule ? »

Rob acquiesça d'un air maussade.

« Tu n'as pas compris, expliqua Simon après un long silence. Meir doit garder les sacs avec lui, ce n'est pas notre argent ; une partie est à la famille et le reste aux investisseurs. Il en a la responsabilité. »

Le soir, avant le souper, il fallut voir quelques malades. Rob fut surpris de trouver Gershom parmi eux, avec un furoncle à la fesse droite. Il incisa, pressa pour évacuer le pus et faire apparaître le sang propre.

« Il ne pourra pas s'asseoir sur une selle pendant plusieurs jours.

– Mais il le faut. Nous ne pouvons pas l'abandonner. »

Décidément, les Juifs posaient des problèmes ce jour-là !

« Tu prendras son cheval et il montera à l'arrière du chariot. »

Le patient suivant était le Franc au sourire figé ;

il souffrait, ses tumeurs avaient grossi et il y en avait de nouvelles. Rob prit sa main dans les siennes.

« Simon, dis-lui qu'il va mourir. »

L'interprète jeta à Rob un regard noir et le maudit. Puis, devant son insistance, il se mit à parler doucement, en allemand. Le sourire s'évanouit sur le visage stupide du Franc, qui retira sa main et montra le poing en grommelant.

« Il dit que tu es un foutu menteur. »

Sous le regard du barbier, qui ne le quittait pas des yeux, l'homme cracha et s'éloigna en traînant les pieds. Il ne restait plus que deux hommes à la toux persistante qui partirent avec du Spécifique, et un Hongrois qui s'était démis le pouce.

Son travail fini, Rob s'en alla, pour échapper à tout cela. La caravane s'était dispersée, chacun cherchant à s'abriter du vent. Passé le dernier chariot, il aperçut Mary, debout sur un rocher, au-dessus de la piste. On la sentait hors de ce monde : les bras ouverts, la tête renversée en arrière et les yeux clos, elle tenait écartés les pans de sa lourde veste comme pour se purifier au souffle du vent, qui la submergeait tel un flot puissant. Il plaquait la robe noire sur son grand corps, soulignant les seins lourds aux pointes tendues, le nombril creux qui ponctuait la courbe du ventre, et l'émouvant sillon entre ses cuisses. Il éprouva une chaude tendresse qui sans doute tenait de la magie, car elle avait l'air d'une sorcière, avec ses longs cheveux flottant derrière elle comme une flamme rousse.

A l'idée qu'elle pourrait ouvrir les yeux et le surprendre à l'observer, il se détourna et partit. Revenu près de sa voiture, il constata qu'elle était trop pleine pour que Gershom pût s'y allonger. Il sortit tristement les bancs de l'estrade, se rappelant les spectacles innombrables qu'il y avait donnés avec le Barbier, puis il les mit en pièces et les brûla à son feu de camp.

Le 22 octobre, au milieu de la matinée, l'air se chargea de flocons blancs qui cinglaient la peau. Rob surpris se tourna vers Simon; il avait repris sa place – Gershom et sa fesse guérie ayant retrouvé le cheval.

« C'est trop tôt, non?

– Pas pour les Balkans. »

Ils se trouvaient dans des abrupts le plus souvent couverts de hêtres, de chênes et de pins, avec des trouées arides et rocailleuses comme si une divinité en colère eût balayé une partie de la montagne. Il y avait de petits lacs alimentés par des cascades qui disparaissaient dans des gorges profondes. Les Cullen n'étaient plus que deux silhouettes indistinctes avec leurs chapeaux et leurs longs manteaux de mouton. Mais celle que portait le cheval noir s'appelait Mary.

Kerl Fritta parcourait la colonne de marche, pressant l'allure.

« Il veut être à Gabrovo avant les grosses neiges, dit Simon. Le col de la porte des Balkans est déjà fermé, mais la caravane va hiverner tout près : il y a là des auberges et l'on peut aussi loger chez l'habitant. C'est la seule ville de la région qui puisse abriter tant de monde.

– Je pourrai travailler mon persan tout l'hiver.

– Tu n'auras pas le livre, car nous ne resterons pas à Gabrovo. Nous allons un peu plus loin, à Tryavna, où vivent des Juifs.

– Mais j'ai besoin du livre et de tes leçons! »

Simon haussa les épaules sans répondre. Le soir, après s'être occupé de Cheval, Rob alla au campement des Juifs et les trouva en train d'examiner des fers à clous.

« Il faut en faire poser à ta jument, lui dit Meir. Ils évitent à l'animal de déraper sur la neige et la glace.

– Je ne pourrais pas vous accompagner à Tryavna? »

Meir et Simon se regardèrent; ils en avaient sans doute déjà discuté.

« Il n'est pas en mon pouvoir de t'accorder l'hospitalité à Tryavna.

– Qui a ce pouvoir?

– Le chef de notre communauté est un grand sage : le *rabbenu* Schlomo ben Eliahu.

– Qu'est-ce qu'un rabbenu?

– Un savant. Dans notre langue, *rabbenu* signifie " notre maître ". C'est la plus haute dignité.

– Est-ce un homme guindé, qui n'aime pas les étrangers? Fermé et inapprochable?

– Non, fit Meir en souriant.

– Alors, je peux aller le voir et lui demander de me laisser profiter du livre et des leçons de Simon? »

Meir gardait le silence, visiblement embarrassé. Mais, comprenant que l'obstination du jeune homme serait la plus forte, il hocha la tête avec un soupir.

« Nous t'emmènerons chez le rabbenu », dit-il enfin.

29

TRYAVNA

GABROVO était un triste assemblage de maisons faites de bric et de broc. Rob, qui rêvait depuis des mois d'un bon repas qu'il n'aurait pas préparé lui-même, entra dans l'une des trois auberges. Ce fut une cruelle déception : on avait outrageusement salé la viande dans l'espoir de cacher qu'elle était gâtée, le pain dur était criblé de trous de charançons, et le logement valait la table. Si les deux autres n'étaient pas meilleures, les gens de la caravane auraient un dur hiver.

A moins d'une heure de là, Tryavna était une bourgade beaucoup plus petite. Le quartier juif, un groupe de chaumières blotties les unes contre les autres, était séparé du reste de la ville par des vignobles et des champs. Rob et ses compagnons entrèrent dans une cour sale où de jeunes garçons prirent en charge leurs animaux.

« Attends-moi ici », dit Meir.

Ce ne fut pas long. Simon vint bientôt chercher Rob pour le conduire, par un couloir obscur qui sentait la pomme, dans une pièce meublée d'une chaise et d'une table surchargée de livres et de manuscrits. Un vieil homme était assis, aux cheveux et à la barbe de neige, voûté, corpulent, avec des bajoues et de grands yeux bruns, larmoyants à

cause de l'âge mais dont le regard vous transper-
çait jusqu'à l'âme. Il n'y eut pas de présentations.
On était devant un seigneur.

« Nous avons dit au rabbenu que tu allais en
Perse et que tu avais besoin de connaître la langue
pour tes affaires. Il demande si la joie de la
connaissance n'est pas une raison suffisante pour
étudier.

– L'étude est parfois une joie, dit Rob, s'adressant directement au vieillard. Pour moi, c'est un
dur travail. J'apprends le persan parce que j'espère
en obtenir ce que je désire. »

Simon et le rabbenu échangèrent quelques
mots.

« Il demandait si tu étais toujours aussi honnête.
J'ai répondu que tu étais assez loyal pour dire à un
moribond qu'il allait mourir et il a été satisfait.

– Dis-lui que j'ai de l'argent et que je paierai
pour la nourriture et le toit.

– Ce n'est pas une auberge ici, ceux qui y vivent
doivent travailler, dit le sage par l'intermédiaire de
Simon. Si l'Ineffable nous est miséricordieux, nous
n'aurons pas besoin de barbier-chirurgien cet
hiver.

– Je ne tiens pas à travailler dans mon métier. Je
veux me rendre utile. »

Le rabbenu réfléchit en se grattant la barbe, puis
il prit sa décision.

« S'il arrive qu'un bœuf abattu soit déclaré non
kascher, tu iras le vendre au boucher de Gabrovo.
Et, pendant le sabbat, quand les Juifs n'ont pas le
droit de travailler, tu t'occuperas du feu dans les
maisons. »

Rob hésitait. Le rabbenu, intrigué par une lueur
dans ses yeux, le regardait attentivement.

« Une question ? murmura Simon.

– Si un Juif ne doit pas travailler pendant le sabbat, ne vais-je pas me damner en le faisant ? »

Le vieillard sourit en entendant la traduction.

« Il dit qu'il ne te croit pas tenté de devenir Juif. Tu peux donc travailler sans crainte pendant le sabbat et tu es le bienvenu à Tryavna. »

Rob pourrait dormir au fond d'une grange-étable.

« Il y a des chandelles à la maison d'étude, mais on ne peut pas s'en servir pour lire dans la grange à cause du foin sec. »

Son premier travail fut de nettoyer les stalles. La nuit, il s'allongea sur la paille, sa chatte à ses pieds comme un lion couché. De temps en temps, Mme Buffington s'en allait terroriser une souris mais elle revenait toujours. La grange sombre et humide était réchauffée par les grands bovins et, dès qu'il fut habitué aux meuglements et aux odeurs, Rob s'endormit paisiblement.

Trois jours plus tard, l'hiver était là. La neige tomba si dru qu'il dut, avec une grande pelle en bois, dégager toutes les portes bloquées par les congères. Il put ensuite aller à la maison d'étude, une baraque glaciale, où un feu symbolique languissait le plus souvent faute d'entretien.

On discutait pendant des heures, assis autour des tables, avec âpreté et parfois en hurlant. Leur langue, expliqua Simon, était un mélange d'hébreu et de latin, plus quelques idiomes de pays où ils avaient voyagé ou vécu.

« De quoi discutent-ils ?

– De points de la Loi.

– Où sont leurs livres ?

– Ils n'en ont pas besoin. Ceux qui connaissent la Loi l'ont mémorisée en l'entendant de la bouche de leurs maîtres. Les autres apprennent en les écoutant. Et c'est ainsi depuis toujours. La Loi écrite existe, bien sûr, mais elle n'est là que pour être consultée. Celui qui connaît la Loi orale la transmet à son tour comme on la lui a enseignée. Il y a autant d'interprétations que de maîtres. D'où ces discussions. Chaque débat leur en fait apprendre un peu plus. »

Depuis son arrivée à Tryavna, on appelait Rob « Mar Reuven », c'est-à-dire maître Robert en hébreu. Entre eux, les Juifs s'appelaient Reb, un titre témoignant de leur érudition mais inférieur à celui de rabbenu. Il n'y avait à Tryavna qu'un rabbenu.

C'était un peuple étrange.

« Pourquoi a-t-il des cheveux comme ça? demandait l'un.

– C'est un *goy*, répondait Meir – un " autre ".

– Mais il paraît qu'il est circoncis?

– Un simple accident, expliquait Meir en haussant les épaules, rien à voir avec l'alliance d'Abraham. »

Rob, de son côté, observait les *peoth*, ces boucles de cheveux qu'ils portaient devant les oreilles, leurs calottes, leurs barbes, leurs boucles d'oreilles, leurs habits noirs et leurs coutumes païennes. Chacun avait sa manière de revêtir le *tallit*, le châle de prière, chacun son attitude et son rythme pendant la récitation des textes sacrés.

Six heures par jour, trois après le service religieux du matin, le *shaharit*, et trois après celui du soir, le *ma'ariv*, la maison d'étude était bondée car la plupart des hommes venaient d'étudier avant et après le travail quotidien. Entre-temps, une ou deux tables seulement étaient occupées par des érudits à temps complet. Rob pouvait s'absorber dans sa lecture et commençait enfin à progresser.

Pendant le sabbat, il s'occupa des feux, plus tard, il aida le charpentier, puis Rohel, la petite-fille du rabbenu, lui apprit à traire les vaches. Elle avait la peau blanche et de longs cheveux noirs, une petite bouche et de grands yeux bruns. Elle ne quittait pas Rob des yeux et soupirait de temps en temps.

Resté seul, il s'exerçait à poser sur sa tête une petite couverture de sa jument, comme s'il s'agissait d'un tallit; et il se balançait en priant au rythme paisible de Meir, qu'il préférait aux dévotions plus vigoureuses de Reb Pinhas le laitier.

Apprendre leur langue serait plus difficile, alors que le persan lui coûtait encore tant d'efforts.

Ces gens aimaient les amulettes. A droite, en haut de chaque porte, était cloué un petit tube en bois, une *mezouzah*, qui contenait, lui expliqua Simon, des parchemins roulés portant le mot *Shaddai*, le Tout-Puissant, et au verso vingt-deux lignes du Deutéronome. Tous les matins, sauf le jour du sabbat, les hommes adultes s'attachaient aussi, au bras et à la tête, deux petites boîtes, les *tefillim;* dedans, des extraits de la Torah, le livre sacré. La boîte du front se trouvait près de l'esprit et l'autre, au bras, près du cœur; telles étaient en effet les prescriptions du Deutéronome. Mais Rob ne réussissait pas à bien fixer les tefillim et il n'osait pas demander à Simon.

Pourtant, les Juifs avaient l'art d'enseigner et il apprenait chaque jour. On lui avait dit autrefois que le Dieu de la Bible était Jéhovah.

« Non, lui dit Meir, sache que notre Seigneur Dieu, qu'il soit loué, a sept noms. Voici le plus sacré. »

Et avec un charbon, il écrivit sur le plancher, en persan et dans sa langue, le mot *Yahvé.*

« On ne le prononce jamais car l'identité du Très-Haut est inexprimable. Les chrétiens l'ont déformé; ce n'est pas Jéhovah, tu comprends? »

Le soir, sur son lit de paille, il se répétait les mots, les coutumes, une phrase, un geste observés dans la journée et qui pourraient lui être utiles un jour.

« N'approche pas la petite-fille du rabbenu, lui dit un jour Meir en fronçant les sourcils.

– Elle ne m'intéresse pas. »

Ils ne s'étaient jamais revus depuis qu'ils avaient parlé à la laiterie.

« Bon. Une femme avait remarqué qu'elle te regardait avec beaucoup d'intérêt et le rabbenu m'a prié de t'en parler. Car, dit Meir en se posant un doigt sur le nez, "un seul mot à un homme sage vaut mieux qu'un an de débat avec un sot". »

Rob était contrarié : il tenait à rester à Tryavna pour observer les Juifs et étudier le persan.

« Je ne veux pas d'histoires pour une femme, dit-il.

– Bien sûr. L'ennui, c'est que cette fille devrait être mariée. Elle est fiancée depuis l'enfance avec le petit-fils de Reb Baruch. Tu vois qui c'est ? Un grand maigre, visage allongé, nez pointu. Il est toujours assis derrière le feu dans la maison d'étude.

– Ah ! Ce vieillard au regard féroce ?

– C'est un remarquable érudit, il aurait pu être notre rabbenu. Le rabbenu et lui ont toujours été rivaux en connaissances, en même temps qu'intimes amis. Ils avaient donc arrangé cette alliance entre leurs petits-enfants pour unir les deux familles. Et puis une terrible querelle a mis fin à leur amitié.

– A quel sujet ? demanda Rob, que les potins de Tryavna commençaient à amuser.

– Il ont présidé ensemble à l'abattage d'un jeune

taureau. Tu dois comprendre que nos lois à ce sujet sont anciennes et comportent des règles sujettes à interprétations contradictoires. On a découvert une petite tache sur le poumon de l'animal. Etait-ce sans conséquence ou la viande était-elle souillée? L'un invoqua des précédents, l'autre contesta son érudition. Le rabbenu perdant patience fit couper la bête en deux, et rapporta sa part chez lui. Mais réfléchissant que l'autre avait jeté la sienne aux ordures, il finit par en faire autant.

« Depuis, ils s'opposent à tout propos : Si Reb Baruch dit noir, le rabbenu dit blanc. On a ainsi laissé passer les douze ans de Rohel, qui auraient pu consacrer son mariage. Puis le promis est parti près de deux ans en voyage à l'étranger avec son père et d'autres membres de la famille. La pauvre Rohel est une *agunah*, une femme abandonnée : adulte sans mari, elle a des seins mais pas d'enfants à allaiter. Cela devient un scandale. »

Meir avait bien fait de parler. Qui sait ce qui serait arrivé si Rob n'avait pas été clairement prévenu que l'hospitalité ne comportait pas l'usage des femmes? Le soir, il était tourmenté de visions voluptueuses : belles cuisses longues, cheveux roux, jeunes seins pâles aux pointes comme deux petits fruits. Les Juifs avaient des prières pour tout, mais, ignorant celle qui demande le pardon des tentations nocturnes, il essayait d'oublier dans le travail.

C'était dur. Il régnait autour de lui une ambiance de sensualité que la religion même encourageait : il y avait, par exemple, une bénédiction spéciale pour ceux qui faisaient l'amour la veille du sabbat, ce qui expliquait peut-être en partie leur prédilection pour les fins de semaine.

On en parlait librement entre soi, gémissant lorsque la femme était intouchable : en effet, les couples étaient tenus à l'abstinence douze jours avant le début des règles et sept jours après leur fin; et l'interdiction n'était levée qu'après purification de l'épouse par immersion dans la piscine rituelle, la fameuse *mikva*.

Construite en brique à l'intérieur d'une maison de bains, la mikva était alimentée par une source naturelle ou une rivière et ne servait qu'à la purification symbolique, non à l'hygiène. Les Juifs se lavaient chez eux mais chaque semaine, juste avant le sabbat, Rob les retrouvait au bain où des chaudrons d'eau bouillante étaient sans cesse renouvelés au-dessus d'un foyer rond. Nus dans la chaleur humide, ils se disputaient le privilège de verser l'eau sur le rabbenu tout en lui posant des questions.

« *Shi-ailah*, rabbenu, *shi-ailah*! Une question, une question! »

Chaque réponse était réfléchie, avec références et citations; Simon et Meir les traduisaient quelquefois pour Rob.

« Est-il écrit que tout homme doit vouer son fils aîné à sept ans d'études approfondies? »

Le sage nu explorait pensivement son nombril, se tirait le lobe d'une oreille, passait dans sa grande barbe blanche ses longs doigts pâles.

« Ce n'est pas écrit, mes enfants. D'une part, disait-il en levant son index droit, Reb Hananel ben Ashi de Leipzig était de cet avis. D'autre part – il levait l'index gauche –, selon le rabbenu Joseph ben Eliakim de Jaffa, cela ne valait que pour les aînés des prêtres et des lévites. Mais ces deux sages vivaient il y a des centaines d'années. Nous autres modernes comprenons que l'étude n'est pas réservée aux premiers-nés, tous les autres en étant

exclus comme les femmes. Chaque jeune aujour-
d'hui passe ses quatorzième, quinzième et seizième
années à l'étude poussée du Talmud, douze ou
quinze heures par jour. Après, ceux qui sont appelés peuvent vouer leur vie à l'érudition tandis que
les autres entrent dans les affaires, étudiant seulement six heures chaque jour. »

La plupart des questions qu'on lui traduisait ne
passionnaient pas Rob, mais il aimait ces après-
midi à la maison de bain. Jamais il ne s'était senti
aussi à l'aise au milieu d'hommes nus; peut-être un
peu à cause de son pénis circoncis qui, là, passait
inaperçu. Jamais il ne se risqua dans la mikva,
comprenant qu'elle lui était interdite. Il observait
ceux qui s'armaient de courage pour descendre les
six degrés de pierre dans l'eau profonde, marmonnant des prières ou chantant à voix haute selon
leur tempérament. Dès qu'elle couvrait leur visage,
ils soufflaient vigoureusement ou au contraire retenaient leur respiration car la purification exigeait
qu'on s'immerge complètement de manière qu'il
ne reste sec ni un poil ni un cheveu.

Même si on l'y avait invité, rien n'aurait décidé
Rob à pénétrer le sombre et froid mystère de cette
eau, qui avait un caractère religieux. Si le Dieu
Yahvé existait vraiment, peut-être connaissait-il ses
coupables projets? Peut-être Jésus lui-même le
punirait-il de vouloir s'exiler d'entre les Siens?

30

L'HIVER DANS LA MAISON D'ÉTUDE

Rob vécut là le plus étrange Noël de ses vingt et
une années. Le Barbier ne l'avait pas élevé en vrai
croyant, mais il se sentit terriblement seul sans la
fête, le repas, les chants qui lui apparaissaient
maintenant comme une partie de lui-même. Les
Juifs, ce jour-là, ne le négligèrent pas par mesqui-
nerie : Jésus simplement n'existait pas pour eux.
Et c'est alors, curieusement, qu'il se sentit le plus
chrétien. Une semaine plus tard, à l'aube du nouvel an 1032, on célébra autour de lui la nouvelle
lune; c'était, lui dit Simon, le milieu de l'année
4792 d'après leur calendrier.

Il neigeait toujours abondamment et le robuste
Anglais assumait seul tous les travaux de déblaie-
ment. Pour le reste, il apprenait peu à peu à penser
en persan et cherchait toutes les occasions de
parler à des Juifs qui connaissaient la langue.

« Et mon accent, Simon, comment est-il?

– Un Persan pourra toujours se moquer de toi;
pour lui, tu resteras un étranger. Espérais-tu un
miracle? »

Beaucoup de Juifs étrangers attendaient à
Tryavna la fin de l'hiver balkanique, et aucun ne
payait son hébergement.

« Mes frères, expliqua Simon, peuvent ainsi

voyager dans tous les pays. Ils sont pris en charge dans chaque village juif, qui leur assure la subsistance, une place à la synagogue et une écurie pour leur cheval. Inversement, l'année suivante, ceux qui les ont reçus pourront devenir leurs invités. »

Un jour, on annonça pour le lendemain l'abattage de deux jeunes bœufs qui appartenaient au rabbenu. Il procéderait lui-même à l'opération sous la surveillance d'un comité d'inspecteurs rituels, et celui qui présiderait la cérémonie était Reb Baruch ben David, son ami d'hier, devenu son ennemi. On pouvait craindre une dramatique confrontation.

Meir répéta à Rob les préceptes du Lévitique : les Juifs pouvaient manger tous les ruminants au sabot fendu; les interdits étaient *treif* et non kascher : par exemple les chevaux, les ânes, les chameaux et les porcs. Parmi les oiseaux consommables, pigeon, colombe, poulet, canard, oie domestique. Au contraire, l'autruche, le coucou, les rapaces, le cygne et la cigogne, le hibou et aussi la chauve-souris étaient absolument proscrits.

« Je ne connais pas de mets plus fin, dit Rob, qu'un jeune cygne bardé de porc salé et grillé lentement au-dessus de la flamme.

– Tu n'en mangeras pas ici », répliqua Meir, un peu dégoûté.

Le lendemain, après la prière du matin, on se rendit dans la cour du rabbenu où avait lieu le *shehitah*, l'abattage rituel. Les quatre fils du rabbenu amenèrent un taureau noir qu'il fallut maîtriser avec des cordes tandis que les inspecteurs examinaient chaque parcelle de son corps.

« La moindre plaie, le moindre défaut de la peau rendrait la viande inconsommable, dit Simon. C'est la Loi. »

La bête une fois menée devant une auge remplie de foin, le rabbenu sortit un long couteau.

« Le bout est émoussé pour éviter de griffer la peau mais la lame est aiguisée comme un rasoir. On attend maintenant le moment favorable car l'animal doit être immobile lors de la mise à mort, sinon la viande ne serait pas kascher. »

Enfin, la gorge tranchée, un flot de sang jaillit et le taureau s'écroula mort. Un murmure de soulagement parcourut l'assistance. Puis on se tut : Reb Baruch, l'air tendu, examinait le couteau.

« Quelque chose ne va pas ? demanda froidement le rabbenu.

– Je le crains », répondit Reb Baruch en montrant, au milieu de la lame, une très fine ébréchure du métal.

Les discussions s'élevèrent aussitôt, mais le rabbenu y mit fin après avoir, en pleine lumière, parcouru du doigt le fil du couteau.

« C'est une bénédiction que votre vue soit plus aiguë que la lame et nous protège encore, mon vieil ami », dit-il calmement.

On respira enfin. Reb Baruch sourit, vint tapoter la main du rabbenu et les deux hommes se regardèrent longuement.

Rob fut chargé de porter la bête inconsommable au boucher chrétien de Gabrovo, tandis que le second taureau était abattu et reconnu kascher sans autre incident.

« Tryavna », dit-il simplement, et le visage du boucher s'éclaira.

A voir les quelques misérables pièces qui représentaient le prix convenu, il était clair que l'animal ne lui avait pratiquement rien coûté. Honteux et furieux de voir ainsi rejetée tant de bonne viande sous un prétexte qu'il jugeait si futile, Rob alla s'asseoir à la taverne la plus proche. Dans la salle enfumée, longue et étroite comme un tunnel, il remarqua trois prostituées; deux n'étaient plus très jeunes, mais la troisième, une blonde, lui sourit avec une expression d'innocente malice. Son verre fini, il s'approcha.

« Vous ne parlez pas anglais, je suppose? »

Elles rirent en murmurant quelque chose; mais il lui suffit de tendre une pièce à la plus jeune pour qu'elle quitte la table, prenne son manteau et le suive dehors. Dans la rue enneigée, il rencontra Mary Cullen.

« Bonjour! Comment passez-vous l'hiver, vous et votre père?

– C'est effroyable, s'écria-t-elle. L'auberge est glaciale et la nourriture infecte. Habitez-vous vraiment chez les Juifs?

– Oui. Je dors dans une grange chaude et je suis très bien nourri. »

Il avait oublié la couleur de ses yeux, ces deux fleurs bleues, tout à coup, dans la neige.

« Je ne comprends pas qu'on puisse vivre ainsi. Mon père dit que les Juifs ont une odeur parce qu'ils ont frotté d'ail le corps du Christ après sa mort.

– Nous avons tous une odeur. Mais les Juifs s'immergent tous les vendredis de la tête aux pieds; ils se lavent davantage que la plupart des gens. »

Elle rougit et il songea qu'obtenir un bain dans une auberge à Gabrovo devait être difficile et rare. Mary regardait la femme qui attendait un peu plus loin.

« Mon père dit que celui qui accepte de vivre avec les Juifs ne peut pas être un honnête homme.

– Votre père semblait sympathique, répliqua

Rob d'un air pensif, mais c'est peut-être un âne. »

Et ils repartirent, chacun de son côté. Rob suivit la blonde dans une chambre voisine, en désordre et pleine de nippes sales, qu'elle partageait sans doute avec les deux autres. Il la regarda se déshabiller.

« Dommage que je te voie après l'autre, lui dit-il, sachant qu'elle ne comprenait pas. Elle n'est pas toujours aimable, ce n'est pas vraiment une beauté, mais personne n'a l'allure de Mary Cullen. »

Il faisait froid et la fille s'était glissée sous les couvertures. Il en avait déjà trop vu. Il appréciait l'odeur musquée des femmes mais celle-ci puait et son corps terne, jamais lavé, gardait la trace sèche de vieilles sécrétions. Malgré sa longue abstinence, il n'eut aucune envie de la toucher.

« Sacrée sorcière rousse ! grogna-t-il devant son regard perplexe. Ce n'est pas ta faute, à toi, pauvre pute... »

Il la paya, lui adressa un signe de tête et sortit respirer un air plus frais.

En février, il passa plus de temps que jamais à la maison d'étude, plongé dans le Coran. Il s'étonnait d'y trouver tant d'hostilité contre les chrétiens et un si violent mépris des Juifs. Les premiers maîtres de Mahomet, expliqua Simon, avaient été des Juifs et des moines chrétiens syriaques, qu'il avait espéré rallier à la nouvelle religion après l'apparition de l'ange Gabriel et la mission qui lui avait été confiée par Dieu. Mais ils s'étaient écartés de lui et il ne le leur avait jamais pardonné.

Les commentaires de Simon faisaient du Coran un livre vivant. Quand ils se sépareraient, à Constantinople, Rob n'aurait plus ni l'un ni l'autre. Enfant, il avait pris l'Angleterre pour le monde ; il savait maintenant qu'il existait d'autres peuples, d'autres cultures avec des traits communs et de profondes différences.

Le rabbenu et Reb Baruch s'étaient réconciliés et les deux familles préparaient fébrilement les noces de Rohel et du jeune Reb Meshullum ben Nathan.

Le sage donna à Rob un vieux chapeau de cuir et un extrait du Talmud à étudier en persan. Certaines prescriptions semblaient contradictoires; personne ne savait en expliquer le sens. Au bain du vendredi, le jeune étranger trouva le courage d'interroger le maître.

« *Shi-ailah*, Rabbenu, *shi-ailah!* »

Le rabbenu sourit et Simon traduisit ses paroles.

« Pose ta question, mon fils.

– Il vous est interdit de mélanger la viande et le lait, de porter du lin avec de la laine, d'approcher vos femmes la moitié du mois. Pourquoi tant d'interdictions ?

– Pour éprouver notre foi.

– Pourquoi Dieu exige-t-il tout cela des Juifs ?

– Pour nous distinguer de vous », dit le rabbenu, le regard pétillant mais sans aucune malice dans ses paroles.

Rob suffoqua sous l'eau que Simon lui versait sur la tête.

On maria Rohel et Meshullum le second vendredi du mois d'Adar. Dès le matin, tout le monde se réunit devant la maison du père de la fiancée. A l'intérieur, Meshullum compta quinze pièces d'or, on signa le contrat et Reb Daniel rendit au couple le prix de la fiancée plus une dot de quinze autres pièces, une charrette et deux chevaux. Nathan, le père du marié, leur donna une paire de vaches laitières. Rohel, radieuse, passa devant Rob sans lui accorder un regard.

A la synagogue, on récita sept bénédictions sous le dais nuptial. Meshullum brisa un verre pour rappeler que le bonheur est éphémère et que les Juifs ne doivent jamais oublier la destruction du temple de Jérusalem. Dès lors, ils étaient mari et femme; la fête pouvait commencer. Au son d'une flûte, d'un fifre et d'un tambour, on chanta allégrement les paroles du *Cantique des Cantiques* :

Mon bien-aimé est descendu à son jardin,
Au parterre d'aromates
Pour faire paître son troupeau
Et pour cueillir des lis.

Les deux grands-pères, se tenant par le bras, unirent leurs doigts et se mirent à danser. La fête dura jusqu'aux premières heures du matin. Rob mangea trop de viande, de gâteaux, ce qui le fit trop boire. Il eut une nuit agitée et, songeant au jeune couple, il se demanda si la prodigieuse érudition de Meshullum l'avait bien préparé à apprécier sa chance.

Au réveil, il distingua des bruits liquides de goutte à goutte, de ruissellement, qui s'amplifièrent jusqu'au torrent : la neige et la glace fondaient et dévalaient les pentes des montagnes. C'était le printemps.

31

LE CHAMP DE BLÉ

Après la mort de sa femme, Cullen avait annoncé à Mary qu'il porterait le deuil le reste de sa vie. Elle avait accepté, comme lui, de se vouer au noir et de renoncer aux plaisirs de la société. Mais au bout d'un an, le 18 mars, elle dit à son père qu'il était temps pour eux de revenir à la vie normale.

« Je garderai le deuil, dit-il.

« Moi pas », répliqua-t-elle et il acquiesça.

Elle avait apporté d'Ecosse une pièce de laine légère, faite de la toison de leurs moutons, et à Gabrovo elle se mit en quête d'une bonne couturière. Cette femme lui conseilla de teindre le tissu avant de le faire couper. Mais toutes les teintes que permettaient les bains à base de plantes lui semblèrent trop vives ou trop neutres et elle était lasse du brun.

« J'en ai porté toute ma vie », dit-elle à son père.

Le lendemain, il lui apporta un petit pot de pâte jaunâtre.

« C'est une teinture très coûteuse.

– Je n'aime pas beaucoup cette couleur », fit-elle prudemment.

James Cullen se mit à rire.

« On appelle cela du bleu indien. Il se dissout dans l'eau et il faut prendre bien garde de ne pas te tacher les mains. En sortant de ce bain jaune, l'étoffe change de couleur à l'air et la teinture se fixe rapidement. »

Le résultat fut un beau bleu profond, comme elle n'en avait jamais vu. La robe et le manteau que lui fit la couturière furent tels qu'elle les avait souhaités, mais elle les plia et les mit de côté jusqu'au 10 avril. Ce matin-là, des chasseurs vinrent annoncer que le passage dans la montagne était enfin ouvert. L'après-midi, les voyageurs qui avaient passé l'hiver à la campagne se hâtèrent de regagner la ville, où s'affairèrent une foule de gens pour essayer d'acheter des provisions. Mary donna de l'argent à la femme de l'aubergiste pour se faire monter de l'eau chaude à l'étage des chambres des femmes. Elle réussit à se laver les cheveux, puis tout le corps, s'habilla et sortit au soleil pour achever de se sécher en se coiffant avec un peigne de bois.

Dans la rue principale, encombrée de chevaux et de charrettes, une bande d'hommes avinés passaient au grand galop sans souci des dégâts qu'ils laissaient derrière eux. Un attelage s'était renversé, des hommes s'efforçaient de retenir leurs chevaux hennissants.

« Quels sont ces gens qui bouleversent la ville ? demanda Mary.

— Ils se disent chevaliers chrétiens, fit son père froidement. Ils sont plus de quatre-vingts Français, venus de Normandie, pour faire le pèlerinage de Palestine.

— Ils sont dangereux, madame, ajouta Sereny. Ils portent des cottes de mailles, leurs chariots sont pleins d'armures. Ils ne dessoûlent pas et mettent à mal les femmes. Restez près de nous, madame. »

Elle le remercia, mais elle n'entendait pas dépendre de son père et de Sereny sous prétexte que quatre-vingts brutes terrorisaient le bourg.

Les Cullen menèrent leurs bêtes dans un grand champ où se regroupait la caravane. Kerl Fritta, déjà devant sa table, travaillait activement aux inscriptions. Leur retour fut salué par les anciens qui avaient fait avec eux la première partie du voyage; ils se trouvèrent vers le milieu de la colonne car beaucoup de nouveaux s'étaient rangés derrière eux.

Au crépuscule, Mary vit enfin arriver ceux qu'elle attendait : les cinq Juifs à cheval, puis la petite jument baie; maître Cole conduisait la charrette bariolée et brusquement elle sentit battre son cœur. Egal à lui-même, Rob semblait heureux d'être revenu et salua les Cullen aussi chaleureusement que si elle et lui ne s'étaient pas quittés fâchés lors de leur dernière rencontre. Plus tard, ils échangèrent quelques propos de bon voisinage à propos d'approvisionnement. Avait-il seulement remarqué sa robe neuve ?

« C'est exactement la nuance de vos yeux », dit-il enfin.

Etait-ce un compliment ? Elle remercia sans en être sûre, et, voyant approcher son père, s'en alla à contrecœur auprès de Sereny qui montait la tente.

Fritta remit d'un jour le départ, espérant que les chevaliers normands quitteraient la ville avant lui. Ils avaient causé de graves désordres; mieux valait les avoir devant soi que dans le dos. Mais les gens murmuraient et la caravane, enfin, s'ébranla pour sa dernière longue étape vers Constantinople. On passa le col entre les hautes montagnes; de l'autre côté, le plat pays succéda aux collines. Il était clair que la porte des Balkans séparait deux contrées bien différentes : l'air devint plus doux, puis la chaleur augmenta d'heure en heure. A Gornya, les fermiers laissèrent les voyageurs camper dans les vergers, leur vendirent de l'alcool de prune, des oignons nouveaux et un lait fermenté si épais qu'on le mangeait à la cuiller.

Au petit matin, Mary entendit comme un roulement de tonnerre qui se rapprochait, bientôt mêlé de cris d'hommes et de hurlements sauvages. Sortant de la tente, elle aperçut la chatte du barbier, immobile sur la route, comme fascinée. Alors les chevaliers français passèrent au galop tels des démons de cauchemar, noyant tout d'un nuage gris. Mme Buffington n'était plus blanche : les sabots des chevaux l'avaient écrasée dans la poussière. Mary souleva le petit corps broyé.

« Vous allez tacher votre robe avec le sang », dit Cole brutalement.

Elle le vit soudain au-dessus d'elle, le visage pâle et défait. Il prit la chatte, une bêche et quitta le camp. Elle ne s'approcha pas quand il revint mais lui trouva, de loin, les yeux rouges, sans s'étonner qu'il pût pleurer sur un chat. Malgré sa carrure et sa force, c'était son cœur vulnérable qui l'attirait.

Les jours suivants, elle se tint à l'écart. Le soleil devenait plus chaud chaque jour : ce n'était pas un temps à porter de la laine. Elle trouva dans ses vêtements d'été des tenues plus légères mais trop fragiles pour le voyage, et finit par enfiler une sorte de robe-sac sur une chemise de coton en nouant un cordon à la taille. Elle se coiffa d'un chapeau de cuir à large bord, bien que son nez et ses joues fussent déjà couverts de taches de rousseur.

Ce matin-là, comme elle était descendue de cheval pour marcher un peu, il lui sourit.

« Venez avec moi dans la charrette », dit-il.

Elle monta sans hésitation, profondément heureuse de s'asseoir près de lui. Alors, fouillant derrière le siège, il sortit lui aussi un chapeau de cuir, mais de ceux que portent les Juifs.

– Où avez-vous trouvé ça ?

– C'est leur saint homme, à Tryavna, qui me l'a donné. »

Ils virent Cullen leur jeter un regard noir et se mirent à rire.

« Je suis surpris qu'il vous laisse me rendre visite.

– Je l'ai persuadé que vous étiez inoffensif. »

Ils se regardèrent tout à leur aise. Rob avait un beau visage malgré son nez cassé et, dans les traits impassibles, la clef de son caractère était le regard ferme, profond, plus mûr que son âge. Elle y sentait une solitude qui répondait à la sienne.

« ... les hivers doivent être courts et doux car les récoltes sont en avance. »

Elle ne l'écoutait pas, refusant de rompre l'intimité qu'ils venaient de partager.

« Je vous ai détesté ce jour-là, à Gabrovo. »

Un autre aurait protesté ou souri, mais lui ne répondit pas.

« A cause de cette Slave. Comment avez-vous pu aller avec elle ? Je l'ai haïe, elle aussi.

– Ne gaspillez pas votre haine. Elle était pitoyable et je ne lui ai pas menti. Vous voir a tout gâché pour moi. »

Elle n'avait jamais douté qu'il lui dirait la vérité, et quelque chose de chaleureux et de triomphant grandit en elle comme une fleur. Ils pouvaient à présent parler de n'importe quoi, du voyage, du bois pour le feu... de tout sauf de la chatte blanche et d'eux-mêmes. Mais les yeux de Rob, en silence, lui disaient le reste.

De temps en temps, la caravane dépassait quelque troupeau et Cullen s'arrêtait pour interroger les propriétaires ; les bergers lui conseillaient toujours les merveilleux moutons d'Anatolie. Au début de mai, à une semaine de la Turquie, il ne cachait plus son excitation, alors que Mary, au contraire, mettait tous ses soins à ne pas lui montrer la sienne, craignant qu'il devine ses sentiments et lui interdise de voir Rob.

Un soir d'orage, Cole apporta un flacon d'eau-de-vie et les deux hommes ne tardèrent pas à s'entretenir cordialement de moutons; Cullen parla de son pays, de la famille de sa femme et de la naissance de Mary, un soir de tonnerre et d'éclairs comme celui-ci, dans la maison de son grand-père Tedder à l'embouchure de la Clyde. Rob, attentif, posait des questions et Mary priait pour que son père ne voie pas, dans l'ombre, la main du barbier posée sur son bras nu.

Le 11 mai, Kerl Fritta décida une halte d'une journée pour réparer les charrettes et acheter des provisions chez les fermiers du voisinage. Cullen, impatient comme un enfant, voulut passer la rivière avec Sereny et aborder du côté turc. Une heure après son départ, Mary et Rob montaient à cru le cheval noir, loin du bruit et de la foule. Simon les avait aperçus et, poussant les autres du coude, il s'était mis à rire. Elle le remarqua à peine; la tête lui tournait, peut-être à cause de ce soleil de feu. Les yeux fermés, serrant à pleins bras ce torse d'homme pour ne pas tomber, elle se laissa aller contre son large dos.

Il n'y avait pas d'arbres alentour ni de paysans au travail car la moisson n'était pas mûre. Près d'un ruisseau, Rob attacha le cheval à un buisson et ils marchèrent pieds nus dans l'eau miroitante. De chaque côté, les hautes tiges d'un champ de blé ménageaient sur le sol une ombre fraîche.

« Viens, dit-il. C'est comme une grotte. » Et il s'y glissa comme un grand enfant.

Elle suivit plus lentement et, l'un contre l'autre, ils se regardèrent.

« Je ne veux pas, Rob... Embrasse-moi seulement, s'il te plaît. »

Elle voyait la déception dans ses yeux. Un baiser contraint, maladroit allait gâcher leur première intimité vraie.

« Je l'ai déjà fait... je n'aime pas, dit-elle très vite... Avec mon cousin à Kilmarnock. Il m'a fait horriblement mal. »

Et, après, il s'était moqué d'elle ! Rob lui baisait doucement les yeux, la bouche et, tandis qu'elle luttait contre ses mauvais souvenirs, il passa à d'autres caresses : il léchait l'intérieur de ses lèvres, prenait possession de sa langue. Puis il ouvrit son corsage, et elle eut un frisson.

« Je les veux », fit-il avidement et il enfouit son visage entre les seins lourds et fermes dont elle était fière et que l'excitation maintenant rosissait. Il les parcourait de caresses en cercles, jusqu'à la pointe qu'il faisait s'ériger entre ses lèvres.

Ses paumes n'avaient pas cessé de suivre les longues courbes de ses jambes, derrière les genoux, entre les cuisses, mais à l'instant où il la touchait au plus intime, elle se raidit et se refusa. Alors, prenant sa main et la guidant vers son propre corps, il lui fit un merveilleux cadeau, tel qu'elle n'en avait encore jamais vu, et qui la surprit par son ampleur. Elle osa le caresser et rit doucement de le voir frémir. C'était la chose la plus prodigieuse et la plus naturelle du monde !

Ainsi elle s'apprivoisait, ils se goûtaient l'un l'autre et leurs corps étaient deux fruits brûlants. Elle se laissa pénétrer par un doigt, deux doigts qui bientôt la firent haleter, les yeux clos et la bouche entrouverte. Puis ce fut son souffle chaud et sa langue, comme un poisson nageant dans la moi-

teur de son sexe, entre ces plis secrets qu'elle-
même n'osait toucher.

« Comment pourrai-je regarder cet homme en
face ? » se disait-elle. Mais cela aussi fut oublié. Elle
n'avait pas repris ses sens qu'il était en elle. Ils
étaient unis cette fois, et comme il bougeait lentement, elle sentit qu'ils s'accommodaient l'un à
l'autre.

« Ça va ? demanda-t-il en retenant son mouvement.

– Oui », soupira-t-elle.

Et maintenant c'était son corps à elle qui allait
au-devant de lui. Mais déjà il n'était plus maître de
son rythme. Quel étrange emportement le précipitait en elle, pour enfin s'y répandre dans un
spasme, en grondant !

Longtemps, bougeant à peine, ils restèrent silencieux à l'ombre des grands épis.

« Tu devrais aimer ça, dit-il…, comme une bière
forte.

– Pourquoi l'aimons-nous ? Pourquoi les animaux aiment-ils ça ? »

Il parut surpris. Des années plus tard, elle comprendrait qu'il l'avait trouvée différente de toutes
les filles qu'il avait connues. Lui aussi était différent des autres garçons.

« Tu t'es occupé de moi plus que de toi-même »,
lui dit-elle.

Elle lui caressa le visage et il retint sa main pour
en baiser la paume.

« Beaucoup d'hommes ne sont pas comme ça,
je le sais.

– Il faut l'oublier, maintenant, ce sacré cousin
de Kilmarnock ! »

32

L'OFFRE

Rob se fit quelques clients parmi les nouveaux venus et s'amusa d'apprendre que Kerl Fritta se vantait d'avoir dans sa caravane un excellent barbier-chirurgien. Le Franc, hélas, était mort de sa tumeur, comme il l'avait prévu, au cours de l'hiver à Gabrovo. Il en parla avec Mary.

« J'aime soigner ce que je peux guérir : une fracture, une blessure ouverte... C'est le mystère que je déteste : ces maladies inexplicables qui défient tout traitement. Ah! Mary, je ne sais rien. Mais ils n'ont que moi! »

Sans bien comprendre tout ce qu'il voulait dire, elle essaya de le réconforter. Elle s'inquiétait de souffrir pendant ses règles, car sa mère, un été, avait vu les siennes tourner à l'hémorragie. Mary avait eu tant de chagrin de sa mort qu'elle ne pouvait même pas pleurer; et maintenant elle craignait d'être atteinte à son tour.

« Ce n'étaient pas des pertes normales, mais quelque chose de plus grave, tu le sais bien », dit Rob, en posant sur son ventre une main apaisante et en la consolant avec des baisers.

Quelques jours plus tard, assis près d'elle dans la charrette, il lui raconta ce qu'il n'avait dit à personne : la mort de ses parents, la dispersion, puis la disparition des enfants. Elle se mit à pleurer sans pouvoir s'arrêter.

« Comme je t'aime! soupira-t-elle.

– Je t'aime aussi, s'entendit-il répondre, pour la première fois de sa vie.

– Je voudrais ne jamais te quitter. »

En chemin, désormais, ils échangeaient de loin un signe secret : les doigts de la main droite effleurant les lèvres comme pour chasser un moucheron. Cullen buvait toujours et, quand elle le voyait lourdement endormi, Mary s'échappait pour retrouver son amant. C'était dangereux, disait Rob, car la nuit les sentinelles sont nerveuses. Mais elle n'en faisait qu'à sa tête et il en était très heureux. Elle apprenait vite et bientôt leurs corps n'eurent plus aucun secret l'un pour l'autre. Il cherchait avant tout à lui donner du plaisir, surpris et troublé de ce qui lui arrivait.

En Thrace, les pâturages remplacèrent les champs de blé, les troupeaux de moutons se multiplièrent et James Cullen revint à la vie. Il galopait sans cesse avec Seredy pour aller parler aux bergers. Un soir, il vint trouver Rob, s'assit devant le feu et toussota.

« Il ne faudrait pas croire que je suis aveugle.

– Je ne l'ai jamais pensé, dit le barbier avec respect.

– Parlons de ma fille. Elle est instruite, elle connaît le latin.

– Ma mère le savait, elle m'en a enseigné un peu.

– Mary le parle bien et c'est utile à l'étranger quand on a affaire aux fonctionnaires ou aux gens d'Eglise. Je l'avais envoyée chez les nonnes de Walkirk, qui espéraient la garder. Mais, moi, je rêvais déjà à l'Orient et aux moutons. Je m'y connais en moutons. On a cru que je partais pour oublier mon chagrin, mais c'était plus que ça. »

Le silence s'épaissit entre eux.

« Tu as déjà été en Ecosse, mon gars ?

– Non. Je n'ai jamais dépassé le nord de l'Angleterre : les Cheviot.

– Ce n'est pas loin de la frontière, mais l'Ecosse c'est autre chose : plus haut, plus accidenté, avec des montagnes pleines de ruisseaux poissonneux et de l'eau partout pour nourrir les herbages. Notre domaine est dans les collines. Beaucoup de terre et de grands troupeaux. »

Il se tut un moment, comme pour chercher ses mots.

« Celui qui épousera Mary s'en occupera, s'il en est capable. Nous serons à Babaeski dans quatre jours, continua-t-il en se penchant vers Rob. Là, ma fille et moi nous quitterons la caravane pour obliquer vers la ville de Malkara, au sud, qui a un important marché de bétail ; je compte y acheter des moutons. Puis nous traverserons le plateau d'Anatolie, où je mets tous mes espoirs. Je serais heureux que tu nous accompagnes. »

Il examina Rob avec un soupir.

« Tu es fort et plein de santé. Tu as du courage, sinon tu ne te serais pas risqué si loin pour travailler et te faire une position dans le monde. Tu n'es pas ce que j'aurais choisi pour elle, mais c'est toi qu'elle veut. Je l'aime et je veux son bonheur car je n'ai qu'elle.

« Maître Cullen... », commença Rob, mais l'autre l'arrêta.

« Ce n'est pas une décision à prendre à la légère. Tu dois y réfléchir, mon garçon, ainsi que je l'ai fait moi-même. »

Cole remercia poliment, comme si on lui avait

offert une pomme ou une sucrerie, et le père de Mary retourna à son campement.

Ce fut une nuit sans sommeil, passée à contempler le ciel. Il ne rencontrerait jamais une femme pareille – et qui l'aimait ! Et une *terre*, bon Dieu, une terre. On lui offrait une vie que son père n'aurait même pas rêvée pour lui : le travail et la subsistance assurés, le respect et la responsabilité. Des biens à transmettre aux fils. Une femme amoureuse, au point qu'il n'en revenait pas, et l'avenir d'un de ces rares privilégiés : ceux qui possèdent des terres.

Le lendemain, Mary vint pour lui couper les cheveux avec le rasoir de son père.

– Pas autour des oreilles.

– C'est justement là qu'ils sont le plus emmêlés. Et pourquoi tu ne te rases pas ? Tu as l'air d'un vrai sauvage.

– Je m'occuperai de ma barbe quand elle sera plus longue... Tu sais que ton père est venu me parler ?

– Il m'avait parlé d'abord.

– Je n'irai pas avec vous à Malkara.

– Tu nous rejoindras ailleurs ?

– Non, dit-il, en faisant effort pour parler sans détours. Je vais en Perse, Mary.

– Tu ne veux pas de moi... »

Il comprit à son désarroi qu'elle n'avait pas prévu ce refus.

« Si. Mais j'ai beaucoup réfléchi et ce n'est pas possible.

– Pourquoi ? Tu as une autre femme ?

– Non, non. Je vais à Ispahan, en Perse. Pas pour faire du commerce, comme je te l'ai dit, mais pour apprendre la médecine. »

Elle parut stupéfaite : que valait la médecine, en comparaison du domaine paternel ?

« Je veux être médecin, dit Rob, se sentant tout à coup comme honteux de lui-même sans savoir pourquoi.

– Ton métier ne te rend pas heureux, tu me l'as dit.

– C'est mon ignorance qui me tourmente. A Ispahan, j'apprendrai à aider ceux pour qui, jusqu'à présent, je ne peux rien.

– Je peux aller avec toi ? Mon père achètera ses moutons là-bas. »

Il fallait rester ferme, expliquer que l'Eglise interdit de fréquenter les écoles islamiques... Et, finalement, il lui dit tout.

« Tu seras damné ! s'écria-t-elle en pâlissant... Un Juif ! »

Elle essuya le rasoir et le rangea dans son étui.

« Tu comprends que je dois rester seul ?

– Ce que je comprends, c'est que tu es fou ! Je ne sais rien de toi... De toutes les femmes que tu as déjà abandonnées peut-être... Je pourrais tout dire à mon père, te faire condamner à mort en dénonçant le mauvais chrétien qui se moque de la sainte Eglise !

– Je t'ai dit la vérité. Je ne veux ni te tromper ni risquer ta vie. Tu dois agir de même avec moi.

– Je n'attendrai pas un médecin », dit-elle.

Il hocha la tête, furieux contre lui-même de l'amertume qu'il lisait dans ses yeux.

Toute la journée, elle se tint droite sur sa selle, sans se retourner. Le soir, il la vit s'entretenir longuement avec son père : elle lui faisait part évidemment de sa décision de ne pas se marier car, un peu plus tard, Cullen adressait au jeune Cole un sourire à la fois soulagé et triomphant. Puis il donna des ordres à Seredy, qui lui amena deux hommes à la tombée de la nuit. C'étaient sans doute des guides, turcs à en juger par leur costume, et le matin suivant, les Cullen étaient partis.

Rob était triste; il se sentait un peu coupable, mais en même temps délivré. Au fond, était-ce bien la médecine qui avait emporté sa décision, ou avait-il aussi fui le mariage – comme le Barbier l'aurait fait?

Quelque chose était mort. Quand il arriva à Babaeski, il imagina ce qu'aurait pu être son départ vers une nouvelle vie. Il ne pouvait oublier Mary. Mais le souvenir de James Cullen le consolait de la solitude : il avait échappé à un beau-père encombrant.

Deux jours plus tard, dans un paysage de vertes collines, il entendit une sorte de carillon, comme une musique d'anges, qui se rapprochait et il vit pour la première fois passer un convoi de chameaux. Chacun portait des clochettes qui accompagnaient en tintant le balancement de sa démarche. Ils étaient plus grands que Rob ne s'y attendait : plus hauts qu'un homme et plus longs qu'un cheval, avec une drôle de tête aux narines largement ouvertes, aux lèvres boudeuses et au regard glauque derrière de longs cils qui leur prêtaient un air étrangement féminin.

Ils étaient liés les uns aux autres et chargés d'énormes ballots attachés entre les deux bosses. Tous les sept ou huit chameaux, on voyait, perché sur les sacs, un chamelier maigre au teint basané vêtu d'un turban et d'un pagne déchiré. L'un d'eux, de temps en temps, pressait les bêtes d'un « Hut! Hut! Hut! » dont apparemment elles ne se souciaient guère. Rob en compta près de trois cents jusqu'à ce que la fin du convoi s'efface au loin, avec le son de ses merveilleuses clochettes tintinnabulantes.

Après cette première image de l'Orient, les voyageurs se hâtèrent de traverser l'isthme étroit qui sépare la mer de Marmara et la mer Noire, comme l'expliqua Simon. Rob, bien qu'il ne pût voir l'eau, emplit ses poumons de cette senteur vivifiante qui lui rappelait son pays et réveillait son impatience. L'après-midi suivant, la caravane prenant de la hauteur, il vit à ses pieds Constantinople, telle une des villes de ses rêves.

33

LA DERNIÈRE CITÉ CHRÉTIENNE

LE fossé était large et, en franchissant le pont-levis, Rob aperçut dans l'eau verte des carpes grosses comme des cochons. Vers l'intérieur, un parapet de terre et, vingt-cinq pieds plus loin, un mur épais de pierre sombre de quelque cent pieds de haut, que des sentinelles arpentaient d'un créneau à l'autre. Cinquante pieds plus loin, un second mur, pareil au premier! Constantinople était une forteresse à quatre lignes de défense.

Ils passèrent deux grandes portes; celle du mur intérieur, à trois arches, était ornée d'une statue, un ancien empereur sans doute, et d'étranges animaux de bronze : massifs, avec de larges oreilles battant l'air, de petites queues derrière et de longues devant qui leur sortaient de la tête. Rob retint Cheval pour les regarder et Meir lui cria :

« Bouge ton cul, l'Angliche!

— Qu'est-ce que c'est?

— Des éléphants. Tu n'en as jamais vu, pauvre étranger? »

Kerl Fritta les mena au caravansérail, vaste cour où transitaient les voyageurs et les marchandises qui entraient dans la ville ou la quittaient; il y avait des entrepôts, des enclos pour les bêtes et des logis pour les gens. En guide chevronné, il contourna la foule bruyante en direction des khans, cavernes creusées dans les collines pour abriter les caravanes. La plupart des voyageurs ne passeraient qu'un jour ou deux à se reposer, réparer les voitures ou échanger leurs chevaux contre des chameaux, puis ils prendraient la route romaine du sud vers Jérusalem.

« Nous partons dans quelques heures, dit Meir, car nous sommes à dix jours d'Angora et nous avons hâte de nous décharger de nos responsabilités. Quand tu voudras te mettre en route, ajouta Simon, va voir Zevi, le chef des caravanes d'ici. Depuis sa jeunesse, il a conduit des chameaux sur toutes les routes. Il est juif et homme de bien, dit-il fièrement. Il veillera à ce que tu voyages en sécurité. »

Rob prit congé de chacun.

« Adieu, mon gros Gershom, dont j'ai soigné la fesse ! Adieu, Judah, à la barbe noire et au nez pointu ! Bon voyage, mon petit Tuveh ! Merci à toi, Meir ! Merci, merci à toi, Simon ! »

Il les quittait à regret car ils lui avaient témoigné de l'amitié. Et puis il perdait le livre qui l'avait introduit à la langue persane.

Resté seul, il parcourut Constantinople, cité immense, plus peut-être que Londres. De loin, elle semblait flotter dans l'air chaud et limpide, entre le bleu sombre des remparts et les bleus différents du ciel et de la mer de Marmara. Partout, des églises de pierre dominaient les rues étroites encombrées d'une foule de cavaliers aux montures diverses et de voitures de toute espèce. De robustes porteurs vêtus de brun étaient chargés d'incroyables fardeaux, posés sur leur dos ou en équilibre sur leur tête.

Il s'arrêta devant la statue de Constantin le Grand, premier empereur romain converti au christianisme, qui avait conquis Byzance sur les Grecs et en avait fait le joyau du christianisme en Orient. Plus loin, Rob découvrit tout un quartier de petites maisons de bois, à étages et balcons, qui lui rappela l'Angleterre. Cette ville cosmopolite, charnière entre deux continents, possédait un quartier grec, un marché arménien, un secteur juif, et brusquement, après tant de charabias incompréhensibles, il entendit des mots persans.

Aussitôt, il se fit indiquer une bonne écurie, chez un nommé Ghiz à qui il pourrait laisser sa jument. Elle l'avait bien servi et méritait maintenant repos et abondance de grain. L'homme lui proposa une chambre dans sa propre maison, en haut du « chemin des 329 marches ». Propre et claire, elle valait l'ascension. Il regarda par la fenêtre le Bosphore où fleurissaient les voiles, plus loin les coupoles et les minarets aigus comme des lances, et il comprit que les puissantes fortifications étaient la défense de la chrétienté contre l'islam. A quelques pieds de sa fenêtre finissait le territoire de la Croix. Au-delà du détroit, commençait celui du Croissant.

Cette nuit-là il rêva de Mary. Au réveil, fuyant sa chambre, il trouva des bains publics où, après une douche rapide, il se prélassa comme un Césac dans la chaleur du *tepidarium*. Affamé et plus optimiste, il s'en fut au marché juif acheter des petits poissons frits et une grappe de raisin noir, qu'il mangea tout en cherchant ce dont il avait besoin.

On vendait un peu partout des *tsisith*, ces dessous qui permettaient aux Juifs, avait expliqué Simon, de respecter la prescription biblique, leur faisant une obligation de porter toujours des franges au bas de leurs vêtements. Chez un marchand juif qui parlait persan, il prétendit en acheter un pour un ami de sa taille, ce dont l'autre se moquait bien. Il n'osa pas non plus tout prendre au même endroit et retourna aux écuries voir si Cheval était en bonnes mains.

« Vous avez une belle voiture, lui dit Ghiz. Je l'achèterais volontiers.

– Elle n'est pas à vendre.

– Dommage d'atteler une bête si misérable à une charrette comme ça qui n'a besoin que d'un coup de peinture. Vous aurez du mal à vous en débarrasser.

– Elle n'est pas à vendre non plus. »

Rob avait vu tout de suite que Ghiz feignait de vouloir la charrette pour cacher son envie de la jument. Il réprima un sourire à l'idée que cette pauvre ruse s'adressait à un professionnel; ayant la voiture sous la main, il s'amusa, pendant que l'homme était occupé ailleurs, à lui préparer quelques tours de sa façon. Il lui tira une pièce d'argent de l'œil gauche, escamota une balle sous un foulard qu'il fit changer trois fois de couleur et lui offrit enfin, comme à une fille rougissante, du ruban tiré de ses lèvres.

Le maître d'écurie, fasciné, invoquait Allah et son Prophète. Rob aurait pu lui vendre n'importe quoi.

Au repas du soir, on lui servit une boisson brune, épaisse, écœurante et il en offrit à un prêtre assis à la table voisine; vêtu, selon l'usage du pays, d'une longue robe noire et d'un haut chapeau cylindrique aux bords étroits, c'était un homme rougeaud aux yeux écarquillés, désireux de mettre à l'épreuve sur un Européen sa connaissance des langues occidentales. Ne sachant pas l'anglais, il essaya le normand, le franc; enfin, ils s'entretinrent en persan. C'était un prêtre grec, le père Tamas. L'alcool le mit de bonne humeur et il le but à grands traits.

« Vous comptez vous établir à Constantinople, maître Cole?

– Non. Je pars pour l'Orient dans l'espoir d'y trouver des herbes médicinales à rapporter en Angleterre. »

Le long voyage

Le prêtre lui conseilla de hâter son voyage car le Seigneur, disait-il, avait ordonné une juste guerre entre la seule Eglise véritable et le sauvage musulman. Il fallait, avant de partir, voir absolument Sainte-Sophie, la plus belle église du monde. L'empereur Constantin lui-même, qui l'avait fait édifier, était tombé à genoux en y entrant pour la première fois : « J'ai fait mieux que Salomon! » s'était-il écrié.

« Ce n'est pas sans raison que le chef de l'Eglise s'est établi dans cette magnifique cathédrale.

– Le pape Jean a-t-il quitté Rome? demanda Rob, surpris.

– Jean XIX reste le patriarche de l'Eglise chrétienne de Rome. Mais Alexis IV est celui de l'Eglise chrétienne de Constantinople. Il est ici notre seul pasteur », dit froidement le père Tamas.

Le lendemain matin, Rob retourna aux bains d'Auguste, déjeuna dans la rue de pain et de prunes fraîches, puis alla au marché choisir avec le plus grand soin un châle de prière à franges, des phylactères et deux grands caftans.

Quittant le bazar par une rue qu'il ne connaissait pas, il se trouva près de Sainte-Sophie dont il franchit les portes monumentales. Dans cet espace immense admirablement proportionné, de pilier en arc, d'arc en voûte, de voûte en coupole, les milliers de flammes des lampes à huile se reflétaient sur l'or des icônes, les murs de marbres précieux, le brocart des chasubles. La nef était presque vide. Il s'assit sous un christ torturé dont il sentit le regard le pénétrer. Curieusement, sa trahison calculée réveillait en lui un sentiment religieux. Il se leva et, debout, en silence, il affronta ce regard.

« Il faut que je le fasse. Mais je ne t'abandonne pas », dit-il à haute voix.

De retour dans sa chambre, en haut de la colline, il posa sur la table le petit carré de métal poli qui lui servait de miroir; puis il coupa ses cheveux longs et emmêlés au-dessus des oreilles en ne laissant que les boucles rituelles, les peoth. Il se dévêtit et enfila le tsitsith avec une vague inquiétude : il lui semblait que les franges rampaient contre sa peau. Le caftan noir était moins impressionnant, ce n'était qu'un manteau long : rien de religieux. La barbe était encore clairsemée. Il arrangea les boucles sous le chapeau en forme de cloche, qui heureusement, semblait déjà vieux et usagé.

Il lui fallait un nom. « Reuven » n'avait été à Tryavna qu'une caricature hébraïque de son identité de goy.

Jesse... Un nom qui lui rappelait les lectures à haute voix que Mam lui faisait de la Bible. Un nom fort, avec lequel on pouvait vivre : le nom du père du roi David. Puis il choisit Benjamin comme patronyme, en l'honneur de Merlin, qui lui avait appris ce qu'un médecin pouvait être. Il dirait qu'il venait de Leeds, car il se rappelait très précisément les maisons juives de là-bas.

Dans la rue, il eut envie de fuir en voyant trois prêtres marcher à sa rencontre; l'un d'eux était le père Tamas. Ils allaient tous trois d'un pas lent, noirs comme des corbeaux et absorbés dans leur conversation. Rob se força à avancer et dit en les croisant :

« La paix soit avec vous. »

Le prêtre grec jeta au Juif un regard méprisant sans répondre à son salut. Calme et confiant, désormais, Jesse ben Benjamin de Leeds sourit et continua son chemin à grands pas, la main contre sa joue droite, comme le rabbenu de Tryavna quand il se promenait, perdu dans ses pensées.

TROISIÈME PARTIE

Ispahan

34

LA DERNIÈRE ÉTAPE

MALGRÉ sa nouvelle apparence, Jesse se sentait encore Rob J. Cole en se rendant au caravansérail à midi. Un important convoi préparait son départ pour Jérusalem et la grande cour n'était qu'un désordre de chameaux, d'ânes et de voitures, où se répondaient les cris des bêtes et des humains qui protestaient les uns contre les autres. Quelques chevaliers normands monopolisaient la zone d'ombre au nord des entrepôts; vautrés par terre, ivres morts, ils insultaient les passants.

Rob, assis sur un ballot de tapis de prière, observait le chef des caravanes : un robuste Turc coiffé d'un turban noir, sur des cheveux grisonnants qui avaient dû être roux. Simon lui avait dit grand bien de ce Zevi qui, en effet, semblait avoir l'œil à tout, gourmandait les chameliers, réglait les différends entre marchands et transporteurs, conférant sur la route à suivre avec le maître de caravane, contrôlant les bons de chargement.

Un Persan s'approcha, un petit homme aux joues creuses, à la barbe ponctuée de restes du gruau matinal, coiffé d'un turban orange, sale et trop étroit pour son crâne.

« Où vas-tu, l'Hébreu ?

– J'espère partir bientôt pour Ispahan.

– Ah! La Perse? Tu veux un guide, *effendi?* Je suis né à Qum, près d'Ispahan, et je connais chaque pierre et chaque buisson de la route. Les autres te feront faire le détour par la côte, puis à travers les montagnes persanes. Ils ont peur du raccourci par le grand désert salé. Moi, je te le ferai traverser par les points d'eau, en évitant les brigands. »

Rob fut tenté d'accepter et de partir sur-le-champ en se rappelant les bons services de Charbonneau. Mais il y avait dans cet homme quelque chose de fuyant, et il refusa d'un signe de tête.

Peu de temps après, un des nobles pèlerins passa près de là et, titubant, tomba sur lui.

« Sale Juif! » dit-il et il cracha.

Rob se leva, rouge de colère; le Normand empoignait déjà son épée quand Zevi apparut soudain.

« Mille pardons, monseigneur! Je vais m'occuper de celui-ci », dit-il au chevalier, puis il s'éloigna en poussant devant lui le barbier stupéfait qui écouta sans comprendre le déluge verbal de Zevi.

« Je ne parle pas bien la Langue, et je n'avais pas besoin de ton aide, dit-il, cherchant ses mots en persan.

– Vraiment? Eh bien, tu serais mort, jeune bœuf.

– C'était mon affaire!

– Non et non! Dans un endroit bourré de musulmans et de chrétiens soûls, tuer un seul Juif c'est comme manger une seule datte : ils en auraient profité pour massacrer le plus possible des nôtres, et ça, ça me regarde! Qu'est-ce que c'est que ce *Yahud* qui parle persan comme un chameau, ignore sa propre langue et cherche la bagarre...? Comment t'appelles-tu et d'où viens-tu?

– Je suis Jesse, fils de Benjamin, et je viens de Leeds.

234

– Où c'est ça, Leeds ?

– En Angleterre.

– Un *Inghiliz!* Je n'avais encore jamais vu un Juif anglais.

– Nous sommes peu nombreux et dispersés. Il n'y a pas de communauté, là-bas; ni rabbenu, ni synagogue, ni maison d'étude. Nous entendons rarement la Langue, c'est pourquoi j'en sais si peu.

– Dommage d'élever ses enfants là où ils ne sentent pas la présence de leur Dieu et où ils n'entendent pas leur langue, soupira Zevi. C'est dur d'être juif. »

Il hocha la tête quand Rob lui demanda s'il connaissait une grande caravane bien armée en partance pour Ispahan.

« Un guide m'a fait des propositions.

– Un salaud de Persan, avec un petit turban et une barbe sale ? Il t'aurait mené tout droit chez les brigands. Et tu te serais retrouvé couché dans le désert, la gorge ouverte et dépouillé de tout. Il vaut mieux te joindre à une caravane de notre peuple... Reb Lonzano, dit-il après avoir longuement réfléchi. C'est peut-être la bonne solution. »

Comme on l'appelait pour une bagarre de chameliers, il lui donna rendez-vous en fin d'après-midi.

Rob le trouva dans la cabane qui lui servait de retraite au caravansérail, avec trois marchands juifs de Mascate. Ils retournaient chez eux dans le golfe Persique. Reb Lonzano était le chef; il avait encore la barbe et les cheveux bruns mais ses rides et son regard sérieux le vieillissaient. Loeb ben Kohen et Aryeh Askari, plus jeunes et hâlés comme les gens qui voyagent, attendaient le verdict de leur aîné.

« Ce malheureux, dit Zevi, a été élevé comme un goy, ignorant, dans une lointaine terre chrétienne, et il a besoin qu'on lui prouve que les Juifs peuvent s'entraider.

– Que vas-tu faire à Ispahan? demanda Lonzano.

– Je vais étudier pour devenir médecin.

– Ah oui! Le cousin de Reb Aryeh est étudiant à la *madrassa* d'Ispahan. »

Reb aurait aimé en savoir davantage, mais ce n'était pas le moment.

« Peux-tu payer ta part dans les frais du voyage? Partager le travail et les responsabilités?

– Oui, absolument. De quoi fais-tu commerce, Reb Lonzano?

– Les perles, répondit de mauvaise grâce le chef, qui tenait manifestement à garder l'initiative des questions.

– Quelle est l'importance de votre caravane?

– *Nous* sommes la caravane », dit Lonzano, avec aux coins de la bouche l'ombre d'un sourire.

Rob n'en revenait pas. Il se tourna vers Zevi.

« Comment trois hommes peuvent-ils m'assurer une protection contre les bandits et tous les autres périls?

– Ecoute-moi, ce sont de vrais voyageurs. Ils savent quand il faut ou non prendre des risques, quand il faut se terrer, où trouver aide et assistance tout le long du chemin. Et toi, ami, qu'en dis-tu? continua Zevi en s'adressant à Lonzano. Le prends-tu avec vous ou non? »

Le Juif regarda ses deux compagnons, toujours impassibles et silencieux, mais sans doute s'étaient-ils mis d'accord puisqu'il hocha la tête.

« Parfait. Sois le bienvenu. Nous partons demain à l'aube, de la cale du Bosphore.

– J'y serai avec ma jument et ma charrette. »

Aryeh renifla, Loeb soupira et leur aîné fut catégorique :

« Ni charrette ni cheval. Nous traversons la mer Noire dans de petits bateaux pour éviter la route de terre, longue et dangereuse.

– Ils t'acceptent, c'est une chance! dit Zevi en posant la main sur le genou de Rob. Vends la voiture et la jument. »

Il fallut bien se décider.

« *Mazel!* » s'écria Zevi satisfait, et il leur versa du vin rouge de Turquie pour sceller l'accord.

En voyant arriver son client à l'écurie, Ghiz n'en crut pas ses yeux. Ce magicien était capable de toutes les métamorphoses?

« Vous êtes Yahud?

– Oui, et j'ai changé d'avis : je vends la voiture. »

Le Persan, maussade, fit une offre dérisoire.

« Non, j'en veux un bon prix.

– Alors vous pouvez la garder... Mais si vous vouliez vendre la jument...

– Je vous en fais cadeau. »

L'homme, sourcils froncés, cherchait à deviner le piège.

« Il faut payer cher la charrette et je donne la jument. »

Il alla pour la dernière fois frotter les naseaux de Cheval en la remerciant silencieusement de ses loyaux services.

« Retiens ceci, dit-il à Ghiz : cette bête est courageuse, mais elle doit être bien nourrie et bien soignée. Si à mon retour je la trouve en bonne santé, tout ira bien, sinon... »

Le maître d'écurie pâlit sous son regard et détourna les yeux.

« Je la traiterai bien, l'Hébreu, très bien! »

Cette charrette, qui avait été son foyer pendant tant d'années, c'était maintenant le dernier souvenir du Barbier. Il laissa presque tout le chargement

– une aubaine pour Ghiz –, ne prenant que les instruments de chirurgie, ses armes, un assortiment d'herbes médicinales et quelques autres objets. Il pensait avoir été raisonnable, mais le lendemain matin, dans les rues obscures, son grand sac de toile lui parut encore lourd à porter, et quand il arriva, dès l'aube, à la cale, Lonzano fit la grimace en voyant le volumineux bagage.

On traversa le détroit sur une sorte de yole, qui n'était guère qu'un tronc creusé, frotté d'huile, équipé d'une seule paire de rames aux mains d'un gars apathique. De l'autre côté : Uskudar, une agglomération de huttes le long du front de mer, avec toutes sortes de bateaux au mouillage. Rob, consterné, apprit qu'il y avait une heure de marche d'ici la crique où ils embarqueraient. Il remit donc le sac à l'épaule et suivit les autres.

« Zevi m'a raconté ce qui était arrivé avec le Normand. Il faut te maîtriser, sinon tu nous mets en danger.

– Oui, Reb Lonzano. »

Il finit par poser son ballot avec un soupir.

« Ça ne va pas, Inghiliz ? »

La sueur lui coulait dans les yeux. Il secoua la tête, et rechargea le sac sur son épaule douloureuse. Puis, repensant à Zevi, il sourit.

« C'est dur d'être juif », dit-il.

Dans une crique déserte, il découvrit enfin un bateau trapu, avec un mât et trois voiles, une grande et deux petites. Ilias, le capitaine, était un Grec brèche-dent, blond, au sourire éclatant dans un visage bruni par le soleil. Rob le jugea malavisé en affaires car il avait déjà à son bord neuf épouvantails au crâne rasé, sans cils ni sourcils.

« Des derviches, grommela Lonzano. Des moines mendiants musulmans. »

Ils étaient vêtus de loques crasseuses. Un gobelet pendait à la corde qui leur servait de ceinture. Chacun portait au front un cercle noir, comme un cal : la *zabiba*, marque des musulmans pieux qui pressent cinq fois par jour leur front contre le sol. L'un d'eux, le chef peut-être, salua, les mains sur sa poitrine.

« *Salaam.*

– *Salaam aleikhem* », dit Lonzano en lui rendant son salut.

Ils montèrent sur le bateau par une échelle de corde, avec l'aide de l'équipage, deux jeunes garçons en pagne. Il n'y avait pas de pont et la cargaison de bois, de sel et de poix laissait peu de place aux passagers, qui se trouvèrent serrés comme des harengs. Aussitôt levé les deux ancres, les derviches se mirent à brailler. Leur chef, Dedeh, lançait vers le ciel un « *Allah Ek-beeer* » qui semblait planer sur la mer, et les autres répondaient en chœur : « *La ilah illallah !* »

Le bateau s'éloigna de la rive, déploya au vent ses voiles claquantes et mit le camp sur l'est, à une allure régulière.

Rob était coincé entre Reb Lonzano et un derviche maigrichon qui lui sourit et, sortant d'un sac quatre vieux morceaux de pain, les distribua aux Juifs.

« Remercie-le pour moi, dit Rob à Lonzano, je n'en veux pas.

– Il faut accepter, sinon c'est une offense.

– C'est un excellent pain, on le fait avec une farine spéciale », expliquait en persan le jeune religieux, les regardant manger ce qui avait le goût d'un concentré de sueur.

Puis il ferma les yeux, s'endormit et ronfla. Rob y vit une preuve de sagesse car ce voyage était mortellement ennuyeux. Pourtant, les sujets de réflexion ne manquaient pas. Pourquoi longeait-on la côte de si près ?

« Ils ne peuvent pas nous rattraper dans ces eaux peu profondes, dit Ilias en montrant au loin de petits nuages blancs, qui étaient les larges voiles d'un navire. Des pirates, continua le Grec. Ils espèrent peut-être que le vent nous déportera vers le large. Alors ils nous tueraient pour prendre ma cargaison et votre argent. »

Plus le soleil montait, plus l'odeur des corps malpropres devenait incommodante malgré la brise marine. Les moines mendiants avaient pourtant un avantage : cinq fois par jour, le capitaine revenait vers le rivage pour leur permettre de se prosterner dans la direction de La Mecque. Les autres en profitaient pour prendre à terre un repas rapide ou vider derrière buissons et dunes leurs vessies et leurs entrailles. Rob sentait sa peau d'Anglais, pourtant faite aux intempéries, tourner au cuir sous l'effet du soleil et du sel.

Les Juifs priaient sur le bateau et, comme eux, il mettait chaque matin ses tefillim, ainsi qu'il l'avait vu faire à Tryavna, en espérant que son ignorance passerait inaperçue.

« Pourquoi enroules-tu du cuir autour de tes bras le matin ? lui demanda Melk, le jeune derviche.

— C'est un commandement du Seigneur, inscrit dans le Deutéronome.

— Et pourquoi couvres-tu tes épaules d'un châle, quelquefois, pour prier ?

— Parce que l'Ineffable, béni soit-Il, nous a ordonné de le faire », répondait-il gravement, malgré son angoisse d'en savoir si peu.

Malek l'écoutait, hochait la tête avec un sourire, et Rob, en se retournant, surprenait le regard de Reb Lonzano qui l'observait, de ses yeux aux lourdes paupières.

35

LE SEL

Les deux premiers jours furent calmes, mais le troisième, le vent fraîchit et la mer devint plus forte. Ilias maintenait habilement le cap malgré les pirates et la houle. Au coucher du soleil, Rob s'inquiéta de formes sombres qui montaient des eaux couleur de sang et tournaient en bondissant autour du bateau, mais le Grec se mit à rire : c'était, dit-il, des marsouins, créatures inoffensives et joueuses.

À l'aube, le barbier retrouva le mal de mer comme une vieille connaissance et ses haut-le-cœur contaminant les marins eux-mêmes, on n'entendit plus à bord qu'un chœur de malades suppliant Dieu dans toutes les langues d'abréger leurs souffrances. Rob demandait qu'on l'abandonne sur le rivage mais Lonzano secoua la tête : plus de haltes sur cette côte où les Turcomans tuent les étrangers ou les réduisent en esclavage. Son cousin, qui menait avec ses deux fils une caravane de blé, avait été pris; ligotés et enterrés jusqu'au cou dans leur propre grain, ils étaient morts de faim et leur famille avait dû racheter les cadavres pour leur donner une sépulture.

Après quatre jours interminables, Ilias aborda dans un petit port peu accueillant : Rize, une quarantaine de maisons faites de bois ou d'argile séchée au soleil. Les derviches crièrent « *Imshallah!* », Dedeh salua Lonzano, Malek sourit à Rob et ils s'en allèrent. Les Juifs se mirent en chemin comme des gens qui savent où ils vont. Des chiens aboyaient sur leur passage, des enfants aux yeux malades gloussaient, une femme misérable cuisinait en plein air, un vieux cracha derrière eux.

« Leur principal commerce est la vente des animaux aux voyageurs qui débarquent pour continuer par les montagnes. Loeb s'y connaît parfaitement, il suffit de lui donner l'argent, il achètera pour nous tous », dit Lonzano.

Ils arrivèrent à une cabane près d'un vaste enclos où étaient parqués des ânes et des mules. Le vendeur, un borgne à qui manquaient deux doigts de la main gauche, amenait les bêtes par le licol. Loeb ne marchandait ni ne discutait; regardant à peine le troupeau, il s'arrêtait de temps en temps pour examiner les yeux, les dents, les garrots et les jarrets. Il n'acheta qu'une mule et le marchand se rebiffa devant son offre médiocre, mais, voyant le client s'éloigner avec un haussement d'épaules, il le retint et accepta son argent.

Ils achetèrent ailleurs trois animaux et le troisième vendeur qu'ils visitèrent, regardant longuement leurs montures, proposa lui-même son choix : il avait compris qu'il avait affaire à des connaisseurs. Ainsi, ils eurent chacun un petit âne robuste et une solide mule de bât.

Lonzano ayant annoncé que, si tout allait bien, il ne restait plus qu'un mois de voyage avant Ispahan, Rob reprit courage. Ils traversèrent la plaine côtière en une journée et les premières collines en trois jours avant d'aborder les hauteurs. Il aimait les montagnes mais celles-ci semblaient arides et rocheuses.

« A part les inondations brusques et dangereuses du printemps, l'eau manque ici presque toute l'année; les lacs sont salés, mais nous savons où trouver de l'eau douce. »

Après la prière du matin, Aryeh cracha en jetant à Rob un regard de mépris.

« Tu n'es qu'un ignorant, un goy stupide.

— C'est toi qui es stupide. Tu parles comme un porc, lui dit Lonzano.

— Il ne sait même pas poser les tefillim!

— Il a grandi parmi les étrangers et, s'il ne sait pas, c'est l'occasion de lui apprendre. Moi, Reb Lonzano ben Ezra ha-Levi de Mascate, je lui enseignerai certaines coutumes des siens. »

Il lui montra en effet comment placer les phylactères. Il fallait enrouler trois fois le cuir en haut du bras, pour former la lettre hébraïque *shin*, puis sept fois autour de l'avant-bras, de la main et des doigts pour les lettres *dalet* et *yud*, ce qui donnait le mot Shaddai, l'un des sept noms de l'Ineffable. On y ajoutait des prières, entre autres un passage d'Osée : « Et Je te lierai à Moi pour toujours... dans la justice et la vérité, l'amour et la compassion. Tu Me seras uni dans la fidélité et tu connaîtras ton Seigneur. »

Comment répéter ces mots sans trembler, quand on a promis de rester fidèle en prenant l'apparence d'un Juif? Mais le Christ n'avait-il pas été juif? Il avait sans doute des milliers de fois posé les phylactères en disant les mêmes prières?

Le cœur plus léger, Rob remarqua que sa main devenait violette sous la pression du cuir; le sang était retenu dans les doigts par un bandage serré. Mais d'où venait-il, et où allait-il en quittant la main quand le lien se relâchait?

« Autre chose, dit Lonzano en retirant ses phylactères, tu ne dois pas négliger de chercher le secours divin sous prétexte que tu ne connais pas la Langue. Il est écrit que celui qui ne sait pas les formules peut au moins penser au Tout-Puissant. Cela aussi est une prière. »

Les grands pieds de Rob traînaient presque par terre mais le petit âne n'en supportait pas moins son poids et se montrait parfaitement adapté à la montagne. Lonzano ne cessait de presser sa monture avec une baguette épineuse.

« Pourquoi tant de hâte ? »

Ce fut Loeb qui répondit.

« Il y a par ici des brigands qui tuent les voyageurs, les Juifs surtout, qu'ils détestent particulièrement. »

Ils connaissaient le chemin par cœur. Sans eux, jamais Rob n'aurait pu survivre dans cette région étrangère et hostile. La piste montait et descendait à pic, serpentant à travers les chaînes ténébreuses de la Turquie orientale. Le cinquième jour, en fin d'après-midi, ils atteignirent une rivière au cours tranquille entre des rives rocailleuses. C'était la Coruh, dit Aryeh, mais quand Rob voulut y remplir sa gourde, son compagnon l'arrêta, l'informant avec agacement que l'eau était salée, comme s'il avait dû le savoir. Plus tard, à un détour de la route, ils aperçurent des chèvres et leur berger qui s'enfuit aussitôt.

« Faut-il le poursuivre ? Il va peut-être prévenir des brigands ?

– C'est un jeune Juif, dit Lonzano tranquillement. Nous arrivons à Bayburt. »

Le village comptait moins de cent habitants, dont un tiers de Juifs environ. Ils vivaient à l'abri d'une haute et forte muraille bâtie dans le roc au flanc de la montagne. La porte de la ville s'ouvrit pour les laisser passer et se referma immédiatement derrière eux.

« *Shalom* », dit le rabbenu sans montrer de surprise. C'était un petit homme barbu à l'expression nostalgique.

A Tryavna, on avait expliqué à Rob l'organisation juive des voyages; cette fois, il en bénéficiait directement : on s'occupait de leurs bêtes, on rinçait leurs gourdes avant de les remplir d'eau douce au puits de la ville; des femmes apportaient des linges mouillés pour qu'ils se rafraîchissent, et ils eurent du pain frais, de la soupe et du vin avant de rejoindre les hommes à la synagogue. Après les prières, ils se réunirent avec quelques chefs de la ville.

« Ton visage m'est familier, non? dit le rabbenu à Lonzano.

– J'ai déjà goûté votre hospitalité il y a six ans avec mon frère Abraham et notre père Jeremiah ben Label, qui nous a quittés voici quatre ans : une égratignure au bras s'est infectée et l'a empoisonné. La volonté du Très-Haut.

– Qu'il repose en paix », fit le rabbenu avec un soupir.

Un autre l'avait connu à Mascate, ayant vécu dans sa famille dix ans plus tôt, et lui demanda des nouvelles de son oncle Issachar.

« Il se portait bien quand j'ai quitté Mascate, répondit Lonzano.

– Bien, reprit le rabbenu. La route d'Erzeroum est aux mains de bandits turcs. La peste les emporte! Ils tuent et rançonnent à leur gré. Vous les éviterez en prenant une petite piste en altitude; un de nos garçons vous accompagnera. »

Ils quittèrent Bayburt au petit matin par un chemin étroit et caillouteux qui surplombait des précipices et le guide les laissa sains et saufs à la

grand-route. La nuit suivante, ils étaient à Kara-
kose, où une douzaine de familles juives, de riches
commerçants, vivaient sous la protection d'un
puissant chef de guerre, dont le château dominait
la ville. On montait l'eau à dos d'âne jusqu'à la
forteresse et les citernes étaient toujours pleines en
prévision d'un siège. En échange de sa protection,
les Juifs devaient fournir de riz et de millet les
magasins du seigneur Ali ul Hamid. Rob et ses
compagnons quittèrent sans regret un lieu où la
sécurité dépendait du caprice d'un homme puissant.

Ils traversaient une région dangereuse et rude,
mais le réseau de solidarité était efficace : chaque
soir, ils trouvaient de l'eau douce, une nourriture
saine et un abri, avec des conseils pour l'itinéraire
suivant. Le visage de Lonzano perdait peu à peu
son expression soucieuse. Un vendredi après-midi,
ils arrivèrent à Igdir, un petit village à flanc de
montagne, et y séjournèrent un jour de plus pour
ne pas voyager pendant le sabbat. Ils se délectèrent
de cerises noires et de gelée de coings. Aryeh
lui-même était plus détendu et Loeb expliqua à
Rob le langage par signes dont les marchands juifs
usaient en Orient pour conduire leurs négociations
sans le secours de la parole.

« On le fait avec les mains : un doigt tendu
signifie dix, plié, cinq; tenu de manière à n'en
montrer que le bout, cela fait un; la main entière
compte pour cent et le poing fermé pour mille. »

Le matin où ils quittèrent Igdir, ils chevauchè-
rent côte à côte, marchandant en silence avec leurs
mains, négociant des cargaisons imaginaires, achetant et vendant des épices, de l'or, des royau-
mes…

« Nous ne sommes pas loin du mont Ararat »,
dit Aryeh.

Rob observait le paysage aride, hostile, montagneux.

« Qu'est-ce que Noé a bien pu penser en quittant l'arche ? » demanda-t-il, et Aryeh haussa les épaules.

A Nazik, ils furent retardés par un mariage turc. La communauté juive était établie dans un grand défilé rocheux et comptait quatre-vingt-quatre habitants au milieu d'Anatoliens peut-être trente fois plus nombreux.

« Nous n'osons pas quitter notre quartier, dirent-ils. La fête est commencée et les Turcs sont très excités. »

Ils restèrent enfermés quatre jours. La nourriture ne manquait pas et il y avait un bon puits. Les voyageurs dormirent sur de la paille propre dans une grange, fraîche malgré le soleil ardent. Ils entendaient, venant de la ville, des bruits de bagarre et de festivités d'ivrognes. Il plut une bordée de pierres lancées de l'autre côté du mur sur le quartier juif, mais personne ne fut blessé. Le calme revenu, un des fils du rabbenu s'aventura chez les Turcs : leur fête sauvage les avait épuisés.

Il fallut ensuite traverser une région sans colonie juive ni protection. Le troisième matin après le départ de Nazik, ils descendirent de leurs ânes au bord d'une grande étendue d'eau bordée d'une boue blanche et craquelée.

« C'est le lac Urmiya, dit Lonzano. Il est salé et peu profond. Au printemps, les ruisseaux charrient les minéraux jusqu'ici du haut des montagnes, mais aucun cours d'eau ne vide le lac, et quand le soleil d'été l'assèche, le sel se dépose au bord. Mets-en une pincée sur ta langue. »

Rob goûta, prudemment, et fit la grimace.

– Tu as goûté la Perse, dit Lonzano en riant.

– Nous sommes en Perse?
– Oui. C'est la frontière. »
Rob était déçu. Un si long voyage pour... ça!
« Ne t'inquiète pas. Tu vas adorer Ispahan, j'en suis sûr. Repartons, nous avons beaucoup de chemin à faire. »
Mais le barbier tint d'abord à pisser dans le lac Urmiya, pour ajouter sa « cuvée spéciale » anglaise au sel persan.

36

LE CHASSEUR

Aryeh ne cachait pas son hostilité. Il surveillait ses paroles devant Lonzano et Loeb, mais dès qu'ils ne pouvaient plus l'entendre, ses remarques à l'égard de Rob devenaient franchement désagréables. Le barbier, plus grand et plus fort, était parfois tenté de le frapper. Lonzano lui conseilla l'indifférence.

« Même chez nous, Aryeh n'a jamais été des plus aimables et il n'a pas l'âme d'un voyageur. Quand nous avons quitté Mascate, moins d'un an après son mariage, il n'avait pas envie de laisser son enfant. Nous avons tous une famille. C'est dur parfois d'être loin de chez soi, surtout pendant le sabbat et les fêtes... Voici vingt-sept mois que nous sommes partis.

— Si cette vie de marchand est à ce point dure et solitaire, pourquoi l'avoir choisie ?

— C'est pour un Juif le seul moyen de survivre. »

Ils contournèrent le lac Urmiya par le nord-est et se retrouvèrent dans les hautes montagnes désertiques, où ils firent halte chez les Juifs de Tabriz et de Takestan. C'étaient, comme en Turquie, d'austères villes dont les habitants vivaient autour du puits communal. Kachan, elle, avait une particularité : un lion ornait la porte de la cité. Une bête fameuse, mesurant quarante-cinq empans du nez à la queue, et qui avait été abattue par le père de l'actuel empereur, après avoir décimé pendant sept ans le bétail de la région. Il était bourré de chiffons, avec des abricots secs à la place des yeux et un morceau de feutre rouge en guise de langue. Des générations de mites avaient mangé par places son pelage desséché, mais il avait des pattes comme des colonnes et gardait des dents si longues et si acérées que Rob, en les touchant, en eut le frisson.

Le rabbenu de Kachan était un homme trapu, roux, encore jeune et pourtant célèbre déjà pour son érudition.

« La route du sud n'est pas sûre, leur dit-il. Vous vous heurterez aux Seldjoukides. Leurs soldats sont plus fous que les bandits.

– Ce sont, dit Lonzano, des pasteurs qui vivent sous la tente. Des tueurs et de redoutables guerriers. Ils sévissent des deux côtés de la frontière entre la Perse et la Turquie. Nous n'avons que deux solutions : ou attendre ici pendant des mois, une année peut-être, la fin des troubles, ou éviter la montagne en allant à Ispahan par le désert et la forêt. Je ne connais pas le Dacht-i Kevir, mais j'ai traversé d'autres déserts, qui sont terribles.

– Grâce au ciel, vous n'aurez à en traverser qu'une partie, en voyageant trois jours, vers l'est puis vers le sud. Nous vous expliquerons le chemin. »

Ils se regardèrent sans rien dire. Puis Loeb, enfin, rompit le lourd silence et il exprima ce que tous les quatre pensaient.

« Je n'ai pas envie de rester ici une année. »

Ils achetèrent chacun une grande outre en peau de chèvre qu'ils remplirent avant de quitter Kachan. C'était lourd.

« Nous faut-il tant d'eau pour trois jours? dit Rob à Lonzano.

— Un accident peut nous retenir longtemps dans le désert, et puis tu dois partager ton eau avec tes bêtes car nous aurons des ânes et des mules là-bas. Pas des chameaux. »

Un guide les conduisit jusqu'à l'endroit où partait de la route une piste à peine visible. Le Dacht-i Kevir commençait par une crête argileuse où ils avancèrent d'abord d'un bon pas, mais la nature du sol changea peu à peu et vers midi, sous un soleil de plomb, ils se retrouvèrent luttant dans une épaisseur de sable si fin que les sabots des bêtes s'y enfonçaient. Descendus de leurs montures, ils pataugèrent à leur tour, misérablement.

Rob croyait rêver : un océan de sable, à perte de vue, avec des dunes comme des vagues et, ailleurs, comme un lac tranquille à peine ridé par le vent. Pas de vie, pas un oiseau dans le ciel, pas un insecte ni un ver. Dans l'après-midi, ils dépassèrent un tas d'os blanchis, restes d'hommes et d'animaux que les nomades avaient rassemblés là pour en faire un point de repère. C'était un désert de sel. Ils longeaient parfois des marais de boue salée qui leur rappelaient les rives du lac Urmiya. Après six heures de marche, ils s'arrêtèrent, épuisés, à l'ombre d'une dune, pour repartir un peu plus tard jusqu'au crépuscule.

« Il vaudrait peut-être mieux voyager la nuit et dormir dans la chaleur du jour, suggéra Rob.

— Non! dit vivement Lonzano. Quand j'étais jeune, j'ai traversé un désert de sel comme celui-ci avec mon père, deux oncles et quatre cousins. Nous avions décidé de voyager la nuit et il nous est arrivé malheur. Pendant la saison chaude, les lacs et les marais salés s'assèchent rapidement; la croûte qui se forme ici ou là en surface peut céder sous les pas des hommes et des bêtes; or il y a quelquefois dessous de l'eau saumâtre ou des sables mouvants. On ne peut pas s'y risquer dans l'obscurité. »

Il n'en dit pas davantage et Rob n'osa pas insister sur un souvenir probablement douloureux. Au crépuscule, ils s'allongèrent sur le sable, et le désert qui les avait brûlés tout le jour se refroidit. Mais il n'était pas question d'allumer un feu qui pourrait alerter d'éventuels ennemis.

Le matin, surpris de la diminution de ses réserves d'eau, Rob se contenta de petites gorgées avec le pain de son déjeuner; il en donna bien davantage à ses animaux qu'il fit boire dans son chapeau, et savoura une agréable sensation de fraîcheur en le remettant sur sa tête.

Ils reprirent vaillamment leur marche difficile. Quand le soleil fut au zénith, Lonzano chanta les paroles de l'Ecriture : « Lève-toi et brille car c'est le temps de ta lumière, et la gloire du Seigneur est sur toi. » L'un après l'autre, tous reprirent après lui, louant Dieu, de leurs gorges sèches.

« Des cavaliers! » cria soudain Loeb en apercevant, loin vers le sud, une sorte de nuage, comme en aurait soulevé une grande armée. Mais finalement, ce n'était qu'un nuage.

Les ânes et les mules s'étaient déjà retournés, avec la sagesse de l'instinct, pour présenter leur dos au vent chaud du désert. Il n'y avait plus qu'à s'abriter derrière eux. Dans l'air lourd, oppressant, le sable et le sel attaquaient la peau comme une pluie de cendres brûlantes.

Rob rêva de Mary cette nuit-là. Il lisait sur son visage un bonheur qui venait de lui et cela le rendait heureux. Puis elle brodait et, sans qu'il sache ni pourquoi ni comment, c'était Mam et la chaude sécurité perdue depuis ses neuf ans.

Il s'éveilla, toussant et crachotant, du sable et du sel dans la bouche, les oreilles, irritant la peau sous les vêtements. C'était le troisième matin. Selon les conseils du rabbenu, il fallait maintenant obliquer vers le sud. Mais où était le nord, où était le sud ? Rob n'avait jamais su les distinguer. Que deviendraient-ils si Lonzano se trompait de direction ? Le Dieu des Juifs les perdrait-il tous pour punir un goy pécheur ?

Il fit boire une dernière fois ses bêtes et, voyant le peu d'eau qui restait dans l'outre, jugea inutile de la conserver. De toute façon, elle ne suffirait pas à lui sauver la vie. Il la finit par petites gorgées. A peine l'outre était-elle vide que la soif se fit plus terrible que jamais : ses entrailles brûlaient, il avait mal à la tête et voulant marcher il se rendit compte avec horreur qu'il titubait.

Lonzano, frappant dans ses mains, se mit à chanter : *Ai !* di-di-di, *ai*, di-di, *ai*, di ! » secouant la tête et virevoltant, levant les bras et les genoux en mesure.

« Arrête, idiot ! » cria Loeb avec des larmes de rage. Mais, un instant après, il le suivait, chantant à son tour et claquant les mains.

Puis Rob et Aryeh lui-même les rejoignirent. Ils avaient tous les lèvres sèches et ne sentaient plus leurs jambes. Ils se turent enfin et continuèrent à avancer, en soulevant l'un après l'autre leurs pieds pesants. Surtout, ne pas penser qu'on était peut-être perdus !

En début d'après-midi, le tonnerre gronda au loin, longtemps avant les premières gouttes de pluie. Une gazelle passa, suivie d'un couple d'ânes sauvages. Leurs bêtes pressèrent le pas, trottant d'elles-mêmes comme pour aller au-devant de ce qui les attendait. On remonta en selle à l'extrême limite de ce sable contre lequel il avait fallu se battre trois jours durant.

Le paysage se changeait en plaine, à la végétation d'abord éparse puis plus verdoyante. Au soir, ils arrivèrent près d'un étang bordé de roseaux où plongeaient et tournoyaient des hirondelles. Aryeh goûta l'eau et la trouva bonne.

« Il ne faut pas laisser les animaux boire trop à la fois, dit Loeb. Sinon ils vont s'effondrer. »

Les ânes et les mules, prudemment abreuvés, furent attachés aux arbres. Alors chacun but et, se débarrassant de ses vêtements, se baigna parmi les roseaux.

« Dans le désert, vous aviez perdu des hommes ? demanda Rob à Lonzano.

— Nous avons perdu mon cousin Calman. Il avait vingt-deux ans.

— Est-il tombé sous la croûte de sel ?

— Non. Incapable de se maîtriser, il a bu toute son eau. Alors il est mort de soif.

— Quel sont les symptômes de la mort par la soif ?

— Je ne tiens pas à y penser, dit Lonzano, visiblement choqué.

— Ce n'est pas par curiosité que je t'interroge, mais parce que je veux devenir médecin. »

Aryeh lui jeta un regard noir. Lonzano attendit un long moment puis il parla.

« Nous nous étions égarés et chacun était responsable de son eau : interdit de la partager. La chaleur lui avait fait perdre la tête et il a tout bu. Bientôt il s'est mis à vomir mais il n'avait plus de liquide à rejeter. Sa langue est devenue noire, son palais d'un blanc grisâtre. Son esprit vagabondait, il se croyait dans la maison de sa mère. Ses lèvres se sont ridées, les dents découvertes dans sa bouche béante en un rictus féroce. Il passait du halètement au râle. Désobéissant à la faveur de la nuit, j'ai pressé dans cette bouche un linge mouillé, mais c'était trop tard. Il est mort au bout de deux jours. »

Ils restèrent silencieux dans l'eau brune. Puis Rob se mit à chanter « *Ai*, di-di-di, *ai*, di-di, *ai*, di! » regarda Lonzano dans les yeux et ils se sourirent.

Le lendemain, ils repartirent dès l'aube et rencontrèrent d'innombrables petits lacs entourés de prairies. Rob en fut ravi. L'herbe haute sentait délicieusement bon; elle était pleine de sauterelles, de criquets et de petits moustiques dont la piqûre cuisante lui causait des démangeaisons. Quelques jours plus tôt, il aurait tant aimé voir le moindre insecte! Maintenant il oubliait les magnifiques papillons des prairies pour écraser d'une claque ces bestioles qu'il maudissait.

« Seigneur! Qu'est-ce que c'est? » cria tout à coup Aryeh, en montrant au loin un énorme nuage comme celui qu'ils avaient affronté dans le désert.

Mais celui-ci approchait dans un martèlement de sabots, telle une armée qui charge. Ils attendaient, pâles et angoissés. Alors il y eut un brusque fracas; on eût dit que mille cavaliers freinaient à la fois leurs chevaux. D'abord on ne vit rien, puis, la poussière retombant, apparut une foule d'ânes sauvages, alignés de front. Hommes et bêtes se regardèrent avec curiosité.

« *Hai!* » hurla Lonzano et le troupeau tourna bride pour repartir vers le nord.

Ils dépassèrent encore de petits groupes d'ânes et d'immenses troupeaux de gazelles, rarement chassés à en juger par leur indifférence à l'égard des hommes. Les sangliers étaient plus inquiétants avec leurs défenses et leurs grognements. On se mit à chanter, à l'instigation de Lonzano, pour avertir les cochons sauvages qui, sinon, pris de peur auraient pu charger.

Arrivés devant une rivière au courant rapide, entre deux talus abrupts couverts d'aneth, ils cherchèrent en vain un gué et durent pousser leurs bêtes dans l'eau. Ce fut un passage difficile, car, sur l'autre rive, la berge était raide et glissante. Dans un air chargé de jurons et du fort parfum de l'aneth écrasé, il fallut du temps pour en venir à bout. Au-delà de la rivière, des bois sauvages rappelèrent au jeune barbier les pistes forestières qu'il avait suivies avec son maître. Qu'auraient pensé ses compagnons s'il avait soufflé dans sa corne saxonne ?

A un détour du chemin, sa monture broncha : au-dessus d'eux, sur une large branche, une panthère s'apprêtait à bondir. L'âne recula, la mule sentit l'odeur du fauve, qui peut-être flaira la peur grandissante. Tandis que Rob cherchait une arme, la bête sauta.

Une longue et lourde flèche, lancée avec une force prodigieuse, claqua dans son œil droit. Ses griffes labourèrent le flanc du malheureux âne quand elle s'effondra sur Rob, le désarçonnant. Il se retrouva par terre, étouffant dans l'odeur musquée du félin dont il avait sous les yeux la fourrure noire et lustrée, la patte monstrueuse au-dessous feutré; une griffe manquait à un des doigts, à vif et sanglant, ce qui confirmait bien que ce fauve-là n'avait pas des yeux d'abricots secs ni une langue en feutre rouge.

Des hommes sortirent des fourrés et leur maître parut, tenant encore son arbalète. Il était vêtu d'indienne rouge matelassée de coton, de culottes grossières, de souliers de chagrin et d'un turban négligemment drapé. La quarantaine, solidement charpenté, il se tenait droit, avec une courte barbe noire, un nez aquilin, et dans l'œil encore le regard du tueur, tout en surveillant ses rabatteurs qui délivraient le grand jeune homme du cadavre de la panthère.

Rob se releva tremblant, les tripes nouées.

« Rattrapez ce crétin d'âne », dit-il à la cantonade, et personne ne le comprit car il s'était exprimé en anglais. L'âne, de toute façon, dérouté par cette inquiétante forêt, revenait déjà, aussi tremblant que son maître.

Chacun s'agenouilla en se prosternant la face contre terre et Lonzano obligea Rob à se baisser, s'assurant, une main sur son cou, que sa tête plongeait au plus bas. La leçon n'avait pas échappé au chasseur. Rob entendit le bruit de ses pas et aperçut les souliers de chagrin qui s'arrêtaient à quelques pouces de sa tête obéissante.

« Voilà une grande panthère morte, et un grand *dhimmi* mal éduqué », dit une voix amusée, et les souliers disparurent.

Le chasseur et les serviteurs portant sa proie s'en allèrent sans un mot de plus. Au bout d'un moment, les hommes à genoux se relevèrent.

« Ça va ? demanda Lonzano.

– Oui oui. »

Le caftan de Rob était déchiré, mais lui n'était pas blessé.

« Qui était-ce ?

– Ala al-Dawla, le chahinchah, le roi des rois.

– Et qu'est-ce qu'un *dhimmi* ?

– Cela veut dire l'"homme du Livre". C'est ainsi qu'on appelle les Juifs, ici. »

37

LA CITÉ DE REB JESSE

Ils se séparèrent deux jours plus tard à Kupayed, douze misérables maisons de brique à une croisée de chemins. Pour Rob, Ispahan était à moins d'un jour de voyage, tandis que les autres avaient encore devant eux trois semaines difficiles vers le sud, et la traversée du détroit d'Ormuz avant de rentrer dans leur pays. Il savait que sans eux et les communautés juives qui l'avaient accueilli le long de la route, il n'aurait jamais atteint la Perse. Loeb et lui s'étreignirent.

« Dieu soit avec toi. Rob Jesse ben Benjamin. »

Aryeh lui-même esquissa un sourire crispé quand ils se souhaitèrent bon voyage, sans doute aussi soulagés l'un que l'autre de se quitter.

« Quand tu seras à l'école de médecine, fais bien nos amitiés au parent d'Aryeh, Reb Mirdin Askari », dit Lonzano.

Rob lui prit les mains et l'autre lui sourit.

« Pour quelqu'un qui est presque un goy, tu as été un excellent compagnon et un homme de bien. Va en paix, Inghiliz.

– Va en paix, toi aussi. »

Et dans un dernier échange de bons vœux, ils se dispersèrent.

Ispahan

Rob montait la mule car, depuis l'attaque de la
panthère, il avait transféré son sac sur le dos de
l'âne effrayé, qu'il menait par la bride. Il allait ainsi
moins vite mais, si près du but, il tenait à savourer
la dernière partie du voyage. La route était très
fréquentée. Il entendit le bruit qui lui plaisait tant
et rejoignit bientôt une file de chameaux à clochettes portant chacun deux grands paniers de riz.
Suivant le dernier de la colonne, il restait sous le
charme de cette musique cristalline.

La forêt s'ouvrit sur un vaste plateau : partout
où l'eau le permettait, des champs de riz et de
pavots; ailleurs, l'aridité du roc. Plus loin, des
collines calcaires, creusées de nombreuses carrières et dont le soleil et l'ombre nuançaient la
blancheur. En fin d'après-midi, sur une hauteur,
Rob aperçut une petite vallée où coulait une rivière
et, vingt mois après avoir quitté Londres, il découvrit Ispahan.

Une éblouissante blancheur ponctuée de bleu.
Une cité voluptueuse pleine d'hémisphères et de
courbes, avec de grands édifices couronnés de
dômes qui brillaient au soleil, des mosquées et
leurs minarets, de larges espaces verts, de hauts
cyprès, des platanes. Le quartier sud se colorait de
rose sous les rayons reflétés par le sable des
collines.

Maintenant, il ne pouvait plus attendre. « *Hai!* »
cria-t-il en talonnant la mule, et, l'âne trottant
derrière, ils dépassèrent à vive allure la caravane
des chameaux. A quelque distance de la ville
s'ouvrait une superbe avenue à quatre voies, pavée
et bordée de platanes, qui franchissait la rivière
au-dessus du barrage d'un bassin d'irrigation. Dans
le Zayandeh, le Fleuve de la Vie, des garçons à la
peau brune se baignaient en s'éclaboussant.

Derrière l'enceinte de pierre, passé l'unique

porte de la cité, c'étaient de riches demeures, avec des terrasses, des vergers et des vignes. Partout des ouvertures en arc brisé, aux portes, aux fenêtres aux grilles des jardins. Au-delà, les dômes blancs et ronds qu'achevait une pointe, comme si les architectes étaient tombés amoureux fous des seins de femme. Et tout cela en pierre blanche des carrières, ornée de petits carreaux bleu foncé qui formaient des motifs géométriques ou des citations du Coran : « Il n'est de Dieu que Lui seul, le Miséricordieux », « Combats pour la religion de Dieu », « Malheur à ceux qui sont négligents dans leur prière ».

Dans les rues, une foule d'hommes enturbannés, mais pas de femmes. Rob traversa une place immense, puis une autre plus loin, en savourant les sons et les odeurs. C'était une grande communauté humaine, fourmillante, comme il en avait connu à Londres étant enfant et, sans savoir pourquoi, il se sentit à sa place et à l'aise, chevauchant à loisir dans cette cité, au nord du Fleuve de la Vie.

Appelant les fidèles à la prière, du haut des minarets, des voix mâles lui parvenaient, les unes faibles et lointaines, d'autres toutes proches. La circulation s'arrêta. Tous les hommes de la ville, tournés vers La Mecque, tombèrent à genoux, les paumes au sol, et se prosternèrent en pressant leur front contre les pavés. Rob s'arrêta et mit pied à terre, par respect. Le rite achevé, il aborda un homme d'un certain âge qui roulait son petit tapis de prière, et lui demanda où se trouvait le quartier juif.

« Le Yehuddiyyeh ? Tu descends l'avenue de Yazdegerd jusqu'au marché juif, et au bout du marché tu trouves une porte qui te mène à ton quartier. Tu ne peux pas te tromper, dhimmi. »

La place était bordée d'échoppes qui vendaient des meubles, des lampes et de l'huile, du pain, des pâtisseries qui embaumaient le miel et les épices, des habits et toutes sortes d'ustensiles, fruits, légumes, viande, poissons, poulets plumés ou vifs. Ailleurs, des châles de prière, des vêtements à franges, des phylactères. Ici, un écrivain public, là une diseuse de bonne aventure. Les femmes portaient de larges robes noires et des fichus sur leurs cheveux; quelques-unes étaient voilées à la manière des musulmanes, les hommes barbus et vêtus comme Rob. On s'interpellait, on plaisantait, on se querellait. Il fallait hausser le ton pour se faire entendre.

Après la porte au bout du marché, des ruelles tortueuses descendaient jusqu'à un quartier aux rues étroites et aux maisons délabrées; quelques-unes, isolées, avaient un petit jardin. Ispahan semblait vieux, mais Yehuddiyyeh bien davantage. La brique des murs virait au rose pâle. Des enfants menaient une chèvre, les gens bavardaient en riant, par petits groupes. L'heure du dîner approchait et les odeurs de cuisine vous mettaient l'eau à la bouche.

Rob trouva une écurie où il laissa ses bêtes après avoir soigné le flanc de l'âne, qui était en voie de guérison. Puis il entra dans une auberge tenue par un grand vieillard au bon sourire et au dos tordu, qui s'appelait Salman le Petit.

« Pourquoi le Petit ?

– Dans mon village, mon oncle était Salman le Grand : un érudit célèbre... Tu veux manger ? »

Après avoir loué une paillasse dans un coin de la vaste chambre commune, Rob prit des brochettes, du *pilah* et des petits oignons noircis par le feu.

« C'est bien kascher? s'empressa-t-il de demander.

– Bien sûr. Tu peux manger sans crainte. »

Salman lui servit encore des gâteaux au miel et une boisson rafraîchissante qu'il appelait un *sherbet*.

« Tu viens de loin, dit-il.

– D'Europe.

– Oui.

– Comment le sais-tu?

– A ta manière de parler notre langue... Mais tu apprendras, ne t'inquiète pas. Comment est-ce d'être juif en Europe?

– C'est dur, répondit Rob en se rappelant ce qu'avait dit Zevi. Et d'être juif à Ispahan?

– Pas mal... Les gens, instruits par le Coran, nous traitent de tous les noms, mais nous nous sommes habitués les uns aux autres. Il y a toujours eu des Juifs à Ispahan. Nabuchodonosor, quand il eut conquis la Judée et détruit Jérusalem, ramena ici des Juifs prisonniers. Neuf cents ans plus tard, le chah Yazdegerd est tombé amoureux d'une Juive, l'a épousée et elle a fait beaucoup pour son peuple. »

Après dîner, ils allèrent ensemble à la maison de la Paix, l'une des innombrables synagogues : pas de fenêtres, mais des meurtrières et une porte si basse que Rob dut se pencher pour entrer. A l'intérieur, des lampes éclairaient les piliers, mais la voûte se perdait dans l'obscurité. Les femmes se tenaient à part dans un réduit derrière un mur. Un *hazzan* dirigeait la prière et, toute l'assemblée marmonnant ou chantant, un hébreu médiocre et des prières hésitantes pouvaient passer inaperçus.

Sur le chemin du retour, Salman, avec un sourire malicieux, suggéra au jeune homme des plaisirs de son âge dans les quartiers musulmans.

« Il y a des femmes et du vin, de la musique et des divertissements que tu ne peux pas imaginer, Reb Jesse.

– Non, une autre fois, dit Rob en secouant la tête. Je veux garder l'esprit clair, car demain je dois négocier une affaire de la plus haute importance. »

Il ne dormit pas de la nuit, se tournant et se retournant : Ibn Sina était-il un homme d'un abord facile ?

Le matin, il trouva des bains publics et s'y lava minutieusement de toute la crasse du voyage; il tailla sa barbe, qui avait bien épaissi, revêtit son meilleur caftan et, son chapeau de cuir sur la tête, il demanda dehors, à un mendiant, où était l'école de médecine.

« La madrassa, tu veux dire ? Près de l'hôpital dans la rue Ali. C'est au centre de la ville, à côté de la mosquée du Vendredi. »

En échange de son aumône, l'homme bénit les enfants de Rob jusqu'à la vingtième génération.

La mosquée du Vendredi était un monument massif, avec un superbe minaret autour duquel voltigeaient les oiseaux. Un peu plus loin, un marché, où dominaient les petits restaurants. Près de l'école, entourés de marchands de livres destinés aux étudiants, des immeubles d'habitation, longs et bas, des enfants qui jouaient, et une foule de jeunes gens coiffés de turbans verts. La madrassa était un ensemble de pavillons de calcaire blanc, séparés par des jardins. Sous un marronnier, six étudiants assis en tailleur écoutaient avec attention un homme à la barbe blanche qui portait un turban bleu ciel. Rob s'approcha.

« ... les syllogismes de Socrate, disait le conférencier. La vérité d'une proposition est logiquement déduite du fait que deux autres propositions sont vraies. Par exemple, du fait que, primo, tous les hommes sont mortels, et secundo, que Socrate est un homme, on peut déduire, tertio, que Socrate est mortel. »

Rob fit une grimace et s'éloigna, saisi d'un doute; c'était là plus qu'il n'en savait, beaucoup plus qu'il n'en pouvait comprendre. Il s'arrêta devant un bâtiment très ancien, rattaché à une mosquée, pour demander à un étudiant où l'on enseignait la médecine.

« Trois bâtiments plus loin. Ici, c'est la théologie, à côté, la loi islamique, et la médecine, c'est là-bas, dit-il en désignant un dôme blanc, si parfaitement fidèle à ce que Rob connaissait de l'architecture d'Ispahan que, désormais, il l'appela toujours le Grand Téton.

A côté de la madrassa, un grand bâtiment à un étage portait l'inscription « *maristan*, maison des malades ». Intrigué, il en monta les trois marches de marbre et franchit la porte de fer forgé. D'une cour centrale, contenant un bassin aux poissons multicolores et des bancs sous des arbres fruitiers, rayonnaient les couloirs qui menaient aux grandes salles, pleines pour la plupart. Il n'avait jamais vu tant de patients à la fois, regroupés, semblait-il, en fonction de leurs maux : fractures, fièvres, diarrhée et autres maladies intestinales. L'atmosphère pourtant n'était pas oppressante, grâce aux larges fenêtres voilées seulement d'étoffe légère pour décourager les insectes. Des rainures en haut et en bas des ouvertures permettaient sans doute, en hiver, d'y poser des volets. Les murs blanchis à la chaux et les sols de pierre, faciles à entretenir, maintenaient une relative fraîcheur. Et une petite fontaine clapotait dans chaque salle!

Une porte fermée signalait le séjour de « ceux

qu'il faut enchaîner ». Rob vit là trois hommes nus au crâne rasé, liés à une fenêtre par des colliers de fer; deux, affalés, semblaient inconscients, mais le troisième se mit à hurler comme une bête, ses joues molles mouillées de larmes.

Dans la salle de chirurgie, il aurait voulu s'attarder devant chaque paillasse, examiner les blessures sous les pansements. Quelle promesse d'expériences quotidiennes! Et l'enseignement de grands maîtres! Plus loin, il crut comprendre qu'on traitait les maladies des yeux. Un solide infirmier courbait le dos sous les reproches d'un homme jeune, athlétique et merveilleusement beau, dont les yeux bruns étincelaient de colère.

« C'est une erreur, maître Karim Harun, répondait l'infirmier.

– C'est *ta* faute, Rumi. Je t'ai dit de changer les pansements de Kuru Yezidi, pas ceux d'Eswed Omar. *Ustad* Juzjani a opéré lui-même cette cataracte; il m'a ordonné de veiller à ce qu'on ne touche pas à ses bandages avant cinq jours! Si Eswed Omar ne guérit pas et si al-Juzjani passe sa rage sur moi, je découpe ton gros cul en rondelles comme un rôti de mouton! »

Avisant Rob, qui était resté médusé, il fronça les sourcils.

« Que voulez-vous?

– Parler à Ibn Sina pour entrer à l'école de médecine.

– C'est possible, mais le prince des médecins ne vous attend pas?

– Non.

– Alors, il faut d'abord aller au premier étage du bâtiment voisin, voir *Hadji* Davout Hosein, le sous-directeur de l'école. Rotun bin Nasr, un cousin éloigné du chah, est directeur à titre honorifique; il est général d'armée et ne vient jamais. Hadji

Davout Hosein est notre administrateur, c'est lui que vous devez rencontrer. »

Quelques étudiants habitaient sans doute le Grand Téton, car sur le couloir obscur ouvraient une série de petites cellules. Par une porte entrebâillée près de l'escalier, Rob aperçut deux hommes qui dépeçaient un chien jaune couché sur une table, mort peut-être. Au premier étage, il demanda à un étudiant de le conduire au hadji.

Le sous-directeur était petit, mince, encore jeune, visiblement conscient de sa propre importance; une tunique grise, le turban blanc de ceux qui ont fait le pèlerinage de La Mecque, de petits yeux noirs et, sur le front, un zàbiba très marqué, témoignant de sa piété. Après l'échange des *salaam*, il écouta la requête de Rob et l'examina avec attention.

« Tu viens d'Angleterre, dis-tu? C'est en Europe? Dans le Nord? Et combien de temps as-tu mis pour venir chez nous?

— Pas tout à fait deux ans, *hadji*.

— Deux ans? C'est extraordinaire! Ton père est médecin, diplômé de notre école? Non? Un oncle peut-être?

— Non. Je serai le premier médecin de ma famille. »

Hosein s'assombrit.

« Nous avons ici des étudiants qui descendent d'une longue lignée de médecins. Tu as des lettres d'introduction, dhimmi?

— Non, maître Hosein, répondit Rob, que la panique gagnait. Je suis barbier-chirurgien et j'ai un peu d'expérience...

— Pas de références d'un de nos distingués praticiens? Non? Nous n'acceptons pas n'importe qui!

— Ce n'est pas un caprice. J'ai fait un long et

terrible voyage, soutenu par ma volonté d'apprendre ce métier. J'ai appris votre langue.

– Médiocrement, d'ailleurs, dit le hadji en reniflant. Nous n'enseignons pas un *métier* et nous ne produisons pas des artisans. Nous formons des hommes instruits. Nos étudiants apprennent la théologie, la philosophie, les mathématiques, la physique, l'astrologie et la jurisprudence, aussi bien que la médecine. Devenus des savants et des érudits complets, ils peuvent choisir leur carrière dans l'enseignement, la médecine ou le droit. »

Rob attendait, consterné.

« Il faut bien comprendre que c'est impossible. »

Deux ans pour comprendre. Pour tourner le dos à Mary Cullen. Suer sous le soleil, grelotter dans la neige, souffrir pluies et tempêtes, désert de sel et forêt traîtresse. Escalader montagne après montagne comme une misérable fourmi.

« Je ne partirai pas sans avoir parlé à Ibn Sina », dit-il avec fermeté.

Hosein ouvrit la bouche mais quelque chose dans le regard de Rob l'arrêta. Il pâlit et hocha la tête.

« Un moment... », dit-il en quittant la pièce. Et Rob resta seul.

Quelques instants plus tard, quatre soldats entrèrent moins grands que lui, mais musclés et armés de lourdes matraques.

« Comment tu t'appelles, Juif? demanda l'un d'eux, qui avait le visage grêlé et tenait son bâton de la main gauche.

– Jesse ben Benjamin.

– Tu es étranger? Européen a dit le hadji?

– Oui, d'Angleterre. C'est très loin d'ici.

– Tu as refusé de partir quand le hadji te l'a demandé.

– C'est vrai, mais...
– Il faut partir maintenant, Juif. Avec nous.
– Je ne partirai pas sans parler à Ibn Sina. »

L'homme balança son bâton. « Pas mon nez! » pensa Rob dans son angoisse. Mais le sang coulait déjà et chaque soldat maniait le gourdin avec compétence et efficacité. Ils le cernaient, interdisant le moindre geste.

« Salauds! » dit-il en anglais.

Ils n'avaient rien compris mais le ton leur suffit et ils frappèrent plus fort. Un coup à la tempe lui donna le vertige et des haut-le-cœur. Ils connaissaient leur travail à fond. Quand ils le virent à bout de résistance, ils laissèrent les matraques et continuèrent à coups de poing. Ils le poussèrent hors de l'école en le soutenant sous chaque bras, puis le traînèrent, attaché entre deux de leurs chevaux. Chaque fois qu'il tombait, à trois reprises, l'un d'eux mettait pied à terre et le relevait à coups de pied dans les côtes. Le chemin lui parut long, mais, comme il l'apprit plus tard, ils s'arrêtèrent, juste derrière la madrassa, à un petit bâtiment de brique qui servait de tribunal au niveau le plus bas de la justice islamique.

Assis devant une table de bois, un barbu à l'air méchant, aux cheveux en broussaille et vêtu d'une robe noire, était en train d'ouvrir un melon. Les quatre soldats poussèrent Rob vers la table et attendirent respectueusement, tandis que le magistrat extrayait d'un ongle sale les pépins qu'il jetait dans un bol en terre; puis il découpa le melon en tranches et le mangea lentement. Après quoi, il essuya ses mains et son couteau sur sa robe, se tourna vers La Mecque et rendit grâces à Allah. La prière finie, il soupira et leva les yeux vers les soldats.

« C'est un fou, dit le grêlé, un Juif d'Europe qui

troublait l'ordre public. Arrêté sur plainte de Hadji Davout Hosein, contre lequel il a proféré des menaces. »

Le mufti hocha la tête et retira de l'ongle un reste de melon entre ses dents. Il regarda Rob.

« Tu n'es pas un musulman et c'est un musulman qui t'accuse. La parole d'un infidèle ne peut être acceptée contre celle d'un croyant. Connais-tu un musulman qui puisse prendre ta défense ? »

L'accusé tenta de parler mais il ne vint aucun son et ses jambes se dérobèrent sous lui. Les soldats le redressèrent d'une bourrade.

« Pourquoi te conduis-tu comme un chien ? Bon. Un infidèle, après tout, ne connaît pas nos usages, cela mérite quelque indulgence. Mettez-le au carcan, à la disposition du *kelonter*. »

A la prison, les soldats le confièrent à deux gardiens qui le poussèrent le long de cachots sinistres d'une humidité nauséabonde, jusqu'à une cour intérieure en plein soleil où de misérables humains, inconscients ou gémissants, occupaient deux longues rangées de carcans. Ils l'arrêtèrent devant une place vide.

« Passe là-dedans ta tête et ton bras droit. »

Par une crainte instinctive, Rob recula, ce qu'ils interprétèrent à juste titre comme une résistance. Alors ils le frappèrent et, quand il fut à terre, le bourrèrent de coups de pied ainsi que l'avaient fait les soldats. Enfin, le manipulant tel un sac de farine, ils introduisirent dans la position requise son cou et son bras droit puis rabattirent la partie supérieure du carcan et la clouèrent avant d'abandonner leur victime à peu près inconsciente, sans espoir, sans recours, sous un soleil de plomb.

38

LE CALAAT

Ces piloris très particuliers étaient faits d'un rectangle et de deux carrés de bois disposés en triangle, au centre duquel la tête de Rob se trouvait prise; si bien que son corps accroupi était en même temps à demi suspendu. Sa main droite, celle qui nourrit, était fixée par un bracelet de fer à l'extrémité de la plus grande longueur, puisque le condamné au carcan ne mange pas. La main gauche, celle qui essuie, restait libre car le kelonter, prévôt de la ville, était un homme civilisé.

Par moments, Rob reprenait conscience en considérant la double rangée de suppliciés : au-delà, à l'autre bout de la cour, il y avait un billot de bois. Il rêva qu'un démon brandissait une grande épée et tranchait la main droite d'un homme à genoux, tandis que d'autres personnages en robes noires, priaient. Le rêve se répétait sans fin sous le soleil brûlant, puis la scène changeait : un inconnu avait, cette fois, la nuque sur le billot, les yeux au ciel, exorbités. Allait-on le décapiter? Non, on lui coupait la langue. Quand Rob releva les paupières, il n'y avait plus ni démons ni personne mais, sur le billot et tout autour, le sang frais n'était pas un rêve.

Respirer était douloureux; on l'avait tant battu

qu'il avait peut-être des côtes cassées. Il pleura silencieusement, puis essaya de parler à ses voisins, en tournant avec précaution la tête, car le bois meurtrissait la peau de son cou. A sa droite, un jeune homme le regardait fixement, muet, stupide ou dérouté par son persan approximatif. Son voisin de gauche, fouetté à en perdre connaissance, fut trouvé mort quelques heures plus tard par un gardien, qui l'enleva et mit un autre condamné à sa place.

Vers midi, il sentit sa langue râpeuse gonfler dans sa bouche. Le soleil semblait avoir pompé tous les liquides de son corps, il ne restait rien à éliminer. Le récit de Lonzano lui revint en mémoire : la fin de Calman, mort de soif. Il tourna la tête et rencontra le regard du nouveau prisonnier. Ils s'observèrent.

« Il n'y a personne à qui demander grâce ?

– A Allah. Tu es étranger ? fit l'autre d'un ton haineux. Tu as vu un *mullah* ? Un saint homme a prononcé la sentence, voilà tout. »

Le déclin du soleil lui fut une bénédiction, et la fraîcheur du soir une espèce de joie. Son corps engourdi ne souffrait même plus. Peut-être allait-il mourir ?

Pendant la nuit, son voisin lui parla.

« Il y a le chah, Juif étranger, dit-il. Hier, c'était mercredi, *Chahan Shanhah*, aujourd'hui c'est *Panj Shanhah*. Chaque semaine, le matin de ce jour-ci, pour se purifier avant le sabbat, Ala Al-Dawla donne une audience ; chacun peut se présenter devant son trône pour réclamer justice.

– N'importe qui ? demanda Rob dans un élan d'espoir.

– N'importe qui, même un prisonnier peut obtenir d'être mené devant lui.

– N'y va pas ! cria une voix dans le noir. Le chah

ne casse pas les jugements des muftis, et les mullahs attendent le retour de ceux qui lui ont fait perdre son temps pour leur couper la langue ou les étriper. Il le sait, ce fils de pute, donneur de mauvais conseils. Fie-toi à Allah, pas au chah! »

Vingt-quatre heures après sa condamnation, Rob était relâché. Il avait du mal à se tenir debout et un geôlier finit par le chasser avec un coup de pied. Quittant la prison en traînant la jambe, il s'arrêta au bord d'une fontaine, sur une grande place entourée de platanes, but à perdre haleine et plongea la tête dans l'eau jusqu'à faire tinter ses oreilles.

Un petit vendeur gras chassait les mouches autour de sa marmite fumante. L'affamé crut en défaillir; il ouvrit sa bourse, mais à la place de l'argent qui l'aurait fait vivre plusieurs mois, il ne restait qu'une pièce de bronze : on l'avait dévalisé pendant son évanouissement. Cette dernière pièce – pitié ou ironie du voleur –, il la donna au marchand en échange d'un peu de pilah graisseux, qu'il avala trop vite et vomit presque aussitôt.

« Où vont tous ces gens? demanda-t-il, surpris de les voir se presser dans la même direction.

– A l'audience du chah », lui répondit-on avec un regard de suspicion pour son visage meurtri.

Il suivit le flot. Pourquoi pas? Jeunes et vieux, étudiants et mullahs, mendiants ou cavaliers, la foule prit l'avenue d'Ali-et-Fatima, puis celle des Mille-Jardins et tourna dans le boulevard des Portes-du-Paradis. Au-delà d'une vaste pelouse encadrée de piliers, après les demeures de la Cour, les terrasses et les jardins, Rob découvrit un édifice à la fois imposant et plein de grâce, surmonté de dômes et ceint de remparts qu'arpentaient des

sentinelles aux casques étincelants sous des oriflammes multicolores qui flottaient dans la brise.

« Quelle est cette forteresse ? demanda-t-il à un
des Juifs dont il avait suivi le groupe.

– C'est la Maison du Paradis, le palais du chah,
pardi ! Mais, tu saignes, ami ?

– Un accident, ce n'est rien. »

La salle des Piliers, moitié aussi vaste que la
cathédrale Sainte-Sophie, était pavée de marbre.
Ses murs et ses hautes voûtes de pierre, habilement ajourés d'étroites ouvertures laissaient pénétrer la lumière du jour. Rob, en entrant, la trouva
déjà pleine de gens de toutes conditions : tuniques
brodées et turbans de soie de la classe supérieure,
cavaliers dont des serviteurs s'empressaient de
prendre les chevaux, fonctionnaires aux turbans
gris qui passaient dans la foule pour recueillir les
requêtes. Il se fraya un chemin jusqu'à l'un d'eux
et se fit inscrire en épelant laborieusement son
nom.

Un homme de haute taille venait d'entrer dans la
partie surélevée de la salle où se dressait le trône
royal, et il s'assit sur un des sièges placés en
contrebas, à la droite de celui du chah.

« Qui est-ce ? demanda Rob au Juif qui l'avait
déjà renseigné.

– C'est le grand vizir, le saint imam Mirza-aboul
Qandrasseh », dit l'homme non sans inquiétude,
car il n'avait échappé à personne que Rob avait
déposé une requête.

Le chah Ala al-Dawla gagna l'estrade à grands
pas, détacha son ceinturon et posa à terre l'épée
dans son fourreau avant de prendre place sur le
trône. L'assistance se prosterna, tandis que l'imam
Qandrasseh invoquait la protection d'Allah sur
ceux qui sollicitaient la justice du Lion de la
Perse.

Aussitôt l'audience commença. Malgré le silence qui s'était établi dans la salle, Rob saisissait mal les propos des intervenants; mais des porte-parole placés à quelques endroits stratégiques répétaient à haute voix tout ce qui se disait.

La première affaire opposait deux bergers qui se disputaient un chevreau nouveau-né : l'un était le propriétaire de la chèvre, longtemps stérile et récalcitrante; l'autre prétendait avoir « préparé » la bête à l'efficace saillie du bouc.

« As-tu pratiqué quelque magie ?

– Excellence, je l'ai seulement chauffée avec une plume au bon endroit. »

La foule ravie trépignait et la justice royale donna raison au manieur de plume. On venait là surtout pour se divertir. Le chah ne parlait jamais, laissant apparemment l'imam prendre les décisions, non sans lui marquer ses souhaits par quelque signe.

Un maître d'école à la tenue sévère voulait ouvrir un nouvel établissement dans sa ville sous prétexte que les autres ne valaient rien, s'étendant complaisamment sur les qualités d'un directeur qui ne pourrait être que lui-même.

« Assez ! Cette demande hypocrite et intéressée est une insulte au chah. Qu'on donne à cet homme vingt coups de bâton, plaise à Allah ! »

Les cas suivants n'intéressaient personne : querelles de pâturages, interminables discussions d'anciens contrats. Les gens s'étiraient, bâillaient, se plaignaient de manquer d'air.

« Jesse ben Benjamin, Juif d'Angleterre ! » appela quelqu'un d'une voix forte.

Tandis qu'on répétait son nom à tous les échos, Rob parcourut en boitant la longue allée couverte de tapis, conscient de son caftan déchiré, de son vieux chapeau et de sa pauvre mine. Devant le

trône, il se prosterna trois fois, comme il avait
enfin appris à le faire. Puis, se redressant il vit
l'imam, mullah noir au nez en lame de couteau, à
la barbe gris fer, au visage énergique. Le chah
portait le turban blanc des pèlerins de La Mecque
et, glissée dans ses plis, une fine couronne d'or. Sa
longue tunique blanche était d'une étoffe douce et
légère, brodée de bleu et d'or, des bandes bleu
foncé s'enroulaient à ses mollets et ses chaussures
pointues étaient bleues, ornées de rouge sang.
Visiblement, il s'ennuyait.

« Un Inghiliz ? Tu es aujourd'hui notre seul
Européen. Pourquoi es-tu venu en Perse ?

– Pour y chercher la vérité.

– Tu veux embrasser la vraie religion ?

– Non, car nous reconnaissons qu'il n'y a pas
Allah, mais Lui, le plus miséricordieux, dit Rob,
bénissant les longues heures passées à s'instruire
auprès de Simon. Il est écrit dans le Coran : " Je
n'adore pas ce que vous adorez. Vous n'adorez pas
ce que j'adore. Vous avez votre religion et moi j'ai
la mienne. " »

Il faut être bref, se dit-il, et en peu de mots il
raconta simplement comment, dans la jungle de
Perse occidentale, une bête sauvage avait bondi sur
lui. Le chah semblait intéressé.

« Il n'y a pas de panthères dans mon pays et,
sans arme, je ne savais comment me défendre. »

Il dit qu'il devait la vie au chah Ala al-Dawla,
chasseur de fauves comme son père, le vainqueur
du lion de Kachan. La foule applaudit son souverain avec des cris d'approbation et l'on se répétait
l'histoire jusqu'au fond de la salle. L'imam restait
impassible, mais ses yeux trahissaient son irritation.

« Achève ta requête, Inghiliz, dit-il froidement.

– Il est écrit aussi que celui qui sauve une vie en

devient responsable. Je demande l'aide du chah pour accomplir la mienne du mieux que je pourrai. »

Et il conta sa vaine démarche pour se faire admettre à l'école de médecine d'Ibn Sina. Les gens, enthousiasmés par l'aventure de la panthère, tapaient des pieds en mesure, à en faire trembler les murs. Et le chah, plus habitué à être craint qu'acclamé spontanément, semblait goûter ce bruyant hommage comme la plus douce des musiques. Il observa Rob un moment, puis tourné vers l'imam, il parla pour la première fois.

« Qu'on donne un *calaat* à cet Hébreu », dit-il.

Le peuple se mit à rire, sans que Rob comprît pourquoi.

« Viens avec moi, dit l'officier grisonnant, vêtu de cuir, dont les bras étaient couverts de cicatrices, l'oreille gauche déchirée et la bouche tordue par une blessure à la joue droite. Je m'appelle Khuff, capitaine des Portes. J'ai droit aux corvées, tu vois ! »

Remarquant le cou à vif, il sourit.

« Le carcan, hein… ? Une belle saloperie ! »

Ils quittèrent la salle des Piliers et prirent le chemin des écuries. Des cavaliers galopaient d'un bout à l'autre de la prairie, armés de longs bâtons comme des houlettes de berger.

« Ils vont se battre ?

– Non, c'est un jeu : il s'agit de frapper une boule de bois. Tu as beaucoup à apprendre ! Sais-tu seulement ce que c'est qu'un calaat ? Non ? Autrefois, quand quelqu'un trouvait grâce aux yeux d'un roi de Perse, le souverain lui remettait un de ses propres vêtements en témoignage de satisfaction. Aujourd'hui, le " vêtement royal " consiste en une pension, un costume complet, une maison et un cheval.

– Alors, je suis riche ?

– Il y a toutes sortes de calaat, dit Khuff avec ironie. Un ambassadeur a reçu des habits superbes, un palais et un coursier au harnais incrusté de pierres précieuses. Mais tu n'es pas ambassadeur ! »

Dans un vaste enclos derrière les écuries tourbillonnaient une multitude de chevaux. Le Barbier disait souvent qu'il fallait choisir un cheval qui ait une tête de princesse et un cul de putain. Rob en vit un gris qui, en plus de tout cela, avait un regard royal.

« Je peux choisir cette jument ? » demanda-t-il.

Khuff ne prit même pas la peine de répondre que c'était une monture de prince, mais un étrange sourire passa sur sa bouche tordue. Il partit à cheval explorer le troupeau et ramena un hongre brun, robuste et sans esprit, aux jambes courtes et aux fortes épaules. L'animal était marqué au fer chaud d'une grande tulipe près de la cuisse.

« C'est la marque du chah, le seul éleveur de Perse. Tu peux échanger celui-ci contre un cheval portant la même tulipe mais tu ne dois pas le vendre. S'il meurt, découpe la peau avec la marque et je te l'échangerai contre un autre. »

Il lui remit une bourse, qui contenait moins de pièces que Rob n'en gagnait avec le Spécifique en un seul spectacle. Dans un entrepôt voisin, il lui trouva une selle de l'armée. Les vêtements étaient de bonne qualité mais simples : une culotte bouffante retenue à la taille par un cordon, des bandes de lin à enrouler de la cheville au genou, une chemise vague, une tunique, deux manteaux, l'un court et léger, l'autre long et doublé de mouton ; enfin un turban brun et un support en forme de cône autour duquel le draper. Rob voulait un turban vert.

« Celui-ci est mieux; le vert est d'une étoffe lourde et médiocre. C'est bon pour les étudiants et les pauvres. »

Devant son insistance, Khuff finit par céder en lui jetant un regard de mépris. De jeunes serviteurs aux yeux vifs se précipitèrent pour amener au capitaine des Portes son cheval personnel, un étalon arabe qui ressemblait à la belle jument grise dont Rob avait eu envie. Monté quant à lui sur son paisible bourrin, avec son ballot d'habits neufs, il se mit en route comme un propriétaire, derrière Khuff, vers le quartier juif.

Après un long chemin à travers ses rues étroites, ils finirent par s'arrêter devant une petite maison de vieilles briques rouges. Un toit posé sur quatre poteaux tenait lieu d'écurie. Dans le minuscule jardin, un lézard fit un clin d'œil à Rob avant de disparaître entre les pierres du mur; quatre abricotiers ombrageaient des buissons d'épines qui auraient eu bien besoin d'être élagués. Il y avait trois pièces, l'une au sol de terre battue, les autres de briques usées par les pas de nombreuses générations. Le cadavre desséché d'une souris traînait dans un coin.

« Tu es chez toi », dit Khuff, et avec un signe de tête, il s'en alla.

Le pas du cheval résonnait encore dans la rue quand Rob, s'effondrant sur la terre malpropre, rejoignit la souris morte dans l'oubli.

Il dormit dix-huit heures et se réveilla ankylosé comme un vieillard. Assis dans la maison silencieuse, il regarda danser la poussière le long du rayon de soleil que laissait entrer le trou de fumée. Tout semblait quelque peu délabré : le plâtre des murs se fissurait, le bord des fenêtres s'effritait. Mais c'était sa première demeure depuis la mort de ses parents.

Dans la petite grange, il découvrit avec horreur que son nouveau cheval était resté sellé, sans nourriture et sans eau. Il le fit boire dans son chapeau, rempli au puits le plus proche, et se rendit à l'écurie où il avait laissé l'âne et la mule. Il y acheta des seaux en bois, de la paille et un panier d'avoine. Les animaux soignés, il prit son costume neuf pour aller aux bains publics. Mais il s'arrêta d'abord à l'auberge de Salman le Petit.

« Je viens chercher mes affaires, lui dit-il.

– Elles sont toujours là. Mais je me suis inquiété en ne te voyant pas revenir au bout de deux nuits. On raconte qu'un dhimmi étranger s'est présenté à l'audience et a obtenu un calaat du chah... C'était toi ? »

Rob s'assit lourdement.

« Je n'ai rien mangé depuis la dernière fois que je t'ai vu. »

Il essaya prudemment du pain et du lait de chèvre, puis, comme tout allait bien, des œufs, un peu de fromage et un bol de pilah. Il sentit revenir ses forces. Aux bains, il se lava longuement, détendant son corps meurtri. Les nouveaux habits ne lui étaient pas familiers et il eut quelque difficulté à enrouler les molletières ; quant au turban, cela exigeait tout un apprentissage. Il garda donc son chapeau de cuir, en attendant.

Rentré chez lui, il se débarrassa de la souris et réfléchit. Il disposait maintenant d'une modeste aisance mais ce n'était pas là ce qu'il avait demandé. Il commençait à s'inquiéter quant survint Khuff, toujours bourru, qui déroula une sorte de parchemin étrangement mince et se mit à lire à haute voix.

Le texte officiel du calaat, chargé de formules ampoulées, énumérait les innombrables titres du souverain avant de confirmer la magnanime protection qu'il accordait à Jesse, fils de Benjamin de Leeds, sous réserve de son obéissance aux lois, etc.

« Et l'école? demanda Rob, la voix enrouée d'angoisse.

– L'école ne me regarde pas », dit le capitaine, en partant aussi vite qu'il était venu.

Un peu plus tard, deux gaillards déposaient devant la porte une chaise à porteurs d'où sortait le hadji Davout Hosein, avec une quantité de figues pour porter chance à la nouvelle maison. Ils les mangèrent, assis parmi les fourmis et les abeilles, dans le fouillis du petit jardin.

« Ce sont d'excellents abricotiers », dit le hadji en connaisseur, puis il expliqua tout au long comment les soigner en les taillant, en les arrosant et en les nourrissant de fumier de cheval. Enfin, il se tut.

« Oui? murmura Rob.

– J'ai l'honneur de te transmettre les félicitations et les vœux de l'honorable Abu Ali Al-Husayn ibn Abdullah ibn Sina. »

Le hadji transpirait. Il était si pâle qu'on voyait encore davantage la tache du zabiba sur son front. Rob avait pitié de lui, mais il n'en savourait pas moins ce moment délicieux – plus doux, plus exquis, plus grisant que l'arôme des petits abricots qui jonchaient le sol sous les arbres –, ce moment où Hosein remit à Jesse, fils de Benjamin, une invitation à s'inscrire à la madrassa pour étudier la médecine au maristan, où il pourrait, éventuellement, espérer devenir médecin!

QUATRIÈME PARTIE

Le maristan

39

IBN SINA

Sa vie d'étudiant commença par un matin lourd et morne. Il s'habilla avec soin mais prit prétexte de la chaleur pour se dispenser des molletières. Ayant essayé sans succès de percer le secret du turban, il donna la pièce à un gamin des rues qui lui apprit à l'enrouler, bien serré autour de son support conique, en repliant l'extrémité à l'intérieur. Mais Khuff avait raison : le turban vert pesait plus de dix livres; il s'en débarrassa et retrouva son chapeau de cuir avec soulagement. C'est ce qui le fit reconnaître immédiatement des jeunes gens qui bavardaient devant le Grand Téton.

« Voilà ton Juif, Karim ! »

Un des étudiants assis sur les marches se leva et vint à lui. C'était le beau garçon élancé qu'il avait vu houspiller un infirmier lors de sa première visite à l'hôpital.

« Je m'appelle Karim Harun, et tu es Jesse ben Benjamin, n'est-ce pas ? Le hadji m'a chargé de te faire faire le tour de l'école et de l'hôpital et de répondre à tes questions.

– Ça va te faire regretter le carcan, l'Hébreu ! » dit quelqu'un. Les autres se mirent à rire.

Toute l'école était au courant de ses aventures. Ils commencèrent par le maristan, mais Karim

283

allait beaucoup trop vite, manifestement pressé d'en finir avec cette corvée. Il expliqua que l'hôpital était divisé en deux sections, une pour les hommes et une pour les femmes; les patientes étaient soignées par des infirmières, aucun homme n'ayant le droit de les approcher, en dehors du mari de chacune et des médecins. Il y avait deux salles consacrées à la chirurgie et une longue pièce au plafond bas où des pots et des flacons soigneusement étiquetés s'alignaient sur des étagères. C'était le « trésor des drogues ».

« Le lundi et le mardi, les médecins consultent à l'école. Les préparateurs fabriquent ensuite les médecines qui ont été prescrites; ils sont honnêtes et précis dans le moinde détail, tandis qu'en ville, la plupart des marchands de remèdes sont des pourris qui te vendraient de la pisse pour de l'eau de rose. »

A côté, dans le bâtiment de l'école, Karim montra les salles d'examen, de conférence et les laboratoires, une cuisine, un réfectoire et un grand bain pour les professeurs et les étudiants.

« Il y a quarante-huit médecins et chirurgiens, qui ne sont pas tous professeurs. Avec toi, nous sommes vingt-sept étudiants en médecine, dont chacun suit l'enseignement de différents praticiens. La durée de ces apprentissages varie selon les individus, de même que celle des études. Tu peux te présenter à l'examen oral dès que ces salauds de profs décident que tu es prêt. Si tu réussis, tu deviens *hakim*; sinon, il faut retravailler en attendant une autre chance.

– Il y a longtemps que tu es ici?

– Sept ans, dit Karim amèrement; j'ai échoué l'an dernier en philosophie et cette année en jurisprudence. A quoi sert tout ça? Je suis déjà un bon médecin. »

A la madrassa, les cours du matin étaient obligatoires dans toutes les disciplines; on pouvait choisir sa classe et tâcher de se faire connaître de certains professeurs, qui pourraient être alors plus compréhensifs à l'oral. L'après-midi, chacun travaillait dans sa spécialité : au tribunal pour le droit, à la mosquée pour la théologie; les philosophes lisaient ou écrivaient et les futurs médecins faisaient à l'hôpital fonction d'assistants. Ils pouvaient alors suivre la visite des médecins, examiner les malades et proposer des traitements.

« Une merveilleuse occasion d'apprendre... ou de devenir un parfait imbécile! » soupira Karim en faisant la grimace.

« Sept ans! pensait Rob, et un avenir incertain. Pourtant, il devait avoir au départ un bagage meilleur que le mien! »

Ses appréhensions s'évanouirent à la bibliothèque, qu'on appelait la maison de la Sagesse. Que de livres! Certains manuscrits étaient sur vélin, mais la plupart rappelaient le mince support du calaat.

« Ce n'est pas du parchemin, grogna Karim, c'est du papier, une invention des yeux bridés d'Orient, des infidèles très futés. Vous n'en avez pas en Europe? On fait ça avec de vieux chiffons pilonnés, apprêtés à la colle animale, puis pressés. Ce n'est pas cher, même pour des étudiants. »

Rob, fasciné, parcourait la salle, touchait les livres, notant tous ces noms d'auteurs qui, pour la plupart, lui étaient inconnus : Hippocrate, Dioscoride, Ardigène, Rufus d'Ephèse, l'immortel Galien, Oribase, Philagrios, Alexandre de Tralles, Paul d'Egine...

« La madrassa possède presque cent mille livres! L'université de Bagdad en a six fois plus, ainsi qu'une école de traducteurs où les livres sont transcrits sur papier dans toutes les langues du califat oriental. Mais nous avons ce qu'ils n'ont pas, dit fièrement Karim en montrant tout un mur consacré aux œuvres d'un seul auteur : Lui! »

L'après-midi, Rob vit cet homme que les Persans appelaient le chef des princes. Au premier abord, Ibn Sina le déçut : son turban rouge de médecin était fané, négligemment drapé, sa tunique modeste et râpée. Petit, chauve, un nez bulbeux aux veines apparentes et des plis affaissés sous sa barbe blanche : un Arabe vieillissant. Mais Rob remarqua ses yeux bruns au regard perçant, tristes et attentifs, sérieux, étonnamment vivants. Il le sentit tout de suite : Ibn Sina voyait les choses qui restaient invisibles au commun des hommes.

Suivi de sept étudiants et de quatre médecins, le maître s'arrêta près de la paillasse d'un homme décharné.

« Qui est l'assistant de cette section?

– C'est moi, maître. Mirdin Askari. »

Voilà donc le cousin d'Aryeh, se dit Rob, en regardant avec intérêt le jeune homme au teint basané; sa mâchoire allongée et ses larges dents blanches lui faisaient un visage sans grâce mais sympathique comme celui d'un cheval intelligent.

« Parle-nous de ce patient, Askari.

– C'est Amahl Rahin, un chamelier qui est arrivé il y a trois semaines avec une violente douleur aux reins. Nous avons cru d'abord qu'il s'était blessé, étant soûl, à la colonne vertébrale, mais la douleur a gagné rapidement le testicule droit et la cuisse.

– Et l'urine?

– Jusqu'au troisième jour elle était jaune et limpide; le matin du troisième jour, elle contenait du sang et dans l'après-midi, il a évacué six calculs urinaires, quatre comme des grains de sable et deux de la taille d'un petit pois. Depuis, il ne souffre plus et son urine est claire, mais il refuse de s'alimenter.

— Qu'est-ce que vous lui avez proposé ?

— Le menu habituel, répondit l'étudiant perplexe. Plusieurs sortes de pilah, des œufs de poule, du mouton, des oignons, du pain... Il ne touche à rien. Son intestin a cessé de fonctionner, son pouls s'affaiblit et il perd ses forces »

Ibn Sina hocha la tête et les regarda tous.

« De quoi souffre-t-il, alors ?

— Je pense, maître, dit un autre assistant en s'armant de courage, que ses intestins noués bloquent le passage de la nourriture ; le sentant, il refuse d'avaler quoi que ce soit.

— Merci, Fadil ibn Parviz, dit le médecin-chef avec courtoisie. Mais, dans ce cas, le patient mange et rejette sa nourriture. »

Puis il attendit, et personne n'intervenant, il s'approcha du malade.

« Amahl, dit-il, je suis le médecin Husayn, fils d'abd-Ullah, fils d'al-Hasan, fils d'Ali, fils de Sina. Voici mes amis, qui sont aussi les tiens. D'où viens-tu ?

— Du village de Shaini, maître, murmura l'homme.

— Ah ! Un homme de Fars ! J'ai vécu d'heureux jours là-bas. Les dattes de l'oasis de Shaini sont grosses et sucrées, n'est-ce pas ? »

Des larmes apparurent dans les yeux d'Amahl et il acquiesça en silence.

« Askari, va tout de suite chercher des dattes et un bol de lait chaud pour notre ami. »

Un moment plus tard, médecins et étudiants virent le malade manger avec avidité.

« Doucement, Amahl, doucement... Askari, tu veilleras à changer le régime de notre ami.

– Oui, maître répondit l'assistant tandis que le groupe s'éloignait.

– Vous ne devez jamais oublier cela en soignant nos malades : ils viennent *à nous* mais ne deviennent pas *comme* nous, et très souvent leur nourriture n'est pas la nôtre. Ce n'est pas parce qu'il rend visite à la vache que le lion aimera le foin. Les gens du désert vivent surtout de caillé et de laitages, ceux de Dar-ul-Maraz mangent du riz et des aliments secs. Dans le Khorasan, on n'aime que la soupe à la farine; les Indiens mangent des pois et autres légumineuses, avec de l'huile et des épices. Ceux de Transoxiane préfèrent le vin et la viande, surtout celle du cheval. Les habitants de Fars et d'Arabistan sont grands consommateurs de dattes. Pour les Bédouins c'est la viande, le lait de chamelle, les criquets. Les peuples de Gurgan, de Géorgie, d'Arménie, les Européens prennent des boissons alcoolisées aux repas et mangent la chair des bœufs et des porcs. »

Ibn Sina regarda durement son assistance.

« Nous les terrifions, jeunes maîtres. Nous sommes souvent incapables de les sauver, et quelquefois c'est notre traitement qui les tue. Au moins, ne les laissons pas mourir de faim. »

Et le chef des princes s'en alla, les mains derrière le dos.

Le lendemain, dans un petit amphithéâtre aux degrés de pierre, Rob suivit son premier cours à la madrassa. Nerveux, il était en avance et restait assis, seul, au quatrième rang, quand il arriva une demi-douzaine d'étudiants; ils se moquaient, non sans envie, d'un camarade qui devait passer ses examens.

« Plus qu'une semaine, Fadil! Je parie que tu en as la colique!

– Ta gueule, Abbas Sefi, nez de Juif, queue de

chrétien! répliqua Fadil. Ça ne risque pas de t'arriver : tu marineras ici encore plus longtemps que Karim Harun…! Tiens, qui c'est ça? Salut! Comment t'appelles-tu, dhimmi?

– Jesse ben Benjamin.

– Ah! Le fameux prisonnier! Le barbier-chirurgien au calaat. Tu verras : il ne suffit pas d'une ordonnance royale pour faire un médecin. »

La salle se remplissait. Fadil interpella Mirdin Askari qui allait s'asseoir.

« Askari! Voilà un autre Hébreu qui veut devenir charlatan! Vous serez bientôt plus nombreux que nous. »

Askari lui jeta un coup d'œil glacial et se détourna comme d'un insecte importun. L'arrivée du professeur coupa court aux commentaires. Sayyid Sa'di enseignait la philosophie; il avait la mine d'un homme préoccupé. C'est alors que Rob eut un avant-goût de ce qui l'attendait après avoir tant lutté pour être étudiant. Sayyid aperçut dans la salle un visage qui lui était étranger.

« Toi, dhimmi, comment t'appelles-tu?

– Jesse ben Benjamin, maître.

– Eh bien, Jesse ben Benjamin, dis-nous comment Aristote décrit les liens entre le corps et l'esprit… Voyons! C'est dans son livre *De l'âme*, ajouta le professeur avec impatience.

– Je ne connais pas ce livre. Je n'ai jamais lu Aristote.

– Il faut t'y mettre immédiatement. »

Le ton était sévère, et Rob ne comprit pas grand-chose à la conférence. Tandis que l'amphithéâtre se vidait, il s'approcha de Mirdin Askari.

« Je suis chargé de te transmettre les amitiés de trois habitants de Mascate : Reb Lonzano ben Ezra, Reb Loeb ben Kohen, et ton cousin Reb Aryeh Askari.

– Ah oui? Ils ont fait bon voyage?

– Je le crois.

– Tu es un Juif d'Europe, paraît-il. Ispahan peut te paraître étrangère mais la plupart d'entre nous viennent aussi d'autres régions : quatorze musulmans sont du califat oriental, sept du califat d'Occident et cinq sont des Juifs d'Orient.

– Je ne suis que le sixième Juif? A en croire Fadil, il y en avait davantage.

– Oh! Fadil! Un seul étudiant juif c'est déjà trop pour lui. A ses yeux d'Ispahanien, il n'est pas d'autre nation civilisée que la Perse et pas d'autre religion que l'islam. Deux musulmans qui s'insultent se traitent de " juif " et de " chrétien ". Et, quand ils sont de bonne humeur, ils trouvent spirituel d'appeler l'un des leurs " dhimmi ". »

Rob hocha la tête en se rappelant le rire des gens quand le chah avait dit : « Qu'on donne un calaat à cet " Hébreu ". »

« Cela t'irrite? demanda-t-il.

– Ça m'oblige à travailler et à me donner à fond. Je peux dépasser en souriant tous les étudiants musulmans à la madrassa... On dit que tu es barbier-chirurgien. C'est vrai? A ta place, je n'en parlerais pas. Les médecins persans ne vous estiment guère...

– Je me moque de leur estime. Je n'ai pas à m'excuser d'être ce que je suis. »

Rob crut voir comme une approbation dans les yeux de Mirdin, mais ce ne fut qu'un éclair.

« Tu n'as pas à le faire, non plus », dit le cousin d'Aryeh avant de quitter l'amphithéâtre.

Le cours de théologie islamique, donné par un gros mullah nommé Abul Bakr, fut à peine meilleur que celui de philosophie. Le Coran se composait de cent quatorze chapitres appelés sourates, dont la longueur variait de quelques lignes à cent versets et davantage, et l'on ne pouvait être diplômé de la madrassa sans connaître par cœur les plus importants.

Pendant la leçon suivante, le maître chirurgien Abu Ubayd al-Juzjani le pria de lire les *Dix Traités sur l'œil*, de Hunayn. Al-Juzjani était petit, brun et redoutable, avec le regard immobile et l'humeur d'un ours qu'on vient de réveiller. Rob était refroidi par ce déluge de travaux scolaires, mais il s'intéressa à l'exposé sur la cataracte.

« On croit que cette cécité est causée par une humeur corrompue qui se déverse dans l'œil, dit al-Juzjani. Aussi, les premiers médecins persans l'ont-ils appelée *nazul-i-ab*, ou " descente d'eau ", ce qu'on a vulgarisé en " maladie de la chute d'eau " ou cataracte. La plupart commencent par une petite tache dans la lentille qui gêne à peine la vision, mais qui s'étend progressivement jusqu'à rendre toute la lentille d'un blanc laiteux, ce qui entraîne la cécité. »

Le maître opéra les yeux d'un chat mort, puis ses assistants distribuèrent aux étudiants des cadavres d'animaux. Rob hérita d'un cabot brunâtre au regard fixe, qui n'avait plus de pattes de devant. Il se rappela, pour se donner du courage, comment Merlin avait opéré Edgar Thorpe, après avoir suivi des cours ici, peut-être dans cette même salle. Al-Juzjani vint se pencher au-dessus de lui.

« Place ton aiguille sur la tache, là où tu veux inciser, et fais une marque. Ensuite, déplace la pointe vers l'angle extérieur de l'œil, au niveau et un peu au-dessus de la pupille : la cataracte glissera en dessous. Si tu opères l'œil droit, tiens l'aiguille dans ta main gauche, et vice versa. »

Rob suivit ses instructions, en pensant aux hommes et aux femmes qu'il avait vus venir derrière son paravent de barbier, avec leurs yeux opaques qu'il ne savait pas guérir. Au diable Aristote et le Coran! C'était pour cela qu'il était venu jusqu'en Perse, se dit-il avec exaltation.

L'après-midi, avec d'autres étudiants, il suivit al-Juzjani qui visitait ses patients, enseignait et interrogeait les élèves tout en changeant les pansements et retirant les points de suture. Rob constata la qualité et la diversité de ses talents : cataractes en voie de guérison, amputation d'un bras, incision de bubons, circoncisions, fermeture d'une plaie à la joue chez un jeune garçon blessé par un bâton pointu.

Il fit ensuite une tournée derrière le hakim Jalal ul-Din, spécialiste des fractures, dont les patients étaient équipés de systèmes complexes d'extension et de ligature, faits d'attelles, de cordes et de poulies. Il s'était inquiété en vain des questions qui pourraient lui être posées : aucun médecin ne sembla remarquer sa présence. Il aida les garçons de salle, après les visites, à nourrir les malades et vider les eaux usées.

A la bibliothèque de la madrassa, il y avait de nombreux exemplaires du Coran; il trouva aussi le traité d'Aristote, *De l'âme*, mais les *Dix Traités sur l'œil* étaient déjà en main et une demi-douzaine d'étudiants l'avaient réservé. Le gardien de la maison de la Sagesse était un homme bienveillant qui passait son temps à faire des copies de livres achetés à Bagdad.

« Dès qu'un professeur prescrit une lecture, il faut te précipiter chez moi, sinon les autres auront l'ouvrage avant toi. »

Rob acquiesça avec lassitude. Il emporta les deux livres et s'arrêta au marché juif pour acheter une lampe et de l'huile à une femme maigre aux yeux gris.

« C'est toi, l'Européen? dit-elle, rayonnante. Nous sommes voisins. Je suis Hinda, la femme de Tall Isak. Viens nous voir. Je te fais un prix, à toi qui as tiré un calaat de ce roi-là! »

A l'auberge, Salman le Petit lui amena deux autres voisins qui voulaient l'entendre parler de l'Europe et du calaat; deux jeunes tailleurs de pierre qui lui tapèrent dans le dos et lui offrirent à boire. Mais il regagna vite sa solitude, s'occupa de ses bêtes et lut Aristote dans le jardin. C'était difficile, le sens lui échappait et il restait confondu de son ignorance. La nuit tombant, il rentra, alluma la lampe et prit le Coran. Le livre commençait par les sourates les plus longues. Comment choisir les passages importants? L'essentiel était de s'y mettre.

Gloire à Dieu, le Très-Haut, plein de Grâce et de Miséricorde. Il est le créateur de toutes choses, et de l'Homme entre toutes les créatures...

Il lisait et relisait, mais à peine avait-il retenu quelques versets que ses yeux se fermèrent et qu'il sombra, tout habillé, dans un profond sommeil, comme pour échapper à une veille irritante et douloureuse.

40

L'INVITATION

Rob était réveillé chaque matin par le soleil levant. Dès l'aube, les gens sortaient dans les rues, les hommes allant à la synagogue, les femmes au marché pour installer leurs éventaires ou acheter les meilleurs produits. Un de ses voisins était cordonnier; un autre, boulanger, lui avait fait porter dès son arrivée un pain rond, chaud et croustillant, pour son petit déjeuner. Chacun, dans le quartier juif, avait un mot aimable pour l'étranger bénéficiaire du calaat.

Moins populaire à la madrassa, il était le dhimmi pour les musulmans et l'Européen pour les Juifs. Son expérience, peu appréciée, de barbier-chirurgien fut pourtant utile au maristan, où au bout de trois jours il se montra capable de faire bandages, saignées et de réduire les fractures simples avec la même compétence qu'un diplômé de l'école. Il fut dispensé des corvées au profit de tâches plus directement liées aux soins des malades, et sa vie en devint un peu plus supportable.

Quand il demanda à Abul Bakr quelles étaient les plus importantes des cent quatorze sourates du Coran, le gros mullah lui répondit que cela restait à l'appréciation de chacun. Que faire?

« Il faut étudier le Coran, et Allah – gloire à Lui! – te les révélera. »

Mahomet le suivait partout, le regard d'Allah ne le quittait pas; à l'école, on n'échappait pas à l'islam : un mullah veillait dans chaque classe à ce que le nom d'Allah ne soit jamais profané.

Le premier cours de Rob avec Ibn Sina portait sur l'anatomie. On y disséqua un porc, animal interdit à la consommation chez les musulmans, mais non à l'étude.

« Le porc est un sujet exceptionnel car ses organes internes sont identiques à ceux de l'homme, dit le maître en découpant adroitement la peau et en découvrant de très nombreuses tumeurs. Ces grosseurs à la surface lisse sont probablement inoffensives, mais certaines ont un développement rapide, comme celles-ci dont les masses charnues sont groupées les unes contre les autres. Ces tumeurs dites " en chou-fleur " sont mortelles.

– Apparaissent-elles chez les humains?

– Nous l'ignorons.

– Pourquoi ne pas les chercher? »

Un silence de mort tomba sur les autres étudiants pleins de mépris pour l'étranger, ce diable d'infidèle, et sur les maîtres assistants inquiets; le mullah qui avait abattu la bête leva la tête de son livre de prières.

« Il est écrit, dit Ibn Sina avec prudence, que " les morts se lèveront pour revivre à l'appel du Prophète " – qu'Il soit béni! Dans l'attente de ce jour, les corps ne doivent pas être mutilés. »

Rob acquiesça, le mullah retourna à ses prières et Ibn Sina reprit sa leçon.

L'après-midi, hakim Fadil ibn Parviz, coiffé du turban rouge des médecins, reçut les félicitations

de tous pour sa réussite à l'examen. Rob, qui
n'avait pas pour lui de sympathie particulière, en
fut ému et content car le succès de n'importe quel
étudiant pouvait un jour être le sien. Fadil et
al-Juzjani dirigeaient justement la visite ce jour-là
et, quand Ibn Sina les rejoignit, au dernier
moment, Rob ressentit la tension et la légère
effervescence que provoquait toujours la présence
du maître.

Parmi les malades atteints de tumeurs, un
homme aux yeux creux était couché près de la
porte.

« Jesse ben Benjamin, dit al-Juzjani, parle-nous
de cet homme.

— C'est Ismail Ghazali. Il ne connaît pas son âge
mais dit être né à Khur pendant les grandes
inondations. Il doit avoir environ trente-quatre ans.
Il a des tumeurs au cou, sous les bras et à l'aine. Il
a perdu son père, quand il était enfant, d'une
maladie semblable. Uriner lui est un supplice, et le
liquide est jaune foncé mêlé de filaments rouges. Il
ne peut garder sans vomir que quelques cuillerées
de gruau; on l'alimente légèrement chaque fois
qu'il accepte de manger.

— L'as-tu saigné aujourd'hui?

— Non, hakim. Ce serait une souffrance inutile...
A la nuit tombante il mourra. »

Rob n'aurait pas ajouté cela s'il avait songé aux
tumeurs de porc, qui rongeaient peut-être le corps
d'Ismail Ghazali.

« D'où te vient cette idée? »

Tous les regards étaient sur lui, mais il préféra
éviter une explication.

« Je le sais », dit-il enfin, et Fadil, oubliant sa
nouvelle dignité, éclata de rire.

Al-Juzjani avait rougi de colère, mais Ibn Sina
l'apaisa d'un geste et continua la visite. Cet inci-

dent vint à bout du courage de Rob. Impossible de
travailler ce soir-là. Il avait commis une erreur. Il
n'était sans doute pas fait pour être médecin.

Le lendemain matin, à l'école, il suivit trois
cours et se força l'après-midi à accompagner al-
Juzjani dans son inspection. Ibn Sina les rejoignit
comme la veille. Dans la section des tumeurs, un
jeune homme occupait la paillasse près de la
porte.

« Où est Ismail Ghazali ? demanda al-Juzjani à
l'infirmier.

– Emporté cette nuit, hakim. »

Il n'y eut aucun commentaire et, pendant le
reste de la visite, Rob fut traité avec un mépris
glacial, comme un dhimmi étranger qui a deviné
juste, par hasard. Mais, une fois le groupe dispersé, une main se posa sur son bras et, se
retournant, il croisa le regard inquisiteur du vieux
maître.

« Tu viendras partager mon dîner », lui dit Ibn
Sina.

Ce soir-là, il était impatient et nerveux en suivant, selon les indications du médecin-chef, l'avenue des Mille-Jardins, qui conduisait à sa demeure.
C'était une vaste maison de pierre, à deux tours
jumelles, au milieu de vergers et de vignes en
terrasses. Ibn Sina, lui aussi, avait reçu un calaat,
mais, vu sa notoriété et son prestige, le don avait
été princier. Un portier, qui attendait Rob, l'introduisit dans la propriété et prit son cheval. Le
gravier de l'allée était si fin que ses pas y faisaient à
peine plus de bruit qu'un souffle.

Comme il approchait de la maison, une porte
s'ouvrit et il en sortit une femme jeune et gra-
cieuse, vêtue d'un manteau de velours rouge bordé
de paillettes, sur une robe souple en coton imprimé

de fleurs jaunes; toute menue, elle avait une démarche de reine. Des bracelets de perles ornaient ses chevilles, où la culotte bouffante finissait en franges sur ses jolis talons nus. La fille d'Ibn Sina, si c'était elle, le dévisagea de ses grands yeux sombres, avec autant de curiosité qu'il l'observait lui-même, avant de détourner son visage voilé comme l'ordonnaient les lois islamiques en présence d'un homme. Derrière elle, parut un eunuque enturbanné, monstrueusement gros, la main sur la garde ouvragée de son poignard, qui suivit Rob d'un regard meurtrier jusqu'à ce que la belle eût disparu à l'intérieur d'un jardin. Alors, la porte de la maison, une simple dalle de pierre, s'ouvrit en tournant sur ses gonds huilés, et un serviteur introduisit Rob dans une pièce spacieuse et fraîche.

« Ah! Mon jeune ami, tu es le bienvenu chez moi. »

Ibn Sina le précéda à travers une série de grandes salles tendues de tapisseries aux couleurs de terre et de ciel, avec des sols de pierre couverts de tapis épais comme un gazon. Dans un jardin intérieur, au cœur de la maison, une table était dressée auprès d'une fontaine. On apporta du pain non levé et le maître psalmodia une invocation islamique.

« Veux-tu dire tes propres prières? proposa-t-il avec bienveillance.

– Sois béni, Seigneur notre Dieu, récita Rob en brisant le pain, Roi de l'Univers, Toi qui fais venir notre pain de la terre.

– Amen. »

Le repas fut simple et délicieux : concombres à la menthe et au caillé, pilah léger avec de l'agneau et du poulet, compotes de cerises et d'abricots, sherbet rafraîchissant au jus de fruits. Un esclave apporta ensuite des linges humides pour le visage et les mains, tandis que d'autres débarrassaient la table et allumaient des torches afin d'éloigner les insectes. Enfin ils s'assirent tous deux et se mirent ensemble à croquer des pistaches.

« Alors », commença Ibn Sina – ses yeux étonnants où passaient tant de choses brillaient dans la lumière –, « dis-moi comment tu as su qu'Ismail Ghazali allait mourir. »

Rob raconta ce qui s'était passé à la mort de sa mère, puis de son père, quand il avait tenu leurs mains, et toutes les autres personnes dont le contact lui avait transmis la bouleversante révélation. Il répondit à toutes les questions, fouillant sa mémoire pour n'oublier aucun détail. Le doute s'effaçait peu à peu du vieux visage.

« Montre-moi comment tu fais. »

L'étudiant prit les mains du maître en le regardant dans les yeux, et presque aussitôt il sourit.

« Pour l'instant, vous n'avez rien à craindre de la mort.

– Toi non plus », dit calmement le médecin.

Un moment passa et, tout d'un coup, Rob comprit.

« Vous le sentez, vous aussi, maître ?

– Pas comme toi. En moi, c'est une certitude profonde et forte qu'un patient va mourir ou non. J'en ai parlé avec d'autres médecins qui partagent cette intuition; c'est une confrérie plus importante que tu ne l'imagines. Mais je n'ai jamais rencontré un don aussi fort que le tien. C'est une responsabilité et tu ne l'assumeras qu'en devenant un excellent médecin. »

Ramené à la dure réalité, le jeune homme soupira.

« Je risque d'échouer car je ne suis pas un érudit. Vos étudiants musulmans sont nourris de culture classique, les autres Juifs ont le solide enseignement de leurs maisons d'étude. Je n'ai que deux misérables années d'école et une profonde ignorance.

— C'est pourquoi tu dois travailler plus dur et plus vite que les autres, dit Ibn Sina sans complaisance.

— On demande trop dans cette école, et je n'ai ni envie ni besoin de tout cela : la philosophie, le Coran...

— Tu te trompes, coupa le vieil homme avec mépris. Comment peux-tu rejeter ce que tu ignores ? La science et la médecine te parlent du corps, la philosophie de l'intelligence et de l'âme. Un médecin a besoin de tout cela, comme de nourriture et d'air. J'ai appris le Coran par cœur à l'âge de dix ans; c'est ma foi et non la tienne, mais elle ne te fera pas de mal et apprendre dix Coran serait peu de chose si cela te valait de connaître la médecine.

» Tu es intelligent puisque tu as appris une nouvelle langue, et nous avons décelé d'autres promesses en toi. Mais apprendre doit te devenir aussi naturel que respirer. Tu dois élargir ton esprit pour assimiler tout ce que nous pouvons t'apporter. »

Rob écoutait en silence.

« J'ai un don personnel, aussi fort que le tien, Jesse ben Benjamin. Je sais reconnaître qui peut devenir médecin, et je sens en toi un besoin de guérir si puissant qu'il te brûle. Mais cela ne suffit pas; on ne fait pas un médecin avec un calaat. Heureusement, car il y a déjà trop de médecins ignorants. Nous avons cette école pour séparer le bon grain de l'ivraie, et nous sommes particulièrement sévères avec ceux qui sont doués. Si nos épreuves sont trop dures pour toi, oublie-nous, retourne à ton métier et à tes faux médicaments. Devenir hakim, cela se mérite. Si tu le désires, tu dois t'éprouver toi-même pour l'amour du savoir, rivaliser avec les autres étudiants et les dépasser. Etudie avec la ferveur des bienheureux ou des maudits. »

Rob respira, son regard toujours fixé sur celui d'Ibn Sina, et se dit qu'il n'avait pas traversé le monde pour échouer.

Se levant avant de prendre congé, il fut pris d'une inspiration soudaine.

« Avez-vous les *Dix Traités sur l'œil*, de Hunayn, maître ?

– Bien sûr », répondit Ibn Sina en souriant, et il s'empressa d'aller chercher le livre pour le remettre à son étudiant.

41

LE MAIDAN

Un matin, de très bonne heure, trois soldats frappèrent à la porte. Rob, inquiet, ne savait à quoi s'attendre; mais cette fois, ils n'étaient que politesse, déférence, et les bâtons restèrent au fourreau. Le chef, qui avait manifestement déjeuné d'oignons verts, s'inclina profondément.

« Nous sommes chargés de vous informer, maître, que la cour se réunira demain en séance officielle après la deuxième prière. Les bénéficiaires d'un calaat sont priés d'y assister. »

Il se retrouva donc le lendemain sous les voûtes dorées de la salle des Piliers. Le peuple manquait, malheureusement. Le chah, vêtu de pourpre et d'écarlate, était superbe sous sa lourde couronne d'or. Le vizir Qandrasseh portait comme d'habitude sa tenue noire de mullah. Les bénéficiaires de calaat se tenaient à l'écart; Rob ne vit pas Ibn Sina et ne reconnut personne sauf Khuff, le capitaine des Portes.

« Qui sont ceux-là? lui demanda-t-il en désignant les personnages richement vêtus, assis sur des coussins de chaque côté du trône.

– L'empire est divisé en quatorze provinces, qui comptent cinq cent quarante-quatre " places considérables " : cités, villes fortifiées, châteaux. Ces hommes gouvernent les principautés sur lesquelles règne le chah », répondit Khuff avant d'aller se poster près de l'entrée.

L'ambassadeur d'Arménie arriva à cheval, encore jeune, brun, mais à part cela parfaite éminence grise : jument grise, et queues de renards argentés sur une tunique de soie grise. Il alla baiser les pieds du souverain, puis présenta de somptueux cadeaux : cristaux, miroirs, pourpre, parfums et cinquante zibelines. Ala remercia avec indifférence. A son tour, l'ambassadeur des Khazars offrit trois beaux chevaux arabes et un bébé lion enchaîné qui, pris de peur, souilla le tapis tissé d'or et de soie. Dans le silence général, le chah impassible attendit que les esclaves aient évacué le tout. Enfin, on annonça l'envoyé suivant, de l'émirat de Qarmate, qui chevauchait un cheval roux.

Rob, apparemment attentif et respectueux, se désintéressait de la cérémonie; il révisait mentalement ses cours. Les quatre éléments : terre, eau, feu, air; les qualités reconnues au toucher : froid, chaleur, sécheresse, humidité; les tempéraments : sanguin, flegmatique, cholérique, saturnien; les facultés : naturelle, animale, vitale. Il se représentait les différentes parties de l'œil telles que les énumère Hunayn, nommait les sept herbes et médications pour les douleurs, les dix-huit pour les fièvres. Il récita même plusieurs fois les neuf premiers versets de la troisième sourate du Coran, intitulée « La famille d'Imran ».

Ces intéressantes réflexions furent brusquement interrompues par un échange assez vif entre Khuff et un homme aux cheveux blancs qui montait un alezan nerveux. L'Excellence, qui représentait les Turcs seldjoukides, se plaignait d'être introduit le dernier.

« C'est un affront délibéré à mon peuple! »

Sourd à tous les apaisements, il tenta dans sa fureur de pousser son cheval jusqu'au trône. Alors, Khuff, feignant d'attribuer la faute à la monture, et non au cavalier, saisit la bride en criant « Ho! » et frappa violemment les naseaux de la bête, qui recula en hennissant. Les soldats la maîtrisèrent tandis que l'ambassadeur, fermement guidé par le vieux capitaine, allait se prosterner et transmettait d'une voix tremblante les salutations de son chef, mais sans offrir aucun cadeau.

Le chah le renvoya d'un geste de la main, et ainsi se termina l'ennuyeuse cérémonie.

Rob aurait aimé aménager sa petite maison; quelques jours de travail y auraient suffi, mais chaque heure était si précieuse qu'il laissa les plâtres fissurés, les abricotiers non taillés et le jardin à l'abandon. Chez Hinda, la femme du marché, il acheta trois mezouzoth contenant des passages de l'Écriture, qu'il fixa en haut des portes, comme il l'avait vu faire à Tryavna. Il commanda à un menuisier indien une table en bois d'olivier, une chaise à l'européenne, et choisit chez le chaudronnier quelques ustensiles de cuisine. L'hiver approchant, il trouva au marché arménien des peaux de mouton peu coûteuses, en prévision des nuits fraîches.

Un vendredi soir, son voisin le cordonnier le décida à venir partager le repas du sabbat. La maison était modeste mais confortable, et agréable l'hospitalité. La femme de Yaakob se couvrit le visage pour bénir les bougies. Lea, la fille, servit un poisson de rivière, un ragoût de volaille, avec du pilah et du vin; elle tenait les yeux modestement baissés et fit pourtant quelques sourires à Rob. Elle était en âge de se marier et le père laissa entendre qu'elle aurait une bonne dot. Ils ne cachèrent pas leur déception quand il se retira, en les remerciant, pour retourner à ses livres.

Il menait une vie exemplaire. Les étudiants de la madressa étaient tenus à l'observance quotidienne des pratiques religieuses, mais les Juifs pouvaient assister à leurs propres offices. Il allait chaque matin à la synagogue de la maison de la Paix et, si l'hébreu du shaharit lui était devenu familier, beaucoup de prières restaient obscures. Néanmoins, se balancer en psalmodiant était une manière apaisante de commencer la journée.

Il consacrait ses matinées aux cours de philosophie et de religion, qu'il suivait désormais avec acharnement, et à beaucoup de leçons de médecine. Son persan s'améliorait, mais il lui fallait encore demander le sens de tel mot ou de telle expression, et on ne lui répondait pas toujours.

Un matin, Sayyid Sa'di, le professeur de philosophie, mentionna le *gashtagh-daftaran*. Rob se pencha vers son voisin, Abbas Sefi, pour lui demander ce que c'était. Mais le gros garçon se contenta de secouer la tête d'un air ennuyé.

Sentant une légère tape sur son dos, Rob se retourna et vit Karim Harun qui lui souriait.

« Un ordre d'anciens scribes, souffla-t-il. Ils ont recueilli par écrit l'histoire de l'astrologie et les débuts de la science persane. »

Une place était libre près de lui et il lui fit signe de le rejoindre. Dès lors, ils suivirent souvent les cours côte à côte.

Le meilleur moment de la journée, c'était l'après-midi quand il travaillait au maristan. Surtout lorsque, au bout de trois mois, son tour vint d'examiner les nouveaux patients. Le processus d'admission le surprit par sa complexité, mais al-Juzjani lui expliqua comment s'y prendre.

« Ecoute bien, c'est très important.

– Oui, hakim. »

Il avait appris à toujours écouter al-Juzjani, le meilleur médecin du maristan après Ibn Sina, dont il avait été l'assistant et le bras droit toute sa vie, en gardant son indépendance de jugement.

« Tu dois noter l'histoire complète du malade et, à la première occasion, la reprendre en détail avec un médecin plus expérimenté. »

On interrogeait chaque patient sur ses occupations, ses habitudes, ses contacts éventuels avec des maladies contagieuses, ses difficultés respiratoires, digestives, urinaires. Déshabillé, il était soumis à un examen médical minutieux, avec inspection des crachats, vomissements, urine et selles, prise du pouls et détection de la fièvre par la chaleur de la peau.

Al-Juzjani lui enseigna à palper des deux mains à la fois les bras, les deux jambes, les deux côtés du corps, de manière à déceler, par comparaison, tout défaut, enflure ou autre anomalie. Il lui montra aussi comment frapper du bout des doigts de petits coups secs sur le corps du malade pour découvrir la maladie par l'écoute d'un son anormal. Si étrange et nouveau que tout cela pût d'abord lui paraître, Rob en prit vite l'habitude parce qu'il avait déjà une longue expérience des patients.

Le plus dur était le soir, quand de retour chez lui il luttait contre les exigences de l'étude et celles du sommeil. Aristote s'était révélé un vieux Grec plein de sagesse; un sujet passionnant changeait une corvée en plaisir. Mais Sayyid Sa'di lui demanda très vite de lire Héraclite et Platon; Al-Juzjani, aussi naturellement que s'il s'était agi de mettre une bûche au feu, le pria de lire les douze livres traitant de la médecine dans l'*Histoire naturelle* de Pline –

cela « pour se préparer à lire tout Galien l'année suivante » !

Il fallait sans cesse apprendre le Coran, et plus il en apprenait, plus il s'irritait des répétitions du message de Mahomet et de ses attaques contre les Juifs et les chrétiens. Il persévérait pourtant. Il vendit l'âne et la mule dont les soins lui prenaient du temps. Il se nourrissait en hâte et sans plaisir. Aucune fantaisie n'avait de place dans sa vie. Il lisait chaque nuit jusqu'à la limite de ses forces et s'endormait sur le livre ouvert. C'était donc pour cela que Dieu lui avait donné un corps solide et de bons yeux. Il mettait à l'épreuve son endurance pour se dépasser et devenir un homme de savoir.

Un soir, sentant qu'il était à bout et qu'il lui fallait s'échapper, il quitta sa petite maison pour se plonger dans la vie nocturne des maidans. Il ne connaissait les grandes places de la ville qu'en plein jour, brûlées de soleil, avec quelques flâneurs et des dormeurs pelotonnés dans un coin d'ombre. Tout revivait la nuit et c'était l'envers du décor : les plaisirs bruyants d'une foule de mâles de la Perse populaire. Tout le monde parlait et riait à la fois dans un tohu-bohu de foire. Des chanteurs-jongleurs, habiles et facétieux, donnèrent à Rob envie de les rejoindre. Il vit des lutteurs aux corps massifs, luisants de graisse pour rendre les prises plus difficiles, et sur lesquels les spectateurs pariaient en leur criant des conseils. Des montreurs de marionnettes donnaient un spectacle licencieux, des acrobates faisaient le saut périlleux, et les petits marchands de toutes sortes se disputaient l'attention des passants.

Il s'arrêta devant un étalage de livres, qu'éclairait une torche, et se mit à feuilleter un recueil de dessins : chacun montrait un homme et une femme, toujours les mêmes, en train de faire l'amour dans des postures qu'il n'aurait jamais imaginées.

« Les soixante-quatre complètes en images, maître », dit le marchand.

Rob n'avait pas la moindre idée de ce qu'étaient ces « soixante-quatre »; il savait que la loi islamique interdisait de vendre ou de posséder aucune image de la figure humaine. Mais il trouva le livre passionnant et l'acheta. Puis il entra dans une taverne pleine de gens qui jacassaient, et demanda du vin.

« Nous n'avons pas de vin. C'est une *chai-khana*, une maison de thé, dit un serveur efféminé. Vous pouvez prendre du *chai* ou du sherbet, ou de l'eau de rose à la cardamome.

– Qu'est-ce que le chai?

– Une boisson délicieuse, qui vient de l'Inde, je crois. A moins qu'elle ne nous arrive par la route de la soie. »

Rob commanda du chai et un plateau de sucreries.

« Nous avons un salon particulier. Voulez-vous un garçon?

– Non. »

Le chai était brûlant, ambré, à la fois fade et un peu astringent, mais les sucreries étaient très bonnes. Des galeries supérieures des arcades près du maidan, venaient des mélodies, jouées par des trompettes de cuivre poli de huit pieds de long. Rob but beaucoup de chai en regardant la foule, jusqu'à ce qu'un conteur commence à réciter la légende de Jamshid, le quatrième des rois héros. La mythologie ne l'attirant pas plus que la pédérastie, il paya et traversa la cohue jusqu'à l'autre bout du maidan. Il resta un moment à regarder les chariots attelés de mules qui passaient et repassaient autour de la place, et dont les autres étudiants lui avaient déjà parlé.

Il en arrêta un, qui avait un lis peint sur la porte. A l'intérieur, il faisait noir. La femme attendait pour bouger que les mules se mettent en marche. Bientôt il y vit assez clair pour se rendre compte qu'elle était plutôt grasse et aurait pu être sa mère; elle lui plut car c'était une honnête putain : elle ne simula ni passion ni plaisir, mais s'occupa de lui avec douceur et savoir-faire. Elle tira ensuite sur un cordon pour indiquer que c'était terminé et le maquereau assis à l'avant arrêta les mules.

« Conduisez-moi au quartier juif, lui dit Rob, je la paierai. »

Ils reposaient l'un près de l'autre, livrés aux oscillations de la voiture.

« Comment t'appelles-tu?

— Lorna », dit-elle, et en fille bien élevée, elle ne lui demanda pas son nom.

« Moi je suis Jesse ben Benjamin.

— Salut, dhimmi, fit-elle timidement en touchant les muscles de ses épaules. De vrais nœuds de cordes! De quoi aurais-tu peur, jeune et fort comme tu es?

— J'ai peur d'être un bœuf alors que je devrais être un renard, dit-il, souriant dans le noir.

— Tu n'es pas un bœuf, j'ai pu m'en rendre compte, répondit-elle sèchement. Quel est ton métier?

— J'étudie au maristan pour devenir médecin.

— Comme le chef des princes. Mon cousin a été le cuisinier de sa première épouse.

— Connais-tu le nom de sa fille?

— Il n'a pas de fille. Ibn Sina n'a pas d'enfants. Il a deux épouses : Reza la Pieuse, qui est vieille et malade, et Despina la Vilaine, qui est jeune et belle, mais Allah – gloire à Lui! – ne leur a pas donné de descendance.

– Je vois... »

Il la prit à loisir une fois encore avant que la voiture n'atteigne Yehuddiyyeh. Puis il guida le cocher jusqu'à sa porte et les paya tous deux généreusement. Il pouvait maintenant rentrer, allumer les lampes et affronter ses meilleurs amis et ses pires ennemis : les livres.

42

LA FÊTE DU CHAH

En pleine ville, au milieu de toute une population, il menait une existence solitaire. Il retrouvait chaque matin ses condisciples et les quittait chaque soir. Karim, Abbas et quelques autres avaient une cellule à la madrassa; certains, comme Mirdin, habitaient le quartier juif, mais il n'avait aucune idée de leur vie hors de l'école et de l'hôpital. La même que la sienne sans doute, remplie par la lecture et l'étude. Il était trop occupé pour se sentir seul.

Il ne passa que douze semaines à recevoir les nouveaux patients, puis il fut chargé d'une tâche qui lui faisait horreur : tout futur médecin devait à tour de rôle servir au tribunal islamique les jours où le kelonter rendait les sentences. Son estomac se révolta la première fois que, revenu à la prison, il passa devant les carcans. Le garde le mena à un cachot où gisait un homme agité et geignant. A la place de sa main droite, un chiffon bleu lié d'une corde enveloppait le moignon, au bout de l'avant-bras horriblement enflé.

« M'entends-tu ? Je m'appelle Jesse.

– Oui, seigneur.

– Quel est ton nom ?

– Djahel.

– Djahel, il y a combien de temps qu'on t'a coupé la main ? »

L'homme secoua la tête d'un air égaré.

« Deux semaines », dit le garde.

Rob retira le chiffon, qui contenait du crottin de cheval ; il avait déjà vu cela quand il était barbier-chirurgien : une pratique rarement bénéfique qui pouvait même être dangereuse. La corde, près de l'amputation, avait pénétré les chairs et le bras commençait à noircir. Il libéra le moignon et le lava soigneusement, l'enduisit de santal et d'eau de rose, puis de camphre, laissant Djahel toujours geignant mais soulagé.

Ce n'était encore que la meilleure partie de la journée car on le conduisit ensuite à la cour des exécutions. Quand il était lui-même au carcan, il avait pu s'évader dans l'inconscience. Maintenant, debout parmi les mullahs psalmodiant, il entendait les supplications d'un prisonnier au teint gris, le sifflement du sabre courbe et la tête qui roulait par terre, avec ses yeux exorbités de terreur. On emporta les restes, et vint le tour d'un jeune homme qu'on avait surpris avec la femme d'un autre. Le même bourreau choisit cette fois une dague longue et fine pour fendre d'un geste de droite à gauche le ventre de l'adultère et répandre ses entrailles.

Heureusement, il n'y avait pas d'assassins à écarteler, mettre en pièces et exposer aux chiens et aux charognards. On requit les services de Rob pour les « peines mineures ». Un petit voleur se souilla de peur et de douleur quand on lui coupa la main. Il y avait un pot de poix brûlante, mais il n'en eut pas besoin : la violence du coup avait scellé le moignon qu'il se contenta de laver et de panser. Sa tâche fut plus difficile avec une grosse femme en larmes, convaincue d'insultes répétées

contre le chah. On lui coupa la langue et, pour
arrêter le flot de sang qui jaillissait de sa bouche
hurlante, il fallut trouver et ligaturer un vaisseau.

Il sentit grandir en lui la haine de cette justice
royale et du tribunal de Qandrasseh.

« Voici l'un de nos instruments les plus importants », dit Ibn Sina aux étudiants, avec solen-
nité.

Il tenait une fiole d'urine, en forme de cloche,
avec un large bord relevé pour recueillir le liquide.
Il avait fait faire cette *matula* par un souffleur de
verre, pour les médecins et les élèves.

Rob savait que, si l'urine contenait du sang et du
pus, c'était mauvais signe; mais le maître avait déjà
consacré deux semaines de cours à ce sujet! Etait-
elle fluide ou épaisse? Toutes les subtilités de
l'odeur étaient pesées et discutées; les traces de
sucre, l'odeur de craie qui peut suggérer la présence de pierres; l'aigreur d'un mal dévastateur.
Ou simplement la forte senteur végétale qui trahit
le mangeur d'asperges? Un débit copieux signifiait
que le corps éliminait la maladie; s'il était maigre,
c'est que la fièvre desséchait les fluides de l'orga-
nisme. Quant à la couleur, c'était toute une palette
de jaunes, du clair à l'ocre foncé, au rouge, au
brun, au noir selon les proportions des divers
composants insolubles.

Pourquoi tant de cours à propos de l'urine? Ibn
Sina souriait.

« Elle vient de l'intérieur, où se produit tout ce
qui est important. »

Il leur lut un passage de Galien sur l'élaboration
de l'urine par les reins : « Tout boucher sait cela; il
voit chaque jour la disposition des rognons et le
canal de l'urètre, qui va du rein dans la vessie. Par

l'étude de l'anatomie, il comprend leur usage et la nature de leurs fonctions. »

Rob était indigné. Les médecins avaient-ils besoin des bouchers et des cadavres de porcs ou de moutons pour comprendre le corps humain ? Pourquoi ne pas aller voir à l'intérieur des hommes et des femmes ? Les mullahs de Qandrasseh ne se gênaient pas pour forniquer à l'occasion ou se soûler. Pourquoi les médecins ne pourraient-ils enfreindre leurs interdits dans l'intérêt de la science ? Personne ne parlait de mutilation éternelle et de résurrection des corps quand un tribunal religieux décapitait un prisonnier, lui faisait couper la main, la langue, ou fendre le ventre.

Le lendemain matin, deux gardes du palais vinrent le chercher avec un chariot attelé d'une mule.

« Sa Majesté fait une visite aujourd'hui, maître, et requiert votre compagnie. Le capitaine des Portes vous prie de vous hâter. »

« Qu'est-ce encore ? » se demanda Rob. Mais le soldat toussota discrètement.

« Peut-être vaudrait-il mieux que le maître mette ses meilleurs habits ?

– Ce sont ceux que je porte », dit le « maître » et ils l'installèrent à l'arrière du chariot, sur des sacs de riz.

Ils quittèrent la ville en même temps qu'un défilé de courtisans à cheval ou en chaises à porteurs, mêlés aux voitures chargées de matériel et d'approvisionnement. Malgré son perchoir rudimentaire, Rob se sentait comme un roi : il n'avait jamais été ainsi véhiculé sur une route récemment couverte de gravier et arrosée de frais. Tout un côté, réservé au chah, était jonché de fleurs.

Le trajet s'achevait chez le général Rotun bin

314

Nasr, cousin éloigné du souverain et gouverneur honoraire de la madrassa.

« C'est lui », dirent les soldats en désignant un gros homme réjoui et volubile.

Il avait une superbe propriété. La réception allait commencer dans un jardin vaste et bien entretenu; autour d'une grande fontaine de marbre, on avait disposé des tapis d'or et de soie, semés de coussins richement brodés. Des serviteurs s'affairaient, portant des plateaux de sucreries, de gâteaux, de vins d'aromates et d'eaux de senteur. Près de l'entrée, à une extrémité du jardin, un eunuque armé d'un sabre dégainé gardait la Troisième Porte, qui menait au harem. Selon la loi islamique, le maître de maison était seul admis dans l'appartement des femmes et tout intrus mâle risquait l'éventration.

Prévenu par les soldats qu'on ne lui demanderait aucun travail, Rob alla se promener sur une proche esplanade où se côtoyaient des animaux, des nobles, des esclaves et une armée de baladins qui semblaient répéter tous à la fois. On avait réuni là une aristocratie de quadrupèdes : une douzaine d'étalons arabes nerveux et fiers, aux regards de feu, portaient des brides incrustées de pierres précieuses, des housses de brocart ornées de perles, et des tresses de soie les attachaient à d'épais clous d'or plantés dans le sol.

A trente pas de là, des fauves superbes : deux lions, un tigre et un léopard, chacun sur un grand tapis d'écarlate, jetaient des regards endormis sur une demi-douzaine d'antilopes blanches, aux cornes droites comme des flèches, enfermées plus loin dans un enclos.

Rob dédaigna les gladiateurs, lutteurs ou archers pour la bête géante qui avait tout de suite attiré son attention : le premier éléphant vivant qu'il ait vu à portée de sa main. Il était plus grand qu'il ne l'avait imaginé, plus que les statues de Constantinople, avec ses pattes comme des colonnes, sa peau ridée, ses oreilles aussi larges que des boucliers, sa queue minuscule et la trompe démesurée dont il se servait pour aspirer l'eau dans un bassin d'or! Un petit Indien, qui était son cornac, expliqua fièrement :

« Au combat, Zi porte sa propre cotte de mailles et de longues épées fixées à ses défenses. Il est entraîné à l'attaque et quand Son Excellence charge sur son éléphant barrissant, c'est un spectacle et un bruit à glacer le sang des ennemis. »

Une fanfare de tambours et de cymbales annonçant l'arrivée d'Ala Chah, Rob retourna au jardin avec les autres invités. Le souverain portait un simple vêtement blanc qui contrastait avec leurs tenues de cérémonie. Il répondit d'un signe de tête aux prosternations et prit place sur un siège somptueux près de la fontaine.

Le spectacle commença par une démonstration de cimeterres, maniés avec tant de puissance et de grâce que l'assistance se tut, attentive au choc des lames l'une contre l'autre, aux gestes hiératiques d'un combat réglé comme une danse. L'arme courbe, plus légère que le sabre anglais et plus lourde que le français, demandait à la fois l'habileté du duelliste pour pousser la pointe, la force des poignets et des bras pour frapper de taille. Les magiciens acrobates donnèrent ensuite un divertissement en plantant une graine, qui arrosée et couverte d'une toile, devenait brusquement arbuste; Rob, qui avait observé le tour de passe-passe fait à l'insu du public pendant les acrobaties, s'amusa de voir applaudir cet « arbre miraculeux ».

Se désintéressant des lutteurs, le chah demanda son arbalète et les courtisans admirèrent son habileté à tendre et détendre le lourd engin. D'autres se mirent à bavarder et Rob comprit pourquoi on l'avait invité : un Européen était une curiosité qui valait bien les animaux des baladins. Les Persans l'accablèrent de questions. Y avait-il un chah dans son pays ? Des hommes de guerre, des cavaliers ? Le climat était-il différent ? Et la nourriture ? Apprenant qu'en Europe on ignorait le pilah, un vieil homme au regard inquisiteur ne cacha pas son mépris.

Le souverain, enfin, se leva pour réclamer impatiemment les chevaux. Comme Rob l'avait vu le jour du calaat, deux équipes se disputèrent à cheval une balle en bois, qu'il s'agissait d'envoyer avec de longues crosses dans les buts placés aux deux bouts du terrain. Les spectateurs commencèrent à hurler. Les chevaux se jetaient les uns contre les autres au grand galop et les cavaliers criaient en brandissant leurs crosses.

« Mon Dieu ! pensa Rob impressionné. Attention ! Attention ! »

Trois chevaux s'étaient déjà heurtés avec un bruit affreux, et l'un tomba en désarçonnant son cavalier. Le chah leva son bâton, frappa violemment la balle de bois et les chevaux plongèrent à sa suite en faisant voler l'herbe dans un martèlement de sabots. Une douzaine de valets vinrent égorger l'animal accidenté qui s'était brisé un jarret, et traînèrent le corps hors du camp avant même que le cavalier n'ait eu le temps de se relever ; il se tenait le bras gauche en grimaçant. Rob, devinant une fracture, s'approcha.

« Puis-je vous aider ?

– Vous êtes médecin ?

– Je suis barbier-chirurgien et étudiant au maristan.

– Non, non! fit le noble avec un air de dégoût. Il faut faire venir al-Juzjani. »

L'homme et la monture étaient déjà remplacés, et les huit partenaires avaient apparemment oublié qu'il s'agissait d'un jeu et non d'un combat; ils lançaient leurs bêtes les unes contre les autres et le chah frappait souvent la balle jusque sous les sabots de son cheval. Personne d'ailleurs ne lui faisait de quartier. Ces hommes, qui auraient pu être exécutés pour avoir seulement regardé de travers leur souverain, semblaient maintenant n'avoir d'autre ambition que de l'estropier; et à en juger par les réactions du public, sans doute n'aurait-on pas été fâché de le voir frappé ou jeté à terre. Mais il ne l'était pas.

Rob n'avait jamais rien vu de pareil : téméraire, dirigeant sa monture sans se servir de ses mains, il faisait corps avec elle. Les chevaux était des merveilles : ils suivaient la balle sans même ralentir et pouvaient immédiatement faire volte-face et partir à fond de train dans la direction opposée.

Finalement, au son des tambours et des cymbales, le chah fut déclaré vainqueur par cinq buts contre trois à ses adversaires. Pour célébrer sa victoire, on lâcha deux lions contre deux jeunes taureaux. Partie inégale car les fauves n'étaient pas plus tôt lâchés qu'on abattit les taureaux, dont ils purent aussitôt déchirer les chairs encore palpitantes. Et Rob comprit qu'il eût été inconvenant et de mauvais augure qu'un simple taureau risque, par malchance, de vaincre le Lion de Perse, symbole de la toute-puissance du roi des rois; surtout pendant une fête donnée en son honneur.

Au jardin, quatre femmes voilées dansèrent au son de la flûte tandis qu'un poète chantait les *houris*, ces fraîches et voluptueuses vierges du paradis. L'imam Qandrasseh lui-même n'aurait rien trouvé à redire : à peine devinait-on de temps en temps la courbe d'une fesse ou la pointe d'un sein sous leurs volumineuses robes noires. Les mains seules étaient nues, et les pieds rougis de henné. Les nobles les regardaient avidement, en rêvant à tout ce qui, sous l'étoffe, devait encore être fardé.

Le chah se leva et, faisant le tour du bassin, dépassa l'eunuque au sabre nu pour entrer dans le harem. Le capitaine des Portes alla rejoindre l'eunuque pour garder avec lui la Troisième Porte. Les conversations reprirent de plus belle; tout près, le général, maître de maison, se mit à rire très fort de sa propre plaisanterie, sans paraître remarquer qu'Ala venait, sous les yeux de la cour, d'entrer chez ses femmes.

Une heure plus tard, le chah était de retour, l'air détendu. Khuff quitta la Troisième Porte, et sur un signe imperceptible, le festin commença. Sur des nappes de brocart, on servit quatre sortes de pain, onze sortes de pilah dans d'immenses bassins d'argent; le riz, chaque fois, était coloré et parfumé différemment : safran ou sucre, poivres, cinnamome, girofle, rhubarbe, jus de grenade ou de citron. Il y eut des douzaines de volailles, des cuissots d'antilopes braisés, du mouton grillé et surtout des agneaux entiers cuits à la broche, merveilleusement tendres, juteux et croustillants.

« Barbier, barbier, quel dommage que tu ne sois pas là! » se disait Rob. Lui qu'un tel maître avait initié à la gastronomie, ne connaissait depuis des mois que des repas hâtifs, spartiates, disputés à l'étude qui remplissait sa vie. Il entreprit de bon cœur de goûter à tout.

Au crépuscule, les esclaves allumèrent de grandes chandelles fixées à la carapace de tortues vivantes, puis on apporta un potage aux herbes, des œufs, un hachis fortement épicé et du poisson frit qui rappelait la chair du carrelet, avec la délicatesse de la truite. L'ombre s'épaissit et les cris des oiseaux de nuit se mêlèrent aux murmures, aux bruits de mâchoires et aux éructations. Il y eut encore une salade d'hiver et une d'été, un sherbet aigre-doux, des pâtisseries, des noix au miel et des graines salées, servis avec du vin. Il arrivait sans cesse des outres pleines prises aux inépuisables réserves du chah. Les convives commençaient à se lever pour aller se soulager ou vomir. D'autres étaient ivres morts.

Les tortues s'en furent ensemble, peut-être à bout de nerfs, regroupant les lumières dans un coin et laissant dans le noir le reste du jardin. Un jeune eunuque, s'accompagnant à la lyre, chanta les guerriers et l'amour sans se soucier de deux hommes qui se battaient à côté de lui en se traitant de « con de pute » et de « gueule de Juif »; il fallut les séparer et les mettre dehors. Finalement, le chah inconscient fut pris de nausées. On le porta dans sa voiture.

Alors, Rob s'en alla. Dans la nuit sans lune, il eut du mal à retrouver son chemin. Cavaliers et meneurs d'attelage le dépassaient sans lui proposer de monter et il mit des heures à regagner Ispahan. Il s'arrêta à mi-chemin, et s'assit sur un mur bas pour contempler cette étonnante cité, où l'on faisait tout ce qui était interdit par le Coran. Un homme pouvait avoir quatre épouses, mais beaucoup plus nombreux étaient ceux qui risquaient la mort en couchant avec d'autres femmes, tandis que le roi des rois baisait ouvertement comme il lui plaisait. Le vin, proscrit sous peine de péché par le

Prophète, était une passion nationale et le souverain collectionnait les grands crus.

Rêvant à ce puzzle qu'était la Perse, il rentra sur ses jambes chancelantes tandis que les cieux s'irisaient de reflets nacrés et que le muezzin appelait à la prière en haut du minaret de la mosquée du Vendredi.

43

L'ÉQUIPE MÉDICALE

IBN SINA avait l'habitude des vertueuses malédictions de l'imam Qandrasseh qui, ne pouvant s'en prendre au chah, avertissait ses conseillers avec une véhémence grandissante : l'ivrognerie et la débauche attireraient des foudres plus puissantes que celles du trône. Le vizir avait donc réuni des informations de l'étranger qui prouvaient avec évidence que la colère d'Allah se déchaînait contre les pécheurs sur la terre entière.

Selon des voyageurs de la route de la soie, les terres chinoises arrosées par le Kiang et le Hoai étaient dévastées de séismes et de brouillards pestilentiels. En Inde, la sécheresse avait été suivie d'abondantes pluies printanières, mais les récoltes en plein épanouissement étaient la proie des criquets. De violentes tempêtes avaient ravagé les côtes de la mer d'Arabie, causant des inondations meurtrières, tandis que l'Egypte connaissait la famine après les crues insuffisantes du Nil. Un volcan surgissait ici; là, deux mullahs voyaient des démons en rêve. Un mois avant le ramadan, une éclipse partielle du soleil avait embrasé le ciel.

Mais le pire vint des astrologues royaux, qui prévoyaient avant deux mois la conjonction de trois planètes majeures, Saturne, Jupiter et Mars, dans le signe du Verseau. On discutait de la date, mais tous s'accordaient sur la gravité de l'événement. Ibn Sina lui-même se rappelait ce qu'avait écrit Aristote sur la menace d'une conjonction Mars-Jupiter. Aussi personne ne s'étonna lorsqu'un matin Qandrasseh manda Ibn Sina pour lui annoncer que la peste s'était déclarée à Chiraz, la plus grande ville de l'Anshan.

« Quelle peste ? demanda Ibn Sina.

— La mort. » (C'est ainsi qu'on appelait la peste noire.)

Ibn Sina pâlit, espérant encore que l'imam se trompait car la peste noire n'avait pas reparu en Perse depuis trois cents ans. Mais il s'attaqua aussitôt au problème.

« Il faut envoyer immédiatement des soldats sur la route des épices, pour refouler toutes les caravanes et les voyageurs venant du sud et dépêcher une équipe médicale à Chiraz...

— La région ne nous rapporte guère d'impôts...

— C'est notre propre intérêt de contenir le mal, car cette peste se propage très rapidement. »

Rentré chez lui, Ibn Sina décida de ne pas se séparer de ses collègues, dont on aurait besoin à Ispahan si le fléau s'y déclarait. Il enverrait plutôt un seul médecin avec une équipe d'étudiants. Ayant réfléchi, il prit une plume d'oie, de l'encre, du papier, puis écrivit :

Hakim Fadil ibn Parviz, chef;

Suleiman al-Gamal, étudiant de troisième année;

Jesse ben Benjamin, étudiant de première année;

Mirdin Askari, étudiant de deuxième année.

L'équipe devait aussi comporter quelques-uns des élèves les plus faibles, pour leur donner cette chance unique, providentielle de rattraper leur retard et de devenir médecins. Il ajouta donc les noms suivants :

Omar Nivahend, étudiant de troisième année;

Abbas Sefi, étudiant de troisième année;

Ali Rashid, étudiant de première année;

Karim Harun, étudiant de septième année.

Quand les huit jeunes gens réunis apprirent du médecin-chef qu'ils allaient au Anshan combattre la peste noire, ils furent pris d'un tel embarras qu'ils n'osaient pas se regarder.

« Il faut emporter des armes, dit Ibn Sina, car les réactions des gens sont imprévisibles en cas de peste. »

Ali Rashid poussa un long soupir en frissonnant. Il avait seize ans, les joues rondes, des yeux doux, et sa famille lui manquait tellement qu'il pleurait jour et nuit sans pouvoir travailler. Rob s'obligea à écouter attentivement ce que disait le maître.

« ... Nous ne savons pas la combattre car elle ne s'est pas produite de notre temps. Mais je vous donnerai un livre, composé il y a trois cents ans par des médecins qui ont survécu dans différents pays. Tout n'y est pas bon, sans doute, mais vous pourrez y trouver des renseignements utiles. Comme il est possible que la peste noire se répande par des effluves putrides dans l'atmosphère, je pense qu'il sera bon d'allumer de grands feux de bois aromatiques près des malades comme des bien-portants. Ces derniers se laveront avec du vin et du vinaigre dont ils aspergeront leurs maisons; et ils respireront du camphre et autres substances volatiles.

» Vous veillerez à ce que les malades en fassent autant. Quand vous les approcherez, tenez devant votre nez des éponges imprégnées de vinaigre; faites bouillir l'eau avant de la boire, pour la clarifier de ses impuretés, et nettoyez vos mains chaque jour car il est écrit dans le Coran que le diable se cache sous les ongles. Ceux qui survivront à l'épidémie ne devront pas rentrer immédiatement à Ispahan, où ils risqueraient de l'apporter. Vous irez dans une maison, au rocher d'Ibrahim, à un jour de Nain, et trois jours d'ici. Vous y resterez un mois avant de retourner chez vous. C'est compris ?

– Oui, maître », dit hakim Fadil ibn Parviz avec émotion, parlant pour tous puisqu'il était leur chef.

Le jeune Ali pleurait silencieusement, et le beau visage de Karim Harun s'était assombri. Enfin, Mirdin Askari éleva la voix.

« Ma femme et mes enfants... Je dois m'en occuper : si jamais...

– Oui. Ceux qui ont des responsabilités n'ont plus que quelques heures pour régler leurs affaires. »

Rob ignorait que Mirdin fût marié et père de famille ; réservé et toujours sûr de lui à l'école comme au maristan, il remuait maintenant ses lèvres pâlies en une prière muette.

« Une chose encore, dit Ibn Sina avec un regard paternel. Prenez soigneusement des notes, à l'intention de ceux qui auront à combattre la prochaine épidémie, et laissez-les à un endroit où ils puissent les retrouver, au cas où il vous arriverait quelque chose. »

Le lendemain matin, le soleil rougissait le faîte des arbres quand ils franchirent le pont du Fleuve de la Vie, chacun sur un bon cheval et menant un âne ou une mule de bât. Rob suggéra à Fadil d'envoyer un homme en éclaireur et un autre pour surveiller leurs arrières. Le jeune hakim fit mine de réfléchir, puis donna ses ordres avec autorité. Le soir, il accepta encore l'idée des gardes alternées telles qu'on les pratiquait dans la caravane de Kerl Fritta. Assis autour d'un feu de broussailles, ils furent tantôt facétieux, tantôt lugubres.

« Je trouve, dit Suleiman, que Galien avait raison de conseiller au médecin de fuir la peste pour pouvoir continuer à prodiguer ses soins. C'est d'ailleurs ce qu'il a fait.

– Rhazes, le grand praticien, le disait en trois mots, répondit Karim : partir *vite*, aller *loin*, et revenir le plus *tard* possible. »

Ils rirent, un peu trop fort sans doute. Suleiman prit la première garde et le matin, en s'éveillant, on s'aperçut sans grande surprise qu'il était parti avec ses bêtes. On en fut choqué et un peu déprimé. Le soir, Fadil choisit Mirdin Askari, qui fut une bonne sentinelle. Mais, la troisième nuit, Omar Nivahend suivit l'exemple de Suleiman et s'enfuit aussi avec ses montures. Le jeune chef réunit aussitôt son équipe.

« Ce n'est pas un péché d'avoir peur de la peste noire, dit-il. Sinon, nous serions tous damnés. Et ce n'en est pas un non plus de fuir, selon Galien et Rhazes – bien que je pense, comme Ibn Sina, qu'un médecin doit combattre la peste et non lui tourner le dos. Mais ce qui *est* un péché, c'est d'abandonner ses compagnons sans garde et, pire encore, de voler un animal chargé de tout ce qui est indispensable aux malades et aux mourants. Donc, continua-t-il avec fermeté, si quelqu'un veut nous quitter, qu'il parte tout de suite. Et je promets sur l'honneur qu'il pourra le faire sans honte ni crainte. »

Personne ne broncha, mais chacun entendait le souffle des autres.

« Oui, dit Rob, n'importe qui peut partir. Mais s'il nous laisse sans protection ou s'il emporte ce qui est nécessaire aux patients qui nous attendent, je dis que c'est un déserteur : il faut le poursuivre et le tuer. »

Il y eut un nouveau silence, puis Mirdin se décida le premier.

« Je suis d'accord », dit-il, et tous le répétèrent l'un après l'autre, sachant que ce n'était pas de vaines paroles, mais un vœu solennel.

Deux nuits plus tard, Rob était de garde. Ils campaient dans un défilé où les rochers indistincts semblaient des monstres sous la lune. Ce fut une longue nuit solitaire où revinrent les tristes pensées qu'il repoussait d'habitude : ses frères, sa sœur, et ceux qui étaient morts. La femme, surtout, qu'il avait laissée filer entre ses doigts.

Au petit jour, il s'aperçut que quelqu'un se levait et se préparait à partir. Karim Harun se glissait hors du campement; arrivé au chemin, il se mit à courir et disparut. Il n'avait rien emporté et n'était pas de garde; Rob ne fit donc rien pour l'arrêter, mais sa déception fut amère car il s'était mis à aimer ce beau garçon sardonique, qui étudiait depuis tant d'années. Une heure plus tard, il tira son épée, alerté par un bruit de pas. C'était Karim, haletant et trempé de sueur, qui resta bouche bée devant sa lame nue.

« J'ai cru que tu partais. Je t'ai vu courir.

— C'est vrai... Je partais en courant et je reviens en courant. Parce que je suis un coureur ! » dit-il en souriant tandis que Rob rengainait son épée.

Karim courait en effet tous les matins et revenait en sueur. Abbas Sefi racontait des histoires drôles, chantait des chansons gaillardes et c'était un imitateur impitoyable. Hakim Fadil battait tout le monde à la lutte, sauf Rob et Karim. Mirdin, le meilleur cuisinier du groupe, se chargeait volon-

tiers des repas du soir. Le jeune Ali, qui avait du
sang bédouin, était un cavalier éblouissant et un
éclaireur enthousiaste; l'ardeur, dans ses yeux,
remplaça bientôt les larmes et le fit aimer de
chacun. Cette camaraderie aurait rendu plutôt
plaisante la longue chevauchée si Fadil n'avait lu
chaque soir à haute voix le *livre de la peste* qu'Ibn
Sina lui avait confié.

On y trouvait des centaines de suggestions de
divers praticiens, tous persuadés de leur compétence. L'un prescrivait, au Caire, de faire boire au
malade sa propre urine, tout en récitant des prières
à Allah. A Bagdad, un autre conseillait de sucer des
astringents, grenade ou prune. A Jérusalem, on
recommandait les lentilles, les pois indiens, les
graines de citrouille, l'argile rouge... Que faire de
ce fatras? On décida de s'en tenir aux conseils que
le maître lui-même avait ajoutés en annexe : allumer des feux propres à purifier l'atmosphère,
lessiver les murs à la chaux, répandre du vinaigre
et faire boire aux contaminés des jus de fruits.

Lors d'une halte le huitième jour, un passage du
livre leur apprit qu'au Caire, quatre sur cinq des
médecins traitants étaient morts de la peste noire.
Etait-ce là ce qui les attendait? Le lendemain
matin, ils arrivèrent à Nardiz, le premier village du
district d'Anshan. On les reçut avec respect,
comme les envoyés d'Ispahan, chargés par le chah
de leur venir en aide.

« Nous n'avons pas d'épidémie, dit le chef local,
mais il paraît que Chiraz est durement touché. »

Poursuivant leur voyage non sans appréhension,
ils ne rencontrèrent, village après village, que des
gens bien portants. Dans une vallée de montagne
balayée par les vents, ils admirèrent les sépultures,
creusées dans le roc, de quatre générations de
souverains perses : Darius le Grand, Xerxès,

Artaxerxès et Darius II reposaient là depuis quinze cents ans, en dépit des guerres, des pestes et des conquêtes qui étaient passées et retournées au néant. Plus loin, un champ de ruines, de colonnes brisées et de pierres éparses : tout ce qui restait de Persépolis, dit Karim, détruite par Alexandre le Grand neuf cents ans avant la naissance du Prophète.

Non loin de là, une ferme apparemment paisible, et le bêlement de quelques moutons, qui paissaient sous la surveillance d'un berger assis au pied d'un arbre. Mais, en s'approchant, ils virent que l'homme était mort. Fadil restant en selle sans un geste, Rob mit pied à terre pour examiner le cadavre : il était bleu, rigide, depuis trop longtemps déjà pour qu'on puisse lui fermer les yeux; un animal avait attaqué les jambes et dévoré la main droite. Le devant de la tunique était noir de sang. Sous le vêtement, pas de trace de peste mais une large blessure à la place du cœur.

« Allons voir », dit Rob.

La maison était vide; dans un champ, les restes de plusieurs centaines de moutons avaient été nettoyés par les loups. La terre piétinée disait clairement qu'une armée était passée par là, pour abattre les bêtes et emporter la viande.

Fadil, le regard vide, restait sans réaction. Rob coucha le cadavre du berger; on le recouvrit de grosses pierres pour le protéger des animaux errants, puis on se remit en marche.

Apercevant enfin une grande propriété, une superbe demeure entourée de cultures, tous descendirent de cheval, bien que l'endroit parût désert. Karim dut frapper fort et longtemps avant de voir un judas s'ouvrir, au centre de la porte, sur un œil méfiant.

« Allez-vous-en !

– Nous sommes une équipe médicale d'Ispahan en route pour Chiraz.

– Je suis le marchand Ishmael et je peux vous dire qu'il ne reste pas grand monde à Chiraz. Une armée de Turcs seldjoukides a investi la région, voici sept semaines. La plupart d'entre nous avaient déjà fui pour mettre les femmes, les enfants et les bêtes à l'abri dans Chiraz, mais les Seldjoukides nous on assiégés. La peste noire s'est déclarée parmi eux et ils ont dû abandonner au bout de quelques jours. Malheureusement, avant de partir, ils ont jeté deux cadavres de pestiférés par-dessus nos murailles, avec leur catapulte. En pleine ville surpeuplée! Quand nous avons pu nous en débarrasser et les brûler hors les murs, il était trop tard : la peste noire était là. »

Alors, hakim Fadil retrouva la parole :

« C'est une épidémie grave ?

– Pire que vous ne pouvez l'imaginer, répondit la voix derrière la porte. Quelques-uns semblent immunisés contre le fléau, comme moi, Allah en soit béni! Mais il ne reste plus guère dans la cité que des morts et des mourants.

– Que sont devenus les médecins ? demanda Rob.

– Il y avait deux barbiers-chirurgiens et quatre médecins. Tous les autres charlatans s'étaient enfuis dès le départ des Seldjoukides. Les deux barbiers et deux des médecins ont travaillé jusqu'au bout au milieu des malades, mais ils sont morts très vite. Quand j'ai quitté la ville, il y a deux jours, le troisième était atteint; il n'en restait plus qu'un pour soigner les pestiférés.

– On a donc grand besoin de nous là-bas, dit Karim.

– J'ai une maison propre et spacieuse, pleine de réserves : nourriture et vin, vinaigre, chaux et chanvre indien pour écarter la contagion. Je vous ouvre cette demeure en échange de votre protection de guérisseurs. Quand l'épidémie sera passée, nous rentrerons à Chiraz, dans notre intérêt à tous. Qui veut partager ma sécurité ? »

Il y eut un silence.

« Moi, dit Fadil, d'une voix rauque.

— Tu ne peux pas faire ça, hakim », s'écria Rob.

Karim insista :

« Tu es notre chef et notre seul médecin. »

Mais Fadil n'écoutait plus rien.

« Je viens, dit-il.

— Moi aussi », dit Abbas Sefi.

Ils entendirent le bruit d'une lourde barre qu'on tirait lentement, et aperçurent un homme pâle et barbu derrière la porte entrouverte où se glissèrent les deux jeunes gens. Aussitôt tout se referma avec fracas.

« Ils ont peut-être raison », murmura Karim.

Mirdin, visiblement troublé, ne dit rien et le jeune Ali se retint de pleurer. Ils semblaient tous à la dérive.

« Le *Livre de la peste* ! » hurla Rob tout à coup, se rappelant que Fadil le portait toujours sur lui. Il se mit à marteler la porte à coups redoublés.

« Va-t'en ! dit Fadil, d'une voix qu'on sentait terrifiée à l'idée d'ouvrir et d'affronter les autres, sans doute.

— Écoute-moi, salaud ! Si tu ne nous rends pas le livre d'Ibn Sina, on va entasser du bois et des broussailles contre les murs de cette maison et je serai ravi d'y mettre le feu, faux médecin ! »

La barre fut bientôt tirée, la porte entrebâillée et le livre jeté à leurs pieds, dans la poussière. Rob le ramassa puis remonta en selle. Il maîtrisait d'autant moins sa colère que quelque chose en lui enviait la sécurité de Fadil et d'Abbas Sefi dans la maison du marchand. Il chevaucha longtemps avant d'oser se retourner. Mirdin Askari et Karim Harun étaient loin derrière mais ils le suivaient. Le plus jeune, Ali Rashid, venait le dernier, menant le cheval de Fadil et la mule d'Abbas.

LA PESTE NOIRE

Après une plaine marécageuse, ils franchirent en deux jours les montagnes qui les séparaient de Chiraz. Ils aperçurent de loin la fumée : on brûlait les cadavres en dehors de l'enceinte. Au-dessus du célèbre défilé du Dieu-Très-Haut tournoyaient des douzaines de grands oiseaux noirs. Pas de doute, le fléau était là. Ils ne virent pas de sentinelles aux portes de la ville. Etait-elle aux mains des Seldjoukides?

C'était une belle cité de pierre rose, pleine de jardins, mais des grands arbres il ne restait que les souches, et même les massifs de roses avaient alimenté les bûchers. Dans les rues désertes, le premier passant qu'ils voulurent aborder s'enfuit à leur approche. A un second, terrifié, ils barrèrent la route avec leurs chevaux; Rob tira son épée.

« Réponds, nous ne te ferons pas de mal. Où sont les médecins?

— Chez le kelonter », balbutia l'homme derrière le paquet d'herbes dont il se protégeait le nez et la bouche. Il désignait le bas de la rue.

Ils croisèrent en chemin une charrette de cadavres. Les deux convoyeurs, plus voilés que des femmes, s'arrêtèrent pour ramasser le corps d'un enfant, qui alla rejoindre les autres. Les fonctionnaires muninipaux regardèrent avec stupéfaction l'équipe médicale d'Ispahan. Dehbid Hafiz, le kelonter, était un homme robuste à l'allure martiale; il présenta un vieillard épuisé, le dernier médecin. Tous deux avaient la mine défaite et le regard fixe des longues nuits sans sommeil.

« Pourquoi vos rues sont-elles vides? demanda Karim.

– Nous étions quatorze mille âmes. Au moment de l'invasion seldjoukide, quatre mille réfugiés ont trouvé abri dans nos murs. Mais la peste a chassé un tiers des habitants, en particulier les riches et toute l'administration, bien contents de laisser au kelonter et à ses soldats, souligna Hafiz avec amertume, le soin de protéger leurs biens. Nous avons eu près de six mille morts, et les survivants se terrent chez eux, priant Allah de leur conserver la vie.

– Comment les soignez-vous, hakim?

– On ne peut rien contre la peste noire, si ce n'est aider les malades à mourir.

– Nous ne sommes encore qu'étudiants, dit Rob, et nous suivrons vos consignes.

– Je ne vous en donne pas, faites ce que vous pouvez... Un conseil seulement : si vous voulez rester en vie, comme moi, mangez chaque matin du pain grillé trempé de vinaigre, et avant de parler à qui que ce soit, buvez d'abord un coup de vin. »

Ce que Rob avait pris pour les infirmités de l'âge n'était que les symptômes d'un alcoolisme avancé.

Rapport de l'équipe médicale d'Ispahan

Si l'on retrouve ces notes après notre mort, il y aura une forte récompense pour qui les remettra à Abu Ali al-Husayn ibn Abdullah ibn Sina, médecin-chef du maristan d'Ispahan.

Fait le 19e jour du mois de Rabi I, 413e année de l'Hégire.

Depuis quatre jours que nous sommes à Chiraz, il y a eu 243 morts. La peste commence par une fièvre légère, suivie de maux de tête parfois violents. La fièvre devient très forte jusqu'à l'apparition d'un bubon à l'aine, l'aisselle ou derrière l'oreille. Selon hakim Ibn al-Khatib d'Andalousie, cité dans le *Livre de la peste*, ces bubons, produits par le diable, auraient toujours la forme d'un serpent. Ceux qu'on observe ici sont ronds et pleins comme une tumeur, quelquefois de la taille d'une prune, mais plus généralement d'une lentille. Un vomissement de sang, à ce stade, annonce toujours la mort imminente. La plupart des décès surviennent dans les deux jours après la formation du bubon. Dans quelques rares cas favorables, le bubon se met à suppurer. Tout se passe alors comme si l'humeur mauvaise coulait avec le pus et le malade peut guérir.

(signé)
Jesse ben Benjamin
étudiant.

Ils trouvèrent un refuge de pestiférés installé dans la prison vidée de ses détenus. On y entassait morts, mourants et malades, de sorte qu'on n'en pouvait secourir aucun. Ce n'était que gémissements et cris, puanteur de vomissements, de crasse et d'excréments. Après discussion avec ses trois camarades, Rob alla demander au kelonter de mettre à leur disposition la citadelle où les soldats avaient été logés : ce qui fut accordé.

Il retourna aussitôt à la prison pour examiner un par un les patients. Le message qui passait de leurs mains dans les siennes était presque toujours tragique : leur vie ne tenait qu'à un fil. Les mourants furent transportés à la citadelle, et les autres, beaucoup moins nombreux, purent être soignés dans de meilleures conditions.

C'était l'hiver persan, avec ses nuits froides et ses chauds après-midi; le sommet des montagnes était couvert de neige, et les étudiants, le matin, supportaient bien leurs peaux de mouton. Les vautours noirs tournaient, de plus en plus nombreux, au-dessus de la gorge du Dieu-Très-Haut.

« Vos hommes jettent les corps dans le défilé au lieu de les brûler, fit remarquer Rob au kelonter.

— Je l'ai interdit, mais je crois que vous avez raison. Le bois se fait rare.

— Tout cadavre doit être brûlé. Sans exception. Il faut faire le nécessaire pour en être absolument sûr. »

L'après-midi, trois hommes, convaincus d'avoir ainsi désobéi, furent décapités. Ce n'était pas ce qu'avait voulu Rob mais Hafiz s'en irrita.

« Où pourrait-on trouver du bois ? Nous n'avons plus d'arbres.

— Envoyez les soldats en couper dans les montagnes.

— Ils ne reviendront pas. »

Alors le jeune Ali fut chargé de visiter les maisons abandonnées; beaucoup étaient en pierre, mais il en fit enlever les portes, les volets, les poutres de bois, et les bûchers ronflèrent hors des murs de la ville. Pour respecter une autre des prescriptions d'Ibn Sina, ils essayèrent de respirer à travers une éponge imbibée de vinaigre, mais ils y renoncèrent pour garder dans le travail leur liberté de mouvement. En revanche, à l'exemple du vieux médecin de Chiraz, ils mangeaient du pain grillé au vinaigre et buvaient assez de vin pour être, certains soirs, aussi soûls que lui.

Alors, Mirdin parlait de sa femme Fara et de ses deux petits garçons, de la maison de son père au bord de la mer d'Arabie…

« Je t'aime bien, disait-il à Rob. Mais comment peux-tu être l'ami de mon salaud de cousin ?

— Moi ! L'ami d'Aryeh ? Jamais ! C'est une vraie merde !

— Exactement, exactement ! » hurlait Mirdin, et ils éclataient de rire, comprenant enfin la froideur de leur première rencontre.

Le beau Karim racontait ses conquêtes et promettait à Ali, dès leur retour à Ispahan, la plus belle paire de seins du califat. Chaque jour il s'entraînait à la course et se moquait des autres pour les forcer à le suivre à travers les rues désertes, entre les maisons abandonnées et celles des survivants enfermés, dans l'angoisse, les cadavres des leurs attendant devant la porte d'être ramassés par la charrette des morts.

Ils couraient pour échapper à la terrible réalité. Cernés par l'horreur, ils étaient jeunes, pleins de vie, et tentaient d'oublier la peur en se prétendant immortels et invulnérables.

Rapport de l'équipe médicale d'Ispahan

Fait le 28ᵉ jour du mois de Rabi I, 413ᵉ année de l'Hégire.

Les saignées, les ventouses et les purges semblent avoir peu d'effet. Le lien entre les bubons et la mort est ici significatif car il se vérifie qu'en cas d'évacuation du pus vert et fétide, le patient a de bonnes chances de survie. Il se peut que beaucoup succombent à la fièvre qui consume leur corps, mais elle tombe rapidement dès que les bubons crèvent et c'est le début de la guérison.

A la suite de ces observations, nous avons tenté de faire mûrir les bubons en appliquant des cataplasmes de moutarde et de bulbe de lis, de figues et d'oignons bouillis pilés avec du beurre et divers autres emplâtres décongestionnants. Nous en avons incisé quelques-uns en les traitant comme des ulcères, mais avec peu de succès. Souvent, la tumeur, soit du fait de la maladie, soit de la brutalité du traitement, devenait si dure qu'aucun instrument ne pouvait l'entamer; on a même en vain essayé de la brûler avec des caustiques. Beaucoup sont morts fous de douleur, certains en pleine opération, si bien qu'on pourrait nous reprocher d'avoir torturé jusqu'au bout ces pauvres créatures. Pourtant, il en est qui sont sauvés. Ils auraient peut-être vécu sans nous, mais c'est notre réconfort de penser que nous en avons soulagé quelques-uns.

(signé)
Jesse ben Benjamin
étudiant.

« Scélérats! » cria l'homme que ses domestiques lâchaient sans cérémonie sur le sol de l'hôpital des pestiférés. Pour aller voler ses affaires, probablement – fait banal dans ce fléau qui corrompait les âmes aussi vite que les corps. Les enfants porteurs de bubons étaient abandonnés sans hésitation par leurs parents fous de terreur. Le matin même, trois hommes et une femme avaient été décapités pour pillage et un soldat écorché pour avoir violé une mourante. Karim, qui avait mené des hommes armés lessiver à la chaux des maisons contaminées, disait que tous les vices s'affichaient; une telle luxure prouvait avec quel acharnement les gens s'accrochaient à la vie dans les égarements de la chair.

Juste avant midi, le kelonter, qui ne mettait jamais les pieds à l'hôpital, envoya un soldat pâle et tremblant chercher Rob et Mirdin. Ils trouvèrent Hafiz dans la rue, respirant une pomme cloutée de girofle pour prévenir la maladie.

« Le nombre des morts est tombé hier à trente-sept », annonça-t-il triomphalement.

L'amélioration était spectaculaire car, au pire moment de l'épidémie, la troisième semaine, on avait compté jusqu'à 268 décès. Hafiz estimait, d'après ses calculs, que Chiraz avait perdu 801 hommes, 502 femmes, 3193 enfants, 566 esclaves mâles et 1 417 femelles, 2 chrétiens syriens et 32 Juifs.

Rob et Mirdin échangèrent un regard, car l'ordre dans lequel le kelonter avait énuméré les victimes ne leur avait pas échappé.

Le jeune Ali arriva, descendant la rue à pied, et il serait passé sans s'arrêter si Rob ne l'avait appelé par son nom. En s'approchant, il fut frappé de l'étrangeté du regard et ressentit en lui touchant le front le choc terrible et familier qui lui saisit le cœur. Seigneur!

« Ali, dit-il doucement, il faut rentrer avec moi. »

Avec Karim et Mirdin, il avait déjà vu mourir beaucoup de gens, mais l'évidence et le caractère foudroyant de la maladie qui frappait Ali Rashid étaient tels qu'ils se sentaient atteints à travers lui. De temps en temps, Ali sursautait, en proie à un spasme comme sous une morsure à l'estomac. La douleur le secouait de convulsions et tordait son corps en crispations étranges. Ils le lavèrent avec du vinaigre et, au début de l'après-midi, reprirent espoir car, au toucher, sa peau semblait presque fraîche. Mais ce fut comme si la fièvre s'était ramassée et, quand elle reprit, il était plus brûlant que jamais, ses lèvres se fendirent et ses yeux roulèrent, exorbités. Ces cris et ces gémissements qui se perdaient au milieu des autres, les trois étudiants les reconnaissaient entre tous car les circonstances avaient fait d'eux sa famille désormais.

La nuit, ils veillèrent tour à tour près de son lit. Il semblait en proie à la torture sur sa paillasse dévastée quand Rob, à l'aube, vint relayer Mirdin. Ses yeux étaient ternes et sans regard, la fièvre avait ravagé son corps et creusé son visage rond d'adolescent, où maintenant les pommettes saillantes et le nez en bec de faucon suggéraient le Bédouin qu'il aurait pu devenir.

Rob lui prit les mains et le sentit s'affaiblir. Par moments, pour échapper à cette impression d'impuissance, il cherchait le pouls d'Ali à ses poignets, et ses battements incertains et sans force lui rappelaient les coups d'ailes d'un oiselet qui se débat. Quand Karim arriva pour prendre sa place, Ali était mort. Fini les illusions d'immortalité : l'un d'eux le suivrait peut-être, et ils commencèrent à comprendre vraiment ce que signifiait la peur.

Réunis devant le bûcher, ils prièrent chacun à leur manière.

Ce matin-là, ils constatèrent un changement décisif à l'hôpital : on amenait beaucoup moins de malades. Trois jours plus tard, le kelonter annonça qu'il n'était mort la veille que onze personnes.

Se promenant aux alentours, Rob fit une observation singulière : des rats crevés ou agonisants gisaient par terre, et il s'aperçut en les regardant de plus près qu'ils portaient tous un petit mais très reconnaissable bubon. Ils avaient donc tous la peste. Il en choisit un dont la fourrure encore chaude grouillait de puces et, le couchant sur une grande pierre plate, il l'ouvrit avec son couteau, aussi soigneusement que si al-Juzjani ou un autre professeur d'anatomie avait regardé par-dessus son épaule.

Rapport de l'équipe médicale d'Ispahan

Fait le 5ᵉ jour du mois de Rabi II, 413ᵉ année de l'Hégire.

Divers animaux ont péri comme les hommes; on nous a rapporté en effet que des chevaux, des vaches, des moutons, des chameaux, des chiens, des chats et des oiseaux étaient morts de la peste dans la région d'Anshan. La dissection de six rats pesteux a été instructive. Mêmes symptômes externes que chez les victimes humaines : regard fixe, muscles contractés, lèvres ouvertes, langue noirâtre et saillante, bubon dans la région de l'aine ou derrière l'oreille.

Cette dissection a fait clairement apparaître pourquoi l'ablation chirurgicale du bubon était presque toujours un échec. La lésion paraît avoir de profondes racines, comme celles de la carotte, qui restent incrustées dans la victime et y continuent leurs ravages après la suppression de la masse principale. En ouvrant l'abdomen des rats, j'ai trouvé l'orifice inférieur de l'estomac et la partie supérieure de l'intestin entièrement colorés de fiel vert; le reste des intestins en était tacheté. Le foie des six rongeurs était ratatiné et quatre avaient le cœur contracté. Dans l'un d'eux, l'estomac était pour ainsi dire intérieurement à vif.

Les mêmes effets se produisent-ils dans les organes des victimes humaines de cette peste? Selon l'étudiant Karim Harun, Galien a écrit que l'anatomie interne de l'homme est identique à celle du porc et du singe, mais différente de celle du rat. Ainsi, dans l'ignorance des causes de la mort chez les pestiférés humains, nous avons l'amère certitude qu'elles sont internes, donc interdites à nos investigations.

(signé)
Jesse ben Benjamin
étudiant.

En travaillant à l'hôpital deux jours plus tard, Rob fut pris d'un malaise : lourdeur, faiblesse dans les genoux, respiration difficile, brûlure intérieure comme s'il avait mangé trop d'épices, ce qui n'était pas le cas. Ces sensations persistèrent, s'aggravant dans l'après-midi. Il s'efforça de n'en pas tenir compte jusqu'au moment où, devant le visage d'un malade congestionné, déformé, aux yeux exorbités, il crut se voir lui-même. Il alla trouver Mirdin et Karim, et lut la réponse dans leur regard. Avant de se laisser conduire à une paillasse, il insista pour aller chercher le *Livre de la peste*, avec ses notes, et les confia à Mirdin.

« Si aucun de vous ne devait survivre, il faudrait les laisser à quelqu'un qui puisse les transmettre à Ibn Sina.

– Oui, Jesse », dit Karim.

Rob se sentit calme, comme si une montagne s'était retirée de sur ses épaules : le pire était arrivé et l'avait délivré de l'obsession de la peur.

« L'un de nous reste avec toi, dit Mirdin sans cacher son chagrin.

– Non, on a trop besoin de vous ici. »

Mais il les sentait toujours attentifs et proches. Il résolut de suivre l'évolution de la maladie, d'en distinguer mentalement chaque étape, mais il dut abandonner devant le déchaînement de la fièvre et de maux de tête si lancinants que tout son corps douloureux ne supportait même plus le contact et le poids des couvertures. Il les rejeta.

Le passé lui revint en rêve : Dick Bukerel et la guilde des charpentiers, le combat contre l'ours ou le Chevalier noir... Il fut réveillé le matin par les soldats qui venaient enlever les cadavres de la nuit : une routine pour l'étudiant, mais non pour le malade qu'il était devenu. Son cœur se mit à battre, ses oreilles à bourdonner; ses membres n'avaient jamais été si pesants et le feu le dérovait.

« De l'eau! »

Mirdin s'empressa mais, quand Rob se souleva pour boire, une douleur lui coupa le souffle. D'où venait-elle? Ils échangèrent un regard terrifié en découvrant sous le bras gauche le hideux bubon d'un violet livide.

– Mirdin! Ne l'incise pas, ne le brûle pas aux caustiques! Tu me le promets?

– Je te le promets, Jesse », dit Mirdin, et il se précipita pour aller chercher Karim.

Ils dégagèrent l'aisselle en maintenant le bras levé, lié à un pilier, et baignèrent le bubon d'eau de rose en changeant les compresses aussitôt qu'elle refroidissait. Rob, dans son délire, cherchait la fraîcheur à l'ombre d'un certain champ de blé, baisait une bouche, un visage, se plongeait dans un flot de cheveux roux. Puis il entendait des prières en persan, d'autres en hébreu et poursuivait machinalement : « Ecoute, Israël... tu aimeras le Seigneur ton Dieu... »

Il n'allait pas mourir une prière juive aux lèvres ! Tout ce qui lui revint de son enfance chrétienne fut un chant puéril : « Jésus-Christ est né... Il est crucifié... Il est enterré. Amen. » Maintenant, son frère Samuel était là, tel qu'il l'avait quitté. La douleur devenait effroyable.

« Samuel ! Viens, allons-nous-en ! »

Il y eut un apaisement si soudain qu'il en fut saisi comme d'une nouvelle douleur. Il s'interdit tout espoir et attendit. Enfin Karim s'approcha et s'exclama aussitôt :

« Mirdin ! Allah soit loué ! Le bubon s'est ouvert ! »

Deux visages souriants se penchaient au-dessus de lui, l'un sombre et beau, l'autre quelconque mais d'une divine bonté.

« Je vais poser une mèche pour que le pus s'écoule », dit Mirdin, et l'urgence de l'intervention remit à plus tard les actions de grâces.

Rob, après la tempête, dérivait sur une eau paisible. Sa guérison fut rapide et sereine comme il l'avait observé chez les autres survivants. La faiblesse était normale après une forte fièvre, en revanche son esprit retrouvait sa clarté et ne confondait plus le passé et le présent. Il aurait voulu se rendre utile, mais ses gardiens l'obligeaient à rester allongé.

« La médecine est tout pour toi, observa Karim un matin. Je le savais et c'est pourquoi je n'ai pas fait d'objection quand tu as pris la direction de l'équipe. J'étais furieux qu'on ait choisi Fadil. Sa réussite aux examens lui vaut l'estime de la faculté, mais comme praticien c'est une catastrophe. Et puis, il a commencé deux ans après moi, et le voilà hakim alors que je reste étudiant.

— Pourquoi m'acceptes-tu alors, moi qui ai à peine un an d'études?

— Ce n'est pas la même chose. Ta passion de guérir te met hors concours.

— Je t'ai observé pendant ces dures semaines, dit Rob en souriant. N'es-tu pas possédé de la même passion?

— Non. J'ai envie d'être un excellent médecin, c'est vrai, mais plus que tout je veux devenir riche. La fortune n'est pas ton ambition, n'est-ce pas? Moi, quand j'étais enfant, j'ai vu mon village pillé, réduit à la misère par l'armée d'Abdallah Chah, le père du souverain actuel, qui marchait contre les Turcs seldjoukides. J'avais cinq ans, nous mourions de faim. Ma mère a pris par les pieds la fille qu'elle venait de mettre au monde et lui a fracassé la tête contre les rochers. On dit qu'il y a eu des cas de cannibalisme et je le crois.

» Mes parents sont morts, j'ai mendié. Puis un ami de mon père, un athlète célèbre, m'a élevé, m'a appris à courir, et a fait de moi son giton pendant neuf ans. Il s'appelait Zaki-Omar. »

Karim se tut un long moment. Seuls les gémissements des malades troublaient le silence.

« Quand il est mort, j'avais quinze ans. Sa famille m'a jeté dehors, mais il avait arrangé mon entrée à la madrassa et je suis venu à Ispahan, libre pour la première fois. J'ai décidé que mes fils, quand j'en aurai, grandiront en sécurité; cette sécurité qu'assure la fortune. »

Enfants, presque aux deux bouts du monde, ils avaient donc vécu des catastrophes comparables. Rob aurait pu avoir moins de chance, et le Barbier être tout différent...

L'arrivée de Mirdin interrompit la conversation. Il s'assit par terre, de l'autre côté de la paillasse.

« Personne n'est mort hier à Chiraz.

– Allah!

– Personne n'est mort! »

Rob les prit tous deux par la main. Au-delà du rire et des larmes, ils étaient comme de vieux amis après toute une vie passée ensemble. Ils se regardèrent en silence, savourant leur bien-être de survivants.

Plus de dix jours après, Rob fut jugé assez fort pour voyager. Il faudrait des années pour que les arbres repoussent à Chiraz, mais les gens commençaient à rentrer, apportant quelquefois du bois de charpente. On voyait ici et là des charpentiers poser des volets et des portes. C'était bon de laisser la ville derrière soi et de repartir vers le nord. Arrivés devant chez le marchand Ishmael, ils frappèrent sans obtenir de réponse.

« Il y a des cadavres par ici », dit Mirdin en fronçant le nez.

Dans la maison, ils trouvèrent les corps décomposés du marchand et de Hakim Fadil, mais pas de trace d'Abbas Sefi, qui avait dû s'enfuir en voyant les autres atteints. On récita des prières et on brûla les restes des pestiférés en dressant un bûcher avec le coûteux mobilier d'Ishmael.

Des huit qui avaient quitté Ispahan, il n'en restait que trois au retour de Chiraz.

45

LE SQUELETTE DU MORT

DE retour à Ispahan, Rob eut d'abord l'impression d'une ville irréelle, avec tous ces gens bien portants qui ne faisaient que rire ou se chamailler. Ibn Sina fut attristé mais non surpris d'apprendre les désertions et les morts, et reçut son rapport avec un vif intérêt. Pendant le mois que les trois étudiants avaient passé à la maison du rocher d'Ibrahim, pour être certains de ne pas rapporter la peste, Rob avait rédigé une relation détaillée de leur travail à Chiraz. Il montrait clairement que les deux autres lui avaient sauvé la vie et faisait leur éloge avec chaleur.

« Karim aussi? » demanda brusquement Ibn Sina quand ils furent seuls.

Rob hésita, n'osant porter de jugement sur un camarade.

« Il peut avoir des difficultés à l'examen, mais c'est déjà un merveilleux médecin, calme et ferme dans l'épreuve et compatissant pour ceux qui souffrent.

– Va maintenant au palais du Paradis, car le chah est impatient de t'entendre sur la présence de l'armée seldjoukide à Chiraz. »

L'hiver s'achevait mais le palais était encore glacial. Le long des sombres galeries, Rob suivait le capitaine des Portes dont les bottes faisaient sonner les dalles de pierre. Ala Chah était seul, assis à une grande table.

« Jesse ben Benjamin, Majesté, dit Khuff tandis que Rob se prosternait.

– Assieds-toi près de moi, dhimmi, et tire la nappe sur tes genoux », dit le roi.

Rob obéit et fut agréablement surpris de sentir l'air chaud qui montait de fours souterrains par une grille au ras du sol. Il se gardait bien d'observer trop directement ou trop longtemps le souverain mais le premier coup d'œil avait confirmé la rumeur populaire : Ala avait des yeux de loup, la peau flasque sur ses traits de faucon; il était évident qu'il buvait trop. Il avait devant lui un plateau divisé en carrés alternativement noirs et blancs, garni de figurines sculptées. A côté, des coupes et un pichet de vin. Le chah les remplit et vida aussitôt la sienne.

« Bois, bois, pour que je voie un Juif heureux ! dit-il avec un regard impérieux de ses yeux rouges.

– Puis-je vous demander, Majesté, de m'en dispenser ? Boire ne me rend pas heureux, mais maussade et sauvage. C'est pourquoi je ne l'apprécie pas comme d'autres, mieux partagés que moi. »

Le chah parut intéressé.

« Je m'éveille chaque matin les mains tremblantes et une vive douleur derrière les yeux. Tu es médecin. Quel est le remède ?

– Moins de vin, Majesté, répondit Rob en souriant, et plus de chevauchées à l'air pur de la Perse. »

Le regard perçant scrutait son visage pour y surprendre l'insolence, mais il n'en trouva pas.

« Alors, tu chevaucheras avec moi, dhimmi.

– Je suis à votre service, Majesté. »

Ala fit un geste pour signifier que la question était réglée.

« Alors, parlons des Seldjoukides à Chiraz. Dis-moi tout. »

Il écouta avec attention ce que Rob avait appris sur les envahisseurs de l'Anshan. Puis il conclut :

« Notre ennemi du Nord-Ouest pensait nous encercler et s'établir au Sud-Est. S'il avait réussi à conquérir tout l'Anshan, Ispahan aurait été prise entre les mâchoires du rapace seldjoukide. Allah soit béni de leur avoir envoyé la peste! Quand ils reviendront, nous serons prêts. »

Il tira entre eux le grand échiquier.

« Connais-tu ce jeu?

– Non, sire.

– C'est un passe-temps d'autrefois. Si l'on perd, c'est le *chahtreng*, le " supplice du roi ", mais on l'appelle plutôt la chasse du roi car il s'agit d'un combat. Je vais te l'apprendre, dhimmi », dit-il en riant.

Il tendit à Rob une des pièces : un éléphant sculpté, et lui fit toucher l'ivoire poli.

« On l'a sculpté dans une défense. Tu vois, nous avons les mêmes effectifs. Le roi se tient au centre, assisté de son fidèle compagnon, le général. De chaque côté un éléphant protège le trône de son ombre. Deux chameaux près des éléphants, avec un homme sur chacun d'eux, puis deux chevaux avec leurs cavaliers prêts à combattre. Aux extré-mités du champ de bataille, un *rukh*, ou guerrier, élève ses mains en coupe jusqu'à ses lèvres pour boire le sang des ennemis. En avant, se déplacent les fantassins dont le devoir est d'assister les autres pendant le combat. Si un fantassin réussit à traver-ser tout le champ de bataille, il prend place, en héros, près du roi, comme le général. Le brave général ne franchit jamais qu'une case à la fois, les puissants éléphants en parcourent trois, surveillant tout le champ sur un rayon de deux mille pas. Le chameau court aussi sur trois cases et les chevaux de même, en sautant par-dessus sans les toucher. De tous côtés, le guerrier se déchaîne, traversant le champ de bataille de bout en bout.

« Chaque pièce se tient à son territoire et ne se déplace qu'autant qu'il lui est permis. Si quelqu'un approche le roi, il crie : " Retire-toi, ô chah ! " et le roi doit abandonner sa case. S'il voit sa route coupée par le roi ennemi, le cheval, guerrier, le général, l'éléphant et l'armée, il regarde dans les quatre directions en fronçant les sourcils. Et s'il voit ses troupes battues, sa retraite coupée par l'eau et le fossé, l'ennemi à sa droite, à sa gauche, devant et derrière, il mourra de fatigue et de soif car c'est le destin que le ciel réserve au vaincu. »

Il se versa du vin, le but et jetant à Rob un regard insistant :

« Tu as compris ?

– Je crois, sire...

– Alors commençons. »

Rob commit des erreurs que le chah corrigeait chaque fois avec un grognement. La partie ne fut pas longue car ses troupes furent vite vaincues et son roi captif.

« Une autre ! » dit Ala avec satisfaction.

Le second combat fut aussi rapide que le premier mais Rob commençait à comprendre que le chah, prévoyant ses mouvements, lui tendait des pièges comme dans une vraie guerre. A la fin, il le congédia d'un geste.

« Un bon joueur peut éviter la défaite pendant des jours, dit-il. Et celui qui gagne peut gouverner le monde. Mais tu n'as pas mal joué pour une première fois, et ce n'est pas un déshonneur d'avoir subi le chahtreng car tu n'es qu'un Juif, après tout. »

Quel soulagement de retrouver la petite maison du Yehuddiyyeh, le travail régulier du maristan et des cours! Au lieu du service de la prison, il fut très heureux d'être admis à étudier les fractures, avec Mirdin, comme assistant de Hakim Jalal ul-Din. Svelte, de type saturnien, riche et respecté, Jalal était un des chefs de l'élite médicale à Ispahan, mais il ne ressemblait guère à ses confrères.

« Ainsi c'est toi Jesse, le barbier-chirurgien?

– Oui, maître.

– Je ne partage pas le mépris général pour ta profession; il en est d'honnêtes et d'habiles. Moi-même, avant d'être médecin, j'ai été rebouteux ambulant et je n'ai pas changé en devenant hakim. Néanmoins, il faudra travailler dur pour gagner mon estime, sinon, je te mettrai à la porte de mon service, et à coups de pied aux fesses, encore! »

C'était un grand spécialiste des os, inventeur d'éclisses capitonnées et d'appareils de traction. Il apprit aux étudiants à palper du bout des doigts les chairs contusionnées jusqu'à visualiser, comme ils l'auraient fait avec leurs yeux, la blessure et le traitement qui convenait. Il n'avait pas son pareil pour remettre en place les os et même les éclats d'une fracture, de manière que la nature les ressoude en leur premier état.

Il s'intéressait curieusement aux criminels et leur avait parlé longuement d'un berger assassin, tout récemment exécuté pour avoir sodomisé puis tué deux ans plus tôt un camarade, qu'il avait enterré de l'autre côté des remparts. On avait décidé d'exhumer le cadavre pour lui assurer au cimetière islamique une sépulture et des prières qui le feraient admettre au paradis.

« Venez, dit Jalal à Rob et à Mirdin. C'est une occasion exceptionnelle : aujourd'hui, nous serons fossoyeurs. »

Sans savoir ce qu'il avait tramé, ils le suivirent avec une mule, accompagnés d'un mullah et d'un soldat du kelonter, jusqu'à la colline isolée indiquée par le meurtrier lors de ses aveux.

« Faites attention », demanda Jalal quand ils se mirent à creuser.

Ils découvrirent bientôt les os d'une main puis mirent au jour le squelette entier qui fut déposé sur une couverture.

« C'est l'heure de manger », dit alors le médecin en déballant le chargement de la mule : une volaille rôtie, un somptueux pilah, de grosses dattes du désert, des gâteaux au miel et un pot de sherbet.

Laissant le mullah et le soldat à leur déjeuner, qui serait sans doute suivi d'une sieste, le maître et ses étudiants retournèrent en hâte étudier le squelette. La terre avait fait son œuvre et les os étaient propres, sauf une tache de rouille à l'endroit où le poignard avait frappé le sternum.

« Remarquez le fémur, dit Jalal, l'os le plus long et le plus fort du corps. Vous comprenez pourquoi il est si difficile de réduire une fracture de la cuisse ? »

Il leur fit compter les douze paires de côtes qui forment la cage protectrice du cœur et des poumons.

« Avez-vous déjà vu un cœur et des poumons d'homme ? demanda Rob.

– Non, mais Galien affirme qu'ils ressemblent beaucoup à ceux du porc, que nous connaissons... Ne perdons pas de temps car ils vont revenir. Observez les sept premières paires attachées au sternum par une matière souple, les trois suivantes reliées par un tissu commun et les deux dernières qui restent libres à l'avant. Allah n'est-il pas le plus merveilleux des architectes, dhimmis ? n'a-t-il pas construit son peuple sur une admirable structure ? »

Ainsi se poursuivit en plein soleil cette fête du savoir : un cours d'anatomie sur un homme assassiné.

Rob et Mirdin allèrent ensuite aux bains, pour se laver de leurs impressions morbides et détendre leurs muscles. Karim les y rejoignit et Rob remarqua tout de suite son air soucieux.

« Je dois repasser l'examen. Je n'y croyais plus. C'est ma troisième tentative. Si j'échoue, tout est fini pour moi.

— C'est pour quand ?

— Dans six semaines. J'ai peur... Je n'ai rien à craindre en médecine, mais en droit et en philosophie...

— On a tout le temps, dit Mirdin. Je t'aiderai en philosophie et tu travailleras ton droit avec Jesse. »

Rob fit la grimace car il ne se sentait guère juriste. Mais il était décidé à tout tenter pour son ami.

« On commence ce soir, dit-il. Et tu passeras.

— Il le faut », soupira Karim.

46

L'ÉNIGME

Ibn Sina invita Rob chez lui deux semaines de suite.

« Hou! dit Mirdin en plaisantant, le maître a un favori. » Mais son sourire était fier et dénué de jalousie.

« C'est bien qu'il s'intéresse à lui. Al-Juzjani a toujours été soutenu par Ibn Sina et il est devenu un grand médecin. »

Rob fronça les sourcils : il ne tenait pas à partager son expérience, même avec eux. Que dire de ces soirées où le maître dispensait pour lui seul les trésors de son intelligence : les corps célestes, les philosophes grecs... Il savait tant de choses et les enseignait sans effort !

Rob, au contraire, pour aider Karim, devait d'abord apprendre lui-même; il décida de ne plus suivre pendant six semaines que les cours de droit et d'emprunter à la maison de la Sagesse des livres de jurisprudence. Ce serait autant de fait pour sa propre préparation. Le droit islamique comportait deux branches : le *Fiqh* ou science légale, et la *Shari'a*, loi divine révélée par Allah. Si l'on ajoutait la *Sunna*, la vérité et la justice manifestée dans la vie exemplaire et les paroles de Mahomet, cela donnait une doctrine complexe propre à dérouter plus d'un étudiant.

Karim s'y perdait, visiblement. Pour la première fois depuis sept ans, il ne pouvait plus aller chaque jour au maristan, et le contact avec les malades lui manquait cruellement. Chaque matin, avant de travailler avec Rob, puis avec Mirdin, il allait courir, dès la première lueur de l'aube, comme pour échapper à ses angoisses. Rob l'accompagna plusieurs fois à cheval; ils sortaient de la ville, franchissaient le Fleuve de la Vie et se retrouvaient en pleine campagne. Mais n'était-ce pas un gaspillage d'énergie?

« Au contraire, disait le sage Mirdin, s'il ne courait pas, il serait incapable de surmonter ce passage difficile. »

Un matin, on vint chercher Rob. Il suivit l'avenue des Mille-Jardins jusqu'à la belle propriété d'Ibn Sina; le portier prit son cheval et le maître l'accueillit devant la porte de pierre.

« C'est pour ma femme. Voudrais-tu l'examiner? »

Rob s'inclina, confus. Ibn Sina ne manquait pas de confrères distingués qui se seraient honorés d'une telle consultation. Ils montèrent, par un escalier de pierre en colimaçon, dans la tour nord de la demeure. La vieille femme, allongée sur sa couche, les regarda sans les voir, de ses yeux ternes et absents. Ibn Sina s'agenouilla près d'elle.

« Reza. »

Il mouilla d'eau de rose un linge dont il lava tendrement ses lèvres gercées et son visage. L'expérience de toute une vie lui avait appris à rendre confortable une chambre de malade, mais ni la propreté de la pièce ni les vêtements frais et les senteurs de l'encens ne pouvaient vaincre l'odeur de la maladie. Les os semblaient prêts à traverser la peau transparente; le visage était cireux, les cheveux fins et blancs. L'épouse du plus grand médecin du monde n'était plus qu'une vieille femme au dernier stade de la maladie des os.

Les bubons s'étalaient sur les bras maigres et le bas des jambes, les chevilles et les pieds gonflés, la hanche droite manifestement très abîmée, et Rob savait que, sous l'étoffe, les tumeurs avaient envahi d'autres régions du corps, y compris l'intestin, à en juger par l'odeur. Inutile de confirmer un diagnostic évident et terrible. L'étudiant avait compris ce qu'on voulait de lui : prenant les mains frêles dans les siennes, il lui parla doucement en regardant ses yeux, où passa une lueur éphémère.

« Da'ud » murmura-t-elle en étreignant ses mains.

Qui était-ce ?

« Son frère, mort depuis des années », répondit Ibn Sina à l'interrogation muette de Rob.

Reza retomba dans l'inconscience et ses doigts se relâchèrent. Ils la laissèrent et redescendirent de la tour.

« Combien de temps ?

— Bientôt, *Hakim-bashi*. C'est une question de jours... On ne peut rien pour elle ?

— La dernière preuve d'amour que je puisse lui donner, ce sont des infusions de plus en plus fortes. »

Il reconduisit son élève jusqu'à la porte, le remercia et retourna près de sa malade.

« Maître ! » appela quelqu'un. Rob en se retournant reconnut le gros eunuque qui gardait la seconde épouse.

« Voulez-vous me suivre, s'il vous plaît ? »

Ils sortirent du jardin par une porte si basse qu'il

356

leur fallut se courber, et se retrouvèrent dans un autre, près de la tour sud.

« Qu'y a-t-il? »

L'esclave ne répondit pas, mais quelque chose attira le regard de Rob et il aperçut à une petite fenêtre un visage voilé penché vers lui. Leurs yeux se rencontrèrent, alors elle détourna les siens dans un tourbillon de voiles et la fenêtre resta vide. L'eunuque sourit, en haussant les épaules.

« Elle m'a donné l'ordre de vous amener ici. Elle avait envie de vous voir, maître. »

Peut-être aurait-il rêvé d'elle cette nuit-là s'il en avait eu le temps mais il étudiait les lois de la propriété. L'huile baissait dans sa lampe quand un bruit de sabots s'arrêta devant la porte. On frappa. Pensant à des voleurs, étant donné l'heure tardive, il saisit son épée.

« Qui est là?

– Wasif, maître. »

Il ne connaissait pas de Wasif, mais crut identifier la voix. C'était l'eunuque, en effet, tenant un âne par la bride.

« Le hakim a besoin de moi?

– Non, maître, c'est elle qui veut que vous veniez. »

Il ne sut que répondre et l'esclave perçut son étonnement.

« Attends », dit Rob brusquement en refermant la porte.

Il revint après une toilette rapide et, montant sans selle son cheval brun, suivit dans les rues désertes le gros homme sur son âne. Une entrée particulière les amena près de la porte de la tour sud et l'eunuque, s'inclinant, invita Rob à monter seul.

On aurait dit une rêverie de ses innombrables

nuits sans sommeil. Le sombre passage, jumeau de celui de la tour nord, tournait comme les spires d'une coquille de nautilus et menait, tout en haut, à un vaste harem. Elle l'attendait sur un grand lit de coussins, telle une Persane prête à l'amour, les mains, les pieds et le sexe rougis de henné et adoucis d'huile. Ses seins, décevants, étaient à peine plus gros que ceux d'un garçon.

Il releva son voile. Elle avait les cheveux noirs, luisants et tirés en arrière contre son crâne rond. Il avait imaginé les beautés interdites d'une Cléopâtre ou d'une reine de Saba et découvrait avec surprise une jeune fille aux lèvres tremblantes qu'elle léchait nerveusement d'un bout de langue rose. Un charmant visage en forme de cœur, au menton pointu, au nez court et droit. A sa délicate narine droite pendait un anneau si étroit qu'il y aurait tout juste glissé son petit doigt. Il avait déjà trop vécu dans ce pays : les traits nus d'un visage l'excitaient davantage qu'un sexe rasé.

« Pourquoi t'appelle-t-on Despina la Vilaine ?

– Ibn Sina en a décidé ainsi, pour conjurer le mauvais œil », dit-elle, tandis qu'il se plongeait dans les coussins près d'elle.

Le lendemain, il travaillait avec Karim sur les lois du Fiqh relatives au mariage et au divorce : contrat, témoins, droits égaux des différentes épouses d'un homme. Le divorce était autorisé en cas de stérilité, de mauvais caractère et d'adultère. Selon la Shari'a, la peine des adultères était la lapidation, mais on en avait abandonné l'usage depuis deux siècles. La femme adultère d'un homme riche et puissant pouvait être décapitée, mais les pauvres recevaient une sévère bastonnade avant d'être répudiées ou non, au gré de leur mari.

Le Maristan

Karim était relativement à l'aise avec la Shari'a, dont il avait observé très tôt autour de lui les règles pieuses. Mais le Fiqh le désorientait : il ne se rappellerait jamais tant de lois et de formules.

« Si tu ne retrouves pas les termes exacts, tâche de te référer à la religion ou à la vie du Prophète; peut-être s'en contenteront-ils. Mais apprends-en le plus possible. »

L'après-midi, à l'hôpital, Rob s'arrêta avec les autres devant la couche d'un enfant squelettique nommé Bilal. Un paysan à l'air résigné était assis à côté de lui.

« Voilà comment, dit al-Juzjani, la douleur d'entrailles peut vous sucer l'âme. Quel âge a-t-il? »

Intimidé mais flatté qu'on lui adresse la parole, le père baissa la tête.

« C'est sa neuvième année, seigneur.

— Depuis quand est-il malade?

— Deux semaines. C'est le " mal de côté " qui a tué deux de ses oncles et mon père. Une douleur terrible : ça vient, ça passe, ça revient... Mais, depuis trois jours elle n'arrête pas. »

L'infirmier, pressé d'en finir, dit que l'enfant ne gardait rien et qu'on le nourrissait de jus de fruits.

« Examine-le, Jesse. »

Rob palpa doucement tout le corps; quand il approcha de l'estomac, l'enfant hurla. Le ventre était souple à gauche et dur à droite; le rectum irrité et douloureux. Il remit la couverture et prit les deux petites mains. Le Chevalier noir ricanait une fois de plus.

« Va-t-il mourir, seigneur? demanda le père sans émoi.

— Oui », dit Rob.

Depuis son retour de Chiraz, on ne souriait plus

quand il prédisait la mort d'un malade. Al-Juzjani
ayant conseillé la lecture d'Aelus Cornelius Celsus
à propos du mal de côté, il alla, après la visite,
demander l'ouvrage à la maison de la Sagesse. Il
apprit, fasciné, que Celsus ouvrait des cadavres
humains pour en savoir davantage; il décrivait la
maladie de Bilal comme une affection du gros
intestin, près du caecum, accompagnée d'inflammation et de douleur violente dans la partie droite
de l'abdomen.

Sa lecture finie, il retourna près de Bilal. Le père
était parti et un sinistre mullah récitait le Coran,
perché au-dessus de l'enfant comme un grand
corbeau. Rob tira la paillasse loin du mullah.
L'infirmier avait laissé trois grenades pour le dîner
du petit garçon; il les prit et se mit à jongler
comme autrefois. Bilal, les yeux écarquillés, regardait voler les fruits.

« Il nous faut de la musique! »

Ne connaissant aucune chanson persane, il se
rappela un petit refrain galant du Barbier :

> *Tes yeux me caressaient déjà,*
> *Maintenant je suis dans tes bras...*
> *Aimons-nous jusqu'à demain,*
> *Ne faisons pas de vœux en vain!*

Ce n'était pas une chanson convenable pour un
enfant mourant, mais le mullah, indigné de ses
bouffonneries, se chargeait des prières; et, comme
personne ne comprenait les paroles, la bienséance
était respectée. Rob chantait encore quand Bilal
eut une dernière convulsion. Il lui ferma les yeux,
le lava, peigna ses cheveux et noua un linge pour
retenir la mâchoire. Le mullah psalmodiait toujours, le regard furieux, mêlant la prière et la
haine. Il se plaindrait sans doute du dhimmi sacri-

lège, mais son rapport ne dirait pas qu'avant de mourir Bilal avait souri.

Quatre nuits sur sept, Wasif vint chercher Rob, qui restait dans la tour jusqu'aux premières heures du matin. Despina lui donnait des leçons.

« C'est ton *lingam*, disait-elle en montrant son pénis, et voilà mon *yoni*. »

Elle les trouvait faits l'un pour l'autre.

« Un homme peut être un lièvre, un taureau ou un cheval. Tu es un taureau. Une femme est une biche, une jument ou une éléphante, et je suis une biche. C'est parfait. Un lièvre aurait du mal à donner de la joie à une éléphante », ajoutait-elle sans rire.

Elle faisait des choses qui lui rappelaient les dessins qu'il avait achetés au maidan, sans compter celles qui n'y figuraient pas. Il s'amusait au début de découvrir toutes ces pratiques et leurs noms persans, mais il s'insurgea quand elle prétendit lui enseigner, pour remplacer ses grognements, les sons qu'il fallait émettre au moment du plaisir.

« Tu ne peux pas te laisser aller et baiser simplement ? C'est pire que d'étudier le Fiqh !

– Mais c'est encore mieux quand on a appris ! »

Il resta insensible à ses reproches. Et puis il avait décidé qu'il préférait les femmes non épilées.

« Ton vieux mari ne te suffit pas ?

– Autrefois oui. Sa virilité était célèbre, il aimait le vin, les femmes : il aurait fait l'amour à un serpent – femelle, bien sûr –, mais il ne m'a pas touchée depuis deux ans. Depuis qu'elle est malade. »

Il l'avait épousée quand elle avait douze ans. Fille d'esclave, elle lui avait appartenu toute sa vie.

Rob effleura l'anneau de sa narine, symbole de dépendance.

« Pourquoi ne t'a-t-il pas affranchie?

– Comme sa propriété et sa seconde épouse, je suis doublement protégée.

– Et s'il arrivait maintenant? dit-il, en songeant à l'escalier sans issue.

– Wasif veille en bas et le dissuaderait de monter. D'ailleurs il est près de Reza et ne quitte pas sa main. »

Rob la regarda et sentit la culpabilité qui avait grandi en lui à son insu. Il aimait cette petite beauté au teint d'olive, avec ses seins de gamine, son ventre doux et sa bouche ardente. Il était désolé de sa vie de recluse dans sa confortable prison, et ne lui reprochait rien. Mais il s'était mis à aimer le vieil homme à l'admirable intelligence et au gros nez.

Il se leva et commença à se rhabiller.

« Je resterai ton ami. »

Elle n'était pas sotte et l'observait avec intérêt.

« Tu es venu ici presque chaque nuit et tu t'es soûlé de moi. Si j'envoie Wasif dans deux semaines, tu reviendras. »

Il la baisa sur le nez juste au-dessus de l'anneau. Et, monté sur le cheval brun, il rentra lentement sous la lune, se demandant s'il n'était pas un grand imbécile.

Onze nuits plus tard, Wazif frappa à sa porte. Despina avait raison; il fut terriblement tenté. Allait-il se vanter jusqu'à la fin de ses jours d'avoir possédé encore et encore la jeune épouse pendant que le vieux mari était ailleurs dans la maison?

« Dis-lui que je ne viendrai plus. »

Les yeux de Wasif brillèrent sous ses lourdes paupières et, avec un sourire de mépris pour ce Juif timoré, il repartit sur son âne.

Reza la Pieuse mourut trois jours plus tard à l'heure de la première prière. A la madrassa et au maristan, on raconta qu'Ibn Sina avait fait lui-même la dernière toilette de sa femme et qu'il n'avait admis à ses simples funérailles que quelques mullahs. On ne le voyait plus ni à l'école ni à l'hôpital et personne ne savait où il était. Un soir, une semaine après la mort de Reza, Rob rencontra al-Juzjani en train de boire au maidan.

« Assieds-toi, dhimmi, lui dit le médecin, qui redemanda du vin.

– Hakim, comment va le médecin-chef ? »

La question resta sans réponse.

« Il te croit différent des autres. Un étudiant exceptionnel, dit al-Juzjani avec une animosité qui, chez un autre, eût trahi de la jalousie. Et, si tu n'es pas exceptionnel, dhimmi, tu auras affaire à moi ! »

En fait, il était ivre. Il y eut un long silence.

« J'avais dix-sept ans quand nous nous sommes rencontrés à Jurjan. A peine plus âgé que moi, il était éblouissant. Mon père conclut un accord : Ibn Sina m'enseignerait la médecine et je serais son factotum. Il m'a appris les mathématiques, m'a dicté plusieurs livres, dont la première partie du *Canon de médecine*, à raison de cinquante pages par jour. Quand il a quitté Jurjan, je l'ai suivi dans une douzaine d'endroits. L'émir du Hamadhan l'avait nommé vizir mais l'armée s'est révoltée et il s'est retrouvé en prison. On voulait le tuer, puis l'a relâché, le veinard ! Enfin l'émir est pris de douloureuses coliques, Ibn Sina le guérit et redevient vizir !

« Médecin, vizir ou prisonnier, je ne l'ai jamais quitté. Il était devenu mon ami et mon maître. Les élèves se réunissaient chez lui chaque soir et je lisais ses livres à haute voix. Reza veillait à ce que nous soyons bien nourris. Puis nous buvions beaucoup, on allait voir les femmes; c'était le plus gai des compagnons. Il collectionnait les aventures et Reza le savait mais elle l'aimait toujours... Maintenant, elle est morte, et il se consume. Il renvoie ses vieux amis et se promène seul, dans la ville, distribuant des dons aux pauvres.

– Hakim, dit doucement Rob, pourrai-je vous voir chez vous?

– Etranger, laisse-moi maintenant. »

Il attendit une semaine, puis un après-midi s'en fut à cheval chez Ibn Sina. Il le trouva seul, le regard serein. Ils s'assirent confortablement l'un près de l'autre, tantôt parlant, tantôt se taisant.

« Vous étiez déjà médecin quand vous l'avez épousée, maître?

– J'ai été reçu hakim à seize ans et j'en avais dix quand nous nous sommes mariés, l'année où j'ai appris le Coran et entrepris l'étude des plantes médicinales.

– A cet âge, dit Rob impressionné, je me démenais pour devenir bateleur et barbier-chirurgien. » Et il raconta à Ibn Sina comment le Barbier avait formé l'orphelin.

« Que faisait ton père?

– Il était charpentier.

– J'ai entendu parler des guildes européennes, dit lentement le maître. Il y a très peu de Juifs là-bas et on ne les admet pas dans les guildes. »

Il sait, se dit Rob angoissé. Ibn Sina l'observait paisiblement. Il se sentit perdu.

« Tu veux à tout prix apprendre l'art et la science de guérir.

– Oui, maître. »

Le médecin soupira, hocha la tête et détourna les yeux.

« Reza venait de Boukhara, elle avait quatre ans de plus que moi. Nos pères étaient tous deux collecteurs d'impôts et le mariage fut arrangé à l'amiable – sauf pour un détail, car son aïeul reprochait à mon père d'être ismaélien et d'user de haschisch pendant ses dévotions. Enfin on nous maria et elle m'est restée fidèle toute sa vie. »

Le vieil homme regarda Rob.

« Tu as le feu sacré. Quel est ton désir ?

– Etre un bon médecin. Comme vous seul savez l'être », ajouta-t-il en silence, mais il lui sembla qu'il avait été compris.

« Tu sais déjà soigner. Quant à la qualité... Pour être un bon médecin, il faut répondre à une énigme insoluble.

– Et quelle est la question ?

– Tu la découvriras peut-être un jour. Cela fait partie de l'énigme. »

47

L'EXAMEN

L'APRÈS-MIDI où Karim passait son examen, Rob s'absorba plus que jamais dans sa tâche pour éviter de penser à la séance qui allait s'ouvrir dans la salle de réunion de la maison de la Sagesse. Mirdin et lui avaient fait du bibliothécaire leur complice et savaient grâce à lui le nom des examinateurs possibles.

« Il aura Sayyid Sa'di en philosophie. »

Ce n'était pas mal : un professeur exigeant, mais qui ne cherchait pas à faire échouer les candidats. Plus inquiétant, Nadir Bukh, juriste autoritaire, qui avait déjà recalé Karim, allait l'interroger en droit ! Il aurait le mullah Abul Bakr en théologie, et en médecine le prince des médecins lui-même. Rob avait espéré que Jalal ferait passer l'épreuve de chirurgie mais il le vit auprès des malades comme d'habitude et l'aida à soigner une épaule démise. Il alla ensuite à la bibliothèque lire Celsus, puis s'assit sur les marches en compagnie de Mirdin. Le temps leur semblait interminable.

« Le voilà ! » cria-t-il enfin, apercevant Karim qui se frayait un chemin parmi les étudiants.

« Il faut m'appeler hakim, maintenant, messieurs les étudiants ! »

Ils se précipitèrent pour l'embrasser, hurlant,

dansant, se bourrant de coups de poing. Hadji Davout Hosein, qui passait, voyant les élèves de son académie se conduire aussi mal, en pâlit d'indignation.

« Je vous emmène chez moi », dit Mirdin.

C'était la première fois qu'il les invitait. Mirdin habitait, loin de chez Rob, deux pièces louées dans un petit immeuble à côté de la synagogue de Sion. Sa famille fut une agréable surprise : une femme timide, Fara, courte, brune, au regard paisible; deux fils aux joues rondes cramponnés aux jupes de leur mère. Elle servit des gâteaux et du vin, et après de nombreux toasts les trois amis allèrent chez un tailleur qui prit les mesures du nouvel hakim pour sa robe noire de médecin.

« C'est une nuit pour les maidans! » s'écria Rob.

Ils s'installèrent au crépuscule dans une taverne qui dominait la place centrale, pour un excellent dîner persan arrosé de vin musqué, dont Karim n'avait guère besoin, ivre qu'il était déjà de sa nouvelle dignité. Ils voulurent tout savoir de l'examen, des questions posées et de ses réponses.

« Ibn Sina ne cessait de m'interroger en médecine. " Quelles déductions peut-on tirer de l'examen de la sueur?... Très bien, maître Karim, très complet. Et sur quelles observations générales peut-on fonder un diagnostic? Quels principes d'hygiène doit observer un voyageur par terre et par mer? " On aurait dit qu'il savait combien j'étais fort en médecine et faible dans les autres matières. Sayyid Sa'di m'a prié de discuter cette idée de Platon, que tous les hommes cherchent le bonheur. Grâce à toi, Mirdin, je l'avais étudiée à fond. J'ai répondu longuement, en me référant au Prophète : le bonheur est la récompense d'Allah pour l'obéissance et la prière fervente.

– Et Nadir Bukh ? demanda Rob.

– Le juriste ? dit Karim en haussant les épaules. Il m'a interrogé sur le châtiment des criminels selon le Fiqh. Je n'en avais aucune idée. Alors j'ai dit que toute sanction était fondée sur les écrits de Mahomet – qu'Il soit béni ! –, qui déclare qu'en ce monde nous dépendons les uns des autres, bien que maintenant et pour l'éternité nous n'appartenions qu'à Allah. Le temps sépare le bien du mal et le fidèle du rebelle. Tout égaré sera puni et celui qui obéit sera en complet accord avec l'universelle volonté divine sur laquelle le Fiqh est fondé...

– Qu'est-ce que ça veut dire ? demanda Rob ébahi.

– Je ne sais pas. Nadir Bukh avait l'air de mâchonner ma réponse comme une viande qu'il n'arrivait pas à identifier. Il ouvrait la bouche pour demander des précisions quand Ibn Sina m'a interrogé sur l'humeur du sang, et que je lui ai répété mot pour mot ce qu'il en a écrit dans ses deux livres. C'était fini ! »

Ils rirent aux larmes et burent en proportion. Enfin, n'en pouvant plus, ils titubèrent jusqu'à la rue, au bout de la place, et arrêtèrent la voiture ornée d'un lis peint sur sa porte. Rob s'assit devant à côté du maquereau, Mirdin s'endormit, la tête dans le vaste giron de Lorna la putain, et Karim reposa la sienne sur son sein en chantant des chansons douces.

Fara ouvrit de grands yeux en voyant dans quel état on ramenait son époux.

« Il est malade ?

– Il est soûl, comme nous », expliqua Rob, et il retourna dans la voiture qui les mena à la petite maison du Yehuddiyyeh. La porte à peine refermée, Karim et lui s'effondrèrent sur le plancher et s'endormirent tout habillés.

Pendant la nuit, Rob entendit un léger bruit : Karim pleurait. Dès l'aube il fut réveillé de nouveau par son ami qui se levait. Il ne devrait pas boire, se dit-il, furieux.

« Désolé de te déranger, Rob, mais je dois courir.

— Courir? Mais pourquoi? Après cette nuit?

— Pour préparer le *chatir*.

— Qu'est-ce que le chatir?

— Une grande course à pied. »

Il sortit et l'on entendit le bruit décroissant de ses pas, puis les aboiements des chiens perdus qui jalonnaient la route du tout nouveau médecin, errant comme un djinn dans les rues étroites du quartier juif.

48

UNE JOURNÉE À LA CAMPAGNE

« L<small>E</small> chatir, dit Karim, est notre course nationale, une fête presque aussi ancienne que la Perse. Elle clôture notre mois de jeûne, le ramadan. A l'origine, dans la nuit des temps, c'était un concours pour choisir le chatir, ou valet de pied du roi. La course attire aujourd'hui à Ispahan les meilleurs coureurs de Perse et d'ailleurs. Elle commence aux portes du palais du Paradis et fait un circuit de dix milles romains et demi à travers les rues de la ville, jusqu'à l'arrivée, marquée par des poteaux dans la cour du palais. A chaque tour, les gardes remettent aux concurrents une des douze flèches (une par tour) auxquelles ils ont droit, et chacun les met une par une dans un carquois sur son dos.

« C'est une épreuve d'endurance, plus ou moins pénible selon la température. On peut accomplir les douze tours entre la première prière et la cinquième, soit cent vingt-six milles romains en quatorze heures environ. Personne jusqu'à présent n'a mis moins de treize heures mais le chah a promis un splendide calaat à celui qui le ferait en moins de douze heures; avec en plus cinq cents pièces d'or et la charge honorifique de chef des chatirs, comportant une pension royale !

– C'est pourquoi tu t'entraînes avec tant d'acharnement ?

– Chaque coureur rêve de gagner. Moi, je veux la course et le calaat. Une seule chose vaut mieux que d'être médecin : être un médecin *riche* à Ispahan ! »

Le temps changea et l'air était si doux que Rob le sentait comme un baiser sur sa peau quand il quittait sa maison. Le monde semblait en pleine jeunesse, le Fleuve de la Vie roulait des flots de neige fondue et les abricotiers du petit jardin se couvraient de fleurs. Un matin, Khuff vint frapper à la porte : le chah demandait à Rob de l'accompagner pour une promenade à cheval. Craignant de perdre son temps avec ce souverain imprévisible, il fut par ailleurs surpris de le voir tenir sa promesse.

On le fit attendre très longtemps, aux écuries du palais, et Ala vint enfin suivi d'une telle escorte qu'il n'en croyait pas ses yeux. D'un geste impatient, il fut dispensé de la cérémonieuse prosternation et aussitôt ils furent en selle. Ils s'engagèrent dans les collines, et le chah, qui allait devant sur un bel étalon blanc, fit signe à Rob de venir près de lui.

« Tu t'es montré un excellent médecin en me prescrivant de monter à cheval. Je me noyais dans cette cour minable. N'est-ce pas agréable d'être délivré de tous ces gens ?

– Certes, Majesté. »

Rob jeta un coup d'œil derrière lui ; la cour entière suivait : Khuff et ses gardes, les écuyers, les animaux de charge, les chariots, etc.

« Aimerais-tu un cheval plus vif ?

– Ce serait trop de générosité, Majesté. Cette monture convient à mes capacités.

– Tu n'es vraiment pas persan, car chez nous personne ne perdrait une chance d'améliorer sa monture; on naît cavalier et chevaucher est le meilleur de la vie. »

Il éperonna vivement son cheval, qui sauta un arbre mort, et, se retournant sur sa selle, il tira par-dessus son épaule gauche une flèche de son grand arc, riant aux éclats parce qu'il avait manqué son but.

« Tu connais l'histoire de cet exercice ?

– Non, sire, mais je l'ai vu faire à vos cavaliers le jour de la fête.

– Nous le pratiquons souvent et certains y sont excellents. On l'appelle le tir parthe. Il y a huit cents ans, les Parthes étaient un des peuples de notre terre; ils vivaient à l'est de la Médie, sur un territoire de terribles montagnes et de désert non moins redoutable, le Dacht-i Kevir.

– J'ai traversé une partie de ce désert pour venir jusqu'à vous.

– Alors, tu imagines quelle sorte de population pouvait l'habiter. On se battait à Rome pour le pouvoir et Crassus, gouverneur de Syrie, avait besoin d'une conquête militaire pour surpasser ses rivaux, César et Pompée. Il s'attaqua aux Parthes, dont le général, Surena, avait une armée d'archers montés sur des chevaux rapides, et de redoutables lanciers. Les légions de Crassus, à la poursuite de Surena, furent décimées dans le désert sans avoir eu le temps de se mettre en carré, selon leur tactique habituelle. Et ce qui les surprit le plus fut de voir les Parthes se retirer en décochant des flèches par-dessus leurs épaules, qui toutes atteignaient leur but. Ce fut une sanglante défaite pour les Romains, avec des pertes insignifiantes du côté parthe. Et c'est pourquoi, depuis l'enfance, tous les Persans pratiquent la technique de la flèche du Parthe. »

Ala lança son cheval et tira une nouvelle flèche qui se planta en vibrant dans le tronc de l'arbre. Alors, il brandit son arc au-dessus de sa tête et à ce signal, tout le monde s'empressa. Sur un épais tapis, on dressa la tente du roi, et l'on apporta les mets au son des tympanons. Il y avait des volailles, du pilah, des melons conservés en cave tout l'hiver, et trois sortes de vins. Le chah fit asseoir Rob près de lui et mangea peu mais but beaucoup. Puis il demanda l'échiquier et gagna trois parties de suite.

« Je voudrais te parler de Qandrasseh, dit-il enfin. Il croit, à tort, que la fonction du trône est de punir ceux qui enfreignent les lois du Coran. Sa fonction, c'est de développer la nation, de la rendre toute-puissante et non de s'occuper des menus péchés des villageois. Mais l'imam se prend pour la droite terrible d'Allah. Ce n'est pas assez pour lui d'être monté de sa petite mosquée de Médie jusqu'au rang de vizir. Parent éloigné des Abassides, il a dans ses veines le sang des califes de Bagdad, et veut régner un jour sur Ispahan, en renversant mon trône de son poing religieux. »

Rob eut peur. Le chah pourrait, à jeun, regretter ces propos intempérants et se débarrasser du confident. Mais non, le vin ne lui faisait pas perdre l'esprit; après un nouveau pichet, ils remontèrent à cheval pour une promenade à loisir, parmi les collines couvertes de fleurs.

« Je vais te mener à un endroit que tu ne devras montrer à personne », dit Ala, en le conduisant à travers les fourrés jusqu'à l'entrée d'une grotte.

Il faisait chaud à l'intérieur, où flottait une légère odeur d'œufs pourris au-dessus d'un bassin d'eau brune entre des roches grises tachées de lichens pourpres.

« Allons, déshabille-toi, dhimmi! »

Rob le fit avec réticence. Le chah aimerait-il les hommes? Mais non, il était déjà dans l'eau et se contenta de remarquer, non sans mauvaise foi, que l'Européen n'était pas « exceptionnellement pourvu ».

« Je n'ai pas besoin d'être bâti comme un cheval, ajouta-t-il en souriant, car j'ai toutes les femmes que je veux et je ne les prends jamais deux fois. »

Il demanda le vin, but et s'allongea dans l'eau chaude en fermant les yeux.

« Quand as-tu perdu ton pucelage? » demanda-t-il.

Rob lui raconta comment la veuve l'avait attiré dans son lit.

« Moi aussi, j'avais douze ans quand mon père a envoyé sa sœur coucher avec moi, comme c'est l'usage chez nous pour les jeunes princes. Ma tante a été une tendre initiatrice, presque une mère. Et j'ai cru pendant des années qu'après l'amour on avait toujours un bol de lait chaud et une friandise. »

Ils baignaient en silence dans l'odeur sulfureuse de l'eau.

« Je voudrais être le roi des rois, dit enfin Ala. J'en ai le nom mais je ne possède pas d'empire comme Xerxès, Cyrus ou Alexandre. Je ne suis roi qu'à Ispahan. A l'ouest, Toghrul-beg règne sur les nomades seldjoukides; à l'est, Mahmud gouverne le sultanat de Ghazna. Ce sont les deux rivaux qui peuvent me disputer le pouvoir. Au-delà, en Inde, il n'y a que deux douzaines de petits rajahs plus ou moins concurrents. Autrefois, deux grands rois mirent en jeu tout un empire en combat singulier devant le front de leurs troupes. Le vainqueur, Ardachir, fut le premier à porter le titre de roi des rois. Aimerais-tu être le roi des rois?

– Non. Je veux être médecin.

– C'est étonnant, dit le chah, perplexe. On m'a flatté toute ma vie, et toi, tu ne donnerais pas ta place contre celle d'un roi. Je me suis renseigné; on dit que tu es un étudiant exceptionnel et que tu promets d'être un remarquable médecin. J'ai besoin de gens comme toi et non de lèche-bottes. Je veux écarter Qandrasseh et recréer par la force des armes un empire dont je serai vraiment le roi des rois. »

Il saisit le poignet de Rob.

« Veux-tu être mon ami, Jesse ben Benjamin? »

Rob se sentit piégé par un chasseur habile. Ala s'assurait ses loyaux services pour ses objectifs personnels et tout était froidement prémédité. Il aurait préféré éviter la politique et regrettait cette promenade matinale. Mais c'était trop tard, et il payait toujours ses dettes.

« Recevez mon allégeance, Majesté, dit-il en serrant le poignet du roi.

– Tu peux amener une femme dans ma grotte si tu veux », dit enfin le roi en souriant.

« Je n'aime pas cela, dit Mirdin en apprenant la sortie à cheval avec Ala. Il est imprévisible et dangereux. »

Karim, au contraire, pensait que c'était une chance. Rob s'en serait bien passé et se réjouit de n'être pas convoqué les jours suivants. Il avait besoin d'autres amitiés que celle du roi et passait presque tout son temps libre avec ses deux camarades. Karim s'installait dans sa nouvelle vie; il gagnait désormais un peu d'argent pour son travail au maristan et fréquentait plus que jamais les mauvais lieux des maidans.

« Viens avec moi, Jesse, j'en connais une qui a les cheveux noirs comme l'aile du corbeau et fins comme la soie. »

Mais Rob secouait la tête en souriant. Son rêve, c'était une fille aux cheveux roux.

Puis, brusquement, il ne fut plus question de putains. Karim disparaissait le soir; il avait, disait-il, une liaison avec une femme mariée dont il était amoureux.

Rob allait de plus en plus chez Mirdin. Il y vit un échiquier avec des pièces de bois et, au lieu des foudroyantes et sanglantes victoires d'Ala, il apprit peu à peu, avec son ami, les beautés du jeu. C'était un foyer paisible. Après le simple repas servi par Fara, on allait souhaiter bonne nuit au petit Issachar, qui avait six ans. L'enfant posait sans cesse des questions, auxquelles son père répondait toujours.

« Mais, dit-il un jour, si notre Père céleste est invisible, comment sait-il Lui-même à quoi Il ressemble ? »

O Mirdin, se dit Rob, toi qui sais tout de la Loi écrite et orale, des secrets de l'échiquier, de la philosophie et de l'art de guérir, que vas-tu répondre à cela ?

« Il est dit dans la Torah qu'Il a fait l'homme à Son image. En te regardant, mon fils, Il se voit en toi. »

49

CINQ JOURS À L'OUEST

UNE grande caravane arriva d'Anatolie et un chamelier apporta au maristan un panier de figues
sèches pour le Juif nommé Jesse. C'était le fils aîné
de Dehbid Hafiz; le kelonter de Chiraz témoignait
ainsi sa gratitude à ceux qui avaient combattu la
peste noire. Rob but du chai avec le jeune homme,
qui devait repartir chez lui; les figues étaient moel-
leuse, sucrées, et Sadi fut heureux et fier que le
dhimmi le charge, en échange de porter à son père
du vin d'Ispahan.

Quelles nouvelles apportait la caravane? Il n'y
avait plus trace de peste à Chiraz. On avait signalé
des troupes seldjoukides dans les montagnes de
Médie, mais elles n'avaient pas attaqué. A Ghazna,
les gens étaient atteints de démangeaisons et l'on
ne s'était pas arrêté, de peur que les chameliers
attrapent la maladie avec des femmes. Pas d'épidémie au Hamadhan, mais un chrétien avait apporté
une fièvre européenne, et le mullah interdisait tout
contact avec les diables infidèles.

« Comment se manifeste cette maladie? »

Sadi l'ignorait, n'étant pas médecin. Il savait
seulement que personne n'approchait l'étranger,
sauf sa fille.

« Le chrétien a une fille? »

Oui, et Boudi, le marchand de chameaux, les avait vus tous les deux. Ils se mirent à sa recherche. C'était un homme chétif au regard sournois, qui crachait sans cesse une salive rougie de bétel. Il prétendait ne rien se rappeler mais une pièce de monnaie lui rafraîchit la mémoire : il les avait vus, à cinq jours de là, vers l'ouest, à une demi-journée de Datur. Le père avait de longs cheveux gris, pas de barbe et un vêtement noir comme un mullah. La femme était grande, jeune, avec une chevelure bizarre, plus claire que le henné.

« Et les domestiques ?

– Je n'ai vu personne. »

Ils s'étaient sans doute enfuis, se dit Rob.

« Avait-elle de quoi manger ?

– Je lui ai donné un panier de légumes secs et trois pains.

– Pourquoi lui as-tu donné cela ? »

Effrayé par le regard qui le perçait à jour, le marchand haussa les épaules et tira de son sac un couteau, en le présentant par le manche. Or, la dernière fois que Rob avait vu ce couteau, c'était à la ceinture de James Geikie Cullen.

S'il s'était confié à Karim et Mirdin, ils auraient insisté pour l'accompagner. Or il tenait à partir seul. Il laissa donc un message au bibliothécaire.

« Je pars pour une affaire personnelle que je leur expliquerai à mon retour. »

Il ne prévint que Jalal, qui grogna en apprenant qu'il s'agissait d'une femme, puis se calma après avoir vérifié qu'il aurait assez d'étudiants pour assurer le service.

Rob entreprit le lendemain matin ce long voyage, à une allure régulière pour ménager son cheval, et gardant toujours à l'esprit l'image d'une femme seule, près de son père malade, dans un pays étranger et sauvage. C'était l'été et les eaux printanières avaient déjà séché sous le soleil de cuivre. La poussière salée de la Perse s'insinuait partout, dans ce qu'il mangeait, dans l'eau qu'il buvait. Les fleurs sauvages brunissaient mais les gens cultivaient le sol rocheux en réservant aux vignes et aux dattiers la moindre humidité, comme on le faisait depuis des milliers d'années.

Au soir du quatrième jour, il était à Datur. Reparti dès l'aube, il trouva dans le petit village du Gusheh un marchand qui accepta sa pièce et la mordit avant de répondre : tout le monde connaissait les chrétiens, ils vivaient près de l'oued d'Ahmad, un peu plus loin vers l'ouest. Ne voyant pas d'oued, il interrogea deux bergers, un vieux et un gamin. Le vieux cracha, et Rob dut tirer son épée avec un regard menaçant pour obtenir un geste dans la bonne direction. Puis le gamin prit sa fronde et envoya une pierre qui manqua son but, ricochant sur les rochers derrière lui.

Il arriva brusquement devant l'oued; le lit était presque à sec, mais les crues précédentes avaient laissé un peu de verdure dans les coins d'ombre. Il le longea un bon moment avant de voir la petite maison de pierre et de boue séchée. Mary était dehors; elle faisait la lessive et, en l'apercevant, elle bondit comme une sauvage pour se réfugier à l'intérieur. Le temps qu'il mette pied à terre, elle avait tiré contre la porte quelque chose de lourd.

« Mary.

– C'est toi?

– Oui. »

Il y eut un silence, puis le bruit de la pierre qu'elle retirait et la porte s'entrouvrit. Il se rendit compte qu'elle ne l'avait jamais vu avec sa barbe et son costume persan : elle ne connaissait que le chapeau de cuir. Elle tenait l'épée de son père.

L'épreuve avait marqué son visage émacié, faisant ressortir les yeux, les larges pommettes et le long nez fin. Ses lèvres étaient gonflées et meurtries comme chaque fois qu'elle était fatiguée, et ses joues souillées de fumée portaient les traces de ses larmes. Mais ses paupières battirent et il la vit redevenir aussi présente qu'il l'avait toujours connue.

« S'il te plaît, peux-tu l'aider ? »

Quand Rob vit James Cullen, son cœur défaillit. Il était mourant. Elle le savait sans doute, mais elle le regardait comme si, d'un geste, il avait pu guérir son père. Une odeur fétide flottait dans la pièce.

« Il a une dysenterie ? »

Elle hocha la tête d'un air las et reprit tout en détail. La fièvre avait commencé des semaines auparavant, accompagnée de vomissements et d'une douleur atroce au côté droit de l'abdomen. Puis, la température baissant, il sembla aller mieux, mais au bout de quelques semaines les symptômes avaient reparu avec une extrême violence. Il avait le visage pâle et creusé, le regard terne, le pouls à peine perceptible ; brûlant de fièvre, puis tremblant de froid, il s'épuisait à la fois de diarrhée et de vomissements.

« Les domestiques ont cru que c'était la peste et ils ont fui. »

Ce n'était pas la peste, Rob connaissait ce mal dont il avait vu mourir le petit Bilal.

« C'est une affection du gros intestin, qu'on appelle parfois le mal de côté. Les entrailles se nouent-elles, ou sont-elles obstruées ? L'empoisonnement part du ventre et se répand dans tout le corps. »

Leur ignorance les désespérait. Ils essayaient tout : les lavements de thé à la camomille et au lait, la rhubarbe et les sels, les compresses chaudes, mais tout était inutile.

Il resta près du lit. Mary aurait pu aller se reposer dans la chambre voisine, mais il savait que la fin était proche. Elle se reposerait plus tard. Au milieu de la nuit, Cullen eut un léger sursaut.

« Tout va bien, papa », murmura-t-elle en lui frottant les mains.

Et la fin fut si paisible et si facile que, pendant un moment, ils ne se rendirent compte ni l'un ni l'autre que le père était mort.

Comme elle ne l'avait plus fait depuis quelques jours, il fallut raser sa barbe grise; Rob le coiffa et tint le cadavre dans ses bras pendant que Mary, les yeux secs le lavait.

« Je suis heureuse de le faire. Il ne me l'avait pas permis pour ma mère. »

Cullen avait une longue cicatrice à la cuisse droite : blessé à la chasse par un ours sauvage, il était resté tout un hiver à la maison, et Mary, dans sa onzième année, avait alors appris à mieux connaître son père en préparant avec lui une crèche pour Noël.

Après la toilette du mort, Rob fit chauffer de l'eau du ruisseau et Mary se lava tandis qu'il creusait la tombe, à grand-peine dans le sol dur, avec pour seuls outils l'épée de Cullen, une branche taillée et ses mains nues. Ils y plantèrent une croix faite de deux bâtons liés par la ceinture du père. Elle portait la robe noire qu'il lui avait vue la première fois. Le corps de l'Ecossais fut enseveli dans une belle couverture qui venait de son pays. Et, en guise de requiem, Rob se rappela un psaume que Mam chantait.

Le Médecin d'Ispahan

*Le Seigneur est mon berger; je ne manque-
[rai de rien.
Il me fait reposer dans les verts pâturages.
Il me conduit au bord des eaux paisibles...*

La laissant agenouillée, les yeux fermés sur ses
pensées, il partit à la recherche des chevaux. Dans
un enclos entouré de broussailles, il trouva les
restes de quatre moutons; les villageois avaient dû
voler les autres. Le cheval blanc de Cullen gisait
plus loin, dévoré par les chacals. Rob alla recouvrir
la tombe de grandes pierres plates pour empêcher
les bêtes sauvages de déterrer le cadavre. De
l'autre côté de l'oued, le cheval noir de Mary se
laissa passer le licol, apparemment soulagé de
retrouver la sécurité de sa servitude.

De retour à la maison, il la trouva calme mais
très pâle.

« Qu'aurais-je fait, si tu n'étais pas revenu? »
dit-elle.

Il lui sourit, se rappelant l'épée nue et la porte
barricadée.

« Je voudrais retourner à Ispahan avec toi. »

Il sentit battre son cœur, mais elle ajouta :

« Il y a un caravansérail là-bas? J'y trouverai
une caravane pour l'Ouest et je gagnerai un port
d'où je m'embarquerai pour rentrer au pays. »

Il vint à elle et lui prit les mains. C'était la
première fois qu'il la touchait. Ses doigts usés par
le travail n'étaient pas ceux d'une femme de harem
mais il ne voulait plus les perdre.

« Mary, j'ai commis une erreur terrible. Je ne te
laisserai plus partir. Viens à Ispahan, mais pour y
vivre avec moi. »

Tout aurait été facile s'il n'avait tenu à lui parler
de Jesse ben Benjamin et de cette comédie qu'il
s'était imposée.

« Tant de mensonges ! » dit-elle doucement, avec une sorte d'horreur dans les yeux. Elle le quitta et sortit.

Il commençait à s'inquiéter quand elle revint enfin. Elle ne pouvait admettre la tromperie et il s'efforça d'expliquer ce qui l'y avait obligé.

« ... Comme si Dieu m'avait dit : " J'ai laissé se glisser des erreurs dans les affaires humaines et c'est à toi de les corriger... "

– C'est un blasphème ! Tu prétends corriger les erreurs de Dieu ?

– Non. Un bon médecin n'est que Son instrument. »

Elle hocha la tête, semblant prête à le comprendre peut-être, sinon à l'envier.

« Mais je te partagerai toujours avec une maîtresse, dit-elle comme si son intuition lui avait fait entrevoir Despina.

– Je ne veux que toi.

– Ton travail passera toujours avant tout. Pourtant je t'aime ainsi, Rob, et je veux être ta femme. »

Il la prit dans ses bras.

« Les Cullen se marient à l'église, murmurat-elle contre son épaule.

– Même si je trouvais un prêtre en Perse, il n'unirait jamais une chrétienne à un juif. Nous dirons que nous nous sommes mariés à Constantinople. Et nous régulariserons cela plus tard, en Angleterre.

– Mais en attendant ?

– Unissons nos mains devant Dieu. »

Il prit ses mains dans les siennes, les yeux dans les yeux.

« Mary Cullen, je te prends pour épouse. Je promets de te chérir et de te protéger. Tu as tout mon amour.

– Robert Jeremy Cole, je te prends pour époux, dit-elle d'une voix claire. Je promets d'aller là où tu iras et de rechercher toujours ton bien. Je t'ai aimé dès que je t'ai vu. »

Il mit ses bagages sur le cheval brun et elle monta le noir. Quand la route était facile, ils partageaient la même monture, mais, la plupart du temps, il allait à pied. Il respectait son silence et ne cherchait pas à la toucher, sensible à son chagrin. Dans une clairière où ils campèrent la seconde nuit de leur voyage, il l'entendit pleurer.

« Si tu veux aider Dieu et corriger les erreurs, pourquoi ne l'as-tu pas sauvé ?

– Je n'en sais pas assez. »

Il la prit dans ses bras, baisa son visage mouillé de larmes, puis sa bouche douce, accueillante comme il se la rappelait. Il la caressa et ses mains, descendant le long de son dos, la trouvèrent ardente et ouverte. Ils s'aimèrent tendrement, avec délicatesse, bougeant à peine. Il retrouvait en elle tout ce qu'il avait cherché et veillait à ce qu'elle prît son plaisir.

Puis ils parlèrent d'Ispahan, du Yehuddiyyeh et de la madrassa, d'Ibn Sina, de l'hôpital. Elle l'interrogea sur ses amis, Mirdin le Juif et sa famille, le musulman Karim et ses amours. Ils s'endormirent enlacés.

Au point du jour, Rob fut éveillé par des pas de chevaux sur la route, une toux et des conversations de cavaliers : des soldats à la mine terrible, vêtus de haillons sales et puants armés d'épées et d'arcs plus courts que les persans. Il aurait suffi d'un regard à travers les buissons pour que la troupe redoutable surprenne le voyageur dans la clairière et la femme endormie.

Il venait de reconnaître Hadad Khan, l'irascible

ambassadeur qui avait fait scandale à la cour d'Ala. C'étaient donc des Seldjoukides ! Et près de l'ambassadeur chevauchait le mullah Musa Ibn Abbas, bras droit de l'imam Qandrasseh. Suivaient encore six autres mullahs et quatre-vingt-seize soldats à cheval. Le dernier passé, Rob respira enfin : ni son cheval ni celui de Mary n'avaient trahi leur présence. Il éveilla sa femme d'un baiser et tous deux repartirent sans perdre de temps.

Il avait désormais une bonne raison de se hâter.

50

LA COURSE

« Marié? » dit Karim en riant, puis il demanda comment s'appelait la nouvelle épouse et si elle était jolie.

Mirdin, d'abord heureux, sembla surpris qu'elle soit écossaise, donc européenne, et chrétienne. Rob avait raconté rapidement leur rencontre dans la caravane, la maladie et la mort de James Cullen.

« Elle est si belle! dit-il à Karim. Viens donc en juger par toi-même. »

Mais, comme il se retournait pour convier Mirdin à venir aussi, il s'aperçut que son ami était parti.

Ce fut à contrecœur qu'il se rendit au palais informer le chah de ce qu'il avait vu sur la route; sa loyauté était engagée et ne lui laissait pas le choix.

« Quel est ton message? » demanda Khuff toujours bourru.

Rob secoua la tête sans répondre, et le capitaine des Portes, furieux, le fit attendre avant d'aller annoncer le dhimmi. Ala sentait le vin, mais il écouta assez attentivement.

« On n'a pas parlé d'attaques dans le Hamadhan, dit-il lentement. Ce n'était donc pas un raid seldjoukide mais certainement une entrevue pour préparer un complot... A qui l'as-tu raconté ?

– A personne, Majesté.

– Que cela reste entre nous. »

Il n'en fut plus question. Le roi installa l'échiquier et parut enchanté des progrès de son adversaire.

« Ah ! Dhimmi, tu deviens aussi habile et rusé qu'un Persan ! »

Leur jeu en effet avait évolué ; Rob finit par être battu, mais il aurait tenu plus longtemps s'il n'avait eu hâte de retrouver sa femme.

Ispahan était la plus belle ville que Mary ait jamais vue ; peut-être aussi parce qu'elle y vivait avec Rob. Elle aimait la petite maison du Yehud-diyyeh, malgré la pauvreté du quartier, et consacra sa première journée de solitude à la réparer. Au milieu de la matinée, un bel homme frappa à la porte. Il apportait un panier de prunes noires, qu'il posa, à la terreur de Mary, pour toucher ses cheveux roux. Il rit, montrant ses dents éblouissantes dans son visage brun, et se mit à parler avec éloquence, charme et sentiment, sans s'apercevoir qu'elle ignorait le persan.

« Excusez-moi », dit-elle en anglais.

Il comprit enfin et, la main sur la poitrine, fit simplement :

« Karim.

– Tu es l'ami de mon mari ! »

Ils étaient ravis tous les deux, sans pouvoir communiquer davantage. Alors elle s'assit pour manger une prune sucrée tandis qu'il mélangeait le plâtre, bouchait les fissures et refaisait le bord de la fenêtre. Il l'aida même à tailler les buissons d'épines du jardin. Quand Rob rentra, ils dînèrent ensemble, après la tombée du jour car c'était le ramadan.

« J'aime bien Karim, dit Mary lorsqu'il fut parti. Et l'autre, Mirdin, le verrai-je bientôt ?

– Ça, je n'en sais rien », répondit-il en l'embrassant.

Le ramadan était un mois sévère, voué à la prière et à la pénitence. Plus de marchands ambulants dans les rues, les maidans restaient silencieux. Mais on se réunissait la nuit en famille et entre amis pour rompre le jeûne et prendre des forces en vue du lendemain.

« L'an dernier, à cette époque, nous étions en Anatolie. Papa avait acheté des moutons et nous avons donné une grande fête pour nos serviteurs musulmans... A présent je suis en deuil. »

Elle était tourmentée de sentiments contradictoires, entre son chagrin et ce mariage qui la comblait. Chaque fois qu'elle se risquait hors de la maison, les gens lui paraissaient hostiles. Sa robe noire ne la distinguait pas des autres femmes, mais la chevelure rousse, même sous le chapeau de voyage à large bord, trahissait l'Européenne, qu'on dévisageait froidement. Elle se serait sentie seule dans cette ville grouillante, sans l'intimité parfaite qu'elle goûtait avec son mari.

Karim seul leur rendait visite, et elle le vit plusieurs fois courir à travers les rues, s'entraînant pour le chatir. La course aurait lieu le premier jour du *bairam*, la grande fête qui concluait le mois du jeûne.

« J'ai promis, dit Rob, de l'assister pendant l'épreuve et Mirdin viendra aussi; nous ne serons pas trop de deux. »

Il expliqua à Mary qu'on pouvait suivre le chatir

même pendant un deuil et, après avoir réfléchi, elle décida d'y aller elle aussi.

Le matin, un épais brouillard fit espérer à Karim un temps favorable à la course. Il avait bien dormi, comme les autres concurrents sans doute, en oubliant ce qui l'attendait. Il se leva et prépara un grand pilah de riz et de pois, avec des graines de céleri soigneusement dosées; il en mangea largement avant de retourner s'allonger pour laisser agir le céleri. L'esprit libre et serein, il priait : « Allah, fais-moi aujourd'hui le corps agile et le pied sûr, une poitrine au souffle sans défaillance, des jambes fortes et souples comme de jeunes arbres. Garde mon esprit clair, mes sens aiguisés, et mes yeux sans cesse sur Toi. » Il ne demandait pas la victoire. Zaki-Omar le lui avait dit quand il était enfant : « Tout le monde veut la victoire! Comment Allah s'y retrouverait-il? Demande plutôt la vitesse, l'endurance, et uses-en de manière à être responsable de ta victoire ou de ta défaite. »

Le besoin s'en faisant sentir, il se leva pour libérer son intestin; les graines, bien mesurées, le laissaient dispos mais non affaibli, et à l'abri de toute gêne pendant le circuit. Il fit chauffer de l'eau, se lava et se sécha rapidement, puis se frotta d'huile d'olive contre le soleil, en insistant sur les points vulnérables : les seins, les aisselles, les reins, le sexe et le pli des fesses, enfin les pieds et particulièrement les orteils. Il mit un pagne et une chemise de lin, des chaussures légères de valet de pied et une toque à plume de couleur vive. Autour de son cou, il passa un carquois et une amulette, jeta un manteau sur ses épaules et sortit.

Il y avait encore peu de monde dans les rues, mais quand il arriva au palais du Paradis, la foule y était déjà dense. Ses amis le rejoignirent bientôt et il remarqua, sans vouloir s'y attarder, la froideur de Mirdin vis-à-vis de Jesse. Celui-ci l'interrogea en riant sur le petit sac qu'il portait au cou.

« C'est de ma maîtresse... pour me porter chance », dit Karim. Puis il se tut et ferma les yeux, tâchant de se concentrer.

Le brouillard se dissipait et le disque parfait d'un soleil rouge montait dans l'air déjà lourd. « Une journée brûlante », pensa-t-il en ôtant son manteau pour le remettre à Jesse.

« Allah soit avec toi, dit Mirdin tout pâle.

– Que Dieu t'accompagne », ajouta Jesse à son tour.

Les yeux fixés sur le minaret de la mosquée du Vendredi, on attendait en silence et, à l'appel de la première prière, tous se prosternèrent dans la direction de La Mecque. Puis ce fut la ruée, au milieu des cris des spectateurs : les coureurs se disputaient les premières places. Karim, au contraire, attendait avec une patience dédaigneuse et, quand il démarra, il était à la queue d'un long serpent humain.

Il courait sans hâte, décidé à ménager ses forces pendant les cinq premiers milles. Après les portes du Paradis, on prenait à gauche l'avenue des Mille-Jardins; elle montait d'abord avant une descente abrupte qui serait dure au retour. Le parcours empruntait ensuite, à droite, la rue des Apôtres sur un quart de mille, avec une brusque plongée et un nouveau tournant à gauche, dans la rue Ali-et-Fatima, jusqu'à la madrassa.

Il y avait de tout dans cette meute encore désordonnée : des jeunes nobles qui s'arrêteraient au bout d'un demi-tour, des tuniques de soie et des haillons. Mieux valait rester en arrière et s'échauffer peu à peu. Etait-elle déjà là, cette femme dont il

portait autour du cou une boucle de cheveux ? Son
époux avait permis, disait-elle, qu'elle assiste au
chatir sur le long toit du maristan. Deux infirmiers
criaient « Hakim! hakim! », déçus sans doute de le
voir au dernier rang.

On avait dressé deux grandes tentes sur la place
centrale : l'une pour les courtisans, avec tapis,
brocarts, mets et vins de choix, l'autre offrant aux
gens de peu du pain gratuit, du pilah et du sherbet.
La course y perdit la moitié de ses concurrents, qui
se jetèrent sur la nourriture avec des cris de joie.
Les autres, comme Karim, arrivés à la moitié du
premier tour, repartirent en sens inverse vers le
palais du Paradis.

Zaki-Omar disait toujours que, pour tenir sur
une longue distance, un coureur devait adopter un
pas et s'y tenir jusqu'au bout. Le mille romain
comptait mille pas de cinq pieds et Karim en faisait
douze cents d'un peu plus de quatre pieds; il se
tenait parfaitement droit, la tête haute. Le rythme
régulier de son pas sur le sol lui semblait la voix
d'un vieil ami. On lui donna aux portes du palais sa
première flèche, qu'il mit dans son carquois. Mirdin lui proposa un baume contre le soleil; il le
refusa mais accepta avec plaisir un peu d'eau.

« Tu es le quarante-deuxième », dit Jesse.

Le soleil était déjà fort. La plupart des chatirs
devenaient des supplices dans la chaleur torride de
la Perse; Karim se rappelait le visage rouge et
épuisé de Zaki, ses yeux exorbités quand il était
arrivé second à la fin de cette course, une fois
quand il avait douze ans, puis encore l'année de
ses quatorze ans. Il chassa ce souvenir d'enfant, et
gravit les collines sans presque s'en apercevoir.

La foule devenait plus dense; beaucoup de commerces étaient fermés et les gens profitaient de ce
beau matin d'été, regroupés par affinités : Armé-

niens, Indiens, Juifs, lettrés ou organisations religieuses. Devant l'hôpital, il chercha en vain la femme qui avait promis de venir. Peut-être son mari le lui avait-il interdit? Il fut très applaudi et encouragé en passant près de l'école. Le maidan, animé comme un jeudi soir, offrait aux spectateurs ses musiciens et ses danseurs, ses jongleurs et ses acrobates.

En prenant sa seconde flèche, Karim refusa encore l'onguent de Mirdin, craignant de s'enlaidir aux yeux de sa belle. Il était convenu que désormais Jesse le suivrait sur le cheval brun, car il éprouvait toujours des difficultés après le vingt-cinquième mille. En effet, à mi-côte dans l'avenue des Mille-Jardins, il s'aperçut qu'il avait un talon à vif, puis une douleur au côté le saisissait chaque fois que son pied frappait le sol. Jesse portait une outre derrière sa selle, mais l'eau en était tiède et sentait la peau de chèvre; elle ne fut pas d'un grand secours.

Enfin, non loin de la madrassa, Karim aperçut soudain, sur le toit de l'hôpital, la femme qu'il avait tant attendue. Tous ses soucis s'envolèrent.

Chevauchant à sa suite comme un écuyer derrière son chevalier, Rob vit Mary près du maristan et ils se sourirent. Sa robe de deuil serait passée inaperçue, mais non son visage; toutes les femmes étaient lourdement voilées de noir, et chacun sur le toit se tenait à distance de peur d'être corrompu par ces mœurs européennes. Parmi les esclaves, l'eunuque Wasif acccompagnait une petite silhouette perdue dans sa robe noire sans forme. Le visage aussi disparaissait sous le voile, mais Rob remarqua les yeux de Despina et vers qui ils étaient tournés.

Ainsi, Karim l'avait vue, il la tenait sous son regard et, passant devant elle, il porta sa main au petit sac qui pendait à son cou. C'était un défi éclatant, aux yeux de tous! Pourtant rien ne changea dans le ton des acclamations et Rob chercha en vain Ibn Sina dans la foule : il n'était pas parmi les spectateurs devant la madrassa.

Karim parvint à dominer sa douleur au côté et celle de son pied. La fatigue gagnait les concurrents et des chariots à ânes recueillaient tout le long du chemin ceux qui abandonnaient. En prenant la troisième flèche, il laissa Mirdin le frotter d'un onguent fait d'huile de roses, de muscade et de cinnamome, qui le protégerait du soleil. Jesse lui massa les jambes et le fit boire plus qu'il ne voulait.

« Je ne veux pas m'arrêter pour pisser!

– Tu transpires bien trop pour ça »

En passant devant l'école, il sut qu'Elle voyait ce corps jauni de graisse fondue, souillé de sueur et de poussière... Le sol brûlant desséchait le cuir de ses semelles. Au bord de la route, les gens lui offraient de l'eau et il s'arrêtait parfois pour y tremper sa tête avant de repartir. Après la quatrième flèche, Jesse le quitta, le temps de changer de cheval; il revint sur celui de Mary, ayant sans doute laissé le brun au repos.

Au cinquième tour, Despina n'était plus sur le toit, mais de temps en temps Karim touchait le petit sac qui contenait l'épaisse boucle brune qu'il avait coupée sur sa tête, de ses propres mains. Les coureurs et les attelages soulevaient une poussière effroyable qui lui collait aux narines et le faisait tousser. Il commença à ramasser sa conscience au plus profond de lui-même, sans pensée, laissant son corps agir comme il savait le faire.

L'appel à la deuxième prière fut un choc. Comment s'arrêter, même une seconde? Et, s'il retirait

ses chaussures, il ne pourrait plus les remettre à
ses pieds gonflés. Il lui fallait ensuite un moment
pour se relever après la prière.

« Combien sommes-nous?

– Dix-huit », dit Jesse.

Karim repartit dans la chaleur flamboyante; il
savait que la véritable épreuve n'avait pas encore
commencé. Il peinait davantage dans les côtes
mais gardait son rythme. A moins de tomber mort,
il aurait au moins la seconde place, comme Zaki. Il
chercha et trouva ainsi en lui-même la force qui
manquait à tant d'autres. Quand il jeta dans son
carquois la sixième flèche, Mirdin lui dit :

« Plus que six ! »

La course commençait maintenant.

Il vit trois coureurs devant lui, dont deux qu'il
connaissait. Après un petit Indien, qu'il allait
dépasser, venait à quatre-vingts pas peut-être, un
garde du palais; puis, beaucoup plus loin, al-
Harat, un remarquable athlète du Hamadhan.
L'Indien accéléra en se voyant rejoint et ils coururent ensemble, dans la même foulée. Il avait la
peau presque noire, comme Zaki : un avantage
sous le soleil. Celle de Karim était plus fragile. Un
Grec blond de l'armée d'Alexandre avait dû s'offrir
une de ses aïeules...

Un petit chien tacheté les suivait en aboyant.
Devant l'avenue des Mille-Jardins, on leur offrit du
sherbet et l'Indien prit une tranche de melon vert
qu'il croqua sans s'arrêter. Karim n'accepta qu'un
peu d'eau dans sa toque et se la retourna sur la
tête où le soleil eut vite fait de la sécher. Ils
dépassèrent le jeune soldat, qui avait un tour de
retard; ses jambes fléchissaient à chaque pas, il ne
tiendrait pas longtemps. L'Indien, au contraire,
courait avec aisance, le visage attentif et presque

détendu; Karim le sentait plus fort que lui, moins fatigué, peut-être plus rapide.

Le chien, qui ne les lâchait pas depuis plusieurs milles, fit un brusque écart et leur coupa le chemin. Karim sauta pour l'éviter mais l'animal se jeta dans les jambes de l'Indien, qui s'écroula, la cheville tordue, et resta assis sur la route, hébété, ne pouvant croire à son malheur.

« Vas-y! cria Jesse. Continue, je m'en occupe. »

Ce fut comme un nouvel élan; il commençait vraiment à y croire. Après avoir longtemps suivi al-Harat, il se trouva juste derrière lui rue des Apôtres, et le coureur se retournant le reconnut : le giton de Zaki, se dit-il avec un regard de mépris, et il allongea sa foulée.

« Vous n'êtes plus que quatre, dit Mirdin quand Karim prit sa septième flèche. Il y a d'abord un Afghan, puis un homme d'al-Rayy nommé Mahdavi; enfin al-Harat et toi. »

Les premiers étaient hors de vue; habitués à l'air raréfié de leurs montagnes, les Afghans se fatiguaient moins que d'autres à basse altitude. Mahdavi passait aussi pour un bon coureur. Pourtant, dans la descente de l'avenue des Mille-Jardins, un concurrent malheureux pleurait au bord de la route en se tenant le côté, et Jesse annonça que c'était Mahdavi.

Karim souffrait de nouveau. L'appel du muezzin pour la troisième prière l'arrêta au début du neuvième tour; il craignait ce moment car le soleil commençait à baisser et la chaleur intense l'oppressait. Il repartit mais, cette fois, sans changer son rythme, il rattrapa al-Harat comme il aurait fait d'un homme au pas. Parvenu à sa hauteur, il entendit son souffle bruyant, son effort désespéré; il titubait, vaincu par la chaleur. Le hakim connaissait ce cas : on pouvait en mourir si le visage devenait apoplectique et la peau sèche. Al-Harat était pâle et trempé de sueur, mais Karim s'arrêta près de lui quand il le vit abandonner.

« Cours, salaud! » lui cria l'autre, qui préférait encore voir gagner un Persan.

Il ne restait plus devant Karim qu'une petite silhouette, au loin, gravissant la longue montée. L'Afghan tomba puis se releva et disparut dans la rue des Apôtres. Au bout de l'avenue Ali-et-Fatima, ils se retrouvèrent beaucoup plus proches. L'homme tomba encore; il était habitué à l'altitude de ses fraîches montagnes, mais pas à la chaleur impitoyable d'Ispahan. Karim le rejoignit après sa quatrième et dernière chute. C'était un gaillard aux yeux bridés, qui haletait comme un poisson hors de l'eau; on lui appliqua des linges mouillés et il regarda calmement son concurrent le dépasser.

Karim ressentait plus d'angoisse que de fierté. Certes, il avait gagné mais, maintenant, il fallait choisir. Le fameux calaat était-il à sa portée, avec ses cinq cents pièces d'or et les fonctions honorifiques de chef des chatirs? Aurait-il la force de compléter les cent vingt-six milles en moins de douze heures? C'était assez d'en avoir fait quatre-vingt-quinze dans la journée; il pouvait rendre ses neuf flèches, recevoir l'argent du prix et rejoindre les autres coureurs qui se baignaient dans le Fleuve de la Vie, pour jouir de leur envie et de leur admiration. Le soleil était bas sur l'horizon; n'était-il pas trop tard pour faire encore trente et un milles avant l'appel de la troisième prière? Pourtant, il le savait : plus que la conquête de toutes les femmes du monde, c'est cette victoire complète qui le délivrerait à jamais du souvenir de Zaki-Omar.

Quand il prit une nouvelle flèche, au lieu de se tourner vers la tente officielle, il entreprit son dixième tour. La route blanche de poussière s'ouvrait devant lui, vide. Il courait seul désormais contre le sinistre djinn d'un homme dont il avait espéré être le fils et qui avait fait de lui sa catin.

Les spectateurs avaient commencé à se disperser, mais ils comprirent en le voyant passer qu'il tentait la plus dure épreuve et lui adressèrent une immense acclamation d'enthousiasme et d'amour. Il aperçut devant l'hôpital les visages rayonnants de fierté d'al-Juzjani, de l'infirmier Rumi, du bibliothécaire, du hadji Davout Hosein et même d'Ibn Sina. Il vit, sur le toit, qu'elle était revenue; quand ils seraient de nouveau l'un à l'autre, elle serait sa vraie récompense.

Les pires difficultés commencèrent à mi-parcours. L'épuisement le rendait maladroit; en se versant de l'eau sur la tête, ainsi qu'il le faisait de plus en plus, il avait éclaboussé ses chaussures et le cuir mouillé lui meurtrissait la peau; il avait une crampe au jarret droit. Aux portes du Paradis, il trouva le soleil plus bas encore qu'il ne s'y attendait. Allait-il être pris de court? Ses pieds lui semblaient lourds, le carquois plein de flèches heurtait rudement son dos à chaque pas. Il crut s'évanouir.

Mais la ville avait la fièvre : les femmes criaient sur son passage, les hommes arrosaient la rue et la semaient de fleurs devant ses pas, en invoquant le nom d'Allah. On l'aspergeait d'eau de senteur.

Le soleil allait disparaître, les silhouettes paraissaient flotter au-dessus de la terre et le mullah montait déjà l'escalier du minaret. Dans ces derniers instants, il fallait obliger les jambes mortes à accélérer désespérément leur rythme.

Alors un petit garçon, devant lui, quittant la main de son père, se mit à courir sur la route, fasciné par le géant qui avançait lourdement. Karim l'attrapa au vol et le prit sur ses épaules pour franchir la ligne d'arrivée, salué par une immense clameur. Tandis qu'il recevait la douzième flèche, le chah ôta son turban et l'échangea contre la toque emplumée du coureur.

L'appel du muezzin suspendit l'élan de la foule, qui se prosterna, tournée vers La Mecque. La prière finie, le roi et les nobles entourèrent Karim Harun, le peuple se pressa pour lui crier sa joie : la Perse entière était à lui.

CINQUIÈME PARTIE

Le chirurgien militaire

51

LA CONFIANCE

« Mais qu'est-ce qu'ils ont contre moi ? demanda Mary à Rob.

– Je ne sais pas. »

Inutile de nier, elle n'était pas aveugle. Aussitôt que la petite fille des voisins trottinait dans sa direction, la mère, qui n'apportait plus de pain chaud au « Juif étranger », se précipitait sans un mot comme pour l'arracher à la corruption. Au marché, plus de sourires; oublié l'invitation du cordonnier à un repas de sabbat. En se promenant dans le Yehuddiyyeh, Rob ne rencontrait que silence, regards hostiles, murmures insultants. Mais, après tout, peu lui importait : il n'avait que faire du quartier juif.

En revanche, depuis que Mirdin l'évitait ou lui opposait un visage de marbre et un bref salut, il regrettait son large sourire, sa chaude camaraderie. Il le trouva un jour près de la madrassa, lisant à l'ombre d'un marronnier le dernier volume du *Al-Hawi* de Rhazes.

« C'est un bon auteur, il aborde là l'ensemble de la médecine, dit Mirdin mal à l'aise.

– J'en ai lu douze volumes et les autres suivront bientôt... Est-ce si mal que j'aie trouvé une femme à aimer ?

– Comment as-tu osé épouser une Autre ?

– Mirdin, elle est merveilleuse.

– " Les lèvres de l'étrangère sont un rayon de miel et sa bouche est plus douce que l'huile. " C'est une goy, Jesse ! Nous sommes un peuple dispersé qui lutte pour sa survie. Chaque fois que l'un d'entre nous se marie hors de notre foi, c'est la fin d'une de nos lignées. Si tu ne comprends pas ça, tu n'es pas l'homme que je croyais et je ne peux pas rester ton ami. »

Rob s'était trompé : les gens du quartier juif comptaient pour lui car ils l'avaient librement accepté, et cet homme plus que tout, qui avait donné son amitié. Il se sentit obligé de parler, sûr d'avoir bien placé sa confiance.

« Je ne suis pas celui que tu croyais, et je ne me suis pas marié hors de ma foi.

– Mais elle est chrétienne !

– Oui.

– Est-ce une plaisanterie stupide ? » s'écria Mirdin en pâlissant, et devant le silence de Rob, il bondit, son livre à la main.

« Mécréant ! Si c'est vrai – si tu n'es pas fou –, tu risques ta tête mais aussi la mienne. Tu verras dans le Fiqh qu'en me le disant, tu me rends complice de ta fraude, à moins que je te dénonce. Fils du diable, tu mets les miens en danger et je maudis le jour où je t'ai rencontré ! »

Il cracha et tourna les talons.

Les jours passèrent sans que les hommes du kelonter se manifestent : Mirdin n'avait pas parlé. Au maristan, le mariage de Rob avec une chrétienne parut une excentricité de plus du Juif étranger, après le carcan et le calaat. Et puis, dans la société musulmane, où chacun pouvait avoir quatre femmes, un mariage n'avait rien d'exceptionnel.

Mais la perte de son ami l'affectait profondément. Quant à Karim, dont le nom était sur toutes les lèvres depuis le chatir, il le voyait à peine car le vainqueur passait ses jours et ses nuits aux fêtes de la cour. Ainsi Rob et sa femme vivaient une solitude à deux dont ils s'accommodaient fort bien. Mary avait rendu la maison intime et confortable; très amoureux, il passait avec elle tous ses moments de liberté, et le reste du temps se surprenait à rêver de sa chair accueillante, de la tendre ligne de son nez, de ses yeux pleins d'intelligence et de vivacité.

Ils se promenèrent à cheval dans les collines et firent l'amour dans les eaux chaudes et sulfureuses de la grotte secrète du chah. Il avait laissé en évidence le vieux livre de dessins indiens et, en essayant des variantes qui y étaient décrites, il s'aperçut qu'elle l'avait étudié. Ils s'en amusaient souvent et prenaient plaisir ensemble à des jeux sensuels étranges. Ils échangeaient leurs curiosités : elle osait toutes les questions, auxquelles il répondait toujours en scientifique.

« J'aime ton sexe aussi quand il redevient souple et doux comme de la soie. Mais qu'est-ce qui le fait changer tout à coup? Une nourrice m'a dit autrefois que c'était l'air qui le gonflait et le rendait si dur. C'est vrai?

– L'air, non. Il se remplit de sang artériel; et cela a sans doute un rapport avec l'odorat et la vue. Un soir, je ramenais mon cheval à bout de force après une journée épuisante. Il flaira l'odeur d'une jument et, la trique dure comme du bois, il se précipita avant même de la voir, avec une telle ardeur qu'il fallut le retenir. »

Rob se sentait bien près de Mary et son amour valait tout le reste. Pourtant, il fut très ému quand un visage familier parut à sa porte.

« Entre, Mirdin. »

Présentée au visiteur, Mary le dévisagea avec curiosité, puis elle apporta du vin et des gâteaux et s'en fut nourrir les bêtes, laissant seuls Rob et son ami, avec cette remarquable intuition qui la lui faisait chérir.

« Tu es vraiment chrétien?

– Oui.

– Je peux t'emmener à Fars, où le rabbenu est mon cousin. Si tu veux te convertir avec les sages là-bas, peut-être accepteront-ils. Alors, tu n'auras plus à mentir. »

Rob le regarda et secoua la tête. Mirdin soupira.

« Si tu avais été une canaille, tu aurais accepté tout de suite; mais tu es un homme honnête et loyal, et un médecin exceptionnel. C'est pourquoi je ne peux pas te tourner le dos.

– Merci.

– Jesse ben Benjamin n'est pas ton nom?

– Non, je m'appelle...

– Tais-toi, qu'il n'en soit plus question entre nous. Tu dois rester Jesse ben Benjamin. Tu as réussi à te mêler au Yehuddiyyeh. Il y avait quelque chose qui sonnait faux; je me disais que c'était à cause de ton père, Juif européen apostat, qui s'était égaré et avait négligé de transmettre notre héritage à son fils. Mais prends garde, si les mullahs découvraient la tromperie, ce serait la mort, sans doute. Et les Juifs d'ici risqueraient d'en pâtir. Ils n'y sont pour rien, mais, en Perse, on fait volontiers payer les innocents.

– Es-tu sûr que tu ne cours aucun danger?

– J'ai bien réfléchi. Je reste ton ami.

– J'en suis très heureux.

– Oui, mais je pose mes conditions. »

Rob attendit.

« Tu dois comprendre ce que tu prétends être : il ne suffit pas pour être juif de porter la barbe et le caftan. Il faut apprendre les commandements du Seigneur.

– Je connais les Dix Commandements.

– Ce n'est qu'une partie des lois de la Torah. Elle en contient six cent seize. C'est ce que tu dois étudier, avec le Talmud, qui donne les commentaires de chaque loi.

– Mais c'est pire que le Fiqh! Je vais étouffer...

– Ce sont mes conditions, dit Mirdin sérieusement.

– D'accord. Que le diable t'emporte! »

Alors, Mirdin sourit pour la première fois. Il se versa du vin et, laissant de côté table et chaises européennes, il s'assit par terre.

– Allons-y. Le premier commandement dit : " Croissez et multipliez. " »

Rob se sentit très heureux de voir là, chez lui, ce bon visage chaleureux.

« J'essaie, Mirdin, dit-il en riant, je fais tout ce que je peux! »

52

LA FORMATION DE JESSE

« Elle s'appelle Mary, comme la mère de Yeshua, dit Mirdin à sa femme, dans la Langue.

– Elle s'appelle Fara », dit Rob en anglais.

Les deux femmes se regardèrent sans pouvoir rien se dire, faute d'une langue commune, puis échangèrent des idées à force de mimiques et de regards expressifs. Fara se lia peut-être avec Mary à la demande de son époux mais toutes deux, pourtant si différentes, s'estimèrent dès le début.

Fara montra à Mary comment passer inaperçue en relevant ses longs cheveux roux et en les couvrant d'un fichu ainsi que le faisaient la plupart des Juives. Elle lui indiqua au marché les commerçants qui vendaient les meilleurs produits et ceux qu'il fallait éviter, lui apprit à préparer la viande kascher en la salant et la faisant tremper pour éliminer le sang en excès, et lui donna la recette d'un plat délicieux, le *shalent* : de la viande, avec de la poudre de piment doux, de l'ail, des feuilles de laurier et du sel, qui cuit doucement pendant tout le sabbat, dans un pot de terre fermé, couvert de braises, jusqu'à devenir tendre et savoureuse.

« J'aimerais tant parler avec elle, lui poser des questions et lui raconter plein de choses ! soupirait Mary.

– Je peux t'apprendre la Langue.

– Je ne suis pas douée comme toi; j'ai mis des années à apprendre l'anglais, j'ai peiné autant qu'une esclave sur le latin. Quand serons-nous dans mon pays, où j'entendrai parler mon gaélique?

– Quand il sera temps », répondit Rob sans rien promettre.

Mirdin entreprit de réintégrer Jesse dans le Yehuddiyyeh.

« Des Juifs, depuis le roi Salomon, et même avant, ont choisi une épouse parmi les Gentils sans pour autant quitter la communauté juive. Et ils ont toujours prouvé dans leur vie quotidienne qu'ils restaient fidèles à leur peuple. »

Ils prirent l'habitude de se retrouver deux fois par jour pour la prière, le matin, à la petite synagogue de la maison de la Paix, que Rob préférait, et le soir à la maison de Sion, près de chez Mirdin. La prière rythmée et psalmodiée lui avait toujours procuré un certain apaisement et, comme la Langue lui devenait de plus en plus familière, il ne se sentait plus Jesse le Juif ou Rob le chrétien, mais trouvait en Dieu bienveillance et réconfort au-delà de sa double identité.

Peu à peu, on s'habitua à voir le grand Juif anglais porter un cédrat parfumé ou une palme pour la fête automnale de Souccoth, jeûner avec les autres au Yom Kippour ou danser en procession pour célébrer le don divin de la Torah au peuple. Ainsi que Yaakob le cordonnier le dit à Mirdin, il était clair que Jesse ben Benjamin voulait expier son mariage avec une femme étrangère.

« Je ne te demande qu'une chose, dit Mirdin. N'accepte jamais d'être le " dixième homme ". »

Rob promit aussitôt de ne jamais faire partie de cette congrégation des dix Juifs du *minyan*, chargés de dévotions publiques. Il n'avait pas le droit de les tromper à ce point pour sauver les apparences.

Ils étudiaient chaque jour les commandements de la Torah : deux cent quarante-huit *mitzvoth*, ou commandements positifs – par exemple, qu'un Juif doit aider la veuve et l'orphelin –, et trois cent soixante-cinq négatifs, interdisant entre autres à un Juif d'accepter un pot-de-vin.

Rob trouvait cette étude d'autant plus agréable qu'elle ne serait pas suivie d'examen; il s'aperçut aussi que l'assimilation du Fiqh en était facilitée. Il travaillait de plus en plus mais toujours avec plaisir. Cette vie à Ispahan était certainement moins facile pour Mary; il était heureux de la retrouver chaque soir, mais toutes sortes d'intérêts le sollicitaient quand il la quittait le matin pour le maristan ou la madrassa.

On étudiait cette année-là Galien et ces phénomènes anatomiques qu'il était interdit d'observer directement, comme la différence entre artères et veines, le pouls, le travail du cœur, qui se serre comme un poing pour propulser le sang pendant la systole, puis se relâche pendant la diastole, où le sang revient l'emplir.

Rob quitta le service de Jalal pour celui d'al-Juzjani, et s'en plaignit à Karim.

« Il ne m'aime pas. Tout ce qu'il me donne à faire, c'est de nettoyer et d'aiguiser les instruments.

– Ne te décourage pas, il en est ainsi au début avec tous ses étudiants. »

Karim avait beau jeu de prêcher la patience. Il avait reçu avec son calaat une grande et belle demeure qui lui attirait toute la clientèle de la cour; les nobles se vantaient de l'avoir pour médecin, il gagnait beaucoup d'argent, dépensait beaucoup et comblait de cadeaux ses amis. Il faisait les yeux doux à Mary tout en lui disant des horreurs en persan, qu'elle avait, disait-elle, la chance de ne pas comprendre. Mais elle l'aimait bien et le traitait comme un frère un peu filou.

Même à l'hôpital, les étudiants se pressaient autour de lui, suivant ses faits et gestes comme s'il était le sage des sages, et Mirdin disait avec ironie que le meilleur moyen pour un médecin de faire carrière était de gagner le chatir.

De temps en temps, al-Juzjani interrompait Rob dans son travail pour lui demander le nom d'un instrument ou son usage. Il y en avait une multitude : bistouris de formes diverses, scalpels, scies, curettes, sondes, mèches... La méthode du chirurgien se révéla très efficace car, au bout de deux semaines, quand Rob l'assistait en cours d'opération, il lui suffisait d'un murmure pour tendre immédiatement l'instrument qui convenait.

Deux autres étudiants travaillaient depuis des mois avec al-Juzjani, qui ne leur laissait que les cas simples, accompagnés de commentaires caustiques et de critiques sans indulgence. Rob passa dix semaines à observer et aider avant de pouvoir pratiquer la moindre incision, même sous surveillance. Il eut enfin à amputer d'un index un porteur qui avait eu la main écrasée sous le pied d'un chameau. Une intervention qu'il avait déjà faite quand il était barbier-chirurgien; mais il avait toujours été gêné par le sang. Tandis que la technique du tourniquet, qu'il avait apprise d'al-Juzjani, lui permit de fermer le moignon avec à peine un suintement.

Le chirurgien l'observa attentivement, maussade comme à son habitude, et, quand Rob eut fini, s'en alla sans un mot d'approbation, mais sans grogner non plus ni indiquer une meilleure méthode. En nettoyant la table après l'opération, l'élève se sentit content : c'était une petite victoire.

53

QUATRE AMIS

Si le roi des rois avait pris des mesures pour réduire les pouvoirs de son vizir, depuis les révélations de Rob, rien n'en transparaissait. Les mullahs de Qandrasseh, plus omniprésents que jamais, redoublaient de rigueur et d'énergie pour imposer à Ispahan les préceptes coraniques de l'imam. Rob n'avait pas été convoqué depuis sept mois et il s'en réjouissait quand, un matin, des soldats vinrent le chercher.

« Le chah désire que vous partagiez aujourd'hui sa promenade à cheval. »

Il rassura Mary, qui s'inquiétait, et les suivit. Aux écuries, derrière le palais du Paradis, il trouva Mirdin tout pâle et ils se demandèrent si Karim n'était pas intervenu; en effet, le nouveau favori, suivant le roi, rejoignit ses amis avec un large sourire. Mais, en se prosternant, Mirdin Askari murmura quelques mots dans la Langue et le chah se pencha brusquement.

« Qu'as-tu dit? Tu dois parler persan!

– C'est une bénédiction, sire, que les Juifs prononcent devant le roi : " Béni sois-Tu, Seigneur notre Dieu, roi de l'Univers, qui as revêtu de Ta gloire l'homme, Ta créature. "

– Ainsi, les dhimmis rendent grâces à Dieu en

voyant leur chah? » s'écria Ala étonné et ravi;
d'excellente humeur, il sauta sur son cheval blanc,
et ils le suivirent dans la campagne.

« Il paraît que tu as pris une épouse européenne,
cria-t-il à Rob en se retournant sur sa selle.

— C'est vrai, Majesté.

— On dit qu'elle a les cheveux couleur de
henné?... Une chevelure de femme doit être
noire! »

Inutile de discuter, se dit Rob; mieux vaut avoir
une femme qu'Ala n'apprécie pas. Il trouva cette
journée plus agréable que les précédentes car il
n'était pas seul à subir l'attention royale. Le souverain découvrait avec plaisir chez Mirdin une
connaissance approfondie de l'Histoire perse et ils
parlèrent du sac de Persépolis par Alexandre. Dans
la matinée, Ala et Karim s'exercèrent au cimeterre,
pendant que Mirdin et Rob s'entretenaient des
mérites respectifs de la soie, du lin, du crin de
cheval pour les ligatures chirurgicales; Ibn Sina
préférait le cheveu humain.

Ils déjeunèrent sous la tente du chah, puis se
succédèrent à l'échiquier, et la défense brillante de
Mirdin ne rendit que plus douce au souverain sa
victoire. Dans la grotte secrète, ils livrèrent tous
quatre leurs corps à la chaleur du bassin et leurs
esprits à la délicatesse d'un vin inépuisable.

« Vous ai-je dit, Majesté, que j'ai été mendiant?
demanda Karim avec un sourire.

— Un mendiant qui boit maintenant le vin du roi
des rois! Oui, j'ai choisi pour amis un mendiant et
deux Juifs, s'écria le roi en éclatant de rire. J'ai de
grands projets pour mon chef des chatirs et il y a
longtemps que j'aime les dhimmis, ajouta-t-il avec
une tape amicale pour Rob. Et voilà que j'en
découvre un autre, remarquable. Reste à Ispahan

après tes études, Mirdin Askari. Tu seras médecin de la cour.

– Sire, vous me faites honneur. Mais mon père est âgé et malade; je serai le premier médecin de notre famille et je voudrais qu'avant de mourir il me voie installé parmi les miens.

– Que font-ils sur le golfe Persique?

– J'ai toujours vu les nôtres sillonner les côtes pour acheter des perles aux plongeurs.

– Des perles! Je les achète quand elles sont belles. Dis à tes parents de m'apporter la plus grosse et la plus parfaite; je ferai leur fortune. »

Ils rentrèrent en vacillant sur leurs selles. La bienveillance du souverain durerait-elle plus que son ivresse? Quand on arriva aux écuries royales, où se pressaient courtisans et flatteurs, il cria devant la moitié de la cour :

« Nous sommes quatre amis! Rien que quatre hommes de bien, unis par l'amitié. »

La nouvelle eut tôt fait de se répandre en ville, comme tous les commérages qui concernaient le chah.

« Avec certains amis, la prudence est nécessaire », dit à Rob Ibn Sina une semaine plus tard.

Ils assistaient ensemble à une fête donnée pour le roi par Fath Ali, un riche négociant en vins. Rob s'ennuyait à ces réceptions, qui se ressemblaient toutes; il y perdait son temps, mais les bénéficiaires de calaat ne pouvaient s'en dispenser. Il était heureux, en revanche, de voir Ibn Sina, qui ne l'invitait plus guère depuis son mariage. Ils se promenèrent dans la propriété du marchand, profitant d'un court moment de liberté car Ala venait d'entrer dans le harem de Fath Ali.

« Il ne faut jamais oublier qu'un monarque n'est

pas un homme comme toi et moi. Un geste indifférent de sa main et tu es mort, ou il accorde la vie
en bougeant un doigt. Personne ne résiste au
pouvoir absolu : il fait perdre la tête aux meilleurs
souverains.

– Je ne cherche pas sa compagnie et n'ai aucune
ambition politique.

– Les monarques orientaux aiment choisir leurs
vizirs parmi les médecins, qu'ils croient des favoris
d'Allah. J'ai connu l'ivresse du pouvoir car, étant
plus jeune, j'ai été deux fois vizir à Hamadhan.
C'était plus dangereux que la médecine. La première fois, j'ai échappé de peu à l'exécution; jeté
dans une forteresse, j'y ai langui pendant des mois.
Après cela, vizir ou pas, il n'y avait plus de sécurité
pour moi à Hamadhan. Avec al-Juzjani et ma
maisonnée, je suis venu m'installer à Ispahan sous
la protection d'Ala.

– Heureusement pour la Perse, il laisse les
grands médecins à leur carrière.

– Il se fait une réputation de protecteur des arts
et des sciences. Il a toujours été avide d'influence
mais il lui faut maintenant dévorer ses ennemis s'il
ne veut pas être mangé.

– Les Seldjoukides?

– Je les craindrais si j'étais vizir à Ispahan. Mais
c'est surtout Mahmud, le sultan de Ghazna, qu'il
craint et envie. Il a déjà lancé quatre raids en Inde
et capturé vingt-huit éléphants de guerre, mais
Mahmud en a plus de cinquante et fait obstacle à
son rêve de grandeur. »

Ibn Sina s'interrompit et posa sa main sur le
bras de Rob.

« Sois très prudent. Selon des gens bien informés, les jours de Qandrasseh au pouvoir sont
comptés, et un jeune médecin devrait le remplacer. »

Rob ne dit rien mais il se rappela les « grands projets » d'Ala à propos de Karim.

« Si c'est vrai, l'imam poursuivra sans pitié tout ami ou partisan de son rival. Il ne suffit pas de n'avoir aucune ambition politique; un médecin qui fréquente les puissants doit apprendre, s'il veut survivre, à plier ou à transiger. »

Rob n'était pas certain d'avoir ces deux talents.

« Mais ne t'inquiète pas, dit Ibn Sina, Ala change souvent d'avis et l'on ne peut pas compter sur ce qu'il fera plus tard. »

Ils retournèrent au jardin et virent bientôt le chah sortir du harem de son hôte, l'air détendu et de bonne humeur. Curieux de savoir si le grand médecin avait déjà lui aussi donné une fête à son royal protecteur, Rob s'approcha de Khuff et lui posa négligemment la question. Le capitaine des Portes réfléchit.

« Il y a quelques années », dit-il enfin.

Reza la Pieuse n'avait pas dû attirer Ala; il avait donc fait valoir ses droits sur Despina. Et, tandis que Khuff montait la garde, il avait gravi l'escalier dans la tour de pierre, jusqu'à son petit corps voluptueux...

Rob utilisait avec aisance les instruments chirurgicaux, comme des prolongements de ses mains. al-Juzjani passait de plus en plus de son précieux temps à lui expliquer chaque technique. Les Persans connaissaient plusieurs procédés pour insensibiliser les patients; le chanvre indien macéré dans l'eau d'orge donnait une infusion qui les laissait conscients mais supprimait la douleur. Rob passa deux semaines avec les maîtres du trésor des drogues, pour apprendre à préparer les somnifères; ces substances, difficiles à doser et aux effets imprévisibles, permettaient parfois d'éviter en cours d'opération les mouvements convulsifs, les plaintes et les cris de douleur.

Certaines formules tenaient moins de la médecine que des recettes de bonnes femmes. Tel ce mélange de viande de mouton et de graines de jusquiame laissé dans un pot de terre couvert de fumier de cheval jusqu'à ce qu'il produise des vers; placés dans un récipient de verre, ceux-ci se dessécheront : « Prenez-en deux parts pour une part d'opium et instillez le mélange dans le nez du patient. »

L'opium, base de toutes les formules contre la douleur, était extrait du jus du pavot, qui poussait dans la campagne d'Ispahan, mais la demande dépassait la production car on l'utilisait aussi à la mosquée pour les rites des musulmans ismaéliens; on en importait donc de Turquie et de Ghazna. « Prendre de l'opium pur et de la muscade, réduire en poudre et cuire ensemble, puis laisser macérer dans du vin vieux pendant quarante jours. Exposer le flacon au soleil et il se formera bientôt une pâte. Si l'on en fait une pilule et qu'on l'administre à quelqu'un, il tombera aussitôt dans l'inconscience et perdra toute sensibilité. »

Une autre formule était beaucoup plus utilisée, parce qu'Ibn Sina la préférait : « Prendre à parties égales jusquiame, opium, euphorbe et graines de réglisse. Les moudre séparément puis mélanger le tout dans un mortier. Placer un peu de cette mixture sur n'importe quel aliment et quiconque en mangera s'endormira aussitôt. »

Rob avait l'impression qu'al-Juzjani lui en voulait de ses relations avec Ibn Sina, mais en fait il eut bientôt l'usage de tous les instruments de chirurgie et les autres étudiants, estimant qu'il prenait plus que sa part des travaux intéressants, manifestèrent ouvertement leur jalousie. Peu lui importait car il apprenait plus qu'il ne l'avait jamais espéré. Un après-midi, ayant opéré seul une cataracte – la consécration en chirurgie –, il voulut remercier son maître, qui l'interrompit brusquement.

« Tu as un don pour opérer. C'est rare, et ma conduite est égoïste : tu me rapportes beaucoup de travail. »

C'était vrai; jour après jour il amputait, soignait toute sorte de blessures, sondait des abdomens pour relâcher la pression des fluides dans la cavité péritonéale, réduisait des hémorroïdes et des veines variqueuses...

« Tu coupes trop! » lui dit Mirdin, toujours perspicace, pendant une partie de jeu du chah. Dans la pièce voisine, Fara écoutait Mary chanter une berceuse écossaise pour endormir ses enfants.

« La chirurgie m'attire », reconnut Rob.

Il pensait depuis peu s'y consacrer quand il aurait fini ses études. Contrairement à l'Angleterre, la Perse assurait à la profession prestige et prospérité. Mais il restait des objections.

« Nous sommes obligés de limiter nos interventions à la surface du corps; l'intérieur demeure un mystère.

– Et c'est bien ainsi, dit paisiblement Mirdin en prenant un guerrier à son adversaire avec un de ses propres fantassins. Chrétiens, Juifs et musulmans condamnent comme un péché la profanation du corps humain.

– Il ne s'agit pas de profanation, mais de chirurgie et de dissection. Les Anciens avaient la liberté d'ouvrir le corps pour l'étudier; ils disséquaient les cadavres et observaient l'anatomie interne. Une brève lumière qui a éclairé toute la médecine, puis le monde est retombé dans la nuit... Pourtant, pendant ces siècles d'ignorance, il y a eu peut-être quelques lueurs secrètes. Des hommes ont osé défier les prêtres, faire clandestinement leur travail de médecins.

– Mon Dieu! fit Mirdin inquiet, on les aurait condamnés comme sorciers.

– Ne crains rien, je ne le ferai pas. J'ai déjà assez de difficultés. »

Son adversaire avait été si troublé qu'il se laissa prendre à la file un éléphant et deux chevaux. Mais Rob n'en savait pas si long sur l'exploitation d'une victoire. Laissant Mirdin rallier ses forces, il fut battu en douze coups et connut une fois de plus la triste expérience du chahtreng, le « supplice du roi ».

54

LES ESPÉRANCES DE MARY

MARY n'avait pas d'autre amie que Fara mais elle lui suffisait. Elles se parlaient pendant des heures, en des échanges sans questions ni réponses. Tantôt Fara écoutait un déluge de gaélique auquel elle ne comprenait rien, tantôt elle s'adressait dans la Langue à Mary qui n'en savait pas un mot. Mais les mots, curieusement, n'avaient pas d'importance. Ce qui comptait, c'était le jeu des émotions qu'elles lisaient sur leurs traits, les expressions des mains, ce qui passait dans la voix, les secrets transmis par le regard. Elles partageaient ainsi leurs sentiments.

Mary exprimait des souvenirs et des impressions si intimes qu'elle ne les aurait pas confiés autrement à une relation aussi récente : son chagrin de la mort de son père, sa mère, Jura Cullen, que parfois dans ses rêves elle revoyait jeune et belle, la solitude de la petite maison, sa nostalgie des offices chrétiens; et puis son amour ardent pour Rob, le désir qui la faisait trembler, les corps jouissant l'un de l'autre. Elle ne savait pas si Fara parlait de tout cela elle aussi, mais elle ressentait l'importance et la sincérité de ses confidences, et les deux femmes si différentes tissaient d'amour et d'estime une profonde amitié.

Un matin, Mirdin épanoui salua Rob d'une tape sur l'épaule.

« Alors, bélier d'Europe, tu as obéi au premier commandement : elle attend un enfant !

– Mais non.

– Si. Tu verras, Fara ne se trompe jamais. »

Deux jours plus tard, Mary pâlit et vomit après le petit déjeuner; Rob dut nettoyer le sol de terre battue et y répandre du sable frais. Les nausées durèrent toute la semaine et, les règles n'arrivant pas, il n'y eut plus de doute. Entre le souci de ces malaises perpétuels et la joie de la future naissance, il se demandait ce que serait son enfant. Il déshabillait sa femme avec plus d'ardeur que jamais, guettant sur son corps les moindres changements : l'aréole élargie et violacée des seins, leur plénitude, la courbe nouvelle du ventre et l'embonpoint des hanches et des fesses. Mary se réjouit d'abord de son attention, puis elle perdit patience.

« Et les orteils? grogna-t-elle. Qu'est-ce que tu en penses? »

Il les examina sérieusement et annonça qu'ils n'avaient pas changé.

Ce qui gâtait pour Rob l'attrait de la chirurgie, c'étaient les castrations, pratique courante pour obtenir deux sortes d'eunuques. Les beaux hommes, choisis pour garder l'entrée des harems où ils auraient peu de contacts avec les femmes, perdaient seulement leurs testicules. Pour le service intérieur, on préférait les très laids – nez difforme, lèvres épaisses ou malvenues, dents noires – qu'on rendait totalement impuissants par l'ablation de tout l'appareil génital; ils usaient d'un tuyau pour uriner. On castrait souvent de jeunes garçons qu'on envoyait dans une école de Bagdad pour y apprendre la musique et le chant ou les pratiques administratives et commerciales; ils devenaient des serviteurs recherchés et de haute valeur, comme Wasif, l'eunuque d'Ibn Sina.

La technique de la castration était bien au point : le chirurgien saisissait de la main gauche la partie à amputer et la tranchait de la main droite, d'un seul coup de rasoir, la rapidité étant essentielle. On appliquait immédiatement un cataplasme de cendres chaudes et l'homme était émasculé pour toujours. Al-Juzjani lui avait expliqué qu'en cas de castration à titre pénal, on pouvait ne pas appliquer les cendres et laisser le condamné saigner à mort.

Rentrant le soir près de Mary, il posait la main sur son ventre chaud, essayant de ne pas penser à tous ces opérés qui ne donneraient jamais la vie à un enfant. A la maison de la Sagesse, il avait lu des études sur le fœtus. Ibn Sina écrivait qu'une fois l'utérus fermé sur le sperme, la vie se développe en trois étapes : la petite masse coagulée produit d'abord un cœur minuscule, puis une autre devient le foie; enfin dans la troisième étape se forment tous les organes essentiels.

« J'ai découvert une église, dit un jour Mary.

– Une église chrétienne ? »

Il en fut surpris car il n'en connaissait pas à Ispahan. Elle l'avait trouvée par hasard en allant avec Fara au marché arménien. L'église de l'Archange-Michel, dans une ruelle nauséabonde, était petite, triste et fréquentée par une poignée de travailleurs arméniens misérables.

« Ils disent la messe dans leur langue, nous ne pourrions même pas répondre.

– Mais ils célèbrent l'eucharistie, le Christ est présent sur leur autel.

– Ce serait risquer ma vie. Accompagne Fara à

la synagogue et prie en silence. C'est ce que je fais moi aussi. »

Elle leva les yeux, et pour la première fois, il vit une révolte dans ses yeux.

« Je n'attends pas la permission des Juifs pour prier », dit-elle avec feu.

Par un matin ensoleillé, assis sur les marches de pierre de la madrassa, Rob parlait de Mary et de sa nostalgie de l'Eglise. Mirdin soupira.

« Priez ensemble quand vous êtes seuls, et ramène-la parmi les siens aussitôt que tu le pourras. »

Quel ami fidèle il avait été depuis qu'il savait que Jesse ne partageait pas sa foi !

« As-tu réfléchi que chaque religion prétend avoir seule le cœur et l'oreille de Dieu ? Nous, toi Mirdin et l'islam jurons chacun détenir la vérité. Peut-être avons-nous tous tort ?

– Ou tous raison. »

Rob eut un élan d'affection pour son ami. Il serait bientôt médecin et retournerait dans sa famille à Mascate, tandis que lui-même regagnerait l'Europe. Ils ne se reverraient jamais.

« Nous retrouverons-nous au paradis ?

– Oui, je le jure, dit Mirdin gravement. Si une rivière sépare la vie du paradis et que plusieurs ponts la traversent, crois-tu que Dieu se soucie du pont que choisit chaque voyageur ? »

Ils se séparèrent pour rejoindre leur travail. Rob s'assit avec deux autres étudiants dans la salle d'opération et al-Juzjani leur recommanda une discrétion absolue sur l'intervention qui allait suivre. Il ne révélerait pas l'identité de la patiente, mais laissait entendre qu'elle était proche parente d'un personnage puissant, et qu'elle avait un cancer du sein. Devant la gravité du mal, on avait levé l'interdiction, faite à tout homme autre que le mari, de voir une femme du cou aux genoux; ainsi pourraient-ils opérer.

La malade, endormie avec des opiacés et du vin, était forte, lourde, des mèches grises s'échappaient du foulard qui couvrait sa tête voilée et rien n'apparaissait de son corps, que ses gros seins flasques; elle était manifestement âgée. Chaque étudiant dut palper la poitrine pour reconnaître la tumeur, d'ailleurs bien visible sur le sein gauche : une grosseur longue comme le pouce et trois fois plus épaisse.

Rob n'avait jamais vu une poitrine humaine ouverte. Al-Juzjani entama la chair molle et coupa au-dessous de la tumeur, pour l'extraire en entier; il travaillait vite, soucieux de terminer avant le réveil de sa patiente. On voyait à l'intérieur du sein muscle, tissu cellulaire, graisse jaune; les canaux lactifères convergeaient autour du mamelon comme les ramifications d'un fleuve à son embouchure. Peut-être le chirurgien en avait-il touché un car un peu de liquide rougi jaillit du bout du sein, telle une goutte de lait rosé. Il recousit très vite, avec une sorte de nervosité.

Elle est parente du chah, se dit Rob. Une tante peut-être, celle-là même dont il avait parlé dans la grotte, et à qui il devait son initiation sexuelle. La poitrine refermée, on emporta la femme gémissante, sur le point de se réveiller.

« Elle est perdue, soupira al-Juzjani. Le cancer finira par la tuer mais nous essayons d'en retarder les progrès. »

Puis il aperçut Ibn Sina dehors et s'en fut lui rendre compte de l'intervention pendant que les assistants nettoyaient la salle. Peu après, le médecin-chef entra, dit quelques mots à Rob et le quitta en lui tapotant l'épaule. Celui-ci, stupéfait de ce qu'il venait d'entendre, partit à la recherche de

Mirdin qui travaillait au trésor des drogues. Il le rencontra dans le couloir qui menait à la pharmacie et lut sur son visage toutes les émotions qui l'agitaient lui-même.

« Toi aussi?... Dans deux semaines?

– Oui.

– Je ne suis pas prêt, Mirdin! Tu es là depuis quatre ans; moi trois seulement.

– Tu as été barbier-chirurgien. Et tous ceux qui t'ont formé ont appris à te connaître. Nous avons deux semaines pour travailler ensemble et nous réussirons l'examen. »

55

L'IMAGE INTERDITE

IBN SINA était né au hameau d'Ashanah, près du village de Kharmaythan, puis sa famille s'établit à Boukhara, la ville voisine. Son père, collecteur d'impôts, lui donna très tôt des maîtres; à dix ans il savait le Coran en entier et avait assimilé en grande partie la culture islamique. Mahmud le Mathématicien, un marchand de légumes instruit, ami de son père, lui enseigna le calcul indien et l'algèbre. Il n'avait pas de barbe au menton qu'il était diplômé de droit et avait approfondi l'étude d'Euclide et de la géométrie, si bien que ses maîtres prièrent son père de le laisser consacrer sa vie à l'étude.

Il commença sa médecine à onze ans et, à seize, donnait des cours à des praticiens plus âgés, tout en consacrant beaucoup de temps à la pratique de la loi. Il fut toute sa vie juriste et philosophe, mais comprit qu'en dépit du prestige que lui assurait son érudition parmi les Perses, rien ne les intéressait plus que leur bien-être et leur conservation. Il employa son génie à veiller sur la santé de plusieurs souverains et, bien qu'il écrivît beaucoup d'ouvrages de droit et de philosophie, c'est comme prince des médecins qu'il acquit la célébrité et le respect dans tous les pays où il voyagea.

A Ispahan, passé directement du statut de réfugié politique à celui de médecin-chef, il persuada la communauté médicale, au lieu d'envoyer les étudiants à Bagdad, de les sélectionner à la madrassa, au cours d'examens qu'il présiderait lui-même. Il n'ignorait pas qu'il manquait de moyens. L'académie de Tolède avait son palais de la Science, l'université de Bagdad son école de traducteurs, et Le Caire se vantait d'une tradition médicale de plusieurs siècles. Toutes possédaient de magnifiques bibliothèques. La présence d'Ibn Sina devait compenser à Ispahan la modestie des installations; et il tenait par-dessus tout à la réputation des étudiants qu'il formait.

Or une caravane lui apporta une lettre d'Ibn Sabur Yaqut, président du jury médical de Bagdad : il venait à Ispahan et visiterait le maristan dans la première moitié du mois de *zulkadah*. Ibn Sina l'avait déjà rencontré et se préparait à affronter les remarques condescendantes de son confrère. Il savait aussi que les examens là-bas ne passaient pas pour très rigoureux. Mais il avait au maristan les deux étudiants les plus remarquables de sa carrière et c'était l'occasion de montrer à la communauté médicale de Bagdad quels médecins on formait à Ispahan.

Ainsi, parce qu'Ibn Sabur Yaqut venait au maristan, Jesse ben Benjamin et Mirdin Askari étaient convoqués à l'examen qui leur accorderait ou leur refuserait le titre de hakim.

Ibn Sabur était bien tel que se le rappelait Ibn Sina. Le succès lui avait donné un regard impérieux sous des paupières bouffies; il avait plus de cheveux gris que douze ans plus tôt, à Hamadhan, et portait un costume resplendissant et coûteux, dont le travail exquis ne réussissait pas à cacher son embonpoint. Il fit le tour de la madrassa et du maristan, le sourire aux lèvres, et fit remarquer avec un soupir que ce devait être un plaisir d'avoir à traiter les problèmes dans un cadre aussi restreint.

Ibn Sina n'avait pas eu de peine à choisir des examinateurs dont la valeur ne serait contestée ni au Caire ni à Tolède : al-Juzjani en chirurgie, l'imam Yussef Gamali, de la mosquée du Vendredi, pour la théologie; Musa ibn Abbas, un mullah de l'entourage de Qandrasseh, se chargerait du droit et de la jurisprudence, Ibn Sina lui-même de la philosophie. En médecine, le visiteur de Bagdad était adroitement encouragé à poser ses questions les plus difficiles.

Le médecin-chef ne s'inquiétait pas que ses candidats soient tous deux juifs. Il avait remarqué que les dhimmis les plus intelligents étaient déjà formés dans leurs maisons d'étude à la recherche et à la discussion, à l'approfondissement des vérités et des preuves, si bien que, venant à la médecine, ils avaient déjà fait la moitié du chemin.

Mirdin Askari passa le premier. Sa longue figure était attentive et calme. Quand Musa ibn Abbas l'interrogea sur les droits de propriété, il répondit sans éclat mais sans rien omettre, en citant exemples et précédents tirés du Fiqh et de la Shari'a. Les autres examinateurs dressèrent l'oreille lorsque Yussef Gamali mêla dans ses questions le droit et la théologie, ce qui pouvait être un piège pour tout autre qu'un Vrai Croyant. Mais, avec son profond savoir, Mirdin prit ses arguments dans la vie et la pensée de Mahomet, reconnaissant les différences juridiques et sociales entre l'islam et sa propre religion quand elles étaient pertinentes ou, quand elles ne l'étaient pas, passant de la Torah au Coran ou du Coran à la Torah comme des étais ou des compléments l'un de l'autre.

Il jouait de son esprit comme d'une lame, se disait Ibn Sina : feinte, parade, coup de pointe ici et là. Si étendue était son érudition que le jury, qui la partageait plus ou moins, en fut étonné et ravi. Ibn Sabur, à son tour, décocha question sur question et les réponses partaient de même, sans hésitation : non des opinions personnelles de Mirdin, mais des citations d'Ibn Sina, Rhazes, Galien ou Hippocrate, et même du traité *Des fièvres modérées* d'Ibn Sabur, que le médecin de Bagdad écouta sans broncher.

L'examen dura plus longtemps que d'habitude; enfin le candidat se tut et Ibn Sina, l'ayant libéré, fit appeler Jesse ben Benjamin; il sentit aussitôt un changement subtil dans l'atmosphère. Ce grand garçon robuste, avec sa peau tannée par le soleil et le regard direct de ses yeux bleus, avait l'air d'un soldat plus que d'un médecin; mais ces larges mains carrées savaient caresser un visage fiévreux aussi bien que trancher dans la chair, d'un geste précis et toujours contrôlé. Il avait de la présence, malgré une certaine nervosité; ses lèvres pâlirent quand il vit Musa ibn Abbas.

L'adjoint de Qandrasseh avait remarqué le regard presque insolent; il posa tout de suite une question politique dont il ne chercha pas à cacher les dangers.

« Le royaume appartient-il à la mosquée ou au palais?

– C'est écrit dans le Coran. Allah dit, dans la deuxième sourate : " J'établis sur la terre un lieutenant. " Et le devoir du chah est défini dans la sourate 38 : " Ô David, nous t'avons établi notre lieutenant sur cette terre; juge donc avec équité les différends entre les hommes, et ne suis pas tes passions, qui te détourneraient de la voie divine. " Ainsi, le royaume appartient à Dieu. »

Evitant de choisir entre Qandrasseh et Ala, la réponse était intelligente et juste. Le mullah ne la discuta pas. Ibn Sabur demanda ensuite de préciser ce qui différenciait variole et rougeole. Rob rappela les symptômes décrits par Rhazes dans son traité *Des maladies* : fièvre et douleur dorsale pour la variole, température plus élevée pour la rougeole, avec un certain désarroi de l'esprit. Ibn Sina, dans le quatrième livre du *Canon*, observe que l'éruption de la rougeole se produit d'un seul coup, alors que celle de la variole apparaît peu à peu.

Rob parlait calmement, sans hésiter ni faire valoir son expérience de la peste comme tant d'autres l'auraient fait. Ibn Sina connaissait sa valeur; al-Juzjani, lui aussi, savait quel effort avait fourni cet homme depuis trois ans.

« Comment traites-tu une fracture de la clavicule? demanda-t-il.

– Il convient de distinguer fracture simple et fracture ouverte. Hakim Jalal ul-Din a imaginé plusieurs techniques selon les cas, à partir d'éclisses et d'attelles spécialement étudiées. »

Puis, après un court exposé, il saisit un papier, avec la plume et l'encre qu'Ibn Sabur avait devant lui.

« Je peux dessiner le tronc pour montrer plus clairement le dispositif. »

Ibn Sina était consterné. Bien qu'Européen, le dhimmi ne devait pas ignorer qu'en dessinant tout ou partie du corps humain, on se condamnait à l'enfer, et qu'un seul regard sur une telle image était un péché pour un vrai musulman. Etant donné la présence du mullah et de l'iman Yussef Gamali, l'artiste qui se moquait de Dieu en prétendant recréer l'homme serait jugé par une cour islamique et ne deviendrait jamais hakim. Le jury

reflétait diverses émotions : une profonde déception sur le visage d'al-Juzjani, un léger sourire chez
Ibn Sabur; l'imam était troublé et le mullah
furieux.

La plume volait entre l'encrier et le papier. Un
dernier trait et c'était trop tard : le dessin était fini!
Rob le tendit à l'homme de Bagdad, qui n'en crut
pas ses yeux, puis il le passa à al-Juzjani, et le
chirurgien ne put réprimer un sourire. Enfin,
quand Ibn Sina reçut le papier, il y vit un tronc en
effet, mais le tronc tordu d'un abricotier avec
l'amorce d'une branche et des feuilles. La blessure
de l'arbre était visible, et un système d'attelles
maintenait contre l'écorce le rameau brisé.

Ibn Sina regarda Jesse en dissimulant son soulagement et son affection. Il était ravi de voir la mine
du visiteur de Bagdad. Alors il posa à son élève le
problème philosophique le plus ardu qu'il pût
formuler, certain que le maristan d'Ispahan n'avait
pas dit son dernier mot.

Rob avait eu un choc en reconnaissant Musa ibn
Abbas, l'adjoint du vizir, dont il avait surpris la
rencontre avec l'ambassadeur seldjoukide. Mais
lui-même n'ayant pas été repéré, la présence du
mullah dans le jury n'offrait aucun danger. Après
l'examen, il alla travailler au maristan, visitant les
patients du service de chirurgie, changeant les
pansements, retirant les points de suture. Le temps
passait, sans apporter de nouvelles. Soudain, Jalal
ul-Din entra dans la salle – ce qui signifiait à coup
sûr que le jury s'était dispersé. Rob fut tenté de
l'interroger sur le verdict, mais il ne dit rien et le
maître ne sembla pas remarquer son anxiété.

Ensemble, ils avaient soigné la veille un berger
piétiné par un taureau; la fracture réduite, l'épaule
recousue, les attelles avaient été posées. Jalal se

plaignit que les pansements volumineux faisaient avec elles une juxtaposition malcommode.

« Ne peut-on ôter les pansements ?

– C'est trop tôt », dit Rob embarrassé, car le chirurgien devait le savoir mieux que lui.

Jalal haussa les épaules et regarda son élève en lui souriant avec chaleur.

« Tu dois avoir raison, hakim. »

Hakim ! Rob fut si bouleversé qu'il en resta un moment sans pouvoir bouger. Puis il fut repris par la routine. Mais, dès qu'il eut quitté son dernier malade, il s'abandonna à la joie la plus profonde qu'il eût éprouvée de sa vie. Il se précipita dehors comme un homme ivre pour aller tout raconter à Mary.

56

UN ORDRE

Rob était devenu hakim six jours avant son vingt-quatrième anniversaire et son bonheur dura des semaines. Pas de maidans pour célébrer la promotion des nouveaux médecins; l'événement valait mieux qu'une soirée d'ivresse. Les deux familles dînèrent ensemble chez les Askari. Puis Rob et Mirdin allèrent commander robes noires et capuchons.

« Vas-tu repartir pour Mascate?

– Je reste ici plusieurs mois encore pour étudier au trésor des drogues. Et toi? Quand retournes-tu en Europe?

– Mary ne doit pas voyager pendant sa grossesse. Nous préférons attendre que l'enfant soit né et assez fort pour supporter une si longue route... Ils vont être heureux à Mascate de fêter le retour de leur médecin. Leur as-tu écrit que le chah voulait leur acheter une perle?

– Ma famille n'achète aux pêcheurs que de toutes petites perles, de celles qu'on coud sur les vêtements. Nous n'avons pas les moyens d'en acquérir de grosses. Et puis les rois paient mal; j'espère qu'Ala a oublié la " fortune " promise à mes parents! »

« On s'est inquiété de ton absence, hier soir à la cour, dit le chah.

– J'étais près d'une malade », répondit Karim.

En fait, il était chez Despina, ayant réussi pour la première fois depuis cinq nuits à échapper à l'adulation et aux caprices des courtisans. Chaque instant avec elle lui était précieux.

« Il y a des malades à ma cour qui ont besoin de ton savoir.

– Oui, Majesté. »

Malgré la faveur que lui témoignait manifestement le roi, Karim était las des nobles avec leurs maladies imaginaires; il regrettait l'activité et le vrai travail du maristan, où il se sentait utile au lieu de servir d'ornement. Mais, chaque fois qu'au palais du Paradis les sentinelles le saluaient, il songeait à l'ébahissement de Zaki-Omar s'il avait vu son protégé se promener à cheval avec le roi de Perse.

« J'ai des projets, dit Ala, de grands événements se préparent. Fais dire à tes amis juifs de nous rejoindre. J'ai à vous parler. »

Deux matins plus tard, Rob et Mirdin furent priés d'accompagner le chah à cheval. C'était maintenant une excursion familière mais ils s'exercèrent ce jour-là au tir parthe et seuls Karim et le roi y réussirent. Enfin, quand ils furent tous quatre dans l'eau chaude de la grotte, Ala annonça calmement qu'il lancerait dans cinq jours un grand raid hors d'Ispahan.

« Mais pour où, Majesté? demanda Rob.

– Dans les réserves d'éléphants du sud-ouest de l'Inde.

– Sire, pourrai-je vous accompagner? demanda Karim, les yeux brillants.

– Je compte bien que vous viendrez tous les trois. »

Il les flatta en leur confiant ses plans les plus secrets. A l'ouest, les Seldjoukides préparaient la guerre, le sultan de Ghazna était plus menaçant que jamais. Il était temps pour Ala de rassembler ses forces. Ses espions assuraient qu'une petite garnison indienne surveillait à Mansoura un important parc d'éléphants; le raid, en même temps qu'un excellent entraînement, pourrait lui procurer ces animaux sans prix qui, couverts de cottes de mailles, étaient assez redoutables pour changer le cours d'une bataille.

« J'ai un autre objectif, dit-il en montrant un poignard dont la lame était bleue et ornée de petites volutes. Ce métal, qu'on ne trouve qu'en Inde, a un meilleur tranchant, plus durable, que le nôtre; avec assez d'épées de ce métal bleu, une armée serait sûre de la victoire. »

On admira le poignard, sa trempe et sa finesse.

« Viendras-tu avec nous? » demanda le roi en se tournant vers Jesse.

C'était un ordre et non une question; l'heure était venue pour Rob de payer sa dette.

« Oui, je viendrai, sire », dit-il, feignant la joie. Mais il se sentait étourdi et fébrile.

« Et toi, dhimmi?

– Votre Majesté m'a accordé la permission de rentrer dans ma famille à Mascate, dit Mirdin troublé.

– La permission! Tu l'as eue, bien sûr, mais maintenant tu as à décider si tu nous accompagnes ou non », dit Ala sèchement.

Karim se hâta de verser du vin dans tous les gobelets et insista :

« Viens avec nous en Inde.

– Je ne suis pas un soldat, dit lentement Mirdin

434

en regardant Rob, qui entreprit lui-même de le convaincre.

– Viens, nous étudierons les commandements le long du chemin.

– Nous aurons besoin de chirurgiens, reprit Karim. Et puis, Jesse serait-il le seul Juif prêt à se battre que j'aie rencontré dans ma vie ? »

Le regard de Mirdin se durcit et Rob s'en aperçut.

« Ce n'est pas vrai, Karim, le vin te rend stupide.

– Je viendrai », dit enfin Mirdin. Ils l'acclamèrent.

L'après-midi, Rob alla trouver Nitka, la sage-femme, personne sévère au nez pointu, au teint jaunâtre avec deux yeux de raisins secs. Elle l'écouta sans surprise car c'était bien ainsi qu'elle voyait le monde : le mari voyage et la femme reste seule, à souffrir. Elle connaissait l'étrangère aux cheveux rouges, s'en occuperait et s'installerait même chez elle, s'il le fallait, pendant les dernières semaines.

« Merci, dit Rob en lui tendant cinq pièces, dont quatre d'or. Est-ce assez ? »

C'était assez; et, au lieu de rentrer, il alla, sans être invité, jusqu'à la maison d'Ibn Sina. Le médecin-chef l'écouta gravement.

« Et si tu mourais là-bas ? Mon frère Ali a été tué dans un de ces raids. Tu n'y as pas pensé parce que tu es jeune, fort et qu'il n'y a pour toi que la vie. Mais si la mort te prenait ?

– Je ne laisse pas ma femme sans argent. J'en ai un peu et elle a surtout celui de son père. Si je meurs, pourriez-vous l'aider à rentrer dans son pays avec l'enfant ?

– Prends bien garde de m'éviter ce travail inutile... As-tu réfléchi à mon énigme?

– Non, maître, dit Rob, surpris qu'un grand esprit se plaise à ces jeux puérils.

– Peu importe. Si Allah le veut, tu auras le temps de la résoudre. Et maintenant, dit-il soudain avec brusquerie, viens, hakim. Nous ferions bien de parler un moment du traitement des blessures. »

Quand ils furent couchés, Rob expliqua à Mary qu'il n'avait pas le choix, qu'il lui fallait payer sa dette à Ala et que, de toute manière, c'était un ordre.

« Ni Mirdin ni moi n'aurions risqué cette folle aventure si nous avions pu l'éviter. »

Sans entrer dans le détail des contretemps possibles, il lui dit qu'il s'était assuré les services de Nitka pour la naissance et qu'Ibn Sina l'aiderait en cas d'autre problème.

Elle avait dû être terrifiée mais c'était fini; il crut entendre de la colère dans sa voix quand elle posa des questions, mais c'était peut-être un effet de sa propre culpabilité. Car, au fond de lui-même, il ressentait une excitation à l'idée d'aller guerroyer : vivre un rêve de son enfance.

Dans la nuit, il posa doucement sa main sur le ventre chaud, qui commençait à s'arrondir.

« Tu ne le verras pas, comme tu le souhaitais, quand il sera gros comme un melon d'eau, dit Mary dans le noir.

– Je serai sûrement rentré à ce moment-là. »

Elle se retira en elle-même quand vint le jour du départ et redevint la femme dure et tendue qu'il avait trouvée au bord de l'oued à Ahmad. Occupée hors de la maison à panser son cheval noir, elle l'embrassa et le regarda partir, les yeux secs.

57

LE CHAMELIER

C'ÉTAIT peu pour une armée, mais beaucoup pour une simple expédition : six cents hommes montant chevaux ou chameaux et vingt-quatre éléphants. Khuff réquisitionna le cheval brun dès que Rob arriva au lieu de rassemblement.

« Tu le retrouveras à ton retour. Nous n'utilisons que des bêtes accoutumées à l'odeur des éléphants. »

Le cheval brun rejoignit le troupeau qui serait ramené aux écuries royales et Rob consterné se vit attribuer une vilaine chamelle grise qui le regarda froidement. Mirdin s'en amusa beaucoup; il avait reçu un chameau brun et, habitué à en conduire toute sa vie, il apprit à son ami comment tenir les rênes et crier un ordre pour que l'animal s'agenouille, puis fléchisse les pattes de derrière; le cavalier s'asseyait en amazone et, sur un nouvel ordre, le chameau se relevait en inversant les mouvements.

Il y avait deux cent cinquante fantassins, deux cents soldats à cheval et cent cinquante à dos de chameau. Le chah arriva, superbe. Son éléphant, plus grand que tous les autres, portait des anneaux d'or à ses terribles défenses; le *mahout*, fièrement assis sur sa tête, le guidait par des pressions du pied derrière les oreilles. Droit sur son siège garni de coussins, le roi était magnifiquement vêtu de soie bleu foncé, avec un turban rouge. Le peuple l'acclama, saluant peut-être aussi le héros du chatir puisque Karim, sur un étalon arabe aux yeux sauvages, suivait l'éléphant royal.

Sur un ordre tonitruant de Khuff, son cheval se mit à trotter derrière, suivi des éléphants à la file, des chevaux, puis des chameaux et enfin de centaines d'ânes de bât, dont on avait fendu les narines pour qu'ils respirent mieux pendant le travail. Les fantassins venaient les derniers. Rob, une fois de plus dans l'arrière-garde avec Mirdin, se défendait comme il pouvait de la poussière; ils avaient abandonné le turban pour le chapeau de cuir qui les protégeait davantage. Il n'était pas tranquille sur cette chamelle qui grognait sous son poids; haut perché, secoué, balancé, il la trouvait trop sèche pour assurer une assise confortable.

« Tu apprendras à l'aimer! » lui cria Mirdin en riant tandis qu'ils franchissaient le pont sur le Fleuve de la Vie.

Mais il ne l'aima jamais. Elle lui crachait à l'occasion de petites boules visqueuses, essayait de le mordre s'il ne lui attachait pas les mâchoires et lui donnait des coups de pied comme une mule vicieuse. Il fallait toujours s'en méfier.

Voyager avec des soldats le faisait rêver aux cohortes romaines et il s'imaginait marchant au pas de sa légion. Mais le soir l'illusion se dissipait. Ala avait sa tente aux tapis soyeux, ses musiciens et ses cuisiniers. Les autres s'enroulaient où ils pouvaient dans leur couverture; la puanteur des excréments envahissait tout et, s'ils rencontraient un ruisseau, c'était pour le souiller aussitôt.

Couchés la nuit sur le sol dur, Rob et Mirdin continuaient l'étude des lois selon le Dieu des Juifs, oubliant l'inconfort et le souci; l'élève faisait des progrès et la voix calme de son professeur semblait promettre le retour de jours meilleurs.

Au bout d'une semaine, l'armée avait épuisé ses réserves et une centaine de fantassins chargés du fourrage partirent en avant-garde; ils revenaient chaque jour, poussant devant eux des chèvres, des moutons, rapportant des volailles caquetantes et des vivres. Le meilleur allait au chah, on distribuait le reste qui cuisait le soir sur une centaine de feux. Les hommes étaient bien nourris.

Il y avait chaque jour une consultation, non loin de la tente royale, pour décourager les faux malades, mais néanmoins la file était longue. Karim vint un soir.

« Tu veux travailler? lui demanda Rob. Nous avons besoin d'aide.

– C'est interdit, je dois rester près du chah. »

Il eut un sourire embarrassé.

« Voulez-vous de quoi manger?

– Nous avons ce qu'il faut, répondit Mirdin.

– Je peux vous apporter ce que vous voudrez. Il faudra plusieurs mois pour arriver au parc des éléphants à Mansoura. Autant vivre le mieux possible d'ici là. »

Rob se souvint de ce qu'il lui avait raconté de son enfance : l'armée dévastant la province de Hamadhan et la fin cruelle des siens; il se demanda combien de nouveau-nés seraient fracassés contre les rochers à cause de la famine, sur le passage des soldats. Puis il eut honte de son mouvement d'humeur : Karim n'était pour rien dans cette expédition.

« J'ai quelque chose à demander : il faudrait creuser des latrines autour de chaque camp. »

La suggestion de Rob fut immédiatement appliquée et annoncée comme une décision des médecins, ce qui ne les rendit pas populaires car les hommes déjà fatigués devaient encore creuser chaque soir, et chercher une tranchée dans le noir quand ils avaient besoin de se lever la nuit. La plupart des soldats, d'ailleurs, les regardaient avec mépris. On savait que Mirdin ne portait pas d'arme; les chapeaux de cuir les faisaient remarquer, ainsi que leur habitude de se lever tôt pour aller prier hors du camp avec leurs châles et leurs lanières de cuir autour des bras et des mains.

« Pourquoi pries-tu avec moi, ici où il n'y a pas d'autre Juif pour t'espionner ? Es-tu devenu un peu juif ? » disait Mirdin en souriant.

Quand ils arrivèrent à Chiraz, le kelonter sortit de la ville avec un convoi de vivres pour éviter le pillage de la région. Puis, ayant présenté ses respects au chah, il embrassa Rob, Mirdin et Karim, s'asseyant pour boire en leur compagnie et parler de leurs souvenirs communs. Ils le raccompagnèrent aux portes de la cité et au retour, le vin aidant, se lancèrent dans une course de chameaux. Ce fut une révélation : chaque pas de la chamelle devenait un élan qui la portait au-dessus du sol avec son cavalier et Rob éprouvait toute sorte de sensations délicieuses : il flottait, il s'envolait, il allait comme le vent. La prenant en affection pour la première fois, il criait : « Va, ma belle ! Allez, ma fille ! »

Le chameau brun de Mirdin gagna la course, mais Rob tint à donner à sa chamelle un supplément de fourrage. Alors elle le mordit et il garda longtemps au front la trace violette de ses dents. C'est pourquoi désormais il l'appela toujours la Garce.

58

L'INDE

APRÈS Chiraz ils suivirent la route des épices puis rejoignirent la côte près d'Ormuz pour éviter les montagnes. C'était l'hiver mais l'air du golfe restait doux et parfumé. En fin de journée, après avoir installé le camp, les soldats et leurs bêtes allaient parfois se baigner tandis que sur le sable brûlant des plages, les sentinelles guettaient les requins. Les gens du pays étaient noirs, Balouchis ou Persans; les uns pêcheurs, les autres fermiers qui récoltaient dattes et grenades, ils vivaient sous la tente ou dans des maisons à toit plat, bâties de pierre et de boue. Au bord d'un oued, quelques familles habitaient des grottes.

Cette terre misérable semblait réjouir Mirdin, qui regardait autour de lui d'un air attendri. A Tiz, un village de pêcheurs, il prit Rob par la main et le mena au bord de l'eau.

« Là, de l'autre côté, dit-il en montrant le golfe d'azur, c'est Mascate. En quelques heures, un bateau nous mènerait chez mon père. »

Mais, le lendemain matin, ils levèrent le camp et chaque pas les éloigna de la famille Askari. Un mois après avoir quitté Ispahan, ils franchissaient la frontière. Ala tripla la garde autour du camp la nuit et le mot de passe changea chaque matin; qui voudrait entrer sans le connaître risquerait la mort.

Dans le Sind, les soldats reprirent leurs habitudes de maraude et, un jour, ramenèrent des femmes comme ils le faisaient des animaux. Ala autorisa, pour une nuit seulement, la présence des femmes dans le camp. Il était déjà difficile à une troupe de six cents hommes d'approcher Mansoura sans donner l'alerte; il fallait éviter que le bruit des enlèvements ne se répande dans le pays. On allait vivre une nuit de folie. Rob et Mirdin virent avec surprise Karim choisir soigneusement quatre filles. Pourquoi quatre? Ce n'était pas pour lui : il les conduisit à la tente royale.

« Dire que c'est pour cela, soupira Mirdin, que nous l'avons tant aidé à préparer son examen! »

Les autres femmes passèrent de main en main; les hommes, en groupes, regardaient faire les camarades et applaudissaient. La nuit n'était que cris et braillements d'ivrognes. Mirdin et son ami, assis à l'écart avec une outre de vin, avaient renoncé pour cette fois à l'étude des lois divines, et Rob, qui était sobre depuis des années, cédant à la solitude, à sa chasteté forcée et à la débauche qui s'étalait autour de lui, se mit à boire. Il devint rapidement intenable. Mirdin, choqué, dut le calmer pour éviter une bagarre avec un soldat ivre, et le mener coucher comme un enfant.

Quand il s'éveilla, les femmes étaient parties et il paya sa sottise d'un violent mal de tête. Par-dessus le marché, Mirdin l'accabla de questions. Il finit par conclure que certains hommes devaient tenir le vin pour un poison et un philtre maléfique. A défaut d'armes, il avait apporté son échiquier; ils jouaient chaque soir jusqu'à la tombée du jour. Les parties devenaient plus serrées; quand la chance était avec lui, Rob gagnait. Un jour, il confia son souci à propos de Mary.

« Elle va sûrement très bien, dit Mirdin réconfortant, car, à en croire Fara, ce n'est pas d'hier que les femmes savent faire les enfants. »

Rob se demanda tout haut si ce serait un garçon ou une fille et son ami lui rappela ce qu'avait écrit al-Habib à ce sujet : conçu entre le premier et le cinquième jour après la fin des règles, l'enfant sera un garçon; du cinquième au huitième, une fille. Il disait aussi qu'après le quinzième jour, il risquait d'être hermaphrodite, mais mieux valait passer cela sous silence. Selon al-Habib encore, les hommes aux yeux bruns faisaient des garçons tandis que les yeux bleus annonçaient des filles. Là, Rob faillit se fâcher.

« Je viens d'un pays où la plupart des hommes ont les yeux bleus et ils ont toujours eu beaucoup de garçons!

– Sans doute al-Habib ne considérait-il que le type oriental courant. »

Ils révisaient parfois les leçons d'Ibn Sina sur les blessures de guerre et s'assuraient que leurs instruments étaient en bon état. Bien leur en prit car, un soir, ils furent invités à partager le dîner du roi et à répondre à ses questions. Karim semblait avoir été chargé de mettre à l'épreuve leur compétence.

« Comment traitez-vous les blessures profondes? »

Rob se référa à Ibn Sina : l'huile bouillie devait être versée dans la blessure, le plus chaud possible, pour éviter la suppuration et les humeurs malignes. Karim l'approuva, et le chah, qui avait pâli, leur donna l'ordre formel, au cas où il serait mortellement blessé, de lui administrer des soporifiques contre la douleur, aussitôt après les dernières prières du mullah.

Après le repas, tandis que trois musiciens jouaient du tympanon, Mirdin affronta le roi au jeu de l'échiquier, et fut aisément battu. Ce fut une agréable diversion dans la routine quotidienne, mais Rob n'était pas fâché de quitter Ala; il n'enviait pas Karim, qui maintenant voyageait souvent près du souverain sur le dos de Zi.

Certains éléphants portaient des armures de mailles comme des guerriers; cinq autres emmenaient vingt mahouts qui seraient chargés des bêtes qu'on espérait capturer à Mansoura : des Indiens pris lors d'expéditions et dont le chah s'était assuré les loyaux services par ses largesses et ses bons traitements. Les éléphants se nourrissaient eux-mêmes : herbe, feuillages, écorce, abattant parfois l'arbre sans effort.

Un soir ils mirent en fuite une bande bruyante de petits animaux à longue queue, que Rob reconnut pour des singes, d'après ce qu'il en avait appris dans ses lectures. On en vit ensuite chaque jour, ainsi que quantité d'oiseaux au superbe plumage, et des serpents, par terre ou dans les arbres. Il en était de très dangereux, expliqua Harsha, le mahout du chah.

« En cas de morsure, il faut inciser la partie atteinte, sucer tout le poison et le recracher. Puis on tue un petit animal dont on applique le foie sur la blessure pour la drainer. Mais attention, si celui qui aspire le venin a une plaie ou une coupure dans la bouche, il en sera infecté et mourra en quelques heures. »

Ils passèrent devant de grands bouddhas, que certains regardèrent avec méfiance, mais personne ne manifesta ni ironie ni hostilité car, dans le sourire de ces figures sans âge, une menace subtile rappelait aux fidèles d'Allah, seul vrai Dieu, qu'ils étaient loin de chez eux.

Le Chirurgien militaire

Deux jours plus tard, ils atteignirent enfin les rives de l'Indus. Il y avait un gué commode plus au nord, mais, dirent les mahouts, probablement gardé par des soldats. On en trouva un autre, un peu plus profond, vers le sud. Khuff fit construire des radeaux et ceux qui savaient nager passèrent sur l'autre rive avec les animaux. Beaucoup d'éléphants avaient pied et s'immergeaient entièrement, respirant par leur trompe, puis il nageaient quand le fleuve devenait plus profond.

Karim fit venir Mirdin et Rob, qui montèrent près d'Ala sur le dos de Zi. Le roi voulait confirmation du rapport des espions sur la faiblesse de la garnison à Mansoura.

« Il faut envoyer des éclaireurs, et c'est vous qui irez, car il me semble que deux marchands dhimmis peuvent approcher du village sans éveiller les soupçons. Observez bien les abords : ces gens creusent parfois, au-delà de leur enceinte, des fossés profonds plantés de pointes de fer où les éléphants tombent et s'empalent. Nous ne pouvons risquer nos bêtes sans savoir ce qu'il en est. »

On installa le camp, où l'expédition attendrait le retour des éclaireurs. Rob et Mirdin échangèrent leurs chameaux, trop militaires, pour deux ânes et se mirent en route par une matinée fraîche et ensoleillée. Ils rencontrèrent deux fois des Indiens, un fermier plongé jusqu'aux chevilles dans un fossé d'irrigation, et deux paysans portant entre eux une perche où pendait un panier plein de prunes jaunes; ceux-ci les saluèrent en une langue incompréhensible, et ils répondirent par un sourire. Rob leur souhaita en silence de ne pas aller jusqu'au camp : quiconque tomberait sur les Persans se retrouverait à coup sûr esclave ou cadavre.

C'est alors qu'une demi-douzaine d'hommes à dos d'âne vinrent à leur rencontre et Mirdin eut un sourire car ils portaient comme eux le chapeau de cuir et le caftan noir, couverts de poussière, sans doute après un long voyage.

« *Shalom!* dit Rob quand ils furent assez près.

– *Shalom aleikhem!* » répondit leur chef.

Hillel Nafthali, marchand d'épices d'Ahwaz, était direct et souriant, avec une tache de naissance sous l'œil gauche. Il semblait prêt à passer la journée entière en présentations et généalogies; les autres étaient son frère Ari, son fils et les maris de ses filles. Il ne connaissait pas le père de Mirdin, mais avait entendu parler des Askari de Mascate, et ils finirent par se découvrir une relation commune avec un cousin éloigné de Nafthali.

« Vous venez du nord?

– Nous étions à Multan. Une petite mission, ajouta le chef de famille d'un air satisfait qui en disait long sur l'importance de la transaction. Et vous, où allez-vous?

– A Mansoura, pour affaires, un peu de ci, un peu de ça », dit Rob. Les autres hochèrent la tête avec respect. « Vous connaissez bien Mansoura?

– Très bien. Nous avons passé la nuit chez Ezra ben Husik, qui vend du poivre noir; un homme remarquable et accueillant.

– Vous avez vu la garnison là-bas?

– La garnison? s'étonna Nafthali.

– Combien y a-t-il de soldats pour défendre Mansoura? » demanda Mirdin avec calme.

Nafthali comprit et recula avec inquiétude.

« Nous ne nous intéressons pas à ce genre de chose », murmura-t-il.

Les voyants prêts à partir, Rob se décida.

« Vous risquez votre vie si vous continuez sur

cette route. Et vous ne pouvez pas retourner à Mansoura.

– Que faire, alors ?

– Cachez-vous dans les bois avec vos bêtes, et restez-y aussi longtemps qu'il faudra. Jusqu'à ce que vous entendiez passer une troupe importante. Ensuite seulement, reprenez la route et gagnez Ahwaz le plus vite que vous pourrez.

– Merci.

– Pouvons-nous approcher de Mansoura sans danger ? demanda Mirdin.

– Oui, les gens ont l'habitude des marchands juifs. »

Rob n'était pas satisfait. Se rappelant le langage par signes que Loeb lui avait appris sur le chemin d'Ispahan, il leva la main et la retourna, pour demander : « Combien ? » Nafthali le regarda puis il mit sa main droite sur son épaule gauche, ce qui était le signe des centaines, étendit les cinq doigts, et cachant le pouce de sa main gauche, il écarta les autres doigts et les mit sur son épaule droite.

« Neuf cents soldats ? dit Rob, qui voulait être sûr d'avoir bien compris.

– *Shalom*, fit l'autre en hochant la tête avec une tranquille ironie.

– Que la paix soit avec vous », répondit Rob.

En sortant de la forêt, ils virent Mansoura, dans une petite vallée au pied d'une pente rocheuse. Ils apercevaient d'en haut la garnison, les casernes et les champs de manœuvre, les enclos des chevaux et le parc d'éléphants. Ils observèrent longuement la disposition des lieux pour tout graver dans leur mémoire. Le village et la garnison étaient groupés à l'intérieur d'une enceinte de pieux taillés en pointe, plantés les uns contre les autres.

Arrivé près du rempart de bois, Rob fit partir un

des ânes d'un coup de baguette et, suivi de rires et
de cris d'enfants, il le pourchassa autour de l'enceinte, tandis que Mirdin en faisait autant dans
l'autre sens, comme pour lui couper la retraite. Il
n'y avait pas trace de pièges à éléphants. Sans
perdre de temps, ils repartirent et ne furent pas
longs à rejoindre le camp. Ayant donné le mot de
passe au triple rang de sentinelles, ils suivirent
Khuff, qui les conduisit devant le chah.

Ala fronça les sourcils en apprenant qu'il y avait
neuf cents soldats. Ses espions en avaient annoncé
beaucoup moins.

« Mais nous pouvons les prendre par surprise »,
dit-il sans renoncer à son projet.

Rob et Mirdin dessinèrent sur le sol le détail des
fortifications et du parc d'éléphants; le chah écoutait attentivement leurs commentaires en mettant
au point ses plans.

Toute la matinée, les hommes avaient préparé
leur équipement, graissé les harnais, aiguisé les
armes. On donna du vin aux éléphants.

« Pas trop, dit Harsha, juste assez pour les
préparer au combat. »

Les bêtes avaient l'air de comprendre et s'agitaient tandis que leurs mahouts ajustaient les cottes
de mailles et fixaient aux défenses les longues et
lourdes épées qui ajoutaient à leur puissance naturelle la menace d'un danger mortel. Ce fut une
explosion d'activité quand Ala donna à ses forces
rassemblées l'ordre du départ.

Ils suivirent lentement la route des épices car le
chah tenait à surprendre Mansoura à la chute du
jour. On se taisait. Quelques malheureux rencontrés sur la route furent aussitôt saisis, ligotés et
remis à la garde des fantassins. Rob pensait aux
Juifs d'Ahwaz cachés non loin de là, qui écoutaient
sans doute le bruit des sabots, le pas des soldats et

le doux tintement des cottes de mailles au rythme des éléphants.

Au crépuscule ils sortirent de la forêt et le roi déploya ses forces sur la colline à la faveur de l'obscurité. Derrière chaque éléphant, monté de quatre archers dos à dos, venaient, brandissant l'épée, les hommes sur les chameaux et les chevaux, puis les fantassins armés de lances et de cimeterres. Deux éléphants sans armure, portant seulement leurs mahouts, avancèrent au signal, descendant la colline dans la lumière grise et paisible du soir. Sur les feux allumés à travers le village, les femmes préparaient le repas.

Les deux éléphants atteignirent l'enceinte, tête baissée. Alors le chah leva le bras et les bêtes avancèrent. On entendit un craquement, le fracas du mur renversé. Le bras du roi retomba. Les Persans s'ébranlèrent : éléphants, chameaux et chevaux descendaient au galop tandis que du village s'élevaient les premiers cris.

Rob avait tiré son épée et en tapotait les flancs de sa chamelle mais elle volait déjà. Au bruit des sabots, à la musique des mailles, succédèrent six cents voix poussant leur cri de guerre pendant que les chameaux blatéraient et que barrissaient les éléphants. Rob sentit se dresser ses cheveux sur sa tête, et il hurla comme une bête quand les troupes d'Ala entrèrent dans Mansoura.

59

LE FORGERON INDIEN

Rob était traversé d'impressions fugitives, comme des croquis rapides entrevus d'un coup d'œil. La chamelle franchit à vive allure les débris de l'enceinte et, en traversant le village, la peur qu'il lut dans tous les yeux lui donna l'étrange sentiment de sa propre invulnérabilité, une certitude physique faite de puissance et de honte.

La bataille faisait rage dans la garnison. Les Indiens combattaient à pied mais, connaissant les éléphants, ils savaient où les attaquer et visaient les yeux avec leurs longues lances. L'un de ceux qui avaient renversé l'enceinte, ayant perdu son mahout, en fuite ou tué, restait immobile, aveugle et tremblant, en poussant des cris pitoyables.

Devant une face brune et une épée brandie, Rob sans réfléchir saisit son arme, transperça la gorge de l'homme et se retourna pour affronter un autre assaillant. Des Indiens s'attaquaient à coups de hache ou de cimeterre aux trompes et aux pattes des éléphants, mais les énormes bêtes, oreilles au vent, les chargeaient avec leurs défenses armées de lames ou les écrasaient par grappes sous leur poids. C'était une tuerie, un enfer de sang, de hurlements, d'insultes et de cris de douleur.

Rob sur sa chamelle croisa soudain Mirdin à

pied avec à son côté une épée qui n'avait pas servi; il tenait un blessé sous les bras et le traînait hors du champ de bataille sans s'occuper de ce qui l'entourait. Ce fut une douche froide : Rob fit s'agenouiller sa monture et aida son ami à porter le soldat, qui avait le teint gris et une plaie au cou. Dès lors, il oublia le carnage et redevint médecin.

Ils transportèrent un à un les blessés dans une maison du village. Mais les ânes sur lesquels on avait chargé le matériel soigneusement préparé avaient disparu Dieu sait où; sans opium, ni huile, ni linges propres, ils étanchaient le sang en déchirant les vêtements des morts.

Le combat tournait au massacre. Les Indiens avaient été surpris et ceux qui n'avaient pas d'armes se battaient à coups de pierres et de bâton, désespérément, sachant que, s'ils se rendaient, ils mourraient honteusement, à moins de vivre esclaves ou eunuques en Perse. Dans une maison voisine, Rob découvrit un petit homme maigre, sa femme et deux enfants.

« Partez sans être vus, leur dit-il, pendant qu'il en est encore temps. »

Mais ils ne comprenaient pas le persan. Montrant dehors la forêt, Rob tâcha de s'expliquer par gestes. L'Indien semblait terrorisé; peut-être y avait-il des bêtes sauvages dans les bois ? Il finit par rassembler sa famille et disparut. Rob trouva des lampes dans cette maison, de l'huile et des chiffons dans d'autres. Le combat finit tard dans la nuit et les soldats achevèrent les ennemis blessés avant de piller le village.

Les deux médecins parcoururent le champ de bataille avec des torches; aidés d'une poignée de soldats, ils recueillirent ceux qui pouvaient être sauvés. Mirdin retrouva deux des ânes avec leur précieux chargement et, à la lumière des lampes, on put soigner les blessures avec l'huile chaude, les recoudre et les panser. Ils amputèrent quatre patients, dont un mourut, et travaillèrent toute la nuit. Ils avaient trente et un blessés; à l'aube, dans le village, ils en retrouvèrent sept autres qui vivaient encore. Mais, après la première prière, Khuff transmit aux chirurgiens l'ordre de s'occuper des éléphants avant de continuer à soigner les soldats. Trois étaient blessés aux pattes, un autre avait eu l'oreille traversée d'une flèche et une femelle avait la trompe tranchée; sur le conseil de Rob, elle fut abattue par les lanciers, ainsi que la bête aveuglée.

Après leur pilah matinal, les mahouts entrèrent dans le parc d'éléphants de Mansoura pour y choisir des bêtes, leur parlant avec douceur et les faisant avancer en leur tirant l'oreille à l'aide d'une baguette recourbée appelée *ankusha*.

« Ici, père. Remue-toi, ma fille... Du calme, mon fils! Montrez ce que vous savez faire, mes enfants.

– A genoux, mère, laisse-moi monter sur ta belle tête. »

Séparant les animaux apprivoisés de ceux qui restaient à demi sauvages, ils ne retinrent que les plus dociles, qui les suivraient sans difficulté pour rentrer à Ispahan. Les sauvages seraient libérés et pourraient retourner dans la forêt.

Aux voix des mahouts se mêlait maintenant le bourdonnement des mouches attirées par les cadavres. Avec la chaleur du jour, l'odeur deviendrait bientôt intolérable. Soixante-treize Persans avaient été tués. Il n'y avait que cent trois survivants parmi les Indiens; ils s'étaient rendus et, quand Ala leur proposa d'entrer dans l'armée comme porteurs, ils acceptèrent avec soulagement; dans quelques années, ayant fait leurs preuves, ils auraient le droit de porter les armes. Mieux valait être soldat qu'eunuque. Ils se mirent aussitôt au travail pour creuser la fosse commune des morts persans.

« C'est pire que ce que je craignais », semblait dire Mirdin en regardant Rob en silence. Mais, enfin, c'était fini et ils allaient pouvoir rentrer. Karim vint les trouver. Khuff avait tué un officier indien dont l'épée avait entamé sa lame, d'un métal moins résistant. Le chah conservait cette épée, du même acier précieux que le poignard aux volutes, et en interrogeant lui-même les prisonniers, il avait appris qui l'avait faite : un artisan nommé Dhan Vangalil, du village de Kausambi, à trois jours au nord de Mansoura.

« Ala a décidé de marcher sur Kausambi. »

On capturerait le forgeron indien et on le ramènerait à Ispahan, où il forgerait des armes « aux volutes » pour assurer au chah la victoire sur ses voisins et la puissance de la grande Perse d'autrefois.

C'était facile à dire mais plus difficile à réaliser. Kausambi, sur la rive occidentale de l'Indus, comptait quelques douzaines de pauvres maisons de bois, le long de quatre rues poussiéreuses qui menaient à la garnison militaire. Là encore, on attaqua par surprise en passant silencieusement à travers la forêt; les soldats indiens abandonnèrent aussitôt la place, telle une bande de singes effrayés.

Ala, ravi, crut que la lâcheté de l'ennemi lui assurait une victoire facile. Sans perdre de temps il mit son épée sous la gorge d'un villageois terrifié qui le conduisit chez le forgeron Dhan Vangalil. C'était un homme noueux au regard paisible et aux cheveux gris, dont la barbe blanche dissimulait mal le visage encore jeune. Il accepta tout de suite de partir pour Ispahan au service du chah; mais il préférerait la mort si on ne l'autorisait pas à emmener sa femme, ses deux fils et sa fille, ainsi que le matériel nécessaire pour la fabrication de l'acier, en particulier une importante réserve de lingots carrés d'acier indien. Le roi acquiesça.

Ils n'étaient pas partis que les éclaireurs apportaient des nouvelles alarmantes. Les troupes indiennes, loin de s'enfuir, avaient pris position dans la forêt vierge et le long de la route, prêtes à attaquer quiconque tenterait de quitter le village.

Ala, sachant la faiblesse de leurs moyens et la difficulté pour eux d'obtenir de prompts renforts, donna l'ordre de nettoyer la forêt et d'évacuer aussitôt les victimes afin d'empêcher l'ennemi d'estimer les pertes et les effectifs. Le combat fut long et féroce. Les morts persans furent déposés dans la poussière d'une rue de Kausambi, tandis que les prisonniers de Mansoura leur creusaient une fosse commune.

Le premier cadavre qu'on apporta, dès le début de la bataille, fut celui du capitaine des Portes, percé d'une flèche dans le dos. Cet homme qui ne souriait jamais était une légende et ses cicatrices résumaient l'histoire de dures campagnes au service de deux rois. Tout le jour, les soldats persans défilèrent devant sa dépouille. Exaspérés par cette mort, ils ne faisaient plus de prisonniers et tuaient même ceux qui voulaient se rendre.

Deux fois par jour, on rassemblait les blessés dans une clairière, où ils recevaient les premiers soins avant d'être portés au village. Sur les trente-huit blessés de Mansoura, onze seulement avaient survécu; il s'y ajouta trente-six nouvelles victimes pendant ces trois jours de combats. Les Persans avaient perdu quarante-sept soldats. Les chirurgiens firent quatre amputations en respectant les principes d'Ibn Sina, mais le dernier jour, Rob manquant d'huile utilisa du vin pour laver les blessures avant de les panser – ce que faisait autrefois le Barbier avec de l'hydromel.

Au milieu de la matinée, avec un nouveau groupe de blessés, on apporta un corps enveloppé de la tête aux chevilles dans une couverture indienne.

« Je ne prends que les blessés », dit Rob vivement.

Mais, comme les porteurs l'avaient posé à terre et attendaient, il remarqua soudain, aux pieds du mort, les chaussures de Mirdin.

« S'il avait été un soldat ordinaire, on l'aurait porté dans la rue, mais c'est un hakim et nous le ramenons à l'autre hakim. »

Ils étaient, dirent-ils, sur le chemin du retour quand un Indien surgissant des broussailles avait frappé Mirdin d'un coup de hache avant d'être abattu lui-même. Rob les remercia et ils s'en allèrent. Sous la couverture, c'était bien Mirdin, en effet, les traits convulsés, l'air troublé, un peu fou.

Il ferma les yeux amicaux et la longue mâchoire. Sans penser, agissant comme un homme ivre, il réconfortait les mourants et soulageait les blessés, mais revenait toujours s'asseoir près de son ami. Il baisa sa bouche froide, essaya de prendre sa main, mais Mirdin n'était plus là. Dieu veuille qu'il ait franchi l'un de ses ponts !

Quand il revint à midi, après avoir procédé à une dernière amputation, les mouches étaient déjà là. Il releva la couverture, découvrit la poitrine ouverte par la hache et, se penchant sur la profonde blessure, il l'élargit de ses deux mains.

Alors il oublia les odeurs de mort dans la tente et la senteur de l'herbe sous ses pieds, les plaintes des blessés, le bourdonnement des mouches, les bruits lointains de la bataille. Il oublia la mort de son ami et son lourd chagrin. Pour la première fois, il avait sous les yeux l'intérieur d'un corps d'homme. Il touchait un cœur humain.

60

QUATRE AMIS

Il lava Mirdin, lui tailla les ongles, peigna ses cheveux et l'enveloppa dans son châle de prière, dont il avait coupé une partie des franges, selon la coutume. Il chercha Karim, qui parut vivement affecté en apprenant la nouvelle.

« Je ne veux pas qu'on l'enterre dans la fosse commune, dit Rob. Sa famille viendra sans doute le chercher pour lui donner à Mascate, parmi les siens, une sépulture en terre sacrée. »

Ils choisirent un endroit devant un rocher si énorme que les éléphants ne pourraient le déplacer et prirent des mesures précises par rapport à la route. Karim usa de son influence pour obtenir du papier, une plume et de l'encre, afin de relever le plan quand ils auraient creusé la tombe. Rob en ferait une bonne copie qu'il enverrait à Mascate; sinon, tant qu'ils n'auraient pas la preuve formelle de la mort de Mirdin, Fara, considérée comme une femme abandonnée, ne pourrait se remarier. Telle était la Loi.

Karim alla prévenir le chah, qui célébrait sa victoire en buvant avec ses officiers. Il l'écouta un instant puis le congédia d'un geste impatient. Rob eut un sursaut de haine et se rappela le ton du roi, dans la grotte, quand il avait dit à Mirdin : « Nous sommes quatre amis! »

Il n'y eut personne pour dire le *Kaddish*, la prière des morts, devant la tombe. Près de Karim, qui murmurait quelque invocation islamique, Rob resta immobile et muet tandis que la terre se refermait sur le corps de son ami.

Il ne restait plus d'Indiens à tuer dans la forêt, la route était libre et Farhad, le nouveau capitaine des Portes, commença à hurler ses ordres pour préparer le départ. Ala faisait le bilan de l'expédition dans l'allégresse générale. Il y avait gagné son forgeron, vingt-huit éléphants, plus quatre jeunes bons pour le portage, des chameaux rapides et une douzaine d'autres. Il était enchanté de ses succès.

Des six cents hommes partis d'Ispahan, cent vingt étaient morts, et les quarante-sept blessés dont Rob avait la responsabilité ne survivraient pas tous. Refusant de les abandonner, il fit faire des litières avec les couvertures ramassées au village; les Indiens les porteraient. Deux soldats se noyèrent dans la difficile traversée de l'Indus, puis les patients les plus atteints moururent – six en une seule journée – et, au bout de quinze jours de voyage, on arriva au Baloutchistan.

On campa dans un champ et Rob installa ses malades dans une grange ouverte. Il demanda une audience, mais Farhad faisant traîner les choses, ce fut Karim qui l'introduisit près du chah.

« Il me reste vingt et un blessés, qui doivent se reposer un certain temps, sinon ils mourront, Majesté.

– Je ne peux pas attendre les blessés, dit Ala, impatient de rentrer triomphalement à Ispahan.

– Je demande l'autorisation de rester ici avec eux.

– Je ne laisserai pas Karim rester avec vous comme médecin. Il doit rentrer avec moi. »

On lui donna quinze Indiens, vingt-sept soldats pour porter les litières, deux mahouts et les cinq éléphants qui avaient encore besoin de ses soins. Le lendemain matin, on leva le camp dans l'affairement habituel, puis ce fut le silence, à la fois bienvenu et un peu déprimant. Le repos se révéla bénéfique pour les patients, enfin à l'abri du soleil et de la poussière. Il en mourut pourtant deux le premier jour, puis un le quatrième, mais les plus solides s'en tirèrent grâce à la décision de Rob.

Au début les soldats s'irritèrent de se voir imposer de nouveaux dangers et un travail ingrat pendant que les autres rentraient en vainqueurs. Deux gardes disparurent la seconde nuit. Les Indiens désarmés et les guerriers de métier comprirent bientôt qu'ils pourraient eux aussi être frappés un jour, et furent reconnaissants au hakim de risquer sa vie pour leurs pareils. Il en envoyait chaque matin à la chasse, et le petit gibier, avec du riz que Karim lui avait laissé, rendait les forces à ses convalescents.

Il s'occupait des éléphants comme des hommes, changeait les pansements, lavait les plaies avec du vin, et il fit une observation surprenante : les blessures traitées à l'huile s'étaient presque toujours infectées, entraînant la mort des malades, ce qui ne se produisait plus avec le vin; et, comme il allait en manquer, il se promit d'acheter en chemin de l'alcool chez les fermiers – ainsi qu'il l'avait fait si souvent pour préparer le Spécifique.

Au bout de trois semaines, on quitta la grange et quatre des patients purent remonter à cheval. Rob abandonna la route des épices pour des chemins

moins importants; il y eut des mécontents car le
retour en serait plus long, mais il voulait éviter à sa
petite caravane la haine et la famine que laissaient
derrière eux les pillages du chah.

Il échangea sans regret sa chamelle pour le large
dos d'un des éléphants les plus valides, qui lui offrit
le confort, la stabilité et, sur le monde, un point de
vue de roi. Il avait aussi le temps de penser et le
souvenir de Mirdin ne le quittait pas. Les plaisirs
habituels du voyage : le brusque envol de milliers
d'oiseaux, le couchant qui enflammait le ciel, les
éléphants qui marchaient au bord des fossés escar-
pés pour les faire s'effondrer puis, assis, descendaient la pente en glissant comme des enfants, tout
cela lui donnait peu de joie.

« Jésus, se disait-il, ou Shaddai, ou Allah, qui
que tu sois, comment peux-tu autoriser un tel
gâchis ? »

Les rois jetaient les hommes dans la guerre et
ceux qui survivaient était parfois des médiocres ou
même des gredins. Pourquoi Dieu avait-il permis la
mort d'un être qui avait toutes les qualités d'un
saint et un esprit que tous admiraient ? Mirdin
aurait passé sa vie à soigner et servir l'humanité.
Jamais, depuis l'enterrement du Barbier, une mort
ne l'avait ainsi bouleversé.

Ils arrivèrent à Ispahan en fin d'après-midi. La
ville était telle qu'il l'avait vue la première fois :
murs et dômes blancs, ombres bleues et toits roses.
Ils allèrent directement au maristan ou l'on se
chargerait des dix-huit blessés. Puis, aux écuries du
palais, Rob se déchargea de la responsabilité des
soldats, des esclaves et des animaux. Il demanda
enfin son cheval brun. Farhad, pour ne pas perdre
de temps en recherches, voulut lui faire donner
une autre monture.

– Je veux mon cheval », répéta Rob, surpris de
sa propre violence.

Frappé par le ton du hakim, le nouveau capitaine des Portes céda avec un haussement d'épaules. Retrouvé et sellé, le cheval brun se mit à
trotter vaillamment jusqu'au quartier juif.

Entendant du bruit du côté des animaux, Mary
sortit avec une lampe et l'épée de son père : Rob
était revenu. Il reconduisit à sa stalle le hongre
dessellé, se retourna, et elle vit, sous la faible
lumière, combien il avait maigri; c'était presque le
garçon à demi sauvage qu'elle avait connu dans la
caravane de Kerl Fritta. En trois pas il fut près
d'elle, l'étreignit en silence, puis il toucha son
ventre plat.

« Ça s'est bien passé? »

Elle eut un rire un peu tremblant car elle était
lasse et brisée. Il n'avait manqué que de cinq jours
ses cris déchirants.

« Ton fils a mis deux jours à naître.

– Un fils. »

Elle posa l'épée et prit sa main pour le conduire
près de l'enfant qui dormait dans un panier sous sa
couverture. Devant ces petits traits rougis et gonflés par le travail de la naissance, était-il déçu ou
comblé? En levant les yeux, elle lut sur son visage
de la peine mêlée à sa joie.

« Comment va Fara?

– Karim est venu le lui dire. J'ai passé près d'elle
les sept jours de deuil; puis, avec les enfants, elle a
rejoint une caravane pour Mascate. Avec l'aide de
Dieu, elle doit être maintenant parmi les siens.

– Ce sera dur pour toi, sans elle.

– C'est plus dur pour elle », dit-elle avec tristesse.

L'enfant se mit à pleurer; Rob lui tendit un doigt

que la petite main serra avec avidité. Puis il s'allongea près de Mary, qui avait ouvert le haut de sa robe pour allaiter son fils. Il posa sa joue sur l'autre sein et elle sentit bientôt des larmes sur sa peau. C'était la première fois qu'elle voyait un homme pleurer.

« Mon chéri, mon Rob », murmura-t-elle, guidant instinctivement ses lèvres vers le bout du sein.

Amusée mais aussi profondément émue de se sentir « bue » par la petite bouche et la grande, dont la caresse lui était si familière, elle se dit que, cette fois, tous trois ne faisaient qu'un.

SIXIÈME PARTIE

Hakim

61

LA PROMOTION

Le matin, Rob regarda son petit d'homme à la lumière du jour et vit qu'il était beau, avec ses yeux anglais bleu foncé, de grandes mains et de grands pieds. Il joua avec les doigts minuscules et les petites jambes légèrement fléchies. L'enfant sentait l'olive car sa mère l'avait frotté d'huile; il le changea, retrouvant les gestes d'autrefois quand il s'occupait de ses frères et de sa petite sœur. Les reverrait-il un jour pour leur présenter leur neveu?

Il se querella avec Mary à propos de la circoncision.

« Cela ne lui fera pas de mal. Ici, tous les hommes sont circoncis, musulmans ou juifs; il n'en sera que mieux accepté.

– Je n'ai pas envie qu'il soit accepté en Perse, mais chez nous, où les hommes restent tels que les a faits la nature. »

Il rit, elle pleura. Il dut la consoler puis s'échappa pour aller s'entretenir avec Ibn Sina. Le prince des médecins l'accueillit chaleureusement, remercia Allah de l'avoir épargné et dit sa tristesse d'avoir perdu Mirdin. Il écouta avec attention l'exposé des traitements et interventions après les combats, très intéressé par les observations de Rob

quant à l'efficacité comparée de l'huile et du vin
sur les blessures ouvertes. Plus attaché à la vérité
scientifique qu'à sa propre infaillibilité, il insista
pour que son élève consacre à cette expérience un
rapport écrit et sa première conférence de médecin.

« J'aimerais que tu travailles avec moi, Jesse ben
Benjamin. Comme assistant. »

C'était plus qu'il n'en avait jamais rêvé, et il eut
envie de dire au maître qu'il n'était venu à Ispahan
– une si longue route à travers tant de pays – que
pour toucher l'ourlet de son vêtement. Mais il
accepta, simplement.

Mary ne fit aucune difficulté. Elle avait déjà
assez vécu à Ispahan pour savoir qu'on ne refuse
pas un pareil honneur, assorti de confortables
revenus et du prestige d'une étroite collaboration
avec un homme vénéré tel un demi-dieu.

« Je te ramènerai chez nous, je te le promets,
Mary, mais pas encore. Fais-moi confiance, je t'en
prie. »

Elle s'efforça même de s'adapter davantage au
milieu, et finit par consentir à la circoncision. La
sage-femme mena Rob chez Reb Asher Jacobi, le
mohel, et plaida la cause de l'étrangère qu'elle
avait assistée pendant sa grossesse et son accouchement. En l'absence de tout autre membre de la
famille, le père tiendrait lui-même son enfant et
Nitka se chargeait d'amener ses deux fils et quelques amis.

Le matin, elle arriva la première avec ses deux
solides tailleurs de pierre. Puis Hinda, la marchande du marché juif, le cordonnier et le boulanger avec leurs épouses, vinrent à leur tour, apportant des cadeaux.

« Que ce garçon grandisse en vigueur, de corps

et d'esprit, pour une vie active et généreuse », dit le mohel tandis que le bébé criait.

Les voisins burent à sa santé et Rob donna à son fils le nom juif de Mirdin ben Jesse. Mary avait détesté tout cela; quand ils furent seuls chez eux, elle mouilla ses doigts d'eau d'orge et, touchant l'enfant au front, au menton, à l'une et l'autre oreille, elle le baptisa " au nom du Père, du Fils et du Saint-Esprit " et lui donna les noms de son père et de son grand-père : Robert James Cole. Désormais, elle l'appela toujours Rob J.

Rob écrivit au père de Mirdin, Reb Mulka Askari, avec affection et respect, disant combien il avait aimé et admiré son fils. Il lui envoyait le plan de la tombe, avec ses tefillim, l'échiquier et les pièces du jeu du chah qui les avaient réunis pour tant d'amicales parties.

Al-Juzjani avait été le plus brillant assistant d'Ibn Sina, mais les autres avaient également réussi. Le médecin-chef exigeait beaucoup de ses collaborateurs, qui se perfectionnaient à son contact. Rob, dès le début, ne se contenta pas de suivre et si, en cas de problème, le maître était toujours prêt à donner son avis, il faisait confiance au jeune hakim et lui laissait toute initiative. Ce fut une période heureuse.

Quand il fit son exposé à la madrassa sur l'utilisation du vin dans le traitement des blessures ouvertes, il eut peu d'auditeurs car un médecin d'al-Rayy donnait le même matin un cours sur les pratiques sexuelles. Le sujet attirait en foule les praticiens persans, alors qu'en Europe il ne relevait pas de leur responsabilité. Rob suivit lui-même beaucoup de conférences de ce genre et – à cause de sa science ou malgré elle? – son mariage le comblait. Mary se rétablissait vite; ils suivaient les prescriptions d'Ibn Sina : pas de rapports pendant six semaines après l'accouchement, doux massages du vagin à l'huile d'olive et au miel mêlé d'eau d'orge. Le traitement réussit à merveille et après l'interminable abstinence, ils s'étreignirent avec la même ardeur.

Quelques semaines plus tard, elle vit s'épuiser dans ses seins le lait dont elle avait cru la source inépuisable. Ce fut un choc. Pour apaiser les pleurs du petit affamé, on trouva une solide Arménienne nommée Prisca, à qui Mary menait Rob J. quatre fois par jour; le soir, Prisca venait coucher dans l'autre pièce, avec l'enfant et sa propre fille. Rob et Mary s'efforçaient de rester discrets en faisant l'amour, et savouraient le repos de nuits enfin paisibles. La jeune mère rayonnait et prenait de l'assurance; elle semblait parfois revendiquer pour elle seule le petit être bruyant qu'ils avaient fait ensemble, mais Rob ne l'en aimait que davantage.

La première semaine du mois de *shaban*, la caravane de Reb Moise ben Zavil, à qui Rob avait confié son message pour Mascate, revint avec des cadeaux du père de Mirdin et de sa veuve : Fara avait cousu six petites chemises pour l'enfant, et le marchand de perles renvoyait à Rob le jeu du chah en souvenir de son fils mort.

Bien que ce passe-temps guerrier ne convînt guère à une femme, ils y jouèrent souvent par la suite. Mary avait appris très vite et lui prenait des pièces avec un cri sauvage digne d'un pillard seldjoukide, ou déplaçait une armée royale avec une efficacité foudroyante. Mais il le savait depuis longtemps : Mary Cullen était une femme étonnante.

Le ramadan surprit Karim en pleine fièvre amoureuse. Ni les prières ni le jeûne ne pouvaient lui faire oublier Despina et le désir qu'il avait d'elle. Ibn Sina passant plusieurs soirées par semaine dans les mosquées et aux dîners tardifs des mullahs ou des maîtres coraniques, les amants n'en étaient que plus libres et se quittaient le moins possible. Ala Chah de son côté étant très pris par les assemblées religieuses, Karim trouva l'occasion, pour la première fois depuis des mois, de retourner au maristan. Par chance, Ibn Sina était absent, appelé au chevet d'un malade de la cour; il avait toujours été si bienveillant à son égard que Karim se sentait coupable et préférait éviter le mari de Despina.

Cette visite à l'hôpital fut une cruelle déception. Les étudiants se pressaient toujours autour de lui, à cause de sa légende, mais il ne connaissait plus aucun malade, les siens étant depuis longtemps morts ou guéris. Il hésitait à interroger les patients des autres médecins, craignant de commettre quelque impair. Il comprit avec amertume que, sans la pratique quotidienne de la médecine, il perdait le savoir qu'il avait mis tant d'années à acquérir. Mais il n'avait pas le choix : Ala lui avait promis près de lui un avenir beaucoup plus brillant.

Il ne courut pas le chatir cette année-là et y assista avec le roi, qui avait en vain renouvelé son offre de calaat à quiconque battrait le record précédent; personne ne releva le défi. Au cinquième tour, il ne restait en lice qu'al-Harat et un jeune soldat rescapé de l'expédition indienne, que Karim encourageait mais qui abandonna après la huitième flèche. Le chah et son favori précédèrent à cheval al-Harat pendant le dernier tour pour l'accueillir dès la fin de la course. La foule acclamait Karim, coureur incomparable, héros de Mansoura et de Kausambi, et lui, regardant avec condescendance al-Harat le paysan, se sentait le futur vizir de la Perse.

En passant devant la madrassa, il reconnut sur le toit l'eunuque Wasif et, près de lui, Despina voilée. Son cœur bondit. Mieux valait qu'elle le vît ainsi, vêtu de soie et de lin, sur un cheval superbe, plutôt que couvert de sueur et titubant de fatigue.

Non loin de Despina, une femme au visage découvert, excédée de chaleur, repoussa son fichu noir en secouant la tête comme le cheval de Karim. Ses cheveux dénoués s'épanouirent en ondoyant autour d'elle, et le soleil y fit briller des reflets fauves et des éclairs d'or.

« C'est la femme du dhimmi? L'Européenne? demanda le chah.

– Oui, Majesté, l'épouse de notre ami Jesse ben Benjamin.

– Je pensais bien que c'était elle. »

Le roi ne la quitta pas des yeux tant qu'ils ne l'eurent pas dépassée. Il ne posa plus de questions, et Karim mit bientôt la conversation sur Dhan Vangalil, l'artisan indien qui travaillait à sa nouvelle forge derrière les écuries du palais.

62

L'OFFRE DE RÉCOMPENSE

Rob continuait à aller chaque matin à la synagogue de la maison de la Paix. L'étrange mélange de psalmodie juive et de prière chrétienne silencieuse lui était devenu un plaisir et un soutien; mais c'était surtout une façon d'acquitter sa dette envers Mirdin. Incapable d'entrer dans la synagogue de Zion, où il allait avec son ami, il n'avait pas envie d'y voir les érudits qui pourraient l'aider à étudier les quatre-vingt-neuf derniers commandements. Il finit par se dire que cinq cent vingt-quatre commandements valaient autant pour un faux Juif que six cent treize, et il passa à d'autres préoccupations.

Ibn Sina avait écrit sur tous les sujets. Pendant ses études, Rob lisait déjà beaucoup de ses ouvrages de médecine, mais il découvrait maintenant la diversité de son œuvre et l'en admirait davantage : musique et poésie, astronomie, métaphysique et « sagesse orientale », philologie, « intellect actif », et un commentaire général de l'œuvre d'Aristote... Prisonnier à la forteresse de Fardajan, il y avait composé plusieurs traités et terminé son *Canon de médecine*. On lui devait un guide philosophique, le *Livre des directives*, des réflexions sur l'âme humaine, sur l'« essence de la mélancolie », et même un manuel militaire que Rob regrettait de n'avoir pu lire avant l'expédition indienne.

Mais, encore et toujours, il parlait de l'islam, la foi héritée de son père, que toute sa science n'avait pu lui faire oublier. C'est pourquoi le peuple l'aimait. Sa propriété luxueuse et les bénéfices du calaat, son prestige dans le monde entier et la familiarité des rois, tout cela ne l'empêchait pas, comme le plus humble des hommes, de lever les yeux vers le ciel en s'écriant : « Il n'est pas d'autre Dieu que Dieu. Mahomet est le prophète de Dieu. » Chaque matin, avant la première prière, une foule se rassemblait devant sa maison : mendiants, mullahs, bergers, marchands, pauvres et riches, gens de toutes conditions. Le prince des médecins, avec son tapis de prière, venait faire ses dévotions parmi ses admirateurs, puis ils le suivaient jusqu'au maristan, marchant près de son cheval en psalmodiant des versets du Coran.

Plusieurs fois par semaine, ses élèves se réunissaient chez lui, généralement pour des lectures médicales. Al-Juzjani avait lu à haute voix pendant un quart de siècle le fameux *Canon* d'Ibn Sina, et Rob parfois lisait ainsi sa *Shifa : La Guérison de l'erreur*. Suivait une discussion animée; non sans boire et plaisanter, on débattait de problèmes cliniques en des échanges passionnés et toujours éclairants.

« Comment le sang va jusqu'aux doigts ? criait, excédé, al-Juzjani, répétant la question d'un élève. Tu oublies ce que dit Galien : le cœur est une pompe qui pousse le sang !

– Ah ! disait alors Ibn Sina. Le vent aussi pousse la voile, mais comment le bateau trouve-t-il le chemin de Bahrein ? »

Rob, en partant, apercevait souvent l'eunuque

Wasif caché dans l'ombre près de la porte de la tour sud. Un soir, derrière le mur de la propriété, il trouva sans surprise l'étalon gris de Karim, attaché et secouant impatiemment la tête. Comme il revenait prendre son cheval, qui lui, n'était pas caché, il vit au sommet de la tour une lumière jaune, vacillante, et se rappela sans envie ni regret que Despina aimait faire l'amour à la lueur de six chandelles.

« Il y a en nous, lui dit un jour Ibn Sina, une chose étrange – que certains appellent l'esprit et d'autres l'âme – qui a beaucoup d'effet sur notre corps et notre santé. J'en ai eu la preuve, étant jeune, à Boukhara, avant d'écrire mon étude sur le pouls. J'avais un patient de mon âge, Achmed, qui ayant perdu l'appétit maigrissait au point de désespérer son père, un riche marchand du pays. En l'examinant, je ne trouvai rien d'anormal; mais, comme je m'attardais à bavarder en gardant mes doigts sur son poignet, je sentis s'accélérer son pouls quand je mentionnai mon village natal, Efsene : un tel frémissement que j'en fus effrayé.

« Je connaissais bien ce village et je commençai à en citer les rues, jusqu'à celle du Onzième-Imam, qui provoqua un nouveau tremblement. A force de l'interroger, j'appris qu'un artisan du cuivre vivait là avec ses trois filles, dont l'aînée, Ripka, était très belle. Alors, le pouls d'Achmed se mit à battre comme un oiseau blessé. J'en parlai à son père, disant que la guérison viendrait du mariage avec Ripka. En effet, tout fut arrangé et l'appétit revint peu après. La dernière fois que je l'ai vu, voici quelques années, c'était un homme heureux et gras.

« Galien nous apprend que le cœur et les artères battent au même rythme; on peut donc juger du tout à partir d'un seul élément : un pouls calme et régulier est le signe d'une bonne santé. Mais j'ai appris grâce à Achmed qu'il peut aussi déceler l'agitation ou la paix de l'esprit. Le pouls est le messager qui ne ment jamais. »

Parmi tous les malades qui sollicitaient les soins d'Ibn Sina, le chah et son entourage avaient une place privilégiée. Rob fut appelé un matin au palais du Paradis pour Siddha, la femme du forgeron indien. C'était une femme avenante, aux cheveux grisonnants et, la famille étant bouddhiste, il put l'examiner sans enfreindre d'interdits. Elle avait apparemment un problème de régime. Rob apprit qu'aucun des Indiens du palais ne recevait en quantité suffisante le cumin, les poivres et autres épices auxquelles ils étaient habitués et dont dépendait leur digestion.

Il veilla désormais à la distribution des épices et, après avoir gagné le respect de certains mahouts en soignant les éléphants, il s'acquit aussi la reconnaissance des Vangalil. Il leur amena Mary et l'enfant, mais la sympathie qui les avait liés à Fara n'apparut pas; les deux femmes se regardèrent avec froideur, et l'on en resta là.

Rob, en revanche, fasciné par le travail de Dhan, revint seul à la forge. Sur un trou profond dans le sol, Vangalil avait construit une sorte de four d'argile, doublé d'un mur de pierre et de boue ceinturé d'un boisage. D'un pas de large, il arrivait aux épaules en se rétrécissant vers le haut pour mieux concentrer la chaleur. Dhan fabriquait du fer en brûlant du charbon de bois et du minerai persan en couches alternées; avec des soufflets en peau de chèvre, il réglait très précisément l'arrivée de l'air. Le mélange de charbon, de scories et de fer qu'il recueillait au bas du fourneau, et qu'il appelait la « fleur », devait être martelé et traité à nouveau pour donner un très bon fer forgé. Mais il était trop tendre. Il fallut le marier à de l'acier indien, dont on fit venir des barres à dos d'éléphant.

Suant parmi ses enclumes, ses pinces et ses marteaux, le maigre Indien martelait, coupait, tordait et martelait encore, comme un potier maniant l'argile ou une femme pétrissant le pain. Des générations d'artisans s'étaient transmis le secret de ces tours de main, qui restaient incompréhensibles au profane. Rob, par l'intermédiaire de Harsha, le mahout du roi, essayait de suivre le travail en posant une foule de questions.

Dhan fabriqua un cimeterre qu'il traita à la suie trempée de vinaigre de cédrat, et la lame, marquée par l'acide, prit une teinte bleue avec une sorte de filigrane ondoyant. Le fer forgé seul aurait été tendre et terne, l'acier indien fragile; tandis que cette arme restait souple, avec un tranchant si acéré qu'il aurait coupé un fil lâché entre ciel et terre.

Rob refusa, non sans regret, le poignard qu'on lui offrait : il ne voulait plus de violence. Mais il ne put s'empêcher de montrer à Vangalil ses instruments de chirurgie. Une semaine plus tard, le forgeron lui en remit un jeu fait d'un acier exceptionnel. C'était un cadeau princier, qui durerait toute une vie. Il ne put exprimer sa joie qu'en serrant Dhan dans ses bras.

Il s'éloignait du palais quand il rencontra Ala revenant d'une partie de chasse, vêtu comme il l'avait vu la première fois après l'attaque de la panthère. Il arrêta son cheval et salua, espérant éviter une entrevue, mais Farhad, un instant plus tard, le rejoignit.

« Il veut vous voir.

— Ah! Dhimmi, accompagne-moi un moment,

dit le chah, ordonnant d'un geste à son escorte de
rester en arrière. Je ne t'ai pas récompensé pour
avoir servi la Perse. »

Rob fut surpris; il pensait que ses services pendant la campagne indienne étaient oubliés depuis
longtemps. Il y avait eu des promotions d'officiers,
des pensions aux soldats. Karim avait reçu tant
d'éloges publics du chah que les potins du marché
lui attribuaient dès le lendemain les postes les plus
prestigieux. Tout cela était du passé.

« Je pense pour toi à un nouveau calaat, avec
une belle maison et des terres, une propriété digne
d'une fête royale.

— Je ne mérite pas de calaat. Ce que j'ai fait était
peu de chose en retour de tout ce que je vous
dois. »

Peut-être aurait-il dû parler de son attachement
au souverain, mais c'eût été trop demander, et
d'ailleurs Ala l'écoutait à peine.

« Tu mérites une récompense.

— Alors je demande à Votre Majesté de me
laisser vivre dans ma petite maison, où je suis à
l'aise et heureux. »

Le chah lui jeta un regard dur et hocha la
tête.

« Laisse-moi, dhimmi », dit-il en éperonnant son
étalon blanc, qui bondit, toute l'escorte galopant
derrière lui.

Rob, pensif, reprit le chemin du Yehuddiyyeh
pour montrer à Mary les beaux instruments
d'acier.

63

CONSULTATION À IDHAJ

L'HIVER fut précoce et rude en Perse, cette année-là. Un matin, le sommet des montagnes blanchit et le lendemain, des vents froids chargés de sel, de sable et de neige balayèrent Ispahan. Sur les marchés, on couvrait les étalages en attendant le printemps et, vêtus de peau de mouton jusqu'aux chevilles, on se chauffait aux braseros en commentant les exploits du roi. Mais le dernier scandale ne prêtait pas à rire.

Devant ses excès quotidiens, Qandrasseh avait chargé son adjoint, le mullah Musa ibn Abbas, de rappeler au chah que les boissons fortes, condamnées par Allah, étaient interdites selon le Coran. Quand le délégué du vizir arriva, Ala buvait depuis des heures; il écouta gravement, puis, comprenant le sens et le ton du propos, il descendit de son trône, s'approcha du mullah et, sans changer d'expression, lui versa du vin sur la tête jusqu'à la fin du sermon, trempant sa barbe et ses vêtements. Après quoi, il le congédia d'un geste, ruisselant et humilié.

Ce mépris des saints hommes d'Ispahan semblait annoncer la disgrâce de Qandrasseh et, le lendemain, les mosquées retentirent de sombres prophéties. Karim Harun vint consulter Ibn Sina et Rob.

« Il n'est pas toujours ainsi; il peut être le meilleur des compagnons, et le plus courageux des guerriers. S'il est ambitieux, c'est pour la grandeur de la Perse. »

Ils l'écoutaient en silence.

« J'ai essayé de l'empêcher de boire...

– C'est le matin qu'il est le plus dangereux, quand il s'éveille malade des beuveries de la veille. Donne-lui une infusion de séné pour chasser les poisons et le mal de tête; parsème ses aliments de poudre d'azurite, la pierre arménienne qui guérit la mélancolie. Mais rien ne le sauvera de lui-même. Quand il boit, évite-le autant que possible. Et prends garde à toi : favori du chah, on te considère comme le rival de l'imam et tu as maintenant des ennemis puissants.

– Tu dois mener une vie irréprochable, dit Rob en le regardant dans les yeux. Ils guettent ta moindre faiblesse. »

Il se rappelait sa propre honte quand il avait trompé son maître et devinait chez Karim, malgré l'amour et l'ambition, l'angoisse de la trahison. Quand son ami sortit, il lui rendit son sourire – comment résister à son charme? –, mais il avait pitié de lui.

Le petit Rob J. ouvrait sans crainte ses yeux bleus sur le monde; il commençait à ramper et à boire dans une tasse. Sur le conseil d'Ibn Sina, Rob lui donna du lait de chamelle, qu'il prit avec avidité malgré son odeur forte et ses traces de graisse jaune. Prisca cessa donc de l'allaiter, mais elle guettait Rob chaque matin quand il allait chercher le lait au marché arménien.

« Maître dhimmi! Comment va mon petit garçon ? » criait-elle, et il lui répondait d'un lumineux sourire.

Avec le froid, beaucoup de patients souffraient de catarrhe et de douleurs. Négligeant la recette de Pline le Jeune contre le rhume : un baiser sur le museau poilu d'une souris, Ibn Sina préconisait une mixture où entraient une douzaine d'ingrédients pilés et pétris avec du miel : castoréum, férule et *assas fœtida*, graines de céleri, fenugrec, centaurée, opopanax, rue, graines de citrouille; les résines étant au préalable macérées dans l'huile.

« C'est efficace s'il plaît à Dieu », disait le maître.

Dans l'enclos des éléphants, les mahouts habitués aux doux hivers indiens ne faisaient que renifler et tousser. Rob leur donna sans grand succès du fumeterre, de la sauge et de la pâte d'Ibn Sina; le Spécifique du Barbier aurait été plus efficace. Les éléphants, moins vaillants qu'à la bataille, étaient enveloppés de couvertures.

« Mes pauvres enfants, dit Harsha, avant Bouddha ou Brahma, Vichnou ou Shiva, ils étaient tout-puissants et mon peuple les vénérait. Maintenant, ils sont captifs et doivent nous obéir. »

Voyant Zi frissonner, Rob conseilla de faire boire aux bêtes des baquets d'eau chaude, car il avait beaucoup appris sur les éléphants à la maison de la Sagesse.

« Hannibal était un grand guerrier d'autrefois. Il avait traversé les Alpes, de terribles montagnes enneigées, avec son armée et trente-sept éléphants, sans en perdre un seul. Mais le froid et les rigueurs du voyage les avaient affaiblis et, un peu plus tard, dans des montagnes plus accessibles, ils moururent tous sauf un. C'est pourquoi vous devez veiller à tenir vos bêtes au chaud. »

Harsha approuva respectueusement.

« Savez-vous que vous êtes suivi, hakim ? dit-il à Rob stupéfait. Il est là-bas, assis au soleil. »

L'homme, recroquevillé dans sa peau de mouton, s'appuyait le dos au mur pour se protéger du vent froid.

« Il vous suivait déjà hier. Et même maintenant, il vous guette.

– Quand je partirai, peux-tu le suivre discrètement, pour savoir qui c'est ?

– Oui, hakim », dit Harsha, les yeux brillants.

Tard dans la soirée, il vint frapper à la porte.

« Il vous a suivi jusque chez vous, hakim. Alors je l'ai suivi à mon tour jusqu'à la mosquée du Vendredi. J'ai été très malin, il ne m'a pas vu. Il est entré chez le mullah avec son vieux *cadabi*, puis il est ressorti en robe noire pour aller à la mosquée au moment de la dernière prière. C'est un mullah. »

Rob le remercia chaleureusement et Harsha s'en alla. Aucun doute : ce mullah était envoyé par les amis de Qandrasseh. Informés de son entretien avec Ibn Sina et Karim, ils voulaient en savoir davantage sur ses rapports avec le futur vizir. Ils conclurent sans doute qu'il était inoffensif car, bien qu'il se tînt sur ses gardes, il ne découvrit plus d'espion.

Il faisait encore frais, mais le printemps approchait. Seuls les pics des montagnes violettes restaient enneigés, et dans le jardin les branches nues des abricotiers se couvraient de petits bourgeons noirs, tout ronds.

Un matin, deux soldats vinrent chercher Rob pour le conduire au palais. Dans la salle du trône, des courtisans bleus de froid se tenaient par petits groupes. Karim n'était pas là. Après la prosternation rituelle, le chah fit asseoir Rob devant l'échiquier; sous le lourd tapis de la table, la chaleur qui montait du sous-sol était délicieuse. Ala, sans un mot, joua le premier.

« Ah! Dhimmi, tu es devenu un vrai fauve », dit-il bientôt.

En effet, Rob avait appris à attaquer. Avec ses deux éléphants, il eut vite pris un chameau, un cheval et son cavalier, trois fantassins. Les assistants suivaient le jeu en silence. Certains étaient sans doute horrifiés et d'autres ravis qu'un infidèle européen semble en passe de battre le chah. Mais le roi était un maître en fait de fourberie et, trompant l'adversaire par le sacrifice de quelques pièces, il lui prit éléphants et cavaliers. Rob se défendit vaillamment jusqu'au bout.

Après sa victoire, saluée par les applaudissements des courtisans, Ala fit glisser de son doigt une lourde bague d'or qu'il passa à la main droite de Rob.

« Nous t'accordons aujourd'hui le calaat. Tu auras une demeure assez vaste pour un spectacle royal. »

Avec un harem, se dit Rob. Et Mary dans ce harem. Les nobles étaient tout oreilles.

« Je porterai cette bague avec fierté et gratitude, sire. Quant au calaat, je suis déjà comblé des bienfaits de Votre Majesté et je resterai dans ma maison. »

Le ton était respectueux mais trop ferme et il ne détourna pas assez vite son regard pour prouver son humilité. Tout le monde avait entendu la réponse du dhimmi.

Ibn Sina l'apprit le lendemain matin. Il n'avait pas en vain été deux fois vizir; ses espions à la cour et dans le personnel du palais lui rapportèrent l'impair fatal de son assistant. Comme toujours en cas de crise, il prit le temps de réfléchir. Certes, sa présence à Ispahan ajoutait au prestige du monarque, mais son influence avait des limites et une intervention directe ne sauverait pas Jesse ben Benjamin. Au moment où il préparait une guerre où il jouerait ses rêves de puissance et d'immortalité, Ala ne pouvait tolérer le moindre obstacle à ses volontés. Jesse ben Benjamin devait mourir. Peut-être les ordres étaient-ils déjà donnés : il serait abattu dans la rue par des inconnus, ou arrêté et condamné par un tribunal islamique.

Ibn Sina connaissait depuis des années les méandres de l'esprit royal et savait ce qu'il fallait faire. Il réunit ce matin-là son équipe au maristan.

« Nous avons appris qu'à Idhaj certains patients ne sont pas en état de voyager jusqu'ici », dit-il. Ce qui était vrai. « C'est pourquoi, Jesse ben Benjamin, tu dois aller là-bas donner une consultation pour les soigner. »

Ils discutèrent ensuite des herbes et des drogues qu'il emporterait, des médicaments qu'on pouvait se procurer sur place et du passé médical des malades qu'ils connaissaient. Puis Jesse partit sans tarder.

Idhaj était à trois jours de voyage au sud; la consultation durerait au moins autant. C'était plus qu'il n'en fallait à Ibn Sina pour agir. L'après-midi suivant, il se rendit au quartier juif.

Mary ouvrit la porte, l'enfant dans ses bras. Surprise et confuse de voir sur son seuil le prince des médecins, elle se ressaisit vite, le fit entrer avec courtoisie, offrit des gâteaux et du sherbet d'eau de rose à la cardamome. Il n'avait pas prévu l'obstacle de la langue : elle ne connaissait que très peu de mots persans. Il aurait voulu lui dire tant de choses : les dons de son mari, l'intérêt passionné que lui avait inspiré ce jeune étudiant étranger, manifestement créé par Dieu pour devenir médecin.

« Ce sera une lumière. Il est presque prêt, il s'en faut de peu. Mais tous les rois sont fous; pour qui a le pouvoir, il n'est pas plus difficile de prendre une vie que de donner un calaat. Si vous fuyez maintenant, vous le regretterez toute votre vie; il a déjà tant osé. Je sais qu'il n'est pas juif. »

Mary était de plus en plus tendue. Il essaya de parler hébleu, turc, arabe, grec, sans succès. Bien qu'érudit et linguiste, il connaissait peu les langues européennes. Essayant enfin le latin, il la vit réagir.

« *Rex te venire ad se vult. Si non, maritus necabitur.*

– *Quid dicas?* Que dites-vous? » demandat-elle.

Il répéta lentement en latin : le roi voulait qu'elle vienne, sinon son mari serait assassiné.

Elle le regardait fixement, laissant l'enfant s'agiter dans ses bras. Mais sur ce visage de pierre, Ibn Sina perçut la force qui l'habitait et son inquiétude cessa. Il se chargeait de tout et elle ferait ce qu'il fallait.

On vint la chercher en chaise à porteurs. Ne sachant que faire de Rob J., elle le prit avec elle, et les femmes du harem furent enchantées de l'accueillir. On la conduisit aux bains, non sans gêne; Rob lui avait dit que c'était une obligation religieuse pour les musulmanes de supprimer leurs poils pubiens tous les dix jours à l'aide d'un dépilatoire à la chaux et à l'arsenic. Les aisselles étaient épilées ou rasées chaque semaine pour une femme mariée, tous les quinze jours pour les veuves et une fois par mois pour les vierges. On la regarda avec dégoût.

Après le bain, les femmes lui présentèrent trois plateaux de fards et d'aromates. Elle ne prit qu'un peu de parfum. Il lui fallut ensuite attendre dans une pièce à peine meublée : un large lit, des coussins, une cuvette pleine d'eau sur un meuble. Des musiciens jouaient quelque part. Le temps passant, elle eut froid et s'enveloppa d'une couverture.

Ala vint enfin. Elle était terrifiée. Et il sourit en la voyant emmitouflée. Puis, d'un doigt impatient, il lui ordonna de se découvrir et d'ôter sa robe aussi. Elle se savait plus mince que la plupart des Orientales, et les Persanes avaient tenu à lui dire que les taches de rousseur étaient un châtiment d'Allah pour la femme sans pudeur qui ne portait pas le voile.

Il toucha les lourds cheveux roux, les porta à ses narines et fit la grimace car ils n'étaient pas parfumés. Il parlait en persan, peut-être pour lui-même, sans qu'elle osât faire un geste qui aurait pu être mal interprété. Intrigué par sa toison de poils roux, il la froissa entre ses doigts comme pour essayer d'en effacer la couleur.

« *Henna?* »

Cette fois, elle comprit et tenta vainement de lui dire que ce n'était pas du henné. Il ôta son unique vêtement, une tunique vague en coton. Il avait les bras musclés, le torse épais et un gros ventre, velu comme le reste du corps; le pénis semblait plus petit que celui de Rob et plus brun.

Dans la chaise à porteurs, Mary avait un peu rêvé : elle le suppliait de lui épargner le péché d'adultère et, touché par ses larmes, il la renvoyait chez elle. Ou bien, élue entre toutes par un amant surnaturel, elle éprouvait la jouissance la plus voluptueuse de sa vie. Rien de tout cela dans la réalité. Il toucha à peine la pointe de ses seins raidie par le froid et la poussa sur le lit. La peur et la répulsion pour l'homme qui avait voulu tuer son mari défendaient son corps qu'aucune caresse n'avait échauffé. Ala manquant de vigueur finit par asperger d'huile avec irritation le sexe de cette femme inerte aux yeux fermés. Il ne s'était pas lavé et la besognait médiocrement en gémissant comme s'il s'ennuyait. Très vite, après un léger sursaut et un grognement fort peu royal, le roi des rois fila sans un regard ni un mot.

Humiliée, ne sachant que faire, elle se refusait à pleurer. Les femmes vinrent enfin la chercher pour la rendre à son fils et la renvoyer chez elle en chaise à porteurs, avec un sac de melons verts. En arrivant au Yehuddiyyeh, elle voulut les laisser au bord de la route puis y renonça. Les melons du marché ne valaient rien car, conservés tout l'hiver dans des grottes, ils étaient souvent gâtés. Ceux-ci étaient superbes, mûrs à point pour le retour de Rob, et d'une saveur exceptionnelle.

64

LA JEUNE BÉDOUINE

ETRANGE. Entrer au maristan, ce lieu frais et sacré, avec ses odeurs de maladies et de médicaments, ses gémissements, ses cris, son affairement, faisait toujours battre le cœur de Rob. Entrer au maristan et découvrir derrière soi, comme des petites oies suivant leur mère, toute une file d'étudiants. On le suivait, lui, qui, hier encore, suivait les autres.

Ecouter un étudiant faire l'historique d'un cas, s'arrêter près d'un malade pour parler avec lui, l'examiner, flairant la maladie comme le renard un œuf, en cherchant à déjouer les ruses de ce sacré Chevalier noir. Enfin discuter en groupe des opinions souvent sans intérêt, parfois géniales. Un enseignement pour les étudiants et pour Rob une chance, au cours de tels échanges, de découvrir une conclusion qui aurait pu lui échapper.

A la demande pressante d'Ibn Sina, il donna des cours, qui furent suivis, mais il ne se sentit jamais à l'aise, transpirant sur des exposés laborieusement préparés, conscient de son personnage de grand Anglais au nez cassé et de son accent, même maintenant qu'il parlait couramment. Il écrivit aussi un court article sur le vin dans le traitement des blessures, mais n'en tira aucun plaisir, même quand, terminé et transcrit, l'essai fut déposé à la bibliothèque. Il savait qu'il devait transmettre son savoir comme on le lui avait transmis, mais Mirdin avait tort : Rob n'avait pas d'ambition. Il ne s'instruisait que pour éclairer son action. Le défi, pour lui, chaque fois qu'il prenait les mains d'un patient, c'était cette même magie qu'il avait ressentie quand il avait neuf ans.

Un matin, une jeune fille nommée Satira arriva au maristan, amenée par son père, un fabricant de tentes bédouin. Très malade, elle avait des nausées, vomissait et souffrait de douleurs violentes dans la partie droite du ventre, qui était dure au toucher. C'était le « mal de côté » qu'on ne savait toujours pas soigner. Elle gémissait et pouvait à peine répondre aux questions que lui posait Rob dans l'espoir de découvrir enfin une piste. Il la purgea, essaya les cataplasmes chauds, les compresses froides, et en parla le soir à sa femme en lui demandant de prier pour elle.

Mary s'attrista de ce qu'une adolescente fût frappée du même mal que James Cullen. Et elle pensa aussi à la tombe délaissée de son père, près de l'oued d'Ahmad, à Hamadhan.

Le lendemain matin, Rob fit une saignée à la jeune Bédouine, lui donna des drogues et des herbes, mais tout fut inutile. Fébrile, les yeux vitreux, elle se fanait comme une feuille après la gelée. Le troisième jour, elle mourut.

Il reprit soigneusement les détails de sa courte vie. Bien portante jusqu'aux douloureuses crises qui l'avaient tuée, c'était une fille de douze ans qui venait tout juste d'avoir ses premières règles... Qu'avait-elle de commun avec un petit garçon et un homme d'un certain âge comme son beau-père? Pourtant, tous trois étaient morts exactement de la même façon.

La brouille entre Ala et son vizir devint en quelque sorte officielle lors de l'audience du chah. L'imam était assis, selon l'usage, sur un trône plus petit, juste à la droite du roi, mais il s'adressait à lui avec une courtoisie glaciale qui n'échappa à personne.

Ce soir-là, Rob était chez Ibn Sina devant l'échiquier, mais c'était plus une leçon qu'un duel, comme si un adulte jouait avec un enfant. Ibn Sina semblait avoir conçu toute la partie d'avance et déplaçait ses pièces sans hésitation. Rob ne put résister, mais il perçut la nécessité d'un plan d'action et les prévisions réfléchies devinrent vite une partie de sa propre stratégie.

« On se rencontre par petits groupes dans les rues et sur les places pour parler à voix basse, dit-il.

– Les gens s'inquiètent quand les prêtres d'Allah entrent en conflit avec le seigneur du palais. Ils craignent que la querelle ne détruise le monde. Mais ça passera, comme toujours, et ceux qui sont bénis de Dieu survivront », conclut le maître en prenant un guerrier avec son cavalier.

Ils jouèrent un moment en silence puis Rob parla de la mort de Satira, la jeune Bédouine et des deux autres cas d'affection abdominale qui l'obsédaient.

« Ma mère aussi s'appelait Satira », soupira le médecin-chef. Mais il n'avait pas d'explication à proposer : « Il y a beaucoup de réponses que nous ignorons.

– Nous ne saurons rien si nous ne cherchons pas. »

Ibn Sina préféra changer de sujet. Le chah envoyait en Inde des marchands pour acheter de l'acier ou du minerai. Vangalil n'en avait plus et ne pouvait pas fabriquer les lames bleues que le roi appréciait tant. Ils devaient en rapporter toute une caravane, même s'il fallait aller jusqu'au bout de la route de la soie.

« Qu'y a-t-il au bout de la route de la soie ?

– Un immense pays, le Chung-Kuo.

– Et au-delà ?

– De l'eau, les océans, dit Ibn Sina en haussant les épaules.

– Des voyageurs m'ont dit que le monde était plat et entouré de feu. Celui qui s'y risquerait y périrait car c'est l'enfer.

– Des racontars ! Ce n'est pas vrai. J'ai lu qu'au-delà des terres habitées tout n'est que sable et sel comme dans le Dacht-i Kevir. On dit aussi qu'une grande partie du monde est couverte de glace. Qu'y a-t-il au-delà de ton pays ?

– La Grande-Bretagne est une île ; après c'est l'océan puis le Danemark, pays des Normands, d'où vient notre roi. Plus loin, de la glace, paraît-il.

– C'est la même chose au nord de la Perse, après Ghazna et la terre des Russes. Oui, la glace doit recouvrir une grande partie du monde. Mais il n'y a pas d'enfer au bout car les hommes qui réfléchissent ont toujours su que la terre est ronde comme une prune. Tu as voyagé en mer : quand tu aperçois un navire au loin, c'est d'abord le haut du mât qui apparaît à l'horizon, puis le reste au fur et à mesure qu'il avance en suivant la surface courbe du monde. »

Il termina la partie en prenant le roi de son adversaire, presque machinalement, et fit apporter un sherbet de vin et un bol de pistaches. Puis on parla de Ptolémée. Rob n'avait appris d'astronomie que ce qu'il fallait pour la madrassa.

« Un Grec de l'Antiquité qui a travaillé en Egypte ?

– Exact. Il a écrit que le monde est rond, suspendu sous le firmament concave, au centre de l'univers; et autour, tournent le soleil et la lune, faisant le jour et la nuit.

– Mais cette balle, sous sa surface de terre, de mers, de montagnes et de déserts, de forêts et de glace, est-elle creuse ou pleine ? De quoi est fait l'intérieur ?

– Nous n'en savons rien, dit le vieil homme en souriant. La terre est vaste, tu le sais, toi qui as tant voyagé. Nous autres petits hommes ne creuserons jamais assez pour le découvrir.

– Mais si l'on pouvait y aller voir, le feriez-vous ?

– Certes oui !

– Pourtant vous pourriez observer l'intérieur du corps humain et vous ne le faites pas.

– L'humanité doit suivre des règles sous peine de retourner à la sauvagerie. L'une de ces règles interdit la mutilation des morts, qui ressusciteront un jour du tombeau, à l'appel du Prophète. La même interdiction existait chez les Grecs, au temps de Galien; Juifs et chrétiens partagent cette horreur de la dissection. Après tout ce que tu as fait pour devenir médecin, respecte les lois religieuses et l'opinion générale des hommes. Sinon, le pouvoir te détruira. »

Rob rentra chez lui en observant le ciel. Il ne reconnut que la lune, Saturne et peut-être Jupiter, dont l'éclat se distinguait du scintillement des étoiles. Il se dit qu'Ibn Sina n'était pas un demi-dieu, mais un érudit vieillissant, pris entre la médecine et la foi dans laquelle on l'avait élevé. Il ne l'aimait pas moins, avec ses limites humaines, mais se sentait un peu berné, tel un enfant qui découvre les faiblesses de son père.

Il s'occupa du cheval brun puis se coucha sans bruit près de Mary qui dormait.

Elle se leva dans la nuit et sortit pour vomir. Inquiet, car la maladie de Cullen avait commencé ainsi, il l'examina, mais le ventre était souple et le pouls normal. Ils retournèrent au lit et elle cria deux fois son nom, comme dans l'angoisse d'un cauchemar. Surpris, il lui caressa la tête et la réconforta.

« Je suis là, Mary. Je suis là, mon amour. »

Il lui parlait tendrement, en anglais, en persan, dans la Langue. Elle l'appela une fois encore un peu plus tard, soupira et prit sa tête dans ses bras. La joue contre la douce poitrine de sa femme, Rob s'endormit enfin, bercé par le battement régulier de son cœur.

65

KARIM

DES pousses vertes sortaient partout de terre sous le chaud soleil. C'était le printemps à Ispahan. Les oiseaux traversaient le ciel, portant des brins de paille pour construire leurs nids. Le Fleuve de la Vie, gonflé des eaux des ruisseaux et des oueds, était en crue. Rob croyait tenir dans ses mains celles de la nature qui lui transmettaient son infinie, son éternelle vitalité. Les nausées de Mary s'étaient répétées et il comprit qu'elle était enceinte; il en fut heureux mais elle devint morose et plus irritable qu'auparavant. Il s'occupa davantage de son fils, dont le petit visage s'éclairait en le voyant. Il inventait des jeux puérils et l'enfant riait aux éclats. La semaine où il fit ses premiers pas, il dit aussi son premier mot. Rob était un père comblé.

Un après-midi, il persuada Mary de l'accompagner à pied au marché arménien. Il posa Rob J. devant la boutique du marchand de cuir, mari de Prisca, et la nourrice poussa des cris de joie en voyant marcher le petit garçon, qu'elle prit dans ses bras. Aucune femme n'était devenue l'amie de Mary, mais on s'était habitué à l'Européenne et chacun les saluait. Plus tard, tandis qu'elle préparait le pilah et que Rob taillait les abricotiers, deux petites filles du boulanger vinrent jouer avec son fils.

Apprenant un jour qu'al-Juzjani consacrait son cours à la dissection d'un porc, il tint à y assister. L'animal était un sanglier aux défenses de jeune éléphant et qui empestait. Mais son estomac nourri de céréales dégageait surtout l'odeur aigre de la bière en fermentation. Rob avait appris que toute odeur a son intérêt car elle raconte une histoire. Il fit toutes les investigations possibles dans le corps de la bête sans trouver rien qui concernât les affections abdominales, et al-Juzjani, plus soucieux de son cours que des préoccupations du jeune hakim, s'irrita du temps qu'il y passait.

Rob alla ensuite voir Ibn Sina au maristan et comprit au premier coup d'œil qu'un malheur était arrivé.

« Ma Despina et Karim Harun... Ils ont été arrêtés. »

Le maître semblait atterré, bouleversé, vieilli.

Comme on pouvait le craindre depuis longtemps, ils étaient accusés d'adultère et de fornication. Les agents de Qandrasseh avaient suivi Karim et surpris les amants dans la tour.

« Et l'eunuque? » demanda Rob. Aussitôt il se rendit compte, devant le regard d'Ibn Sina, de ce qu'il avait pu trahir dans cette simple question; mais le vieil homme secoua la tête.

« Il est mort. Ils ne pouvaient pas entrer sans le tuer d'abord par surprise.

– Que peut-on faire pour Karim et Despina?

– Le chah seul peut les aider. Il faut présenter une requête. »

Dans les rues, les gens détournaient la tête pour ne pas humilier Ibn Sina de leur pitié. Au palais, le capitaine des Portes, au lieu de les introduire auprès du roi, les fit attendre dans une antichambre et revint bientôt en disant qu'on regrettait de ne pouvoir les recevoir aujourd'hui.

« Nous attendrons. Il se présentera peut-être une occasion. »

Farhad sourit, manifestement ravi de voir tomber les puissants. Ils attendirent en vain tout l'après-midi, puis Rob accompagna le maître chez lui. Le matin, ils retournèrent au palais, mais il était clair qu'Ala ne voulait pas les voir. Ibn Sina parlait peu; une fois il soupira :

« Elle avait toujours été comme une fille pour moi... »

Il était, pensait-il, plus facile pour le roi de minimiser le coup d'audace du vizir que de l'attaquer de front.

« Il lui abandonne Karim, dit Rob, comme au jeu du chah il laisse prendre une pièce dont il peut se passer.

– Il y aura une audience dans deux jours. Je demanderai en public la clémence du chah. Je suis le mari, Karim est son favori et le héros du chatir. Il pourra faire grâce en feignant de céder au vœu de ses sujets. »

Mais en quittant le palais ils rencontrèrent al-Juzjani qui les attendait. Il apportait de mauvaises nouvelles : Karim et Despina avaient été jugés par la cour islamique sur le témoignage de trois mullahs. Pour éviter la torture, sans doute, ils ne s'étaient pas défendus. Le mufti les avait condamnés à mort. Ils seraient exécutés le lendemain matin.

« Despina sera décapitée et Karim éventré. »

Ils se regardèrent, en plein désarroi. Rob espérait encore, mais Ibn Sina secoua la tête.

« Nous ne pouvons pas éviter la sentence, mais seulement leur rendre la mort moins dure.

494

– Alors il faut agir, dit calmement al-Juzjani. Payer des complaisances, et substituer un médecin qui ait notre confiance à l'étudiant de service à la prison du kelonter. »

Rob frissonna malgré la douceur de l'air printanier.

« J'irai », dit-il.

Il ne dormit pas cette nuit-là. Levé avant l'aube, il se rendit à cheval, par les rues encore sombres, jusqu'à la demeure d'Ibn Sina. Il n'apercevrait plus Wasif dans l'ombre; la chambre de la tour était sans lumière et sans vie. Le maître lui remit une cruche de jus de raisin.

« Il est fortement mêlé d'opiacés et de poudre de chanvre indien pur, du *buing*. C'est là le risque : il faut en boire beaucoup, mais si l'un des deux en prend trop et ne peut plus marcher quand on viendra le chercher, tu mourras avec eux.

– A la grâce de Dieu, dit Rob avec un signe de tête.

– A la grâce de Dieu. »

La sentinelle de la prison, à qui il se présenta comme le médecin, lui fit donner une escorte. Au quartier des femmes, on entendait une prisonnière chanter et sangloter alternativement. Non, ce n'était pas Despina. Dans sa petite cellule, elle attendait, ni lavée ni parfumée, ses cheveux pendant en mèches éparses. Son joli corps menu disparaissait sous une robe noire, malpropre. Il posa la cruche de buing, s'approcha d'elle et leva son voile.

« Je t'ai apporté quelque chose à boire. »

Pour lui, elle resterait toujours la *femina*, à la fois sa sœur Anne Mary, sa femme et la putain du maidan. Toutes les femmes du monde. Il vit des larmes dans ses yeux mais elle refusa le breuvage.

« Il faut boire, cela t'aidera. »

Elle secoua la tête. « Je serai bientôt au paradis », semblaient dire ses yeux terrifiés.

– Donne-le-lui », murmura-t-elle, et il lui dit adieu.

Les pas du soldat résonnaient dans le couloir. On descendit quelques marches puis une cellule s'ouvrit dans une autre galerie. Karim était pâle. Ils s'étreignirent très fort.

« Elle est...?

– Je l'ai vue, elle va bien.

– Je ne lui avais pas parlé depuis des semaines. C'était juste pour entendre sa voix, tu comprends? J'étais sûr de n'être pas suivi ce jour-là. »

Sa bouche tremblait. Il prit la cruche, but longuement et la rendit vide aux deux tiers.

« Ça va agir tout de suite. Ibn Sina l'a préparé lui-même.

– Ce vieil homme que tu vénères et que j'ai souvent rêvé d'empoisonner pour l'avoir, elle, toute à moi...

– Tout homme a de mauvaises pensées, mais tu ne l'aurais jamais fait. Tu comprends? »

Il sentait, sans savoir pourquoi, que Karim devait absolument le croire avant que le narcotique ne fasse son effet. Il le regardait anxieusement : s'il en avait trop bu et que la drogue agît trop vite, le tribunal ferait exécuter un second médecin. Les yeux se voilèrent; Karim ne dormait pas mais il restait silencieux. Enfin on entendit des pas.

« Karim!

– C'est maintenant?

– Pense au chatir, rappelle-toi le plus beau jour de ta vie. »

La porte s'ouvrit : trois soldats et deux mullahs.

« Zaki-Omar aurait pu être un autre homme »,

dit Karim en adressant à son ami un sourire absent.

Un soleil éclatant illuminait le cour. Dernière cruauté : c'était une douce et belle matinée. Les genoux de Karim fléchissaient, mais on pouvait penser que c'était de peur. Au-delà de la double rangée de carcans, obsession de ses cauchemars, Rob vit quelque chose d'horrible, sur le sol souillé de sang, près d'une forme vêtue de noir. Mais les mullahs seraient déçus : Karim ne voyait plus rien.

Le bourreau était un homme trapu aux gros bras et au regard indifférent. L'argent d'Ibn Sina avait payé sa force, sa dextérité et la plus fine de ses lames. Il frappa droit au cœur et la mort fut instantanée. Rob n'entendit qu'un long soupir, comme un regret.

Il fit porter au cimetière, hors des murs de la ville, les corps de Karim et de Despina, et paya généreusement pour qu'on dît des prières sur leurs tombes. Quand tout fut fini, il but ce qui restait dans la cruche et laissa le cheval brun le ramener sans le guider. En passant devant le palais, dont les oriflammes multicolores flottaient sous la brise, avec ses sentinelles dont les armes étincelaient au soleil, il se rappela la voix d'Ala : « Nous sommes quatre amis... »

Brandissant le poing, il cria :

« Traître! »

Sa voix roula jusqu'aux remparts et aux gardes médusés, qui regardaient le poing levé, la cruche de vin, les rênes lâches.

« Qui est-ce? demanda l'officier de garde à l'un des soldats.

– Je crois que c'est le hakim Jesse, le dhimmi. »

L'officier savait que cet homme, après la campa-

gne indienne, était resté en arrière pour soigner les
blessés.

« Il a l'air complètement ivre, dit-il en riant.
Mais ce n'est pas un mauvais bougre. Laissez-
le. »

Et ils regardèrent le cheval brun mener le médecin vers les portes de la ville.

66

LA CITÉ GRISE

Il était donc le seul survivant de l'équipe médicale d'Ispahan. Il pensait avec rage et tristesse que Mirdin et Karim étaient maintenant sous terre, mais par contraste leur mort lui faisait goûter la vie comme un baiser d'amour. Il la savourait à chaque instant, par tous ses pores, tous ses organes; avec sa femme au gros ventre et son enfant qu'il mordillait en jouant et faisait rire aux larmes.

La ville, pourtant, était devenue sinistre. Si Allah et l'imam Qandrasseh avaient pu abattre le héros du chatir, comment les gens du commun oseraient-ils enfreindre les lois islamiques imposées par le Prophète? Donc, plus de prostituées, plus de tapage la nuit sur les places. Les mullahs patrouillaient par deux dans les rues, à l'affût d'un visage insuffisamment voilé, d'un homme trop lent à se mettre en prières dès le premier appel du muezzin, d'un tavernier assez fou pour vendre du vin. Même les femmes du quartier juif, qui couvraient toujours leurs cheveux, commencèrent à porter le lourd voile des musulmanes.

Certains regrettaient en privé la musique et la gaieté des nuits passées, mais d'autres s'en félicitaient. Au maristan, le hadji Davout Hosein rendait grâce à Allah : « La mosquée et l'Etat sont nés des mêmes entrailles et ne doivent jamais être séparés. »

Le matin, les fidèles d'Ibn Sina venaient plus nombreux que jamais se joindre à ses dévotions, mais, en dehors des heures de prière, il restait invisible. Plongé dans le deuil et l'introspection, il ne venait plus au maristan ni pour enseigner ni pour soigner ses malades. Ceux qui refusaient d'être touchés par un dhimmi s'adressaient à al-Juzjani mais ils étaient rares, et Rob s'occupait de tous les autres, en plus de ses propres responsabilités.

Un jour, à l'hôpital, il vit arriver un vieil homme décharné, à l'haleine puante et aux pieds sales. Qasim Ibn Sina avait des jambes d'échassier aux genoux en boule et une touffe mitée de barbe blanche. Il ne savait pas son âge et n'avait pas de domicile, ayant travaillé presque toute sa vie d'une caravane à l'autre. Pas de famille non plus, mais Allah veillait sur lui.

« J'ai voyagé partout, maître.

– Jusqu'en Europe, d'où je viens?

– Presque partout. Je suis arrivé hier avec une caravane de laine et de dattes venant de Qom. En chemin, la douleur m'a frappé comme un djinn maléfique.

– Ou avais-tu mal? »

Qasim, avec un grognement, montra son côté droit.

« Tu as eu des haut-le-cœur?

– Seigneur, je n'arrête pas de vomir et je me sens terriblement faible. Mais Allah m'a parlé pendant mon sommeil; il disait que par ici il y avait quelqu'un qui me guérirait. J'ai demandé en me réveillant et on m'a envoyé au maristan. »

On le conduisit à une paillasse où il fut lavé et nourri légèrement. C'était la première affection

abdominale que Rob pouvait observer dès le début.
Allah savait peut-être ce qu'il fallait faire, mais lui
non. Il passa des heures à la maison de la Sagesse
où Yussuf ul-Gamal, le vénérable bibliothécaire,
offrit de l'aider en cherchant les écrits des anciens
qui avaient ouvert un ventre d'homme avant l'interdiction. Al-Juzjani, consulté en l'absence d'Ibn
Sina, avait éludé la question avec impatience : on
mourait souvent de cette maladie, mais parfois la
douleur cessait et l'on renvoyait le patient chez lui.
Elle disparut aussi chez Qasim au bout de quelques
jours, mais Rob ne voulait pas le laisser partir.

« Où iras-tu ?

– Je trouverai une caravane, hakim, c'est un
foyer pour moi.

– Tous ceux qui viennent ici ne repartent pas,
quelques-uns meurent, tu le sais ?

– Tous les hommes doivent mourir un jour, dit
Qasim sérieusement.

– Laver les morts et les préparer pour l'inhumation, c'est servir Allah. Pourrais-tu t'en charger ?

– Oui, hakim. Allah, qui m'a conduit ici, veut
sans doute que j'y reste. »

Il y avait une petite pièce près des deux salles qui
servaient de morgue. Ils la nettoyèrent ensemble et
Qasim s'y installa.

« Tu prendras tes repas ici quand les malades
seront nourris et tu pourras aller aux bains du
maristan. »

Avec une paillasse, une lampe d'argile et son
tapis de prière, le vieux déclara que c'était le plus
beau foyer qu'il ait jamais eu.

Deux semaines passèrent avant que Rob trouve
le temps de retourner à la maison de la Sagesse. Il
apportait en cadeau un panier de dattes du désert ;
les marchands proposaient de superbes pistaches,

mais le vieux bibliothécaire n'avait plus assez de dents pour les mâcher. Ils s'assirent dans la salle déserte à cette heure tardive.

« Je suis remonté dans le temps, dit Yussuf, jusqu'à l'Antiquité. L'interdiction d'ouvrir les morts existait même chez les Egyptiens, pourtant célèbres embaumeurs.

– Comment pouvaient-ils préparer les momies?

– C'étaient des hypocrites. Ils faisaient endosser le péché par les *paraschites* méprisés, payés pour pratiquer l'incision interdite, au risque d'être lapidés.

– Ont-ils étudié les organes qu'ils retiraient? Laissé des observations écrites?

– En cinq mille ans, ils ont dû éventrer des millions d'êtres humains morts de toutes sortes de maladies, mais rien ne prouve qu'ils aient examiné les viscères avant de les jeter ou de les enfermer dans des vases d'argile ou d'albâtre. Chez les Grecs, c'était différent. Neuf cents ans avant la naissance de Mahomet, Alexandre le Grand conquit le monde antique et créa la ville qui porte son nom, entre la Méditerranée et le lac Maréotis. Après lui, le roi Ptolémée II dota Alexandrie d'une grande bibliothèque, d'un musée et de la première université du monde; son école de médecine attirait les meilleurs étudiants de tous les pays et, pendant trois cents ans, on étudia l'anatomie en pratiquant la dissection.

– On peut donc lire leurs descriptions des affections internes?

– Non, car tout a disparu quand les légions de César ont saccagé la ville. Seul Celsus, rassemblant le peu qui restait dans son ouvrage, *De re medicina*, y consacre quelques lignes, que tu connais, à cette " maladie du gros intestin ".

– Comment expliques-tu qu'on doive aux Grecs

ce bref moment de l'Histoire où les médecins ont pu ouvrir les corps?

– Ils n'avaient pas un Dieu unique et tout-puissant pour leur interdire de profaner sa création; mais des dieux et des déesses faibles, débauchés et querelleurs. »

Yussuf cracha dans sa paume ses noyaux de dattes et sourit avec indulgence.

« Ils pouvaient bien disséquer, hakim. Ce n'étaient que des barbares, après tout. »

67

DEUX NOUVEAUX VENUS

MARY ne pouvait plus monter à cheval car sa grossesse était très avancée, mais elle faisait ses courses à pied, en conduisant l'âne sur lequel elle installait le petit Rob J. avec ses achats. Au marché arménien, Prisca était toujours heureuse de partager avec eux un sherbet et du pain chaud, mais ce matin-là elle était particulièrement volubile et Mary, qui trouvait décidément le persan bien difficile, ne comprit que quelques mots : « Etranger... Venu de loin. Comme le hakim. Même que toi. »

Le soir, elle raconta l'incident à Rob, qui avait lui aussi appris au maristan qu'un Européen était arrivé à Ispahan.

« De quel pays? demanda Mary.

– D'Angleterre. C'est un marchand. »

Mary rougit, ses yeux brillèrent et elle porta instinctivement une main à sa poitrine.

– Pourquoi ne l'as-tu pas vu tout de suite? Tu sais où il est?

– Il habite le quartier de Prisca. On dit qu'il tenait d'abord à vivre chez les chrétiens, mais, voyant les taudis arméniens, il s'est empressé de louer une maison plus confortable à un musulman.

– Il faut lui écrire. L'inviter à dîner.

– Je ne sais même pas son nom.

– Paie un messager. Au quartier arménien, n'importe qui le renseignera. Rob! Il doit avoir des nouvelles de là-bas! »

La dernière chose qu'il souhaitait était bien ce contact avec un Anglais chrétien, mais il ne pouvait refuser à Mary l'occasion d'entendre parler d'un pays plus cher à son cœur que la Perse. Il s'assit donc pour écrire la lettre.

« Je suis Charles Bostock. »

Rob se le rappela au premier coup d'œil. Revenant à Londres, autrefois avec le Barbier, ils avaient voyagé deux jours dans la caravane de Bostock, chargée de sel d'Arundel, et ils avaient jonglé devant le marchand.

« Jesse ben Benjamin, médecin à Ispahan.

– Votre invitation était en anglais, et vous parlez aussi ma langue? »

Rob répondit, comme il l'avait toujours fait en Perse, qu'il avait grandi à Leeds. Il était plus amusé qu'inquiet. En quatorze ans, le chiot était devenu un chien bien étrange, se dit-il, et il était peu probable que Bostock reconnaisse le petit jongleur dans ce médecin juif de haute taille.

« Voici ma femme Mary, une Ecossaise du Nord. »

Elle avait voulu se faire belle malgré son gros ventre et portait sur ses cheveux roux un bandeau brodé, orné d'un pendentif de petites perles qui dansait entre ses sourcils. Bostock avait toujours ses longs cheveux noués d'un ruban, mais ils étaient maintenant plus gris que blonds, et son habit de velours rouge semblait trop chaud pour le climat et trop fastueux pour la circonstance. Son regard inquisiteur évaluait à son prix le moindre objet de la maison, considérant avec curiosité et dégoût le Juif barbu et basané, la Celte rousse sur le point d'accoucher et l'enfant endormi, témoignage supplémentaire de cette honteuse union.

Mais, comme ils étaient tous trois heureux de parler anglais, la conversation devint très animée et Bostock dut répondre à une foule de questions, bien que ses nouvelles fussent vieilles de deux ans. Londres était prospère, le roi Canute était mort, comme aussi Robert, duc de Normandie.

« Ce sont des bâtards qui règnent désormais des deux côtés de la Manche : en Normandie, Guillaume, un fils illégitime de Robert, qui n'est encore qu'un enfant; en Angleterre, Harold Harefoot, fils reconnu d'une liaison de Canute avec une femme obscure de Northampton. »

Ils avaient faim de nouvelles du pays, mais l'odeur du repas préparé par Mary les ramena à d'autres nourritures et le regard de Bostock se réchauffa quelque peu. Il y avait une paire de faisans, farcis à la persane de riz et de raisins et cuits longtemps à petit feu, une salade d'été, des melons sucrés, une tarte aux abricots et au miel. Enfin, luxe coûteux et dangereux, ils avaient fini par obtenir au marché juif une outre de vin rosé, que Hinda terrifiée leur avait vendue trois fois son prix et qu'on avait rapportée cachée dans un sac de grain.

Bostock comptait repartir peu de jours après pour l'Europe.

« J'allais à Constantinople pour les affaires de l'Eglise et je n'ai pu m'empêcher de continuer vers l'est. Le roi d'Angleterre anoblit tout marchand qui ose trois grands voyages pour ouvrir au commerce anglais les pays étrangers. J'ai pensé à la route de la soie et finalement je rapporte de Perse des tapis et des tissus précieux. Mais le profit est mince car il me faut entretenir une petite armée pour tout rapporter sans risque en Angleterre. »

Rob pensait trouver des rapprochements entre

leurs itinéraires, mais le marchand était d'abord passé par Rome.

« Combinant mes affaires avec une mission pour l'archevêque de Canterbury, j'ai vu au palais du Latran le pape Benoît IX qui m'a commandé, au nom du Christ, de porter à Constantinople des lettres papales pour le patriarche Alexis.

– Légat du pape! s'écria Mary.

– Moins un légat qu'un messager, rectifia Rob sèchement, voyant Bostock ravi d'éblouir sa femme.

– Depuis six cents ans, l'Eglise d'Orient s'oppose à celle de Rome, qu'on déteste à Constantinople, où Alexis est tenu pour l'égal du pape. Ses prêtres barbus sont mariés! Ils ne prient ni Jésus ni Marie et n'ont pas le respect de la Sainte Trinité. »

Rob quitta la pièce quelques instants pour aller chercher du vin et entendit avec surprise les questions de Bostock à Mary.

« Vous êtes chrétienne? Pourquoi êtes-vous engagée avec ce Juif? Avez-vous été prise par des pirates? des musulmans? Vous a-t-il achetée?

– Je suis sa femme », dit-elle fermement.

Dans la salle voisine, Rob eut un sourire sans joie : tel était le mépris de cet Anglais pour lui qu'il ne prenait même pas la peine de baisser la voix.

« Je peux vous emmener dans ma caravane avec l'enfant. Vous aurez une litière et des porteurs jusqu'à ce que vous puissiez monter à cheval, après l'accouchement.

– C'est impossible, maître Bostock. J'appartiens à mon mari, heureuse et de mon plein gré », dit Mary, tout en le remerciant d'un ton froid.

Il répondit gravement que c'était son devoir de chrétien. Il espérait que tout homme en ferait autant pour sa fille si jamais, Dieu l'en préserve!, elle se trouvait dans la même situation.

Rob Cole revint, brûlant de se jeter sur Bostock, mais Jesse ben Benjamin respecta l'hospitalité orientale, et versa du vin à son hôte au lieu de l'étrangler. La conversation, tendue, s'éteignit peu à peu; le repas fini, le marchand prit congé. Restés seuls, Rob et Mary, chacun plongé dans ses propres réflexions, débarrassèrent la table des restes du repas.

« Rentrerons-nous jamais chez nous? demanda-t-elle.

– Bien sûr!

– Bostock n'était pas ma dernière chance?

– Je te le jure.

– Il a raison de payer une escorte pour le protéger. La route est si dangereuse... Deux enfants pourront-ils survivre à un si long voyage?

– A partir de Constantinople, nous serons des chrétiens et nous trouverons une caravane sûre.

– Et d'ici à Constantinople? »

Il l'aida à s'allonger et la tint serrée contre lui comme une enfant.

« J'ai appris un secret en voyageant jusqu'ici. Je resterai Jesse ben Benjamin et nous serons pris en charge par les villages juifs les uns après les autres, nourris, logés, protégés et guidés, comme celui qui traverse une rivière dangereuse, avec prudence, pierre après pierre. »

Il aimait dormir tout contre le large ventre où l'on sentait bouger l'enfant. Une nuit, l'impression d'une chaleur humide le réveilla : Mary perdait les eaux. Il courut chercher Nitka la sage-femme et la ramena par les rues obscures à la lueur d'une torche, suivie de ses deux fils qui portaient la chaise d'accouchement. On l'installa près du foyer, où Rob alluma du feu car la nuit était fraîche, et Mary s'assit, toute nue, comme sur un trône. Le petit Rob J. fut confié aux deux garçons, qui le garderaient chez eux le temps qu'il faudrait.

La chaise était faite pour résister aux coups et aux ruades. Dès la première douleur, Mary se cramponna aux poignées en pleurant. A la troisième contraction, Rob vint derrière elle, maintenant ses épaules contre le dossier et elle montra les dents avec un grognement de louve comme pour mordre. Habitué aux amputations, endurci par l'expérience des pires maladies, il ne supportait pas de voir souffrir sa femme. Nitka le mit dehors.

Il avait perdu la notion du temps quand le souci du feu qui risquait de s'éteindre le ramena dans la chambre. La tête du bébé apparaissait entre les cuisses écartées et la sage-femme pressait le travail.

« Allez, pousse maintenant ! »

Au bout d'un long moment, on entendit enfin le premier vagissement.

« Encore un garçon, annonça Nitka en débarrassant de ses mucosités la bouche minuscule avec l'extrémité de son petit doigt.

– C'était beaucoup plus facile que la première fois », dit Mary.

Nitka lui fit sa toilette, la réconforta, puis envoya Rob enterrer le placenta dans le jardin. Il la paya généreusement et elle s'en alla, contente.

Restés seuls, ils s'embrassèrent. Mary demanda de l'eau et baptisa son fils Thomas Scott Cole. Un peu moins grand que son frère, c'était un solide petit d'homme aux yeux bruns, avec une touffe de cheveux noirs où l'on devinait déjà les reflets roux de sa mère. Observant les yeux, la forme de la tête, la large bouche et les doigts fins, Rob retrouva les traits de ses frères William et Jonathan le jour de leur naissance. « Un bébé Cole est toujours facile à reconnaître », dit-il à Mary.

68

LE DIAGNOSTIC

QASIM s'occupait des morts depuis deux mois quand sa douleur abdominale le reprit.

« C'est comme si j'avais un djinn dans le ventre qui me griffe les intérieurs, les tord et les déchire », dit-il à Rob qui l'interrogeait.

Ayant réussi à s'effrayer lui-même, il regarda le hakim d'un air suppliant pour être rassuré. Il n'était plus fiévreux comme lors de la crise qui l'avait amené au maristan et son ventre restait souple. Rob lui prescrivit de boire fréquemment une infusion à base de vin et de miel, que Qasim prit avec plaisir car il était buveur et la sobriété imposée par les règles religieuses l'avait fort éprouvé. Il passa donc quelques semaines agréables, dans un état de légère ébriété, à traîner en bavardant avec les uns et les autres. Les sujets ne manquaient pas.

L'imam Qandrasseh avait quitté la ville malgré sa victoire sur le chah. On disait qu'il avait fui chez les Turcs seldjoukides et qu'il en reviendrait avec une armée pour déposer Ala et mettre à sa place un musulman de stricte observance – lui-même peut-être? – sur le trône de Perse. En attendant, rien n'avait changé, les sinistres mullahs continuaient à arpenter les rues, car le vieux renard avait laissé son disciple Musa ibn Abbas comme gardien de la foi à Ispahan.

Le roi, invisible, ne bougeait plus de son palais; plus d'audiences, ni fêtes, ni chasses, ni invitations à la cour depuis l'exécution de Karim. Si l'on avait besoin d'un médecin au palais, on demandait al-Juzjani ou un autre, en l'absence d'Ibn Sina, mais jamais Jesse ben Benjamin. Le dhimmi, en revanche, reçut un cadeau pour son second fils. C'était après la circoncision. Rob, cette fois, avait invité lui-même les voisins. Reb Asher Jacobi, le mohel, souhaita que l'enfant grandisse en vigueur pour une vie active et généreuse, on calma les cris du circoncis avec une mouillette de vin et il reçut le nom de Tam, fils de Jesse.

Ala, qui n'avait rien offert à la naissance de Rob J., envoya un élégant petit tapis bleu pâle en laine mêlée de soie et frappé en bleu foncé de la couronne royale des Samanides. Rob le trouvait beau et voulait le mettre près du berceau, mais Mary, irritable depuis l'accouchement, s'y opposa. Elle acheta un coffre, en bois de santal pour éloigner les mites, et y rangea le tapis.

En l'absence d'Ibn Sina, Rob participa à un jury d'examen. Honteux qu'on pût le croire envieux de la place du maître, il fit pourtant de son mieux, se prépara comme un candidat et non un examinateur, posa des questions choisies pour faire valoir le savoir de l'étudiant et non pour l'embarrasser. Sur quatre candidats, trois furent reçus médecins. Le quatrième, convoqué pour la troisième fois sur l'insistance de son père, riche et puissante relation du hadji Davout Hosein, était un bon à rien, paresseux, négligent et indifférent aux malades; il n'avait pas mieux préparé cet examen que les deux précédents. Rob le connaissait pour avoir fait ses études avec lui. Sachant quelle aurait été la décision d'Ibn Sina, il rejeta sans regret sa candidature, les autres examinateurs l'approuvèrent et la commission se sépara.

Quelques jours plus tard, Ibn Sina vint au maristan.

« Heureux retour, maître! lui dit Rob avec joie.

– Je ne reviens pas », répondit le vieil homme, qui semblait las et usé.

Il voulait être examiné à fond par al-Juzjani et Jesse. Ils reprirent avec lui toute l'histoire de son mal : le double choc de la mort de Reza et de Despina. Une faiblesse grandissante qui lui rendait impossible le moindre effort. Il avait cru aux symptômes d'une mélancolie aiguë.

« Car nous savons tous que l'esprit peut produire dans le corps des phénomènes étranges et terribles. »

Mais, depuis peu, ses selles étaient mêlées de mucosités, de pus et de sang. Palpant, pressant, interrogeant et prêtant l'oreille, ils ne négligèrent rien et Ibn Sina, patiemment, se prêta à tout. Enfin, al-Juzjani, pâle, mais se voulant optimiste, diagnostiqua « un flux de sang, dû à l'aggravation des émotions ». L'intuition de Rob était autre. Il regarda son maître bien-aimé.

« Je crois qu'il s'agit d'une tumeur, au premier stade.

– Un cancer de l'intestin? » dit Ibn Sina aussi calmement qu'il aurait parlé d'un patient sans l'avoir jamais vu.

Rob acquiesça, refusant de penser à ce que serait cette lente torture. Al-Juzjani enrageait d'être contredit; l'amour même qu'il éprouvait pour son ami l'empêchait d'admettre l'horrible vérité.

« Vous êtes encore robuste, dit Rob en prenant

les mains de son maître. Tenez le ventre libre pour éviter l'accumulation de bile noire qui aggraverait le cancer. Mais je prie Dieu de m'être trompé.

– Prier ne peut pas faire de mal », dit Ibn Sina en souriant.

69

LES MELONS VERTS

Un jour de sécheresse et de poussière, vers la fin de l'été, une caravane venant du nord-est émergea d'un nuage poudreux. Cent seize chameaux, remuant leurs clochettes et crachant sous leur charge de minerai, traversèrent Ispahan à la queue leu leu. De ce minerai, Ala avait espéré que Dhan Vangalil tirerait beaucoup d'armes d'acier bleu; les essais du forgeron prouvèrent plus tard que le fer en était trop tendre. Mais, ce soir-là, les nouvelles qu'apportait la caravane avaient créé une certaine excitation ici et là dans la ville. Un nommé Khendi, capitaine des chameliers, fut convoqué au palais pour répéter au chah le détail de ses informations, puis on le mena au maristan raconter son histoire aux médecins.

Des mois auparavant, Mahmud, le sultan de Ghazna, était tombé gravement malade, avec de la fièvre et tant de pus dans la poitrine qu'il lui était venu sur le dos une grosse tumeur molle; les médecins avaient décidé de la vider pour sauver la vie du patient. On avait, paraît-il, enduit le dos du sultan d'une fine couche d'argile de potier. L'un des jeunes médecins s'étonna, mais al-Juzjani connaissait la réponse.

« On observe attentivement l'argile, et là où elle

sèche le plus vite, c'est la région la plus chaude de la peau, celle où il faut inciser. »

Sous le scalpel, le pus avait aussitôt jailli et l'on avait posé des drains pour éliminer le reste.

« La lame était-elle arrondie ou pointue? demanda al-Juzjani.

– L'avait-on drogué pour atténuer la douleur?

– Les drains étaient-ils des mèches d'étain ou de lin?

– Le pus était-il foncé ou clair?

– Y a-t-on trouvé des traces de sang?

– Seigneurs! Messeigneurs, je suis capitaine de chameliers et non hakim, s'écria Khendi affolé. Je ne peux vous dire qu'une chose, maîtres.

– Quoi donc?

– Trois jours après l'opération, le sultan de Ghazna était mort. »

Ala et Mahmud avaient été deux jeunes lions, chacun succédant trop tôt à un père puissant, s'épiant l'un l'autre : Ghazna mangerait-il la Perse ou la Perse Ghazna? Il ne s'était rien produit et Ala n'avait cessé de rêver au combat singulier, sur le front des troupes, qui le ferait enfin roi des rois. Allah avait décidé, maintenant, qu'il n'y aurait pas de combat singulier.

Quatre jours après l'arrivée de la caravane, trois espions revinrent à Ispahan, allèrent l'un après l'autre rendre compte au palais, et le chah commença à comprendre, à la lumière de leurs rapports, ce qui s'était passé à Ghazna. Après la mort du sultan, son fils Muhammad avait été évincé par son frère Masud avec le soutien de l'armée. Muhammad en prison et Masud sur le trône, les funérailles de Mahmud mêlèrent en plein délire la douleur des adieux et la fête frénétique. Puis le nouveau sultan réunit les chefs pour leur déclarer son intention d'entreprendre ce que son père n'avait jamais fait : marcher sur Ispahan sans délai.

Voilà ce qui tirait enfin Ala de son palais. Ce projet d'invasion ne lui déplaisait pas, et cela pour deux raisons. Sachant Masud impulsif et inexpérimenté, il y voyait une chance de mesurer sa valeur militaire à celle de ce blanc-bec. Par ailleurs, les Persans avaient dans l'âme un penchant pour la guerre, et il les croyait prêts à accueillir le conflit comme une diversion aux pieuses restrictions imposées par les mullahs. Il réunit ses officiers en conférence, où le vin et les femmes mettaient un air de fête, et l'on se pencha sur les cartes : de Ghazna, une seule route était praticable pour une troupe importante. Masud devait traverser les chaînes et les collines au nord du Dacht-i Kevir, contournant le grand désert par la région de Hamadhan avant d'obliquer vers le sud. Ala décida qu'une armée persane marcherait sur Hamadhan pour prévenir l'attaque d'Ispahan.

On ne parlait que de cela, même au maristan. Rob ne se sentait pas impliqué dans la guerre. Il avait payé sa dette vis-à-vis du roi; après l'expédition indienne, il ne voulait plus jamais être soldat et craignait donc d'être convoqué. Il apprit avec stupéfaction qu'Ibn Sina s'était porté volontaire pour diriger l'équipe médicale de l'armée.

« Quel gâchis d'envoyer un cerveau pareil à la guerre! Il est vieux et n'y survivra pas.

– Il n'a pas soixante ans, mais il tient à cette dernière campagne, soupira al-Juzjani. Avec l'espoir, peut-être, d'une flèche ou d'un coup de lance : une mort plus rapide que celle qui l'attend. »

Al-Juzjani devenait médecin-chef; triste promotion pour la communauté médicale qui perdait la direction d'Ibn Sina. Rob consterné se voyait chargé de multiples tâches que l'un et l'autre ne pouvaient plus assumer, sans compter les cours de plusieurs médecins qui partaient avec l'armée. Il devint en outre membre permanent du jury d'examen et du comité chargé de la coordination entre l'école et l'hôpital. La première réunion de ce comité à laquelle il assista se tenait chez Rotun bin Nasr; directeur de l'école à titre honorifique, il avait prêté son superbe appartement et donné des ordres pour le repas qui serait servi aux médecins.

On apporta d'abord des tranches de ces melons verts à la saveur exceptionnelle que Rob n'avait goûtés qu'une fois; il allait en faire la remarque quand son ancien professeur, Jalal ul-Din, lui dit en souriant :

« C'est à la nouvelle épouse du directeur que nous devons ce fruit délicieux. Vous savez qu'il est aussi général et cousin du chah. Ils se sont vus la semaine dernière pour la préparation de la guerre et Ala a sans doute rencontré la jeune femme. Quand les semences royales ont été plantées, il y a toujours un cadeau de melons verts et, s'il en résulte un fruit mâle, le don princier d'un tapis samanide. »

Rob, incapable de continuer le repas, prétexta un malaise et sortit, bouleversé. Au Yehuddiyyeh, Rob J. jouait avec sa mère dans le jardin, mais le nouveau-né était dans son berceau. Il le regarda intensément : un tout-petit, le même qu'il aimait ce matin en quittant la maison. Il prit le tapis dans le coffre de bois de santal et l'étendit par terre à côté du berceau.

Quand il se retourna, Mary était sur le seuil et ils

se regardèrent. C'était donc vrai. Déchiré de douleur et de pitié, il voulut la prendre dans ses bras mais se surprit à l'agripper violemment des deux mains, sans pouvoir dire un mot. Elle se dégagea et croisa ses bras sur sa poitrine.

« Tu as voulu nous garder ici. Moi, j'ai voulu nous garder en vie », dit-elle avec mépris.

La tristesse de ses yeux s'était changée en froideur, le contraire même de l'amour. L'après-midi, elle déménagea dans la pièce à côté, acheta une couche étroite et l'installa pour y dormir entre les lits de ses enfants, près du tapis des princes samanides.

70

LA CHAMBRE DE QASIM

INCAPABLE de dormir cette nuit-là, Rob se sentait ensorcelé, comme si le sol s'était dérobé sous ses pieds et qu'il lui fallût parcourir un long chemin dans le vide. Il arrivait en pareil cas, se disait-il, qu'un homme tue la mère et l'enfant, mais il savait Tam et Mary en sécurité dans l'autre pièce. Des idées folles le hantaient mais il n'était pas fou.

Il se leva le matin pour aller au maristan, où les choses n'allaient pas mieux. Quatre infirmiers, pris par l'armée, n'étaient pas encore remplacés et les autres, débordés, faisaient grise mine. Il visita les malades et travailla sans aide, s'arrêtant parfois pour baigner un front fiévreux, désaltérer une bouche sèche ou nettoyer là où personne n'avait eu le temps de le faire. Il découvrit ainsi Qasim qui, ayant abandonné sa chambre pour une place parmi les patients, gisait, blême, gémissant, le sol près de lui souillé de vomissures. Il souffrait de nouveau, avoua-t-il, depuis une semaine.

« Pourquoi ne me l'as-tu pas dit ?

– Je prenais mon vin et la douleur passait, mais maintenant, hakim, rien n'y fait et je ne peux plus y tenir. »

Il était fiévreux mais non brûlant, le ventre sensible mais souple. La souffrance, parfois, le faisait haleter comme un chien; il avait la langue chargée et mauvaise haleine.

« Je vais te préparer une infusion.

« Allah vous bénisse, seigneur. »

Rob mélangea des opiacés et du buing au vin que le vieux aimait, et lut dans ses yeux, pendant qu'il buvait, un pressentiment terrible.

A travers les minces écrans des fenêtres ouvertes, les bruits de la ville envahissaient le maristan. Le peuple acclamait son armée en marche. C'étaient non plus des centaines, mais des milliers de soldats qui déferlaient par les rues et les places : infanterie lourde, porteurs de javelots, lanciers à cheval, poneys et chameaux défilaient en rangs serrés sous le soleil, qui faisait étinceler les armes d'un éclat éblouissant. Ordres, pleurs, cris de femmes, plaisanteries obscènes, adieux et encouragements, un tohu-bohu montait de la foule, dans l'odeur du crottin et des sueurs mêlées des bêtes et des hommes. En tête marchaient trente-quatre éléphants. Ala avait engagé tous ceux qu'il possédait.

Ibn Sina ne parut pas; il n'avait pas non plus pris congé au maristan, préférant éviter les paroles inutiles. Après les musiciens royaux, trompettes d'or et clochettes d'argent, venait Zi avec son mahout vêtu de blanc. Le chah portait la soie bleue et le turban rouge de sa tenue de guerre. Le peuple l'acclama comme un nouveau Xerxès, Darius ou le grand Cyrus. Le conquérant de tous les temps.

« Nous sommes quatre amis », se répétait Rob. Il aurait pu le tuer cent fois. Pris de vertige, il partit sans attendre la fin de cette parade de milliers d'hommes en marche vers la gloire ou vers la mort, et se retrouva au bord du Fleuve de la Vie. Alors, il retira de son doigt l'anneau d'or massif d'Ala et le jeta dans l'eau brune. Puis il rentra au maristan.

Qasim était au plus mal; absent, le regard vide, il frissonnait malgré la chaleur et son visage était brûlant. En fin d'après-midi, le moindre contact sur son ventre le faisait hurler. Renonçant à retourner chez lui, Rob revint souvent à son chevet. Le soir, pendant l'agonie, il y eut une accalmie, la respiration devint régulière et paisible, le vieux s'endormit. Mais, quelques heures plus tard, la fièvre ayant repris, il se débattait en plein délire, criant « Nuwas! Nuwas! », parlant à son père, à son oncle Nili. Et toujours revenait ce Nuwas inconnu.

En lui prenant les doigts, Rob sentit qu'il ne pouvait plus offrir que sa présence et le faible réconfort d'un contact humain. La respiration pénible ralentit et enfin s'arrêta. Il tenait encore les mains calleuses entre les siennes quand Qasim mourut.

Un bras sous les genoux, l'autre autour des épaules, il porta le corps dans la salle mortuaire, puis entra dans la chambre voisine. Elle empestait, il faudrait nettoyer à fond. Il y avait là tous les pauvres biens du vieux : vêtement râpé, tapis de prière en loques, quelques copies de prières payées à un scribe, du pain sec, des olives rances, un flacon de vin prohibé et un poignard bon marché. Il était minuit passé. Personne ne le vit déménager la pièce; en y apportant une table, il croisa un infirmier qui pressa le pas sans proposer son aide.

Pour incliner la table, il plaça une planche sous les pieds d'un côté et posa par terre un bassin sous la partie la plus basse. Il lui fallait beaucoup de lumière; quatre lampes et douze chandelles, déro-

bées dans tout l'hôpital, furent disposées comme
devant un autel. Puis il alla chercher le corps et
l'étendit sur la table.

Dès l'agonie de Qasim, il savait qu'il violerait la
Loi. L'heure était venue maintenant et il en perdait
le souffle. Pas de misérable Egyptien payé pour
tenir le couteau. Il assumait seul l'acte, et le péché
si c'en était un. Avec un bistouri, il ouvrit l'abdomen de l'aine jusqu'au sternum; les chairs s'écar-
tèrent et le sang perla. Ne savant que faire ensuite,
il s'affola : les seuls vrais amis qu'il ait eus dans sa
vie étaient morts tous deux de mort violente et, s'il
était pris, il finirait comme eux, mais écorché – le
pire des supplices.

Il parcourut nerveusement l'hôpital sans être
remarqué, se croyant au bord d'un abîme, et
rapporta dans son laboratoire improvisé une petite
scie avec laquelle il coupa le sternum, comme il
l'avait vu dans la blessure de Mirdin. Au bas de la
première incision, il ouvrit horizontalement et
obtint un large pan de chair qu'il écarta pour
découvrir la cavité abdominale.

Le mince tissu de la paroi était enflammé et
couvert d'une substance coagulée. Les organes
semblaient sains, sauf l'intestin grêle, rouge et
irrité en maint endroit; les plus petits vaisseaux
étaient gonflés de sang, comme injectés de cire
rouge. Une petite partie du cæcum, en forme de
sac, anormalement noire et collée à la paroi, se
rompit quand il voulut l'en détacher; il en sortit
deux ou trois cuillerées de pus : le foyer d'infection
qui faisait tant souffrir Qasim; la douleur avait dû
cesser quand le tissu atteint s'était rompu. Un
liquide sombre et fétide s'était répandu dans le
ventre; il y trempa le bout du doigt pour le flairer
car c'était sans doute le poison qui avait causé la
fièvre et la mort.

N'osant examiner les autres organes, il recousit soigneusement le corps – pour une éventuelle résurrection –, ceignit les hanches d'un grand linge, croisa les poignets et les attacha. Puis il l'enveloppa d'un linceul et le reporta à la morgue en attendant l'inhumation du lendemain matin.

« Merci, Qasim, dit-il d'un air sombre. Repose en paix. »

Emportant une chandelle aux bains du maristan, il s'y lava minutieusement et changea de vêtements, mais l'odeur de la mort semblait le poursuivre et il se frotta les mains et les bras avec une eau de senteur. Dehors, dans la nuit, la peur ne le quittait pas, il ne pouvait croire à ce qu'il avait fait. L'aube était proche quand il se coucha enfin. Mary le trouva le matin profondément endormi, et resta pétrifiée en respirant, comme la présence d'une autre femme, un parfum de fleurs dans sa maison.

71

L'ERREUR D'IBN SINA

« Je vais te montrer un trésor », dit Yussuf ul-Gamal.

C'était une copie du *Canon de médecine* d'Ibn Sina, faite par un scribe de ses amis qui voulait la vendre. Les lettres noires, dessinées avec amour, ressortaient sur l'ivoire des pages. Le manuscrit comptait plusieurs cahiers, faits de grandes feuilles de vélin pliées et coupées pour être tournées une à une; puis on avait cousu les cahiers, réunis sous une couverture de fine peau d'agneau. Rob demanda le prix.

« Il en veut quatre-vingts *bestis* d'argent. »

Le hakim fit la moue, il n'était pas assez riche. Mary, oui, mais maintenant...

« Je peux te le garder deux semaines. Tu auras l'argent d'ici là?

— Bon, garde-le. Si c'est la volonté de Dieu... »

Rob posa une forte serrure sur la porte de la chambre près de la morgue; il y apporta une seconde table, des scalpels et tout un matériel pour écrire et dessiner. Puis un jour, avec quelques étudiants robustes, il rapporta du marché la carcasse fraîche d'un porc. Personne ne s'étonna qu'il voulût procéder à quelque dissection. Alors, resté seul cette nuit-là, il déposa sur la table libre le cadavre d'une jeune femme nommée Melia, morte quelques heures plus tôt. Il était cette fois plus impatient et moins effrayé, ayant réfléchi sur sa peur. Pas de sorcellerie dans sa démarche, mais le travail du médecin pour protéger la plus belle création de Dieu en approfondissant la connaissance d'un être si complexe et si intéressant.

Ouvrant le porc et la femme, il entreprit la comparaison minutieuse des deux anatomies. Inspectant d'abord la région de l'affection abdominale, il vit immédiatement que le cæcum du porc, au début du gros intestin, mesurait près de dix-huit pouces de long, tandis que celui de la femme n'en faisait pas plus de deux ou trois, les largeurs étant en proportion. Et puis, quelque chose était attaché au cæcum humain : on aurait dit un ver de terre rose ! Or, le porc n'en avait pas, et l'on n'avait jamais observé un pareil appendice sur aucun porc.

Il ne se pressa pas de conclure. La petite taille du cæcum chez la jeune femme pouvait être une anomalie et le « ver », une forme rare de tumeur. Mais, les nuits suivantes, il ouvrit le corps d'un adolescent, ceux d'une femme d'un certain âge et d'un bébé de six mois. Il trouva chaque fois le même appendice : les organes humains n'étaient pas identiques à ceux du porc.

« Sacré Ibn Sina, murmura-t-il. Tu t'es trompé ! »

Malgré les écrits de Celsus et l'enseignement de milliers d'années, l'homme et la femme étaient uniques. Qui sait quels mystères étonnants on pourrait découvrir et expliquer rien qu'en interrogeant l'intérieur des corps ?

Avant de rencontrer Mary, Rob avait toujours été seul et abandonné. Abandonné, il l'était de nouveau et ne pouvait le supporter. En rentrant une nuit, il se coucha près d'elle entre les lits des enfants endormis. Il n'essaya pas de la toucher, mais elle se retourna comme une bête sauvage et le gifla. Grande et forte comme elle était, elle lui fit mal. Il lui prit les mains et les lui plaqua sur les hanches.

« Folle! dit-il.

– Ne m'approche pas quand tu reviens des bordels persans! »

Il pensa enfin aux aromates du maristan.

« Je m'en sers quand j'ai disséqué des animaux. »

Elle ne dit rien, puis tenta de se dégager. Il sentit contre lui son corps familier et l'odeur de ses cheveux roux.

« Mary ».

Elle se calma, peut-être à cause de ce qu'elle devina dans sa voix. Pourtant, en s'approchant pour l'embrasser, il s'attendait presque à être mordu et il lui fallut un moment pour se rendre compte qu'elle lui rendait son baiser. Libérant ses mains, il fut infiniment heureux de toucher des seins qui n'étaient pas raidis par la mort mais par le désir. Il ne savait pas si elle pleurait ou gémissait d'excitation. Sous son ventre chaud, les viscères gris et roses bougeaient et roulaient comme des créatures marines, mais ses membres étaient souples, tièdes et, quand il glissa en elle un doigt, puis deux, il la retrouva ardente, onctueuse et vivante.

Ils partirent ensemble comme à l'assaut d'un ennemi invisible, d'un djinn à exorciser. Elle enfonçait ses ongles dans son dos en se pressant contre lui, au rythme de mains qui battent. Finalement ils se rejoignirent dans un cri et les enfants, s'éveillant, crièrent aussi. Si bien que tous quatre riaient et pleuraient ensemble – les adultes faisant les deux à la fois.

Le petit Rob J. se rendormit et Mary, en donnant le sein au bébé, raconta calmement à Rob comment Ibn Sina était venu la voir pour lui dire ce qu'elle devait faire. Il apprit ainsi comment sa femme et le vieil homme lui avaient sauvé la vie. Il fut surpris et choqué de l'intervention d'Ibn Sina. Il avait déjà deviné le reste.

Quand Tam fut couché, il la prit dans ses bras et lui dit qu'il l'avait choisie pour toujours, puis elle s'endormit à son tour. Il resta éveillé, les yeux au plafond. Les jours suivants, elle sourit beaucoup mais avec encore un reste de crainte qu'il s'irritait de ne pouvoir effacer malgré ses témoignages de reconnaissance et d'amour.

Un matin, soignant l'enfant d'un courtisan, il vit près de son lit le tapis samanide, et reconnut chez le petit malade le teint basané, le nez déjà busqué, les yeux de son propre enfant. Mais c'étaient aussi les traits de William, le frère qu'il avait perdu. Avant et après le voyage à Idhaj, il avait fait l'amour avec Mary : pourquoi Tam ne serait-il pas son fils ?

Ils s'aimèrent tendrement cette nuit-là. Pourtant, quelque chose avait changé. Il alla s'asseoir seul dans le jardin baigné de lune, près des fleurs, maintenant fanées par l'automne, qu'elle avait cultivées avec tant de soin. Tout change, se dit-il. Elle n'était plus la jeune fille qui l'avait suivi dans le champ de blé ; il n'était plus celui qui l'y avait conduite.

Et ce n'était pas la moindre de ses dettes envers Ala. Il brûlait de s'en acquitter.

72

L'HOMME TRANSPARENT

Un formidable nuage de poussière se leva vers l'est et, contrairement à ce que l'on croyait, ce n'était pas une grande caravane, mais une armée qui marchait vers Ispahan. Quand les soldats furent aux portes, on reconnut les Afghans. Ils s'arrêtèrent hors de l'enceinte et leur commandant, un jeune homme en robe bleue et turban de neige, entra dans la ville avec quatre officiers. Personne ne l'arrêta; l'armée d'Ala l'ayant suivi à Hamadhan, les portes n'étaient gardées que par une poignée de vieux militaires qui s'enfuirent devant les étrangers. Le sultan Masud parcourut donc les rues en toute sécurité. Les Afghans mirent pied à terre près de la mosquée du Vendredi, y rejoignirent les fidèles pour la troisième prière et restèrent ensuite plusieurs heures avec l'imam Musa ibn Abbas et sa coterie de mullahs.

La plupart des habitants ne virent pas le sultan, mais, sachant qu'il était là, on monta sur les remparts pour observer les hommes de Ghazna : des brutes en pantalons déchirés et tuniques larges. Certains portaient le pan de leur turban autour du visage pour se protéger de la poussière et du sable pendant le voyage. Leurs légers matelas de campagne étaient roulés derrière la selle des poneys. Ils s'amusaient à manier leurs arcs en regardant la riche cité, avec ses femmes sans défense, comme des loups devant une garenne de lièvres. Mais ils étaient disciplinés et patientèrent jusqu'au retour de leur chef.

« Que peut bien tramer Masud avec les mullahs ? demanda Rob à al-Juzjani.

– Ses espions l'ont sans doute informé de leurs mauvais rapports avec Ala ; pensant régner ici un jour, il veut s'assurer l'obéissance et la bénédiction de la mosquée. »

En effet, Masud rejoignit ses soldats sans qu'il y ait eu de pillage. Le sultan semblait très jeune mais il avait, comme le chah, le visage fier et cruel d'un rapace. Il déroula son turban blanc, qui fut soigneusement rangé, et en mit un noir et sale pour reprendre sa marche. Les Afghans prirent la route du nord, comme l'avait fait l'armée du roi. Ala s'était trompé en croyant les surprendre à Hamadhan ; le gros de leurs troupes devaient y être déjà. Masud avait déjoué le piège.

« Nous pouvons aller prévenir les Persans ?

– C'est trop tard, sinon le sultan ne nous aurait pas laissés en vie. De toute façon, ajouta al-Juzjani avec ironie, si Qandrasseh est parti pour ramener les Seldjoukides à Ispahan, ni Ala ni Masud ne régneront sur la Perse. Les Seldjoukides sont terribles et aussi nombreux que les sables de la mer.

– S'ils arrivent ou si Masud prend la ville, que deviendra le maristan ?

– L'hôpital fermera quelque temps et nous fuirons nous mettre à l'abri, puis nous sortirons de nos trous et la vie reprendra comme avant. J'ai servi une demi-douzaine de rois avec notre maître, ils viennent et s'en vont, mais le monde a toujours besoin de médecins. »

Rob demanda de l'argent à Mary pour le *Canon* et, quand le livre fut à lui, il le regarda avec respect car c'était le seul qu'il ait jamais eu. Mais il consacrait peu de temps à la lecture car il disséquait plusieurs nuits par semaine et commençait à dessiner, ne gardant que le minimum de sommeil indispensable pour son travail du jour au maristan. Sur un des cadavres, celui d'un jeune homme poignardé dans une bagarre d'ivrognes, il constata que l'appendice du cæcum, plus large qu'à l'ordinaire, était rouge et irrité : il vit là le mal à ses débuts, quand le patient ressent, par intermittence, les premières douleurs. Il pouvait à présent suivre d'un bout à l'autre les progrès de la maladie, de l'infection initiale jusqu'à la mort. Reprenant toutes ses observations, il en rédigea un résumé précis et bien ordonné dans son livre de notes.

Ses investigations sur les cadavres étant limitées aux parties dissimulées par le linceul, les pieds et la tête en restaient exclus et l'examen d'une cervelle de porc ne lui suffisait pas. Son respect pour Ibn Sina était intact, mais il avait compris qu'ayant reçu lui-même, sur le squelette et les muscles, un enseignement insuffisant, il en avait transmis les lacunes et les erreurs.

Il travaillait patiemment, découvrait et dessinait chaque muscle avec sa structure et sa forme particulières, les différents types d'insertion; il faisait de même pour les os et les articulations. Autant de documents sans prix pour apprendre aux jeunes médecins à traiter entorses et fractures.

Il remettait chaque fois à la morgue le corps recousu et enveloppé d'un suaire, et emportait ses dessins chez lui. Il ne craignait plus la damnation, mais restait conscient des risques terribles qu'il courait, et dans la petite pièce sans air, à la lumière vacillante de la lampe, il sursautait à chaque bruit, glacé de terreur s'il entendait marcher. Il avait raison d'avoir peur. Un jour qu'il avait pris à la morgue le corps d'une vieille femme, il vit venir à lui un infirmier portant un cadavre. L'homme le salua et lui proposa son aide.

« Merci, elle n'est pas lourde », dit Rob et, précédant l'infirmier, il reporta la femme dans la salle mortuaire, qu'ils quittèrent ensemble.

Il trouva une autre fois le hadji Davout Hosein devant la chambre de Qasim.

« Qu'y a-t-il dans cette pièce ? Pourquoi est-elle fermée ?

– J'y dissèque un porc. »

Le hadji lui jeta un regard dégoûté. Il se montrait depuis peu particulièrement soupçonneux, les mullahs l'ayant chargé de signaler toute infraction à la loi islamique, tant à la madrassa qu'au maristan. Le lendemain matin, la porte était forcée et les instruments en désordre : aucun ne manquait et le cochon était toujours sur la table. On n'avait rien trouvé pour incriminer Rob mais l'intrusion pouvait le faire frémir; tôt ou tard, il serait découvert.

Il attendit deux jours sans être inquiété. Puis, alors qu'il s'entretenait tranquillement avec lui, un vieillard mourut. La nuit, il ouvrit le corps pour y chercher la cause d'une fin si douce : l'artère qui alimentait le cœur et les membres inférieurs était desséchée et réduite comme une feuille flétrie. Dans le cadavre d'un enfant, il découvrit d'où le cancer tenait son nom : la tumeur avide en forme de crabe étendait ses pinces et ses griffes dans toutes les directions. Ailleurs il vit un foie devenu jaunâtre et dur comme du bois.

La semaine suivante, il disséqua une femme enceinte de plusieurs mois et dessina la matrice dans le ventre gonflé, comme un vase renversé abritant la vie qui s'y était formée. Il lui donna les traits de Despina, à jamais stérile, et l'appela la Femme enceinte. Et une nuit, assis à sa table de dissection, il créa un jeune homme qui avait le visage de Karim, imparfait sans doute mais reconnaissable pour qui l'avait aimé. Il dessina le corps comme si la peau avait été de verre, et ce qu'il ne pouvait pas voir, il le représenta d'après ce qu'en avait dit Galien. Il savait que certains détails étaient inexacts mais le dessin était remarquable car on y voyait les organes et les vaisseaux sanguins comme si l'œil de Dieu regardait au travers de la chair.

Il termina son dessin dans l'exaltation, le signa, le data et l'appela l'Homme transparent.

73

LA MAISON DE HAMADHAN

On n'avait aucune nouvelle de la guerre. Quatre caravanes de ravitaillement étaient parties, comme prévu, à la recherche de l'armée mais on ne les avait jamais revues; sans doute, ayant retrouvé Ala, avaient-elles rejoint ses troupes. Et puis, un après-midi, juste avant la quatrième prière, un cavalier arriva pour annoncer le désastre.

Quand Masud s'était arrêté à Ispahan, ses forces étaient déjà engagées contre les Persans. Il avait envoyé deux de ses meilleurs généraux organiser l'attaque. Cachés derrière le village d'al-Karaj, ils avaient scindé leurs troupes en deux corps, qui avaient surpris Ala sur ses deux flancs, se rejoignant en vaste mouvement tournant pour l'encercler, comme pris au filet.

Les Persans avaient tenté de se reprendre et s'étaient vaillamment battus, mais, débordés, ils avaient perdu du terrain, pour découvrir enfin qu'une troisième armée, conduite par le sultan, attaquait leurs arrières. La cavalerie de Masud, peu nombreuse et rompue aux manœuvres perfides, renouvela la bataille historique des Romains et des Parthes : harcelant l'ennemi, elle disparaissait pour sans cesse reparaître. Puis, à la faveur d'une tempête de sable, Masud lança contre les Perses décimés et désorganisés une offensive générale de ses trois armées. Au matin, le soleil se leva sur ce qui avait été l'armée persane : des corps d'hommes et de bêtes sous un tourbillon de sable. Quelques-uns s'étaient échappés; Ala était-il parmi eux ? Le messager n'en était pas sûr.

« Qu'est devenu Ibn Sina ? lui demanda al-Juzjani.

– Il a quitté l'armée bien avant al-Karaj. Une douleur terrible lui enlevait tous ses moyens et, avec la permission du chah, le plus jeune des médecins, Bibi al-Ghuri, l'a emmené à Hamadhan. Le maître y a encore une maison qui appartenait à son père.

– Je la connais. »

Sachant que le chirurgien voudrait s'y rendre, Rob demanda à l'accompagner; il perçut dans son regard un éclair de jalousie, vite réprimé, et ils partirent immédiatement.

Ce fut un voyage triste et pénible. Al-Juzjani était accablé de chagrin; ils pressaient leurs montures, craignant d'arriver trop tard. Ils avaient fait un détour par l'est pour éviter la guerre. Peut-être durait-elle encore dans la région de Hamadhan. Mais, quand ils atteignirent la capitale qui donnait son nom à tout le territoire, ils la trouvèrent paisible et endormie, sans aucune trace du grand massacre qui s'était produit quelques milles plus loin.

La maison de pierre et de boue convenait mieux à Ibn Sina que sa grande propriété d'Ispahan; comme ses vêtements habituels, elle était vieille, quelconque et confortable. Mais il y régnait l'odeur de la maladie. Rob, prié d'attendre à la porte de la chambre, fut surpris puis inquiet d'entendre des murmures, suivis du son parfaitement identifiable d'un coup de poing. Le jeune Bibi al-Ghuri surgit, pâle, en larmes, et sans saluer Rob se précipita hors de la maison. Al-Juzjani reparut peu après, suivi d'un mullah.

« Ce jeune charlatan a tué Ibn Sina : il lui a fait prendre des graines de céleri pour libérer le ventre, mais au lieu de deux *danaqs* il lui en a donné cinq *dirhams*, c'est-à-dire quinze fois la dose, et depuis cette purge brutale, le maître ne cesse de perdre du sang en abondance. Quelle cruelle ironie ! Le grand médecin victime d'un hakim imbécile... »

Rien ne pouvait le consoler.

« Le maître sait-il ?

– Oui, dit le mullah. Il a libéré ses esclaves et donné ses biens aux pauvres. »

Dans la chambre, Rob fut bouleversé. En quatre mois, Ibn Sina avait fondu, les yeux clos étaient enfoncés, les traits creusés, le teint de cire. L'erreur d'al-Ghuri n'avait fait que hâter l'inévitable issue du cancer. Il lui prit les mains, et y sentit si peu de vie qu'il ne trouva pas le courage de parler. Alors, les yeux s'ouvrirent et Rob lut dans le regard d'Ibn Sina qu'il avait compris sa pensée. Inutile de feindre.

« Maître, dit-il, comment se fait-il qu'un médecin, malgré tout ce dont il est capable, ne soit qu'une feuille dans le vent, et que le pouvoir réel n'appartienne qu'à Allah ? »

Il vit s'illuminer le visage ravagé, et comprit soudain.

« C'est l'énigme ?

– Oui, mon Européen... Et tu dois passer le reste de ta vie... à chercher... comment y répondre. »

Ibn Sina referma les yeux et Rob, après un silence, se mit à parler en anglais.

« J'aurais pu aller ailleurs sans déguisement. Dans le califat occidental, à Tolède, à Cordoue...

Mais j'ai entendu parler d'un homme, Avicenne, dont le nom arabe m'a donné la fièvre : Abu Ali al-Husayn ibn Abdullah ibn Sina. »

Le vieil homme n'avait compris que son nom mais il rouvrit les yeux et ses mains pressèrent légèrement celles de Rob.

« Pour toucher l'ourlet de votre vêtement... Le plus grand médecin du monde. »

Il se rappelait à peine son père naturel, le pauvre charpentier épuisé par la vie. Le Barbier l'avait bien traité mais l'avait laissé à court d'affection. « Voici le seul père que mon âme ait connu », se dit-il. Oubliant ce qu'il avait pu critiquer, il n'avait plus conscience que d'un besoin profond.

« Bénissez-moi », dit-il.

Les quelques mots hésitants qu'il entendit étaient de pur arabe mais il n'était pas nécessaire de les comprendre : Ibn Sina l'avait béni depuis longtemps. Il lui donna le baiser d'adieu et, quand il partit, le mullah avait repris sa place et lisait à haute voix le Coran.

74

LE ROI DES ROIS

Il rentra seul à Ispahan. Al-Juzjani tenait à rester avec son maître mourant jusqu'à ses derniers moments.

« Nous ne le reverrons jamais », dit-il à Mary, qui détourna la tête et pleura comme un enfant.

A peine reposé, il courut au maristan. L'hôpital désorganisé était plein de désœuvrés et il fallut toute la journée s'occuper des patients, donner un cours sur les blessures et s'entretenir avec le hadji Davout Hosein de l'administration de l'école. Dans ces temps troublés, beaucoup d'étudiants, renonçant à leur apprentissage, avaient quitté la ville pour rentrer chez eux; une équipe réduite devait assurer le travail. Heureusement, il y avait aussi moins de patients : les gens se souciaient plus de la guerre que de leurs maladies.

Ce soir-là, Mary avait les yeux rouges. Rob et elle s'étreignirent avec une tendresse qu'ils avaient presque oubliée. En partant le matin, il sentit que quelque chose avait changé : la plupart des boutiques étaient fermées au marché juif, et Hinda emballait fiévreusement ses marchandises.

« Qu'est-ce qui se passe?
— Les Afghans. »
Sur les remparts, on s'alignait dans un silence

pesant. L'armée de Ghazna était là : les fantassins dans la vallée, les cavaliers et les chameaux au flanc des collines; plus haut, les éléphants, près des tentes des nobles et des officiers dont les étendards claquaient au vent. Au milieu du camp, la longue bannière des Ghaznavides faisait flotter sur fond orange sa tête de panthère noire.

« Pourquoi ne sont-ils pas entrés dans la ville? demanda Rob à l'un des hommes du kelonter.

– Ils ont poursuivi Ala jusqu'ici. Il est dans les murs et Masud veut le voir trahi par son peuple. Si nous le livrons, nos vies seront épargnées, sinon, on fera de nos os une montagne sur la place centrale.

– Va-t-on le livrer? »

L'homme eut un regard terrible et cracha.

« Nous sommes persans, et il est le chah. »

Rob rentra chez lui prendre son épée; il dit à Mary de sortir celle de son père et de barricader la porte derrière lui, puis, remontant à cheval, il se rendit au palais. Il croisa en chemin quelques groupes inquiets; il y avait peu de monde avenue des Mille-Jardins, personne aux portes du Paradis. Tout semblait à l'abandon et une seule sentinelle montait la garde.

« Je suis Jesse, hakim au maristan. Le chah m'a convoqué. »

Le jeune soldat parut hésiter, puis il s'effaça pour laisser passer le cheval. Rob s'arrêta derrière les écuries, là où s'était installé le forgeron indien. Dhan Vangalil et son fils aîné avaient été enrôlés dans l'armée; sa famille était partie, laissant la maison déserte, et l'on avait détruit le four si soigneusement construit.

Sans rencontrer de garde, il attacha son cheval près du pont-levis et ses pas résonnèrent dans le palais vide. Enfin, dans un coin de la salle d'audience, il trouva Ala assis par terre, seul devant un pichet de vin et un échiquier. Aussi négligé que ses jardins, il avait la barbe hirsute, des poches violettes sous les yeux et sa maigreur accusait la dureté de son profil de faucon.

« Eh bien, dhimmi, tu viens prendre ta revanche ? » dit-il en voyant Rob debout, la main sur la garde de son épée.

Il fallut au dhimmi un moment pour comprendre que le roi parlait du jeu du chah. Haussant les épaules, il s'installa en face de lui et la partie commença.

« Des troupes fraîches », dit Ala sans humour en avançant un fantassin d'ivoire.

Rob s'étonna de l'absence de Farhad. Il avait fui, ce que n'aurait jamais fait Khuff. Zi l'éléphant était tombé devant al-Karaj, et son mahout avant lui, une lance en pleine poitrine.

« Assez parlé », fit soudain le chah et il s'absorba dans le jeu car son adversaire avait l'avantage.

Il essayait en vain ses vieilles ruses contre un joueur expérimenté qui avait appris à oser avec Mirdin, à prévoir avec Ibn Sina. La sueur perlait sur son front. Il ne lui resta plus, bientôt, que trois pièces : le roi, le général et un chameau. Rob s'empara du chameau, en regardant le roi dans les yeux, et, avec les cinq pièces qu'il avait encore, il réussit à capturer le général blanc. Alors, son général d'ébène mit en échec le roi d'ivoire.

« Retire-toi, ô chah », dit-il doucement.

Il le dit trois fois, en disposant ses pièces de manière à interdire tout mouvement au vaincu.

« Chahtreng, dit-il enfin.

– Oui. Le supplice du roi », reprit Ala en balayant les figurines qui restaient sur l'échiquier.

Ils se regardèrent et Rob remit la main à son épée.

« Masud a dit que, si le peuple ne vous livrait pas, les Afghans tueraient les habitants et pilleraient la ville.

– Ils le feront, qu'on me livre ou pas. Il ne reste qu'une chance à Ispahan. Je défierai Masud en combat singulier : roi contre roi. »

Rob fronça les sourcils; il aurait voulu le tuer, pas l'admirer. Il regarda le roi tendre son grand arc, ceindre l'épée d'acier que Vangalil lui avait forgée.

« Vous allez vous battre? Maintenant?

– C'est le moment.

– Vous voulez que je vous accompagne?

– Non! »

Le ton méprisant de l'exclamation n'irrita pas le dhimmi, au contraire. Mourir aux côtés du chah, pour une impulsion irréfléchie, n'aurait été ni raisonnable ni glorieux. Mais Ala s'était radouci.

« C'était une offre virile, dit-il. Réfléchis à la récompense que tu souhaiterais. A mon retour, je t'accorderai un calaat. »

Rob monta tout en haut du chemin de ronde, d'où l'on voyait les plus beaux quartiers d'Ispahan, les habitants sur les remparts, plus loin la plaine et le camp de Ghazna. Il attendit longtemps, les cheveux au vent, sans voir paraître le roi. L'aurait-il trompé? S'était-il enfui? Que ne l'avait-il tué tout à l'heure!

Il le vit enfin. Le chah sortait de la ville, sur son admirable étalon blanc qui caracolait en secouant impatiemment la tête. Il marcha sur le camp ennemi, puis s'arrêta et se dressa sur ses étriers pour crier son défi. Ses sujets aussitôt, se rappelant le duel légendaire du premier chahinchah, l'acclamèrent du haut des remparts.

En face, une petite troupe de cavaliers s'avança,

précédée d'un homme au turban blanc, Masud sans doute, qui, lui, n'avait que faire des légendes. Et les archers à cheval surgirent des rangs afghans. Sans chercher à leur échapper, Ala se dressa à nouveau et hurla des insultes au jeune sultan qui lui refusait le combat. Les soldats allaient l'atteindre quand, brandissant son arc immense, il commença à fuir sur son beau cheval, qui avait à peine la place de galoper. Alors, se retournant sur sa selle, il décocha un trait qui abattit son premier assaillant. Un « tir parthe » exemplaire salué par les cris d'enthousiasme des habitants sur leur mur.

Mais une pluie de flèches lui avait déjà répondu. Quatre avaient aussi touché le cheval blanc, qui vomit un flot de sang avant de vaciller et de s'écrouler sur le sol avec son cavalier mort. Les Afghans attachèrent une corde aux chevilles d'Ala et le tirèrent dans leur camp, laissant derrière lui un sillage de poussière grise. Et, sans savoir pourquoi, Rob fut particulièrement choqué qu'ils aient traîné le roi la face contre terre.

Il mena le cheval brun dans l'enclos des écuries royales, le dessella et lui dit au revoir avec une tape amicale sur la croupe, puis, l'ayant vu rejoindre le troupeau, il referma soigneusement la porte. Dieu sait à qui il appartiendrait le lendemain! Dans l'enclos des chameaux, il choisit deux jeunes et fortes chamelles. La première essaya de le mordre quand il s'approcha pour la brider mais le bon Mirdin lui avait appris comment convaincre les chameaux, et un solide coup de poing dans les côtes la rendit plus docile. Sans doute instruite par l'exemple, la seconde ne fit pas de difficultés. Il monta sur la plus grande et mena l'autre au bout d'une corde.

La ville était devenue folle, les gens affluaient de

partout, portant des ballots, menant des bêtes chargées de leurs biens. Au marché, des commerçants avaient abandonné leurs marchandises, et Rob, ayant surpris des regards de convoitise autour des chamelles, tira son épée et la garda ostensiblement sur ses genoux. Il dut faire un détour pour éviter l'est d'Ispahan, où se pressaient tous ceux qui espéraient fuir par la porte orientale, à l'opposé du camp ennemi.

Quand il arriva chez lui, Mary ouvrit la porte à son appel, blême et l'épée de son père à la main.

« Nous rentrons », dit-il, et malgré sa peur elle murmura une prière d'action de grâces.

Il ôta le turban et l'habit persan pour remettre son caftan noir et son chapeau de cuir. Ils prirent le *Canon* d'Ibn Sina, les dessins anatomiques, roulés dans une tige de bambou, le cahier de notes et les instruments, l'échiquier de Mirdin, des vivres et quelques drogues, l'épée de Cullen et une petite boîte contenant leur argent; tout cela fut chargé sur l'une des chamelles. Sur les flancs de l'autre, il suspendit, d'un côté un panier de roseaux, de l'autre un sac grossièrement tissé. Dans une fiole où restait un peu de buing, il trempa le bout de son petit doigt qu'il fit sucer par Rob J. et Tam; quand ils furent endormis, il installa l'aîné dans le panier, le bébé dans le sac et Mary monta entre eux sur le dos de la grande chamelle.

Il ne faisait pas tout à fait nuit quand ils quittèrent pour toujours la maison du Yehuddiyyeh, mais ils n'osèrent pas attendre car les Afghans pouvaient entrer dans la ville d'un instant à l'autre. L'obscurité était totale lorsqu'ils franchirent la porte occidentale déserte. La piste de chasse qu'ils suivirent à travers les collines passait si près du camp de Ghazna qu'ils entendaient les soldats chanter et crier, s'excitant au pillage.

Un instant, un cavalier sembla galoper à leur suite, puis le bruit des sabots s'éloigna. L'effet du buing commençant à se dissiper, Rob J. gémit et se mit à pleurer, assez fort pour les trahir, se dit son père, craignant le pire, mais Mary calma l'enfant en lui donnant le sein. Il n'y eut pas de poursuite. Ils laissèrent derrière eux le camp ennemi et, lorsque Rob se retourna, il vit un large nuage rose monter à l'horizon. Ispahan était en flammes.

Ils voyagèrent toute la nuit. Aux premières lueurs de l'aube, les collines étaient dépassées. Pas de soldats en vue. Rob avait le corps engourdi, et les pieds plus douloureux encore dès qu'il arrêtait de marcher. Les enfants pleurnichaient, leur mère gardait les yeux clos dans un visage défait. Il fallait avancer coûte que coûte vers l'ouest, forçant à chaque pas les jambes épuisées, jusqu'au premier village juif.

SEPTIÈME PARTIE

Le retour

75

LONDRES

Ils traversèrent la Manche le 24 mars 1043 et accostèrent à Queen's Hythe en fin d'après-midi. S'ils étaient arrivés à Londres par un beau jour d'été, peut-être le reste de leur vie aurait-il été différent, mais Mary mit pied à terre sous une averse de grésil, portant l'enfant qui, comme son père, n'avait pas cessé de vomir depuis la France jusqu'à la fin du voyage. Dès ce premier moment triste et glacé, elle détesta Londres et s'en méfia.

Il y avait à peine la place de débarquer : plus d'une vingtaine de sombres vaisseaux de guerre étaient à l'ancre et les bateaux de commerce remplissaient le port. Tous quatre, épuisés, allèrent dans une des auberges du marché que Rob se rappelait à Southwark, mais c'était un pauvre gîte, où grouillait la vermine, pour ajouter à leurs malheurs.

Le lendemain matin, il sortit très tôt à la recherche d'un logis et traversa le pont de Londres, bien entretenu, qui seul lui parut familier dans la ville en évolution. Les prés et les vergers avaient fait place à un méandre de rues aussi tortueuses que celles du Yehuddiyyeh. Au nord, les vieilles demeures de son enfance, entourées de champs et de jardins, étaient remplacées par des forges et des ateliers, dans la fumée, le bruit des marteaux et la puanteur des tanneries. Rien ne le satisfaisait : Cripplegate trop près des marais, Holborn et Fleet Street trop loin du centre, Cheapside trop peuplé de petits commerces. Plus au sud, l'encombrement était peut-être pire, mais il y avait vécu une époque héroïque. Il se retrouva au bord du fleuve.

La rue de la Tamise était la plus importante de Londres. Toute une population de petites gens vivait dans un labyrinthe entre le dock de Puddle et la colline de la Tour; la rue elle-même formait avec ses quais le centre prospère des échanges commerciaux. Plus au nord, elle devenait sinueuse, tantôt étroite, tantôt large, avec des grandes maisons, de petits jardins ou des entrepôts, mais partout une circulation humaine et animale dont il se rappelait bien la vitalité et le bourdonnement.

On lui indiqua dans une taverne une maison à louer non loin de Walbrook, et il pensa que le voisinage de la petite église Saint-Asaph plairait à Mary. Le propriétaire, Peter Lound, vivait au rez-de-chaussée. Le premier étage, libre, comportait une petite pièce et une grande, avec un escalier raide donnant sur la rue. Il n'y avait pas de punaises, le loyer semblait raisonnable et la maison était bien située, à proximité des demeures et des boutiques de riches marchands. Rob alla sans tarder chercher sa famille à Southwark.

« Ce n'est pas encore très bien, mais ça ira, qu'en penses-tu ? »

Mary hésita et sa réponse se perdit dans le bruit assourdissant des cloches de Saint-Asaph qui sonnaient à toute volée.

Aussitôt qu'ils furent installés, il se précipita chez un marchand d'enseignes pour faire graver des lettres noires sur une planche de chêne, qu'il fixa près de la porte de la maison; ainsi chacun pouvait voir que c'était là le domicile de Robert Jeremy Cole, médecin.

Mary trouva d'abord agréable de vivre chez les Britanniques et de parler anglais, bien qu'elle continuât à utiliser l'erse avec ses enfants, car elle voulait leur enseigner la langue des Ecossais. On trouvait tout ce que l'on voulait à Londres : une couturière lui fit une jolie robe marron, longue, avec une encolure ronde et des manches si larges qu'elles s'épanouissaient en plis somptueux autour de ses poignets. Elle commanda pour Rob un pantalon gris, une tunique et, malgré ses protestations, deux robes de médecin, dont une pour l'hiver avec un capuchon garni de renard.

Il portait encore la tenue européenne qu'il avait achetée à Constantinople, après l'itinéraire suivi d'un village juif à l'autre, comme au long d'une chaîne, maillon par maillon. Il avait taillé sa barbe en bouc et Jesse ben Benjamin ayant disparu, Robert Jeremy Cole s'était joint à une caravane pour ramener sa famille au pays. Mary, toujours économe, coupait dans le caftan les vêtements de ses fils. Ceux de Rob J. servaient ensuite à Tam, bien que l'aîné fût grand pour son âge, alors que son frère restait plus petit que la moyenne à cause d'une grave maladie contractée pendant le voyage.

Dans la ville franque de Freising, les enfants avaient été pris d'une amygdalite purulente, accompagnée d'une forte fièvre. Rob J. s'était bien guéri, mais la maladie avait affecté la jambe gauche de Tam : elle devenait livide et apparemment sans vie. La caravane qui les avait amenés refusant d'attendre, Rob l'envoya au diable et poursuivit le long traitement : bandages chauds et humides renouvelés jour et nuit, patients exercices pour faire travailler les muscles et les articulations entre ses grandes mains qui massaient la petite jambe avec de la graisse d'ours. Tam se remit lentement et ils demeurèrent à Freising presque un an, en attendant sa guérison, puis une caravane qui leur convienne. Sans réussir à aimer les Francs, Rob se fit à leurs manières; bien qu'il ignorât leur langue, les gens venaient le consulter, sachant les soins et la tendresse qu'il prodiguait à son propre fils. Maintenant, l'enfant traînait un peu la jambe gauche quelquefois, mais il était parmi les plus vifs des petits Londoniens.

Les deux garçons s'acclimataient mieux que leur mère. Elle trouvait le climat humide et les Anglais froids. Chez les commerçants, elle regrettait les marchandages à l'orientale. Rob lui-même avait la nostalgie des effusions persanes même si, la plupart du temps, ce n'était que du vent. Mary s'inquiétait d'une sorte de morosité dans ses rapports conjugaux; amaigrie, sans éclat, la poitrine fatiguée par l'allaitement, elle craignait que toutes ces prostituées, dont la ville était pleine, ne détournent d'elle son mari, et qu'il ne leur fasse partager les raffinements de l'amour persan où ils avaient trouvé tant de plaisir.

Londres lui paraissait un sombre bourbier, avec ses égoûts à ciel ouvert et sa crasse, ses quartiers surpeuplés puant l'ordure et l'excrément. A Constantinople, se retrouvant en milieu chrétien, elle s'était offert une orgie de dévotion, mais à Londres les églises étaient partout, dominaient les maisons les plus hautes, vous assourdissaient à toute occasion de leurs sonneries, plus obsédantes que les muezzins. Elle avait pris les cloches en horreur.

Le premier visiteur de Rob ne fut pas un patient mais un homme fluet et voûté aux petits yeux clignotants.

« Nicholas Hunne, médecin, dit-il en redressant sa tête chauve.

– J'ai remarqué votre enseigne, maître Hunne. Vous êtes à un bout de la rue de la Tamise et je me suis établi à l'autre. Il y a assez de malades par ici pour occuper une douzaine de médecins.

– Ne croyez pas cela. Londres a déjà trop de médecins, et une ville des environs serait un meilleur choix pour un débutant. »

Il demanda où il avait fait ses études. Dans le royaume franc d'Orient, répondit Rob. Et quels seraient ses tarifs ? Le « débutant », qui n'y avait pas songé, apprit que les prix de consultation étaient élevés, qu'il fallait laisser la populace aux barbiers-chirurgiens et les nobles aux quelques praticiens qui en avaient l'exclusivité.

« Mais la rue regorge de riches marchands – qu'il est prudent de faire payer d'avance, quand la maladie les rend anxieux, ajouta-t-il avec un clin d'œil. La concurrence peut être un avantage : on fait venir le confrère en consultation et cela impressionne toujours le patient.

– Je préfère travailler seul », dit Rob froidement.

L'autre rougit de ce rejet catégorique.

« Vous serez satisfait, maître Cole, car ce sera répété et aucun autre médecin ne vous adressera la parole. »

Il vint peu de malades. Rien d'étonnant, se dit Rob. Mieux valait patienter qu'accepter les jeux malpropres et lucratifs de ce Hunne. En attendant, il s'installait. Il emmena sa femme et ses enfants à

Saint-Botolph, au cimetière où reposaient les siens. Il sentait, au fond de lui-même, qu'il ne reverrait jamais ses frères ni sa sœur, mais, heureux et fier de sa nouvelle famille, il espérait que, d'une manière ou d'une autre, Samuel, Mam et Pa en sauraient quelque chose.

Il trouva à Cornhill une taverne qui lui plut; le Renard était le genre d'endroit où son père se réfugiait autrefois. Il y rencontra un entrepreneur nommé Marckham qui avait fait partie de la guilde et se rappelait Nathanael Cole. C'était un neveu de Richard Bukerel et il avait été l'ami de Turner Horne, le maître charpentier chez qui vivait Samuel avant l'accident. Turner, sa femme et leur plus jeune fille étaient morts depuis cinq ans de la malaria, par un terrible hiver. Anthony Tite, aussi, avait succombé l'an passé à sa maladie de poitrine.

Ils burent en silence pendant un long moment, puis Rob apprit des uns et des autres la chronique royale des années passées, dont Bostock lui avait conté une partie à Ispahan. Harold Harefoot, ayant laissé mourir son demi-frère Alfred en prison après lui avoir arraché les yeux, était mort lui-même d'indigestion. Son successeur, un autre demi-frère, le fit aussitôt déterrer et jeter dans un marécage.

« Son demi-frère! Jeté comme un sac de merde ou un cadavre de chien! dit Marckham indigné. Finalement, par une nuit froide où le brouillard cachait la lune, nous sommes allés en barque le repêcher dans les roseaux et on l'a enterré décemment au petit cimetière de Saint-Clément. C'était un devoir pour des chrétiens, non? »

Après deux ans de règne, Harthacnut à son tour mourait subitement au cours d'un festin. Le roi actuel, Edward, était aimé du peuple; il avait fait construire une bonne flotte de vaisseaux noirs qui tenaient en respect les pirates hors des routes maritimes. Toute cette histoire, embellie d'anecdotes et de souvenirs, donnait soif à l'auditoire autant qu'aux conteurs, si bien que plusieurs soirs Rob tituba en rentrant du Renard, et Mary dut déshabiller et mettre au lit un ivrogne mal embouché.

« Mon amour, partons d'ici, lui dit-elle un jour.

– Pourquoi ? Où irions-nous ?

– Nous pouvons vivre à Kilmarnock, où j'ai mon domaine et une grande famille qui serait heureuse d'accueillir mon mari et mes fils.

– Donnons encore une chance à Londres », dit-il doucement.

Il se promit d'être plus prudent au Renard et d'y aller moins souvent. Ce qu'il ne disait pas à Mary, c'est que Londres n'était pas seulement pour lui un lieu où exercer sa profession. C'était un grand projet. Ce qu'il avait appris en Perse faisait désormais partie de lui-même, mais n'était pas connu ici. Il avait besoin des échanges d'idée qui l'avaient enrichi à Ispahan ; cela supposait un hôpital et Londres serait un lieu idéal pour un maristan.

Un matin d'automne, le soleil perçant à travers la brume, il se promenait sur un quai où des esclaves entassaient des barres de fonte avant de les embarquer. Les piles de lourd métal semblaient trop hautes, irrégulières et, quand un fardier recula brutalement sous les coups de fouet du conducteur, la voiture heurta l'échafaudage.

Rob détestait les fardiers ; il ne laissait pas ses enfants jouer sur les quais, où son frère Samuel était mort écrasé dans des circonstances analogues. Il vit avec horreur le nouvel accident qui venait de se produire. Sous le choc, une barre de fonte avait glissé du haut de la pile, en entraînant deux autres avec elle. Les cris d'avertissement vinrent trop tard : un esclave écrasé était mort sur le coup, un autre, la jambe droite atrocement mutilée, s'était évanoui.

Rob fit dégager le corps et envoya un homme chez lui demander à Mary sa trousse chirurgicale. Ne pouvant sauver ni le pied ni la cheville, il commença à inciser la peau saine au-dessus de la blessure pour préparer l'amputation.

« Qu'est-ce que vous faites là? »

Celui qui se tenait debout devant lui, Rob l'avait vu pour la dernière fois en Perse, chez Jesse ben Benjamin, et il dut faire effort pour n'en rien témoigner.

« Je soigne un homme.

— Ils disent que vous êtes médecin.

— C'est exact.

— Je suis Charles Bostock, marchand importateur, propriétaire de cet entrepôt, et je n'aurais pas la sottise, foutre Dieu, de payer un médecin pour un esclave! »

Rob haussa les épaules. La trousse était arrivée; il prit sa scie, coupa le pied écrasé et ferma le moignon avec autant de soin qu'en aurait exigé al-Juzjani. Puis il tapota le visage de l'esclave avec deux doigts, et l'homme gémit. Bostock était toujours là; il tint à répéter qu'il ne paierait rien, pas un penny.

« Qui êtes-vous? demanda-t-il.

— Robert Cole, médecin rue de la Tamise.

— Nous nous sommes déjà rencontrés?

— Pas à ma connaissance. »

Il prit ses affaires et s'en alla, laissant Bostock stupéfait, qui le suivit du regard un long moment. Dans le Londonien à la courte barbe, avait-il reconnu le Juif enturbanné d'Ispahan? Y avait-il là un danger, surtout pour Mary et les enfants?

Ce soir-là, justement, elle parla de Kilmarnock, de son désir d'y revoir les siens, et Rob entrevit une solution.

« J'ai encore à faire ici, dit-il en lui prenant les mains. Mais je pense que toi et les petits vous pourriez partir sans moi. »

Elle resta immobile et muette. Sa pâleur accentuait la hauteur des pommettes, la minceur du visage agrandissait les yeux. Les coins de sa bouche, qui la trahissaient toujours, disaient sa peine. Enfin, elle parla d'un ton tranquille.

« Si c'est ce que tu veux, nous partirons. »

Les jours suivants, il changea dix fois d'avis. On n'était pas venu l'arrêter, fallait-il tant s'inquiéter? Bostock ne l'avait pas identifié, même si son visage lui avait paru familier. Il voulait dire à Mary « Ne pars pas », mais les mots ne franchissaient pas ses lèvres. Il avait peur; mieux valait les savoir tous trois ailleurs, en sécurité, pendant quelque temps.

« Si tu pouvais nous aider à rejoindre le port de Dunbar..., lui dit-elle. Là, les MacPhee, qui sont de nos parents, assureront notre retour à Kilmarnock. »

En cette fin d'été, il trouva aisément un bateau pour Dunbar, qui partait moins de deux semaines plus tard. Le capitaine, un Danois grisonnant, n'était pas fâché d'être payé pour trois passagers qui ne coûteraient pas cher à nourrir. Il restait peu de temps pour préparer le départ, remettre en état les vêtements, choisir ce que Mary emporterait ou non. Rob promettait d'aller les retrouver bientôt.

« Mais... si tu ne viens pas, si la vie nous sépare d'une manière ou d'une autre, sache que les miens élèveront les garçons. »

Il en fut plus contrarié que rassuré et regretta sa

décision. C'était la dernière nuit, ils se touchaient comme deux aveugles pour retenir dans leurs mains les plus chers souvenirs du corps de l'autre. Ils firent l'amour tristement, on eût cru un adieu. Puis elle pleura et il la garda dans ses bras sans rien dire.

Le matin, il les conduisit à bord de l'*Aelgifu*, un bon bateau viking, en chêne, avec un seul mât et une grande voile carrée, qui saurait se garder des pirates et de la tempête en suivant prudemment les côtes. Mary avait le visage fermé dont elle s'armait contre les menaces du monde. Le pauvre Tam était déjà pâle et angoissé.

« Continue à faire travailler sa jambe », cria Rob en mimant les gestes du massage.

Mary acquiesça et se pencha vers Rob J. qui lança de sa voix claire un « Adieu, Pa! » auquel Rob répondit : « Dieu vous garde! » ils disparurent très vite et, les cherchant encore des yeux, il resta longtemps sur ce quai où il était déjà venu quand il avait neuf ans, seul dans Londres, sans famille et sans amis.

76

LE LYCÉE DE LONDRES

CETTE année-là, le 9 novembre, une femme nommée Julia Swane fut arrêtée comme sorcière. Elle était accusée d'avoir changé en cheval volant sa fille de seize ans et de l'avoir chevauchée avec tant de brutalité que la jeune Glynna était estropiée pour toujours. On ne parlait que de cela en ville. Le propriétaire de Cole jugeait odieux et criminel de traiter ainsi son propre enfant.

Rob s'ennuyait des siens et de leur mère. La première tempête était survenue plus d'un mois après leur départ; ils avaient sans doute depuis longtemps débarqué à Dunbar et, où qu'ils soient maintenant, il les espérait en sécurité. Promeneur solitaire, il revoyait les quartiers qu'il avait connus enfant. Devant le palais royal, qui lui semblait autrefois le symbole même de la magnificence, il comparait la simplicité anglaise et le luxe flamboyant du palais du Paradis. Le roi Edward vivait surtout à Winchester, mais il l'aperçut un matin marchant en silence parmi les gens de sa maison, pensif et renfermé. On disait qu'il avait blanchi très jeune en apprenant comment Harold avait traité son frère Alfred; il faisait plus vieux que ses quarante et un ans, et moins royal que le chah, mais lui au moins était vivant.

L'hiver fut précoce et pluvieux. Le solitaire passait souvent ses soirées au Renard, essayant d'éviter
l'alcool et les putains qui avaient perdu son père,
mais les fêtes de Noël furent une dure épreuve
et, quand il quitta la taverne ce jour-là, il avait
énormément bu. Avisant deux marins qui corri-
geaient à coups de poing un homme en caftan
noir, dont le chapeau de cuir avait roulé dans la
boue, il les interpella. Ils voulaient, dirent-ils, tuer
ce sale Juif de Normandie pour venger la mort du
Christ. Excité par l'alcool, il se jeta sur eux, les mit
en fuite et se fit insulter. La victime en piteux état
pleurait surtout d'humiliation.

« Que se passe-t-il ? demanda un barbu au poil
rouge et au nez congestionné.

– Cet homme a été attaqué.

– Vous êtes sûr que ce n'est pas lui qui a
commencé ? »

L'autre avait retrouvé la voix pour dire sans
doute sa gratitude, dans un français volubile.

« Comprenez-vous cette langue ? » demanda Rob
au rouquin, qui secoua la tête avec mépris.

Il aurait aimé parler au Juif dans la Langue pour
lui souhaiter une fête des Lumières plus paisible,
mais, devant un témoin malintentionné, il n'osa
pas. Resté seul, il s'offrit un flacon de vin qu'il alla
boire au bord du fleuve en contemplant les eaux
grises. Il était content de lui. Fils de son père, ne
pouvait-il boire s'il en avait envie ? Une métamor-
phose s'était opérée : il *était* Nathanael Cole.
Chose étrange, il était aussi Mirdin et Karim. Ala et
Dhan Vangalil. Et surtout, oh ! surtout, il était Ibn
Sina ! Mais il était encore le gros bandit qu'il avait
tué autrefois et cette saloperie de Davout
Hosein...

Il était tous les hommes et tous étaient en lui.
Quand il se battait contre ce sacré Chevalier noir,

c'était un combat pour sa propre survie. Seul et ivre, il en prenait conscience pour la première fois. Emportant le flacon vide qui servirait à un médicament ou une analyse d'urine honnêtement payée, il s'en retourna, lui et tous les autres, à pas prudents et incertains, vers son refuge rue de la Tamise.

Il n'avait pas laissé femme et enfants pour devenir ivrogne, se dit-il sévèrement le lendemain quand il eut retrouvé ses esprits. Pour renouveler sa réserve d'herbes médicinales, il alla chez un herboriste de sa rue, un petit homme méticuleux nommé Rolf Pollard, qui semblait compétent.

« Où pourrais-je rencontrer d'autres médecins ? lui demanda-t-il.

— Au lycée, je pense, maître Cole. Les médecins de la ville s'y réunissent régulièrement. Je n'en sais pas davantage, mais maître Rufus vous renseignera sans doute. »

Le conduisant à l'autre bout de la pièce, il présenta Rob à un client qui flairait une branche de pourpier sec. Aubrey Rufus, médecin de la rue Fenchurch, un homme posé un peu plus âgé que lui, passa sa main dans une chevelure blonde qui commençait à s'éclaircir et répondit aimablement.

« La réunion a lieu le premier lundi de chaque mois, à l'heure du dîner, dans une salle de la taverne Illingsworth à Cornhill. C'est surtout un prétexte pour nous empiffrer. Chacun paie son écot.

— Faut-il être invité ?

— Pas du tout, c'est ouvert aux médecins de Londres. Mais, si cela vous fait plaisir, je vous invite. »

Rob sourit, le remercia et prit congé. Le premier lundi de la nouvelle année, il retrouva à l'Illingsworth une vingtaine de médecins, bavardant et riant autour des tables, qui l'examinèrent avec la curiosité furtive de tout groupe pour un nouvel arrivant. Il reconnut tout de suite Hunne qui fronça les sourcils en le voyant et chuchota quelque chose à ses voisins. Mais Aubrey Rufus lui fit signe de le rejoindre, à une autre table, et le présenta à ses quatre compagnons. Un nommé Brace demanda avec qui il avait fait son apprentissage et combien de temps.

« J'ai été six ans l'assistant d'un médecin de Freising, dans le royaume franc oriental, qui s'appelait Heppmann. »

C'était le nom du propriétaire qui les avait logés pendant la maladie de Tam. Il y eut des mines dédaigneuses pour cette référence étrangère, mais l'arrivée des victuailles coupa court à l'interrogatoire : une volaille trop cuite avec des navets et de la bière, dont Rob usa modérément. Après le repas, Brace, qui était chargé de la conférence, parla des ventouses.

« Il faut prouver aux patients votre confiance dans l'efficacité des ventouses et des saignées répétées, afin qu'ils partagent votre optimisme. »

L'exposé était mal préparé et il apparut au cours de la discussion que le Barbier en savait beaucoup plus à ce sujet que la plupart des médecins. Le Lycée se révélait bien décevant. On y était obsédé d'honoraires et de revenus. Rufus même plaisantait avec envie le président, Dryfield, qui recevait chaque année, comme médecin du roi, un traitement et des robes.

« Un médecin peut toucher un traitement sans servir le roi, dit Rob, éveillant l'attention générale.

– Comment cela? demanda Dryfield.

– En travaillant pour un hôpital, un centre de

soins consacré aux patients et à l'étude des maladies. »

Certains le regardèrent, ébahis, mais Dryfield acquiesça.

« C'est une idée qui vient d'Orient. On parle d'un nouvel hôpital à Salerne et l'Hôtel-Dieu existe depuis longtemps à Paris, mais il faut savoir que les gens ne sont envoyés à l'Hôtel-Dieu que pour y mourir oubliés. C'est un lieu effroyable.

– Les hôpitaux ne sont pas forcément ainsi, dit Rob, contrarié de ne pouvoir leur parler du maristan.

– Ce système convient peut-être aux incapables, mais les médecins anglais ont l'esprit plus indépendant et doivent être libres de mener leurs propres affaires.

– La médecine est plus qu'une affaire.

– Ce n'est pas une affaire, dit Hunne, les honoraires étant ce qu'ils sont et des petits merdeux débarquant sans cesse à Londres. Où voyez-vous " plus qu'une affaire " là-dedans ?

– C'est une vocation, maître Hunne. De même que d'autres se sentent appelés par l'Eglise. »

Brace allait exploser, mais le président toussa : la dispute avait trop duré.

« Qui se propose pour la conférence du mois prochain... ? Allons, chacun doit participer ! » dit Dryfield avec impatience.

Rob savait qu'il commettait une erreur en se proposant dès la première réunion, mais personne ne disait mot et il parla.

Le président haussa les sourcils, lui demanda quel sujet il aborderait et en parut enchanté.

« L'affection abdominale ? Maître... Crowe, n'est-ce pas ?

– Cole.

– Maître Cole, une causerie sur l'affection abdominale, mais c'est parfait ! »

Julia Swane avait avoué, et l'on avait découvert la marque de la sorcière sur la chair douce et blanche de son bras, juste sous l'épaule gauche. Sa fille Glynna déclarait que Julia l'avait tenue, en riant, tandis que quelqu'un la violait, le diable sans doute. Plusieurs de ses victimes l'accusèrent d'envoûtement. C'est au moment d'être plongée dans l'eau glacée de la Tamise que la sorcière avait tout confessé, et maintenant, elle répondait aux questions des exorcistes sur les différents sujets touchant à la sorcellerie. Rob essayait de ne pas penser à elle.

Il acheta une jument grise, ni jeune ni belle, un peu grasse, et la logea aux anciennes écuries d'Egglestan, qui appartenaient maintenant à un certain Thorne. Elle le menait chez les patients qui l'envoyaient chercher, et d'autres venaient chez lui. C'était la saison du croup; regrettant le tamarin, la grenade et la figue en poudre qu'utilisait la médecine persane, il préparait des potions avec ce qu'il avait sous la main : du pourpier macéré dans l'eau de rose, en gargarismes pour les gorges irritées, une infusion de violettes séchées contre les maux de tête et la fièvre, de la résine de pin mêlée de miel pour traiter le phlegme et la toux.

Un nommé Thomas Hood à la barbe et aux cheveux carotte vint un jour rue de la Tamise et Rob se rappela brusquement où il l'avait vu; c'était le témoin de l'incident avec le Juif et les deux marins. Il se plaignait d'avoir les symptômes du muguet, mais il n'avait pas trace de pustules dans la bouche, ni de fièvre, ni de rougeur dans la gorge et semblait bien trop vif pour un malade. Il ne faisait que poser des questions : Où Rob avait-il fait son apprentissage? Vivait-il seul? Pas de femme? Pas d'enfants? Depuis quand était-il à Londres? D'où venait-il? Un aveugle aurait su que le prétendu malade était un mouchard. Rob ne dit rien, prescrivit un purgatif énergique que l'autre ne prendrait pas, et le poussa dehors avec son flot de questions.

Mais qui l'avait envoyé? Pour qui travaillait-il? Etait-ce simple coïncidence s'il avait vu la bagarre avec les marins? Il eut quelques éléments de réponse le lendemain chez l'herboriste, où il rencontra de nouveau Rufus.

« Hunne dit de vous tout le mal possible. Il vous trouve l'air d'un voyou et d'un escroc plus que d'un médecin, et cherche à fermer le Lycée à qui ne serait pas l'élève d'un médecin anglais.

– Que me conseillez-vous?

– Ne faites rien. Il est clair qu'il refuse de partager avec vous la rue de la Tamise. Tout le monde sait qu'il arracherait les couilles de son grand-père pour la moindre piécette, et personne n'y fait attention. »

Rob en fut réconforté. Il balaierait leurs doutes en préparant son exposé comme il l'aurait fait à la madrassa. Aristote enseignait à Athènes dans le premier Lycée qu'il avait fondé. Eh bien, lui, qu'Ibn Sina avait formé, montrerait à ces médecins anglais ce qu'une conférence médicale pouvait être.

Ils furent intéressés, sans doute, ayant tous perdu des malades de cette terrible douleur dans la partie droite de l'abdomen. Mais le mépris et l'ironie le guettaient à chaque phrase. On se moqua du « petit ver » qu'il prétendait avoir observé. Aucun auteur n'en avait jamais fait mention, disait Dryfield : ni Galien, ni Celsus, Rhazes, Aristote ou Dioscoride. D'ailleurs, l'avait-il trouvé en disséquant un porc? Non, bien sûr. Et chacun sait que le porc et l'homme ont même anatomie.

« Il y a, expliqua patiemment Rob, de subtiles différences. »

Il déroula son dessin de l'Homme transparent et le commenta en montrant les différents stades de la maladie.

« A supposer que l'affection abdominale corresponde à votre description, dit un médecin au fort accent danois, quel traitement proposez-vous?

– Je ne connais pas de traitement.

– Alors, à quoi nous sert de connaître l'origine du mal? »

Tout le monde approuva, oubliant l'hostilité habituelle à l'égard des Danois pour faire bloc contre le nouvel arrivant.

« La médecine, reprit Rob, se construit comme un édifice. Nous avons une chance, dans le temps d'une vie, de poser une brique. Si nous expliquons la maladie, quelqu'un, plus tard, trouvera le remède. »

Grommelant de plus belle, ils s'étaient rassemblés autour de l'Homme transparent, et le président avait noté la signature.

« C'est un excellent travail, dit-il. Qui vous a servi de modèle?

– Un homme qui avait été éventré.

– Vous n'avez donc vu qu'un seul appendice, s'écria Hunne triomphant, et, naturellement, la voix toute-puissante de votre " vocation " affirme aussi l'universelle présence de ce petit ver rose dans les intestins? »

Rob, vexé, dit l'avoir vu dans plusieurs corps. Combien? Six. Des hommes et des femmes? Dans quelles circonstances? Mal à l'aise, il avait l'impression de sonner faux. Ils conclurent à la coïncidence ou, pire, au mensonge et, apercevant une lueur de joie mauvaise dans les yeux de Hunne, il comprit que cette conférence prématurée au Lycée avait été une erreur.

Julia Swane ne pouvait échapper à la Tamise. Le dernier jour de février, plus de deux mille personnes s'assemblèrent au petit matin pour applaudir quand on la cousit dans un sac avec un coq, un serpent et une grosse pierre, avant de la jeter au plus profond du bassin de Saint-Giles.

Rob n'assista pas à la noyade. Il cherchait en vain au dock de Bostock l'homme qu'il avait amputé, inquiet de ce qu'il était devenu car le sort d'un esclave dépend de sa capacité de travail. Il en vit un autre dont le dos était balafré de coups de fouet qui semblaient lui ronger le corps. Il rentra chez lui préparer un baume à base de graisse de chèvre et de porc, d'huile, d'encens et d'oxyde de cuivre, puis retourna au quai l'appliquer sur la peau malade. Mais il n'avait pas fini qu'un surveillant se précipitait sur eux.

« C'est le quai de maître Bostock ! Qu'est-ce que vous foutez là ? »

L'esclave avait déjà fui. Sous le regard menaçant du garde, Rob quitta les lieux, heureux de s'en tirer sans autre dommage.

On venait le consulter. Il guérit de ses maux de ventre une femme pâle et larmoyante en lui donnant du lait de vache bouilli. Un riche armateur arriva, la tunique trempée du sang de son poignet, si profondément entaillé que la main semblait gravement atteinte. Déprimé par l'alcool, il avait voulu, avec son propre couteau, mettre fin à ses jours. Il avait bien failli réussir. Rob avait appris dans ses dissections que l'artère du poignet passe tout contre l'os et l'homme s'était arrêté juste avant. Il avait tout de même endommagé des ligaments qui commandent et contrôlent les mouvements du pouce et de l'index. Quand le poignet fut recousu et pansé, les deux doigts restèrent inertes.

« Retrouveront-ils le mouvement et la sensibilité ?

– Si Dieu le veut. Vous vous y êtes très bien pris ; la prochaine fois, vous ne vous manquerez pas. Si vous voulez vivre, évitez l'alcool. »

C'était l'époque de l'année où l'on a besoin de purgatifs après un hiver sans légumes verts ; il prépara une teinture de rhubarbe qu'il épuisa en une semaine. Il soigna un homme mordu par un âne, perça deux furoncles, traita un poignet foulé et un doigt cassé. Au milieu de la nuit, une femme effrayée vint le chercher pour son mari, qui était palefrenier aux écuries de Thorne. Il s'était blessé au pouce trois jours avant, et souffrait la veille de douleurs dans les reins. Maintenant, les mâchoires crispées, une salive écumeuse filtrant entre les dents serrées, il était tendu comme un arc, la tête et les talons reposant seuls sur sa couche. C'étaient bien les symptômes, décrits par Ibn Sina, d'une crise d'épilepsie, mais on ne connaissait pas de traitement et l'homme mourut à l'aube.

Malgré l'amère expérience du Lycée, Rob se força, le premier lundi de mars, à suivre la conférence en spectateur muet, mais le mal était fait : on le considéra comme un fanfaron emporté par son imagination. Il ne rencontra qu'ironie et froideur, Rufus détourna les yeux, et les étrangers près de qui il s'assit ne lui adressèrent pas la parole. Un petit homme rondouillard parla des fractures du bras, des côtes, des luxations de la mâchoire, de l'épaule et du coude ; cours nul et bourré d'erreurs qui aurait mis Jalal en rage.

Puis on parla de l'exécution de la sorcière et de la vigilance qui s'imposait.

« En examinant les patients, nous devons rechercher sur leur corps et signaler au besoin la marque du diable.

– Veillons à nous montrer au-dessus de tout reproche, dit Dryfield. Chez certains, la médecine frôle la sorcellerie. On m'a dit qu'un médecin sorcier pouvait faire écumer la bouche d'un patient et le rendre rigide comme un cadavre. »

Rob pensa au palefrenier épileptique qu'il avait visité, à la limite du « territoire » de Hunne. Celui-ci, justement, demandait à quoi on pouvait reconnaître les sorciers mâles.

« Ils ressemblent aux autres hommes, répondit le président, mais ils sont, paraît-il, circoncis comme les païens. »

Conscient des menaces qui se précisaient autour de lui, Rob prit bientôt congé, décidé à ne jamais revenir. L'expérience du Lycée n'avait été que déception et insultes calomnieuses. Mais il était en pleine santé et mettait tous ses espoirs dans le travail.

Le lendemain matin, Thomas Hood, le mouchard, se présenta à sa porte avec deux hommes armés.

« Que puis-je pour vous ? » demanda Cole. Mais il savait déjà.

« Nous sommes mandatés par la cour de justice de l'évêque. »

Hood s'interrompit pour cracher sur le sol propre.

« Nous venons vous arrêter, Robert Jeremy Cole, pour vous mener devant la justice de Dieu. »

77

LE MOINE GRIS

Le tribunal se réunissait au porche sud de Saint-Paul. On poussa l'accusé dans une petite pièce pleine de gens qui attendaient. Il y avait des gardes à la porte. Rob se crut revenu au royaume de l'imam Qandrasseh. Dieu merci, Mary et les enfants n'étaient pas avec lui! Il pria silencieusement pour que lui soit épargné le plongeon dans un sac avec un coq et un serpent. A quels témoins serait-il confronté? Les médecins? La femme du palefrenier? Quel mensonge inventerait Hunne pour le convaincre de sorcellerie? Sa circoncision accidentelle le trahirait-elle? et quelle autre marque diabolique découvrirait-on sur son corps? Il eut tout le temps de ruminer ses craintes car c'est seulement au début de l'après-midi qu'on l'introduisit devant les juges.

Vêtu de laine brune, avec étole et chasuble, un homme âgé, qui louchait, siégeait sur un trône de chêne. C'était Aelfsige, évêque ordinaire de Saint-Paul, aux jugements impitoyables. Il avait à sa droite deux prêtres en noir, et, à sa gauche, un jeune bénédictin sévèrement vêtu de gris. Un clerc s'approcha de Rob, lui donna les Saintes Ecritures à baiser et lui fit jurer solennellement que son témoignage serait véridique.

« Comment vous appelez-vous ? demanda Aelf-sige en l'observant.

— Robert Jeremy Cole, Excellence.

— Résidence et profession ?

— Médecin, rue de la Tamise. »

L'évêque fit un signe de tête à son voisin de droite.

« Le 25 décembre dernier, avec un Hébreu étranger, vous êtes-vous livré, sans avoir été provoqué, à une attaque contre maître Edgar Burstan et maître William Symesson, chrétiens libres londoniens de la paroisse de Saint-Olaf ? »

Un instant déconcerté, Rob se rassurait : il n'était pas question de sorcellerie, mais d'aide à un Juif, charge mineure, même s'il devait être condamné.

« Un Juif normand nommé David ben Aharon, dit l'évêque en clignant les yeux car il avait la vue basse.

— Je n'ai jamais entendu ce nom ni ceux des plaignants, mais le témoignage des marins est inexact. Ce sont eux qui ont attaqué le Juif de façon déloyale, et c'est pourquoi je suis intervenu.

— Etes-vous chrétien ?

— Je suis baptisé.

— Suivez-vous régulièrement les offices ?

— Non, Excellence. »

L'évêque renifla et hocha la tête avec gravité, puis il pria le moine gris de faire entrer le témoin. Rob, à sa vue, sentit renaître ses craintes. Charles Bostock, richement vêtu, portait au cou une lourde chaîne d'or et au doigt une large bague gravée d'un sceau. Elevé par le roi à la dignité de thane pour ses voyages, il était, dit-il, chanoine honoraire de Saint-Pierre. On le traita avec déférence.

« Eh bien, maître Bostock, connaissez-vous cet homme ?

– C'est Jesse ben Benjamin, Juif et médecin.

– Etes-vous certain qu'il est juif ? »

Bostock résuma son voyage à Byzance, sa mission auprès du pape, et comment, à Ispahan, il avait entendu parler d'une chrétienne qui, après la mort de son père, avait épousé un Juif.

« Invité chez eux, j'ai voulu vérifier mes doutes et je les ai trouvé fondés, à mon profond écœurement.

– Etes-vous certain, dit le moine, parlant pour la première fois, qu'il s'agit bien du même homme ?

– J'en suis sûr, saint frère. Il est venu à mon quai voici quelques semaines essayant de se faire payer très cher pour avoir charcuté un de mes esclaves. J'ai refusé bien entendu, et je me suis rappelé l'avoir vu à Ispahan. C'est un suborneur de chrétiennes. En Perse, elle avait déjà un enfant de lui et il l'avait engrossée une seconde fois.

– Sous serment solennel, quel *est* votre nom, maître ? demanda l'évêque en se penchant vers Rob.

– Robert Jeremy Cole.

– Le juif ment, dit Bostock.

– Maître marchand, intervint le moine, vous ne l'avez vu qu'une fois en Perse ? Et vous ne l'aviez pas revu depuis presque cinq ans ?

– Plutôt quatre que cinq, mais c'est vrai », reconnut le témoin de mauvaise grâce.

Il répéta néanmoins sa certitude d'avoir raison, la cour le remercia et on le raccompagna, tandis que Rob faisait effort pour garder son calme.

« Si vous êtes un chrétien né libre, dit l'évêque insidieusement, n'est-il pas étrange que vous comparaissiez devant nous sous deux inculpations différentes? Selon l'une, vous aidiez un Juif : selon l'autre, vous êtes juif vous-même.

– Je suis Robert Jeremy Cole. J'ai été baptisé à un demi-mille d'ici, à Saint-Botolph, comme en témoigne le registre de la paroisse. Mon père était Nathanael Cole, compagnon menuisier de la guilde des charpentiers. Il est enterré au cimetière de Saint-Botolph, de même que ma mère, Agnes, qui était couturière et brodeuse.

– Avez-vous fréquenté l'école de Saint-Botolph? demanda le moine.

– Deux ans seulement.

– Qui enseignait les Saintes Ecritures?

– C'était le père... Philibert, dit Rob, fermant les yeux pour rassembler ses souvenirs. Oui, le père Philibert.

– Ce nom ne me dit rien, fit l'évêque en haussant les épaules.

– Et en latin? Qui vous a enseigné le latin? reprit le moine.

– Frère Hugolin.

– Ah oui! Je me le rappelle. Il est mort il y a des années. Nous vérifierons sur le registre de la paroisse, naturellement, soupira l'évêque. Eh bien, je vous laisse libre, sur la foi de votre serment d'être ce que vous prétendez. Vous devrez revenir devant cette cour dans trois semaines, avec douze hommes libres pour témoigner en votre faveur, chacun prêt à jurer que vous êtes Robert Jeremy Cole, chrétien et né libre. Vous comprenez? »

Quelques minutes plus tard, il se sentait à peine libéré de leur inquisition.

« Maître Cole! » cria quelqu'un derrière lui et, se retournant, il vit le bénédictin qui se hâtait de le rejoindre.

« Voulez-vous m'accompagner à la taverne, maître? J'ai à vous parler. »

Qu'était-ce encore ? Traversant la rue boueuse ils entrèrent dans la salle et choisirent un coin tranquille. Le moine se nomma : frère Paulinus. Ils commandèrent de la bière.

« Il me semble que finalement, cela s'est bien passé pour vous ? »

Rob ne répondit pas et le moine surpris haussa les sourcils.

« Allons, un honnête homme peut bien en trouver douze autres.

– J'étais né à Saint-Botolph, mais je l'ai quitté tout enfant, pour parcourir l'Angleterre comme assistant d'un barbier-chirurgien. Il me faudra un temps fou pour découvrir douze hommes, honnêtes ou non, qui se souviennent de moi et acceptent de venir jusqu'à Londres pour en témoigner.

– Si vous ne les trouvez pas, c'est clair : il ne vous reste que l'ordalie. »

La bière prenait soudain une saveur bien amère.

« L'Eglise a recours à quatre ordalies : eau froide, eau chaude, fer chaud et pain consacré. L'évêque aime particulièrement le fer chaud. On vous fait boire de l'eau bénite et on vous en asperge la main. Vous prenez dans le feu un fer chauffé à blanc, vous le portez en parcourant neuf pieds en trois pas, puis vous le lâchez et vous vous précipitez vers l'autel où votre main est enveloppée et scellée. Si trois jours plus tard, elle se trouve blanche et saine, vous êtes innocent; sinon, vous êtes excommunié et remis aux autorités civiles. A moins que vous n'ayez la conscience plus pure que la plupart des mortels, je vous conseille de quitter Londres, conclut Paulinus sèchement.

– Pourquoi me dites-vous tout cela ? Et pourquoi ce conseil ? »

Ils se regardèrent. Le moine avait une barbe

épaisse et bouclée, une couronne de cheveux brun clair, des yeux ardoise, comme durs... mais aussi secrets, ceux d'un homme refermé sur lui-même. Et la fine entaille d'une bouche intraitable. Rob était sûr de ne l'avoir jamais vu avant ce matin-là.

« Je sais que tu es Robert Jeremy Cole.

– Comment le savez-vous ?

– Avant de devenir Paulinus dans la communauté bénédictine, je m'appelais Cole. Il est à peu près sûr que je suis ton frère. »

Rob le crut instantanément. Il l'attendait depuis vingt-deux ans, mais l'intense jubilation qu'il en éprouva d'abord se heurta aussitôt à un mur. Comme une fausse note, ou une mise en garde. Il s'était levé mais l'autre, immobile, le surveillait d'un œil calculateur et vigilant qui le tint à distance et le fit se rasseoir.

« Tu es plus âgé que ne serait le petit Roger. Et Samuel est mort. Tu le savais ?

– Oui.

– Alors, tu es Jonathan ou...

– Je suis William.

– William. Après la mort de Pa, tu es parti avec un prêtre qui s'appelait Lovell.

– Le père Ranald Lovell. Il m'a emmené au monastère de Saint-Benoît à Jarrow, mais il n'a vécu que quatre ans, et l'on a décidé que je serais oblat. L'abbé de Jarrow, Edmund, a été l'affectueux gardien de ma jeunesse; il m'a instruit, formé, si bien que, très jeune, je suis devenu novice, moine, puis prévôt. J'étais plus que son bras droit. Il se vouait entièrement à prier, à apprendre et enseigner, à écrire, et moi j'étais l'administrateur sévère. Je n'étais pas populaire, dit-il avec un sourire tendu. Quand il est mort, il y a deux ans, je n'ai pas été élu pour le remplacer, mais l'archevêque m'a demandé de quitter la communauté qui m'avait servi de famille. Je vais être ordonné et je serai évêque auxiliaire de Worcester. »

Curieux discours de retrouvailles que ces propos sans amour, ce plat résumé de carrière avec ses perspectives et son ambition.

« De hautes responsabilités t'attendent.

– Cela dépend de Lui, dit Paulinus en haussant les épaules.

– Au moins, je n'ai plus que onze témoins à trouver. Peut-être l'évêque reconnaîtra-t-il que le témoignage de mon frère en vaut plusieurs.

– Quand j'ai vu ton nom dans la plainte, j'ai fait une enquête. Avec quelques encouragements, le marchand Bostock pourrait éclairer un point intéressant. Que diras-tu si l'on t'accuse d'avoir feint d'être juif pour suivre un enseignement païen au défi des lois de l'Eglise?

– Je dirai que, dans sa sagesse, Dieu m'a permis de devenir médecin parce qu'il n'a pas créé les hommes et les femmes seulement pour la souffrance et la mort.

– Dieu a une armée consacrée qui interprète ses volontés quant au corps et à l'âme des hommes. Ni les barbiers-chirurgiens ni les médecins païens n'ont reçu l'onction divine, et nous avons des lois ecclésiastiques pour arrêter des gens tels que toi.

– Vous nous faites des difficultés. Vous avez pu nous ralentir mais je ne pense pas, William, que vous puissiez nous arrêter.

– Tu vas quitter Londres.

– Est-ce l'amour fraternel qui t'anime ou la crainte que l'évêque auxiliaire de Worcester ne se trouve un jour dans l'embarras à cause d'un frère excommunié et exécuté pour athéisme? »

Ils restèrent un long moment silencieux.

« Je t'ai cherché toute ma vie. Je rêvais toujours de retrouver les enfants, dit Rob avec amertume.

— Nous ne sommes plus des enfants, et les rêves ne sont pas la réalité.

— As-tu des nouvelles des autres?

— De la fille seulement. Elle est morte il y a six ans.

— Oh! s'écria Rob en se levant lourdement. Où trouverai-je sa tombe?

— Il n'y a pas de tombe. C'était un grand incendie. »

Avec un signe de tête, Rob quitta la taverne sans se retourner. Il avait moins peur maintenant d'une arrestation que des tueurs payés par un homme puissant pour se débarrasser d'un gêneur. Il passa tout de suite aux écuries de Thorne régler sa note et reprendre son cheval. Rue de la Tamise, il n'emporta que l'essentiel. Las de ces départs précipités et de ces longs voyages, il y était devenu efficace et prompt. Tandis que frère Paulinus dînait au réfectoire de Saint-Paul, son frère laissait Londres derrière lui. Sur la route boueuse de Lincoln, il avançait pas à pas vers le nord, poursuivi par des furies auxquelles il n'échapperait jamais parce qu'il les portait en lui.

78

LA ROUTE DU NORD

LA première nuit, il dormit confortablement sur un tas de foin au bord de la route. En s'éveillant à l'aube, il se rappela l'échiquier de Mirdin qu'il avait laissé rue de la Tamise, l'objet si précieux rapporté de Perse à travers le monde! Cette perte lui fut comme un coup de poignard. Il avait faim, mais, renonçant à s'arrêter dans une ferme au risque d'être repéré, il chevaucha le ventre vide la moitié de la matinée. Dans un village, il acheta au marché du pain et du fromage.

Il broyait du noir. Trouver un frère pareil, c'était pire que de l'avoir perdu. Il se sentait volé et trahi. Mais le Willum qu'il avait pleuré, c'était celui de son enfance et il n'avait aucune envie de revoir ce Paulinus aux yeux froids.

« Que le diable t'emporte, évêque auxiliaire de Worcester! » hurla-t-il, faisant fuir les oiseaux et broncher le cheval.

Puis il sonna de la corne saxonne, dont la voix familière le réconforta. A partir de Lincoln, il évita les grandes routes, où pouvaient le chercher d'éventuels poursuivants, et longea la côte. Un itinéraire qu'il avait suivi maintes fois avec le Barbier. Plus de tambour ni de spectacle, plus de patients pour le médecin fugitif. Personne ne reconnut le jeune barbier-chirurgien d'autrefois; inutile de se chercher des témoins dans ces villages du bord de mer. Il aurait été condamné. Bénissant la chance qui lui avait permis de fuir, il comprit que, pour lui, dans la vie, tout était encore possible.

Quelques souvenirs lui revenaient ici et là; telle église avait été détruite par le feu, tel édifice était de construction récente, ailleurs on avait défriché la forêt. Il avançait lentement car la jument qui l'avait bien servi à Londres était trop âgée pour s'adapter aux pistes boueuses de la campagne. Il fallait s'arrêter souvent pour la laisser reposer et brouter l'herbe tendre du printemps tandis qu'il s'allongeait au bord d'une rivière.

Il ménageait son argent et dormait dans des granges chaque fois qu'on l'y autorisait, mais allait à l'auberge quand il ne pouvait l'éviter. Un soir, dans une taverne du port, à Middlesbrough, il remarqua deux marins qui absorbaient une quantité incroyable de bière. L'un d'eux, un trapu aux cheveux noirs sous un bonnet de tricot, frappa du poing sur la table.

« Il nous faut un équipier. On suit la côte jusqu'au port d'Eyemouth, en Ecosse. Pêche au hareng tout du long. Y a quelqu'un ici ? »

Il y eut un silence et quelques rires étouffés, mais personne ne bougea. Fallait-il prendre le risque ? Ce serait plus rapide, et mieux valait l'océan que ce piétinement dans la boue. Il se leva et vint à eux.

« Le bateau est à vous ?

– Oui, je suis le capitaine. Je m'appelle Nee et voici Aldus.

– Moi c'est Jonsson », dit Rob.

C'était un nom aussi bon qu'un autre. L'autre le regardait.

« Un costaud », dit-il, puis il prit sa main et il fit la grimace en touchant la paume lisse.

« Je sais travailler.

– On verra ça », répondit Nee.

Rob donna la jument à un client de la taverne; il n'aurait pas eu le temps de la vendre le lendemain et elle ne lui aurait pas rapporté grand-chose. Le bateau lui parut aussi vieux et misérable qu'elle, mais Nee et Aldus y avaient bien passé l'hiver, les joints avaient été calfatés à l'étoupe et à la poix; il affrontait la houle avec légèreté.

Le nouvel équipier ne tarda pas à vomir, penché par-dessus bord, tandis que les autres l'insultaient, menaçant de le jeter à la mer. Il s'obligeait à travailler, mais la pêche était maigre, Nee était de méchante humeur, et seul sa taille évitait à Rob les mauvais traitements. Il ne garda rien du repas du soir : pain dur, poisson fumé plein d'arêtes, eau parfumée de hareng. Pour tout arranger, Aldus pris de colique empuantit le baquet commun. Mais, endurci par son expérience à l'hôpital, le hakim eut tôt fait de vider le seau et de le laver à fond, si bien que les marins surpris cessèrent de l'injurier.

Le lendemain, le filet se remplit de poissons frétillants. Enfin, le hareng! Quand le bateau fut plein, on regagna la côte pour vendre la pêche aux marchands. Et ce fut ainsi chaque jour. Les mains de Rob devinrent douloureuses puis s'endurcirent; il apprit à réparer le filet. Le quatrième jour, ses nausées avaient disparu pour ne plus revenir et il se promit de le dire à Tam. Nee avait le sourire et confiait à Aldus que ce Jonsson leur portait chance. Dans les ports où ils abordaient, il offrait à son équipage un repas chaud et tous trois s'attardaient le soir, à boire et à chanter. Rob apprit beaucoup de couplets obscènes pendant son apprentissage de marin.

« Tu ferais un bon pêcheur, lui dit Nee. Nous restons cinq ou six jours à Eyemouth pour réparer les filets puis nous retournons à Middlesbrough. Veux-tu rester avec nous ? »

Rob remercia, content de l'offre, mais il les quitterait, dit-il, à Eyemouth. C'était un joli port, animé, où ils arrivèrent peu de jours après. Nee le paya de quelques pièces et d'une claque dans le dos. Sachant qu'il cherchait une monture, il le mena chez un honnête marchand de la ville qui lui recommanda une jument et un hongre. La jument était plus avenante.

« J'ai déjà eu un hongre qui m'a fidèlement servi », dit Rob en choisissant celui-ci, qui avait deux ans et semblait alerte et vigoureux.

Il installa son bagage derrière la selle, monta vivement et quitta Nee en lui souhaitant bonne pêche.

« Dieu te garde, Jonsson », dit le marin.

Rob s'entendit très bien avec son cheval, qu'il appela Al Borak comme celui qui, selon les musulmans, porta Mahomet de la terre au septième ciel. Chaque jour, au plus chaud de l'après-midi, il tâchait de s'arrêter près d'un lac et d'une rivière pour baigner le hongre et démêler sa crinière. La bête semblait infatigable, les routes s'asséchaient et il voyageait plus vite. Le bateau l'avait mené au-delà des régions familières et tout lui paraissait plus intéressant dans ce paysage nouveau pour lui. Il suivit cinq jours le cours de la Tweed puis la laissa pour entrer plus au nord dans un pays de landes coupées d'escarpements rocheux, où la fonte des neiges gonflait encore les cours d'eau.

Les fermes étaient rares et dispersées, grandes

propriétés ou modestes domaines, presque toujours bien tenues, au prix d'un dur travail. Il fit souvent résonner la corne saxonne sans s'attirer de réactions hostiles chez les fermiers pourtant vigilants. En observant le pays et ses habitants, il y déchiffrait pour la première fois certains aspects du caractère de Mary. Il ne l'avait pas vue depuis de longs mois. Ce voyage n'était-il pas une folie ? Peut-être avait-elle maintenant un nouveau compagnon.

Cette terre accueillante aux hommes était aussi celle des moutons et des vaches. Si le sommet des montagnes restait aride, la plupart des pentes offraient de riches pâturages. Tous les bergers avaient des chiens que Rob apprit à craindre. Non loin de Cumnock, il s'arrêta pour demander dans une ferme l'autorisation de dormir sur le foin de la grange, et il apprit que la veille la fermière avait eu un sein arraché par un chien.

« Dieu soit loué ! » s'écria le mari en apprenant que Rob était médecin.

C'était une femme robuste avec de grands enfants. Elle était folle de douleur ; la bête l'avait attaquée sauvagement et mordue comme un lion.

« Où est le chien ?

– Il n'existe plus », dit le fermier d'un air sinistre.

Ils firent avaler à la blessée de l'alcool de grain qui la fit suffoquer mais l'aida à supporter l'opération. Rob coupa les chairs déchiquetées, recousit la plaie. Elle aurait survécu de toute manière ; les soins assurèrent sa guérison. Au lieu de suivre un jour ou deux l'état de la patiente, il resta une semaine et finit par se rendre compte, un matin, que parvenu tout près de Kilmarnock, il redoutait l'issue du voyage.

Le fermier lui indiqua le chemin et, deux jours

plus tard, il avait encore l'accident présent à l'esprit quand surgit devant son cheval un grand chien qui défendait le passage en grondant. Il allait tirer son épée mais le berger rappela l'animal et dit à Rob quelques mots en erse.

« Je ne comprends pas votre langue.

– Vous êtes sur la terre des Cullen.

– C'est là que je vais.

– Ah oui ? Pourquoi ça ?

– Je le dirai à Mary Cullen. »

L'homme était encore jeune mais déjà grisonnant et aussi vigilant que le chien. Rob lui demandant son nom, il hésita un moment à répondre puis dit enfin :

« Craig Cullen.

– Je m'appelle Cole. Robert Cole. »

L'Écossais acquiesça, ni surpris ni cordial.

« Suivez-moi », dit-il, et il partit devant.

Rob ne l'avait pas vu faire signe au chien, qui pourtant prit position derrière le cheval. Il arriva ainsi entre l'homme et le chien, comme une chose égarée qu'ils auraient retrouvée dans les collines.

La maison et la grange étaient en pierre, de bonne construction ancienne. Des enfants le suivaient en chuchotant et il mit un moment à reconnaître ses fils parmi eux. Tam parlait à son frère en gaélique.

« Qu'est-ce qu'il a dit ?

– Il m'a demandé : " C'est lui notre papa ? " et j'ai dit oui. »

Rob sourit et voulut les prendre mais ils se sauvèrent en criant, avec les autres, dès qu'il sauta de sa selle. Il remarqua avec joie que Tam courait sans difficulté même s'il boitillait encore légèrement.

« Ils sont un peu timides mais ils vont revenir », dit Mary sur le seuil.

Elle détournait la tête sans chercher son regard. Peut-être n'était-elle pas heureuse de le revoir? Puis elle fut dans ses bras, où elle se sentait si bien. Il découvrit en l'embrassant qu'elle avait perdu une dent, en haut à droite.

« Je me suis battue avec une vache pour la remettre dans l'enclos et je suis tombée contre ses cornes... Je suis vieille et laide, dit-elle en pleurant.

— Je ne suis pas marié avec une dent! dit-il d'un ton rude, en caressant doucement du doigt la gencive dans sa bouche chaude. Ce n'est pas une dent que j'ai pris dans mon lit.

— Dans ton champ de blé, dit-elle, souriant à travers ses larmes... Mais tu dois être épuisé et mort de faim. »

Elle lui prit la main et le mena dans la cuisine, lui donna des galettes d'avoine, du lait. C'était étrange de la voir là, si à l'aise chez elle. Il lui parla de son frère retrouvé et perdu, de sa fuite.

« Autrement, serais-tu revenu?

— Tôt ou tard, oui. C'est un beau pays, mais rude.

— On y est mieux par temps chaud. Mais avant, il faudra labourer.

— Allons-y », dit-il en riant et elle rougit.

Elle ne changera jamais, pensa Rob avec plaisir. Elle le mena dans la maison et bientôt ils furent pris d'un tel fou rire qu'il craignit de ne pouvoir lui faire l'amour. Mais il n'y eut aucun problème, finalement.

79

L'AGNELAGE

LE matin, chacun tenant un enfant sur sa selle, ils allèrent faire le tour de l'immense propriété, parmi les collines. Partout des moutons levaient leur tête blanche, noire ou brune sur le passage des chevaux. Mary était fière de montrer son domaine. Trente-sept petits fermiers vivaient autour de la grande ferme, et tous étaient ses parents. Quarante et un hommes.

« Toute ta famille est ici?

– Les Cullen seulement. Les Tedder et les Mac-Phee sont aussi nos parents. Les MacPhee habitent à l'est, à une matinée de cheval; les Tedder à une journée de cheval, au nord, après le fleuve.

– Combien d'hommes dans ces trois familles?

– Peut-être cent cinquante.

– C'est ton armée, dit-il avec une moue.

– Oui, c'est rassurant. »

Les moutons lui semblaient déferler comme un fleuve sans fin.

« Nous les élevons pour les peaux et les toisons. Nous mangeons la viande, qui ne se conserve pas. Tu seras vite las du mouton. Les brebis ont commencé à mettre bas, il faut les aider jour et nuit. Certains agneaux doivent être tués entre le troisième et le dixième jour, quand la peau est la plus belle. »

Elle le laissa près de Craig. Au milieu de la matinée, les bergers l'avaient déjà accepté, le voyant calme devant les naissances difficiles et habile à aiguiser et manier les couteaux. Il fut consterné de les voir châtrer les agneaux mâles en arrachant d'un coup de dents les testicules qu'ils jetaient dans un seau. Craig lui sourit, la bouche sanglante.

« On peut pas avoir que des béliers, tu vois.

– Mais pourquoi ne prends-tu pas un couteau ?

– On a toujours fait comme ça. C'est plus vite fini et moins douloureux pour la bête. »

Ils reconnurent ensuite que le scalpel d'acier spécial de Rob était très efficace aussi, mais il ne leur parla pas de son expérience avec les futurs eunuques. Ces bergers étaient des hommes indépendants et compétents. Dans une pièce qui puait le mouton et le sang, on avait écorché des peaux toute la journée. Après le maristan et l'expédition indienne, Rob n'était pas dépaysé. Mary semblait fatiguée.

« Il te faudra un berger de moins, maintenant que je suis là.

– Tu es fou ! »

Le prenant par la main, elle le mena à un autre bâtiment de pierre. A l'intérieur, trois pièces blanchies à la chaux : un bureau, une salle d'examen comme à Ispahan et une troisième avec des bancs de bois pour faire attendre les patients.

Il fit peu à peu connaissance avec les gens. Un musicien nommé Ostric s'était ouvert une artère en écorchant un agneau. Rob arrêta le sang, ferma la plaie et rassura l'homme qui craignait de ne plus pouvoir jouer de sa cornemuse. Plus tard, il rencontra le père de Craig, dont il examina les doigts déformés, gonflés et les ongles étrangement incurvés.

« Tu souffres depuis longtemps d'une mauvaise toux, et de fièvres fréquentes? demanda-t-il au vieillard.

– Qui te l'a dit? » dit Malcolm Cullen, surpris.

Ce symptôme qu'Ibn Sina avait appelé les « doigts d'Hippocrate » indiquait toujours une maladie des poumons.

« Je le vois dans tes mains. Tes orteils sont atteints aussi, n'est-ce pas? »

En posant l'oreille contre sa poitrine, il entendit comme un crépitement de vinaigre qui bout.

« Tu es plein de liquide. Viens au dispensaire, je percerai un petit trou entre deux côtes et je retirerai l'eau peu à peu. En attendant, je vais analyser ton urine et te donner des fumigations et un régime pour assécher ton corps. »

« As-tu ensorcelé le vieux Malcolm? lui dit Mary le soir. Il raconte à tout le monde que tu guéris par ta magie. »

Pendant les jours suivants, il ne vit personne et s'inquiéta. Mais c'était le temps de l'agnelage. Les clients revinrent dix jours plus tard. On savait maintenant par-delà les collines que l'époux de Mary Cullen était un vrai médecin. Il n'y en avait jamais eu à Kilmarnock et Rob devrait lutter des années contre les idées fausses et les remèdes de bonne femme. On lui demandait aussi de soigner les animaux. Il disséqua une vache et quelques moutons, pour y voir plus clair. Ils étaient différents du porc et de l'homme.

Dans la chambre où ils consacraient leurs nuits à engendrer un nouvel enfant, il voulut la remercier pour ce dispensaire qu'elle avait entrepris dès son retour à Kilmarnock.

« Mais, dit-elle en se penchant sur lui, combien de temps t'aurais-je gardé sans ton travail, hakim ? »

Il n'y avait aucun reproche dans ses paroles, et elle s'empressa de lui fermer la bouche d'un baiser.

80

UNE PROMESSE TENUE

Rob emmenait ses enfants dans la forêt et les collines à la recherche des plantes dont il avait besoin, qu'il faisait sécher ou réduisait en poudre. Il leur expliquait tout, en montrant chaque feuille et chaque fleur; il leur parlait des herbes, celles qu'on utilise pour les maux de tête, la crampe, la fièvre ou le catarrhe, pour le saignement de nez, les engelures, l'amygdalite purulente ou les douleurs osseuses.

Craig Cullen, qui fabriquait des cuillers en bois, mit tout son art à façonner des boîtes couvertes pour y conserver les plantes. Elles étaient, comme ses cuillers, ornées de nymphes, d'elfes et d'autres créatures sauvages, ce qui donna à Rob l'idée de dessiner quelques-unes des pièces du jeu du chah.

« Pourrais-tu faire quelque chose comme ça?

– Pourquoi pas? » répondit Craig intrigué.

Il sculpta chaque pièce et fit l'échiquier d'après les dessins, si bien que Rob et Mary purent à nouveau passer des heures au jeu enseigné par le roi mort. Comme il voulait apprendre le gaélique, elle lui enseigna d'abord les dix-huit lettres de l'alphabet. Grâce à son expérience des langues, il sut, dès le début de l'hiver, écrire de courtes phrases en erse, essayant aussi de parler, ce qui amusa beaucoup les bergers et les enfants.

L'hiver fut rude, surtout vers la Chandeleur. Puis on chassa, en repérant les traces dans la neige, le gibier à plume, les chats sauvages et les loups qui décimaient les troupeaux. Le soir, on veillait devant le feu dans la grande salle, chacun occupé à de petits travaux, et Ostric parfois jouait de la cornemuse. On fabriquait à Kilmarnock un célèbre tissu de laine, teint aux couleurs de la bruyère avec des lichens de rochers. Pour éviter qu'elle ne rétrécisse par la suite, l'étoffe, mouillée d'eau savonneuse, était foulée et frottée par les femmes, qui se la passaient tout autour de la table.

La chapelle la plus proche étant à trois heures de cheval, Rob espérait éviter les prêtres, mais, un matin de son second printemps en Ecosse, il vit arriver un petit homme tout rond au sourire las.

« C'est le père Domhnall! » s'écria Mary, courant à sa rencontre.

Entouré, chaleureusement accueilli, il passa un moment près de chacun, posant des questions avec un sourire, une tape amicale, un mot d'encouragement. Le bon seigneur et ses manants, se dit Rob agacé.

« Ainsi, tu es l'époux de Mary Cullen? Es-tu pêcheur?

— Je pêche la truite, dit Rob déconcerté.

— Je l'aurais parié. Je t'emmène pêcher le saumon demain matin. »

Dès l'aube, ils gagnèrent une petite rivière au cours rapide. Domhnall avait apporté deux pieux massifs, une ligne solide et de longs appâts empennés qui dissimulaient de traîtres crochets.

« Comme des hommes que je connais », dit Rob, et le prêtre hocha la tête avec un regard surpris.

Il lui montra comment lancer l'appât et le ramener en arrière, par à-coups, comme pour ferrer un
petit poisson. Ils le firent plusieurs fois sans résultat et Rob était perdu dans le flot rapide quand un
saumon l'éclaboussa en attrapant l'appât qu'il
emporta pour remonter aussitôt le courant.

– Suis-le, cria Domhnall, sinon il va briser la
ligne ou arracher l'hameçon! »

Rob pataugeait comme il pouvait dans l'eau
glaciale, suivant le lit pierreux ou enfonçant quand
il se creusait. Le lourd poisson l'entraînait à toute
vitesse, il changea plusieurs fois de direction et
dériva enfin en se débattant. Avec une dernière
convulsion, il libéra l'hameçon, resta un moment
immobile, puis, perdant un flot de sang, il disparut
dans l'eau profonde. Le saumon était mourant,
mais tout était gâché.

Instinctivement, Rob descendit la rivière et,
après quelques pas, se précipita vers une tache
argentée qui lui échappa deux fois avant de s'arrêter contre un rocher. Affrontant le froid paralysant
de l'eau, il ramena à deux mains le poisson sur la
rive et l'acheva d'un coup de pierre. Il pesait plus
de vingt livres.

Domhnall revenait avec sa prise, qui semblait
loin d'être aussi lourde.

« Ton poisson suffira à nous nourrir tous, eh? »
dit-il en reportant son saumon dans la rivière.

Il le tenait avec précaution, pour laisser l'eau
faire son œuvre. Les nageoires remuaient lentement puis les branchies se remirent à battre et Rob
vit frémir la vie tout le long du corps de la bête, qui
s'éloigna dans le courant. Il savait désormais que
ce prêtre serait son ami.

Ils ôtèrent leurs vêtements trempés pour les faire
sécher et s'allongèrent sur un rocher chauffé par le
soleil.

« Ce n'est pas la pêche à la truite, dit le prêtre avec un soupir.

— Aussi différent que cueillir une fleur et abattre un arbre. »

Rob était couvert de coupures et de bleus. Ils se sourirent. Domhnall se grattait le ventre et ne disait rien. Pas de questions; on sentait qu'il savait écouter intensément et attendre. Cette patience en ferait un adversaire redoutable au jeu du chah.

« Mary et moi, nous ne nous sommes pas mariés à l'église, vous le savez?

— J'en ai eu quelques échos.

— Nous avions engagé notre foi devant Dieu. »

Il raconta leur histoire, sans omettre ni sous-estimer les incidents de Londres et la menace d'excommunication qui pouvait faire obstacle au mariage religieux.

« L'évêque auxiliaire de Worcester a tout intérêt à étouffer l'affaire. Un homme aussi ambitieux choisira de faire oublier son frère plutôt que de risquer un scandale. Tu n'as pas de preuve de ton excommunication?

— Non, mais elle est possible.

— Mon ami, que sont tes craintes devant le Christ? Depuis mon ordination, je n'ai jamais quitté cette paroisse de montagne où, je l'espère, je finirai mes jours. A part toi, je n'ai jamais vu personne de Londres ou de Worcester. Je n'ai reçu de message ni d'un archevêque ni du pape, mais seulement de Jésus. Crois-tu que la volonté de Dieu n'est pas que je fasse de vous quatre une famille chrétienne? »

Rob secoua la tête et lui sourit.

Les deux enfants se rappelleraient toute leur vie le mariage de leurs parents, et le raconteraient à leurs propres petits-enfants. La messe dite dans la grande salle fut courte et simple. Mary portait une robe grise d'étoffe légère avec une broche d'argent et une ceinture en daim cloutée d'argent. Elle était calme mais ses yeux brillèrent lorsque le père Domhnall la déclara unie pour toujours, elle et ses enfants à Robert Jeremy Cole. Toute la parenté fut ensuite invitée à venir rencontrer son mari.

Les MacPhee vinrent de l'ouest à travers les collines et les Tedder traversèrent la grande rivière. Ils apportaient des cadeaux, des gâteaux, des pâtés de gibier... On mit à la broche un taureau et un bœuf, huit moutons, une douzaine d'agneaux et d'innombrables volailles. On joua de la harpe, de la cornemuse, de la viole, de la trompette et Mary chanta avec les autres femmes.

L'après-midi, pendant les concours de lutte et d'athlétisme, Rob rencontra ses légions de cousins; il apprécia les uns, pas les autres et, résistant aux invites des plus ivres, s'en tira avec un mot gentil et un sourire.

Le soir, il partit se promener loin de la fête, dans la nuit étoilée et fraîche. Il respira l'odeur des ajoncs, entendit les moutons, le hennissement d'un cheval, le souffle du vent dans les collines, le murmure des eaux. Et il crut sentir sous ses pieds de fortes racines poussant au plus profond de ce sol de terre et de silex.

81

LE CYCLE ACCOMPLI

Pourquoi une femme allait-elle ou non concevoir une nouvelle vie, c'était le grand mystère. Avec deux enfants et cinq ans sans grossesse, Mary se trouva enceinte après son mariage. Elle se ménageait davantage, demandait plus volontiers l'aide des hommes. Ses fils la suivaient, se chargeant des tâches à leur portée. On savait déjà qui serait berger. Rob J. semblait se plaire au travail mais Tam était toujours prêt à nourrir les agneaux et suppliait qu'on le laisse tondre. Un autre don apparut en lui quand il commença à dessiner par terre avec un bâton. Son père lui donna du charbon de bois, une planchette de pin, lui montra comment on peut représenter les objets ou les gens, n'eut pas besoin de lui dire de ne pas omettre les défauts.

Au-dessus de son lit, on avait mis au mur le tapis des rois samanides; chacun savait qu'il lui appartenait et que c'était le cadeau d'un ami persan. Mary et Rob n'évoquèrent qu'une fois ce qu'ils avaient enfoui au fond de leur mémoire. Il ne serait pas bon pour Tam d'apprendre qu'il avait peut-être une armée de demi-frères étrangers qui lui resteraient inconnus.

« Nous ne le lui dirons jamais.

– Il est de toi », dit-elle en le prenant dans ses

bras, et entre eux grandissait ce qui allait être Jura
Agnes, leur seule fille.

Rob sut bientôt la langue que l'on parlait autour
de lui. Le père Domhnall lui prêta une bible
traduite en erse par des moines irlandais et,
comme il avait travaillé le persan en lisant le
Coran, il étudia le gaélique dans les Saintes Ecritures. Il avait accroché dans son bureau l'Homme
transparent et la Femme enceinte, ainsi commença-t-il à enseigner l'anatomie à ses fils en
répondant à leurs questions. Quand on l'appelait
pour soigner un malade ou un animal, il emmenait
souvent l'un ou l'autre. Un jour, Rob J. monta
derrière son père sur le dos d'Al Borak et ils
allèrent jusqu'à la petite maison des collines où
mourait Ardis, la femme d'Ostric. L'enfant regarda
Rob doser l'infusion, la donner à la malade, puis
préparer un linge mouillé.

« Tu peux lui baigner le visage. »

Il le fit avec douceur, prenant grand soin des
lèvres gercées. Alors Ardis prit les jeunes mains
dans les siennes et aussitôt Rob J. pâlit, se troubla
et retira ses mains.

« Tout va bien, dit Rob en serrant contre lui les
minces épaules. Tout va bien. »

Sept ans seulement. Deux ans de moins que lui
lors de sa première expérience. Il s'émerveilla de
cette continuité dans sa vie : un grand cycle était
accompli. Il réconforta et soigna Ardis. Dehors, il
regarda son fils en lui tenant les mains pour qu'il se
rassure au contact de sa vitalité.

« Ce que tu as senti chez Ardis et la vie que tu
sens en moi, tout cela est un don du Tout-Puissant.
Il n'est pas diabolique mais salutaire. Tu le com-
prendras plus tard. N'aie pas peur.

– Oui, papa », dit l'enfant, qui avait repris ses
couleurs.

Ardis mourut huit jours plus tard. Pendant des mois, Rob J. ne vint plus au dispensaire et ne demanda plus à visiter les malades. S'impliquer dans la souffrance du monde doit être un acte volontaire, se dit Rob, même pour un enfant.

Après les soins aux moutons avec Tam ou les longues courses solitaires à la recherche de bonnes herbes, Rob J. revint à son père en qui il avait une totale confiance et continua peu à peu son instruction au dispensaire. Quand il eut neuf ans, il demanda à venir chaque jour et devint l'assistant de Rob.

Un an après la naissance de Jura Agnes, Mary eut un troisième garçon, Nathanael Robertson. Ce fut son dernier enfant et elle s'affligea des accidents et fausses couches qui suivirent. Rob fut heureux de la voir enfin retrouver ses forces et son allant. Nathanael avait cinq ans quand on vit arriver un jour, menant un âne chargé, un homme à cheval qui portait un caftan noir et un chapeau de cuir. Il s'appelait Dan ben Gamliel, venait de Rouen et semblait épuisé de son long voyage.

Il fut surpris de voir le maître de maison l'accueillir dans la Langue, s'occuper de ses bêtes, lui servir des mets non interdits avec les bénédictions rituelles.

« Vous êtes donc juifs ?

– Non, nous sommes chrétiens. Mais nous avons une grande dette envers vous. »

Rob eut même envie de travailler après le repas sur les commandements, mais l'homme se déroba avec embarras, n'étant pas un érudit, dit-il. Le lendemain matin, ce fut pire quand il vit son hôte se joindre à ses prières avec châle et phylactères.

« Je sais ce que tu es. Tu es un Juif apostat, qui

a tourné le dos à notre peuple et à notre Dieu pour donner son âme à une autre nation.

– Non, dit Rob, désolé d'avoir ainsi perturbé les dévotions de ben Gamliel. Je t'expliquerai quand tu auras fini. »

Mais, quand il revint un peu plus tard, le voyageur avait disparu avec son cheval, son âne et son bagage. Il avait préféré s'enfuir plutôt que de s'exposer à la contagion de l'apostasie.

Rob ne vit plus jamais de Juifs. Il oubliait aussi le persan et s'imposa de traduire le *Canon* en anglais pour pouvoir encore consulter le maître médecin. Il pensait souvent à Jesse ben Benjamin mais, faisant la paix avec son passé, il en vint à ne plus parler de ce qu'il avait vécu. Parfois, occupé à une de ces tâches quotidiennes qui rythment la vie en Ecosse : nettoyer un enclos, dégager des congères ou couper du bois, il se souvenait soudain de la Perse. Le désert la nuit, Fara Askari allumant les bougies du sabbat, le barrissement de l'éléphant qui charge pendant la bataille, ou la sensation merveilleuse de voler, perché sur un chameau en pleine course.

Peut-être avait-il toujours vécu à Kilmarnock et tout ce passé n'était qu'un conte, comme on en écoute autour du feu quand un vent glacé souffle dehors.

Ses enfants grandissaient, changeaient, sa femme devenait plus belle avec l'âge. Une seule chose était constante : son don de médecin qui, au chevet d'un malade solitaire ou dans la foule du dispensaire, le rendait sensible à la douleur des patients. Et cet élan de gratitude d'avoir été choisi. Qu'une telle chance de servir et de soigner ait été donnée à l'apprenti du Barbier.

REMERCIEMENTS

Le Médecin d'Ispahan est une histoire où seuls deux personnages sont tirés de la réalité, Ibn Sina et al-Juzjani. Un chah s'est appelé Ala al-Dawla, mais dont on sait si peu de chose que le personnage de ce nom est fondé sur un amalgame de chahs.

J'ai dépeint le maristan d'après les descriptions de l'hôpital médiéval de Bagdad.

Une bonne partie de l'ambiance et des événements du XIᵉ siècle a été perdue pour toujours. Là où l'information était inexistante ou obscure, je n'ai pas hésité à romancer. On comprendra donc que ce livre est une œuvre d'imagination et non une tranche d'Histoire. Toutes les erreurs, grandes ou petites que j'ai faites dans le but de récréer le sens du temps et du lieu sont miennes. Néanmoins, ce roman n'aurait pu être écrit sans l'aide d'un certain nombre de bibliothèques et de personnes.

Je remercie l'université du Massachusetts, à Amherst, qui m'a permis d'avoir accès à toutes ses bibliothèques, et Edla Holm, du service de prêts de cette université.

J'ai trouvé une bonne quantité de livres sur la médecine et l'histoire médicale à la bibliothèque Lamar Soutter du Centre médical de l'université du Massachusetts.

Le Retour

Le Smith College a eu l'amabilité de m'autoriser à utiliser la bibliothèque William Allan Neilson. J'ai trouvé à la bibliothèque Werner Josten, du Smith's Center for the Performing Arts, de nombreux détails sur les vêtements et les costumes.

Barbara Zalenski, bibliothécaire à la Belding Memorial Library d'Ashfield, dans le Massachusetts, ne m'a jamais fait défaut pour trouver un livre que je lui demandais, quelle que soit l'importance des recherches.

Kathleen M. Johnson, Reference Librarian à la bibliothèque Baker de la Graduate School of Business Administration de Harvard, m'a envoyé des matériaux sur l'histoire de la monnaie au Moyen Age.

J'aimerais aussi remercier les bibliothécaires et les bibliothèques de l'Amherst College, du Mount Holyoke College, de l'université Brandeis, de l'université Clark, la bibliothèque de médecine Countway à la Medical School de Harvard, à la Public Library de Boston et à la Library Consortium de Boston.

Richard M. Jakowski, V.M.D., pathologiste des animaux au Veterinary Medical Center de Tufts-New England, à North Grafton, Massachusetts, a comparé pour moi les anatomies internes des porcs et des hommes, de même que Susan L. Charpenter. Ph. D., *post-doctoral fellow* aux Rocky Mountain Laboratories de l'Institut national de la santé, à Hamilton, Montana.

Le rabbin Louis A. Rieser, de l'Israël Temple de Greenfield, Massachusetts, a répondu à mes questions répétées sur le judaïsme, pendant plusieurs années.

Le rabbin Philip Kaphan, des Associated Synagogues de Boston, m'a donné des détails sur l'abattage kascher des bêtes.

Le Médecin d'Ispahan

La Graduate School of Geography de l'université Clark m'a procuré des cartes et des informations sur la géographie du XIᵉ siècle.

Les enseignants du Classics Department du College of the Holy Cross, à Worcester, Massachusetts, m'ont aidé pour plusieurs traductions latines.

Robert Ruhloff, forgeron à Ashfield, Massachusetts, m'a donné des renseignements sur l'acier bleu indien, et m'a fait connaître le journal des forgerons, *The Anvil's Ring*.

Gouverneur Phelps d'Ashfield m'a parlé de la pêche au saumon en Ecosse.

Patricia Schartle Myrer, mon ancien agent littéraire (à la retraite aujourd'hui), m'a donné des encouragements, de même que mon agent actuel Eugene H. Winick, de McIntosh and Otis, Inc. C'est à la suggestion de Pat Myrer que j'écris l'histoire de la dynastie médicale d'une seule famille sur de nombreuses générations, une suggestion qui m'a conduit à écrire une suite au *Médecin d'Ispahan*, qui progresse aujourd'hui.

Herman Gollob, chez Simon & Schuster, a été le directeur littéraire idéal – dur et exigeant, chaleureux et serviable –, grâce à qui la publication de ce livre est une expérience importante.

Lise Gordon m'a aidé dans la mise au point éditoriale du manuscrit et m'a apporté son soutien moral et son amour, avec Jamie Gordon, Vincent Rico, Michael Gordon, et Wendi Gordon.

Et, comme toujours, Lorraine Gordon m'a donné, avec ses critiques et la douceur de sa raison, la constance et l'amour dont je lui suis très reconnaissant depuis longtemps.

Ashfield, Massachusetts
26 décembre 1985.

L'AUTEUR

Noah Gordon a été journaliste scientifique, directeur de journaux médicaux et romancier, auteur de best-sellers, dont *The Rabbi (Le Rabbin)*, *The Death Committee (Le Comité de la mort)* et *The Jerusalem Diamond (Le Diamant de Jérusalem)*. Il vit avec sa femme Lorraine dans une exploitation forestière des monts Berkshire, à l'ouest du Massachusetts. Lorraine Gordon est rédactrice en chef du journal local, et Noah Gordon est un technicien médical d'urgence dans le service volontaire d'ambulance de leur petite ville. Ils ont trois enfants, Lise, Jamie et Michael. Noah Gordon écrit en ce moment le deuxième volume de sa série de romans qui racontera l'histoire de la dynastie médicale des Cole.

Table

I

LE BARBIER

II
LE LONG VOYAGE

III
ISPAHAN

IV
LE MARISTAN

Table

V

LE CHIRURGIEN MILITAIRE

VI

HAKIM

VII
LE RETOUR

Imprimé en France sur Presse Offset par

BRODARD & TAUPIN

GROUPE CPI

La Flèche (Sarthe).
N° d'imprimeur : 17215 – Dépôt légal Éditeur 31851-04/2003
Édition 13
Librairie Générale Française - 43, quai de Grenelle - 75015 Paris.
ISBN : 2 - 253 - 05235 - 3